BASTEI
LÜBBE

Von Mary Jo Putney erschienen bei BASTEI-LÜBBE:

12258 Wilder als Haß, süßer als Liebe
12305 Indische Nächte
12340 Wie ein Blütenblatt im Sturm
12375 Ein Spiel um Macht und Träume
12629 Tanz der Sinne
12645 Der Spion und die Lady

MARY JO PUTNEY

WEIL DU AN DIE LIEBE GLAUBST

Aus dem Englischen
von Hartmut Huff

BASTEI
LÜBBE

BASTEI-LÜBBE-TASCHENBUCH
Band 12 809

Deutsche Erstveröffentlichung
Titel der amerikanischen Originalausgabe:
Shattered Rainbows

Published by arrangement with Dutton Signet, a division
of Penguin Books USA, Inc.

Printed in Germany April 1998
Einbandgestaltung: K. K. K.
Titelzeichnung: Pino Daeni/Agentur Th. Schlück
Satz: hanseatenSatz-bremen, Bremen
Druck und Bindung: Elsnerdruck, Berlin
ISBN 3-404-12809-5

Der heilenden Kraft der Freundschaft gewidmet –
und somit
Alice, Suzl, Merril und Bobby.

Prolog

London

Juni 1816

Sie brauchte einen Ehemann, und das schnell.

Catherine Melbourne unterdrückte ein hysterisches Lachen, während sie über ihre Schulter einen Blick zurück auf das Gebäude warf, das sie gerade verlassen hatte. Der Anblick des Anwaltsbüros ernüchterte sie augenblicklich.

Dies war kein Traum. In der letzten halben Stunde hatte sie einen Großvater bekommen, von dem sie nie zuvor gehört hatte, und ihr wurde ein Erbe in Aussicht gestellt, das ihre Welt verändern würde. Statt nach einer Stelle suchen zu müssen, mit der sie so gerade den Lebensunterhalt für sich und Amy bestreiten konnte, würde genug Geld da sein, um ein Leben in Wohlstand führen zu können. Auch ein altehrwürdiges Haus würde da sein, eine Insel, ein Erbe. Ihre Tochter würde die Zukunft haben, die sie verdiente. Natürlich würde es auch Verpflichtungen geben, aber das war gut so. Catherine hatte ihr ganzes Leben lang Verantwortung getragen.

Es gab nur ein einziges Problem. Sie mußte ihren neugefundenen Großvater überzeugen, daß sie und ihr Ehemann es wert waren, nächster Lord und Lady of Skoal zu sein. Wieder spürte sie Hysterie in sich aufsteigen, dieses Mal, ohne daß sie lachte. *Was konnte sie tun?*

Ihr Mund wurde schmal. Es war ganz naheliegend, daß sie lügen müßte. Sie hatte in Mr. Harwells Büro Zeit gehabt, zuzugeben, daß Colin kürzlich gestorben war. Aber der Rechtsanwalt hatte unverblümt erklärt, daß ihr Großvater Catherine nicht als Alleinerbin betrachtete. Torquil Penrose, der zweiundsiebzigste Laird of Skoal, glaubte nicht, daß eine Frau würdig sei, über seine Insel zu herrschen. Sie würde einen Mann finden müssen, der die Rolle ihres Gatten spielte und dies so überzeugend tat, daß ihr sterbender Großvater sich entschloß, sie als Erbin einzusetzen. Aber wen konnte sie darum bitten?

Die Antwort fand sie sofort: Lord Michael Kenyon.

Er war ein guter Freund gewesen und besaß den entscheidenden Vorteil, daß er sich nie der Illusion hingegeben hatte, in sie verliebt zu sein. Zudem hatte er ihr bei ihrer letzten Begegnung praktisch eine Carte blanche dafür gegeben, daß sie sich jederzeit an ihn wenden konnte, wenn sie Hilfe brauchte.

Sie wußte genau, wo sie ihn finden konnte. Als Sohn eines Herzogs und als Kriegsheld wurde er regelmäßig in den Klatschspalten erwähnt. *Lord M- K- ist während der Saison in der Stadt als Gast des Earl und der Countess von S-. Lord M- K- wurde im Park beim Reiten mit Miss F- gesehen. Lord M- K- begleitete die wunderbare Lady A- in der Oper.* Catherine hatte diese Notizen wie unter einem inneren Zwang gelesen.

Wenn Michael bereit war, ihr zu helfen, würde sie beträchtliche Zeit mit ihm verbringen müssen, was bedeutete, daß sie ihre Gefühle unter strenger Kontrolle haben mußte. Aber das war ihr im vergangenen Frühjahr in Brüssel auch gelungen. Sie konnte das wieder schaffen.

Weit schlimmer war die Tatsache, daß sie ihn belügen mußte. Michael fühlte sich ihr gegenüber sehr verpflichtet. Wenn er erfuhr, daß sie Witwe war und erhebliche finanzielle Probleme hatte, war es möglich, ja, sogar wahrscheinlich, daß er die beste Hilfe, die er ihr geben könnte, darin sah, ihr einen Heiratsantrag zu machen. Dieser Gedanke löste ein sehr sonderbares Gefühl in ihr aus.

Aber Michael würde die Art von Ehe, die sie mit Colin geführt hatte, nie akzeptieren. Kein normaler Mann würde das. Und ebensowenig konnte sie ihre entsetzliche Schwäche preisgeben. Der bloße Gedanke daran führte dazu, daß ihr Magen sich verkrampfte. Es würde am einfachsten und am sichersten sein, ihn in dem Glauben zu lassen, daß Colin noch lebte.

Der Weg nach Mayfair war lang. Wenn sie dort schließlich ankommen würde, konnte sie ihre Lügen sorgfältig vorbereitet haben.

Michael Kenyon kam nach einem Tag voller schrecklicher Überraschungen in das Strathmore House, wo der Butler ihm eine Karte reichte. »Eine Lady wartet darauf, mit Ihnen zu sprechen, My Lord.«

Michaels spontane Antwort war nicht druckreif. Dann warf er einen Blick auf die Karte. Mrs. Colin Melbourne.

Mein Gott, Catherine. Das hatte gerade noch gefehlt. Und doch machte ihn der Gedanke, daß sie hier, unter seinem Dach war, so ungeduldig, daß er sich kaum die Zeit nahm, danach zu fragen, wo sie wartete. Sobald der Butler geantwortet hatte, schritt Michael zu dem kleinen Salon und riß die Tür auf. »Catherine?«

Sie hatte aus dem Fenster geschaut, drehte sich aber um, als er eintrat. Die einfache Frisur ihres dunklen Haares und ihr schlichtes graues Kleid betonten ihre Schönheit nur.

Als sie voneinander gegangen waren, hatte er stumm darum gebetet, daß sie sich nie wieder begegnen würden. Im vergangenen Jahr hatte er beträchtliche Zeit und Energie damit verwendet, sie zu vergessen. Jetzt aber, wo sie hier war, kümmerte es ihn überhaupt nicht, wieviel ihn das später kosten würde. Sie zu sehen war wie ein frischer Luftzug in einem Bergwerksstollen.

Unsicher sagte sie: »Es tut mir leid, wenn ich Sie störe, Lord Michael.«

Er hielt kurz inne, um sich zu sammeln, durchquerte dann den Raum. »Seit wann sind wir so förmlich miteinander, Catherine?« sagte er gelassen. »Es tut gut, Sie zu sehen. Sie sind so schön wie immer.«

Er nahm ihre Hände, und einen gefährlichen Augenblick lang befürchtete er, etwas Unverzeihliches zu tun. Der Augenblick verflog, und er gab ihr einen leichten Kuß auf die Wange. Es war der Kuß eines Freundes.

Er ließ ihre Hände los und ging auf sicheren Abstand zu ihr. »Wie geht es Amy?« Er zwang sich bewußt, hinzuzufügen, »Und Colin?«

Catherine lächelte. »Amy geht es wunderbar. Sie würden Sie kaum wiedererkennen. Ich schwöre, daß sie seit dem letzten Frühjahr bestimmt acht Zentimeter gewachsen ist. Colin –«, sie zögerte kurz, »– ist noch in Frankreich.«

Ihr Tonfall war neutral, wie immer, wenn sie von ihrem Mann sprach. Michael bewunderte ihre ruhige Würde. »Ich vergesse ganz meine guten Manieren«, sagte er. »Bitte, nehmen Sie doch Platz. Ich werde nach Tee läuten.«

Sie blickte auf ihre gefalteten Hände. Ihr Profil hatte die süße Klarheit einer Heiligen der Renaissance. »Ich sollte besser zuerst mein Anliegen vortragen. Ich brauche eine etwas ungewöhnliche Hilfe. Sie – Sie werden mich wahrscheinlich hinauswerfen wollen, wenn Sie hören, was es ist.«

»Niemals«, sagte er ruhig. »Ich verdanke Ihnen mein Leben, Catherine. Sie können alles von mir verlangen.«

»Sie gewähren mir mehr Ehre, als ich verdiene.« Sie blickte auf, und ihre erstaunlichen aquamarinblauen Augen brannten in dem Rahmen ihrer dunklen Wimpern. »Ich fürchte, daß ... daß ich einen Ehemann brauche. Einen Aushilfsehemann.«

BUCH I

Die Straße zur Hölle

1. Kapitel

Salamanca, Spanien

Juni 1812

Der weißhaarige Chirurg fuhr sich müde über die Stirn, auf der er eine Blutspur hinterließ, während er den Mann musterte, der auf dem primitiven Operationstisch lag. »Da haben Sie sich aber wirklich eine schöne Schweinerei eingebrockt, Captain«, sagte der Chirurg mit ausgeprägtem schottischen Akzent. »Hat Ihnen nie jemand gesagt, daß man die Ladung einer Kartätsche nicht mit der Brust abwehren kann?«

»Bedauerlicherweise nicht«, flüsterte Lord Michael Kenyon mühsam. »In Oxford wird mehr klassische Literatur gelehrt statt praktischer Dinge. Vielleicht hätte ich auf die neue Militärhochschule gehen sollen.«

»Wird eine echte Herausforderung sein, all diese Kugeln herauszubekommen«, sagte der Chirurg mit einer makaber anmutenden Fröhlichkeit. »Trinken Sie einen Brandy. Dann mache ich mich an die Arbeit.«

Eine Ordonnanz führte eine Flasche an Michaels Lippen. Er zwang sich, soviel wie möglich von der scharfen Flüssigkeit zu trinken. Schade nur, daß es weder Zeit noch Brandy genug gab, um wirklich betrunken zu werden.

Als Michael zu trinken aufhörte, riß der Chirurg die Reste von Jacke und Hemd seines Patienten weg. »Sie haben wahnsinniges Glück gehabt, Captain. Hätten die französischen Kanoniere das Pulver richtig geladen, wären von Ihnen nicht einmal genug Stücke übriggeblieben, um Sie zu identifizieren.«

Es gab ein häßliches Geräusch, als Metall auf Metall kratzte. Dann zog der Chirurg eine Kugel aus Michaels Schulter. Die darauf folgende Welle von Schmerz machte die ganze Welt dunkel. Michael biß sich auf die Lippe, bis sie blutete. Bevor der Chirurg wieder zustoßen konnte, fragte er zögernd, »Die Schlacht – wurde sie gewonnen?«

»Ich glaube schon. Es heißt, die Franzosen rennen in panischer Angst davon. Ihr Burschen habt's wieder mal geschafft.« Der Chirurg begann nach der nächsten tiefsitzenden Kugel zu graben.

Es war eine Erleichterung, sich der Dunkelheit zu ergeben.

Michael kam nur unvollkommen zum Bewußtsein zurück, trieb in einem Meer von Schmerzen, das seine Sinne betäubte und sein Blickfeld verschwommen machte. Jeder Atemzug löste stilettscharfe Schmerzen aus, die in seiner Brust und seinen Lungen stachen. Er lag auf einem Strohballen in der Ecke einer Scheune, die als Feldlazarett requiriert worden war. Es war dunkel, und ärgerliche Tauben gurrten in den Sparren, beklagten sich über die Invasion ihres Heimes.

Dem Gemisch von Stöhnen und heftigem Atmen nach zu urteilen, mußte der Erdboden fast Ellenbogen an Ellenbogen mit verwundeten Männern bedeckt sein. Die sengende Hitze des spanischen Tages war von der bitteren Kälte der Nacht abgelöst worden. Über seinem bandagierten Rumpf lag eine kratzende Decke, aber er brauchte sie nicht, weil das Fieber der Infektion in ihm brannte, und er hatte Durst, der schlimmer war als der Schmerz.

Er dachte an sein Zuhause in Wales und überlegte, ob er die üppigen grünen Hügel jemals wiedersehen würde. Wahrscheinlich nicht. Ein Chirurg hatte ihm einmal erzählt, daß nur ein Mann von dreien eine schwere Verwundung überlebte.

Die Aussicht zu sterben barg einen gewissen Frieden in sich. Nicht nur weil dies Erlösung vom Schmerz bringen würde, sondern er war schließlich nach Spanien mit der bitteren Erkenntnis gekommen, daß der Tod ihn aus einem unmöglichen Dilemma erlösen würde. Er hatte sowohl Caroline vergessen wollen, die Frau, die er mehr als die Ehre geliebt hatte, als auch das schreckliche Versprechen, das er gegeben hatte, ohne je daran zu denken, daß er vielleicht aufgefordert werden könnte, es einzulösen.

Mit einer vagen Neugier überlegte er, wer ihn vermissen würde. Seine Freunde in der Armee, natürlich, aber die waren an solche Verluste gewöhnt. Binnen eines Tages würde er der »arme alte Kenyon« werden, einfach noch einer mehr von deren, die gefallen waren. Niemand aus seiner Familie würde sich sorgen, abgesehen von der Verärgerung darüber, daß der eitle Putz beiseite gelegt werden mußte, um das Schwarz der Trauer zu tragen. Sein Vater, der Duke von Ashburton, würde ein paar fromme Platitüden über Gottes Willen von sich geben, aber heimlich erfreut darüber sein, von seinem verachteten jüngeren Sohn befreit zu sein.

Sollte jemand wirklich über sein Hinscheiden trauern, würden das seine ältesten Freunde sein, Lucien und Rafe. Und dann war da natürlich noch Nicholas, aber er konnte es nicht ertragen, an Nicholas zu denken.

Seine düsteren Gedanken wurden durch die Stimme einer Frau unterbrochen, die so kühl und klar wie eine walisische Bergquelle war. Es war seltsam, an einem solchen Platz eine englische Dame zu hören. Sie mußte eine der unerschrockenen Offiziersfrauen sein, die sich entschlossen hatten, »der Trommel zu folgen«, ihre Männer durch alle Beschwernisse und Gefahren des Feldzugs zu begleiten.

Leise fragte sie ihn: »Möchten Sie Wasser?«

Unfähig zu sprechen, nickte er schwach. Ein fester Arm hob seinen Kopf an, so daß er trinken konnte. Sie hatte den frischen Duft vom Thymian und Lavendel der spanischen Hügel, der selbst durch den Gestank von Verletzung und Tod bemerkbar war, an sich. Das Licht war zu schwach, um ihr Gesicht sehen zu können, aber sein Kopf ruhte an einer weichen Wölbung. Wenn er sich bewegen könnte, würde er sein Gesicht an ihren Körper pressen. Dann würde er in Frieden sterben können.

Seine Kehle war zum Schlucken zu trocken, und Wasser rann aus seinem Mund und lief über sein Kinn herab. Sachlich sagte sie: »Verzeihung, ich hätte Ihnen nicht so viel geben dürfen. Versuchen wir's noch einmal.«

Sie neigte ihr Gefäß so, daß nur wenige Tropfen zwischen seine geplatzten Lippen fielen. Es gelang ihm, genug zu schlucken, um das Brennen in seiner Kehle zu lindern. Geduldig gab sie ihm mehr, immer nur jeweils ein bißchen, bis der quälende Durst vorbei war.

Als er wieder sprechen konnte, flüsterte er: »Danke, Madame. Ich bin ... Ihnen sehr dankbar.«

»Ich habe es gern getan.« Sie ließ ihn auf das Stroh zurücksinken, erhob sich dann und ging zu dem Ballen daneben. Nach einem Augenblick sagte sie bekümmert *»Vaya con Dios.«* Geh mit Gott. Es war ein spanisches Lebewohl, das noch mehr zu den Toten als zu den Lebenden paßte.

Nachdem sie sich entfernt hatte, döste Michael wieder ein. Er bemerkte nur vage, als Ordonnanzen kamen und den Körper von dem benachbarten Ballen nahmen. Wenig später wurde ein anderer Verwundeter auf den freien Platz gelegt.

Der Neuankömmling war im Delirium und murmelte fortwährend: »Mutter, Mutter, wo bist du?« Seine Stimme verriet, daß er sehr jung war und schreckliche Angst hatte.

Michael versuchte, das herzzerreißende Flehen nicht zu hören. Es gelang ihm nicht, doch die immer schwächer werdenden Worte verrieten, daß der Junge wahrscheinlich nicht mehr sehr lange leben würde. Armer Teufel.

Eine andere Stimme war am Fußende von Michaels Lager zu hören. Es war die des schottischen Chirurgen, der sagte: »Holen Sie Mrs. Melbourne.«

»Sie haben Sie selbst heimgeschickt, Dr. Kinlock«, sagte eine Ordonnanz unsicher. »Sie war sehr erschöpft.«

»Sie wird uns nicht verzeihen, wenn sie erfährt, daß der Junge so gestorben ist. Holen Sie sie.«

Eine unbestimmte Zeit später hörte Michael das leise, eindeutig weibliche Rascheln von Petticoats. Er öffnete seine Augen und sah die Silhouette einer Frau, die ihren Weg durch die Scheune nahm. Neben ihr war der Arzt, der eine Laterne trug.

»Sein Name ist Jem«, sagte der Chirurg mit leiser Stimme. »Er kommt von irgendwo aus dem Osten Englands. Aus Suffolk, glaube ich. Der arme Junge hat einen Bauchschuß und wird es nicht mehr lange machen.«

Die Frau nickte. Obwohl Michael noch immer nur verschwommen sehen konnte, glaubte er, daß sie das dunkle Haar und das ovale Gesicht einer Spanierin habe. Doch ihre Stimme war die der Dame, die ihm Wasser gebracht hatte. »Jem, Junge, bist du's?«

Das monotone Rufen des Jungen nach seiner Mutter

endete. Mit einem Zittern verzweifelter Erleichterung in der Stimme sagte er: »Oh, Mutter, Mutter, ich bin so froh, daß du hier bist.«

»Es tut mir leid, daß es so lange gedauert hat, Jemmie.« Sie kniete sich neben den Strohballen des Jungen, bückte sich dann und küßte ihn auf die Wange.

»Ich wußte, du würdest kommen.« Jem tastete unbeholfen nach ihrer Hand. »Ich habe keine Angst mehr, jetzt, wo du hier bist. Bitte ... bleib bei mir.«

Sie nahm seine Hand in ihre. »Hab keine Angst, Junge. Ich werde dich nicht allein lassen.«

Der Chirurg hängte seine Laterne an einen Nagel über das Lager des Jungen und zog sich zurück. Die Frau – Mrs. Melbourne – setzte sich in das Stroh an der Wand und nahm Jems Kopf in ihren Schoß. Er stieß einen tiefen Seufzer der Zufriedenheit aus, als sie sein Haar streichelte. Sie begann ein sanftes Wiegenlied zu singen. Ihre Stimme schwankte nie, obwohl Tränen auf ihren Wangen glitzerten, während Jems Leben langsam erlosch.

Michael schloß seine Augen und fühlte sich besser als zuvor. Mrs. Melbournes Wärme und Großmut waren eine Erinnerung an all das, was gut war und wahr. So lange noch irdische Engel wie sie existierten, war das Leben vielleicht lebenswert.

Er sank in Schlaf, und ihre weiche Stimme erwärmte ihn wie eine Kerze, die der Dunkelheit trotzt.

Die Sonne schob sich langsam über den Horizont, als Jem seinen letzten, schweren Atemzug machte und dann still wurde. Catherine ließ ihn auf das Stroh zurücksinken, erfüllt von einem Kummer, für den sie keine Tränen fand. Er war so jung.

Ihre verkrampften Beine versagten fast, als sie aufstand. Als sie sich an die grobe Steinwand lehnte und darauf wartete, daß ihre Muskeln sich erholten, warf sie einen Blick auf den Mann zu ihrer Linken. Seine Decke war heruntergerutscht, so daß die blutdurchtränkten Bandagen zu sehen waren, die seine breite Brust umhüllten.

Die Luft war noch immer eisig, und so bückte sie sich und zog die Decke wieder über seine Schultern. Dann legte sie ihre Hand auf seine Stirn. Zu ihrer Überraschung war das Fieber gebrochen. Als sie ihm Wasser gegeben hatte, hätte sie keinen Penny für ihn gegeben. Aber er war ein großer, kräftiger Bursche. Vielleicht besaß er die Kraft, seine Verwundungen zu überleben. Sie hoffte es.

Müde machte sie sich auf den Weg zur Tür. In all den Jahren, die sie der Trommel gefolgt war, hatte sie sehr viel über Krankenpflege und mehr als nur ein wenig über Chirurgie gelernt, aber an den Anblick von Leid hatte sie sich nie gewöhnen können.

Die karge Landschaft war friedlich nach dem ohrenbetäubenden Schlachtenlärm des vergangenen Tages. Als sie ihr Zelt erreicht hatte, war ein großer Teil ihrer Anspannung verflogen. Ihr Gatte, Colin, war noch nicht vom Dienst zurückgekehrt, aber Bates, ihr Bursche, schlief draußen und bewachte die Frauen des Captains.

Hundemüde trat sie gebückt in das Zelt. Amys dunkler Kopf tauchte aus ihren Decken auf. Mit der Gelassenheit eines alten Soldaten fragte sie: »Zeit zum Abmarsch, Mama?«

»Nein, Püppchen.« Catherine küßte ihre Tochter auf die Stirn. Nach den Schrecken des Feldlazaretts war es geradezu himmlisch, den gesunden jungen Körper des Kindes zu drücken. »Ich denke, daß wir heute hierbleiben werden. Nach einer Schlacht gibt es immer viel zu tun.«

Amy betrachtete sie ernst. »Du brauchst Schlaf. Dreh dich um, damit ich dein Kleid aufknöpfen kann.«

Catherine lächelte, während sie gehorchte. Ihre Zweifel daran, ihre Tochter auf einen Feldzug mitgenommen zu haben, wurden beseitigt durch das Wissen darum, daß das Leben dieses Wunder von einem Kind hervorgebracht hatte. Es war unverwüstlich, klug und tüchtig, seinem Alter weit voraus.

Bevor Amy das befleckte Kleid aufknöpfen konnte, wurde draußen Hufschlag laut, gefolgt von einem Klirren des Geschirrs und der kurz angebundenen Stimme ihres Mannes. Einen Augenblick später eilte Colin in das Zelt. Er hatte die energische Persönlichkeit eines Kavallerieoffiziers, und man merkte immer, wenn er in der Nähe war.

»Morgen, die Damen.« Er zauste unbekümmert Amys Haar. »Hast du von dem Kavallerieangriff gestern gehört, Catherine?«

Ohne eine Antwort abzuwarten, zog er die gebratene Keule eines dünnen Huhnes aus dem Korb und nahm einen Bissen. »Es war das schönste Manöver, an dem ich je teilgenommen habe. Wir sind brüllend wie ein Gewitter über die Franzosen hergefallen und haben sie vom Feld gefegt. Wir haben nicht nur Tausende von Gefangenen gemacht und Dutzende Gewehre erbeutet, sondern auch zwei Adler genommen! So etwas wie das, hat es noch nie gegeben.«

Die vergoldeten französischen Regimentsstandarten, die Adler genannt wurden, waren so gestaltet wie die des kaiserlichen Roms, und zwei zu erbeuten, war eine herausragende Tat. »Ich hörte es«, erwiderte Catherine. »Unsere Männer waren großartig.« Und sie hatte die Nacht damit verbracht, sich um den Preis des Sieges zu kümmern.

Nachdem Colin das Fleisch von dem Schenkel genagt hatte, warf er den Knochen aus der Zeltklappe. »Wir sind den Franzosen gefolgt, hatten aber kein Glück. Einer dieser verdammten spanischen Generäle hat Old Hookeys Befehl ignoriert, eine Garnison am Fluß zu errichten, hatte dann aber nicht den Mut, seinen Fehler zuzugeben.«

Catherine ignorierte die Profanität. Es war unmöglich, ein Kind, das inmitten einer Armee lebte, vor derber Sprache zu beschützen. »Man kann den General verstehen. Ich würde ungern einen solchen Fehler vor Lord Wellington zugeben müssen.«

»Sehr wahr.« Colin zog seine staubige Jacke aus. »Was gibt's sonst zu essen? Ich könnte eines dieser toten französischen Pferde runterschlingen, wenn's anständig gebraten wäre.«

Amy warf ihm einen vorwurfsvollen Blick zu. »Mama braucht Ruhe. Sie war fast die ganze Nacht im Lazarett.«

»Und dein Vater hat gestern eine Schlacht geschlagen«, sagte Catherine mild. »Ich werde Frühstück machen.«

Sie trat an ihrem Gatten vorbei und ging nach draußen. Durch den Geruch von Pferd und Schmutz war der Moschusduft von Parfüm zu riechen. Nachdem die Verfolgung der Franzosen abgebrochen worden war, mußte Colin seine derzeitige Freundin besucht haben, eine lebensfrohe Witwe aus Salamanca.

Ihr Mädchen für alles war die Frau eines Sergeanten aus Colins Kompanie. Sie würde frühestens in einer Stunde kommen. Deshalb kniete Catherine sich selbst ans Feuer. Sie legte Zweige auf die Glut und dachte müde darüber nach, wie anders als in ihren Träumen ihr Leben doch geworden war. Als sie Colin mit sechzehn geheiratet hatte, hatte sie an romantische Liebe und aufregende Abenteuer geglaubt. Statt dessen hatte sie Einsamkeit gefunden und sterbende Jungen wie Jem.

Ungeduldig erhob sie sich und hängte den Kessel über das Feuer. In ihrem Leben war kein Platz für Selbstmitleid. Auch wenn es Sorge bei ihrer Arbeit als Krankenschwester gab, so war doch da auch die Befriedigung zu wissen, daß sie etwas tat, was wirklich wichtig war. Obwohl sie nicht die Ehe führte, die sie sich erhofft hatte, hatten sie und Colin gelernt, ganz gut miteinander zurechtzukommen. Und was Liebe anbelangte – nun gut, sie hatte Amy. Schade nur, daß sie niemals weitere Kinder haben würde.

Ihr Mund war schmal, als sie sich einmal mehr bewußt machte, was für eine glückliche Frau sie sei.

2. Kapitel

Penreith, Wales

März 1815

Michael Kenyon hakte den letzten Punkt auf seiner Liste sorgfältig ab. Die neuen Bergbaugeräte funktionierten ausgezeichnet, sein neu eingestellter Verwalter leistete hervorragende Arbeit, und seine anderen Geschäfte liefen reibungslos.

Nachdem er seine anderen Ziele erreicht hatte, war es an der Zeit, sich nach einer Frau umzusehen.

Er erhob sich von seinem Schreibtisch und ging hinaus, um einen Blick auf die von Nebel erfüllte Landschaft zu werfen. Er hatte dieses geradezu dramatisch schöne

Tal und das verwitterte steinerne Herrenhaus von dem Augenblick an geliebt, als er es sah. Dennoch war nicht zu leugnen, daß es in Wales im Winter sehr einsam sein konnte, selbst für einen Mann, der endlich seinen Frieden gefunden hatte.

Mehr als fünf Jahre waren vergangen, seit er sich mit einer Frau eingelassen hatte. Fünf lange, schwere Jahre seit jener Besessenheit, die jeden Anspruch an Ehre und Würde zerstört hatte. Während der Kriegsjahre war dieser Wahnsinn nützlich gewesen, doch er hatte seine Seele verändert. Die Vernunft war erst zurückgekehrt, nachdem er gefährlich nahe daran gewesen war, eine Tat zu vollbringen, die wirklich unverzeihlich gewesen wäre.

Seine Gedanken gingen in eine andere Richtung, denn es war schmerzlich, sich daran zu erinnern, wie er seine tiefsten Überzeugungen verraten hatte. Doch die Menschen, denen er Unrecht getan hatte, hatten ihm verziehen. Es war an der Zeit, damit aufzuhören, sich selbst zu quälen, und in die Zukunft zu schauen.

Das brachte ihn wieder zurück zu dem Thema Frau. Seine Erwartungen waren nicht unrealistisch. Wenngleich er kein Ausbund an Tugend war, so war er doch vorzeigbar, von guter Herkunft und hatte ein mehr als hinreichendes Vermögen. Er hatte auch genug Unzulänglichkeiten, die jede Frau mit Selbstachtung herausfordern würde, ihn zu ändern.

Er suchte nicht nach einer großen Liebe. Gott, das war das *letzte*, was er wollte. Zu dieser Art von Liebe war er unfähig. Was er für eine große Leidenschaft gehalten hatte, war eine verschrobene, erbärmliche Besessenheit gewesen. Statt Romantik zu suchen, würde er nach einer Frau suchen, die Herz und Intelligenz besaß und zugleich eine gute Gefährtin sein würde. Jemand, der

Lebenserfahrung besaß. Obwohl sie attraktiv genug sein mußte, um mit ihr zu schlafen, war große Schönheit nicht notwendig. Tatsächlich war nach seiner Erfahrung umwerfendes Aussehen von Nachteil. Gott sei Dank hatte er seine erste Jugend hinter sich und damit auch die idiotische blinde Verliebtheit, die mit ihr Hand in Hand ging.

Persönlichkeit und Erscheinung waren leicht einzuschätzen. Schwieriger, aber weitaus wichtiger war, daß sie ehrlich und unerschütterlich treu war. Er hatte es auf sehr schmerzliche Weise erlebt, daß es ohne Ehrlichkeit nicht ging.

Da es in dieser Ecke von Wales nur wenig geeignete Frauen gab, mußte er die Saison über nach London gehen. Es würde angenehm sein, einige Monate mit keinem anderen Ziel zu verbringen, als sich zu vergnügen. Mit etwas Glück würde er eine gute Frau finden, die sein Leben teilte. Wenn nicht, dann würde es andere Saisons geben.

Er wurde durch ein Klopfen in seinem Grübeln unterbrochen. Als er zum Eintreten aufforderte, kam sein Butler mit einem ledernen Postbeutel herein, der durch eine lange Reise verschmutzt war. »Eine Nachricht aus London ist für Sie eingetroffen, My Lord.«

Michael öffnete den Beutel und fand darin einen Brief, der mit dem Wappen des Earl of Strathmore versiegelt war. Er brach das Wachs erwartungsvoll. Als Lucien ihm zum letzten Mal eine so dringende Nachricht geschickt hatte, war es ein Aufruf gewesen, sich einer faszinierenden Rettungsmission anzuschließen. Vielleicht war Lucien etwas ebenso Amüsantes eingefallen, um Leben in die Wintermonate zu bringen.

Die Fröhlichkeit schwand, als er die kurze Nachricht las. Er las sie zum zweiten Mal und stand dann auf. »Sorge dafür, daß Strathmores Bote angemessen versorgt wird, und sage dem Koch, daß ich wahrscheinlich nicht zum Abendessen da sein werde. Ich reite nach Aberdare.«

»Ja, My Lord.« Unfähig, seine Neugier zu unterdrükken, fragte der Butler: »Sind das schlechte Nachrichten?«

Michael lächelte humorlos. »Europas schlimmster Alptraum ist soeben Wirklichkeit geworden.«

Michael war so mit den Nachrichten beschäftigt, daß er den kalten Nebel kaum bemerkte, als er durch das Tal zu dem großen Herrenhaus ritt, in dem die Earls of Aberdare lebten. Als er sein Ziel erreicht hatte, saß er ab und reichte die Zügel einem Stallburschen. Dann trat er ins Haus, wobei er zwei Stufen zugleich nahm. Wie immer, wenn er Aberdare besuchte, spürte er ein Gefühl von Staunen darüber, daß er wieder so sorglos in das Haus von Nicholas stürmen konnte wie damals, als sie in Eton Schuljungen gewesen waren. Drei oder vier Jahre zuvor wäre eine solche Leichtigkeit ebenso unvorstellbar gewesen wie der Gedanke, daß die Sonne im Westen aufgeht.

Da Michael praktisch ein Mitglied der Familie war, führte ihn der Butler direkt in den Salon. Er trat ein und fand Lady Aberdare neben einer prächtig geschnitzten Wiege sitzen, in der ihr kleiner Sohn Kenrick lag.

Michael lächelte die Gräfin an. »Guten Tag, Clare. Ich nehme an, du kannst es nicht ertragen, Viscount Tregar aus den Augen zu lassen.«

»Hallo, Michael.« Sie zwinkerte mit den Augen, als sie ihm ihre Hand reichte. »Es ist sehr düster – ich fühle mich genau wie eine Katzenmutter, die ihre Kätzchen bewacht. Meine Freundin Marged versichert mir, daß ich in einem oder zwei Monaten vernünftiger sein werde.«

»Du bist immer vernünftig.« Er küßte sie voller Zuneigung auf die Wange. Mit ihrer bloßen Existenz war Clare ein Beispiel für all das, was an Frauen gut und wahr war. Er ließ ihre Hand los und warf einen Blick in die Wiege. »Unglaublich, wie winzig Finger sein können.«

»Und doch hat er einen erstaunlichen Griff«, sagte sie stolz. »Gib ihm eine Gelegenheit, das zu demonstrieren.«

Michael beugte sich über die Wiege und berührte die Hand des Babys behutsam. Kenrick gluckste und schloß seine winzige Faust kraftvoll um Michaels Fingerspitze. Michael merkte, daß ihn das überaus bewegte. Dieses winzige Bündel Mensch war der lebende Beweis für die Liebe von Clare und Nicholas. Er besaß das schelmisch bezaubernde Lächeln seines Vaters und die lebhaften blauen Augen seiner Mutter. Kenrick, so nach seinem Großvater väterlicherseits benannt, war eine Brücke von der Vergangenheit in die Zukunft.

Auch Michael hätte ein Kind haben können, das jetzt fast fünf Jahre alt gewesen wäre ...

Unfähig, den Gedanken zu ertragen, löste er vorsichtig seinen Finger und richtete sich auf. »Ist Nicholas daheim?«

»Nein, aber er müßte jeden Augenblick zurückkommen.« Clare zog ihre Brauen zusammen. »Ist etwas passiert?«

»Napoleon ist von Elba geflohen und in Frankreich gelandet«, sagte Michael ausdruckslos.

Clare legte ihre Hand in einer instinktiven beschützenden Geste auf die Wiege. Von der Tür war das Geräusch eines plötzlichen Einatmens zu hören. Michael drehte sich um und sah den Earl of Aberdare, dessen dunkles Haar vom Reiten durch den Nebel feucht war.

Mit untypisch unbewegtem Gesicht sagte Nicholas: »Weiß man, wie das französische Volk ihn empfängt?«

»Offensichtlich begrüßen sie ihn mit tobendem Beifall. Die Chancen stehen ausgezeichnet, daß König Louis innerhalb der nächsten zwei Wochen um sein Leben laufen und Bonaparte wieder in Paris sitzen und sich Kaiser nennen wird. Es scheint nicht so, als ob Louis sich bei seinen Untertanen beliebt gemacht hätte.« Michael zog den Brief aus seiner Tasche. »Lucien hat dies geschickt.«

Nicholas las den Brief mit einem Stirnrunzeln. »Irgendwie ist dies eine Überraschung. Auf andere Weise scheint es völlig unausweichlich.«

»Genau das habe ich auch empfunden«, sagte Michael langsam. »Als ob ich darauf gewartet hätte, diese Nachrichten zu hören.«

»Ich glaube nicht, daß die alliierten Kräfte dies als vollendete Tatsache akzeptieren und Napoleon den Thron behalten lassen.«

»Ich bezweifle das. Die Schlacht muß noch einmal geschlagen werden.« Michael dachte an die langen Kriegsjahre, die bereits vergangen waren. »Wenn Boney dieses Mal besiegt ist, dann hoffe ich bei Gott, daß sie so vernünftig sind, ihn hinzurichten oder zumindest weit weg von Europa ins Exil zu schicken.«

Clare blickte von dem Brief auf und schaute ihn offen an. »Du wirst wieder zur Armee gehen, nicht wahr?«

Natürlich vermochte Clare einen Gedanken zu erahnen, der Michael kaum gekommen war. »Wahrscheinlich. Ich denke, daß Wellington vom Wiener Kongreß abberufen wird, um das Kommando über die alliierten Truppen zu übernehmen, die gegen Napoleon aufgestellt werden. Da so viele seiner Elitesoldaten noch in Amerika sind, wird er erfahrene Offiziere brauchen.«

Clare seufzte. »Gut, daß Kenrick in zwei Tagen getauft werden wird. Es wäre schade, das ohne seinen Paten zu tun. So lange wirst du doch hier sein, oder?«

»Die Taufe würde ich mir um keinen Preis entgehen lassen.« Michael lächelte, weil er wollte, daß die Besorgnis aus ihren Augen verschwand. »Ich hoffe nur, daß der Blitz mich nicht erschlägt, wenn ich verspreche, dem Teufel und all seinen Werken abzuschwören, damit ich Kenricks geistige Entwicklung lenken kann.«

Nicholas kicherte. »Wäre Gott in solchen Dingen ein Pedant, würde jedes Taufbecken der Christenheit von verbrannten Stellen umgeben sein.«

Clare, die sich nicht ablenken lassen wollte, sagte in einem Tonfall, der fast ärgerlich klang: »Du bist froh, wieder in den Krieg ziehen zu können, nicht wahr?«

Michael dachte an das Durcheinander der Emotionen, die er beim Lesen von Luciens Brief empfunden hatte. Schock und Ärger auf den Franzosen herrschten vor, aber da waren auch tiefere, schwerer zu definierende Gefühle. Der Wunsch, für seine Sünden zu büßen. Die intensive Lebendigkeit, die er erfahren hatte, als der Tod unmittelbar drohte. Dunkle Erregung bei dem Gedanken, wieder das tödliche Handwerk auszuüben, in dem er hervorragend war. Es waren keine Gefühle, über die er sprechen wollte, nicht einmal mit Clare und Nicholas. »Ich habe immer bedauert, daß ich verwundet daheim war und am letzten Angriff von der Halbinsel nach Frankreich nicht teilnehmen konnte. Es wäre eine Art von Vollendung, ein letztes Mal gegen Frankreich zu ziehen.«

»Das ist alles schön und gut«, sagte Nicholas trocken. »Aber versuche, dabei nicht getötet zu werden.«

»Das ist den Franzosen vorher auch nicht gelungen, weshalb ich nicht annehme, daß sie es dieses Mal schaffen.« Michael zögerte und fügte dann hinzu: »Wenn mir etwas zustößt, wird die Pacht für das Bergwerk wieder an euch gehen. Ich möchte nicht, daß es Fremden in die Hände fällt.«

Clares Gesicht wurde bei diesem sachlichem Hinweis auf einen möglichen Tod angespannt. »Du brauchst dir keine Sorgen zu machen«, sagte er beruhigend. »Das einzige Mal, als ich schwer verwundet wurde, war, als ich meinen Glücksbringer nicht dabei hatte. Glaube mir, diesen Fehler werde ich nicht wieder machen.«

Neugierig fragte sie: »Was für ein Glücksbringer?«

»Es ist etwas, das Lucien in Oxford entworfen und angefertigt hat. Ich bewunderte es sehr, und so gab er es mir. Ich habe es sogar hier.« Michael zog ein silbernes Rohr aus seinem Mantel und reichte es Clare. »Lucien hat das Wort ›Kaleidoskop‹ geprägt, indem er die griechischen Worte für ›schöne Form‹ verwendete. Schau in dieses Ende und halte es ins Licht.«

Sie tat, was er gesagt hatte, und keuchte dann. »Mein Gott. Es ist wie ein gleißend farbiger Stern.«

»Dreh das Rohr langsam. Die Muster werden sich verändern.«

Ein feines Rasseln war zu hören, als sie gehorchte. Sie seufzte vor Freude. »Wundervoll. Wie funktioniert das?«

»Ich glaube, daß es nur Stückchen von gefärbtem Glas und einige Spiegel sind. Dennoch ist die Wirkung magisch.« Er lächelte, als er sich daran erinnerte, wie sehr er gestaunt hatte, als er das erste Mal hineingeblickt hatte. »Ich habe mir immer vorgestellt, das Kaleidoskop enthielte zerschlagene Regenbögen – wenn man auf die richtige Art auf die zerbrochenen Teile schaut, findet man schließlich ein Muster.«

Sie sagte leise: »Dann ist es für dich also ein Symbol der Hoffnung geworden.«

»Ich glaube, ja.« Sie hatte recht. In den Tagen, als sein Leben irreparabel zerschlagen gewesen zu sein schien, hatte er Trost gefunden, indem er die wundervollen, sich stets verändernden Muster betrachtet hatte. Ordnung aus dem Chaos. Hoffnung aus dem Leid.

Nicholas nahm das Rohr von Clare und blickte hinein. »Mmmh, wundervoll. Ich hatte das vergessen. Hätte Lucien nicht das Pech gehabt, als Earl geboren zu werden, wäre er ein erstklassiger Ingenieur geworden.«

Sie alle lachten. Mit Gelächter war leicht zu ignorieren, was die Zukunft bringen mochte.

3. Kapitel

Brüssel, Belgien

April 1815

Der Adjutant bedeutete Michael, in das Büro zu treten. Drinnen fand er den Duke of Wellington, der stirnrunzelnd einen Stoß Papiere betrachtete. Der Herzog blickte auf, und seine Miene erhellte sich. »Major Kenyon – schön, Sie zu sehen. Wurde Zeit, daß diese Narren der Horse Guards in Whitehall mir jemand schicken, der kompetent ist, statt dieser Knaben, deren einzige Empfehlung der Einfluß ihrer Familien ist.«

»Es hat ein wenig Mühe gekostet, Sir«, erwiderte Michael, »aber schließlich überzeugte ich sie, daß ich von Nutzen sein könnte.«

»Ich möchte, daß Sie später ein Regiment übernehmen, aber im Augenblick werde ich Sie für Stabsarbeit einsetzen. Ist alles ein ziemliches Durcheinander.« Der Herzog erhob sich und trat an das Fenster, so daß er einen finsteren Blick auf die niederländisch-belgischen Soldaten werfen konnte, die vorbeimarschierten. »Hätte ich meine Armee von der Halbinsel hier, wäre es leicht. Statt dessen habe ich zu viele unerfahrene britische Soldaten, und die einzigen niederländisch-belgischen Truppen mit Erfahrung sind die, welche unter Napoleons Adlern gedient haben, und sie wissen nicht, welcher Seite sie den Sieg wünschen sollen. Wahrscheinlich werden sie beim ersten Anzeichen einer Kampfhandlung davonlaufen.« Er lachte bellend auf. »Ich weiß nicht, ob diese Armee Napoleon erschrecken wird, aber, bei Gott, mich erschreckt sie.«

Michael unterdrückte ein Lächeln. Der trockene Humor bewies, daß der Herzog sich von einer Situation nicht durcheinanderbringen ließ, die einen weniger guten Mann entsetzt hätte.

Sie sprachen noch ein paar Minuten darüber, an welche Aufgabe Wellington dachte. Dann geleitete er Michael hinaus in den großen Vorraum. Mehrere Adjutanten hatten dort gearbeitet, aber jetzt hatten sie sich am anderen Ende des Raumes zu einer Gruppe versammelt.

Der Herzog fragte: »Haben Sie ein Quartier gefunden, Kenyon?«

»Nein, Sir. Ich kam direkt hierher.«

»Durch diese militärischen und modischen Auseinandersetzungen, platzt Brüssel aus allen Nähten.« Der Herzog warf einen Blick durch den Raum. Als er weißen Musselin zwischen den Offizieren aufblitzen sah, sagte er. »Das wäre eine Möglichkeit. Ist das Mrs. Melbourne, die meine Adjutanten von ihrer Arbeit abhält?«

Die Gruppe löste sich auf, und eine lachende Frau trat aus ihrer Mitte. Michael sah sie an und erstarrte von Kopf bis Fuß. Die Frau war wunderschön – atemberaubend und verstandbetäubend schön. So großartig wie seine Geliebte, Caroline, gewesen war, und ihr Anblick wirkte genauso auf ihn. Er fühlte sich wie ein Fisch, der gerade einen tödlichen Haken geschluckt hat.

Als die Dame herankam und dem Herzog ihre Hand reichte, erinnerte Michael sich daran, daß er dreiunddreißig Jahre alt war und das Alter hinter sich hatte, in dem man sich beim bloßen Anblick eines hübschen Gesichts verliebte. Doch diese Frau war schön genug, um eine Rebellion in einem Kloster auszulösen. Ihr glattes, dunkles Haar war auf eine Art schlicht nach hinten frisiert, die die klassische Perfektion ihrer Gesichtszüge betonte, und ihre anmutige Gestalt strahlte eine Sinnlichkeit aus, die jeden Mann in seinen Träumen verfolgen mußte.

Zu Wellington sagte sie scherzend: »Es tut mir leid, daß ich Ihre Offiziere abgelenkt habe. Ich kam nur vorbei, um eine Nachricht für Colonel Gordon zu überbringen. Aber ich werde sofort gehen, bevor Sie mich wegen Unterstützung und Begünstigung des Feindes einsperren!«

»Aber niemals«, sagte Wellington galant. »Kenyon, sind Sie Mrs. Melbourne je auf der Halbinsel begegnet? Ihr Gatte ist Captain beim dritten Dragonerregiment.«

Erstaunt darüber, wie ruhig seine Stimme war, erwiderte Michael: »Ich fürchte, ich hatte dieses Vergnügen nie. Die Kavallerie und die Infanterie haben einander nicht immer viel zu sagen.«

Der Herzog kicherte. »Richtig, aber Mrs. Melbourne war auch als Saint Catherine bekannt, weil sie die Verwundeten als Krankenschwester pflegte. Mrs. Melbourne, Major Lord Michael Kenyon.«

Sie wandte sich zu Michael. Etwas flackerte in ihren Augen, verschwand dann aber, als sie ihm ihre Hand reichte und ein freundliches Lächeln schenkte. Ihre Augen waren so eindrucksvoll wie alles andere an ihr, von einem Farbton wie heller, klarer Aquamarin, unvergleichbar mit allem, was er je gesehen hatte.

»Mrs. Melbourne.« Während er sich über ihre Hand beugte, lösten die Worte des Herzogs den Bruchteil einer Erinnerung in ihm aus. Gütiger Gott, konnte diese elegante, frivole Frau jene Frau sein, die er nach Salamanca in dem Lazarett gesehen hatte? Es war schwer, das zu glauben.

Als er sich aufrichtete, sagte der Herzog. »Major Kenyon ist gerade in Brüssel eingetroffen und braucht ein Quartier. Haben Sie und Mrs. Mowbry in Ihrem Haushalt noch Platz für einen weiteren Offizier?«

»Ja, wir haben Platz.« Sie machte ein komisch klägliches Gesicht. »Das heißt, wenn Sie es ertragen können, sehr beengt mit drei Kindern und einer wechselnden Zahl von Haustieren zu leben. Außer meinem Gatten und Captain Mowbry haben wir noch einen weiteren Junggesellen, Captain Wilding.«

Dieses Mal erkannte er die leise, besänftigende Stimme, die einen sterbenden Jungen bis zu seiner letzten Ruhe getröstet hatte. Diese schlanke Gestalt war tatsächlich die Dame von Salamanca. Bemerkenswert.

Der Herzog bemerkte: »Wilding ist doch ein Freund von Ihnen, nicht wahr?«

Etwas wie eine Warnung drang in Michaels Kopf, sagte ihm, daß er ein verdammter Narr sei, unter einem Dach mit einer Frau zu wohnen, die so wie diese auf ihn wirkte. Und doch hörte er sich sagen: »Ja, und ich mag Haustiere und Kinder recht gern.«

»Dann sind Sie bei uns willkommen«, sagte sie herzlich. »So, wie die Stadt sich füllt, werden wir früher oder später ohnehin noch jemand aufnehmen müssen. Dann können wir das auch gleich tun.«

Bevor Michael Gelegenheit fand, darüber nachzudenken oder höflich abzulehnen, sagte Wellington: »Dann ist das also geregelt. Ich erwarte Sie morgen früh hier, Kenyon. Mrs. Melbourne, ich hoffe, Sie nächste Woche bei einem kleinen Fest zu sehen, das ich gebe.«

Sie lächelte. »Es wird mir eine Freude sein.«

Während der Herzog in sein Büro zurückkehrte, sagte Mrs. Melbourne: »Ich bin jetzt auf dem Weg zu meinem Heim, Major. Soll ich Sie zu dem Haus führen? Es liegt an der Rue de la Reine, nicht weit vom Namur-Tor.«

Sie verließen das Gebäude an der Vorderseite. Weder eine Kutsche noch ein Mädchen warteten auf sie. Er sagte: »Sie sind doch gewiß nicht allein gelaufen?«

»Natürlich bin ich das«, sagte sie mild. »Ich genieße es, spazierenzugehen.«

Er fand, daß Brüssel auf eine Frau, die der Trommel gefolgt war, sehr zivilisiert wirken mußte, aber keine Frau, die so schön war, sollte in einer Stadt voller Soldaten allein laufen. »Dann lassen Sie mich Sie begleiten.«

Sein Bursche und seine Ordonnanz warteten zu Pferde mit seinem Gepäck in nächster Nähe. Er blieb stehen und befahl ihnen, zu folgen. Als er und Mrs. Melbourne sich auf den Weg über die Rue Royale machten, hakte sie sich bei ihm ein. Es war keine Flirtgeste. Sie hatte statt dessen jenes unbeschwerte Verhalten einer glücklich verheirateten Frau, die es gewöhnt war, von Männern umgeben zu sein.

Er fand, daß es an der Zeit war, aufzuhören, sich wie ein betäubter Ochse zu verhalten, und bemerkte: »Es ist sehr freundlich von Ihnen, mich Ihr Quartier teilen zu lassen. Ich nehme an, daß gute Quartiere schwer zu finden sein dürften.«

»Kenneth Wilding wird froh sein, daß ein anderer Infanterist unter demselben Dach ist.«

Er grinste. »Gewiß wissen Sie, daß ein Infanterist

leicht zwei Kavallerieoffizieren gleichkommt, Mrs. Melbourne.«

»Nur weil die britische Kavallerie dafür berühmt ist, den Feind so wild zu jagen, als sei man auf einer Fuchsjagd, gibt es keinen Grund, sarkastisch zu sein«, sagte sie mit einem Lachen. »Und bitte, sagen Sie Catherine zu mir. Schließlich werden wir für eine unbestimmte Zeit wie Bruder und Schwester zusammenleben.«

Bruder und Schwester. Sie war sich des lähmenden Eindrucks, den sie bei ihm bewirkt hatte, nicht bewußt, und er begann sich zu entspannen. Er hatte schon früher Quartiere mit verheirateten Paaren geteilt, und das konnte er auch jetzt. »Dann müssen Sie mich Michael nennen. Sind Sie schon lange in Brüssel?«

»Erst seit etwa vierzehn Tagen. Aber Anne Mowbry und ich haben schon früher Quartiere miteinander geteilt, und wir haben die Haushaltsführung zu einer Wissenschaft gemacht.« Sie schenkte ihm einen belustigten Blick. »Wir führen eine sehr gute Pension, wenn ich so sagen soll. Für einen Mann, der unzählige Stunden gearbeitet hat, steht immer Essen bereit. Abendessen wird für jeden serviert, der daheim ist, und gewöhnlich ist auch stets genug für einen oder zwei unerwartete Gäste vorhanden. Dafür erwarten Anne und ich umgekehrt, daß Trinkgelage anderswo abgehalten werden. Die Kinder brauchen ihren Schlaf.«

»Ja, Ma'am. Gibt es noch andere Hausvorschriften, die ich kennen sollte?«

Sie zögerte und sagte dann verlegen: »Es wäre begrüßenswert, wenn Sie Ihren Kostenanteil prompt bezahlen.«

Mit anderen Worten, das Geld war manchmal knapp. »Natürlich. Lassen Sie mich wissen, wieviel und wann.«

Sie nickte und warf dann einen Blick auf seine grüne

Schützenuniform. »Sind Sie gerade aus Nordamerika zurückgekehrt?«

»Nein. Ich hatte im letzten Jahr den Dienst quittiert, nachdem Napoleon abdankte, und ein sehr ruhiges Zivilleben geführt. Doch als ich hörte, daß der Kaiser wieder ausgerissen ist ...« Er zuckte die Schultern.

»Ein Zivilleben«, sagte sie sehnsüchtig. »Ich frage mich, wie es wohl wäre zu wissen, daß man immer in einem Haus bleiben kann.«

»Haben Sie das nie gehabt?«

Sie schüttelte den Kopf. »Mein Vater war in der Armee. Es ist deshalb das einzige Leben, das ich je kennengelernt habe.«

Kein Wunder, daß sie gelernt hatte, Komfort zu schaffen, wo immer sie hinging. Ihr Gatte war ein glücklicher Mann.

Sie begannen eine lockere Unterhaltung, denn durch die Jahre auf der Halbinsel in Spanien und Portugal hatten sie gemeinsame Erfahrungen. Es war alles sehr zwanglos – außer der Tatsache, daß er sich des leichten Drucks ihrer behandschuhten Finger an seinem Arm deutlich bewußt war.

Er beschloß, ihre erste Begegnung zu erwähnen und sagte: »Wir sind uns vor drei Jahren nach einer Schlacht begegnet, Catherine.«

Sie runzelte die Stirn. Zwischen ihren Brauen tauchte eine bezaubernde Furche auf. »Ich bedauere, aber ich fürchte, ich erinnere mich nicht.«

»Ich wurde in Salamanca verwundet. Sie gaben mir im Feldlazarett Wasser, als ich schrecklich durstig war. Nie zuvor in meinem Leben bin ich für etwas so dankbar gewesen.«

Sie wandte sich zu ihm und betrachtete sein Gesicht, als versuche sie sich zu erinnern.

»Es gab keinen Grund für Sie, sich unter so vielen an mich zu erinnern. Aber vielleicht erinnern Sie sich an den Jungen auf dem Strohballen neben mir. Er rief nach seiner Mutter, und Sie kamen daraufhin. Sie blieben bis zu seinem Tode bei ihm.«

»Ahh ...« Sie atmete aus, und ihr unbekümmerter Charme verflog, wich der Zärtlichkeit der Frau, die Jem getröstet hatte. »Armer Junge. Ich konnte so wenig tun. So *verdammt* wenig.« Sie wandte ihr Gesicht ab. »Ich denke, ich sollte mich an solche Szenen längst gewöhnt haben, aber das kann ich wohl nie.«

Ihre Schönheit hatte ihn wie ein Schlag ins Herz getroffen. Ihr Mitgefühl versetzte ihm einen zweiten, härteren Schlag, denn durch die Jahre des Krieges hatte er Güte zu schätzen gelernt. Er atmete tief und langsam ein, bevor er antwortete. »Gefühllosigkeit ist einfacher. Doch obwohl es mehr schmerzt, sollte man sich der Einzigartigkeit und des Wertes jedes Menschen, dessen Leben unseres berührt, erinnern.«

Sie warf ihm einen abschätzenden Blick zu. »Sie verstehen, nicht wahr? Die meisten Soldaten finden es besser, das nicht zu tun.« Beschwingter fuhr sie fort: »Unser Ziel ist dieses Haus an der Ecke. Die Mieten in Brüssel sind niedrig, deshalb konnten wir günstig ein Haus mit einem hübschen Garten für die Kinder, viel Stallraum und sogar eine Kutsche für einen lächerlich günstigen Preis bekommen.«

Das große, beeindruckende Haus war von einer Mauer umgeben. Michael öffnete für Catherine das Tor und winkte dann seinen Dienern, die ruhig hinter ihnen ritten. Bradley, sein junger Bursche, hatte Augen so groß wie Untertassen, während er Catherine anstarrte. Michael konnte ihm dafür schwerlich einen Vorwurf machen, da er sich genauso fühlte.

Den verzückten Gesichtsausdruck des Jungen ignorierend, beschrieb Catherine den Haushalt und winkte dann die beiden Männer zu den Ställen hinter dem Haus. Die Verwundbarkeit, die sie zuvor gezeigt hatte, war verflogen. Jetzt war sie wieder ganz die gut organisierte Soldatenfrau.

Als sie Michael hineinführte, kamen drei Kinder und zwei Hunde die Treppe hinuntergestürmt. Es war ein Ansturm kleiner, aber erstaunlich geräuschvoller Füße. Ein klarer Sopran sagte: »Wir sind fertig mit unseren Lektionen, Mama. Dürfen wir bitte im Garten spielen?«

Während die Kinder und ein langer, kurzbeiniger Hund um Catherine herumwirbelten, begann der andere Hund, ein fleckiges Tier unbestimmbarer Rasse, Michael anzubellen. Mit einem Lachen in der Stimme sagte Catherine: »Ruhig, bitte, oder wir bringen Major Kenyon in ein anderes Quartier. Clancy, hör auf zu bellen.«

Michaels Meinung über sie wurde noch höher, als nicht nur die Kinder, sondern auch der Hund abrupt schwiegen.

Catherine legte einen Arm um das größere Mädchen, das etwa zehn Jahre alt sein mußte. »Dies ist meine Tochter Amy. Amy, Major Lord Michael Kenyon. Er wird hier wohnen.«

Er verbeugte sich ernst. »Miss Melbourne.«

Das Mädchen machte einen anmutigen Knicks. Sie hatte die eindrucksvollen aquamarinblauen Augen und das dunkle Haar ihrer Mutter. »Es ist mir eine Freude, Major Kenyon.«

Catherine fuhr fort: »Und dies sind Miss Molly Mowbry und Master James Mowbry.«

Beide Kinder hatten rotes Haar und lebhafte Mienen. Mary mußte acht oder neun sein, ihr Bruder ein paar Jahre jünger. Wie Amy hatten sie untadelige Manieren.

Nachdem Molly ihren Knicks gemacht hatte, sagte sie: »Sie sind ein Lord?«

»Es ist nur ein Ehrentitel«, erwiderte er. »Mein Vater ist ein Herzog, aber ich werde kein echter Lord sein, da ich einen älteren Bruder habe.«

»Oh.« Molly überdachte das. »Captain Wilding gibt uns Zeichenunterricht. Können Sie auch etwas Nützliches?«

Amy versetzte ihr einen Stoß mit dem Ellenbogen und zischte: »Stell nicht solche Fragen.«

Molly blinzelte mit ihren großen, haselnußbraunen Augen. »War das unhöflich?«

Michael lächelte. »Nur, weil ich befürchte, daß ich keine interessanten Fähigkeiten besitze.«

»Nein?« sagte sie enttäuscht.

Er überlegte, was ein Kind interessieren könnte. Bergbau und Anlagestrategie gewiß nicht. »Nun ja, ich weiß, wann ein Sturm kommt, aber ich glaube nicht, daß ich das jemand anderen lehren kann.«

Ihre Miene erhellte sich. »Sie können es versuchen.«

Catherine fiel ein. »Der Major muß sich einrichten. Ihr drei geht hinaus und nehmt Clancy und Louis den Trägen mit.«

Michael schaute amüsiert zu, wie die Kinder und Hunde gehorchten. »Louis der Träge?«

Eine Stimme von der Treppe sagte: »Er ist der lange, lethargische Hund. Meistens schläft er. Das ist sein einziges Talent.«

Er blickte auf und sah eine feingliedrige hübsche Rothaarige die Treppe hinunterkommen. Mit einem Lächeln sagte sie: »Ich bin Anne Mowbry.«

Nachdem sie sich vorgestellt hatten, sprachen sie ein paar Minuten, bis Anne freimütig sagte: »Entschuldigen Sie mich bitte. Ich bin wieder schwanger und in dem Stadium, wo ich nichts weiter will als schlafen.«

Michael war über ihre Offenheit belustigt. Sie war attraktiv, freundlich und charmant. Und zum Glück brachte sie ihn nicht so durcheinander, wie Catherine es tat.

Nachdem Anne gegangen war, begann Catherine die Treppe hochzusteigen. »Ihr Zimmer ist hier oben, Michael.«

Sie führte ihn in eine sonnige Kammer mit Blick auf die Seitenstraße. »Kenneth ist auf der anderen Seite der Halle einquartiert. Das Bett ist frisch bezogen, da wir wußten, daß es bald belegt werden würde.«

Sie drehte sich zu ihm um. Durch diese Bewegung wurde sie vom Sonnenschein erfaßt, der durch das Fenster fiel. Ins Licht getaucht, wirkte sie wie eine Göttin, zu schön, um von dieser Welt zu sein. Und doch besaß sie die Fähigkeit, Friede und Freude um sich zu erschaffen, die ihn an Clare erinnerte.

Hinter ihr war das Bett. Ganz kurz und völlig verrückt kam ihm der Gedanke, sie in seine Arme zu nehmen und auf die Matratze zu werfen. Er würde ihre weichen Lippen küssen und die verborgenen Reiche ihres Körpers erkunden. In ihren Armen würde er entdecken, wonach er sich gesehnt hatte ...

Ihre Blicke trafen sich, und es war ein seltsamer Augenblick des Erkennens zwischen ihnen. Sie wußte, daß er sie bewunderte. Doch obwohl sie sicherlich an männliche Bewunderung gewöhnt war, senkte sie rasch den Blick und konzentrierte sich darauf, ihre Handschuhe abzustreifen. »Wenn Sie etwas brauchen, fragen Sie einfach Anne oder mich oder Rosemarie, das Dienstmädchen.«

Er zwang sich, auf den goldenen Ring zu schauen, der an ihrer linken Hand glitzerte. Sie war verheiratet. Unberührbar. Die Frau eines anderen Offiziers ... und er mußte sie *jetzt* gleich aus seinem Schlafraum schaffen. »Ich bin sicher, daß ich mich sehr wohl fühlen werde. Heute abend werde ich nicht zum Essen hier sein, aber ich freue mich darauf, den Rest des Haushaltes später kennenzulernen.«

Ohne ihn anzusehen, sagte sie: »Ich werde später ein Mädchen mit einem Hausschlüssel schicken.« Dann verschwand sie hinaus in die Halle.

Sorgfältig schloß er die Tür hinter ihr, ließ sich dann in einen Armsessel fallen und rieb seine Schläfen. Nach der Katastrophe mit Caroline hatte er sich geschworen, unter keinen Umständen jemals wieder eine verheiratete Frau anzurühren. Es war ein Schwur, den er um jeden Preis zu halten entschlossen war. Doch vielleicht war Catherine Melbourne vom Teufel dazu bestimmt worden, ihn in Versuchung zu bringen.

Der pure Egoismus dieses Gedankens brachte ein widerwilliges Lächeln auf seine Lippen. Wenn es eine Lektion bei seiner Begegnung mit Caroline gegeben hatte, dann war dies der Vorwurf an seine Selbstgefälligkeit. Er war so sicher gewesen, daß Alter und Erfahrung ihn vor den Torheiten des Verliebtseins schützen würden. Die Dummheit, sich von einem schönen Gesicht hinreißen zu lassen, war nichts für ihn.

Offensichtlich war er ein verdammter Narr gewesen, als er geglaubt hatte, immun zu sein. Doch wenn es auch nicht möglich sein mochte, seine Reaktion auf Catherine Melbourne zu beherrschen, so konnte und wollte er doch sein Verhalten unter Kontrolle haben. Er würde kein Wort sagen, keine Geste machen, die als unschicklich gedeutet werden könnten. Er würde sich ihr gegenüber so wie gegenüber Clare verhalten.

Nein, nicht so – es würde keine gelegentlichen liebevollen Küsse und Umarmungen zwischen ihm und Catherine geben. Dieses Quartier würde er wahrscheinlich kaum mehr als ein paar Wochen haben, und so lange würde er sich gewiß beherrschen können. Morgen nachmittag würde er schließlich zu beschäftigt sein, um sich einer Vernarrtheit hinzugeben.

Und doch blieb ein Gefühl von Unruhe. Er stand auf, trat an das Fenster und blickte hinaus. Alle Soldaten hatten eine Spur von Aberglauben, glaubten an das Unsichtbare. Vielleicht war die schöne Catherine wirklich eine Probe. Er hatte geglaubt, mit der Vergangenheit abgeschlossen zu haben, doch vielleicht hatte ein göttlicher Richter beschlossen, daß er mit der gleichen Situation konfrontiert werden müsse, die ihm schon einmal Leid gebracht hatte, und daß er dieses Mal seine unehrenhaften Impulse zu beherrschen habe.

Nur in einem Punkt war er grimmig entschlossen: Er würde nicht den gleichen Fehler machen, den er zuvor gemacht hatte.

4. Kapitel

Catherine ging langsam den Korridor hinunter, ohne auf ihre Umgebung zu achten. Nach all den Jahren unter Soldaten sollte sie an die Tatsache gewöhnt sein, daß fast jeder Mann in Uniform stattlich aussah. Es hatte empfängliche junge Mädchen gegeben, die vor Bewunderung in Ohnmacht sanken, wenn Colin seine Paradeuniform trug.

Dennoch war etwas besonders Anziehendes an Major Kenyon. Die dunkelgrüne Schützenuniform war schlichter als die Bekleidung anderer Regimenter. Und doch bewirkte sie etwas Wunderbares bei seinen Augen, die von einem seltsamen, faszinierenden reinen Grün waren. Die Uniform schmeichelte auch seinen breiten Schultern, dem kastanienbraunen Haar und dem schlanken, kräftigen Körper ...

Aber er sah nicht nur gut aus. Wie Wellington hatte er diese Art von unwiderstehlicher Präsenz, die ihn befähigte, in einem Raum zu dominieren, ohne daß er ein Wort sagte. Sie vermutete, daß diese Qualität aus einem tiefsitzenden Selbstvertrauen herrührte.

Obwohl sie es genossen hatte, mit ihm zu sprechen, war er sehr scharfsinnig. Sie mußte darauf achten, daß Major Kenyon keine Gelegenheit bekommen würde, ihre Fassade zu durchschauen, an deren Perfektionierung sie so hart gearbeitet hatte.

Eigenartig, daß sie so förmlich an ihn dachte. Gewöhnlich zog sie es vor, ein vertrautes Verhältnis zu den Offizieren in ihrer Umgebung zu haben. Ihr Instinkt sagte ihr, daß sie ihn nicht so nahekommen lassen solle. Zum Glück war sie Expertin darin, Männer auf sicheren Abstand zu halten.

Kopfschüttelnd ging sie in ihr Schlafzimmer, um sich mit einem Korb, der mit zu flickender Kleidung gefüllt war, zu beschäftigen. Es gab nichts Besseres als Stopfen, um wieder auf den Boden der Wirklichkeit zurückzukehren.

Catherine wollte gerade nach unten gehen, um zu sehen, welche Fortschritte das Abendessen machte, als ihr Mann hereinkam.

»In den Ställen stehen mehrere neue Pferde.« Colin nahm seinen schwarzen Lederhelm ab und warf ihn auf das Bett. »Außerdem gute. Haben wir einen neuen Quartierkameraden bekommen?«

Sie nickte und machte einen kleinen, sorgfältigen

Stich. »Major Lord Michael Kenyon von den Rifles. Er hat im letzten Jahr den Dienst quittiert, aber Napoleons Flucht veranlaßte ihn zur Rückkehr. Er ist im Stab des Herzogs, zumindest im Augenblick.«

Colin hob die Stirn. »Einer der hochgeborenen Offiziere, die Old Hookey mag, weil sie ebenso gut tanzen wie kämpfen können.« Er legte seine Jacke und sein Hemd ab. »Könnte nützlich sein, den Mann zu kennen. Hat er Interesse an dir gezeigt?«

Sie senkte den Blick und biß einen Faden ab, wünschte sich, daß Colin sein Selbstinteresse nicht ganz so direkt zeigte. Es stimmte, daß eine attraktive Frau für einen Offizier ein Vermögen wert war, aber sie haßte es, wenn er sie drängte, mit seinen Vorgesetzten zu flirten. Das erste Mal, als er das getan hatte, war sie erschrokken gewesen. Er hatte sie eilends darauf aufmerksam gemacht, daß es die Pflicht einer Ehefrau sei, die Karriere ihres Mannes zu fördern. Unausgesprochen klang darin an, daß sie andernfalls als Ehefrau unbefriedigend sei. Danach hatte sie getan, was er wünschte.

Obwohl Lord Michael ihr Aussehen offensichtlich bewundert hatte, wollte sie nichts über ihn sagen, was Colin Anlaß zu Spekulationen gab. Beiläufig sagte sie: »Major Kenyon ließ nicht erkennen, ob er von meinem berüchtigten Charme hingerissen ist. Ich weiß nicht, wie gut er tanzt, aber er hat in den meisten großen Schlachten auf der Halbinsel gekämpft.«

»Klingt, als sei das eine gute Ergänzung für das Haus. Sei besonders charmant – meine Beförderung zum Major ist überfällig, und Kenyon muß Einfluß beim Herzog haben.«

»Du wirst bald befördert werden.« Sie seufzte. »In den nächsten Monaten wird es reichlich Gelegenheiten geben, Ruhm zu erlangen.«

»Das hoffe ich wirklich.« Während Colin begann, seine Ausgehuniform anzulegen, runzelte er die Stirn. »Kenyon ... Der Name ist bekannt.« Er schnippte mit den Fingern. »Jetzt erinnere ich mich. Nach der Schlacht von Barossa ließ er für die Männer, die er befehligte, eine Gedächtnismedaille prägen. Sagte, sie hätten eine so herausragende Tat vollbracht, daß sie es verdienten, ausgezeichnet zu werden.« Colin lachte. »Kannst du dir vorstellen, daß man so etwas für eine Kompanie betrunkener Soldaten macht?«

Catherine warf ihm einen kühlen Blick zu. »Ich denke, er hat recht – außerordentlich tapfere Soldaten sollten ausgezeichnet werden. Die Rifles sind eine der besten Truppen in der Armee, und ein Grund dafür ist, daß ihre Offiziere angehalten werden, jeden ihrer Männer zu kennen und zu respektieren.«

»Gemeine Soldaten sind nicht wie wir. Seine kostbaren Truppen haben die Medaillen wahrscheinlich für einen Drink verkauft.« Ihr Mann fuhr sich mit einem Kamm durch sein hellbraunes Haar. »Ich werde mit Freunden zu Abend essen. Es wird vermutlich spät werden. Deshalb komme ich heute nacht nicht zurück.«

Sie überlegte gleichgültig, wer die Frau war. Die Damen von Brüssel waren überaus freundlich zu den alliierten Offizieren, die gekommen waren, um sie davor zu bewahren, wieder das Joch des Kaisers tragen zu müssen.

Sie erhob sich, nahm sein zerknittertes Hemd und die Wäsche und legte sie in den Wäschekorb. »Ich wünsche dir einen schönen Abend.«

»Den werde ich haben«, sagte er fröhlich.

Sie zweifelte nicht daran.

Michael aß mit Freunden von der Armee zu Abend, die

in der Region stationiert waren. Es war gut, sie zu sehen, obwohl er viele Hänseleien wegen der Tatsache einstecken mußte, daß er der Armee offensichtlich nicht fernbleiben konnte.

Wie vorhersehbar gewesen, drehte sich das Gespräch um die militärische Lage. Obwohl offiziell noch Frieden herrschte, bezweifelte niemand, daß Bonaparte wieder gegen die Alliierten marschieren würde, sobald er seine Position in Paris gefestigt hatte.

Michael kehrte spät in sein neues Quartier zurück und betrat leise das Haus. Im Foyer und auf dem Korridor oben waren Kerzen aufgestellt worden. Catherine und Anne führten wirklich eine gute Pension.

Ein Lichtschimmer war unter der Tür gegenüber seinem Zimmer zu sehen. Deshalb klopfte er an, statt in seinen eigenen Raum zu gehen. Kenneth Wildings vertrauter Bariton forderte ihn zum Eintreten auf.

Das tat Michael. Er sah, daß sein Freund in einem Skizzenbuch zeichnete. Kenneth war ein erstklassiger Karikaturist und Zeichner, ein Talent, das ihm bei seiner Arbeit als Aufklärungsoffizier in Spanien geholfen hatte.

Kenneths Augen wurden groß, als er von seiner Zeichnung aufblickte. »Gütiger Himmel, wo kommst du denn her?«

Michael kicherte. »Haben unsere lieblichen Hauswirtinnen dir nicht erzählt, daß ich jetzt in dem Raum dir gegenüber wohne?«

»Nein, ich bin erst vor kurzem heimgekommen, und alle waren bereits zu Bett gegangen.« Kenneth stand auf und nahm Michaels Hand. »Verdammt, es ist schön, dich zu sehen.«

Kenneth Wilding war dunkel, breit gebaut und knorrig, und er sah mehr wie ein Arbeiter als ein Offizier und Gentleman aus. Er war einer der wenigen Offiziere, die aus dem Mannschaftsstand befördert worden waren, eine Auszeichnung, die üblicherweise nur nach selbstmörderischen Heldentaten vergeben wurde. Er war noch Sergeant und hatte Michael vor Schwierigkeiten bewahrt, als dieser bei seinem ersten Kommando noch ein sehr grüner Subalternoffizier gewesen war. Freundschaft war aus gegenseitigem Respekt erwachsen.

Michael musterte das Gesicht seines Freundes, während sie einander die Hände schüttelten. Er war froh, zu sehen, daß die schreckliche Anspannung, die der Feldzug auf der Halbinsel darin hinterlassen hatte, wenigstens zum Teil verschwunden war. »Ich habe drüben Whisky. Soll ich ihn herholen?«

»Diesen Fusel habe ich nicht mehr getrunken, seit du Spanien verlassen hast«, sagte Kenneth, in dessen grauen Augen Humor blitzte. »Ich habe ihn ziemlich vermißt. Im Vergleich zu Whisky wirkt Brandy viel zu zivilisiert.«

Michael ging, um die Flasche zu holen, und stolperte fast über Louis den Trägen, der es sich vor seiner Tür bequem gemacht hatte. Als er in Kenneth's Zimmer zurückkehrte, folgte ihm der Hund und streckte sich so aus, daß sein Kiefer auf Michaels Stiefel ruhte. Er musterte Louis amüsiert. »Begrüßt dieses Tier alle Besucher so oder habe nur ich das Pech?«

Kenneth holte zwei Gläser und schenkte ihnen beiden einen Drink ein. »Betrachte das als Auszeichnung. Wenn Louis Wache hält, wird jeder potentielle Angreifer vor Lachen sterben.«

Nachdem sie Neuigkeiten ausgetauscht hatten, sagte Michael: »Sind Catherine und Anne real oder nur Produkte meiner fiebrigen Phantasie?«

»Sie sind erstaunlich, nicht wahr? Ich hatte das Glück,

in Toulouse mit ihnen ein Château zu teilen. Als ich erfuhr, daß sie in Brüssel sind, kam ich auf den Knien zu ihnen, um zu fragen, ob es ein Quartier für einen Schützen gäbe. Sie sind wirklich Könner in der Kunst, Männer sich wohl fühlen zu lassen, gut zu ernähren und froh zu machen.«

Michael, der wußte, daß er nicht so interessiert sein sollte, fragte: »Wie sind ihre glücklichen Ehemänner?«

Kenneth schluckte seinen Whisky herunter. »Du wirst Charles Mowbry mögen. Sehr ruhig, aber sehr fähig und mit einem kauzigen Sinn für Humor.«

»Was ist mit Melbourne?«

Kenneth zögerte, bis Michael bemerkte: »Dein Schweigen ist etwas rätselhaft.«

Sein Freund betrachtete sein Whiskyglas. »Ich kenne Melbourne nicht gut. Er ist ein durch und durch rauher Kavallerist. Du kennst die Sorte – nicht unintelligent, aber er sieht keinen Grund, seinen Verstand zu gebrauchen. Dennoch ist er ein guter Offizier, wie ich gehört habe. Sehr furchtlos.«

»Mut ist in der Kavallerie üblich. Eine Bewertung ist selten. Ist er die bewundernswerte Catherine wert?«

»Ich bin nicht in der Lage, das zu sagen.« Kenneth beugte sich vor und kratzte Louis hinter dessen Schlappohren. »Offensichtlich glaubt sie es. In Spanien hat sie den Spitznamen Saint Catherine bekommen, sowohl wegen ihrer Tugendhaftigkeit, als auch wegen der Krankenpflege, die sie geleistet hat. Die Hälfte der Männer, denen sie begegnet, verliebt sich in sie, aber sie hat nie jemand anderen angesehen als ihren Mann.«

Das wies Michael in seine Schranken. Er war nur einer in einer großen Menge. Dennoch war er froh zu hören, daß sie ebenso gut wie schön war. Einst hatte er nicht geglaubt, daß solche Frauen existierten.

Er überlegte, was Kenneth nicht sagte, hatte aber genügend Fragen gestellt. Er nahm das Skizzenbuch seines Freundes vom Tisch auf. »Darf ich?«

»Wenn du magst.«

Michael lächelte über die Karikatur, an der Kenneth gearbeitet hatte. »Raffiniert die Art, wie du Bonaparte als grinsenden Wasserspeier gezeichnet hast. Du solltest das an eine Druckerei verkaufen, damit es reproduziert werden kann.«

Kenneth lehnte den Vorschlag mit einem Schulterzukken ab. Er wich immer Komplimenten aus, indem er sagte, daß sein Talent nicht mehr als eine bescheidene Begabung fürs Zeichnen sei.

Michael durchblätterte die Seiten des Skizzenbuches. Nach mehreren architektonischen Studien eines prächtigen barocken Rathauses, fand er eine Zeichnung von Amy Melbourne und den Mowbry-Kindern beim Spielen. Mit wenigen schnellen Strichen hatte Kenneth die flüssigen Bewegungen eines Laufspieles eingefangen und dazu den Charakter jedes Kindes. Es erstaunte Michael immer wieder, daß sein Freund mit seinen großen Händen so subtil und anmutig zeichnen konnte.

»Das ist eine schöne Zeichnung der Kinder.« Während er das Blatt umschlug, fügte er hinzu: »Das erste, was Molly sagte, war, daß du ihnen Zeichenunterricht erteilst.«

Kenneth lächelte leicht. »Die beiden Mädchen sind gute Schülerinnen. Jamie ist an nichts interessiert, was nicht vier Hufe, eine Mähne und einen Schweif hat.«

Nach weiteren Skizzen der Kinder und einer von Anne Mowbry, schlug Michael die Seite um und sah Catherine Melbourne vor sich. Sein Herz verkrampfte sich bei diesem Bild, auf dem sie an einer Felsküste stand und ihr Gesichtsausdruck überirdisch war. Seewind zauste ihr dunkles Haar wie ein Banner und preßte ihre klassische Tunika an die Rundungen ihrer wundervollen Gestalt.

Er studierte das Bild hungrig, auf eine Art, die bei einer leibhaftigen Frau unhöflich gewesen wäre. Er versuchte, beiläufig zu klingen, als er sagte: »Eine gute Zeichnung von Catherine. Soll sie hier eine griechische Göttin sein oder vielleicht die legendäre Sirene, deren Lieder Männer in den Untergang locken?«

»Die Sirene.« Kenneth runzelte die Stirn. »Aber das Bild ist nicht so gut. Ihre Gesichtszüge sind so gleichmäßig, daß sie schwer zu zeichnen ist. Und dann hat sie so einen gequälten Ausdruck in den Augen, den ich nicht einfangen konnte.«

Michael betrachtete das Bild noch aufmerksamer. »Aber etwas davon hast du hineingebracht. Was sollte eine wunderschöne Frau quälen?«

»Ich habe keine Ahnung«, erwiderte Kenneth. »Trotz ihrer ungezwungenen Art, gibt Catherine nicht viel von sich preis.«

Es gab definitiv etwas, das sein Freund nicht sagte, aus dem sehr guten Grunde, daß Catherine Melbournes Privatleben Michael nichts anging. Doch als er sich der nächsten Seite zuwandte, sagte er einfach: »Wenn du je eine Zeichnung von ihr machst, die du nicht haben willst, nehme ich sie gerne.«

Kenneth warf ihm einen scharfen Blick zu, sagte aber nur: »Nimm die, wenn du willst. Wie gesagt, ich war damit nicht zufrieden.«

Michael nahm die Zeichnung heraus und fuhr dann damit fort, in dem Skizzenbuch zu blättern. Er war ein verdammter Narr, um das Bild einer Frau zu bitten, die nie Teil seines Lebens sein konnte. Doch wenn er alt und grau war, sofern er so lange lebte, würde er sich an ihr

Gesicht erinnern wollen und an das Gefühl, das sie bei ihm ausgelöst hatte.

Wellington hatte recht damit, daß die Situation ein völliges Durcheinander war. Kaum war Michael am nächsten Morgen im Hauptquartier eingetroffen, wurde er mit einem Berg Arbeit überschüttet, die Vorratsbeschaffung und Ausrüstung einschloß. Wie der Herzog bissig sagte, mochte Major Kenyon zwar kein Quartiermeister sein, aber er wußte zumindest, was kämpfende Männer brauchten.

Die Arbeit erforderte völlige Konzentration, und am Ende des Tages war Michaels heftige Reaktion auf Catherine Melbourne nicht mehr als eine vage Erinnerung. Er kehrte zum Abendessen in das Haus an der Rue de la Reine zurück und dachte, daß es gut sein würde, sie wiederzusehen. Sie war eine zauberhafte, schöne Frau, aber es gab für ihn keinen Grund, sich wie ein liebestoller Jugendlicher zu verhalten. Eine zweite Begegnung würde ihn von seiner sich entfaltenden Besessenheit kurieren.

Catherine hatte erwähnt, daß es Brauch im Hause sei, sich vor dem Essen zu einem Sherry zusammenzufinden. Michael ging hinunter und fand im Salon Anne Mowbry und einen Gentleman.

»Ich bin froh, daß Sie heute abend zum Essen hier sein können, Michael.« Anne drehte ihren Kopf so, daß ihre kastanienbraunen Locken tanzten. »Dies ist mein Mann, Captain Charles Mowbry.«

Mowbry begrüßte ihn mit einem freundlichen Händedruck. »Ich habe Ihre Pferde bewundert, Major Kenyon. Es scheint nicht fair, daß so erstklassige Pferde für einen Infanterieoffizier vergeudet werden.«

Michael lachte. »Sie haben zweifellos recht, aber ich

habe einen Freund, der Halbzigeuner ist, und die Pferde, die er züchtet, sind wundervoll. Ich hatte das Glück, daß er mir zwei verkaufte. Gewöhnlich gibt er sie nur ab, wenn er dafür den erstgeborenen Sohn eines Mannes bekommt.«

Mowbry warf seiner Frau einen neckenden Blick zu. »Es lohnte doch, Jamie gegen diesen Braunen zu tauschen, oder?«

Sie verdrehte ihre Augen. »Frag mich das nicht heute. Nach dem Ärger, den Jamie gemacht hat, bin ich bereit, über jedes Angebot nachzudenken!«

Sie alle lachten. Bald plauderten sie wie alte Freunde. Dann erschien Catherine Melbourne im Türrahmen. Sie trug ein schimmerndes, meergrünes Kleid, das ihre bemerkenswerten Augen betonte. »Guten Abend zusammen«, sagte sie gelassen.

Michael schaute zu ihr, und seine sichere Überzeugung, daß er immun gegen ihre Schönheit sei, zerbrach in Stücke. Das Beste, was man sagen konnte, war, daß dieses Gefühl, mitten ins Herz getroffen zu sein, keine Überraschung mehr war.

Er musterte Catherine, als sie den Raum zu den anderen durchquerte. Ihre Erscheinung war weit mehr als Schönheit und Herzlichkeit, obwohl sie beides im Übermaß besaß. Kenneth hatte mit seinem Künstlerblick die gequälte Verwundbarkeit unter ihrem hinreißenden Äußeren erkannt, und jetzt konnte Michael sie ebenfalls sehen. Catherine war das gefährlichste aller Geschöpfe: eine Frau, die ebenso Zartheit wie Verlangen erregte.

»Guten Abend.« Als Kind hatte er gelernt, seine Gefühle zu verbergen, und jetzt beschwor er ein ganzes Leben der Selbstbeherrschung, damit niemand, vor allem nicht sie, ahnte, was er fühlte. »Ich muß meinem

Glücksstern dafür danken, daß ich dieses Quartier gefunden habe. Es ist das einzige, das ich je hatte, das einen Hund einschließt, der auf meinem Bett schläft.«

Ihre Augen glitzerten schelmisch. »Interessant. Wenn ich ein Hund wäre, würde ich es mir zweimal überlegen, ob ich Sie belästige. Offensichtlich wußte Louis es besser. Er hat Sie bereits um seine Pfote gewickelt.«

Während Michael noch überlegte, ob er so abschrekkend wirkte, begannen die Mowbrys Geschichten über Louis den Trägen zu erzählen. Er war eindeutig ein Hund, der Eindruck hinterließ, wohin er auch ging.

Kenneth kehrte nicht zum Abendessen zurück, aber ein paar Minuten später erschien Colin Melbourne. Der Mann war sehr stattlich, besaß jenes Selbstvertrauen, das aus völligem Mangel an Selbstzweifel resultiert. Catherine ging zu ihrem Mann und nahm seinen Arm. Die beiden waren ein prächtiges Paar. »Colin, ich möchte dir unseren neuesten Mitbewohner vorstellen.«

Nach der Vorstellung sagte Melbourne herzlich: »Schön, Sie kennenzulernen, Lord Michael. Solange dieser Raum leer war, bestand die Gefahr, daß hier jemand einquartiert werden würde, der unpassend ist. Zum Beispiel ein weiterer sogenannter Offizier, der aus dem Mannschaftsstand befördert worden ist.«

Die Mowbrys und Catherine bewegten sich unbehaglich, aber Michaels Ärger wandelte sich zu Erleichterung. Er hatte befürchtet, daß er Melbourne nicht mögen würde, weil er Catherines Mann war. Statt dessen mochte er diesen Mann wegen seines aufdringlichen Snobismus nicht. Kein Wunder, daß Kenneth zurückhaltend über ihn gesprochen hatte. Mit scharfer Stimme sagte Michael: »Jemand wie Kenneth Wilding, zum Beispiel?«

Plötzlich vorsichtig, sagte Melbourne: »Sollte keine Verunglimpfung sein. Für einen Mann seiner Klasse schafft Wilding es ganz gut, das Benehmen eines Gentleman nachzuahmen. Aber dennoch gibt es für Herkunft keinen Ersatz. Als Sohn des Herzogs von Ashburton werden Sie dem sicher beipflichten.«

»Ich kann nicht sagen, daß ich je einen unmittelbaren Zusammenhang zwischen Herkunft und Charakter gesehen hätte. Schließlich war Kenneth so geschmacklos, nach Harrow zu gehen. Von dem einzigen Sohn des Lord of Kimball hätte man Besseres erwartet.« Michael trank seinen Sherry aus. »Doch selbst ein alter Etonmann wie ich muß zugeben, daß Absolventen von Harrow gewöhnlich wie Gentlemen wirken.«

Melbournes Unterkiefer fiel herunter. Da Harrow ebenso renommiert wie Eton war, konnte selbst einem schlichten Kavalleristen der Sarkasmus nicht entgehen.

Melbourne fing sich und sagte mit entwaffnender Betroffenheit: »Verzeihen Sie mir – ich habe mich gerade zu einem verdammten Narren gemacht, nicht wahr? Ich habe mit Wilding nie viel gesprochen, und ich habe den Fehler gemacht, zu glauben, er sei nicht mehr als ein emporgekommener Sergeant.«

Das war gut gemacht, obwohl Melbournes Charme sein ungehobeltes Benehmen nicht ganz überwog. Michael erwiderte: »Wahrscheinlich war es Kenneth's seltsame Art von Humor, die ihn veranlaßte, Sie Ihre Vorurteile weiter pflegen zu lassen.«

Melbourne runzelte die Stirn. »Wenn er wirklich der Honorable Kenneth Wilding ist, warum hat er sich dann als gemeiner Soldat anwerben lassen?«

Michael kannte die Antwort, aber die ging den anderen Mann nichts an. Er sagte nur: »Kenneth mag eine Herausforderung. Er war mein Sergeant, als ich frischer Subalterner war. Es war ein Glück, daß ich ihn hatte. Nachdem er und seine Gruppe ihnen dreifach überlegene Franzosen gefangengenommen hatten, schlug ich ihn zur Beförderung vor.« Er setzte sein Glas mit einem hörbaren Klicken auf dem Tisch ab. »Ich war erstaunt darüber, daß die Armee wirklich den Verstand besaß, ihn zum Offizier zu machen.«

Seine Bemerkung löste eine lebhafte Diskussion über die Dummheit der höheren Ränge der Armee aus, ein Thema, das die Gruppe bis zum Abendessen beschäftigte. Es war ein angenehmes Mahl mit ausgezeichnetem Essen und guter Konversation. Selbst Colin Melbourne war kein schlechter Gesellschafter, obwohl er offensichtlich in seinem ganzen Leben nie einen originellen Gedanken gehabt hatte.

Doch als das Essen vorbei war, konnte Michael sich an keinen einzigen Bissen erinnern, den er gegessen hatte. Woran er sich erinnerte, war Catherines elegantes Profil, ihr herzliches Lachen und die Glätte ihrer cremefarbenen Haut.

Er beschloß, künftig auswärts zu essen, wann immer das möglich war.

5. Kapitel

Es war weit nach Mitternacht, als Michael die Küchentür öffnete. Er erstarrte. »Entschuldigung, ich hatte nicht erwartet, hier jemand zu finden.«

Catherine Melbourne blickte von dem Herd auf, wo sie Holz ins Feuer nachlegte. »Dafür gibt es auch keinen Grund – alle vernünftigen Bürger sind im Bett.« Sie erhob sich und wischte ihre Hände ab. »Der Herzog muß Sie sehr beschäftigen. Sie sind jetzt eine Woche hier, und ich glaube, ich habe Sie nur einmal gesehen.«

Es war vielleicht klüger, sich zurückzuziehen, aber das wäre unverzeihlich unhöflich. Michael trat in die Küche. »An den meisten Abenden habe ich die Flagge bei Gesellschaften gezeigt, die Leute aus der englischen Schickeria geben. Sie sind nach Brüssel in der Hoffnung gekommen, Aufregendes zu erleben.«

»Das hatte ich vermutet. Wellington hat es schon immer geschätzt, wenn seine hochrangigen Offiziere wichtige gesellschaftliche Funktionen wahrnehmen, und das besonders jetzt, da er nicht will, daß Zivilisten wegen der militärischen Situation zu beunruhigt sind.« Sie schenkte ihm ein aufreizendes Lächeln. »Ich bin sicher, Sie sind sehr begehrt, um all den Bällen und Abendgesellschaften aristokratischen Glanz zu verleihen.«

Michael verzog das Gesicht. »Ich fürchte, es ist so. Aber warum habe ich Sie nicht gesehen? Wellington ist auch ganz versessen auf die Gesellschaft attraktiver Damen, weshalb ich annehmen würde, daß Sie und Anne und Ihre Ehemänner auf den Gästelisten obenan stehen.«

»Gewöhnlich werden wir eingeladen, aber Colin ist oft ... anderweitig beschäftigt.« Sie ergriff einen Holzlöffel und rührte in einem Topf, der auf dem Herd brodelte. »Wenn Anne und Charles ausgehen, begleite ich sie normalerweise, aber sie fühlt sich zu müde, um an Gesellschaften teilzunehmen. Deshalb bin ich in letzter Zeit nicht ausgegangen. Außer natürlich zu den Gesellschaften, die der Herzog selbst gibt. Dahin geht jeder.«

Michael zögerte, bevor er das Angebot machte, das er jeder anderen Frau automatisch und ohne Umstände machen würde. »Wenn Sie einen Begleiter brauchen, wäre es eine Ehre für mich, zu Ihrer Verfügung zu stehen.«

Sie hob schnell den Kopf und musterte seinen Gesichtsausdruck. Offensichtlich zufrieden mit dem, was sie sah, sagte sie: »Danke. Es gibt Veranstaltungen, an denen ich gern teilhaben würde, aber allein möchte ich nicht gehen.«

»Schön. Sagen Sie Bradley, meinem Burschen, welche Feste Sie besuchen möchten, und ich werde zu Ihrer Verfügung stehen.« Er hielt eine Hand vor den Mund, um ein Gähnen zu verdecken. »Aber heute bin ich nach Gent und zurück geritten. Ich habe seit dem Frühstück nichts gegessen. Deshalb beschloß ich, die Speisekammer zu plündern. Sind Sie auch auf der Suche nach einer späten Mahlzeit gekommen?«

Sie warf ihren langen Zopf über ihre Schulter, als sie sich von dem Topf aufrichtete. Locken glänzenden dunklen Haares ringelten sich um ihren schlanken Hals. »Ich konnte nicht schlafen. Ich kam herunter, um etwas Milch zu erhitzen, aber diese Suppe duftete so gut, daß ich meine Meinung anderte.«

Der blasse Saum eines Nachthemdes zeigte sich unter ihrem leichten blauen Baumwollmorgenmantel. Obwohl die Kleidung sie mehr als ein normales Kleid bedeckte, war die Wirkung beunruhigend intim. Schlimmer noch, die Küche war nur von zwei Kerzen und dem Feuer erleuchtet, und die schattige Dunkelheit wirkte eher wie ein Schlafzimmer ...

Er sah beiseite. »Gibt es eine Haushaltsvorschrift für spätabendlichen Küchendiebstahl?«

»Eigentlich nicht – was immer Sie finden, steht Ihnen als gerechte Beute zu. Gewöhnlich kocht Suppe auf dem Feuer. Dies hier ist eine sehr schöne Mischung aus Huhn und Gemüse.« Sie deutete auf die Speisekammer. »Dort gibt es auch kaltes Fleisch, Käse und Brot. Bedienen Sie sich, während ich den Tisch für Sie decke.«

»Sie brauchen mich nicht zu bedienen.«

»Warum nicht?« Sie trat an einen Schrank und nahm

schwere weiße Servierteller heraus. »Ich kenne mich in dieser Küche aus, und ich habe keinen so schweren Tag wie Sie gehabt.«

»Ich dachte, die Erziehung von Kindern sei die schwerste Arbeit, die es gibt.«

Sie hob die Brauen. »Männer sollten das nicht wissen.«

»Eine Frau ist einmal schwach geworden und offenbarte mir dieses Geheimnis.«

Sie betrachtete ihn nachdenklich. »Ich könnte mir vorstellen, daß Ihnen Frauen immer Geheimnisse anvertrauen.«

Er zog es vor, die Unterhaltung unpersönlich zu belassen und ging mit seiner Kerze in die Vorratskammer. »Die Käse hier sind wundervoll, nicht wahr? Und die Brote auch.«

»Das Essen ist so gut, daß leicht zu verstehen ist, warum die Franzosen glauben, das Land sollte ein Teil Frankreichs werden. Mögen Sie Wein? Hier steht ein Krug mit sehr anständigem Landwein.«

»Klingt wundervoll, aber ich muß Sie warnen. Zwei Gläser, und ich schlafe am Tisch ein.«

»Falls das geschieht, werde ich eine Decke um Sie legen«, sagte sie gelassen. »Dies ist ein sehr pragmatischer Haushalt.«

Als Michael aus der Vorratskammer kam, war der Tisch gedeckt, und Teller mit dampfender Suppe standen bereit. Kenneth hatte recht – Catherine war eine Expertin darin, Männer glücklich zu machen und gut zu nähren. Sie wäre ein seltener Gewinn, selbst wenn sie nicht schön wäre.

Als er begann, den Käse zu schneiden, hörte er das Winseln eines Hundes. Er schaute unter den Tisch und entdeckte Louis, der ihn mit einem kläglichen Blick betrachtete. Er grinste und warf dem Hund ein kleines Stück Käse zu, das dieser geschickt in der Luft aufschnappte. »Für ein Tier, das Louis der Träge heißt, ist er bemerkenswert gut darin, immer dort aufzutauchen, wo Menschen oder Essen zu finden sind.«

Catherine lachte. »Er gehört zu einer alten französischen Jagdhundrasse, die *Basset* genannt wird, weil sie so kleinwüchsig ist. Er ist wie die französischen Soldaten auf der Halbinsel ein erstklassiger Plünderer. Er und die Küchenkatze kämpfen immer um die besten Bissen.«

Ein höfliches Miauen verkündete, daß eine dicke Katze neben Michaels Stuhl materialisiert war. Der Fairneß halber gab er ihr eine Scheibe Schinken, bevor er sich seinem Essen zuwandte.

In den nächsten Minuten herrschte Stille. Doch obwohl er eine beachtliche Menge verzehrte, war er sich sehr wohl bewußt, daß Catherine an der anderen Seite des Tisches saß. Selbst die Bewegung ihrer Kehle, wenn sie schluckte, war erotisch. Aber paradoxerweise war ihre Anwesenheit angenehm. Seine Geliebte, Caroline, war vieles gewesen, aber nie angenehm.

Catherine merkte, daß sein Teller leer war, und fragte: »Möchten Sie noch Suppe?«

»Bitte.«

Sie ergriff den Teller und ging zur Feuerstelle, die groß genug war, um ein Kalb darauf zu braten. Als sie sich über den Suppentopf beugte, schwangen ihre Brüste unter dem weichen Stoff ihres Morgenmantels. Er erstarrte, war unfähig, den Blick abzuwenden.

Louis erhob sich und folgte ihr hoffnungsvoll. »Geh weg, Hund«, sagte sie bestimmt, während sie Suppe auf den Teller schöpfte.

Den Befehl ignorierend, winselte Louis, stellte sich auf seine Hinterbeine und schlug mit seinem Kopf auf den

Teller. Er neigte sich, und Suppe spritzte auf den Herd. Sie sprang zurück und sagte dann streng: »Du bist für eine Auffrischungslektion in guten Manieren fällig, Louis.« Der Hund senkte in komisch wirkendem Schuldgefühl seinen Kopf.

Michael lächelte über diese Episode. Er fühlte sich wohler als bei jedem der glitzernden gesellschaftlichen Ereignisse der letzten Woche, behielt aber die Kontrolle, was sein Gefühl, zu Catherine hingezogen zu sein, betraf.

Catherine füllte den Teller nach und wandte sich zu ihm. Da seine ganze Aufmerksamkeit auf ihr Gesicht gerichtet war, dauerte es einen Moment, bis er bemerkte, daß Flammen an der linken Seite ihres Morgenmantels leckten. Sein Herz machte vor Entsetzen einen Satz. Als sie zurückgetreten war, mußte der Saum die glühenden Kohlen gestreift haben.

Er sprang auf und lief um den Tisch herum. »Catherine, Ihr Morgenmantel brennt!«

Sie blickte hinunter und stieß ein entsetztes Keuchen aus. Der Teller fiel zu Boden, und Louis schoß davon, aber Catherine bewegte sich nicht. Wie gelähmt starrte sie auf die gelborangen Flammen, die das leichte Gewebe mit immer größerem Hunger verschlangen.

In den Sekunden, die Michael brauchte, um die Küche zu durchqueren, flackerte das Feuer fast bis zum ihrem Ellenbogen hoch. Er öffnete ihren Gürtel mit einem Ruck und riß ihr den Morgenmantel so heftig von den Schultern, daß er sie fast umwarf. Sie mit seiner linken Hand stützend, schleuderte er das brennende Kleidungsstück mit seiner rechten in den Kamin. Eine Fontäne von Funken schoß in den Kamin hoch.

Seine versengten Knöchel ignorierend, zog er sie vom Herd fort und drehte sie zu sich um. »Alles in Ordnung mit Ihnen?«

Eine dumme Frage. Sie stand unter Schock. Ihr Gesicht war so weiß wie ihr Nachtgewand. Aus Angst, sie würde zusammenbrechen, zog er sie in seine Arme. Ihr Herz hämmerte so heftig, daß er es an seinen Rippen spüren konnte, und sie schien ihn kaum wahrzunehmen.

»Sie sind in Sicherheit, Catherine«, sagte er scharf. »Sie sind in Sicherheit.«

Sie verbarg ihr Gesicht an seiner Schulter und begann zu schluchzen. Er hielt sie fest und murmelte tröstende Worte. Ihr dunkler, seidiger Zopf glitt verführerisch über seinen Handrücken. Voller Schuldgefühl war er sich jedes Zentimeters ihres Körpers bewußt, der an seinen gepreßt war – und ihres Rosenwasserduftes und ihres weichen Busens, der gegen seine Brust drückte.

Näher würde er ihr niemals sein. Und doch konnte er es nicht genießen, weil es unmöglich war, wirkliche Freude über ihre Nähe zu empfinden, wenn sie außer sich war.

Allmählich versiegten ihre Tränen, aber sie war noch immer erschreckt, und ihr Atem ging schnell und flach. Behutsam führte er sie zu einem Stuhl. Sie begrub ihr Gesicht in ihren Händen und entblößte dabei die zerbrechliche Beuge ihres Nackens.

Als er seine Jacke ablegte, sah er, daß die Aureolen ihrer Brüste unter dem weißen Musselinnachthemd schwach zu sehen waren. Der quälende Anblick bewirkte, daß er erregt zu werden begann.

Gütiger Gott, was für eine Art von Tier war er, daß er Verlangen nach einer Frau spürte, die vor Furcht zitterte? Sowohl aus Gründen der Schicklichkeit, als auch um sie zu wärmen, legte er die schwere Tuchjacke um ihre Schultern. Das Kleidungsstück war viel zu groß. Deshalb schlug er die mit Litzen besetzten Aufschläge auf ihrer Brust übereinander, wobei er sorgsam darauf achtete, ihre Brüste nicht mit seinen Fingern zu streifen. Sie starrte ihn benommen an und sprach noch immer nicht.

Er kniete sich vor sie und nahm ihre Hände. Die dunkelgrüne Jacke intensivierte den Farbton ihrer aquamarinblauen Augen. »Soll ich Ihren Gatten holen?«

Unsicher sagte sie: »Colin ist heute nacht nicht daheim.«

»Wollen Sie, daß ich Anne wecke?«

»Wirklich, es geht mir gut.« Sie versuchte zu lächeln. »Es ist nicht nötig, jemand anderen zu beunruhigen.«

»Lügnerin.« Er begann, ihre kalten Finger zu reiben. »Ich habe selten jemand gesehen, der weniger gut aussah.«

Sie gab ein tränenersticktes Kichern von sich. »Ich bin eine Schande für die Armee, nicht wahr?« Sie ballte ihre Hände zu Fäusten. »Gewöhnlich bin ich ganz vernünftig, aber ... meine Eltern kamen bei einem Feuer ums Leben.«

Er zuckte zusammen, weil er ihre erschütternde Reaktion auf den Unfall verstand. »Es tut mir so leid. Wie ist es geschehen?«

»Ich war sechzehn«, sagte sie zögernd. »Das Regiment meines Vaters war in Birmingham stationiert. Wir mieteten ein zauberhaftes altes Cottage, das den ganzen Sommer über mit Rosen bedeckt war. Ich dachte, es müßte wundervoll sein, immer dort zu leben. Dann kam der Winter, und eines Nachts fing der Kamin Feuer. Ich erwachte, weil ich Rauch roch. Ich schrie, um meine Eltern zu wecken, aber das Feuer war bereits außer Kontrolle. Mein Schlafzimmer war im Erdgeschoß, und so konnte ich durch das Fenster entkommen.« Sie schloß ihre Augen und erschauerte. »Meine Eltern waren oben. Ich schrie weiter, bis das halbe Dorf dort war, aber ... Mama und Papa erwachten nie.«

Er drückte ihre Hände und stand dann auf. »Ist in dem Schrank im Eßzimmer Brandy?«

»Ja, aber wirklich, es ist nicht nötig.«

Er ignorierte ihren Protest und sagte: »Wird alles in Ordnung mit Ihnen sein, während ich die Flasche hole?«

In einem Anflug von Humor sagte sie: »Glauben Sie mir, ich werde eine Weile nirgendwo hingehen.«

Er zog die Küchenkatze unter dem Tisch hervor und setzte sie ihr in den Schoß. »Hier. Es gibt wenige Dinge, die tröstlicher sind, als eine schnurrende Katze.« Dann nahm er eine Kerze und ging mit langen, geräuschlosen Schritten.

Catherine lehnte sich in dem Stuhl zurück und streichelte das weiche Fell der Katze. Es war gut, daß Michael ihr die Katze gegeben hatte, denn ihre zerbrechliche Seelenruhe verschwand mit ihm. Ihr war nicht klar gewesen, wie sicher sie sich bei ihm gefühlt hatte, bis er gegangen war.

Als sie an sich herunterblickte und den versengten Saum ihres Nachthemdes sah, begann wieder Panik in ihr aufzusteigen. Sie zog Michaels Jacke enger um ihre Schultern. Die Wärme seines Körpers war noch immer darin. Als er das Kleidungsstück um sie gelegt hatte, hatte die Zärtlichkeit der Geste sie wieder den Tränen nahegebracht. Seit ihrer Kindheit hatte sie nie mehr das Gefühl gehabt, so umsorgt zu sein.

Streng erinnerte sie sich selbst daran, daß sie unverletzt geblieben war und es keine Entschuldigung für Hysterie gab. Ein Handtuch lag auf der Lehne ihres Stuhles, und sie nahm es und putzte sich die Nase. Dann konzentrierte sie sich darauf, die nervöse Katze zu beruhigen. Als Michael schließlich zurückkehrte, schnurrte die Katze, und Catherine wirkte äußerlich ruhig.

»Trinken Sie aus. Das brauchen Sie.« Er schenkte

Brandy in zwei Gläser und reichte ihr eines. Dann setzte er sich auf den Stuhl ihr gegenüber. Er saß zwanglos da, hatte einen Arm auf sein übergeschlagenes Bein gelegt, aber sein wachsamer Blick war auf ihr Gesicht gerichtet.

»Danke.« Sie nippte den Brandy und war dankbar dafür, wie er ihre Knochen wärmte. »Da wir ohne Feuer nicht leben könnten, muß ich meine Furcht davor unterdrücken. Ich wußte nicht, wieviel Angst in mir steckt. Wären Sie nicht hier gewesen, hätte ich wahrscheinlich wie ein entsetztes Kaninchen dagestanden, während ich verbrannte.«

»Ihre Furcht ist berechtigt«, sagte er ruhig. »Ganz abgesehen von der Tragödie mit Ihren Eltern, sind viel zu viele Frauen bei ähnlichen Unfällen wie Ihrem umgekommen oder schrecklich verletzt worden.«

»Dank Ihnen ist das nicht geschehen.« Sie lehnte sich in ihrem Stuhl zurück und rieb mit einem Finger das Kinn der Katze, während sie trank.

Seltsam, wie angenehm das Feuer jetzt war, das sie so entsetzt hatte. Sein rötliches Glühen spiegelte sich an einigen Stellen in Michaels Haar. Bei ihrer ersten Begegnung hatte sie sein strenges, stattliches Aussehen als beunruhigend empfunden. Er hatte sie an ein fein geschärftes Schwert erinnert, eine Qualität, die sie bei vielen anderen Männern gesehen hatte, die geborene Krieger waren. Sehr schnell hatte sie seinen Humor entdeckt, aber diese Beinahekatastrophe war nötig gewesen, um seine Liebenswürdigkeit erkennen zu können.

Sie bemerkte erst, daß sie ihr Glas geleert hatte, als er sich erhob und ihnen beiden nachschenkte. Sie betrachtete den Brandy zweifelnd. »Sie werden mich beschwipst machen.«

»Vielleicht, aber mit etwas Glück werden Sie gut schlafen.«

Sie dachte an die Alpträume, die sie gehabt hatte, nachdem ihre Eltern umgekommen waren, und nahm einen tiefen Schluck. Um über ein unverfänglicheres Thema zu sprechen, sagte sie: »Charles Mowbry erwähnte, daß Sie Mitglied einer Gruppe seien, die Gefallene Engel genannt wird. Ist das ein Club?«

Er machte eine abwehrende Geste. »Das ist nur ein törichtes Etikett, das die schicke Gesellschaft vieren von uns verpaßt hat, die seit Eton Freunde waren. Es gründet sich auf die Tatsache, daß zwei von uns Namen von Erzengeln haben, und die beiden anderen, Lucien und Nicholas, bekamen die eher unheilvollen Spitznamen Lucifer und Old Nick.«

Sie lächelte. »Ich habe im Lauf der Jahre eine Menge junger Offiziere kennengelernt, und nach dem, was ich beobachtet habe, wette ich, daß Sie es genossen haben, in einem diabolischen Ruf zu stehen.«

Ein Lachen zeigte sich in seinen Augen. »Es war in der Tat so, aber jetzt, da ich ein ehrbarer Erwachsener bin, mag ich das nicht zugeben.«

»Sind Sie noch immer Freunde?«

»Oh, ja.« Sein Gesichtsausdruck war schief. »Clare, die Frau von Nicholas, sagt, wir hätten einander adoptiert, weil unsere Familien weniger als befriedigend waren. Ich denke, sie hat recht. Das hat sie gewöhnlich immer.«

Der indirekte Kommentar veranlaßte Catherine zu überlegen, wie Michaels Familie sein mochte. Jetzt, wo sie darüber nachdachte, fiel ihr ein, daß er immer, wenn seine adelige Herkunft erwähnt worden waren, auf eine Art kurz war, die fast an Unhöflichkeit grenzte. Aber es war nicht schwer, ihn als Gefallenen Engel zu sehen, gutaussehend und gefährlich. »Wie sind Ihre Freunde?«

Er lächelte ein wenig. »Stellen Sie sich eine große, lange Mauer vor, die den Weg in beiden Richtungen, so weit man sehen kann, blockiert. Wenn Nicholas dorthin käme, würde er mit den Schultern zucken und zu dem Entschluß kommen, daß er diesen Weg eigentlich nicht gehen müsse. Rafe würde denjenigen ausfindig machen, der für die Mauer verantwortlich ist, mit ihm reden und so daran vorbeikommen, und Lucien würde einen geheimen Weg finden, um unter ihr durch oder um sie herum zu kommen, ohne gesehen zu werden.«

»Und was ist mit Ihnen?«

Sein Lächeln wurde kläglich. »Ich würde wie ein verrückter Rammbock mit dem Kopf gegen die Mauer rennen, bis sie umfiele.«

Sie lachte. »Ein guter Zug für einen Soldaten.«

»Tatsächlich bin ich zum dritten Mal in der Armee. Zuerst kaufte ich mit einundzwanzig ein Offizierspatent. Aber die Situation beim Militär war sehr frustrierend, und so quittierte ich nach ein paar Jahren den Dienst.«

In Gedanken stellte sie nach dem, was er ihr über seine Schlachterfahrung gesagt hatte, Berechnungen an. »Sie müssen wieder ein Patent gekauft haben, als Wellington auf die Halbinsel ging.«

Er nickte. »Es war verlockend zu wissen, daß endlich wirklich Fortschritte gegen Napoleon erzielt wurden.« Seine Miene wurde undurchdringlich. »Und es gab ... andere Gründe.«

Schmerzliche, seinem Gesichtsausdruck nach zu urteilen. »Sie haben also quittiert, als der Kaiser abdankte, und sind doch wiedergekommen.« Sie neigte ihren Kopf nach einer Seite. »Warum kämpfen Männer?«

Er warf ihr einen nachdenklichen Blick zu. »Da Sie Ihr Leben unter Soldaten verbracht haben, kennen Sie die Antwort darauf sicher.«

»Nicht wirklich.«

»Nun, die Armee und die Marine bieten Gentlemen, besonders jüngeren Söhnen, wie ich einer bin, ehrenwerte Karrieren, wenn es nötig ist, uns aus Schwierigkeiten herauszuhalten«, sagte er trocken.

»Ja, aber das erklärt nicht, warum viele Männer Freude an dem finden, was so entsetzlich ist.« Sie dachte an die Armeelazarette, in denen sie gearbeitet hatte, und erschauerte. »Die Hälfte der Soldaten, die ich kenne, brennen auf eine neue Gelegenheit, in blutige Fetzen zerrissen zu werden.«

Er schwenkte seinen Brandy, während er überlegte. »Es gibt keinen größeren Schrecken als Krieg. Doch gleichzeitig fühlt man sich nie lebendiger. Es ist wie eine Erhöhung des Lebens und zugleich eine Flucht daraus. Das kann eine Droge werden.«

»Ist es das bei Ihnen?«

»Nein, aber die Gefahr, daß es so werden könnte, bestand. Es ist ein Grund, warum ich quittierte.« Sein Gesichtsausdruck änderte sich. »Warum erzähle ich das alles? Es muß Sie maßlos langweilen.«

»Überhaupt nicht. Sie haben mich gerade mehr über das Wesen vom Krieg gelehrt, als ich mein Leben lang, in dem ich von Soldaten umgeben war, gelernt habe.« Sie seufzte. »Ihre Antwort erklärt, warum es immer wieder Männer gibt, die darauf brennen zu kämpfen, obwohl das Risiko des Todes besteht.«

Als darauf Stille eintrat, lehnte sie ihren Kopf an die hohe Stuhllehne und musterte träge Michaels Gesichtszüge, auf die der Schein des Feuers fiel. Er war wirklich außerordentlich attraktiv, sehr schlank und muskulös wie ein Panther. Sie konnte ihn stundenlang betrachten, sich die feinen Linien um seine Augen einprägen und die Art, wie sein weißes Hemd die Breite seiner

Schultern betonte. Als seine langen, gebräunten Finger die Ohren von Louis kraulten, überlegte sie, wie sich das bei ihr anfühlen würde ...

Mit Schrecken erkannte sie, daß die träge Wärme in ihren Gliedern Verlangen war. Sie hatte vergessen, was das für ein Gefühl war.

Glücklicherweise war sie nicht leidenschaftlicher Natur. Selbst mit sechzehn, als sie geglaubt hatte, in Colin verliebt zu sein, hatte ihr gesunder Menschenverstand ihr Verhalten völlig beherrscht. Nachdem die Ehe sie gelehrt hatte, daß Leidenschaft nichts mehr als Trug war, war sie niemals versucht gewesen, auf die Männer zu reagieren, die sie zur Sittenlosigkeit überreden wollten.

Sie hatte früh gelernt, daß ihr Äußeres Männer dazu bringen konnte, sich wie Idioten zu verhalten, was nicht nur peinlich, sondern potentiell gefährlich war. Zweimal hatte Colin Männer zum Duell gefordert, weil sie seine Frau belästigt hatten. Glücklicherweise hatten die fraglichen Männer sich entschuldigt, und so war es nicht zu Duellen gekommen, aber diese Zwischenfälle hatten ihr klargemacht, daß sie einen Weg finden mußte, Männer dazu zu bringen, sich sittsam zu benehmen.

Im Alter von neunzehn Jahren hatte sie den Trick herausgefunden. Ein Ruf unerschütterlicher Tugendhaftigkeit war Teil ihrer Methode, gepaart mit einem schwesterlichen Verhalten und völligem Verzicht auf Flirt. Sobald Männer erkannten, daß sie nie Geliebte sein würde, ließen sie sie entweder in Ruhe oder wurden Freunde und Beschützer. Es war Jahre her, seit ein Mann ihr wirklich Schwierigkeiten bereitet hatte, und Michael war zu sehr Gentleman, um das zu ändern.

Da sie seine tiefe Stimme wieder hören wollte, sagte sie: »Sie erwähnten, daß einer Ihrer Freunde von den

Gefallenen Engeln geheiratet hat. Haben die anderen auch Ehefrauen?«

»Lucien hat am letzten Weihnachtsabend geheiratet.« Michael lächelte liebevoll. »Seine Frau, Kit, ist wie eine Gazelle. Sie hat lange Beine und einen scheuen Blick. Aber sie hat einen messerscharfen Verstand und den Mut einer Löwin. Ich weiß nicht, ob Rafe jemals heiraten wird. Ich denke, er bevorzugt sein Leben genau so, wie es ist.«

»Und Sie?« Es tat ihr augenblicklich leid, gefragt zu haben. Nur die Menge Brandy konnte erklären, warum sie eine so persönliche Frage gestellt hatte.

Michael antwortete gelassen. »Ich wollte den Frühling in London verbringen und dabei den Heiratsmarkt beobachten, aber Napoleon hat mir einen Strich durch die Rechnung gemacht und meine Pläne vereitelt.«

»Er hat die Pläne vieler Menschen vereitelt.«

Michael zuckte die Schultern. »Es wird andere Zeiten geben.«

Der Gedanke, daß Michael eine Ehefrau unter den größten Schönheiten der Gesellschaft suchte, versetzte ihr einen seltsamen Stich von Bedauern. Sie hatte Colin kurz vor dem Tode ihrer Eltern kennengelernt und ihn einen Monat nach dem Doppelbegräbnis geheiratet, hatte geglaubt, daß seine Kraft und Liebe sie in ihrem Kummer stärken würden. Sie hatte nicht lange gebraucht, um zu merken, daß seine Gefühle nicht tief waren und daß sie in den meisten Dingen stärker als er war.

Sie hatte kein Recht, sich zu beklagen – aber es gab Zeiten, in denen sie sich danach sehnte, jemand zu haben, an den sie sich anlehnen konnte. Instinktiv wußte sie, wenn sie einen Mann wie Michael geheiratet hätte, dann hätte sie auch einen Ehemann gehabt, der die

Lasten des Lebens mit ihr tragen würde – einen Mann, der sie unterstützte, wenn sie sich zu müde fühlte, um weiterzumachen.

In dem Wissen, daß sie an solche Dinge nicht denken durfte, erhob sie sich und setzte die Katze in die Mitte der warmen Sitzfläche des Stuhles. »Ich gehe besser zu Bett, solange ich es noch schaffe, die Treppe hochzugehen.«

Sie machte einen Schritt und schwankte. In ihrem Kopf drehte sich alles.

Augenblicklich war Michael auf den Beinen, um sie zu stützen. Sie lehnte sich an seine Schulter, bis ihr Kopf wieder klar war. »Entschuldigung«, murmelte sie. »Ich vertrage keinen Brandy.«

Er führte sie zur Treppe, hielt sie mit einer Hand am Ellenbogen. »Ich muß mich dafür entschuldigen, daß ich Sie zu einem kräftigen Drink verführt habe.«

Seine Berührung erinnerte sie plötzlich und scharf daran, was für ein Gefühl es gewesen war, als er sie in seinen Armen gehalten hatte. Wieso konnte sie sich jetzt so deutlich daran erinnern, wo sie sich doch vorhin dabei die Augen ausgeweint hatte?

Um Unbeschwertheit bemüht, sagte sie: »Unsinn. Man nennt mich Saint Catherine, wissen Sie. Ich bin völlig unbestechlich.«

Er lächelte zustimmend, und seine grünen Augen glitzerten hell. Die intime Herzlichkeit seines Gesichtsausdrucks riß sie fast wieder von den Beinen. Mit einem sonderbaren Gefühl im Magen wurde ihr klar, daß sie sich noch nie so zu einem Mann hingezogen gefühlt hatte, nicht einmal, als sie sechzehn und in Colin verliebt war.

Gott sei Dank hatte Michael ihr gegenüber keine unlauteren Absichten. Er mochte ihr Aussehen bewundern, war aber einer dieser ehrenwerten Männer, die kein Interesse an verheirateten Frauen hatten. Sie vermutete, daß er auch ein treuer Gatte sein würde, wenn er heiratete. Seine künftige Ehefrau würde eine glückliche Frau sein.

Da sie und Michael niemals Geliebte sein könnten, mußte sie ihn zu ihrem Freund machen. Auf lange Sicht würde das besser sein, denn Freundschaft währte länger und schmerzte weniger als Leidenschaft.

Doch als er sie zu ihrem Zimmer geleitete, wußte sie, wenn ein Mann sie verführen könnte, würde es dieser sein.

6. Kapitel

Am nächsten Abend beschloß Michael, zu Hause zu Abend zu essen, um zu sehen, wie es Catherine ging. Er traf zur Sherry-Stunde ein.

Anne Mowbry lächelte und reichte ihm die Hand, als er eintrat. »Ich kann es nicht glauben! Heute abend sind all unsere strammen Offiziere hier. Ich hatte schon geglaubt, Sie existierten nur in meiner Einbildung, Michael.«

»Ich hielt es für besser, einmal anwesend zu sein, bevor Sie meine Existenz vergessen und mein Zimmer jemand anderem geben.«

Sie kicherte und wandte sich dann wieder Kenneth Wilding zu. Michael ging zu Catherine, die Sherry einschenkte und so ruhig wie immer wirkte. Während er das Glas entgegennahm, fragte er leise: »Irgendwelche bösen Nachwirkungen von der letzten Nacht?«

»Kopfschmerzen wegen meiner Exzesse, aber keine Alpträume.« Sie warf einen Blick auf die Kohlen, die im

Kamin brannten. »Und ich kann Flammen ansehen, ohne sofort in grundlose Panik zu geraten.«

»Gut.«

Er wollte sich schon entfernen, als sie sagte: »Gilt dieses Angebot Ihrer Begleitung noch immer? Lady Trowbridge gibt morgen einen Musikabend, und ich würde dem gerne beiwohnen. Sie versicherte mir, daß das Streichquartett, das sie engagiert hat, außerordentlich ist.«

»Es wäre mir ein Vergnügen.«

Während sie einen Zeitpunkt vereinbarten, wurde zum Abendessen gerufen. Die Mahlzeit verlief ohne Zwischenfälle. Michael gewöhnte sich an den Schmerz des Verlangens, den er immer verspürte, wenn er in Catherines Nähe war. Gott sei Dank betrachtete sie ihn nur als Freund. Hätte es auch nur den winzigsten Hinweis ihrerseits auf gegenseitiges Interesse gegeben, wäre die Situation unmöglich. Er würde sich ein anderes Quartier suchen müssen, selbst wenn das bedeutete, in einem Holzschuppen zu leben.

Nach dem Abendessen mußte er zu zwei Empfängen gehen, aber er verließ beide so schnell wie möglich. Er brauchte gesunden Schlaf. Die letzte Nacht hatte er mit schmerzhaft lebhaften, quälenden Gedanken an Catherine verbracht. Wann immer er seine Augen schloß, hatte er ihre ehrlichen, aquamarinblauen Augen gesehen, den feinen Duft von Rosenwasser und Frau auf ihrer Haut gerochen, den verführerischen Druck ihres Körpers an seinem gespürt.

Schließlich war er in einen unruhigen Schlaf gesunken, doch nur um davon zu träumen, wie er sie in einer Welt liebte, in der sie frei war und sie ohne Unehre zusammensein konnten. Er war erschöpft und deprimiert aufgewacht. Warum, zum Teufel, konnte er nicht von einer Frau besessen sein, die ledig war?

Weil er in seinem Leben noch nie den leichteren Weg gegangen war. Sein Freund Lucien hatte bei mehreren Gelegenheiten darauf aufmerksam gemacht.

Das Haus an der Rue de la Reine war ruhig, obwohl mehrere Lampen für ein schwaches Licht sorgten. Er wollte schon nach oben gehen, als er eine Männerstimme hörte. Da er glaubte, es sei die von Kenneth, ging er in die Halle, die das Haus teilte. Er gelangte zu der Abbiegung und schaute nach links. Dann blieb er stehen und fühlte sich, als habe er einen Schlag in den Magen bekommen.

In den Schatten am Ende des Ganges umarmte Colin Melbourne seine Frau. Sein Mund war gierig, und er hatte seine Hand hoch unter ihren Rock geschoben. Catherine war flach an die Wand gepreßt, unsichtbar bis auf ihr dunkles Haar und die blassen Falten ihres Kleides. Während Michael wie gelähmt zuschaute, knöpfte Colin seine Hose auf und drang dann in sie. Sie wimmerte vor Lust.

Michael hatte plötzlich Schwierigkeiten, genügend Luft in seine Lungen zu saugen. Zweifellos mußte man die Melbournes darum beneiden, daß sie nach langjähriger Ehe eine so leidenschaftliche Beziehung hatten, aber sie zusammen zu sehen, verursachte bei ihm Übelkeit. Gott sei Dank waren sie so sehr miteinander beschäftigt, daß sie seine Anwesenheit nicht bemerkten.

Er zog sich zurück, als eine weibliche Stimme kicherte. »*Ah, mon capitaine, mon beau Anglais* ...«

Er erstarrte auf der Stelle, drehte sich dann um. Colins Stirn war gegen die Wand gepreßt, so daß das Gesicht seiner Partnerin zu sehen war. Die Frau war nicht seine Gattin, sondern eines der belgischen Dienstmädchen, eine dunkelhaarige Dirne, ungefähr von Catherines Größe. Sie hatte ihren Kopf zurückgeworfen, und ihr Mund war offen. Ihre großen, ungleichmäßigen Zähne waren entblößt.

Michaels Gefühl von Übelkeit wurde von einer Flut purer Wut verdrängt. Wie konnte dieser dreckige Bastard seine Frau so betrügen und demütigen, und dies unter ihrem eigenen Dach? Er verdiente es, ausgepeitscht zu werden.

Es kostete Michael seine ganze Beherrschung, sich abzuwenden. Das Blut hämmerte in seinen Schläfen, als er zwei Stufen gleichzeitig nehmend, die Treppe hochstieg. Er hatte auf sein Zimmer gehen wollen, sah aber einen Lichtschimmer unter der Tür von Kenneth. Er klopfte an und ging unaufgefordert hinein.

Sein Freund blickte von einem Brief auf, den er schrieb. »Was ist passiert? Du siehst aus, als hättest du einen Mord gesehen.«

»So fühle ich mich.« Michael warf seinen Tschako so heftig auf das Bett, daß der Federbusch fast abbrach. »Colin Melbourne vergnügt sich unten in der Eingangshalle mit einem der Dienstmädchen. Gott, hat der Mann denn keinen Anstand?«

»Nicht viel«, sagte Kenneth ruhig. »Ich habe gehört, daß er alles besteigt, was einen Rock trägt. Gewöhnlich ist er ziemlich diskret, aber wenn eine Dirne willig ist, sagt er nicht nein, nicht einmal in seinem eigenen Haus.«

»Wie kann er?« knurrte Michael. »Wie kann überhaupt ein Mann, der eine Frau wie Catherine hat, woandershin schauen?«

»Ich möchte mich nicht erdreisten, Mutmaßungen anzustellen. Aber warum bist du so schockiert? Die Gesellschaft ist voll von Männern, welche die Moral von Katern haben, und von Frauen, die nicht besser sind.«

Michael durchschritt das Zimmer noch immer erregt,

obwohl er wußte, daß Kenneth recht hatte. »Weiß Catherine, was ihr Mann treibt?«

»Ich wäre sehr überrascht, wenn sie es nicht wüßte. Sie ist eine intelligente Frau, und sie kennt die Welt. In diesem Fall wohl weit besser als du. Wenn du daran denkst, ihr zu sagen, was du gesehen hast, tu's nicht. Sie würde dir dafür nicht danken.«

»Du hast vermutlich recht«, sagte Michael widerwillig. »Aber Catherine verdient Besseres, als einen dummen Flegel, der hinter Frauen her ist.«

»Was immer seine Schwächen sein mögen, Melbourne schafft es, seine Frau zu befriedigen. Es geht dich nichts an, wenn er ein Regiment von Huren hat, Michael.« Kenneth zog seine Brauen zusammen. »Vielleicht sollte ich das wiederholen. *Es geht dich nichts an.*«

Michael starrte aus dem Fenster in die Nacht. Wieder hatte Kenneth recht. Kein Fremder konnte eine Ehe wirklich verstehen, und er hatte kein Recht, sich einzumischen, nicht einmal aus wohlgemeinten Gründen. Gott wußte, daß seine guten Absichten ihn zuvor schon einmal in die Hölle geführt hatten.

Aber dieses Mal war es anders. War es das, oder demonstrierte er nur sein gefährliches Talent für Selbstbetrug? Der heilige Michael zieht aus, um alle mörderischen Drachen zu erschlagen.

Hinter ihm sagte Kenneth leise: »Sie ist verheiratet, Michael.«

»Glaubst du, das sei mir nicht jeden Augenblick bewußt?« sagte er kurz. Er atmete mehrmals tief ein, bevor er sich seinem Freund zuwandte. »Keine Sorge, ich werde keinen Finger an sie oder ihn legen, was das anbelangt. Ich wünsche einfach nur um ihretwillen, daß ihr Gatte so anständig und ehrenwert wie Charles Mowbry wäre.«

»Vielleicht gehört sie zu der Art von guter Frau, die einen sündhaften Mann unwiderstehlich findet«, sagte Kenneth trocken. »Ich habe keinen Hinweis darauf entdecken können, daß sie die Wahl ihres Ehemannes bedauert.«

Michael lächelte humorlos. »An deinem Kamin ist ein Haken. Willst du mir damit auf den Kopf schlagen für den Fall, daß ich noch nicht verstanden habe, was du sagst?«

»Ich werde davon Abstand nehmen, es sei denn, daß du Melbourne mit blutunterlaufenen Augen verfolgst.« Kenneth tauchte seine Feder in das Tintenfaß und zeichnete abwesend eine winzige Ratte auf den unteren Rand des Briefes. »Da wir gerade von ihm sprechen – Melbourne war in den letzten Tagen erstaunlich höflich zu mir.«

Michael ließ sich in einen Sessel sinken. »Meine Schuld. Er ärgerte mich so sehr, daß ich ihm von deiner adligen Herkunft erzählte. Tut mir leid.«

Kenneth's Mund wurde schmal. »Du solltest wirklich etwas gegen dein Temperament tun.«

»Ich dachte, ich hätte es unter Kontrolle, aber Colin Melbourne scheint meine guten Vorsätze zu vereiteln.«

»Nun gut, aber es ist amüsant zu beobachten, wie er versucht, vergangene Unhöflichkeiten in der Hoffnung auszugleichen, daß ich für ihn eines Tages nützlich sein könnte. Er weiß nicht, was für eine Zeitvergeudung das ist.«

Da Michael seine Gedanken von Catherine und ihrem Mann ablenken mußte, fragte er: »Haben du und die anderen Aufklärungsoffiziere erfahren, was Bonaparte vorhat?«

»Weiß der Teufel. Ist eine verdammte Einschränkung, nicht einen Fuß auf französischen Boden setzen zu dürfen. Ich wünschte, jemand würde den Krieg erklären und alles offiziell machen. Hast du guten Klatsch aus dem Hauptquartier?«

»Der Herzog teilt seine Gedanken den Untergebenen nicht mit, aber man muß kein Genie sein, um die Probleme auf allen Seiten zu sehen.« Michael runzelte die Stirn. »Die Preußen sind schwierig. Prinz Blücher ist vernünftig, aber viele in seinem Stab mißtrauen den Briten, weshalb ihr Hauptquartier gut fünfzig Meilen von Brüssel entfernt ist. Das schafft eine ernsthafte Schwachstelle zwischen den Armeen.«

»Eine, die der Kaiser schnell ausnutzen wird, wenn er beschließt, in Belgien einzumarschieren.«

»Genau. Meine persönliche Meinung ist, daß Napoleon sehr bald nach Norden marschieren wird. So viele französische Veteranen haben sich zusammengefunden, um wieder unter den Kaiseradlern zu kämpfen, daß Boneys Armee wahrscheinlich größer als die von Wellington sein wird, und außerdem viel erfahrener.«

»Die vereinten alliierten Truppen werden den Franzosen zahlenmäßig weit überlegen sein«, erklärte Kenneth.

Michael hob anzüglich seine Brauen. »Glaubst du, Boney wird den Alliierten eine Chance geben, sich zu einer großen Armee zu sammeln? Er bevorzugt immer den Angriff, und in seiner gegenwärtigen Situation ist Waghalsigkeit seine einzige Hoffnung. Je länger er zögert, desto mehr Zeit wird Wellington haben, sein Gesindel von Armee zu einer richtigen Streitmacht zu machen und seine Veteranen aus Amerika zurückzuholen.«

»In einem Kampf unter gleichen Bedingungen würde ich darauf setzen, daß Wellington Napoleon schlägt«, stimmte Kenneth zu. »Aber jetzt ist der Herzog in der verdammten Situation, versuchen zu müssen, Fachwerk ohne Stroh zu machen.«

»So war es auch auf der Halbinsel, und der Herzog hat nie eine Schlacht verloren.« Michael lächelte ein wenig. »Ich werde wohl selbst eine Handvoll Stroh werden. Ich bin zum Oberstleutnant befördert worden und habe ein Infanterieregiment mit dem Befehl bekommen, das Beste daraus zu machen, was ich kann.«

»Ist eine bessere Nutzung deiner Fähigkeiten. Als Stabshengst wären die vergeudet. Welches Regiment ist es?«

»Eine provisorische Einheit, die Hundertfünfte genannt. Besteht aus einer Handvoll erfahrener britischer Berufssoldaten, die da hineingeworfen worden sind, um eine Mischung von Rekruten und halb ausgebildeten Milizen zu würzen. Der Herzog hofft, daß die Veteranen für genügend Mumm sorgen, damit das ganze Regiment schlagkräftig wird.«

»Du wirst es dabei schwer haben.«

»Ich muß sie nichts Schweres lehren, wie Scharmützel oder Kundschaften. Sie haben nichts weiter zu tun, als auf einer Stelle zu stehen und ihre Musketen abzufeuern, vorzugsweise nicht aufeinander.«

»Während Kanonenkugeln ihren Kameraden die Köpfe abreißen, die kaiserlichen Leibgardisten zum Schlag der Totentrommel auf sie zumarschieren und Dragoner auf riesigen, eisenbeschlagenen Pferden heranstürmen. Was könnte leichter sein?« sagte Kenneth ironisch.

»Exakt. An dieser Aufgabe ist überhaupt nichts kompliziert.«

Verglichen damit, sich in Catherines Nähe zurückzuhalten, würde die Ausbildung unerfahrener Rekruten zu Soldaten sehr einfach sein.

Nachdem Catherine sich besonders sorgfältig gekleidet

hatte, begab sie sich nach unten, um zu dem Musikabend zu gehen. Michael wartete im Foyer auf sie. Die dunkelgrüne Rifleman-Uniform saß angegossen wie ein Handschuh, und sie hatte nie zuvor einen anderen Mann gesehen, der so gut darin aussah. Sie versuchte, ihn nicht anzustarren, und sagte: »Ich freue mich auf diesen Abend. Außer zu den Festen, die der Herzog gibt, bin ich seit Wochen kaum ausgegangen.«

»Es ist mir ein Vergnügen.« Er bot ihr seinen Arm und schenkte ihr ein Lächeln, das aus der Tiefe seiner Augen kam. »Sie sehen heute abend sehr gut aus.«

Sie nahm seinen Arm, und sie gingen hinaus zu der Kutsche. Michaels lange Beine streiften sie, als er sich in dem engen Raum zusammenfaltete. Ein schwaches Brennen des sich Hingezogenfühlens erfüllte ihre Adern. Dieses Mal erkannte sie es sofort. Durch die Vertrautheit war es weniger beunruhigend als in der Nacht in der Küche. Es war ihr tatsächlich möglich, dieses Gefühl von Sinnlichkeit zu genießen, da sie wußte, daß ihr Begleiter weder eine Hand auf ihren Schenkel legen noch versuchen würde, sie zu küssen. Ihr Verlangen war einfach wie der Appetit auf frische Erdbeeren – wirklich zwar, aber nicht gefährlich stark.

Das Haus von Lady Trowbridge war nicht groß, und die Begrüßung fand in demselben Salon statt, in dem Gäste vor dem Musikprogramm plauderten und lachten. Kerzen schimmerten in dem hohen Raum ebenso wie pompös kostümierte Offiziere aus einem halben Dutzend Nationen und fast ebenso farbenprächtigen Damen.

»Eine brillante Szene«, bemerkte Michael. »Brüssel ist ganz verrückt nach allem geworden, was mit Militär zu tun hat.«

»Wenn wieder Friede einkehrt, wird die Armee aus

der Mode sein«, sagte Catherine scharf. »Allein drohende Gefahr bringt Menschen dazu, Soldaten zu lieben.«

Er warf ihr einen Blick wehmütigen Verstehens zu. »Doch wenn Napoleon besiegt ist, werden Offiziere mit halbem Sold pensioniert, und gemeine Soldaten werden ins Zivilleben zurückgeworfen, wobei das einzige, was an ihren Dienst erinnert, Narben sein werden.«

»Bis zum nächsten Krieg.« Catherine musterte den dicht gefüllten Salon aufmerksam. »Vielleicht ist es nur meine Einbildung, aber heute abend wirkt die Atmosphäre seltsam – es ist eine sehr hektische Fröhlichkeit.«

»So ist es überall in der eleganten Gesellschaft von Brüssel, und das Fieber steigt mit jedem Tag«, sagte Michael ruhig. »Die Menschen tanzen am Rande des Vulkans. Wie im Krieg erhöht die Möglichkeit von Gefahr die Intensität des Lebens.«

»Aber die Gefahr ist eine Illusion«, sagte Catherine mit schneidender Stimme. »Wenn Napoleon auf Brüssel marschiert, werden die meisten dieser strahlenden Menschen in ihr sicheres Zuhause in Britannien zurückflüchten. Sie werden nicht hierbleiben, um sich den Gewehren zu stellen oder Verwundete zu pflegen oder auf dem Schlachtfeld nach den Leichen ihrer Geliebten zu suchen.«

»Nein«, sagte Michael, dessen Stimme noch ruhiger war. »Nur wenige Menschen haben Ihren Mut und den der anderen Frauen, die der Trommel folgen. Sie gehören zu einer elitären Schwesternschaft, Catherine.«

Sie blickte auf ihre behandschuhten Hände. »Darauf bin ich stolz, glaube ich. Und doch ist es eine Ehre, auf die ich gerne verzichten würde.«

Sie waren an der Reihe, ihre Gastgeberin zu begrüßen. Lady Trowbridge rief aus: »Wie wundervoll, Sie zu sehen, Catherine. Ihre Bewunderer werden begeistert sein. Wie *schaffen* Sie es nur, so wunderschön auszusehen?« Sie schenkte Michael einen komischen Blick. »Catherine ist der einzige reine Diamant, der aufrichtig von Frauen geliebt und von Männern angebetet wird.«

»Bitte, Helen, bringen Sie mich nicht zum Erröten«, bat Catherine. »Ich bin kein solcher Ausbund von Tugend.«

Lady Trowbridge verdrehte ihre Augen. »Und auch noch bescheiden! Wenn ich nicht so in Sie vernarrt wäre, Catherine, dann, ich schwöre, würde ich Sie hassen. Und jetzt entschuldigen Sie mich. Ich sehe Sie später.«

Mit geröteten Wangen nahm Catherine Michaels Arm und ging weiter. »Helen übertreibt ein wenig.«

»Sie scheint die Wahrheit gesagt zu haben«, sagte Michael, als mehrere Gäste beiderlei Geschlechts begannen, eilig auf sie zuzugehen. »Es scheint, als würde ich nicht gebraucht, bis es Zeit zum Heimgehen ist. Haben Sie etwas dagegen, wenn ich Sie alleinlasse?«

»Ich komme gut zurecht«, versicherte sie ihm. »Amüsieren Sie sich.«

Er neigte seinen Kopf und entfernte sich dann. Sie warf ihm einen sehnsüchtigen Blick nach. Gegen seine weitere Gesellschaft hätte sie nichts gehabt, aber es war klug von ihm, nicht bei ihr zu bleiben. Das hätte Gerede ausgelöst, sogar über die »Saint Catherine«. Die Gesellschaft liebte tönerne Füße.

Mehrere ihr befreundete Offiziere kamen und verwikkelten sie in eine lebhafte Konversation. Sie amüsierte sich bald gut. Vielleicht war es töricht, auf Gesellschaften wie diese nicht allein zu gehen, aber wenn sie es versucht hatte, hatte sie sich jämmerlich gefühlt.

Wenige Minuten später näherte sich ihr Lady Trowbridge, die einen Mann am Arm führte. »Catherine, kennen Sie Lord Haldoran? Er ist gerade aus London eingetroffen. Lord Haldoran, Mrs. Melbourne.«

Haldoran war ein gutaussehender Mann um die Vierzig, mit der kräftigen Gestalt eines Sportlers. Als Helen sich abwandte, reichte Catherine ihm die Hand. »Willkommen in Brüssel, Lord Haldoran.«

»Mrs. Melbourne.« Er beugte sich mit geübter Grazie über ihre Hand und drückte sie – ebenso geübt – bedeutungsvoll.

Da sie aus Erfahrung wußte, daß sie ihre Position sofort klarmachen mußte, zog sie ihre Hand zurück und schenkte ihm ihren besten eisigen Blick. Als er sich aufrichtete, sah sie, daß ihre Botschaft angekommen und verstanden worden war. Einen Moment glaubte sie, er würde ein plumpes Kompliment machen. Statt dessen verwandelte sich sein lässiger Gesichtsausdruck zu einem Starren, das fast an Unhöflichkeit grenzte.

Catherine sagte süß: »Ist es so offensichtlich, daß mein Kleid mehrere Male geändert worden ist?«

Er faßte sich. »Verzeihen Sie mir, Mrs. Melbourne. Eine Frau von Ihrer Schönheit könnte Sackleinen tragen, ohne daß es ein Mann bemerken würde. Ich war nur von Ihren Augen verzaubert. Sie sind so ungewöhnlich – weder Blau noch Grün und so transparent wie Edelsteine.«

»Das habe ich schon gehört, aber da die Augen meiner Eltern ebenso waren, halte ich meine für ganz gewöhnlich.«

Etwas bewegte sich in seinem Gesicht, bevor er galant sagte: »Nichts an Ihnen könnte gewöhnlich sein.«

»Unsinn«, sagte sie kühl. »Ich bin nur eine Offiziersfrau, die der Trommel gefolgt ist, gelernt hat, den Haushalt zu führen, wenn die Soldzahlung seit Monaten im Rückstand ist, und ihre Tochter lehrt, wie man auf einem spanischen Markt die besten Hühner findet.«

Er lächelte. »Glücklicher Ehemann und glückliche Tochter. Haben Sie noch andere Kinder?«

»Nur Amy.« Da sie eine weniger persönliche Konversation bevorzugte, fragte sie: »Sind Sie in Brüssel in der Hoffnung, sich amüsieren zu können, mein Lord?«

»Natürlich. Krieg ist der ultimative Sport. Finden Sie nicht? Als Junge überlegte ich, ob ich meinen Vater bitten sollte, mir ein Patent bei den Zehnten Husaren zu kaufen. Die Uniformen waren prächtig, und die Jagd war exzellent.« Er nahm eine Prise Tabak aus einer emaillierten Dose. »Doch ich änderte meine Meinung, als das Regiment von Brighton nach Manchester verlegt wurde. Es ist eine Sache, sein Leben für sein Vaterland zu wagen, und eine völlig andere, ins Exil nach Lancashire geschickt zu werden.«

Die schnodderige Bemerkung paßte zu jemand, der den 10. Husaren beitreten wollte, dem elegantesten und teuersten aller Kavallerieregimenter. Doch trotz seines Scherzes musterte Haldoran Catherine mit beunruhigender Intensität.

»Bedauerlich, daß Sie sich dem Regiment nicht anschlossen, als es auf die Halbinsel geschickt wurde«, sagte sie trocken. »Ich bin sicher, Sie hätten es sehr sportlich gefunden, Kreaturen zu verfolgen, die zurückschießen können. Das ist viel erregender als die Jagd auf Füchse.«

Er lachte. »Sie haben recht. Franzosen zu jagen, hätte mir sehr gefallen.«

Es stimmte, daß Jagen auf der Halbinsel ein beliebter Zeitvertreib gewesen war. Catherine kannte einen Fall, in dem Wellington sich einmal hoch zu Roß mit einem spanischen General beraten hatte, während eine Meute von Hunden hinter einem Hasen her hetzte. Der Herzog hatte augenblicklich kehrtgemacht und sich der

Verfolgung angeschlossen. Nachdem der Hase erlegt war, war er zu dem erstaunten Spanier zurückgekehrt und hatte das Gespräch fortgesetzt, als ob nichts geschehen sei.

Wellington jedoch hatte sich das Recht verdient, sich zu unterhalten. Lord Haldoran schien zu der Sorte zu gehören, die in ihrem Leben nichts Nützliches getan hatten, aber dies sehr kostspielig.

Lady Trowbridge verkündete an der anderen Seite des Raumes, daß das Konzert im gegenüberliegenden Salon beginnen werde. Haldoran sagte: »Sollen wir uns Plätze nebeneinander suchen, Mrs. Melbourne?«

»Danke, aber ich bin bereits mit Freunden verabredet.« Sie schenkte ihm ein breites, falsches Lächeln. »Es war ein Vergnügen, Sie kennenzulernen.«

Er verneigte sich. »Ich bin sicher, wir werden uns wiedersehen.«

Vielleicht. Aber als sie sich der Menge anschloß, wußte sie, daß sie es nicht bedauern würde, falls dies nicht geschehen sollte.

7. Kapitel

Das Frühlingswetter war außergewöhnlich schön, was die Urlaubsstimmung noch verstärkte, die über Brüssel hing. Catherine jedoch mochte das Wetter aus mehr mütterlichen Gründen. Es erlaubte den Kindern, draußen zu spielen. Sie saß am späten Nachmittag hinten im Garten unter der Kastanie, stopfte und paßte auf ihre Tochter und die jungen Mowbrys auf, als Michael Kenyon herangeritten kam. Er kehrte früh nach Hause zurück.

Catherine beobachtete, wie er abstieg und sein Pferd in den Stall führte. Er bewegte sich anmutig, ohne einen Schritt zuviel zu machen. Sie spürte wieder dieses seltsame Gefühl in ihrem Herzen. Wie immer, wenn er erschien.

In den vergangenen Wochen hat er sie ein dutzendmal begleitet. Auf Bällen bat er sie immer um einen englischen Volkstanz – niemals um einen Walzer – und ging ihr dann aus dem Wege, bis es Zeit zum Gehen war. Doch einmal, als ein betrunkener Fähnrich sie in einem Alkoven bedrängt und versucht hatte, ihr seine Liebe zu erklären, war Michael aufgetaucht und hatte den Jungen so entschlossen entfernt, wie es ein älterer Bruder tun würde.

Schade, daß ihre Gefühle nicht ganz so geschwisterlich waren.

Michael kam aus dem Stall, zögerte, wandte sich dann zum Garten um und kam zu ihr, seinen Tschako in der Hand. Die Sonne setzte kastanienfarbene Lichter auf sein zerzaustes Haus braunes Haar. »Guten Tag, Catherine.«

»Hallo.« Sie langte in ihren Korb und zog einen zerrissenen Petticoat von Amy heraus. »Sie sehen müde aus.«

»Ein ungeübtes neues Regiment zu befehligen ist schlimmer, als Gräben auszuheben.« Er nickte in Richtung auf die Kinder, die Verstecken spielten. »Ich hörte die Kinder und dachte, es wäre angenehm, für eine Weile jemand anderen beim Laufen zuzuschauen.«

In der Ferne schlich Amy verstohlen hinter einem Rhododendron hervor und schlüpfte hinter einen anderen. »Sie macht das gut«, sagte Michael beifällig. »Es würde nicht lange dauern, um Ihre Tochter zu einem erstklassigen Schützen zu machen.«

»Sagen Sie ihr das bloß nicht! Sie ist ein schrecklicher

Wildfang – Sie sollten sie einmal mit einem Kricketball sehen. Und man muß sie daran hindern, Wellington zu erzählen, daß Frauen mit den spanischen Guerilleros gekämpft haben und warum Engländerinnen das nicht auch tun können.« Catherine begann, einen zerrissenen Volant zu nähen. »Wie entwickeln sich Ihre Männer?«

»Ich habe ernsthafte Zweifel daran, ob sie wissen, an welchem Ende einer Muskete die Kugel herauskommt.«

Catherine lachte. »Sicher ist es nicht so schlimm.«

»Ich übertreibe, aber nur ein wenig. Ich versuche, sie davon zu überzeugen, daß das Gefährlichste, was Soldaten tun können, ist, aufzugeben und davonzurennen, und daß sie die Stellung halten sollten. Wenn sie das lernen, sind sie vielleicht von Nutzen. Ich danke dem Himmel für meine Sergeanten. Wenn die nicht wären, würde ich jetzt aufgeben.«

»Ich sehe, daß Sie noch immer Ihre Rifleman-Uniform tragen statt das Scharlachrot der Infanterie.«

»Der offizielle Grund ist der, daß ich noch keine Zeit hatte, zu einem Schneider zu gehen.« Seine Augen leuchteten belustigt. »Aber das ist nur eine Ausrede. Die Wahrheit ist, daß ich auf mein Riflegrün nicht verzichten möchte.«

»Gut nur, daß sich der Herzog kein Jota darum schert, was seine Männer tragen. Ich schwöre, ich habe noch nie zwei Offiziere getroffen, die absolut gleich gekleidet waren.« Sie lächelte bei dem Gedanken. »Erinnern Sie sich daran, wie heruntergekommen alle nach wenigen Monaten auf der Halbinsel aussahen? Einen neuen Mann konnte man daran erkennen, daß seine Uniform noch zu identifizieren war.«

Plötzlich kam Jamie Mowbry aus dem Gebüsch herausgeschossen und richtete einen Zweig auf Michael. »Peng, peng!«

Weil Catherine Michael genau beobachtete, sah sie die instinktive Reaktion, die im Kampf todbringende Aktion zur Folge gehabt hätte. Sie verflog so schnell, wie sie gekommen war, und Michael brach dramatisch auf dem Gras zusammen. »Mit mir ist es aus, Jungs. Kümmert euch um mein Pferd Thor.« Er strampelte ein paarmal und lag dann still.

Jamie kam herangestürmt, Clancy an seinen Fersen und seinen Ast triumphierend hochgerichtet. »Ich hab' dich, ich hab' dich, du dreckiger Franzose!«

Kaum war der Junge in Reichweite, packte Michael ihn und begann, ihn an den Rippen zu kitzeln. »Wer hat wen? Glaube niemals, daß ein Feind so tot ist, wie er aussieht, Jamie.«

Errötet und vor Freude kreischend rollte der Junge mit seiner Beute im Grase herum. Catherine schaute amüsiert zu, überrascht darüber, mit welcher Leichtigkeit Michael in die Welt des Kindes gelangt war.

Der Ringkampf endete, als Amy herbeigerannt kam. »Hallo, Colonel Kenyon.« Sie versetzte Jamie einen Schlag. »Du bist dran!« Sie schoß davon, Jamie und Clancy an ihren Fersen.

Michael blieb ausgestreckt im Gras liegen. »Gott, es tut gut, in der Sonne zu liegen und in der nächsten Stunde nichts tun zu müssen.« Er schloß die Augen und knöpfte sein Jackett auf.

Catherine sagte: »Das Wetter war wundervoll, nicht wahr? Aber ich glaube noch immer, daß dies die Ruhe vor dem Sturm ist.«

»Und schwarze Wolken ballen sich genau in diesem Moment über dem Horizont.«

Michaels Bemerkung brachte sie beide zum Schweigen. Wie sie wußten, marschierte Napoleon bereits nach Norden, um sein Reich zurückzugewinnen.

Louis der Träge, der bei Catherine ein Nickerchen gemacht hatte, richtete sich auf seinen Stummelbeinen auf und ging zu Michael, neben den er sich hinplumpsen ließ. »Ich bin eifersüchtig«, sagte sie neckend. »Louis will nur mein Freund sein, wenn Sie nicht in der Nähe sind.«

»Unsinn«, sagte Michael, ohne seine Augen zu öffnen. »Dieses widernatürliche Tier versucht, meinen Ruf zu ruinieren. Da man sagt, Hunde und ihre Besitzer seien einander ähnlich, darf man annehmen, daß ich ebenso träge und nutzlos wie er bin. Sagen Sie ihm, er soll weggehen.«

Der Widerspruch seiner Anordnung zeigte sich darin, wie er die Ohren des Hundes kraulte. Louis stöhnte vor Vergnügen und rollte sich auf den Rücken, streckte seine breiten Pfoten in die Luft.

Sie lachte. »Wenn Sie so Ihre Truppen befehligen, Colonel, steckt die Hundertfünfte in Schwierigkeiten.«

Molly, die am Ende des Gartens und damit außer Sicht war, quietschte auf, und Jamie schrie: »Ich hab' dich!«

Michael riß die Augen auf. »Jamie sah ziemlich blaß aus. Ist er krank gewesen?«

»Er leidet manchmal unter Asthma«, erwiderte Catherine. »Anne sagt, seine Anfälle seien entsetzlich. Er hatte gestern einen furchtbaren. Offensichtlich ist das Frühjahr die schlimmste Jahreszeit für ihn.«

»Als Kind hatte ich auch zuweilen Asthmaanfälle, aber mit der Zeit sind die ziemlich verschwunden. Jamie wird es bestimmt auch so gehen.«

Sie musterte seine knorrige Gestalt. »Das werde ich Anne sagen. Sie wird sich besserfühlen, wenn sie weiß, daß ein asthmatischer Junge zu einem strammen Mann wie Sie heranwachsen kann. Was löst die Anfälle aus?«

»Ich weiß nicht, ob das jemand mit Sicherheit sagen

kann«, sagte er langsam, »aber ich denke, daß es gewöhnlich eine Kombination mehrerer Dinge ist – Feuchtigkeit, Essen oder Pflanzen, die man nicht verträgt.« Er legte seine Arme auf die Augen, um Schutz vor der Sonne zu haben und seinen Gesichtsausdruck zu verbergen. »Ich glaube, es gibt auch eine emotionale Komponente dabei.«

»Meinen Sie damit zuviel Erregung? Jamie ist überdreht.«

»Das, oder verängstigt sein oder bedrückt. Schmerzliche Gefühle können manchmal in wenigen Augenblicken einen Anfall auslösen.«

»Ich verstehe.« Sie hätte gern mehr gewußt, aber sein Tonfall verbot Fragen.

Er fuhr fort: »Wie fühlt sich Anne?«

»Viel besser. Im Augenblick macht sie ein Nickerchen, aber sie sagt, sie sei fast in dem Stadium von Schwangerschaft, wo auf Erschöpfung grenzenlose Energie folgt. In einer Woche wird sie wieder darauf brennen, tanzen zu gehen.« Catherine verknotete ihren Faden und schnitt ihn ab. Mit Anne als Gefährtin würde sie Michaels Begleitung nicht mehr brauchen. Es würde ihr fehlen, keine Zeit mehr mit ihm verbringen zu können. Es würde ihr sehr fehlen. »Dann werden Sie mich nicht mehr begleiten müssen.«

»Sie zu begleiten, ist mir ein Vergnügen gewesen, keine Last. Wenn Charles nicht zur Verfügung steht, kann ich Sie beide ausführen. Jeder Mann in Brüssel wird mich beneiden.«

Er unterdrückte ein Gähnen und versank in Schweigen. Trotz des Lärms der Kinder und der Wagen, die über die Straße rumpelten, die zum Namur-Tor führte, döste er ein, und sein Atem wurde langsam und gleichmäßig. Die Situation war von einer köstlichen Intimität.

Catherine nähte weiter. Sie vermochte es gut, ihre

Gefühle zu verbergen, und nicht einmal der mißtrauischste Beobachter hätte vermutet, welche stille Freude ihr Herz erfüllte. Michaels Anwesenheit nährte einen Teil ihrer Seele, der seit Jahren gehungert hatte.

Vielleicht sollte sie sich wegen ihrer unschicklichen Empfindungen schuldig fühlen, aber das tat sie nicht. Niemand würde verletzt werden, und bald würden ihre Wege sich trennen, wahrscheinlich für immer. Doch wenn das geschah, würde ihr die Erinnerung an wenige kostbare Stunden bleiben, die sie in ihrem Herzen bewahren würde.

Sie war mit Amys Petticoat fertig, faltete ihn zusammen und legte ihn in ihren Korb. Dann begann sie, Colins Socken zu stopfen. Als sie zwei fertig hatte, erlaubte sie sich, Michaels gebräunte rechte Hand zu mustern, die nur einen halben Meter von ihr entspannt im Gras lag. Die Finger waren lang und kräftig. Eine dünne, längst verheilte Säbelnarbe führte über seine Handfläche bis hoch zum Handgelenk.

Sie spürte einen fast überwältigenden Drang, ihre Hand auf seine zu legen. Ihn zu berühren, und sei es auch nur ganz flüchtig. Das Leben zu spüren, das durch seinen kräftigen Körper pulsierte. Wie würde es sein, neben ihm zu liegen, seine ganze Wärme an sich zu spüren?

Mit erhitztem Gesicht griff sie nach einer anderen Socke. Sie hoffte, daß ihr Leben nach ihren Taten, nicht nach ihren Gedanken beurteilt werden würde, wenn sie vor den heiligen Petrus trat.

Nachdem sie ihre Flickarbeiten beendet hatte, packte sie ihre Schere und das Nähzeug beiseite und lehnte sich an den Stamm der Kastanie zurück, beobachtete Michael unter halbgesenkten Lidern.

Der Friede wurde von durchdringenden Schreien der

Kinder und einem gequälten Geheul von Clancy zerstört. Catherine richtete sich mit einem Ruck auf, weil sie erkannte, daß dies keine Laute waren, die von normalem Spielen herrührten. Gleichzeitig riß Michael seine Augen auf.

Amy schrie: »Mama, komm schnell!«

Michael sprang auf und nahm ihre Hand, um ihr hochzuhelfen. Kaum war sie auf den Beinen, rannten sie durch den Garten. Ihr Herz klopfte vor Furcht aus Angst vor dem, was sie finden würden.

Die Kinder waren bei dem Steinspringbrunnen, an dem ein tanzender Delphin Wasser in einen kleinen Teich spie. Catherines Herz verkrampfte sich, als sie das Blut sah, das auf beide Mädchen spritzte. Blut schoß aus einer Wunde in Mollys Kopf. Amy hatte ihre Schärpe abgenommen und versuchte tapfer, die Blutung zu stoppen.

Jamie stand ein paar Schritt entfernt. Sein Gesicht war unter dem roten Haar aschfahl, während er das heftige Schluchzen seiner Schwester verfolgte. Clancy sprang ängstlich herum, geriet in den Weg und verstärkte mit seinem scharfen Kläffen die Verwirrung.

Catherine hockte sich neben Molly und versuchte, die Blutung zu stoppen. »Amy, was ist passiert?«

»Jamie hat Molly geschubst, und sie ist gegen den Brunnen gestoßen.«

»Ich hab's nicht gewollt!« keuchte Jamie. Seine schnellen, flachen Atemzüge wandelten sich zu einem unheimlichen Pfeifen. Michael, der den nervösen Hund beruhigt hatte, blickte bei dem Geräusch scharf auf.

Catherine befahl: »Amy, geh und hole Anne.«

Während Amy gehorsam loslief, fragte Molly mit makabrer Neugier: »Muß ich sterben?«

»Natürlich nicht«, sagte Catherine kurz. »Kopfwunden bluten schrecklich, aber die ist nicht tief. In ein paar Tagen ist wieder alles in Ordnung. Und eine Narbe wird unter deinem Haar verborgen sein.«

»Ich hab's nicht gewollt!« schrie Jamie voller Qual. Plötzlich rannte er davon, schlug mit den Armen wild um sich.

Catherines erster Instinkt war, ihm zu folgen, aber das konnte sie nicht, nicht, solange Molly noch in ihren Armen blutete. Sie warf Michael einen gequälten Blick zu. Zu ihrer Erleichterung folgte er bereits dem weinenden Kind. Er kam aber nur langsam voran, weil er sich von Clancy befreien und um den Brunnen herumlaufen mußte.

Jamie stolperte und fiel der Länge nach auf das Gras. Die Gartenmauern warfen das Echo seines scheußlich klingenden pfeifenden Atems zurück.

Molly, die jeden Gedanken an ihre eigene Verletzung vergessen hatte, versuchte aufzustehen. »Jamie hat einen seiner Anfälle!«

Catherine hielt das kleine Mädchen fest. »Keine Sorge, Colonel Kenyon wird sich um deinen Bruder kümmern.« Sie betete, daß sie recht hatte, denn sie selbst wußte nicht, was sie tun sollte.

Bevor Michael Jamie erreichen konnte, hatte das Kind wieder genug Atem geschöpft, um sich aufzurappeln. Er begann wieder zu rennen, seine Augen vor Entsetzen weit aufgerissen, während er durch ein Gebüsch drang, in das ihm ein Erwachsener nicht folgen konnte. Er stürmte auf der anderen Seite heraus und brach zusammen, rang verzweifelt nach Luft. Selbst aus fünfzig Meter Entfernung konnte Catherine sehen, daß sein Gesicht eine entsetzlich bläuliche Farbe hatte.

Jamie versuchte kraftlos, auf die Beine zu kommen, als Michael um das Gebüsch herumkam und den Jungen auf seine Arme nahm. »Ist alles in Ordnung, Jamie«, sagte er tröstend. »Molly ist nicht schwer verletzt.«

Obwohl Michaels Miene ernst war, war seine Stimme ruhig, als er den Jungen zurück zu dem Brunnen brachte. »Es war ein Unfall. Wir wissen doch, daß du deine Schwester nicht verletzen wolltest.«

Michael half Jamie in eine sitzende Position, zog sein Taschentuch heraus und befeuchtete es im Springbrunnen. Dann betupfte er das verzerrte Gesicht des Kindes mit kaltem Wasser, wobei er weiter beruhigend redete. »Du kannst atmen, Jamie, du hast nur kurz vergessen, wie«, sagte er leise. »Schau mir in die Augen und erinnere dich, wie man atmet. L-a-n-g-s-a-m ein. Entspannen. Dann l-a-n-g-s-a-m aus. Sprich die Worte mit mir. E-i-n-a-t-m-e-n ... Komm schon. Du kannst es.«

Catherine schaute wie hypnotisiert zu, als Jamies Lippen stumm zusammen mit Michael die Buchstaben zu formen begannen. Allmählich beruhigte sich sein Atem, und Farbe begann in sein Gesicht zurückzukehren.

Als Anne schließlich mit Amy aus dem Haus gerannt kam, hatte Catherine einen behelfsmäßigen Verband um Mollys Kopf gewickelt, und Jamie war fast wieder normal. Annes Gesicht war so blaß, daß auf ihren Wangenknochen feine, geisterhafte Sommersprossen zu sehen waren, als sie sagte: »Mein Gott, ihr zwei geratet ja wirklich in eine Menge Schwierigkeiten.«

Sie kniete sich zwischen ihre Kinder und zog sie an sich. Jamie vergrub sich an ihrer Seite und schlang seine Arme um ihre Taille. Auch Molly kuschelte sich so eng sie konnte an sie.

In die plötzliche Stille hallten deutlich Hufschläge. Einen Augenblick später rief Charles Mowbry von dem Stall aus: »Probleme?«

»Ein bißchen«, erwiderte Anne, deren Gesicht Erleichterung zeigte. »Molly hat sich den Kopf aufgeschlagen, und Jamie hatte einen Anfall, aber jetzt ist alles in Ordnung.«

Als Catherine aufstand, sah sie Charles und Colin, deren scharlachrote Mäntel glitzerten, auf sie zukommen. Sie erinnerte sich, daß sie heute Regimentsexerzieren gehabt hatten.

Charles war zuerst da. Seine Miene war beherrscht, aber sein Blick starr. Als er seine Familie erreicht hatte, bückte er sich, hob Jamie hoch und umarmte ihn innig. »Alles in Ordnung, alter Mann?«

»Ich konnte nicht atmen, aber Colonel Kenyon erinnerte mich, wie das geht«, erklärte sein Sohn. »Dann war es leicht.«

»Das war schön von ihm«, sagte Charles heiser. »Wirst du dich beim nächsten Mal allein daran erinnern?«

Jamie nickte heftig.

Anne und Molly erhoben sich. Charles strich über das Haar seiner Tochter, wobei er sorgsam darauf achtete, den blutdurchtränkten Verband nicht zu berühren. »Ich weiß, daß du dieses Kleid nicht magst, aber wär's nicht besser, es loszuwerden, indem du es zerreißt, statt es mit Blut zu durchtränken?«

Ein Lächeln erhellte ihr verweintes Gesicht. »Oh, Papa, du bist so albern.«

Ein Lächeln verbergend überlegte Catherine, was die Männer aus Charles' Kompanie wohl denken würden, wenn sie das gehört hätten.

»Zeit für euch zwei, ins Haus zu gehen und euch zu reinigen.« Anne warf Catherine und Michael einen herzlichen Blick zu. »Danke euch beiden, daß ihr hier wart.«

Während die Mowbrys zum Haus gingen, legte Catherine einen Arm um die Schultern ihrer Tochter. »Amy war großartig, Colin. Sie hatte Mollys Wunde versorgt und holte dann Anne.«

»Du bist wie ich und deine Mutter«, sagte er beifällig. »Ein guter Soldat *und* eine gute Krankenschwester.« Er schaute Catherine an. »Darf ich Amy als Belohnung für ihre Tapferkeit zu einem Eis einladen?«

Es war eigentlich sehr kurz vorm Abendessen, aber Amy hatte sich eine Belohnung verdient, und sie hatte ihren Vater in letzter Zeit wenig gesehen. »Schön, aber Amy, zieh dich vorher bitte um. Laß ein Dienstmädchen dein Kleid in einen Eimer mit kaltem Wasser legen, damit das Blut sich nicht festsetzt.«

Amy nickte und tollte mit ihrem Vater davon.

Allein mit Michael, ließ Catherine sich auf den Rand des Brunnens sinken und vergrub ihr Gesicht für einen Moment in ihren Händen. »Entschuldigen Sie bitte, daß ich jetzt hysterisch bin.«

»Geht mir ebenso.« Müde setzte er sich neben sie auf den Brunnenrand. »Es ist immer am schlimmsten, wenn die Krise vorbei ist, nicht wahr?«

»Ich werde jedes Mal zu einem Wackelpudding.« Sie versuchte zu lachen. »Fürs Familienleben braucht man Nerven aus Stahl.«

»Aber Ihr Gatte hatte recht. Amy hat sich prächtig verhalten.«

»Ist sie nicht erstaunlich? Ich hatte mich immer gefragt, ob es falsch sei, sie mit auf die Halbinsel zu nehmen, aber sie hat sich dort entwickelt.« Catherine lächelte schief. »In der Hinsicht ist sie wie ihr Vater. Ich bin mehr ein feiger Hausmensch.«

»Dafür halten Sie sich vielleicht«, sagte er mit herzlicher Zuneigung in der Stimme, »aber falls ich je Pflege brauche, hoffe ich, daß Sie verfügbar sind.«

Sie wandte den Blick ab, bevor ihre Augen zuviel verraten konnten. »Und Sie sind gut darin, mit häuslichen Katastrophen fertig zu werden, von denen wir in letzter Zeit mehr als genug hatten. Feuer, Blut, Asthma. Anne hatte recht damit, daß die Anfälle erschreckend sind.«

»Sie sind noch schlimmer. Es ist, als seien eiserne Bande um die Lungen. Je mehr man sich zu atmen bemüht, desto weniger Luft bekommt man. Das schlimmste daran ist die Panik, die einem völlig den Verstand und die Beherrschung rauben kann. Ich erinnere mich, genau das getan zu haben, was Jamie tat – bin fortgerannt, bis ich umfiel, stand dann wieder auf und rannte weiter, sobald ich auf den Beinen stehen konnte.« Er verzog das Gesicht. »Wie werden Anne und Charles damit fertig? Es muß entsetzlich sein, wenn man sein Kind sieht, wie es um Atem ringt?«

»Sie tun es, weil sie es müssen, genauso, wie Ihre Eltern es taten.«

»Die waren aus anderem Stoff gemacht«, sagte er trokken. »Tatsächlich wurden die meisten meiner Anfälle durch meinen Vater ausgelöst. Wenn ich einen in Gegenwart meiner Mutter hatte, überließ sie mich der Obhut des nächsten Dienstmädchens, das da war. Der Anblick war für jemand von ihrer empfindlichen Konstitution zu beunruhigend.« Sein Gesicht war hart geworden. »Wäre ich nicht nach Eton gekommen, hätte ich meinen zehnten Geburtstag wahrscheinlich nicht erlebt.«

Catherine zuckte zusammen. »Ich verstehe, warum Sie Ihre Familie nie erwähnen.«

»Da gibt es nicht viel zu sagen.« Er hielt seine Finger in die Fontäne und schleuderte dann ein paar Wassertropfen auf Louis, der wieder auf seinem Fuß döste. »Hätte mein Vater wählen können, Gott oder der Duke of Ashburton zu sein, hätte er gefragt, worin der Unterschied bestehe. Meine Mutter starb, als ich dreizehn war. Sie und mein Vater verachteten sich. Erstaunlich, daß sie drei Kinder zeugten, aber ich vermute, sie fühlten sich verpflichtet weiterzumachen, bis sie einen Erben und eine Reserve hatten. Meine Schwester Claudia ist fünf Jahre älter als ich. Wir kennen einander kaum und ziehen es vor, es so zu belassen. Mein Bruder Stephen ist der Marquess von Benfield und Erbe des edlen Titels Ashburton und des enormen Vermögens der Kenyons. Wir kennen einander ein wenig, was eher mehr ist, als wir beide wollen.«

Seine ausdruckslosen Worte lösten einen Schauer auf ihrem Rücken aus. Sie erinnerte sich daran, daß er gesagt hatte, er und seine Freunde, die Gefallenen Engel, seien eine Familie geworden, weil sie alle eine brauchten. Mit plötzlicher Leidenschaft wünschte sie sich, das Recht zu haben, ihn in ihre Arme zu nehmen und alles wiedergutzumachen, was ihm verwehrt gewesen war.

Statt dessen sagte sie: »Ich habe es immer bedauert, weder Bruder noch Schwester zu haben. Vielleicht hatte ich Glück.«

»Wenn Sie wollen, können Sie sich Claudia und Benfield ausleihen. Ich garantiere Ihnen, daß Sie binnen zweier Tage Ihrem Glücksstern dafür danken werden, daß Sie ein Einzelkind sind.«

»Wie haben Sie überlebt?« fragte sie ruhig.

»Durch reine Sturheit.«

Sie legte ihre Hand für einen Augenblick auf seine, versuchte wortlos ihr Mitleid zum Ausdruck zu bringen und ihre Bewunderung für die Kraft, die ihn befähigt hatte, das zu ertragen. Statt Bitterkeit hatte er Mitgefühl gelernt.

Er legte seine andere Hand auf ihre und nahm ihre Finger. Sie sahen einander nicht an.

Sie war sich sehr wohl bewußt, daß sein Bein nur Zentimeter von ihrem entfernt war. Es wäre so natürlich gewesen, sich vorzubeugen und ihre Lippen auf seine Wange zu drücken. Er würde sich zu ihr drehen und sein Mund würde ihren berühren und ...

Mit Entsetzen erkannte sie, wie nahe sie dem Feuer gekommen war. Sie zog ihre Hand fort, ballte die Finger zu einer Faust, um sich daran zu hindern, ihn zu streicheln. Ihre Stimme klang in ihren Ohren fremd, als sie fragte: »Wann hatten Sie das Asthma überstanden?«

Eine gespannte Pause entstand, bevor er sagte: »Ich weiß nicht, ob man es je völlig ablegt – als Erwachsener hatte ich mehrere leichte Anfälle –, aber nachdem ich dreizehn war, gab es nur sehr wenige.« Sein Gesicht spannte sich an. »Den schlimmsten hatte ich in Eton. Zu der Zeit wußte ich – *wußte* absolut –, daß ich sterben würde.«

»Was hat ihn ausgelöst?«

»Ein Brief meines Vaters.« Michael rieb sich die Schläfen, als ob er so die Erinnerung ausradieren könne. »Er informierte mich darin, daß meine Mutter plötzlich verstorben sei. Es klang stark an, daß er ... froh war, sie los zu sein.« Er schloß seine Augen und holte mehrmals tief und langsam Atem. »Der Anfall begann sofort, und ich brach zusammen, pfiff wie ein zuschanden gerittenes Pferd. Es ist etwas besonders Entsetzliches daran, bei vollem Bewußtsein, aber völlig hilflos, unfähig zu jeder Bewegung, zu sterben. Zum Glück war das Zimmer meines Freundes Nicholas nebenan, und er hörte mich. Er kam und sprach mit mir so, wie ich es mit Jamie getan habe. Der Trick besteht darin, die Panik des Opfers zu brechen und es dazu zu bringen, richtig zu atmen.«

Überrascht sagte sie: »Ihr Freund muß etwa in Ihrem Alter sein. Wußte er das, weil er auch Asthma hatte?«

Michael lächelte leicht. »An Nicholas ist immer etwas Magisches gewesen. Er ist Halbzigeuner und in den traditionellen Heilmethoden seines Volkes bewandert. Er hat uns alle gelehrt, wie man Pferde bespricht und Fische aus dem Strom zu locken.«

Froh darüber, daß seine Miene sich entspannte, sagte sie: »Es klingt, als sei er ein sehr guter Freund gewesen.«

Die Worte mußten ein Fehler gewesen sein, denn Michaels gefaltete Hände wurden so steif, daß die Sehnen seiner Handgelenke hervortraten. »Das war er. Ein besserer, als ich ihm gegenüber war.« Er schüttelte den Kopf. »Gott, warum erzähle ich Ihnen das alles?«

Sie hoffte, es war deshalb, weil sie etwas Besonderes für ihn war. »Weil Sie wissen, daß es mich interessiert und daß ich Ihr Vertrauen zu würdigen weiß.«

»Vielleicht ist das der Grund.« Ohne sie anzusehen, sagte er ruhig: »Ich bin froh, Sie kennengelernt zu haben, Catherine. Wenn ich in der Zukunft an Brüssel denke, werde ich vielleicht die Bälle und die Gerüchte und die wilde Fröhlichkeit vergessen, aber an Sie werde ich mich immer erinnern.«

Die Luft zwischen ihnen schien greifbar zu werden, wurde so spürbar, daß sie fürchtete, er müsse den Schlag ihres Herzens fühlen können. Zögernd sagte sie: »Ihre Freundschaft bedeutet mir auch sehr viel.«

»Freundschaft und Ehre sind vielleicht die zwei wichtigsten Dinge im Leben.« Er bückte sich und pflückte ein Gänseblümchen aus dem Gras. »Freundschaft, damit wir nicht allein sind. Ehre, weil – was bleibt einem Mann anderes am Ende seiner Tage als Ehre?«

»Was ist mit Liebe?« fragte sie leise.

»Romantische Liebe?« Er zuckte die Schultern. »Ich habe keine Erfahrung, um dazu etwas sagen zu können.«

»Waren Sie nie verliebt?« sagte sie skeptisch.

Seine Stimme wurde fröhlich. »Nun ja, als ich neun war, machte mir die Schwester meines Freundes Lucien einen Heiratsantrag, und ich nahm ihn voller Begeisterung an. Elinor war ein Engel.«

Sie sah die Wärme in seinen Augen und sagte: »Bewerten Sie Ihre Gefühle nicht gering, nur weil Sie jung waren. Kinder können mit einer unschuldigen Reinheit lieben, wie es kein Erwachsener vermag.«

»Vielleicht.« Er drehte das Gänseblümchen zwischen Daumen und Zeigefinger. »Aber weil Elinor zwei Jahre später starb, wurde die Liebe zwischen uns nie auf die Probe gestellt.«

Noch hatte sie Gelegenheit, von allein zu verschwinden. Irgendwo in Michael, das vermutete sie, mußte noch der Traum sein, einen Engel zu finden. »Wenn Sie einmal so geliebt haben, können Sie es wieder.«

Seine Hände drückten krampfhaft auf das Gänseblümchen, zerquetschten es. Langes Schweigen trat ein, bevor er mit kaum hörbarer Stimme sagte: »Ich habe einmal geliebt – oder war davon besessen – von einer verheirateten Frau. Die Affäre zerstörte Freundschaft und Ehre. Ich schwor mir, das nie wieder zu tun. Freundschaft ist sicherer.«

Für einen Mann wie Michael mußte es verheerend gewesen sein, seinen eigenen Ehrenkodex verletzt zu haben. Ein so katastrophaler Fehler erklärte auch, warum er nie ihr gegenüber etwas Unschickliches gesagt oder getan hatte. Jetzt wußte sie, daß er das niemals tun würde.

»Ehre ist kein Exklusivrecht der Männer«, sagte sie ruhig. »Auch eine Frau kann Ehre haben. Schwüre müssen gehalten, übernommene Verantwortung muß getragen werden.« Sie stand auf und blickte in seine unergründlichen grünen Augen. »Es ist ein Glück, daß Ehre und Freundschaft einander entsprechen.«

Sie schauten einander für einen langen Augenblick an, in dem alles und nichts gesagt wurde. Dann wandte sie sich ab und ging zum Haus. Ihre Schritte waren so gleichmäßig, daß niemand auf den Gedanken gekommen wäre, ihre Augen seien mit Tränen gefüllt.

Michael saß lange Zeit im Garten, die Augen blicklos, der Atem langsam und bewußt. Manchmal war es angenehm, aufmerksam darauf zu achten, wie die Luft sich in die Lungen und wieder hinaus bewegte, weil dies den Schmerz unterdrückte, zumindest für eine kurze Zeit.

Es war leicht, von Catherine besessen zu sein. Sie war nicht nur schön, sondern wirklich bewundernswert. Seine Mutter, Schwester und Caroline besäßen zusammen nicht einmal einen Bruchteil ihrer Herzlichkeit und Integrität. Sie war in jeder Hinsicht perfekt, außer daß sie unerreichbar war. Hoffnungslos verheiratet.

Und doch war etwas Reales zwischen ihnen. Nicht Liebe, sondern ein Wissen, daß die Dinge unter anderen Umständen sehr anders gewesen sein könnten.

Er überlegte, ob er einen anderen Weg hätte wählen können, als er jünger war, einen, der ihn an jenem schrecklichen Tage zu Catherine geführt hätte, an dem sie zur Waise wurde. Wie Colin, hätte er ihr sofort seinen Schutz angeboten. Anders als Colin, hätte er sich nie von seiner Frau abgewandt und anderen Frauen gewidmet.

Solche Spekulationen waren Unsinn. Er hatte nie einen Weg außer dem gesehen, den er gegangen war, der ihn in eine verrückte Liebe geführt hatte, die seine Seele befleckt hatte. Er stand auf und fühlte sich so erschöpft, als hätte er gerade eine Schlacht geschlagen.

Doch trotz seines Schmerzes war er stolz darauf, daß er und Catherine etwas Reines und Ehrenwertes aus dem geschmiedet hatten, was schäbig und falsch hätte sein können.

Natürlich, ihr Ehemann war ein Soldat kurz vor Kriegsausbruch ...

Er verdrängte den Gedanken, entsetzt darüber, daß er ihm überhaupt gekommen war. Es wäre obszön, auf den Tod eines Offizierskameraden zu hoffen. Zudem war es lächerlich, zu versuchen, über die nächsten paar Wochen hinauszusehen. Wenn es zum Kampf kam, konnte er ebensogut getötet werden wie Melbourne. Es gab keine Sicherheiten in Leben, Liebe oder Krieg.

Außer der Tatsache, daß gleich, ob sein Leben in Tagen oder Dekaden gemessen werden würde, er nie aufhören würde, Catherine zu begehren.

8. Kapitel

Catherine kleidete sich am nächsten Abend gerade zum Abendessen an, als Colin das Schlafzimmer betrat. Statt nach ihrem Mädchen zu läuten, bat sie: »Könntest du mir mein Kleid hinten schließen?«

»Natürlich.« Seine Finger waren derb und leidenschaftslos. Sie war betroffen von der seltsamen Fremdartigkeit, der Art, wie sie dasselbe Haus bewohnten, eine Ehe führten, sich aber nie emotional berührten. Ihre Beziehung war gewebt aus Gesetz, Höflichkeit, Annehmlichkeit und Gewohnheit. Sie stritten fast nie, weil jeder von ihnen wußte, wie viel – oder wie wenig – er vom anderen zu erwarten hatte.

Nachdem Catherines Kleid geschlossen war, trat Colin zurück und begann sich selbst anzukleiden. Er schien sich irgendwie unwohl zu fühlen, und sie bemerkte das. Sie fragte: »Stimmt etwas nicht?«

Er zuckte die Schultern. »Nicht direkt. Aber ... nun ja, ich habe letzte Nacht beim Whist hundert Pfund verloren.«

»Oh, Colin ...« Sie sank in einen Sessel. Es war nie genug Geld da, und einhundert Pfund waren eine enorme Summe.

»Schau mich nicht so an«, sagte er abwehrend. »Ich war im Grunde recht gut. Ich war schon runter auf dreihundert, bevor ich das meiste zurückgewann.«

Sie schluckte, versuchte, nicht daran zu denken, was sie getan hätten, wenn er so viel verloren hätte. »Ich nehme an, ich sollte dankbar dafür sein, aber selbst hundert Pfunde werden Probleme schaffen.«

»Du wirst das schon schaffen. Das tust du immer«, sagte er unbekümmert. »Es war's wert, ein wenig zu verlieren. Ich habe mit mehreren Offizieren der Gardetruppen gespielt – mit Männern aus einflußreichen Familien.«

»Einfluß mag für die Zukunft wichtig sein, aber wir müssen unseren Anteil an den Haushaltskosten jetzt bezahlen.«

»Bitte deinen Freund Lord Michael um mehr – jeder weiß, daß die Kenyons reich wie Nabob sind.« Colin nahm seine Halsbinde ab und warf sie auf das Bett. »Der Art nach zu urteilen, wie er dir den Hof macht, ist er offensichtlich vernarrt in dich. Hat er schon versucht, dich ins Bett zu bekommen?«

»Unsinn«, schnappte sie. »Willst du damit andeuten, ich hätte mich unschicklich verhalten?«

»Natürlich nicht«, sagte er mit bitterer Belustigung. »Wer wüßte das besser als ich?«

Eine plötzliche, scharfe Spannung entstand, als der Raum von all den Dingen erfüllt zu sein schien, die sie trennten. Catherine, die merkte, daß sie auf Colins beiläufige Bemerkung zu heftig reagiert hatte, sagte gelassen: »Michael ist freundlich, aber er hat mich aus Höflichkeit begleitet und nicht, weil er versucht, mit mir ins Bett zu gehen.« Und wenn ihre Worte auch nicht direkt die ganze Wahrheit waren, kamen sie ihr doch recht nahe.

Colin akzeptierte ihre Feststellung widerspruchslos. »Sieh zu, daß du ihn in der Zeit, die er in diesem Quartier bleibt, gefällig stimmst. Ich habe intensiv über unsere Zukunft nachgedacht.«

Sie krauste die Stirn. »Was heißt das?«

»Wenn Boney besiegt ist, wird die Regierung die Armee auf einen Bruchteil ihrer derzeitigen Größe reduzieren. Es besteht eine gute Möglichkeit, daß ich mit halbem Sold in den Ruhestand versetzt werde. Es ist Zeit, sich nach einer anderen Beschäftigung umzusehen, vorzugsweise nach einem netten Regierungsposten, der gut bezahlt wird und viel Zeit für die Jagd läßt.« Er zog ein frisches Hemd an. »Um eine solche Position zu bekommen, braucht man Einfluß. Zum Glück quillt Brüssel in diesem Frühjahr von Aristokraten über. Wenn du mit ihnen plauderst, sei besonders charmant zu jedem, der nützlich sein könnte, wenn die Zeit gekommen ist.«

»Gut.« Der Gedanke begeisterte sie nicht, aber da ihre Zukunft davon abhängen würde, daß Colin einen anständigen Posten bekam, mußte sie ihren Teil tun. »Wirst du hier zu Abend essen?«

»Nein, ich bin mit Freunden verabredet.«

Sie seufzte. »Versuche, nicht noch mehr Geld zu verlieren. Ich kann einen Schilling strecken, bis er quietscht, aber Wunder kann ich nicht vollbringen.«

»Heute abend wird nicht gespielt.«

Was bedeutete, daß er bei einer seiner Frauen sein würde. Sie wünschte ihm einen angenehmen Abend und ging nach unten. Es war früh, und Kenneth war die einzige Person im Salon. Er schaute aus dem Fenster. Seine Schultern waren so breit wie die eines Schmiedes.

»Guten Abend, Kenneth«, sagte sie heiter. »Sie sind genauso beschäftigt gewesen wie Michael. Langsam glaube ich, daß die Infanterie härter arbeitet als die Kavallerie.«

Er drehte sich zu ihr. »Natürlich – das weiß jeder.«

Sie lächelte. »Sie sind genauso schlimm wie mein Vater. Er war in der Infanterie, wissen Sie.«

Kenneth wirkte entsetzt. »Teufel, was Sie nicht sagen! Wie kommt es, daß ein nettes Mädchen wie Sie einen Dragoner geheiratet hat?«

»Die üblichen Gründe.« Sie schenkte zwei Gläser Sherry ein und trat zu ihm ans Fenster. Die Sonne war hinter den Bäumen versteckt, vergoldete aber die Wolken mit Ocker und Karmesinrot und verwandelte die wundervollen Kirchtürme von Brüssel in dramatische Silhouetten. »Ein herrlicher Himmel. In Augenblicken wie diesen wünschte ich, ich könnte malen.«

Er nippte an seinem Sherry. »Ich auch.«

»Tun Sie das nicht? Ich vermutete, sie würden es, da Sie so gut zeichnen können.«

Er zuckte die Schultern. »Zeichnen ist nur ein Talent. Malen ist etwas ganz anderes, etwas, von dem ich nichts verstehe.«

Sie musterte sein ernstes Profil. Etwas in seinem Tonfall ließ erkennen, daß er das bedauerte, aber eine Armee auf dem Feldzug bot wenige Gelegenheiten zum Lernen, besonders in den Jahren, bevor er befördert worden war.

Die Farben draußen schwanden, und indigoblaue Wolken ballten sich am Horizont. Wie schnell es doch Nacht wurde. »Es wird nicht mehr sehr lange dauern, nicht wahr?« sagte sie leise.

Er wußte genau, was sie meinte. »Ich fürchte, nein. Der Kaiser hat Frankreichs Nordgrenzen geschlossen. Keine Kutsche, kein Fischerboot oder Dokument darüber – außer den Falschinformationen natürlich, die Napoleons Agenten fröhlich verbreiten. Demnach rechnen die Gewährsleute nicht damit, daß der Feldzug vor Juli beginnt, aber ich glaube, daß der Krieg jederzeit beginnen kann.«

»Ich habe dieses Gefühl, daß ... daß wir alle in einer Glaskugel leben, die kurz vorm Zerspringen ist«, sagte sie heftig. »Alles scheint überlebensgroß. Diese beiden vergangenen Monate vermittelten das Gefühl einer besonderen Zeit, die nicht wiederkommt.«

»Alle Zeiten sind besonders, und keine kommt wieder«, sagte er ruhig.

Und doch war es menschlich, zu versuchen, die Nacht zurückzuhalten. Einem Impuls folgend fragte sie: »Könnten Sie mir einen Gefallen tun?«

»Natürlich. Was möchten Sie?«

»Könnten Sie Zeichnungen von allen hier im Haushalt machen? Von Anne und Charles, Colin, den Kindern. Den Hunden. Von sich. Von Michael.« Vor allem von Michael. Als sie den fragenden Blick von Kenneth sah, fügte sie rasch hinzu: »Ich bezahle Sie natürlich.«

Er hob die Brauen. »Wirklich, Catherine, das sollten Sie besser wissen.«

Sie starrte in ihr Sherryglas. »Es tut mir leid. Ich nehme an, es klang ziemlich verletzend, so, als ob Sie ein Händler seien.«

Die Fältchen um seine Augen krümmten sich. »Tatsächlich war das ein Kompliment – es wäre mein erster professioneller Zeichenauftrag, nur, daß ich ihn nicht annehmen kann.«

»Natürlich nicht. Es tut mir leid. Ich hätte nicht fragen sollen.«

Er schnitt ihre Entschuldigung mit einer raschen Geste ab. »Ich sagte nicht, daß ich die Skizzen nicht machen werde. Ich habe sogar einige, die gelungen sind, aber Sie müssen sie als Geschenk annehmen.«

Als sie versuchte, ihm zu danken, sagte er: »Dank ist nicht nötig. Sie und Anne haben das Talent, einen Haufen von Eigenbrötlern aufzunehmen und ihnen ein Heim zu schaffen.« Er starrte in den fast dunklen Himmel. »Es ist lange her, daß ich ein Zuhause hatte. Eine sehr lange Zeit.«

Seine Wehmut veranlaßte sie, ihre Hand auf seine zu legen, eine Geste, die bei ihm ebenso leicht war wie bei Michael kompliziert. »Wenn Sie die Zeichnungen machen, vergessen Sie das Selbstportrait nicht.«

»Wenn ich mich daran versuchte, wird sich das Papier spontan auflösen«, sagte er trocken.

»Wie Molly sagen würde, Sie sind *so* albern.«

Sie lachten beide. Sie nahm ihre Hand weg und sprach weiter. »Werden Sie nächste Woche zum Ball der Duchess of Richmond gehen? Es soll das größte gesellschaftliche Ereignis des Frühjahrs werden.«

Er schüttelte sich betont. »Nein, dem Himmel sei Dank. Ich bin nicht wichtig genug, um eingeladen zu werden. Allerdings werde ich am einundzwanzigsten auf dem Ball des Herzogs sein. Da er der Schlacht von Vitoria gedenkt, erwartet er, daß seine Offiziere dort sind.«

Sie lächelte neckend. »Ich erwarte einen Tanz mit Ihnen.«

»Definitiv *nein.* Ich bin gern bereit, Ihnen meine Zeichnungen oder mein Leben zu geben, aber Tanzen ist eine völlig andere Sache.«

Sie lachten wieder. Als sie sich vom Fenster abwandte, sah sie Michael im Türrahmen stehen. Als er bemerkte, daß sie ihn ansah, betrat er den Raum. Sein Gesicht war undurchdringlich. Sie sehnte sich danach, zu ihm zu gehen und seine Hände zu nehmen. Statt dessen setzte sie ihr Saint-Catherine-Gesicht auf und ging, um einen weiteren Sherry einzuschenken.

Es war leichter, eine Heilige zu sein als eine Frau.

An diesem Abend sah Kenneth seine Zeichnungen durch und wählte die aus, von denen er glaubte, daß sie Catherine gefallen würden. Er war überrascht, wie viele er gemacht hatte. Nur eine oder zwei weitere würden nötig sein. Er legte auch für Anne mehrere beiseite. Darunter war eine der Familie Mowbry im Garten, die wirklich sehr gut war.

Ruhig nahm er seinen Stift und begann die Liebenden Tristan und Isolde zu zeichnen. Tristan, den mächtigen Krieger, und Isolde, die heilende Prinzessin, die mit Tristans Onkel verheiratet wurde. Es hatte natürlich tragisch geendet. Es wäre keine große Legende dabei herausgekommen, wenn sie sich in einer Hütte niedergelassen und neun Kinder gehabt hätte und er ein rotgesichtiger jagender Gutsherr geworden wäre.

Er bemerkte erst, was er tat, als das Bild fertig war. Dann sah er, daß der gequälte Krieger Michaels Gesicht hatte und daß die dunkelhaarige Prinzessin in seinen Armen die betörende Süße von Catherine Melbourne besaß.

Er stieß einen leisen Pfiff aus. Von daher also wehte der Wind. Es war nicht das erste Mal, daß seine Zeichnungen etwas verrieten, was er nicht bewußt erkannt hatte. Verdammt, hatte Michael nicht genug gelitten? Oder auch Catherine, was den Punkt anbelangte, daß sie ewig für die törichte Ehe zahlte, die sie mit sechzehn eingegangen war?

Da er um einen hohen, bitteren Preis gelernt hatte, wie flüchtig Glück war, würde er alle Moral in den Wind schreiben und jede Freude, die er bekommen könnte, nehmen, wenn er verliebt wäre. Er würde gern glauben, daß Michael und Catherine genau dies taten, aber sie waren beide zu verdammt nobel. Wahrscheinlich verbargen sie ihre Gefühle voreinander, vielleicht sogar vor sich selbst.

Er warf die Zeichnung in den Kamin und hielt eine Kerze an den Rand, bis das Papier aufflammte. Während er zuschaute, wie ihr Bild zu Asche zerfiel, hoffte er, daß sie ihren Lohn im Himmel erhalten würden, denn es war nicht sehr wahrscheinlich, daß das auf Erden geschah.

Am Tag vor dem Ball der Duchess of Richmond wohnten Michael und Kenneth einem Dinner bei, um mehrere Offiziere des 95. zu begrüßen, die gerade aus Amerika eingetroffen waren. Unausweichlich drehte sich das Gespräch um die Tage auf der Halbinsel. Es war ein schöner Abend, doch Michael sagte trocken, als er und Kenneth heimritten: »Es gibt nichts Besseres als Distanz, um schlechtes Essen, schlechten Wein und schlechte Unterkunft romantisch erscheinen zu lassen.«

»Die echte Romantik ist, daß wir jung waren und überlebt haben.« Kenneth kicherte. »Gott, erinnerst du dich daran, wie wir das Jubiläumsbankett der Rifles am Ufer des Bidassao abhielten?«

»Unsere Beine baumelten in Gräben, und wir benutzten das Gras als Tisch und Stühle. So etwas vergißt man nicht.«

Sie bogen in die Rue de la Reine ein, bewegten sich in ruhigem Schritt. Als Michael abstieg und das Tor öffnete, sagte er langsam: »In den nächsten Tagen kommt ein böser Sturm auf.«

Kenneth blickte ihn scharf an. »Wörtlich oder metaphorisch?«

»Vielleicht beides.« Unbewußt rieb Michael sich seine linke Schulter, die bei starker Wetterveränderung schmerzte. »Es wird ein gewaltiges Unwetter geben. Vielleicht ist das alles – aber du erinnerst dich, wie oft Stürme vor Schlachten auf der Halbinsel ausbrachen?«

Kenneth nickte. »Wellington-Wetter. Es war unheimlich. Vielleicht solltest du das dem Herzog erzählen.«

Michael lachte. »Er würde mich aus seinem Büro werfen. Er ist ein Mann, der sich an Tatsachen hält, nicht an Phantasien.«

»Zweifellos hat er damit recht – aber ich werde meinem Burschen sagen, daß er mein Marschgepäck für den Fall bereit machen soll, daß wir schnell aufzubrechen haben.«

»Ich beabsichtige, das gleiche zu tun.«

Sie führten ihre Pferde in den Stall. Eine Lampe brannte darin, und in ihrem Licht sah man Colin Melbourne, bäuchlings auf einem Heuhaufen liegend und heftig schnarchend. Sein Pferd, das noch gesattelt und aufgezäumt war, stand daneben und schaute gelangweilt drein. Kenneth kniete sich hin und untersuchte den schlafenden Mann. »Betrunken wie ein Lord«, berichtete er.

»Wie bitte?« sagte Michael eisig.

Kenneth grinste. »Also gut, er ist betrunken wie manche Lords. Ich habe nie erlebt, daß du soweit gehst.«

»Nein, und das wirst du auch nie.«

»Aber eins muß man dem Mann trotzdem lassen. Er

konnte so lange im Sattel bleiben, bis er daheim war. Das macht der Kavallerie Ehre.«

Nachdem Michael sein eigenes Pferd versorgt hatte, tat er das auch mit Melbournes Tier. Das Tier sollte nicht deshalb leiden, weil sein Herr über die Stränge geschlagen hatte. Als er fertig war, zog Kenneth ihren betrunkenen Kameraden auf die Beine.

Colin wurde wach und fragte undeutlich: »Bin ich schon zu Hause?«

»Beinahe. Sie müssen nur noch zum Haus laufen.«

»Die verdammte Infanterie als Rettung. Ihr Burschen seid schon zu was nütze.« Colin machte einen Schritt und schlug fast zu Boden.

Kenneth packte ihn gerade noch rechtzeitig. »Hilf mir, Michael. Wir schaffen's nur zu zweit, ihn hineinzutragen.«

»Wir könnten ihn hierlassen«, schlug Michael vor. »Die Nacht ist mild, und bei dem Zustand, in dem er ist, wird er nichts dagegen haben.«

»Catherine macht sich vielleicht Sorgen, falls sie ihn heute abend zurückerwartet.«

Da dies zweifellos wahr war, zog Michael Melbournes rechten Arm über seine Schultern. Durch den Gestank von Port bemerkte er den schweren Duft von Parfüm. Der Bastard war mit einer Frau zusammen gewesen.

Er versuchte nicht an die Tatsache zu denken, daß dieser betrunkene Dummkopf Catherines Ehemann war. Daran, daß er das Recht hatte, sie zu streicheln, sie mit seinem eigenen Körper zu besitzen, obwohl er ständig seine Geschlechtspartnerinnen wechselte ...

Er biß die Zähne zusammen und half, Colins beträchtliches Gewicht zu tragen und den Mann durch die Stalltüren zu schaffen. Durch die frische Luft leicht wiederbelebt, drehte Colin seinen Kopf zu Michael und blinzelte ihn an. »Das ist ja der adelige Colonel. Bin Ihnen sehr verpflichtet.«

»Nicht nötig«, sagte Michael kurz. »Das würde ich für jeden tun.«

»Nein«, korrigierte Colin ihn. »Sie tun das für Catherine, weil Sie sie lieben.«

Michael erstarrte.

»Jedermann liebt sie«, sagte Colin trunken. »Der Honorable Sergeant Kenneth, der treue Charles Mowbry, selbst der verdammte Herzog persönlich ist in sie vernarrt. Jeder liebt sie, weil sie perfekt ist.« Er rülpste. »Wissen Sie, wie schwer es ist, mit einer Frau zu leben, die perfekt ist?«

Kenneth schnappte: »Das reicht, Melbourne!«

Colin fuhr schonungslos fort: »Ich wette, Ihre noble Lordschaft würde nichts lieber tun, als mit Catherine ins Heu zu gehen und mich zum Hahnrei machen.«

Michael blieb stehen und ballte wütend seine Fäuste. »Um Himmels willen, Mann, halten Sie den Mund! Sie beleidigen Ihre Frau, mit dem was Sie sagen.«

»Oh, ich weiß, daß sie das nicht tun würde«, versicherte Colin ihm. »Es kommt ja nicht von ungefähr, daß man sie die heilige Catherine nennt. Wissen Sie, warum die richtige heilige Catherine heilig gesprochen wurde? Weil die dämliche Schlampe ...«

Bevor er den Satz beenden konnte, wirbelte Kenneth herum und gab Colin einen kurzen, scharfen Schlag unter das Kinn.

Während der Mann leblos zwischen ihnen zusammensackte, sagte Kenneth trocken: »Ich dachte, ich sollte das lieber tun, bevor du ihn umbringst.«

Kenneth sah entschieden zuviel. Grimmig machte Michael sich wieder daran, seinen Teil dazu beizutragen, Melbourne ins Haus und die Treppen hoch zu seinem Schlafzimmer zu schleppen. Als sie dort angelangt waren, klopfte Kenneth an die Tür.

Eine Minute verging, bevor Catherine sie öffnete. Ihr dunkles Haar fiel offen über ihre Schultern, und sie trug einen eilig übergestreiften Morgenmantel, der zuviel von dem Nachthemd darunter zeigte. Sie wirkte weich und schläfrig und unendlich verlockend. Michael senkte seinen Blick. Blut hämmerte in seinen Schläfen.

»Was ist passiert?« fragte sie.

»Keine Sorge, Colin ist nicht verletzt«, sagte Kenneth beruhigend. »Ein bißchen betrunken, und ich glaube, er hat sich sein Kinn aufgeschlagen, als er im Stall stürzte. Aber es ist nichts Ernstes.«

Sie trat zurück und hielt die Tür auf. »Bringen Sie ihn bitte herein und legen ihn aufs Bett.«

Als sie Colin in das Zimmer trugen, sah Michael, daß ihre Nasenflügel sich bei dem Geruch von Alkohol und Parfüm, der zu ihr trieb, leicht blähten. In diesem Augenblick wußte er, daß Kenneth recht gehabt hatte. Catherine wußte von den anderen Frauen, die ihr Mann hatte. Aber welche Fehler auch immer er haben mochte, sie nahm sie mit Würde hin. Michael bewunderte sie so, wie er Colin am liebsten zu einer blutigen Masse geschlagen hätte.

Sie legten Melbourne auf das Bett, und Kenneth zog ihm die Stiefel aus. »Schaffen Sie den Rest alleine, Catherine?«

»O ja. Es ist nicht das erste Mal.« Sie seufzte und sagte dann mit gezwungenem Humor: »Glücklicherweise geschieht das nicht oft. Danke, daß Sie ihn hochgebracht haben.«

Ihre Worte galten ihnen beiden, aber sie sah Michael nicht direkt an. Seit jenem Tag im Garten hatten sie es vermieden, einander anzusehen.

Die Männer wünschten eine gute Nacht, verließen dann den Raum und begaben sich wortlos zu dem anderen Flügel des Hauses. Innerlich gab Michael zu, daß seine Wut nicht allein daraus resultierte, daß Melbournes Bemerkungen gemein, vulgär und eines Gentlemans nicht würdig gewesen waren.

Das wirklich ärgerliche war, daß alles, was der Bastard gesagt hatte, der Wahrheit entsprach.

9. Kapitel

Früh am nächsten Morgen war Michael gerade dabei, schnell sein Frühstück zu beenden, als Colin das Eßzimmer betrat. Da sonst niemand dort war, war es unmöglich, den Mann zu ignorieren.

Colin ging direkt zur Kaffeekanne. »Ich erinnere mich an nichts, aber meine Frau sagte, daß Sie und Wilding mich vergangene Nacht nach oben gebracht haben. Vielen Dank.«

Froh darüber, daß der andere Mann sich nicht erinnerte, erwiderte Michael: »Ihrem Pferd gebührt die meiste Ehre, da es Sie heimgebracht hat.«

»Caesar ist das klügste Pferd, das ich je hatte.« Colin schenkte sich mit unsicherer Hand eine Tasse dampfenden Kaffee ein. »Mein Kopf fühlt sich an, als hätte ihn eine Kanonenkugel getroffen, und ich habe die Schmerzen verdient. In meinem Alter sollte ich wissen, daß es nicht gut ist, Bier, Brandy und Wein durcheinander zu trinken.«

Sein Gesichtsausdruck wirkte so kläglich amüsiert, daß Michael nicht anders konnte, als das Lächeln zu erwidern. Ihn traf die unangenehme Erkenntnis, daß er Colin mögen würde, wenn er nicht mit Catherine verheiratet wäre. Zumindest würde er die Fehler des anderen Mannes tolerieren. Er versuchte, Colin so zu behandeln, als existiere Catherine nicht, und sagte freundlich: »Klingt, als sei das eine verteufelte Kombination. Sie können von Glück sagen, daß Sie sich heute morgen bewegen können.«

»Keine andere Wahl.« Colin gab Zucker und Milch in seinen Kaffee und nahm einen tiefen Schluck. »Ich muß hinaus zum Regiment und wieder zeitig hier sein, um meine Frau zum Richmond-Ball zu führen.«

Es war wohl doch unmöglich, Catherine zu vergessen. Michael sagte mit unverbindlicher Stimme: »Sie wird sich freuen, daß Sie dabei sind.«

Colin verzog das Gesicht. »Ich mag solche Einladungen nicht, aber er ist zu wichtig, als daß ich ihm fernbleiben könnte.«

»Dann sehen wir uns dort.« Michael trank seinen Kaffee aus und verließ das Eßzimmer. Es war Ironie, daß er Melbourne verachten wollte. Um Catherines willen aber mußte er hoffen, daß ihr Mann freundlich, anständig und zuverlässig war. Warum mußte das Leben so ein verdammtes Durcheinander von Grautönen haben? Schwarz und Weiß waren einfacher.

Draußen blickte er zum Morgenhimmel hoch und rieb sich seine linke Schulter. Der Sturm war näher gezogen.

Der Lakai intonierte: »Captain und Mrs. Melbourne. Captain und Mrs. Mowbry.«

Catherine blinzelte, als sie in den Ballsaal trat. Die Szene war schwindelerregend. Das Licht von den gleißenden Kronleuchtern wurde von den prächtig gefärbten Behängen und Tapeten in Rosenmuster reflektiert, fiel dann durch die geöffneten Fenster hinaus auf die

Rue de la Blanchisserie. Neben ihr murmelte Anne: »Die Luft brennt vor Spannung.«

»Inzwischen hat jeder in Brüssel von den drei verschiedenen berittenen Kurieren gehört, die heute nachmittag zum Hauptquartier des Herzogs galoppiert kamen«, erwiderte Catherine. »Offensichtlich ist etwas passiert. Die Frage ist nur, was und wo?«

Die naheliegende Vermutung schien, daß Napoleon in Belgien einmarschierte. Genau in diesem Augenblick vielleicht marschierte seine Armee auf die Hauptstadt zu. Sie alle würden die Wahrheit bald genug erfahren. Sie schaute ihren Mann an. Er war gespannt wie eine Harfensaite, zitterte beinahe in Erwartung des Kommenden. Er war nie lebendiger als im Kampf. Vielleicht verfolgte und eroberte er Frauen, um so eine ähnliche Erregung in sein normales Leben zu bringen.

Nachdem sie sich für später mit Colin und Charles zum Tanz verabredet hatte, machte sie sich daran, den Ball allein zu genießen. Gott allein wußte, ob es je wieder eine andere Gelegenheit geben würde. Jeder wichtige Diplomat, Offizier und Aristokrat in Brüssel war anwesend. Deshalb bestand an Partnern kein Mangel. Catherine entdeckte sogar Dr. Hume, Wellingtons Chirurgen, der sich in einer Ecke verbarg. Da er ein alter Freund von der Halbinsel war, überredete sie ihn, aufs Parkett zu gehen.

Mit gequälter Miene sagte Hume: »Ich tue dies nur für Sie, Mrs. Melbourne, und auch nur, weil Sie eine so gute Krankenschwester sind.«

»Lügner«, sagte sie liebevoll. »Sie amüsieren sich.«

Er lachte und pflichtete ihr bei, bevor sie durch die Figuren des Tanzes voneinander getrennt wurden. Als sie wieder zueinander kamen, sagte er: »Ihr Freund, Dr. Kinlock, ist heute in Brüssel eingetroffen.«

»Ian ist hier? Wie herrlich! Aber ich dachte, er habe die Armee nach zwei Jahren auf der Halbinsel verlassen.«

Fältchen zeigten sich um Humes Augen. »Er ging an das Bart's Hospital in London, aber er kann der Aussicht auf ein hübsches Sortiment von Verletzungen nicht widerstehen. Mehrere andere Chirurgen sind mit ihm gekommen.«

Catherine mußte lächeln. »Ich hätte es mir denken müssen. Ihr Chirurgen seid solche *Unholde.*«

»Ja, aber nützliche.« Humes Miene wurde ernst. »Wir werden jeden Mann brauchen, der ein Messer schnell führen kann.«

Es war eine weitere Erinnerung an den Krieg in einer Nacht, die von einem Gefühl bevorstehenden Untergangs gesättigt war. Während es später wurde, bemerkte Catherine, daß Offiziere aus entfernter stationierten Regimentern still verschwanden. Doch der Mann, den sie am liebsten gesehen hätte, war nicht gekommen. Selbst während sie tanzte, suchte sie im Saal unauffällig nach Michael. Er hatte geplant, zu kommen. Was aber, wenn er bereits gegangen war, um sich zu seinen Männern zu begeben? Sie würde ihn vielleicht nie wiedersehen.

Lord Haldoran, der sportliche Gentleman, der sich gegen die Armee entschieden hatte, um nicht nach Manchester gehen zu müssen, kam, um sie um einen Tanz zu bitten. Sie fand ihn noch immer beunruhigend, und dies nicht allein wegen des raubtierhaften Blickes, den sie zuweilen in seinen Augen gesehen hatte. Jedoch hatte er keine unschicklichen Anträge gemacht, und seine Anekdoten waren amüsant, und so schenkte sie ihm ein höfliches Lächeln. Während sie ihr erhitztes Gesicht fächelte, sagte sie: »Es ist schrecklich warm hier. Hätten Sie etwas dagegen, wenn wir uns nach draußen setzen?«

»Ich würde mich freuen«, erwiderte Haldoran. »Die Diener spritzen Wasser auf die Blumen, damit sie nicht welken. Es ist sehr unfreundlich von der Herzogin, daß sie nicht das gleiche für ihre Gäste tut.«

Catherine kicherte, als sie sich auf einen Stuhl nahe einem geöffneten Fenster setzte. »Wellington müßte bald hier sein.«

»Wo die Franzosen vielleicht bereits in Belgien sind?« Haldoran nahm zwei Gläser Champagner von dem Tablett eines vorbeikommenden Lakaien und reichte eines Catherine, bevor er sich neben sie setzte. »Der Herzog sollte doch im Felde sein, bei seiner Armee.«

»Eigentlich nicht. Indem er herkommt, zeigt er Selbstvertrauen und verhindert Panik unter der Zivilbevölkerung.« Sie nahm einen Schluck von dem gekühlten, schäumenden Getränk. »Und da alle Oberbefehlshaber auf dem Ball sind, wird es leicht für ihn sein, mit ihnen in aller Ruhe zu konferieren.«

»Ein guter Gesichtspunkt.« Haldorans Brauen zogen sich zusammen. »Der Kaiser ist dafür bekannt, daß er sehr schnell zuschlägt. Wenn er auf Brüssel marschiert, haben Sie und Mrs. Mowbry vor, sich nach Antwerpen zurückzuziehen?«

»Mein Platz ist hier. Außerdem stellt sich die Frage nicht. Der Herzog wird Napoleon niemals gestatten, die Stadt zu erreichen.«

»Vielleicht hat er keine andere Wahl«, sagte Haldoran mit ernster Miene. »Sie sind eine tapfere Frau, Mrs. Melbourne, aber werden Sie Ihre Tochter den Gefahren einer Besatzungsarmee aussetzen?«

»Die Franzosen sind ein zivilisiertes Volk«, sagte sie kühl. »Sie führen keinen Krieg gegen Kinder.«

»Sie haben zweifellos recht, aber ich möchte nicht erleben, daß Leid über Sie und Mrs. Mowbry und Ihre Familien kommt.«

»Ich ebensowenig, Lord Haldoran.« Catherine musterte die zeltgleichen Drapierungen, die üppig in Gold und Scharlachrot und Schwarz fielen, und wünschte sich, daß Haldoran aufhören würde, über ihre eigenen geheimen Ängste zu reden. Obwohl sie nicht glaubte, daß sie ihre Tochter in Gefahr brachte, war die Unsicherheit groß genug, um jede Mutter nervös zu machen.

Die Musik endete, und Charles Mowbry näherte sich, um sie zum nächsten Tanz zu führen. Sie erhob sich. »Danke dafür, daß Sie Nachsicht mit meiner Müdigkeit übten, Lord Haldoran. Bis zum nächsten Mal?«

Er lächelte und nahm ihr leeres Glas. »Bis zum nächsten Mal.«

Charles war nicht nur einer von Catherines liebsten Freunden, sondern auch ein exzellenter Tänzer. Ihr Cotillon war eine Freude. Sie hatten ihn gerade beendet, als die Luft vom Pfeifen der Dudelsäcke durchschnitten wurde. »Mein Gott, jetzt kommen diese Teufel in Röcken!« rief Charles aus.

Catherine lachte entzückt. »Dieser Klang bringt mein Blut immer in Wallung und mich zum Salutieren.« Sie drehten sich um und sahen Soldaten zweier Highland-Regimenter in den Ballsaal marschieren. Ihre Kilts schwangen, und die Federn auf ihren Mützen nickten zu dem wilden Klang der Pfeifen.

Um mehr Stimmung zu schaffen, hatte die Duchess of Richmond die Highlander zum Tanz verpflichtet. Die Gäste wichen an die Seiten des Raumes zurück, als die Schotten begannen, in ihren traditionellen Reels, Strathspeys und einem atemberaubenden Schwerttanz zu wirbeln und zu stampfen. Diesen Gegensatz von Eleganz und primitiver Brillanz würde Catherine nie vergessen.

Doch obwohl sie von dem unheimlichen Zauber des Augenblicks gefangen war, suchte sie ruhelos weiter nach Michael.

Die Vorbereitungen seines Regimentes auf den Abmarsch hielten Michael einen langen Tag sehr beschäftigt. Es war spät, als er zu dem Richmond-Ball kam. Ein erregtes Gesumm erfüllte den Saal. Wellington saß wie eine Insel der Ruhe auf einem Sofa und plauderte liebenswürdig mit einer befreundeten Dame.

Michael hielt einen Freund an, einen Offizier der Gardetruppen, der dabei war, den Ball zu verlassen. »Was ist passiert?«

»Der Herzog sagt, die Armee wird am Morgen marschieren«, kam die kurze Antwort. »Ich bin jetzt auf dem Weg zu meinem Regiment. Viel Glück.«

Die Zeit lief aus. Vielleicht war es Nachgiebigkeit gegenüber sich selbst, den Ball zu besuchen, aber Michael hatte Catherine ein letztes Mal sehen wollen. Er blieb bei einer blumenumwundenen Säule stehen und suchte in der Menge.

Sie war nicht schwer zu finden. Da ihr Kleiderbudget und ihr Schmuck bescheiden waren, kleidete sie sich mit relativer Schlichtheit, erzielte ein stilvolles Äußeres durch geschickten Wechsel der Accessoires ihrer wenigen Kleider. Folge war, daß niemand zu Catherine Melbourne schaute und Bemerkungen über die Pracht ihres Kleides oder die Üppigkeit ihres Schmucks machte. Was man sah und woran man sich erinnerte, war ihre atemberaubende Schönheit.

Heute abend trug sie eisweißen Satin und glänzende Perlen, die ihr dunkles, glänzendes Haar und die Makellosigkeit ihrer Haut perfekt betonten. In einem Raum voller farbenprächtiger Uniformen hob sie sich hervor wie ein Engel, der vom Himmel ausgeliehen worden war.

Colin stand neben ihr, eine Hand besitzergreifend auf ihren Ellenbogen gelegt. Aus seiner selbstgefälligen Miene war offensichtlich, daß er sich wohlbewußt war, wie sehr die anderen Männer ihn darum beneideten, die schönste Frau in einem Saal voll schöner Frauen zu besitzen.

Mit beherrschter Miene begann Michael, sich seinen Weg durch den gefüllten Saal zu bahnen. Nachdem er seiner Gastgeberin seine Aufwartung gemacht hatte, ging er zu Catherine. Colin hatte sich entfernt, aber die Mowbrys hatten sich zu ihr gesellt.

Ihre Augen leuchteten, als er herantrat. »Ich bin froh, daß Sie kommen konnten, Michael. Ich dachte, Sie seien vielleicht schon fortgerufen worden.«

»Ich wurde aufgehalten, aber eine so prächtige Gelegenheit würde ich mir nie entgehen lassen.« Als die Musik begann, sagte er: »Darf ich diesen Tanz mit Ihnen haben, Anne, und den nächsten mit Ihnen, Catherine?«

Beide Frauen stimmten zu, und Anne reichte ihm ihre Hand. In ihren Augen war Anspannung zu sehen, als er sie auf das Parkett führte, aber Jahre als Armeefrau hatten sie gelehrt, die Beherrschung zu bewahren.

Sie lächelte und schüttelte ihre kastanienbraunen Locken. »Ich werde noch sechs oder acht Wochen lang vor Energie übersprudeln, bis ich die Größe und Form einer Kutsche habe.«

Sie unterhielten sich zwanglos, während der Tanz sie zueinanderführte und wieder trennte. Doch sobald Anne zu Charles zurückkehrte, vergaß sie bis auf ihren Gatten alles. Die Blicke ineinander versenkt, bewegten sie sich gemeinsam über das Parkett. Michael stieß ein stummes Gebet aus, daß Charles den kommenden Feldzug überleben werde. Eine Liebe, die so stark und aufrichtig wie ihre war, verdiente es, ein Lebenlang zu währen.

Er wandte sich an Catherine und machte eine förmliche Verneigung. »Ich glaube, dies ist mein Tanz, meine Dame?«

Sie lächelte und machte einen anmutigen Knicks. »Das ist er, My Lord.«

Ihm wurde erst bewußt, daß er zu einem Walzer aufgefordert hatte, als die ersten Takte der Musik erklangen. Bei vorherigen Bällen hatte er es absichtlich vermieden, den intimen Walzer zu tanzen, doch heute abend schien das angemessen, denn dies würde wahrscheinlich ihr letzter Tanz sein.

Sie kam in seine Arme, als ob sie schon tausendmal zuvor Walzer getanzt hätten. Gemeinsam gaben sie sich der Musik hin, und ihre Augen waren halb geschlossen. Sie folgte seiner Führung so leicht wie der Engel, für den er sie gehalten hatte, doch er war sich sehr bewußt, daß sie eine Frau war, ein Geschöpf der Erde, nicht des Himmels.

Dunkle Haarlocken klebten feucht an ihren Schläfen, als sie sich wortlos auf dem Parkett drehten. Der Puls an ihrem schlanken Hals schlug durch die Anstrengung schnell. Am liebsten hätte er seine Lippen darauf gepreßt. Der zierliche Schwung ihres Ohres, der unter ihrem hochgesteckten Haar zu sehen war, war eine Aufforderung zur Liebkosung, und die quälende Wölbung ihrer Brüste würde ihn so lange er lebte in seinen Träumen verfolgen.

Mehr als alles andere auf Erden wollte er sie in seine Arme nehmen und sie zu dem Märchenland jenseits des Regenbogens führen, wo sie allein sein konnten und wo es keine quälenden Dinge wie Krieg und Ehre gab. Statt dessen hatte er nur wenige Augenblicke, die wie herunterrieselnde Körnchen von Sand verrannen.

Die Musik endete viel zu schnell. Als er sie losließ, schlug sie ihre langen Wimpern auf. Ihre Miene war starr. »Ist es Zeit für Sie, zu gehen?« sagte sie heiser.

»Ich fürchte, ja.« Er blickte zur Seite, fürchtete, sein Verlangen sei zu sehen. Sein Blick fiel auf die andere Seite des Raumes zu Wellington, der ihm kaum merklich zunickte. Michael fuhr fort: »Der Herzog will mit mir sprechen. Wenn Sie nach Hause zurückkehren, werde ich wahrscheinlich fort sein.«

Sie hielt den Atem an. »Bitte – seien Sie vorsichtig.«

»Keine Sorge – Vorsicht ist ein Makel von mir.«

Sie versuchte zu lächeln. »Wer weiß? Vielleicht ist dies alles ja ein blinder Alarm, und alle werden nächste Woche wieder in unserem Quartier sein.«

»Vielleicht.« Er zögerte, bevor er hinzufügte: »Aber für den Fall, daß mein Glück mich verläßt, möchte ich um einen Gefallen bitten. In der obersten Schublade meiner Kommode im Zimmer habe ich Briefe an mehrere meiner engsten Freunde hinterlassen. Wenn ich den Feldzug nicht überstehe, schicken Sie sie bitte für mich ab.«

Sie biß sich auf die Lippe. Tränen glitzerten in ihren aquamarinblauen Augen, so daß sie noch größer wirkten. »Falls ... falls das Schlimmste geschieht, möchten Sie, daß ich an Ihre Familie schreibe?«

»Sie werden alles, was sie wissen müssen, aus den Verlustlisten erfahren.« Er hob ihre Hand und küßte ihre behandschuhten Fingerspitzen. »Leben Sie wohl, Catherine. Gott segne und behüte Sie und Ihre Familie.«

»Vaya con Dios.« Ihre Finger spannten sich krampfartig. Dann ließ sie seine Hand ganz langsam los.

Er zwang sich, seinen Blick von ihr abzuwenden, drehte sich um und durchquerte den Raum. Es war schön zu wissen, daß sie sich um ihn sorgte. Die Freude darüber wurde durch das Wissen, daß sie sich ebenso um Charles und Kenneth und andere Männer sorgte, nicht gemindert. Es war ihre Fähigkeit, für andere da zu sein, die sie zu etwas Besonderem machte.

Wellington hatte sein Sofa verlassen, um einzeln mit seinen Offizieren zu sprechen. Zu Michael sagte er kurz: »Napoleon hat mich reingelegt, bei Gott. Die Franzosen haben Charleroi genommen.«

Aus seiner Träumerei gerissen, rief Michael aus. »Verdammt! Charleroi ist keine dreißig Meilen entfernt.«

»Es hätte schlimmer sein können«, sagte der Herzog mit eisigem Lächeln. »Die Straße von Charleroi nach Brüssel war buchstäblich ohne Verteidigung. Hätten wir nicht verdammtes Glück gehabt und Prinz Bernhard mit seinen Truppen eine Parade in Quatre-Bras gemacht, hätte Marschall Ney direkt in die Stadt marschieren können.«

Während Michael verhalten fluchte, sagte Wellington: »Sagen Sie mir, Kenyon, werden Ihre frischen Truppen die Stellung halten?«

Vierzehn Tage vorher hätte Michael nicht gewußt, was er antworten sollte. Jetzt konnte er sagen: »Sie mögen nicht die schnellsten Schützen oder die Besten beim Manöver sein, aber wenn sie in eine Linie oder ein Rechteck gestellt werden und Veteranen in der Nähe sind, werden sie die Stellung halten.«

»Ich hoffe bei Gott, daß Sie recht haben. Wir werden jeden Soldaten brauchen, den wir bekommen können.« Der Herzog erteilte mehrere Befehle und richtete dann seinen stechenden Blick auf die Menge, um einen anderen Offizier zu sich zu rufen.

Bevor Michael ging, suchte er zum letzten Mal nach Catherine. Es war leicht, sie zu finden, da die Reihen der Gäste sich schnell lichteten. Sie war auf der anderen Seite des Raumes mit ihrem Mann, der aufgeregt sprach. Die Mowbrys gesellten sich zu ihnen, und beide Paare wandten sich zum Gehen.

Michael, dem das Atmen schwerfiel, ging hinaus in die warme Nacht. Sie gehörte nicht ihm, erinnerte er sich freudlos. *Sie würde ihm nie gehören.*

Michael warf einen Blick auf den Rücken seines Pferdes. »Bradley, hast du meinen Mantel gepackt? Er hing im hinteren Korridor.«

Der Bursche errötete. »Nein, Sir. Ich werde ihn holen.«

Michael unterdrückte einen Fluch. Obwohl der Junge kein so guter Organisator war, wie ein Offiziersbursche sein sollte, gab er sich viel Mühe. »Beeil dich. Wir müssen abrücken.«

Als Bradley den Stall verließ, trat Colin Melbourne ein. Michael sagte: »Begeben Sie und Charles sich jetzt zu Ihrem Regiment?«

Melbourne nickte, und seine Augen leuchteten. »Sie haben gehört, daß Boney in Charleroi ist? Bei Gott, jetzt werden wir Tolles erleben!«

»Das bezweifle ich nicht.« Michael wollte schon sein Pferd hinausführen, als er sah, daß Melbourne statt Caesar, seinem üblichen Pferd, ein nicht klassifizierbares Kavalleriepferd sattelte. Beiläufig sagte er: »Sie wollen Caesar führen, damit er frisch bleibt?«

»Nein, ich lasse ihn hier. Ich werde Uno reiten und Duo als Reserve mitnehmen.« Melbourne deutete auf einen Wallach, der ebensowenig beeindruckend war, wie der, den er sattelte.

Michael starrte ihn an. »Sie reiten nicht auf Ihrem besten Pferd in die Schlacht?«

»Ich will ihn nicht aufs Spiel setzen«, erwiderte Melbourne. »Außer der Tatsache, daß ich teuflisch vernarrt in das Tier bin, kommt hinzu, daß die Summe, die die Regierung als Ausgleich zahlt, wenn er getötet werden sollte, nicht einmal einen Bruchteil seines Wertes abdecken würde.«

»Um Himmels willen, Mann, es ist doch töricht, ein paar Pfund zu sparen und damit Ihr Leben zu riskieren!« rief Michael aus. »In der Schlacht kann die Widerstandskraft eines Pferdes den Unterschied zwischen Überleben und dem Aufgespießtwerden wie ein Kaninchen ausmachen.«

»Für Sie mögen es nur ein paar Pfund sein«, sagte der andere Mann kurz. »Nicht alle von uns haben Ihre finanziellen Mittel.«

Michael unterdrückte einen Fluch. Melbourne verhielt sich wie ein Idiot und verdiente, was immer er bekommen würde. Doch um Catherines willen mußte Michael versuchen, die Torheit des anderen Mannes zu verhindern. »Wenn Geld das Problem ist, nehmen Sie Thor.« Er streichelte den schlanken Hals des Braunen. »Seine Ausdauer ist herausragend, und er hat eine Ausbildung als Kavalleriepferd, so daß er tun kann, was nötig ist.«

Melbournes Unterkiefer sackte herunter. »Ich kann unmöglich Ihr Pferd nehmen. Sie werden es selbst brauchen.« Er schaute Thor verlangend an. »Wenn er getötet werden würde, wäre ich nie in der Lage, Ersatz für ihn zu beschaffen.«

»Ein Pferd ist bei der Infanterie nicht so wichtig wie in der Kavallerie. Mein anderes Pferd wird es auch tun. Ich hoffe, Thor wird es unverletzt überstehen, aber wenn nicht, werde ich mich mit dem begnügen, was Sie als

Ausgleich bekommen.« Michael löste seinen Sattel. »Wenn alles gutgeht, können Sie ihn mir in Paris zurückgeben. Wenn ich nicht durchkomme, gehört er Ihnen.«

»Sie machen es unmöglich, abzulehnen.« Melbourne lächelte jungenhaft. »Sie sind ein guter Kerl, Kenyon.«

Während Michael seine Ausrüstung auf Bryn, sein zweites Pferd, packte, überlegte er, Michael, ob Melbourne so fröhlich wäre, wenn er wüßte, was Michael für Catherine empfand. Wahrscheinlich würde es ihm egal sein, da die Treue seiner Frau außer Frage stand.

Michael sammelte seine Diener und ritt in die Nacht. Um der Ehre willen hatte er getan, was er konnte, um Catherines Mann zu helfen, zu überleben. Alles andere lag in Gottes Hand.

10. Kapitel

Catherine packte die persönliche Habe ihres Ehemannes, während Colin seine Pferde fertig machte. Viel zu schnell waren sie, ihr Mann und die Mowbrys auf dem Stallhof. Zwei Fackeln beleuchteten zehn gesattelte Pferde, zwei Burschen für jeden Offizier und Catherines Diener, Everett, der heruntergekommen war, um zu helfen.

Charles wirkte angespannt. Er hatte gerade seine schlafenden Kinder zum Abschied geküßt. Anne begab sich direkt in seine Arme. Sie drückten einander fest, ohne ein Wort zu sprechen. Catherine beneidete ihre Freunde um ihre Nähe, obwohl sie wegen ihres Kummers litt. Es würde den Schmerz wert sein, eine solche Liebe zu haben.

Catherine wandte sich an ihren Mann. »Bist du sicher, daß du Amy nicht sehen willst?«

»Ist unnötig, sie zu stören.« Colin zeigte die strahlende, undurchdringliche Miene, die bedeutete, daß er an das bevorstehende Gefecht dachte. »Es wird nicht lange dauern, bis ihr beide bei mir sein werdet.«

Sie unterdrückte die aufsteigenden Tränen, weil sie wußte, daß Colin es haßte, wenn sie weinte. Und doch war es unmöglich, ein Dutzend Jahre mit einem Mann zusammenzuleben, ohne besorgt um ihn zu sein. In einer idealen Welt hätte sie vielleicht Michael kennengelernt und geheiratet, so daß Colin frei gewesen wäre, um Füchse, Frauen und die Franzosen zu jagen, ohne Verantwortung für eine Familie zu tragen. Aber das war nicht geschehen. In der realen Welt hatten sie und Colin geheiratet, und obwohl sie auf schmerzliche Art nicht zueinander paßten, hatte jeder von ihnen auf seine Weise ihre Ehe in Ehren gehalten. Sie flüstert: »Sei vorsichtig, Colin.«

Er schenkte ihr ein aufmunterndes Lächeln. »Schau nicht so besorgt drein. Du weißt, daß ich Wellingtons magische Immunität gegen Kugeln teile.« Er faßte sie unters Kinn, als ob sie in Amys Alter sei. Dann schwang er sich auf sein Pferd. »Wir sehen uns in Paris, sobald es dort sicher ist.«

Dann ritten er und Charles und ihr Gefolge auf die kopfsteingepflasterte Straße hinaus. Catherine schaute ihrem Mann nach. Traurig erkannte sie, daß sie ihn trotz seiner Frauen geliebt hätte, hätte er sie auch nur ein bißchen geliebt. Oh, er war recht vernarrt in sie. Er genoß sein behagliches Daheim und war sehr befriedigt über die Tatsache, daß andere Männer ihn um seine Frau beneideten. Aber sie würde jede Wette eingehen, daß ihm mehr an seinem Pferd lag.

Sein Pferd. Sie blinzelte, registrierte erst jetzt, was sie gesehen hatte. Sie wandte sich an ihren Diener und fragte: »Reitet Captain Melbourne das Pferd von Colonel Kenyon?«

»Ja«, erwiderte Everett. »Der Captain wollte Caesar nicht in Gefahr bringen, und der Colonel sagte, er könne statt dessen Thor nehmen.«

Oh, Gott, wie typisch von Colin anzunehmen, daß sein Glück ihn selbst auf einem mittelmäßigen Pferd sicher durch eine Schlacht leiten würde. Und es war ebenso typisch für Michael, sich um eine andere Person zu kümmern.

Benommen wandte sie sich Anne zu, und sie gingen ins Haus, direkt zu dem Getränkeschrank im Eßzimmer. Anne schenkte ihnen beiden einen großen Brandy ein. Nachdem sie ihr Glas halb geleert hatte, sagte sie heftig: »Warum, zum Teufel, hat nicht irgendeine vernünftige Person Bonaparte ermordet? Eine Kugel hätte der Welt so viel Leid erspart.«

Catherine lächelte humorlos. »Männer neigen dazu, zu glauben, daß solche Dinge unehrenhaft sind.«

»Narren.« Anne neigte ihren Kopf und rieb ihre Schläfen. »Lebewohl zu sagen wird durch Übung nicht leichter.«

»Ich habe Kenneth überhaupt nicht Lebewohl gesagt.« Catherine seufzte. »Erwähnte ich, daß ich ihn vor zwei Tagen bat, ein paar Skizzen von allen hier im Haushalt zu machen? Ich hätte ihn früher darum bitten sollen. Er wollte es, aber es blieb nicht genug Zeit.«

Anne hob ihren Kopf. »Bist du sicher? Auf dem Tisch dort drüben liegen einige Mappen. Ich hatte sie schon zuvor bemerkt, war aber zu aufgeregt, um hineinzuschauen.«

Sie gingen, um nachzusehen. Die obere Mappe enthielt eine Nachricht von Kenneth an Catherine. Er entschuldigte sich dafür, daß er keine Gelegenheit gefunden hatte, ihr die Zeichnungen persönlich zu geben, und schrieb, daß das andere Portfolio für Anne sei.

Catherine reichte ihrer Freundin die zweite Mappe, blätterte dann ihre eigene durch. Die Zeichnungen waren wundervoll, besonders die von den Kindern. Eine Skizze von Amy, die sich freudig von einem Ast hinten im Garten schwang, fing die Unerschrockenheit ihrer Tochter perfekt ein. Ein lachender Colin wurde von seinem Pferd Caesar liebkost. Er wirkte selbstsicher und schneidig und sehr stattlich.

Beim Anblick der Zeichnung von Michael tat ihr das Herz weh. Mit wenigen Strichen hatte Kenneth die Eigenschaften von Stärke und Humor, Ehre und Intelligenz eingefangen, die sie so tief berührten.

Obwohl Kenneth das Selbstporträt beigefügt hatte, um das sie ihn gebeten hatte, war es die schwächste Zeichnung. Die Gesichtszüge waren erkennbar, aber der Gesamteffekt war hart und recht abschreckend, verriet nichts von seiner Phantasie oder seinem trockenen Humor. Es mußte schwer sein, sich selbst klar zu sehen.

Mit zitternder Stimme sagte Anne: »Sieh dir das an.«

Die Zeichnung, die sie hielt, zeigte ihre Familie im Garten. Jamie saß fröhlich rittlings auf dem Rücken seines Vaters, wobei Charles die Rolle eines Kavalleriepferdes spielte. Molly saß bei ihrer Mutter, die durch die Reife ihrer Jahre ungeheuer überlegen wirkte, während sie gleichzeitig heimlich Clancy mit einem Kuchen fütterte. Catherine lachte. »Kenneth sei gepriesen. Daß er daran gedacht hat, das für uns zusammenzustellen, wo doch so viel anderes geschehen ist.«

Anne musterte eine Zeichnung von Charles in Uniform. Seinen federgeschmückten Helm hatte er unter den Arm geklemmt. Er hatte die ernste Miene eines Mannes, der den Krieg erlebt hat, ohne durch ihn verroht zu sein. »Heute in einem Jahrhundert werden künftige Mowbrys daraufblicken und wissen, was für ein Mann ihr Ururgroßvater war.«

»Sie werden auf seine Nachkommen stolz sein.«

Anne fuhr sich mit dem Handrücken über die Augen. »Ich will nicht wieder weinen«, sagte sie heftig. »Ich *will es nicht.*«

Ein langes Schweigen trat ein, nur durchbrochen von dem harten Rhythmus ferner Trommeln. Catherine, die das hörte, sagte: »Keiner von uns wird ein Auge zutun. Laß uns in die Stadtmitte gehen und zuschauen, wie die Truppen sich sammeln.«

Anne stimmte zu, und sie gingen, um ihre Ballkleider gegen einfachere Kleidung zu tauschen. Als Catherine zu Anne gehen wollte, steckte Amy ihren Kopf aus der Tür ihres Zimmers. »Ist Papa gegangen?«

Catherine, die sich wünschte, daß Colin sich die Zeit genommen hätte, seine Tochter zu wecken, sagte: »Ja. Er wollte dich nicht stören.«

»Ich hätte nichts dagegen gehabt«, sagte Amy mit finsterer Miene. »Wollen du und Tante Anne ausgehen, um zuzuschauen, was passiert?«

Als Catherine nickte, bat Amy: »Bitte, kann ich mit dir gehen? Es ist schrecklich, allein zu sein und nicht schlafen zu können.«

Es war nur eine Woche bis zur Sommersonnenwende, und der Himmel erhellte sich bereits im Osten, als die drei über die Rue de Namur spazierten. Die Trommeln wurden jetzt lauter. Ihr Dröhnen wurde übertönt von durchdringenden Trompeten, die zum Sammeln riefen. Alliierte Soldaten waren in ganz Brüssel einquartiert, und auf den Straßen brodelte es von Leben, als Männer auf die Einberufung reagierten, ihre Jacken zuknöpften und ihre Tornister schulterten, während sie aus den Häusern wankten.

Ein britisches Infanterieregiment schwenkte an ihnen vorbei, marschierte zum harten Rumm-Dumm-Dumm der Trommeln zum Namur-Tor. Der hämmernde Rhythmus ging ins Blut und war ebenso erregend wie beunruhigend. Catherine musterte die marschierenden Soldaten und überlegte, ob dies das Regiment von Michael sein könnte. Es war zu dunkel, um die Abzeichen an den Uniformen zu erkennen, und sie konnte seine aufrechte Gestalt unter den Offizieren, die neben ihren Truppen ritten, nicht erkennen. Egal. Selbst wenn es sein Regiment war, so hatten sie sich bereits verabschiedet. Das erneut zu tun, vor Anne und Amy, würde qualvoll sein.

Auf dem Place Royale herrschte reines Chaos. Soldaten aus einem halben Dutzend Nationen suchten nach ihren Kompanien, manche mit weinenden Frauen neben sich. Einige Kriegsveteranen schliefen, ihre Köpfe auf ihren Tornistern, hörten den Lärm von Pferden, Kanonen und Wagen nicht, die über die Steine ratterten.

Amy ergriff Catherines Hand. »Boney hat keine Chance, nicht wahr?«

»Nicht gegen Wellington. Der Herzog hat noch nie in seinem Leben eine Schlacht verloren«, sagte Catherine, die versuchte, zuversichtlich zu klingen.

Vom Place Royale gingen sie zu dem nahegelegenen Park. Es war gegen vier Uhr, und die Sommersonne stieg über den Horizont. Indirekte Sonnenstrahlen erfaßten die Türme der Kathedrale St. Michael. Catherine lächelte bei diesem Anblick. Erinnerungen an Michael waren überall.

Im Park musterte der grimmig dreinblickende, schroffe walisische General Picton seine Division. Anne sagte: »Die Riffe-Brigade ist doch bei Picton, oder? Vielleicht können wir Kenneth finden.«

Sie betrachteten die wimmelnde Masse grüngekleideter Riflemen, suchten nach Offizieren. Amy entdeckte ihn mit ihren scharfen Augen. »Seht doch!« sagte sie aufgeregt. »Captain Wilding ist dort drüben.«

Er war zu Pferd, erteilte seinen jüngeren Offizieren scharfe Befehle, drehte sich aber um, als Catherine seinen Namen rief. Sie ging zu ihm und streckte ihm ihre Hand hin. »Ich bin so froh, daß wir Sie gefunden haben, Kenneth. Es schien nicht recht zu sein, Ihnen nicht Gottes Segen zu wünschen.«

Er schenkte ihr das seltene Lächeln, das sein schroffes Gesicht so attraktiv machte. »Sie sind sehr freundlich, Catherine.«

»Sie sind ein Teil der Familie geworden. Wenn Sie verwundet werden, sorgen Sie dafür, daß man Sie heimbringt, damit wir Sie richtig pflegen können.«

Sein Gesicht wirkte angespannt. Um ihn nicht weiter in Verlegenheit zu bringen, fügte sie hinzu: »Danke für die Zeichnungen. Sie sind wundervoll.«

»Ich werde meine für immer behalten«, sagte Anne heftig.

»Ich werde leichter ruhen, weil ich weiß, daß ich eine gewisse Unsterblichkeit erlangt habe«, sagte er mit einem schwachen Lächeln. »Aber was ein Bild interessant macht, ist das Thema. Also sind Sie es und Ihre Familien, denen Ehre gebührt.«

»Kommen Sie bald wieder«, fügte Amy hinzu. »Molly und ich haben noch nicht den Trick rausgefunden, wie man die Perspektive richtig zeichnet. Wir brauchen noch mehr Lektionen.«

»Ich werde mein Bestes tun, aber jetzt muß ich gehen.

Seid vorsichtig.« Er berührte salutierend seine Stirn und wandte sich wieder seiner Kompanie zu.

Catherine und die anderen zogen sich auf eine Seite zurück und beobachteten, wie Ordnung in das eingekehrte, was wie ein hoffnungsloses Durcheinander ausgesehen hatte. Bald marschierten Pictons Truppen davon. Die schweren Tritte der Stiefel dröhnten durch den Park.

Zu der Division gehörten die Highland-Regimenter, die die Gäste auf dem Ball der Duchess of Richmond unterhalten hatten. Die Soldaten marschierten so gekonnt, daß sich die Federn auf ihren Mützen kaum bewegten. Die Dudelsäcke, die im Ballsaal so exotisch geklungen hatten, verbreiteten jetzt anfeuernde Ermutigung, als sie die kiltbekleideten Schotten in den Krieg begleiteten.

Nachdem die Division abmarschiert war, machten die drei Frauen sich auf den Rückweg zur Rue de la Reine, liefen um Berge von Ausrüstung und Reihen schwerbeladener Packpferde herum. Während die Truppen die Stadt verließen, kehrten die Bürger von Brüssel in ihre Betten zurück. Als sie das Haus erreichten, hatte die Müdigkeit Catherines Nervosität weggeblasen. Vielleicht, dachte sie, würden jetzt alle endlich schlafen können.

Aber Catherine fand keinen Schlaf. Am frühen Morgen stand sie mit schweren Lidern auf. In Spanien war sie gewöhnlich dem Schlachtfeld nahe genug gewesen, um eine Vorstellung davon zu haben, was geschah. Hier gab es keine Nachrichten, und das machte den Tag zu einem der längsten ihres Lebens.

Die Kinder, die die Anspannung spürten, waren streitsüchtig. Die Dienerschaft versammelte sich und tuschelte, und eines der belgischen Dienstmädchen bat um ihren Lohn, weil sie zu ihrer Familie in einem Dorf nördlich der Stadt zurückkehren wollte.

Während Catherine und Anne einen späten Imbiß einnahmen, rollte der ferne Donner von Kanonen unheimlich über das Land. Die Schlacht hatte begonnen. Sie starrten sich an und wagten nicht zu sprechen, widmeten sich dann wieder stumm ihren Suppentellern.

Als sie die Untätigkeit nicht länger ertragen konnten, gingen sie zu den Wällen. Sie nahmen die drei Kinder und Annes hübsches, junges schottisches Kindermädchen mit. Hunderte anderer hatten sich bereits auf den Wällen versammelt und starrten nach Süden. Gerüchte kursierten, aber konkrete Nachrichten gab es nicht.

Um zehn Uhr an diesem Abend schreckte ein heftiges Klopfen an der Tür Catherine und Anne auf. Anne riß die Tür auf und sah Will Ferris, den staubbedeckten Burschen ihres Mannes, vor sich, der auf den Stufen stand. Sie erblaßte. »Oh, mein Gott! Ist Charles ...«

»Nein, Ma'am!« sagte er rasch. »Genau das Gegenteil. Der Herr schickt mich, um zu sagen, daß es ihm und Captain Melbourne gut geht.«

Während Catherine Ferris zur Küche führte, fuhr er fort: »Es hat einen bösen Kampf gegen Marschall Ney in Quatre-Bras gegeben, aber die Kavallerie traf erst am Ende ein, so daß wir kaum Feindberührung hatten. Es heißt, der Herzog sei fast von einer Gruppe französischer Ulanen gefangengenommen worden. Mußte über einen Graben voller Gordon-Highlanders springen, um sich selbst zu retten.« Ferris schüttelte seinen Kopf. »Die Highland-Regimenter sind in Stücke gehauen worden. Arme Teufel.«

Catherine trug kalten Braten und Ale auf und dachte sorgenvoll an die fröhlichen jungen Schotten, die am

Abend zuvor getanzt hatten. Wie viele von ihnen lebten noch? »Wie endete die Schlacht?«

Ferris zuckte zynisch die Schultern. »Ich weiß nicht, ob eine der Parteien gewonnen hat, aber zumindest haben wir nicht verloren. Es heißt, Napoleon selbst habe die preußische Armee angegriffen. Blücher hatte mehr Männer, und deshalb müssen sich die Franzosen jetzt vielleicht zurückziehen, wenn er und seine Leute gut gekämpft haben.«

»Ich hoffe, du hast recht«, sagte Anne heftig. »Was ist mit der Rifle-Brigade? Und mit Colonel Kenyons Regiment?«

»Die Rifles waren mittendrin, aber Captain Wilding blieb unverletzt.« Ferris hielt inne, um einen Schluck Ale zu nehmen. »Ebenso war es mit dem Hundertfünften – sie wurden als Reserve zurückgehalten und griffen nicht in die Schlacht ein.«

Wahrscheinlich wegen der Unerfahrenheit des Regiments. Catherine hoffte, daß das 105. weiter als Reserve zurückgestellt und nicht an die Front geworfen würde. Michael und seine Männer würden das vielleicht enttäuschend finden, sie aber nicht.

Nach dem Essen entschuldigte der Bursche sich, um Elspeth McLeod zu besuchen, Annes junges schottisches Kindermädchen. Die beiden liebten sich. Er verbrachte eine halbe Stunde mit seinem Schatz und sattelte dann wieder auf, um den langen Weg zurück zur Armee zu reiten.

Catherines Gedanken waren schwer, als sie zu Bett ging. Es wäre wundervoll, zu glauben, daß die Franzosen geschlagen seien, aber in ihrem Herzen wußte sie, daß das Schlimmste noch bevorstand.

Zeugnisse für die Schlacht am Tage zuvor waren am

nächsten Morgen zu sehen, als Molly aus einem der Fenster schaute und aufgeregt rief: »Mama, auf der Straße sind verwundete Soldaten!«

Ihr Aufschrei versetzte den ganzen Haushalt in Bewegung. Vom oberen Fenster aus konnte man die Rue de Namur überblicken. Verwundete Männer, die die ganze Nacht gelaufen waren, begannen durch das Namur-Tor in die Stadt zu wanken.

Mit weißen Lippen sagte Catherine: »Ich hole meine Verbandstasche.«

»Sie werden Wasser wollen.« Anne blickte auf ihre Kinder, die sich an ihre Röcke drängten. »Molly, es war sehr klug von dir, nach den Soldaten zu schauen. Jamie, darf ich mir deinen Wagen ausleihen, damit ich Wasser holen kann?« Er nickte ernst.

Elspeth sagte: »Ich werde mitkommen, Ma'am. Ich habe sechs Brüder. Deshalb weiß ich, wie man Wunden versorgt.« Die anderen Diener waren auch freiwillig bereit, zu tun, was sie konnten.

Anne wies die Kinder an, mit der Köchin im Haus zu bleiben. Amy, die älter und entschlossener war, fragte gar nicht erst, ob sie helfen könne. Sie begleitete Anne einfach mit dem kleinen Wasserwagen. Catherine überlegte, ob sie ihr sagen solle, sie solle daheim bleiben, entschied sich aber dagegen. Ihre Tochter war den Anblick von Leid gewöhnt.

Als sie die Rue de Namur erreichten, hatte sich die Straße in ein improvisiertes Lazarett verwandelt. Neben den Verwundeten, die laufen konnten, wurden ganze Wagenladungen von Verletzten durch das Tor gebracht. Bürger von Brüssel und Fremde kamen aus ihren Häusern, um Seite an Seite zu arbeiten und das Leiden auf jede ihnen nur mögliche Art zu lindern. Einige halfen verwundeten Männern in ihre Quartiere, während andere Decken, Stroh und Sonnenschirme brachten, um die Männer vor der heißen Sonne zu schützen. Catherine sah, wie eine Nonne und ein Mädchen, das eine Prostituierte zu sein schien, einem belgischen Jungen halfen, der am Geländer eines Hauses zusammengebrochen war. Die Apotheker gaben ihre Vorräte kostenlos ab.

Die Erfahrung, die Catherine auf der Halbinsel gesammelt hatte, kam ihr zugute, als sie weniger ernste Wunden säuberte und verband. Nach der schrecklichen Anspannung des vorherigen Tages war es eine Erleichterung, etwas tun zu können. Da Amy eine zuverlässige Wasserverteilerin war, nahm Anne ein Notizbuch und schrieb letzte Nachrichten und Mementos sterbender Männer auf, die ihre Familien benachrichtigen wollten.

Catherine entfernte Reste von Stoff und goldener Litze von einem blutigen, zerfetzten Arm, als eine vertraute Stimme mit schottischem Dialekt sagte: »Sieht Ihnen ähnlich, daß Sie wieder dabei sind, Mädchen.«

Sie blickte auf und sah das früh ergraute Haar und das blutbefleckte Hemd ihres Freundes Ian Kinlock, des Chirurgen. »Und Ihnen sieht's ähnlich, daß sie den weiten Weg von London gekommen sind, um noch mehr Gemetzel zu sehen«, sagte sie unsicher. »Dem Himmel sei Dank, daß Sie hier sind, Ian. Dieser Sergeant braucht mehr Hilfe, als ich ihm geben kann.«

Kinlock kniete sich neben sie und untersuchte die Wunde. »Sie haben Glück, Sergeant. In Ihrem Arm stekken zwei Kugeln, aber Knochen sind nicht gebrochen, so daß eine Amputation nicht nötig ist. Catherine, halten Sie ihn fest, während ich die Kugeln heraushole.« Er nahm Instrumente aus seiner Tasche.

Catherine faßte den verletzten rechten Arm. Der Sergeant stieß ein schmerzerfülltes Keuchen aus, und Schweiß bedeckte sein Gesicht, aber er bewegte sich kaum während der langen Minuten, die es dauerte, die Kugeln zu finden und herauszuholen. Als das vorbei war, betupfte Catherine das Gesicht des Sergeanten mit kaltem Wasser, während Ian die Wunde verband.

»Ich bin Ihnen beiden zu großem Dank verpflichtet«, sagte der Sergeant mit unverkennbar irischem Akzent. Er brachte sich auf seinen gesunden Arm gestützt in sitzende Position. »Wenn Sie mir aufhelfen würden, Sir, könnte ich mich auf den Weg machen.«

»Tun Sie das, Sergeant«, sagte Ian, während er der Bitte nachkam. »Gehen Sie zum Lazarettzelt drüben beim Tor?«

Der Ire schüttelte seinen Kopf. »Ich habe ein Quartier, in dem man sich um mich kümmern wird. Ich verstehe dort kein Wort von dem, was gesagt wird, aber man behandelt mich wie einen Prinzen.« Bevor der Sergeant zehn Schritte gemacht hatte, kam ein älterer Priester, um ihm zu seinem Bestimmungsort zu helfen.

Catherine, die bemerkt hatte, daß es dunkel geworden war, blickte auf und sah, daß schwere Wolken den Himmel bedeckten. Der Wind war stärker geworden, und Blitze zuckten am Horizont. »Gott, ein Unwetter zieht heran. Das hat uns gerade noch gefehlt.«

»Und es kommt schnell. Gut nur, daß die Lazarettzelte schon errichtet sind.« Ian packte seine Instrumente wieder ein. »Die werden diesen armen Burschen etwas Schutz bieten.«

Catherine sah sich um und stellte fest, daß die Straße fast leer war. Die erste Welle von Verwundeten war versorgt oder in Sicherheit gebracht worden. Anne war eine halbe Stunde zuvor gegangen. Sie war vor Erschöpfung grau.

Die Blitze zuckten nun viel näher, illuminierten die Straße mit grellem Schein. Als Catherine wie benommen auf die dicken Regentropfen starrte, die auf ihr beflecktes Kleid fielen, fragte der Chirurg: »Wie lange haben Sie hier draußen gearbeitet?«

»Ich weiß es nicht.« Sie wischte sich Wasser von der Stirn. »Stunden.«

»Gehen Sie heim«, befahl er. »Sie können zum Lazarettzelt kommen, wenn Sie etwas Ruhe gehabt haben.«

»Werden Sie dort arbeiten?«

»Ja.« Er lächelte verzerrt. »Ich denke, ich werde dort auch schlafen.«

»Wohnen Sie bei Anne und mir.« Catherine deutete auf ihr Haus. »Wir haben reichlich Platz, und Sie können dort besser ruhen als im Zelt.«

»Ich nehme das sehr dankbar an.«

Blitze zuckten über den Himmel, augenblicklich gefolgt von ohrenbetäubenden Donnerschlägen. Als der Regen sich zu einer Sturzflut steigerte, nahm Catherine ihre Verbandstasche und ging, um Amy zu holen.

Ihre Tochter liebte Unwetter und starrte jetzt hingerissen zum Himmel hinauf. »Wellington-Wetter, Mama«, sagte sie und hob ihre Stimme, um den Donner zu übertönen. »Es wird eine Schlacht geben.«

»Sehr wahrscheinlich.« Catherine nahm Amys Hand. »Aber jetzt laß uns ins Haus gehen, bevor wir ertrinken.«

Catherine brachte Amy ins Kinderzimmer. Dann zog sie sich trockene Kleider an und kam herunter, um heißen Tee und Sandwiches zu nehmen, die Anne bestellt hatte. Sie waren gerade fertig, als an die Eingangstür geklopft wurde. Eine Minute später führte das Stubenmädchen Lord Haldoran in den Salon. Wasser troff aus seinem Übermantel, aber sein großspuriges Verhalten war Eindringlichkeit gewichen.

»Mrs. Melbourne, Mrs. Mowbry.« Er verbeugte sich rasch. »Haben Sie die neuesten Nachrichten gehört?«

»Ich bin mir nicht sicher«, erwiderte Anne. »Bitte, berichten Sie uns.«

»Die Preußen sind gestern bei Ligny übel zugerichtet worden. Sie mußten sich fast zwanzig Meilen zurückziehen. Deshalb hat Wellington sich auch zurückgezogen, um seine Linien halten zu können. Wie ich gehört habe, hat er sein Hauptquartier in einem Dorf namens Waterloo genommen.«

»Gütiger Gott«, flüsterte Anne mit weißem Gesicht. »Das ist nur zehn oder zwölf Meilen von hier entfernt.«

»Napoleon steht unmittelbar vor Brüssel«, sagte Haldoran frei heraus. »Jeder fragt sich, ob Wellington ihn mit seinem zusammengewürfelten Haufen von Truppen aufhalten kann. Jeder Fremde, der die Stadt verlassen kann, geht oder ist bereits gegangen.«

Catherine setzte ihre Teetasse behutsam ab. »Ich würde mein Geld auf den Herzog verwetten, aber das sind keine guten Nachrichten.«

»Ich bin nicht nur gekommen, um Sie zu erschrecken«, sagte Haldoran in mäßigerem Ton. »Letzte Woche habe ich vorsichtshalber eine Barke gemietet, die mich nach Antwerpen bringt, falls der Kampf schlecht ausgeht. Darauf ist Platz für Sie und Ihre Kinder und jeweils einen Diener. Aber wenn Sie mitkommen wollen, müssen wir sofort aufbrechen.«

Catherine warf ihm einen erstaunten Blick zu. Es war ein bemerkenswert großzügiges Angebot. Vielleicht hatte sie ihn falsch eingeschätzt.

»Ich ... ich kann meinen Mann nicht im Stich lassen.« Unbewußt preßte Anne ihre Hand auf ihren schwellenden Bauch. »Was, wenn Charles verwundet ist und heimgebracht wird?«

»Wenn alles gut verläuft, können Sie in wenigen Tagen zurückkehren.« Haldorans Blick wanderte von Anne zu Catherine. »Doch wenn nicht, würden Ihre Ehegatten wollen, daß Sie das Leben Ihrer Kinder aufs Spiel setzen?«

Catherine biß sich auf die Lippe. Sie war bereit, alles zu wagen, aber konnte sie das auch ihrer Tochter zumuten? »Es gibt eine Lösung.« Als die beiden anderen sie ansahen, sagte sie: »Ich habe mehr Erfahrung als Krankenschwester, und Anne hat mehr Kinder. Deshalb bleibe ich hier und hüte das Haus, wogegen Anne die drei Kinder nach Antwerpen bringen wird.«

Anne atmete erleichtert aus. »Wenn du das tun würdest, wäre es wunderbar. Obwohl ich es hasse, fortzugehen, wäre es töricht, sich die Chance entgehen zu lassen, die Kinder vor den Franzosen in Sicherheit zu bringen. Lord Haldoran, es wird nur eine halbe Stunde dauern, bis alle fertig sind. Ist das akzeptabel?«

Catherine sah, daß in Haldorans Augen heftige Verärgerung aufblitzte, und sie erkannte, daß sein Angebot weit weniger großzügig gewesen war, als es den Anschein erweckt hatte. Sie war es, die er wollte, wahrscheinlich in der Hoffnung, daß die besorgte Frau eines Offiziers Trost brauchen könnte. Wie auch immer. Seine Hilfe war willkommen, und er war zu sehr Gentleman, um sein Angebot zurückzunehmen, nur weil Catherine nicht mitkam.

Seine Verärgerung schnell verbergend, sagte er: »Eine halbe Stunde ist recht. Aber ich wünschte dennoch, daß Sie mitkämen, Mrs. Melbourne, Brüssel könnte gefährlich werden.« Er stand auf. »Ich werde Ihnen die Adresse meines Bankiers in Antwerpen aufschreiben. Falls nötig, können Sie mich über ihn erreichen.«

»Danke. Es ist sehr freundlich von Ihnen, solche Mühe

für Menschen auf sich zu nehmen, die Sie erst wenige Wochen kennen«, sagte sie recht spröde.

»Es wäre ein Verbrechen, den Platz auf der Barke ungenutzt zu lassen«, sagte er scheinheilig. »Da Ihre beiden Ehemänner ihr Leben für ihr Land wagen, scheint es mir nur angemessen, wenn ich Ihnen meinen Schutz anbiete.«

Die nächste halbe Stunde verging schnell. Als Amy erfuhr, daß sie nach Antwerpen gehen sollte, bettelte sie: »Bitte, Mama, laß mich bleiben. Du hast so oft gesagt, was für eine Hilfe ich bin.«

»Das bist du, mein Schatz. Aber ich würde mir ständig Sorgen machen, daß dir etwas zustoßen könnte.« Catherine lächelte kläglich. »Ich kann nichts dafür, aber ich bin eine Mutter. Wenn du selbst einmal Kinder hast, wirst du es verstehen.«

Amy kapitulierte unter der Bedingung, daß sie zurückkehren dürfe, sobald es sicher war.

Elspeth McLeod bat ebenfalls, bleiben zu dürfen. Da Anne wußte, daß das Mädchen in der Nähe von Will Ferris sein wollte, willigte sie ein und nahm Catherines Mädchen als Hilfe für die Kinder mit.

Genau eine halbe Stunde, nachdem Haldoran sein Angebot gemacht hatte, versammelten sich die Reisenden in der Eingangshalle. Catherine drückte Anne innig und wandte sich dann an Amy, um sie zu umarmen.

Ihre Freundin sagte mit erstickter Stimme: »Sollte das Kriegsgeschick uns trennen, so kennst du die Adresse von Charles' Mutter in London. Und wenn ... wenn dir und Colin etwas zustößt, werde ich Amy wie mein eigenes Kind aufziehen.«

»Ich weiß.« Catherine schluckte schwer. »Und falls nötig, werde ich Charles so pflegen, wie du es tun würdest.«

Anne atmete tief ein und sagte dann ruhig: »Zeit für uns zum Gehen.«

Catherine beobachtete aus dem Fenster, wie die Gruppe durch den Regen zu den Kutschen eilte. Sie war froh zu sehen, daß Haldoran mehrere große, gefährlich wirkende Diener hatte, welche die Gruppe beschützten.

Sie schaute zu, bis die Kutschen aus dem Blickfeld verschwanden. Dann wandte sie sich vom Fenster ab. Tränen rannen über ihre Wangen. Nie zuvor war sie von Amy getrennt gewesen. »Verdammter Napoleon«, flüsterte sie. *»Möge Gott ihn in die Hölle schicken.«*

11. Kapitel

Eine der ersten militärischen Lektionen, die Michael gelernt hatte, war die, daß ein Offizier bei Beschuß immer Haltung bewahren mußte. Das hatte sich als besonders wichtig erwiesen, als ein Viertel seines Regimentes und mehr als die Hälfte seiner Offiziere nach Stunden vernichtender französischer Kanonade bereits getötet oder verwundet worden war. Das dröhnende Getöse und die Wolken von schwarzem Rauch genügten, um selbst erfahrene Soldaten die Nerven verlieren zu lassen.

Das Regiment war zur Verteidigung in einem Viereck aufgestellt. Reihen bewaffneter Soldaten standen in alle vier Richtungen im Anschlag, wogegen Offiziere, Versorgungsmaterial und die Verwundeten in der Mitte der Formation Schutz fanden. Weniger schwer verwundete Männer zogen sich von der Linie zurück. Die Toten hingegen wurden unbarmherzig aus dem Geviert geworfen, um Platz für die Lebenden zu machen. Michael schlenderte innerhalb der Formation herum, sprach mit seinen Männern, tröstete die Verwundeten, so gut er konnte, und lachte zuweilen über einen Witz.

Michael, der versuchte, den beißenden, stechenden Rauch nicht zu tief einzuatmen, ging in die Mitte des Gevierts, wo die beiden Regimentsflaggen, genannt »die Farben«, standen. Traditionell wurden sie von den jüngsten Offizieren des Regimentes getragen und von erfahrenen Sergeanten bewacht. Der jüngste Fähnrich, Thomas Hussey, war erst sechzehn. Deshalb behielt Michael ihn besonders im Auge.

Als er näherkam, schlug eine Kanonenkugel klatschend nahe bei den Fahnen ein. Zum Glück wurde niemand getroffen. Die Kugel rollte langsam über den feuchten Boden. Tom Hussey reichte seine Fahne, den Union Jack, einem der Sergeants. »Da die Franzosen uns mit dem Notwendigen versorgt haben«, rief er fröhlich, »wie wär's mit einem Fußballspiel?«

Er rannte auf die Kugel zu in der eindeutigen Absicht, sie zu treten. Michael bellte: »Nicht berühren! Eine Kanonenkugel mag harmlos aussehen, aber Sie könnte Ihnen den Fuß abreißen. Ich habe das schon erlebt.«

Der Fähnrich kam rutschend zum Halt. »Danke, Sir.« Mit ein wenig blassem Gesicht kehrte er zu seiner Fahne zurück. Michael nickte unmerklich zustimmend. Der Junge war zwar unerfahren, besaß aber einen erfreulichen Mut, durch den er ein guter Offizier werden würde, sofern er überlebte.

Michael hob sein Fernglas, um die Schlacht zu verfolgen. Er sah nur wenig, weil vor ihm schulterhohe Roggenfelder lagen. Früher an diesem Tage hatte es einen französischen Infanterieangriff von der linken Seite gegeben. Der Roggen und der nebelgleiche Rauch verdeckten alles, was mehr als ein paar hundert Meter entfernt war. Deshalb hatte Michael den Angriff nur durch die Geräusche von Musketen, von Schreien und Marschmusik verfolgen können. Die Franzosen waren zurückgeschlagen worden, aber darüber hinaus wußte er nichts.

Eine weitere Kanonenkugel mähte mehrere Männer im hinteren Teil des Geviertes um. Captain Graham, nach Michael der ranghöchste unverletzte Offizier, ging, um den Schaden zu begutachten. Tom Hussey sagte mit ernster Miene: »Darf ich eine Frage stellen, Colonel Kenyon?«

»Nur zu.«

»Welchen Sinn hat es, hier zu stehen und in Stücke zerrissen zu werden? In diesem Abschnitt wird nicht gekämpft. Wir könnten uns doch in eine sichere Entfernung zurückziehen, bis wir gebraucht werden.«

»Wir *werden* gebraucht – um genau das zu tun, was wir tun«, sagte Michael nüchtern. »Wären wir nicht hier, würden Napoleons Männer geradewegs durchmarschieren, und die Schlacht wäre verloren. Die Kavallerie kann über ein Schlachtfeld vor und zurück reiten, aber es ist die Infanterie, die Raum gewinnt.« Er trat in die weiche Erde. »Solange noch ein Angehöriger des Hundertfünften lebt, ist dies britischer Boden. Der Tod unserer Kameraden ist tragisch, aber er ist nicht sinnlos.«

Der Fähnrich nickte langsam. »Ich verstehe, Sir.«

Obwohl seine Erklärung der Wahrheit entsprach, erinnerte dieser lange, blutige Tag lebhaft daran, warum Michael den schnellen, beweglichen Kampf der Rifle-Brigade bevorzugte. Man fühlte sich besser, wenn man ein bewegliches Ziel, kein festes war. Er überlegte, wie Kenneth und die 95. vorankamen. Wahrscheinlich verbrachten sie den Tag damit, zwischen den Linien mit den Franzosen Geplänkel zu führen. Er beneidete sie.

Er begann wieder, in dem Geviert umherzulaufen. Er

sprach mit einem Leutnant, als ihm bewußt wurde, daß er seine eigene Stimme hören konnte. Das unaufhörliche Donnern der Artillerie hatte es fast unmöglich gemacht, zu sprechen und zu denken. Jetzt hatten die Kanonen die Beschießung ihres Teils der Linie eingestellt. Michael, der wußte, was dies bedeutete, rief: »Auf Angriff vorbereiten! Sie haben das Artilleriefeuer eingestellt, damit ihre eigenen Männer nicht getroffen werden.«

Benommene Soldaten wurden abrupt wachsam. Sergeanten bellten ihre Männer an, sorgten mit Flüchen und Ermahnungen dafür, daß die Linien geschlossen und die Musketen darauf überprüft wurden, ob sie geladen waren. Die Luft zitterte vor Spannung, denn dies konnte die erste Herausforderung des Regiments im Kampf Mann gegen Mann sein.

Zuerst konnten die Soldaten, die angespannt schauten, nur geisterhafte Schatten sehen, die sich durch die Rauchschleier vorwärts bewegten. Dann wurde eine Linie von Reitern sichtbar. Die undeutlichen Gestalten nahmen die Form französischer Kürassiere an. Mit ihren glänzenden Helmen und Brustpanzern wirkten sie so unheimlich wie mittelalterliche Ritter. Es waren große Männer auf großen Pferden. Sie waren die schwere Kavallerie, dazu da, jeden Widerstand niederzuwalzen, und sie kamen direkt auf das 105. und die beiden benachbarten Einheiten zu.

Die schweren Hufe der Pferde schlugen die Getreidehalme in den schlammigen Boden, als die Kürassiere sich unerbittlich den Hang aufwärts bewegten. Als Michael die Frontlinie des Gevierts wanken sah, trat er schnell aus seiner Position in der Mitte zu seinen Soldaten. »Stellung halten!« schrie er. »Pferde stürmen nicht direkt auf ein Geviert, und wir haben mehr Gewehre als sie. Erst feuern, wenn ich den Befehl dazu gebe. Dann zielt auf die Pferde!«

Die heranstürmenden Reiter waren noch vierzig Schritt entfernt, als Michael befahl: »Legt an! Zielt! Gebt *Feuer*!«

Seine vordere Reihe feuerte ihre Musketen mit einer ohrenbetäubenden Salve ab. Verletzte Pferde wieherten schrill auf, und ein unheimliches, metallisches Prasseln wie von Hagelkörnern war zu hören, als Kugeln von den stählernen Brustpanzern abprallten. Ein halbes Dutzend Pferde und ihre Reiter stürzten, zwangen die Nachfolgenden, seitlich auszuweichen.

Während die erste Reihe nachlud, gab Michael der zweiten Reihe Befehl zum Feuern. Die Salve brachte weitere Angreifer zu Boden. Trotz der wilden Bemühungen der Reiter, scheuten die Pferde und liefen um das Geviert herum, so daß sie in das Musketenfeuer von den Flanken gerieten.

Die Kavalleristen jagten chaotisch um das Rechteck, feuerten ihre Pistolen ab und wurden umgekehrt beschossen. Als ihr Kommandeur schließlich die Vergeblichkeit des Manövers erkannte, befahl er den Rückzug.

Als die Pferde den Hang hinunter galoppierten, rief ein gestürzter Reiter verzweifelt um Hilfe. Einer seiner Kameraden wendete sein Pferd und kam zurück. Während er die Hand seines Freundes ergriff, um ihn auf sein Pferd zu ziehen, hoben zwei britische Soldaten ihre Musketen und zielten.

»Nein!« bellte Michael. »Tötet keinen tapferen Mann, der seinem Freund hilft!«

Nach einem Augenblick der Überraschung nickten die Männer und senkten ihre Waffen. Mut verdiente Achtung, selbst wenn es der Feind war.

In der folgenden Stille beobachtete Michael das Feld

mit seinem Fernglas. Er konnte kaum zu den benachbarten Einheiten hinüberschauen, aber es klang, als griffe die französische Kavallerie die alliierten Linien auf breiter Front an.

Ein Schrei warnte vor der Rückkehr der Kürassiere. Michael sagte trocken: »Genießen Sie die Kavallerieangriffe, meine Herren. Sie sind weit weniger gefährlich als die Kanonade.«

Gelächter war im Geviert zu hören. Dieses Mal war das Feuer gleichmäßiger. Eine Barriere toter oder verletzter Pferde begann um das Geviert zu wachsen, so daß es den Reitern schwererfiel, heranzukommen.

Michael war auf dem Wege zur linken Seite des Rechtecks, das am schwersten unter Beschuß lag, als ihn eine Kugel am linken Arm traf. Die Wucht wirbelte ihn herum und warf ihn zu Boden.

Captain Graham eilte zu ihm. »Sind Sie verletzt, Sir?«

Michael richtete sich benommen in sitzende Position auf. Eine Welle von Schmerz ließ ihn fast ohnmächtig werden. Als er die entsetzten Gesichter ringsum sah, zwang er sich aufzustehen. »Es ist nicht ernst«, sagte er kurz. »Holen Sie jemand her, der mich verbindet.«

Der Regimentsarzt war gefallen und seine Assistenten schwer verwundet, deshalb versorgte ein Corporal, der Friseur gewesen war, die Wunden, so gut er konnte. Nachdem er die Wunde verbunden und eine Schlinge geknotet hatte, reichte der Corporal Michael eine Feldflasche. »Trinken Sie davon, Sir, aber langsam.«

Die Warnung beachtend, nahm Michael einen Schluck aus der Flasche. Sie enthielt reinen Gin. Seine Augen tränten, doch der Alkohol lenkte ihn von dem Schmerz in seinem Arm ab. »Danke, Symms. Großzügig von Ihnen, mich an Ihrer Medizin teilhaben zu lassen.«

Symms grinste, während er die Feldflasche verschloß.

»Muß Sie fit halten, Sir, da die Offiziere langsam knapp werden.«

Die Kavallerie zog sich zurück, während Michael versorgt wurde. Obwohl das 105. fest gestanden hatte, lichteten sich die Reihen. Michael gab Befehl, das Karree zu verkleinern und sich auf den nächsten Angriff vorzubereiten.

Catherine ging am Morgen ins Lazarettzelt zur Arbeit. Am frühen Nachmittag machte sie eine kurze Pause und ging mit einem Glas Wasser zu Ian Kinlocks Operationstisch. Eine Segeltuchwand trennte ihn von den Strohballen der verwundeten Männer. Auch er machte eine Pause, und so reichte sie ihm das Wasser und sagte: »Vielleicht sind die Armeen noch nicht aufeinandergestoßen, Ian. Heute ist kein Schuß zu hören.«

Er nahm einen tiefen Schluck und schüttelte dann den Kopf. »Der Wind kommt aus der falschen Richtung. Alles kann geschehen, und wahrscheinlich ist es schon soweit.«

Sie schwiegen beide. In der Nähe schlug eine Kirchenglocke. Catherine sagte nüchtern: »Ich hatte vergessen, daß heute Sonntag ist. Ein schlechter Tag für eine Schlacht.«

»Es sind alles schlechte Tage.« Er wischte sich den Schweiß aus dem Gesicht und sagte zu den Ordonnanzen: »Bringt den nächsten.«

Catherine kehrte an ihre Arbeit zurück, gab Wasser und wechselte Verbände. Doch obwohl sie für jeden ein Lächeln und ein gutes Wort hatte, war ein Teil ihres Herzens bei den Männern, die nur wenige Meilen entfernt kämpften und vielleicht starben.

Die Kavallerieangriffe erfolgten wieder und wieder, wie

Wogen, die gegen die Felsen schlagen. Michael wußte nicht mehr, wie viele es gewesen waren. Zehn? Zwölf? Doch das Regiment hatte Zuversicht gewonnen. Als die dritte Angriffswelle hügelaufwärts gewogt war, hatte er eine Stimme mit dem Akzent des North Country sagen hören: »Da kommen die verdammten Narren wieder.«

Die jetzige Attacke war die schlimmste. Die Kürassiere waren fast eine Stunde im Kreis geritten, feuerten ihre Pistolen ab, schwangen ihre Säbel und taten ihr Bestes, um die Karrees der Alliierten zu öffnen. Sie scheiterten. Sie waren nicht nur zahlenmäßig den Gewehren unterlegen, sondern ihre Pferde scheuten weiter vor den britischen Musketen und Bajonetten.

Das 105. stand so fest, als sei es im Boden verwurzelt. Wellington hatte Michaels Worte in der Ballnacht beachtet und das Regiment zwischen Veteranen Stellung beziehen lassen. Zur Linken war das 73. britische Infanterieregiment, zur Rechten befanden sich die Hannoveraner der deutschen Legion des Königs, die ehrenhaft auf der Halbinsel gekämpft hatten. Michaels Männer waren wild entschlossen zu beweisen, daß sie ihren Nachbarn ebenbürtig waren, und das taten sie erfolgreich.

Ein rauher Schrei ertönte hinter Michael. Er wirbelte herum, als er die Verzweiflung in der Stimme hörte, und sah ein sterbendes Pferd in eine Ecke des Karrees stürmen. Das Tier brüllte und stürzte, warf eine Reihe britischer Soldaten um und riß eine Lücke in die Linie.

Die anderen Kürassiere erkannten ihre Chance und trieben ihre Pferde auf die Lücke zu. Michael fluchte wild, denn dieser verrückte Zufall war wirklich die einzige Möglichkeit, wie die Kavallerie ein Karree aufbrechen konnte. Ein Linie wankte bereits, weil in Panik geratene Soldaten vor den schweren heranstürmenden Pferden zurückwichen.

Er rannte vorwärts, um seine Männer zu sammeln. Als ein entsetzter Junge mit pulvergeschwärztem Gesicht an ihm vorbeizurennen versuchte, schlug Michael ihn mit der Breitseite seines Degens. »Steh und kämpfe wie ein Mann, verflucht! Flucht ist der schnellste Weg zum Sterben!«

Das Entsetzen in den Augen des Jungen verschwand, und er machte kehrt, hob mit zitternden Händen seine Muskete. Die anderen überlebenden Offiziere und mehrere Sergeanten bewegten sich ebenfalls, um zu verhindern, daß das Karree zusammenbrach. Ein wütender Kampf entbrannte, als die Briten versuchten, die französischen Kavalleristen zurückzutreiben.

Die Zeit verlangsamte sich für Michael, verwandelte den Kampf Mann gegen Mann in einen unirdischen Tanz. Das Zeitlupentempo bedeutete, daß er jeden Fehler des Feindes sehen und ausnutzen konnte. Verdammt störend war nur, daß sein linker Arm unbrauchbar war, doch das hinderte ihn nicht ernstlich. Ein Kürassier schlug wild mit seinem Säbel nach ihm. Michael parierte den Schlag mit Leichtigkeit mit seinem Schwert. Mit derselben fließenden, aufwärts gerichteten Bewegung grub er seine Klinge genau in die Mitte der Kehle des Franzosen.

Ohne innezuhalten, zog er sein Schwert heraus und wich einem Pferd aus, das ihn niedertrampeln wollte. Er duckte sich unter der Klinge des Reiters weg und durchtrennte die rechte Vordersehne des Pferdes, das darauf stürzte. Der Reiter wurde zu Boden geschleudert und von einem stämmigen irischen Soldaten mit einem Bajonett durchstochen.

Ein brüllender Kürassier stürmte direkt auf die Regimentsfahnen zu, entschlossen, eine zu ergreifen. Die fast zwei Meter hohen Fahnen waren Herz und Geist eines

Regimentes, und eine in der Schlacht zu verlieren, bedeutete unvergleichliche Schande.

Tom Hussey und zwei seiner Fahnensergeanten, die die Gefahr sahen, brachten den Union Jack in Sicherheit. Die Bewacher der blauen Regimentsfahne hatten weniger Glück. Ein Sergeant lag bereits am Boden, der andere hob seine Lanze, die Zeichen seiner Würde war. Er wurde durch einen Schuß aus der Pistole des Kürassiers niedergestreckt, bevor er die Lanze benutzen konnte, so daß der Fähnrich und sein Banner ohne Verteidigung blieben.

Fähnrich Gray versuchte die Fahne zu beschützen, doch der Franzose ritt ihn nieder und ergriff den Fahnenstab mit einer Hand. Mit einem heiseren Triumphschrei gab er seinem Pferd die Sporen, um aus dem Karree zu fliehen.

Blinde Wut erfüllte Michael bei diesem Anblick. Er ließ sein Schwert fallen und warf sich dem heranstürmenden Pferd entgegen, und es gelang ihm, den Fahnenstock mit der rechten Hand zu fassen. Der scharfe Ruck riß seinen Arm fast aus dem Gelenk. Doch er hielt grimmig fest, und sein Gewicht verlangsamte den Kürassier.

Als der Franzose sah, daß Michael völlig wehrlos war, schwang er seinen Säbel und hieb auf die Rippen des Angreifers. Er wollte ihm einen tödlichen Schlag versetzen, als der verwundete Fahnensergeant auf die Beine sprang und seine Lanze durch das Armloch des Brustpanzers stieß und den Franzosen durchbohrte. Michael klammerte sich benommen an den Fahnenstock, als der Körper des Reiters an ihm vorbeistürzte.

Heftig atmend sah er sich im Karree um und stellte fest, daß die Lücke durch die heftige Gegenwehr des 105. wieder geschlossen worden war. Zwei Kürassiere waren im Karree gefangen. Keiner der beiden überlebte und gelangte zu seinen eigenen Reihen zurück.

Der verwundete Sergeant und der angeschlagene Fähnrich nahmen die Fahne wieder, während Michael das Verbinden seiner Rippen über sich ergehen lassen mußte. Obwohl er während des wilden Kampfes keinen Schmerz gespürt hatte, explodierte der jetzt förmlich, nachdem die Gefahr vorbei war.

Seine Verletzungen waren so schwer, daß ihm niemand einen Vorwurf gemacht hätte, wenn er sich vom Schlachtfeld zurückgezogen hätte, aber er wagte nicht zu gehen. Kein anderer Offizier hatte auch nur den Bruchteil seiner Erfahrung. Graham, der nach ihm das Kommando übernehmen würde, war tapfer, kam aber aus einem Milizregiment und hatte vor dem heutigen Tag keine Kampferfahrung gehabt. Wenn Michael nicht blieb, wußte Gott allein, was bei der nächsten Attacke geschehen würde.

Obwohl Gin kein Ersatz für Blut war, betäubten einige Schlucke den Schmerz.

Eine Stimme mit Londoner Akzent schrie: »Ich werd' verrückt! Da kommt Old Hookey!«

Jubel brandete auf. Michael gab die Feldflasche mit dem Gin zurück und schaute sich um. Er sah Wellington und einen Adjutanten auf sein Karree zugaloppieren, gefolgt von einem Dutzend französischer Ulanen. Das Karree öffnete sich, um den Herzog und seinen Begleiter hineinzulassen, und schloß sich dann wieder. Eine Salve von Musketenkugeln vertrieb die Ulanen.

Wellington war berühmt dafür, immer dort zu sein, wo die Schlacht am heftigsten tobte. Unbeeindruckt davon, wie knapp er entkommen war, zügelte er sein Pferd. »Guter Einsatz hier, Kenyon.«

Michael zwang sich, aufrecht zu stehen. »Das Regiment kann stolz auf sich sein, Sir. Wie steht die Schlacht?«

Der Herzog schüttelte den Kopf. »Wir liegen unter starkem Beschuß. Blücher versprach zu kommen, aber der Regen hat die Straßen in Schlamm verwandelt, so daß nur Gott weiß, wann wir ihn sehen werden. Wenn die Preußen nicht bald hier eintreffen ...« Seine Stimme brach ab. »Ich muß weiter. Halten Sie die Stellung, Kenyon.«

Als Wellington sich zum Losreiten bereit machte, rief ein Soldat: »Wann können wir die Frösche angreifen, Sir?«

Der Herzog lächelte leicht. »Keine Sorge, Jungs, ihr werdet eure Chance bekommen.« Dann galoppierte er aus dem Karree zu dem belagerten Château de Hougoumont, wo die Gardetruppen in einer wilden Schlacht den ganzen Tag gegen die Franzosen gekämpft hatten.

Es mußte früher Abend sein, wie Michael vermutete, aber die Zeit hatte alle Bedeutung verloren. Es fiel schwer zu glauben, daß er vor zwei Tagen noch mit Catherine in einem Saal voller Licht und Eleganz getanzt hatte.

Während er auf den nächsten Angriff wartete, versuchte er sich zu erinnern, wie es war, sie in seinen Armen gehabt zu haben. Doch es war unmöglich, sich an Einzelheiten zu erinnern. Das einzige, was er herbeibeschwören konnte, waren die Wärme in ihren aquamarinblauen Augen und die bittersüße Freude, sie so nahe bei sich zu haben.

Der drohende Schlag der französischen Trommeln leitete das Signal für einen Infanterieangriff ein. Michaels Lippen wurden schmal. Er hob sein Fernglas, hielt es unbeholfen mit seiner unversehrten Hand. Durch den dichten Rauch sah er eine langgezogene französische Kolonne, die sich den alliierten Linien näherte. Glücklicherweise würde sie rechts vom 105. angreifen, so daß seine erschöpften Männer Zeit hatten, sich zu erholen.

Captain Graham humpelte heran, einen Verband um einen Oberschenkel. »Darf ich mir Ihr Fernglas ausleihen, Sir?«

Michael reichte es ihm. Der Captain murmelte etwas Unanständiges, als er die roten Federbüsche und die hohen Bärenfellmützen identifizierte. »Jetzt wirft Boney also endlich seine Gardetruppen in die Schlacht.«

»Genau. Sie haben noch nie bei einem Angriff versagt, und da sie den ganzen Tag in Reserve lagen, sind sie so frisch wie bei einer Parade in einem Park«, sagte Michael grimmig.

Es war der letzte, entscheidende Wurf des Würfels. Mit der Kaiserlichen Garde würde Napoleon sein Reich wiedergewinnen oder verlieren.

Als es Zeit zum Abendessen war, zwang Catherine sich heimzugehen. Obwohl Aktivität dem Warten bei weitem vorzuziehen war, mußte sie ihre Kraft schonen. Es war bestätigt worden, daß eine weitere Schlacht geschlagen wurde. Am Morgen würde es also eine neue Welle von Verwundeten geben. Inbrünstig betete sie für das Leben ihrer Freunde.

Catherine nahm Elspeth mit, die ebenfalls im Lazarett half. Das Mädchen bewies, daß sie eine robuste Schottin war, aber ihr Gesicht war grau, und sie hatte dunkle Ringe um die Augen.

Gemeinsam gingen sie das kurze Stück zur Rue de la Reine. Die meisten der belgischen Diener waren zu ihren Familien zurückgekehrt. Nur der Koch und Catherines Pferdeknecht waren zurückgeblieben. Gut, daß Everett dort war, denn sonst wären vielleicht die Pferde gestohlen worden.

Nachdem die beiden Frauen sich gewaschen hatten, aßen sie gemeinsam in der Küche. Es war Catherine unmöglich, mehr als ein paar Löffel Suppe hinunterzubringen. Erschöpft gab sie einen kräftigen Schuß Brandy in ihren Tee und nahm ihn mit in den Salon.

Die Mappe mit den Zeichnungen lag noch dort. Sie blätterte sie wieder durch und überlegte, ob die Männer auf den Bildern noch sicher und unversehrt waren. Ob Colin die Schlacht genoß, die der Kampf seines Lebens sein mußte? Würde Charles am Leben bleiben und sein ungeborenes Kind sehen? Oder würde Kenneth überleben, um andere lachende Familien zeichnen zu können?

Sie kam zum letzten Bild und schloß die Mappe rasch. Ihre Kehle war wie zugeschnürt. Es wäre ein Jammer, würde sie die Zeichnung von Michael mit ihren Tränen verschmieren.

Die Kaiserlichen Gardetruppen wichen zurück, aufgerieben vom heftigen Widerstand der alliierten Truppen. Michael war fast zu benommen, um die Tragweite dessen, was geschah, zu begreifen. Frankreichs beste Truppe war geschlagen, aus einer Armee war ein wüster Haufen geworden.

Aber es war noch nicht vorbei. Wie lange würde die Schlacht noch dauern? Wie lange *konnte* sie noch andauern? Das 105. Regiment hatte über vierzig Prozent Verluste. Die Hälfte davon war sofort gefallen. Anderen Regimentern war es noch schlimmer ergangen.

Dann rief Graham jubelnd: »Sehen Sie doch, Sir!«

Eine Ulme auf der Kuppe des Hügels, an der zwei Straßen sich kreuzten, war Wellingtons Kommandostand, wenn er nicht durch die Linien ritt. Durch den Rauch war die Stelle kaum sichtbar. Jetzt war der Herzog dort. Seine schlanke Gestalt zeichnete sich gegen den Abendhimmel ab, als er sich in seinen Steigbügeln aufrichtete und seinen Dreispitz dreimal nach vorne schwenkte. Es war das Signal zum Vorrücken. Ein donnerndes Hurra brandete in den Regimentern auf, die dem Herzog am nächsten waren, und rollte mit einem anschwellenden Gebrüll durch die Linien der Alliierten.

Wildes Triumphgefühl erfüllte Michael, vertrieb seine Schwäche. Er spürte in seinen Knochen, daß diese Schlacht gewonnen war. Die langen Jahre in der Armee, die scheußlichen Stunden, in denen die französische Artillerie alles in Stücke geschossen hatte, wurden ihm in diesem Augenblick bewußt. Er hob sein Schwert in die Luft und brüllte: »Folgt mir, Soldaten!«

»Ja, Colonel! In die Hölle, wenn Sie uns dorthin führen!« dröhnte eine Stimme zurück.

Das Regiment formierte sich zu Kompanien und stürmte über den niedergewalzten, blutdurchtränkten Roggen den Hang hinunter, Musketen und Bajonette bereit. Auf dem ganzen Kamm taten dies die anderen alliierten Truppen ebenso, folgten dem Befehl überlebender Offiziere. Sie stürmten auf die Ebene, ließen die reglosen scharlachroten Reihen von Toten und Verwundeten hinter sich.

Heftige Geplänkel begannen überall auf dem zwei Quadratmeilen großen Schlachtfeld. Obwohl ein großer Teil der kaiserlichen Armee auf der Flucht war, leisteten Gruppen französischer Soldaten noch immer mutig Widerstand.

Das 105. teilte sich in kleinere Gruppen. Einige Männer drängten dem fliehenden Gegner nach, andere waren in wilde Handgemenge Mann gegen Mann mit Franzosen verwickelt, die noch kämpften. Es war ein Chaos. Schwindelig durch Blutverlust, Schmerz und Müdigkeit, befand Michael sich an einem dunklen, wilden Ort, an dem es weder Vergangenheit oder Zukunft noch Furcht gab, nur Instinkt und Willenskraft und der Wahnsinn des Krieges, in dem jeder Augenblick sein letzter sein konnte.

Wirklichkeit war eine Ansammlung fieberhafter, zusammenhangloser Bilder. Ein Durcheinander gefallener französischer Gardisten, ihre leblosen Körper wie Baumwurzeln ineinander verschlungen. Ein verlassenes Pferd, das friedlich Gras kaute. Ein sterbender Husar, dessen Bauch aufgerissen war, bettelte um seinen Tod. Michael sprach auf französisch ein Gebet und schnitt dann dem armen Teufel die Kehle durch.

Er glaubte, daß ihn selbst der Tod ereilen würde, als ein Kürassier, sein Schwert schwingend, heranstürmte. Michael hielt sich bereit, wußte aber, daß er in seinem jetzigen Zustand keine Chance gegen einen berittenen Mann hatte.

Dann fiel der Blick des Franzosen auf Michaels Armbinde. Er hob das Heft seines Schwertes zum Gruß an seine Stirn und ritt dann auf der Suche nach anderen Zielen davon. Michael berührte sein silbernes Kaleidoskops, das in seinem Rock steckte. Sein Glücksbringer hatte ihn nicht im Stich gelassen.

Er marschierte den Hang auf der anderen Seite des Tales hoch, als Michael durch eine Lücke in einer Hekke stieß und sah, daß Tom Hussey von zwei Franzosen angegriffen wurde. Als der eine ein Bajonett durch die Schulter des Fähnrichs stieß, sprang Michael mit einem mörderischen Schrei vor. Er schlitzte die Brust eines Angreifers auf, wandte sich dann knurrend dem anderen zu. Durch seine Attacke entmutigt, flohen beide Männer.

Tom wischte sich seine Stirn mit einem verschmierten Ärmel ab. »Wie lernt man es, so zu kämpfen wie Sie, Sir?«

»Durch Übung und schlechte Laune.« Michaels Wut legte sich. Er keuchte. Er deutete auf das Blut, das zwischen den Fingern des Fähnrichs durchsickerte. »Du solltest das versorgen lassen.«

»Dafür ist später noch Zeit.« Toms Augen leuchteten. Er war berauscht vom Kampf und weil er überlebt hatte.

Sie hatten nur zwei gesunde Hände, aber gemeinsam gelang es ihnen, die Bajonettwunde zu verbinden. Dann bewegten sie sich weiter vorwärts. Michael versuchte, den Jungen im Auge zu behalten, doch eine Schar vorrückender Hannoveraner trennte sie.

Tod in der Schlacht kann in einem Augenblick kommen oder mit unerträglicher Langsamkeit. Für Michael kam das Ende schnell. Er hörte einen geknurrten französischen Fluch, drehte sich um und sah die Männer, die er von Tom Hussey vertrieben hatte. Beide hatten ihre Musketen in einer Entfernung von weniger als fünfzehn Metern auf ihn gerichtet. Sie feuerten. Zwei Kugeln schlugen fast gleichzeitig in ihn, eine in den Oberschenkel, die andere in seinen Bauch. Als er auf den schlammigen Boden fiel, wußte er, daß er nicht wieder aufstehen würde.

Er lag dort, kaum noch bei Bewußtsein, bis er die Vibration galoppierender Hufe spürte, die auf den Boden trommelten. Er hob seinen Kopf und sah ein halbes Dutzend französischer Ulanen in blinder Panik auf sich zu galoppieren. Obwohl er wußte, daß die Mühe sinnlos war, versuchte er zu einer Hecke zu kriechen, die ihm vielleicht etwas Schutz bot. Er erreichte sie nicht rechtzeitig. Die Ulanen ritten über ihn hinweg. Die Hufe der Pferde rollten ihn über den Boden. Ein Ulan ritt etwas langsamer und rammte seine Lanze in Michaels Rükken.

Überall war Schmerz, so heftig, daß die rote, sinkende Sonne schwarz wurde und der Schlachtenlärm verebbte. Mit jedem zitternden Atemzug hoffte er, daß sein Sterben in Ehre die Zeiten wiedergutmachen würde, in denen er nicht mit ihr gelebt hatte.

Er spürte, wie er davontrieb, von seinem geschundenen Körper gelöst. Catherine war da, ihre Anwesenheit viel lebendiger als die Verwüstung ringsum. Sie lächelte und ließ seinen Schmerz mit sanften Händen verschwinden.

In den letzten Augenblicken seines Bewußtseins wußte er, daß er gut gestorben war und das Privileg genossen hatte, eine Frau gekannt zu haben, die es wert war, geliebt zu werden. Dann wirbelte er in Dunkelheit hinein, und sein Geist fand Frieden.

12. Kapitel

Als der Abend verging, wußte Catherine mit nervenzerreibender Gewißheit, daß etwas überhaupt nicht in Ordnung war. Sie und Elspeth saßen im Salon, die Hunde zu ihren Füßen. Am Schlaf von Louis war nichts ungewöhnlich, aber selbst Clancys fröhliche Laune war gedämpft.

Es war fast eine Erleichterung, als der Türklopfer in einer unheimlichen Wiederholung wie vor zwei Nächten geschlagen wurde. Beide Frauen eilten zur Eingangstür und fanden dort wieder Will Ferris. Sein Gesicht war eingefallen und von Pulver geschwärzt, doch abgesehen von einem Verband um seinen rechten Unterarm war er unverletzt. Mit einem Schrei flog Elspeth in seine Arme.

Catherine beneidete sie und wünschte sich, ihr eigenes Leben wäre auch so einfach. Sie ließ ihnen einige Augenblicke Zeit, bevor sie fragte: »Welche Neuigkeiten gibt es, Will?«

Noch immer Elspeth haltend, sagte er in Stakkatosätzen: »Die Schlacht ist gewonnen. Das Schlimmste, das ich je sah. Ihr Gatte ist nicht verletzt, aber Captain Mowbry wurde verwundet. Ich kam, um es seiner Frau zu sagen.«

»Sie hat die Kinder nach Antwerpen gebracht. Wie schlimm sind seine Verwundungen?«

»Eine Kugel hat seinen linken Unterarm zerschlagen. Er wurde von seinem Pferd geschleudert und wäre wahrscheinlich gestorben, wenn Ihr Gatte nicht gewesen wäre, Ma'am. Captain Melbourne wendete, nahm ihn hoch und brachte ihn hinter unsere Linien.«

Dem Himmel sei Dank für Colins unbeugsamen Mut. »Ich muß Charles heimbringen. Fühlen Sie sich stark genug, mich jetzt zu ihm zu bringen, oder müssen Sie zuerst ruhen?«

Ferris sah besorgt aus. »Ich fühle mich gut, aber ich kann Sie nicht nach Waterloo bringen, Ma'am. Jedes Haus im Dorf ist voll von sterbenden Männern. Das ist kein Platz für eine Dame.«

»Ich habe Anne versprochen, mich um Charles zu kümmern, als wäre ich sie, und bei Gott, das werde ich tun«, sagte sie kategorisch.

Als Ferris wieder zu protestieren versuchte, sagte Elspeth mit ihrer weichen Stimme: »Keine Sorge, Will. Mrs. Melbourne wird mit *allem* fertig.«

Ferris ergab sich. Everett wurde aus seinem Raum über den Ställen gerufen, um den kleinen Karren vorzubereiten, der für Haushaltstransporte verwendet wurde. Der Stallbursche bedeckte die Fläche mit Stroh, und Elspeth brachte Decken, während Catherine ihre Verbandstasche packte, einschließlich ihres Laudanum. Statt mit Everett auf dem Karren zu fahren, zog sie ihre Reithose an, die sie manchmal in Spanien getragen hatte, und ritt Caesar, Colins Pferd.

Während sie das Namur-Tor passierten, fragte sie Ferris nach dem Schicksal anderer Freunde. Er wußte nichts über Infanterieoffiziere wie Michael und Kenneth, war aber über die Kavallerieregimenter gut informiert. Die Aufzählung der Opfer war entsetzlich. Männer, die Catherine seit Jahren gekannt hatte, waren tot oder schwer verwundet. Die Alliierten hatten gesiegt, aber sie mußten einen bitteren Preis dafür bezahlen.

Die Straße führte durch einen dichten Wald. Zu normalen Zeiten war es ein wunderbarer Weg, doch als sie sich dem Dorf Waterloo näherten, war die Straße mit Wagen, toten Pferden und verstreutem Gepäck verstopft. Zum Glück kam ihr Karren dort durch, wo ein größeres Gefährt hätte anhalten müssen.

Es war nach Mitternacht, als sie ihr Ziel erreichten. Catherine ließ Everett bei dem Karren und den Pferden zurück und folgte Ferris zu dem Haus, das als Lazarett benutzt wurde, in das Charles gebracht worden war. Ein unförmiger Haufen lag neben der Tür. Mit einem Schaudern erkannte sie, daß es ein Haufen amputierter Gliedmaßen war.

Im Haus herrschten Stöhnen und stoisches Leiden, das sie nur allzu gut kannte. Ein erstickter Schrei drang aus dem Salon zu ihrer Linken. Sie warf einen Blick hinein und sah, daß der Eßtisch zum Operieren benutzt wurde. Ein stirnrunzelnder Dr. Hume beugte sich darüber.

Ferris führte sie durch das überfüllte Haus zu dem kleinen Nebenraum, in dem Charles lag. Er war bei

Bewußtsein, hatte aber offensichtlich Schmerzen. Als er sie sah, fragte er heiser: »Was tust du hier, Catherine?«

»Anne vertreten. Da der Ausgang der Schlacht unsicher schien, bot Lord Haldoran an, sie und die Kinder nach Antwerpen zu bringen, bis die Gefahr vorüber ist. Dafür versprach ich ihr, mich um dich zu kümmern. Das bedeutet einen Kuß, wenn auch nicht ganz so einen, wie Anne ihn dir geben würde.« Sie beugte sich zu ihm und streifte seine Stirn mit ihren Lippen. »Wir sind gekommen, um dich heimzubringen.«

Er lächelte dünn. »Das wäre mir recht. Ich glaube, ich komme gleich in den Operationsraum. Sobald mein Arm ab ist, können wir gehen.«

Er schloß seine Augen. Sie musterte sein abgespanntes Gesicht und nickte dann zufrieden. Der Arm würde sicher amputiert werden müssen, aber wenn es keine Infektion gab, würde er durchkommen.

Leise sagte sie zu Ferris: »Da wir eine Weile hier sein werden, warum legen Sie sich nicht hin und ruhen aus, so gut es geht?«

Er rieb sein Gesicht und verschmierte dabei die Pulverspuren. »Eine gute Idee. Im Raum nebenan hatte ich eine freie Ecke gesehen. Ich werde dort schlafen, bis Sie fertig zum Aufbruch sind.«

Ein paar Minuten später murmelte eine jungenhafte Stimme: »Ma'am, könnten ... könnten Sie mir bitte etwas Wasser geben?« Der Sprecher war ein Fähnrich, der auf dem Strohballen nebenan lag. Er trug einen Verband um den Kopf und einen anderen um seine Schulter. Er war entsetzlich jung.

»Natürlich.« Sie machte sich auf die Suche nach einem Krug Wasser und einem Glas und fand beides in der Küche. Der Fähnrich nahm das Wasser dankbar entgegen. Sie gab einem Mann auf der anderen Seite des Raumes Wasser, als sie Colins amüsierte Stimme hörte: »Catherine?«

Sie blickte auf und sah ihren Mann im Türrahmen stehen. Er war verschmutzt und erschöpft, aber unversehrt. »Ich bin so froh, dich zu sehen.« Sie erhob sich und ging zu ihm. »Ich bin gekommen, um Charles zurück nach Brüssel zu bringen.«

»Gut. Ich habe vorbeigeschaut, um zu sehen, wie es ihm geht.« Colin legte einen Arm um sie und zog sie mit einer Geste an sich, die ebenso Müdigkeit wie Zuneigung verriet. »Gott, war das eine Schlacht! Jeder der Männer, die durchgekommen sind, ist stolz darauf, dabei gewesen zu sein, aber es war knapp. Verdammt knapp.« Für einen Moment legte er sein Kinn auf ihr Haar. Dann ließ er sie los.

»Du hattest recht mit deiner magischen Immunität gegen Kugeln«, sagte sie. »Ferris erzählte mir, daß du Charles das Leben gerettet hast.«

»Die Ehre gebührt Michael Kenyon, weil er darauf bestand, daß ich sein Pferd nehmen müsse. Am Nachmittag hatten wir den größten Kavallerieangriff, den ich je erlebt habe. Es war großartig.« Seine Augen strahlten bei der Erinnerung. »Wir schlugen die Franzosen in die Flucht, gelangten dann aber zu weit auf ihr Territorium und mußten uns zurückziehen, gefolgt von ihrer Kavallerie. Der Boden war durch den Regen matschig. Hätte ich Uno oder Duo geritten, sie hätten mich erwischt.«

Er schnitt eine Grimasse und fuhr sich mit einer Hand durch sein wirres Haar. »Genau das ist Ponsonby passiert, dem Kommandeur der Union-Brigade. Wie ich wollte auch er nicht sein bestes Pferd aufs Spiel setzen und ritt deshalb einen zweitklassigen Gaul. Wegen des schweren Bodens fiel das Tier beim Rückzug um. Ponsonby wurde von den Ulanen eingeholt und getötet. Mir blieb sein Schicksal nur erspart, weil Kenyons Pferd unglaubliche Kraft hat. Hat Charles und mich gerettet.«

»Dann bin ich sehr froh darüber, daß Michael auf dem Tausch bestanden hat.« Sie zögerte und fragte dann: »Weißt du, wie er die Schlacht überstanden hat?«

»Ich habe keine Ahnung.« Colin zog die Brauen zusammen. »Bist du auf Caesar hergekommen? Wenn ja, dann werde ich ihn nehmen. Du kannst auf Thor nach Brüssel zurückreiten. Da die Preußen wenig an der Schlacht teilhatten, haben sie sich an die Verfolgung gemacht. Aber ich denke, daß wir morgen auch den Franzosen folgen werden. Ich brauche dann ein frisches Pferd.«

Catherine beschrieb Colin, wo er Caesar finden konnte. »Ist der Kampf vorbei?«

Ihr Mann zuckte die Schultern. »Wenn es Napoleon gelingt, sich neu zu formieren, könnte es eine weitere Schlacht geben.«

»Gütiger Gott, das hoffe ich nicht«, sagte sie mit einem Blick auf die verwundeten Männer ringsum.

»Vielleicht wird es dazu nicht kommen. Ich denke, daß wir uns erst wiedersehen werden, wenn wir in Paris sind. Sei vorsichtig.« Colin küßte sie flüchtig auf die Wange und ging.

Ein paar Minuten später kamen Ordonnanzen, um Charles zu Dr. Hume zu bringen. Catherine begleitete ihn. Der erschöpfte Chirurg begrüßte sie, ohne Überraschung zu zeigen. Nach einer gründlichen Untersuchung sagte er: »Sie haben Glück, Captain. Den Ellenbogen kann ich Ihnen lassen. Wollen Sie ein Stück Holz zum Draufbeißen?«

Charles schloß seine Augen. Die Haut spannte sich über seine Wangenknochen. »Das wird nicht nötig sein.«

Catherine trat vor und ergriff seine rechte Hand. Seine Finger umklammerten ihre, und Schweiß stand auf seiner Stirn, als Hume den verletzten Arm absägte, aber er ließ keinen Ton hören. Hume besaß die Schnelligkeit, die für einen guten Chirurgen wichtig war, und die Operation war in Minuten vorbei.

Eine Ordonnanz nahm das abgetrennte Glied, als Charles heiser sagte: »Warten Sie – bevor Sie das hinauswerfen. Daran ist ein Ring, den meine Frau mir an unserem Hochzeitstag gab. Ich hätte ihn gerne wieder.«

Die Ordonnanz schaute überrascht drein. Dann zog er den Ring von dem toten Finger. Catherine, die nicht wußte, ob sie lachen oder weinen sollte, nahm den Ring und steckte ihn auf den dritten Finger von Charles' rechter Hand. Er flüsterte: »Danke.«

Catherine sagte: »Dr. Hume, ich möchte ihn nach Brüssel zurückbringen. Ist das möglich?«

»Es wird ihm dort besser gehen als hier«, sagte der Chirurg. »Geben Sie ihm etwas Laudanum, dann wird ihn das Quietschen des Karrens nicht zu sehr quälen. Sie wissen ja, wie man Verbände wechselt.«

»Ja, und außerdem wohnt Ian Kinlock bei mir im Haus, wenn er Zeit hat, sich auszuruhen.«

Hume lachte und seine Miene erhellte sich. »Darauf können Sie sich verlassen. Mowbry ist ein glücklicher Mann – er wird die allerbeste Pflege haben.«

Der Chirurg kehrte an seinen Operationstisch zurück. Catherine wies die Ordonnanzen an, Charles zu seinem Strohballen zurückzubringen. Sie gab ihm Laudanum und setzte sich dann, um zu warten, bis die Droge wirkte. Ein paar Minuten später hörte sie wieder eine überraschte Männerstimme sagen: »Catherine?«

Als sie aufblickte, dauerte es einen Augenblick, bis sie den Mann im Türrahmen erkannte, weil ein Pflaster fast seine ganze Wange verdeckte und bis in sein dunkles Haar reichte. Doch die stämmige Gestalt war unverwechselbar.

»Kenneth!« Sie erhob sich und ergriff seine Hände. Seine Rifle-Brigade-Uniform war fast unidentifizierbar und eine Epaulette war abgeschossen, aber er lebte. »Gott sei Dank, daß Sie durchgekommen sind.« Sie warf einen Blick auf das Pflaster. »Ein Säbelhieb?«

Er nickte. »Ich werde noch häßlicher sein, wenn er verheilt ist, aber es ist nichts Ernstes. Sind Sie wegen Ihres Gatten hier?«

»Nein. Colin ist wohlauf. Charles Mowbry wurde verwundet, und ich werde ihn zurück nach Brüssel bringen. Er hat seinen linken Unterarm verloren, aber ansonsten ist sein Zustand gut.« Ihr Herz begann schneller zu schlagen. »Wissen ... wissen Sie etwas über Michael Kenyon?«

Kenneth schaute ernst drein. »Ich bin hier, um nach ihm zu suchen. Er ist weder bei seinem Regiment noch in einem der anderen Behelfslazarette.«

Es waren die Nachrichten, die Catherine befürchtet hatte. Sie preßte ihre Knöchel an den Mund. Es mochte falsch sein, daß sie sich mehr um Michael als um ihre anderen Freunde sorgte, aber sie konnte nicht anders.

Als Kenneth Catherines Gesichtsausdruck sah, sagte er: »Michael könnte lebend auf dem Schlachtfeld sein. Es besteht noch Hoffnung.«

Sie runzelte die Stirn. »Sind noch viele Verwundete dort draußen?«

»Nach zehn Stunden Kampf ist Wellingtons ganze Armee zusammengebrochen. Alle schlafen jetzt wie die Toten«, sagte Kenneth schwer. »Ich würde das auch tun, wenn ich nicht Michael finden wollte.« Mehr zu sich selbst gesagt als zu ihr fügte er hinzu: »Das bin ich ihm schuldig.«

Der Fähnrich, der zuvor um Wasser gebeten hatte, unterbrach sie schüchtern. »Verzeihen Sie, Sir, Ma'am, aber sprechen Sie über Colonel Kenyon vom Hundertfünften?«

Catherine kniete sich neben den Strohballen des Jungen. »Ja, ich bin eine Freundin des Colonel. Wissen Sie, was mit ihm geschehen ist?«

»Ich weiß nicht, ob der Colonel lebt oder tot ist, aber ich sah ihn fallen. Ich kann ihn vielleicht finden.« Der Fähnrich richtete sich auf. »Ich versuchte, ihn zu erreichen, als mein Schädel von einer Kugel gestreift wurde. Ich bin übrigens Tom Hussey vom Hundertfünften, Ma'am.«

Kenneth sagte: »Sagen Sie mir, wo er ist, und ich werde nach ihm suchen.«

Tom schüttelte den Kopf. »Ich glaube, ich kann die Stelle finden, Sir, aber es wäre schwer, sie zu beschreiben. Ich muß mit Ihnen gehen.«

»Schaffen Sie das?«

»Für den Colonel schaffe ich das.« Mit entschlossener Miene sprang der Fähnrich auf die Beine.

»Ich habe zwei Männer und einen Karren dabei«, sagte Catherine. »Ich werde sie holen, eine Bahre und meine Verbandstasche.«

Kenneth schaute verwirrt drein. »Sie können nicht auf das Schlachtfeld gehen, Catherine.«

»Versuchen Sie nicht, mich aufzuhalten«, schnappte sie. Ihre Stimme zitterte erregt. »Wenn Michael lebt, wird er ärztliche Hilfe brauchen.«

Er deutete auf den schlafenden Charles. »Was ist mit Mowbry?«

»Er schläft ruhig durch das Laudanum. Es wird ihm nicht schaden, wenn er ein wenig länger wartet. Es könnte sogar von Vorteil sein.«

»Dann kommen Sie.« Kenneth lächelte matt. »Ich habe nicht die Kraft, gegen Napoleon und Sie am selben Tag zu kämpfen.«

Ferris erhob sich, um an der Suche teilzunehmen. Everett fuhr den Karren, während die anderen ritten. Colin hatte Pferde und Sättel getauscht, so daß Catherine Michaels Wallach ritt. Thor war müde, und eine Kugel hatte seine Flanke gestreift, aber er trug sie willig. Sie streichelte seinen kastanienbraunen Hals und segnete ihn, weil er zwei Leben gerettet hatte.

Das 105. Regiment war nahe einer Straße in Stellung gewesen, so daß der erste Teil des Weges schnell zurückgelegt war. Catherine war dankbar dafür, daß sie den alptraumhaften Ritt in der Dunkelheit machten. Überall lagen Leichen und zertrümmerte Ausrüstungsgegenstände. Wenn sie Stöhnen hörte, zwang sie sich, es zu ignorieren. Sie konnten nicht jedem helfen. Sie überlegte, wie viele verwundete Männer noch während der Nacht sterben würden, verstand aber, warum die erschöpften Männer nicht einmal versuchten, zu helfen. Am Morgen würde die Aufgabe, den Opfern zu helfen, weniger erschütternd sein.

Sie folgten der Straße, bis sie der Stelle, an der Tom Hussey seinen Colonel zuletzt gesehen hatte, so nahe wie möglich gekommen waren. Statt zu riskieren, daß der Karren in der matschigen Erde einsank, ließen sie Everett auf der Straße zurück und ritten über das Feld. Sie kamen langsam voran, denn der Boden war mit zerbrochenen Säbeln und Bajonetten übersät, die ein Pferd verletzen konnten.

Tom stieg ab und begann sein Pferd zu führen. Die anderen taten das gleiche. Kenneth und Ferris trugen die Laternen, während der Fähnrich die Umgebung musterte. Sie bewegten sich mehrere Male im Zickzack, bevor er zögernd sagte: »Ich glaube, er war bei dieser Hecke.«

Nachdem sie der Heckenreihe etwa hundert Meter gefolgt waren, fiel das Laternenlicht plötzlich auf zwei Männer in Bauernkleidung, die sich über die leblose Gestalt eines gefallenen Soldaten beugten. Einen Fluch ausstoßend, zog Kenneth seine Pistole und feuerte in die Luft. Die Bauern flohen in die Nacht.

»Plünderer«, sagte er voller Ekel, während er nachlud.

Catherine war nicht überrascht. In Spanien waren die Toten und Verwundeten manchmal ausgeraubt worden, wenn die Schlacht noch in vollem Gange war. Ihr Schritt wurde schneller, und sie ging auf den gefallenen Mann zu. Die Größe und die schlanke, muskulöse Gestalt waren richtig, die dunkle Jacke ...

Mit klopfendem Herzen kniete sie sich auf dem matschigen Boden neben den Mann. Kenneth war unmittelbar hinter ihr. Seine Laterne beleuchtete die scharfgeschnittenen Gesichtszüge von Michael Kenyon. Sein Gesicht war so blaß wie eine Totenmaske und seine Uniform durchtränkt von getrocknetem Blut.

Voller Angst berührte sie seinen Hals, suchte nach einem Puls. Sie konnte keinen finden, und er war kalt, so kalt. Ihr Blickfeld wurde undeutlich, als Trauer sie überkam.

Kenneth fragte rauh: »Lebt er?«

Seine Stimme riß Catherine aus ihrer Beinaheohnmacht. Mit trockenen Lippen sagte sie: »Ich weiß es nicht.« Sie hob Michaels Arm. Er ließ sich leicht bewegen. »Ich kann keinen Puls fühlen, aber er hat keine Starre.« Sie preßte ihre Hände an die Schläfen. Was sollte sie tun?

Sie mußte Michael als Patienten sehen, nicht als einen Mann, um den sie sich sorgte. »Haben Sie etwas glänzend Poliertes, etwas wie eine Uhr?«

Tom Hussey sagte: »Nehmen Sie dies, Ma'am.« Er preßte ein silbernes Medaillon in ihre Hand. Sie hielt es vor Michaels Mund. Ein feiner Hauch von Feuchtigkeit war zu sehen.

Benommen vor Erleichterung, lehnte sie sich zurück. »Er atmet, wenn auch nur schwach.«

»Wir werden ihn bewegen müssen«, sagte Kenneth.

»Lassen Sie mich ihn erst untersuchen.«

Als Kenneth das Medaillon zurückgab, sagte der Fähnrich: »Die Armschlinge ist von einer Kugel, die seinen Arm durchschlug – eine Fleischwunde. Seine Rippen wurden von einem Säbel aufgeschlitzt.«

In seinem Rücken war eine tiefe Wunde, vielleicht von einer Lanze. Sie hatte geblutet, aber der zuvor angelegte Verband hatte etwas Schutz geboten. Auch in seinem Oberschenkel war eine große Fleischwunde, in der noch die Kugel steckte. Sie verband sie, drehte ihn dann auf den Rücken.

Ihr Herz verkrampfte sich, als sie das riesige Loch über seiner Taille sah. Bauchverletzungen waren ausnahmslos tödlich. Sie zog den blutverkrusteten Stoff beiseite, um zu sehen, wie schlimm die Verletzung war. Zu ihrer Überraschung berührten ihre Fingerspitzen kühles Metall. Sie ertastete die Form und zog dann ein flachgedrücktes Silberrohr heraus, in dem eine Bleikugel steckte. »Dieses Ding, was immer es ist, verhinderte, daß die Kugel in ihn drang.«

»Es ist ein Kaleidoskop«, erklärte Kenneth. »Es erzeugt wechselnde Muster aus gefärbtem Glas. Er nannte es seinen Glücksbringer.«

»Glücksbringer, in der Tat.« Sie steckte den Gegenstand in ihre Verbandstasche.

Ihre Untersuchung bestätigte, daß keine seiner Verletzungen unbedingt tödlich war. Was sie am meisten besorgte war, daß er nicht mehr blutete, Beweis dafür, daß er bereits große Mengen Blut verloren hatte. Sie hatte einen Krug mit Wasser in ihrer Tasche. So gab sie ihm etwas mit einem Löffel zwischen seine trockenen Lippen. Er konnte nicht schlucken. Sie hielt inne, weil sie fürchtete, er würde ersticken, und stand erschöpft auf. »Ich habe soviel getan, wie ich hier tun konnte. Wir müssen ihn zu einem Arzt bringen.«

Kenneth und Ferris hoben Michael vorsichtig auf die Bahre, und Catherine deckte ihn mit einer Decke zu. Dann gingen sie über die Felder zu dem wartenden Karren. Der Himmel erhellte sich langsam im Osten. Die endlose Nacht war fast vorbei.

Michael lebte. Aber würde das in einer Stunde auch noch so sein?

13. Kapitel

Es war später Vormittag, als Catherine und ihre beiden Patienten in Brüssel eintrafen, eskortiert von Everett und Ferris. Kenneth und Fähnrich Hussey waren zu ihren Regimentern zurückgekehrt. Sie hatte versprochen, ihnen Nachrichten über Michaels Zustand zukommen zu lassen, doch als sie ihre düsteren Gesichter sah, wußte sie, daß sie das Schlimmste erwarteten.

Die Reise war langsam verlaufen, um das Holpern des ungefederten Karrens so gering wie möglich zu halten. Catherine war dahinter geritten und hatte ihre Patienten wie ein Falke beobachtet. Selbst mit Laudanum war die Fahrt für Charles schwer, obwohl er den Schmerz stoisch ertragen hatte. Michael hatte so still gelegen, daß sie fürchtete, sie würden eine Leiche transportieren.

Sobald sie das Haus erreicht hatten, war sie abgestiegen und hatte Michael auf Lebenszeichen untersucht. Seine Hand war bläulich und feucht, und Puls und Atmung waren fast kaum spürbar, aber er lebte noch.

Eine mitgenommene, aber ausgeruhte Elspeth kam aus dem Haus geeilt und umarmte Will Ferris. »Wie geht es Captain Mowbry?«

»Es geht ihm gut«, erwiderte Catherine. »Wenn die Männer ihn in sein Zimmer gebracht haben, geben Sie ihm eine Dosis Laudanum und setzen Sie sich zu ihm.«

Ferris sagte: »Ich werde bei dem Captain bleiben, Ma'am.«

»Erst, wenn Sie geschlafen haben«, sagte Catherine streng. »Sie haben gestern eine Schlacht geschlagen und seitdem nicht geruht.«

Er begann zu protestieren, aber Elspeth warf ihm einen Blick zu. »Ins Bett mit dir, Will, oder ich schicke dich persönlich dorthin, indem ich dir eine Bratpfanne über deinen sturen Sachsenschädel schlage.«

Ferris lächelte sie müde an. Während er und Everett Charles auf die Bahre legten, sagte Catherine zu Elspeth: »Colonel Kenyon ist in sehr schlechtem Zustand. Ist Ian Kinlock hier?«

»Ja, er schläft. Er kam, kurz nachdem Sie aufgebrochen waren.«

»Bitte, wecken Sie ihn, und bitten Sie ihn, sobald wie möglich ins Zimmer des Colonels zu kommen.«

Elspeth nickte und ging. Nachdem Everett und Ferris Michael hineingebracht hatten, entließ Catherine die beiden Männer und begann damit, Michaels zerfetzte Jacke und das Hemd aufzuschneiden. Er hatte keine Zeit gehabt, sich in der Ballnacht umzuziehen, und so trug er noch seine Ausgehuniform. Er hatte so prächtig darin ausgesehen. So lebendig.

Als sie die Fetzen von Kleidung unter ihm hervorzog, gab er ein schwaches, keuchendes Stöhnen von sich. Sie berührte seine Wange. »Michael, können Sie mich hören?«

Seine Lider flatterten, aber er erwachte nicht. Sie versuchte, zuversichtlich zu klingen und sagte: »Es wird alles gut werden, Michael. Der beste Chirurg, den ich kenne, wird in wenigen Minuten hier sein.«

Sie wandte ihre Aufmerksamkeit seinem geschundenen Körper zu. Er war von der Taille ab nackt bis auf den blutdurchtränkten Verband um seine Rippen. Sein Rumpf war eine Masse aus Quetschungen und Abschürfungen. Auf längst verheilten Narben waren neue Wunden, und dort, wo die Musketenkugel das Kaleidoskop in seine Bauchmuskeln geschlagen hatte, war eine gewaltige purpurblaue Quetschung.

Sie hatte im Laufe ihrer Krankenpflegearbeit viele Männer gesehen, nie aber solche Zärtlichkeit empfunden. Sie strich mit ihren Fingern über Michaels Schlüsselbein und dachte, daß es ein Verbrechen war, einen schönen, gesunden Körper so zu mißhandeln. Einmal mehr verfluchte sie Napoleon Bonaparte und seinen unersättlichen Ehrgeiz.

Dann verdrängte sie ihre Gefühle und begann mit der mühsamen Arbeit, seine Wunden zu säubern. Sie zupfte Stücke versengter Kleidung aus dem Loch in seinem Arm, als der Chirurg zu ihr kam.

Ian sah wie ein runzliger, unrasierter Bettler aus, aber seine blauen Augen waren hellwach. »Ein Notfall?«

Sie nickte. »Colonel Kenyon ist ein besonders guter Freund. Er war hier einquartiert. Wir fanden ihn letzte Nacht auf dem Schlachtfeld.«

Ian trat an das Bett und untersuchte den Patienten. »Warum sind seine Verwundungen nicht in Waterloo verbunden worden?«

»Wir brachten ihn dorthin, aber Dr. Hume sagte, daß ... daß es sinnlos sei. Andere Männer brauchten ihn nötiger.« Die Worte waren wie der Klang einer Totenglocke in ihr Herz gedrungen. »Ich beschloß, ihn hierher zu bringen in der Hoffnung, daß Sie ihn behandeln würden.«

»Ich verstehe, warum Hume sich entschied, keine Zeit zu vergeuden – der Mann ist mehr tot als lebendig. Aber da er ein Freund von Ihnen ist ...« Ian begann mit der Untersuchung. »Hmmm, ich habe ihn irgendwo auf der Halbinsel behandelt – ich erkenne die Wunden wieder. Kartätsche, sehr schmutzig. Ich bin überrascht, daß er überlebt hat. Holen Sie meine Instrumente. Ich habe sie in der Küche zum Trocknen gelassen, nachdem ich sie gestern Nacht gereinigt hatte.«

Daß Kinlock hartnäckig auf Sauberkeit bestand, wann immer das möglich war, hatte ihm den Spott anderer Chirurgen eingebracht. Er hatte immer gelächelt und gesagt, seine schottische Mutter sei ein Putzteufel gewesen, und Reinlichkeit könne sicher nicht schaden. Vielleicht lag es daran, daß Catherine Hausfrau war, weil ihr die Verwendung sauberer Instrumente einleuchtend schien. Sie vermutete, daß sie ein Grund dafür waren, warum Ians Patienten so gut genasen.

Als Catherine die Instrumente aus der Küche geholt hatte, hatte Ian die Untersuchung beendet und den Rest von Michaels Kleidung entfernt. Er begann die Wunden zu säubern und zu verbinden, und dies mit jener Kombination von Kraft und Geschicklichkeit, die für einen guten Chirurgen entscheidend ist. Catherine reichte ihm, was er brauchte, und nahm, was er nicht mehr brauchte. Die übermäßig lange Prozedur ließ sie dankbar dafür sein, daß Michael bewußtlos war.

Dennoch gab Michael ein heiseres Geräusch von sich und versuchte schwach, zurückzuweichen, als Ian nach der Kugel suchte, die in seinen Oberschenkel eingedrungen war. Catherine hielt sein Knie und seine Hüfte fest, damit sein Bein sich nicht bewegen konnte. Sie war sich verlegen seiner Nacktheit bewußt und wandte ihren Blick ab. Wie sehr sie sich auch bemühte, sie konnte ihn nicht als gewöhnlichen Patienten betrachten. »Ist seine Reaktion ein gutes Zeichen?«

»Vielleicht«, sagte der Chirurg unverbindlich. Es gab ein dumpfes Kratzen, als seine Pinzette sich um die Bleikugel schloß. Er zog die Kugel mit großer Vorsicht heraus und ließ sie in die Schale fallen, die Catherine hielt. Dann nahm er eine andere Art von Pinzette und begann, Fetzen aus der klaffenden Wunde zu entfernen. »Ihr Freund hatte wieder Glück. Die Kugel verfehlte die großen Blutgefäße und traf nur den Schenkelknochen, ohne großen Schaden anzurichten. Ein halber Zentimeter weiter, und er wäre auf dem Schlachtfeld gestorben.«

Bei soviel Glück würde Michael nicht sterben. Doch jede Spur von Humor und lebhafter Intelligenz war aus seinem Gesicht verschwunden. Eine strenge Maske war geblieben. Ihre Augen schmerzten durch ungeweinte Tränen.

Ian beendete seine Arbeit und zog Decken über Michaels kalten Körper. Die Antwort fürchtend, sagte Catherine: »Wie stehen seine Chancen?«

»Verdammt schlecht«, sagte Ian offen. »Die Wunden sind nicht unbedingt lebensgefährlich, obwohl es aussieht, als habe die halbe französische Armee ihn für Zielübungen benutzt, aber er hat fast all sein Blut verloren.« Er schüttelte mit Bedauern den Kopf. »Ich habe nie einen Mann gesehen, der sich von einem solchen Schock erholt hat.«

Catherine preßte ihre Faust an den Mund. Sie wollte nicht weinen. *Sie wollte es nicht.* Ian hatte nur gesagt, was sie bereits wußte. Es waren nicht die Wunden, die Michael umbringen würden, auch nicht die Infektion, denn so lange würde er nicht mehr leben. Blutverlust würde der Grund sein. Sie starrte auf seinen reglosen Körper, und ihre Gedanken überschlugen sich, während sie über all die medizinischen Theorien nachdachte, von denen sie je gehört hatte.

Kinlock reinigte seine Instrumente, als ihr die Idee kam. »Ian, haben Sie mir nicht einmal erzählt, daß hin und wieder Blut von einer Person auf eine andere übertragen worden ist?«

»Richtig, und von Tieren auf Menschen, aber nur experimentell. Es ist eine sehr riskante Sache.«

»Sie sagten, daß dieses Verfahren manchmal geholfen habe.«

»Geholfen zu haben *schien*«, korrigierte er. »Vielleicht hätten die Patienten, die überlebten, ohnehin weitergelebt.«

»Und die, die gestorben sind, wären vielleicht ohnehin gestorben.« Sie fuhr sich nervös mit den Fingern durchs Haar. »Würde eine Bluttransfusion Michael helfen?«

»Gütiger Gott«, sagte Ian entsetzt. »Wollen Sie den armen Teufel umbringen?«

»Wie stehen seine Chancen, wenn nichts getan wird?«

Ian seufzte und sah den Mann auf dem Bett an. »Fast null.«

»Könnte mehr Blut den Unterschied zwischen Leben und Tod ausmachen?«

»Es ist möglich«, gab er widerwillig zu.

»Dann lassen Sie uns das tun. Sie wissen doch, wie es geht, oder?«

»Ich habe gesehen, wie es gemacht wird, und das ist etwas ganz anderes.« Ian schaute finster drein. »In dem Fall, den ich gesehen habe, starb der Patient.«

»Aber manchmal überleben Patienten. Bitte, Ian«, sagte Catherine leise, »geben Sie Michael eine Chance.«

»Der hippokratische Eid verpflichtet Ärzte zuerst, daß sie keinen Schaden zufügen«, protestierte er. »Außerdem, woher sollten wir einen Spender bekommen? Die meisten Menschen würden sich eher Napoleons Kavallerie stellen als dem Messer eines Chirurgen.«

»Ich werde der Spender sein.«

Schockiert sagte er: »Das kann ich nicht zulassen, Catherine.«

Gereizt durch Müdigkeit und Angst, explodierte sie. »Ich habe es so satt, daß Männer sagen ›Oh, Catherine, das kannst du nicht tun.‹ Ich bin ein gesundes, strammes Mädchen, und etwas Blut kann ich sicher entbehren.«

»Das ist das erste Mal, daß ich erlebe, daß Sie die Beherrschung verlieren.« Er betrachtete sie mit einem schwachen Lächeln. »Gewöhnlich betrachte ich Sie nicht als strammes Mädchen, aber ich denke, es gibt keinen Grund, warum Sie Ihr Blut nicht geben sollten. Für den Spender besteht wenig Gefahr.«

»Dann werden Sie die Transfusion vornehmen?«

»Er ist ein zäher Mann, sonst hätte er nicht so lange überlebt.« Ian hob Michaels Handgelenk und runzelte die Stirn, während er nach dem Puls fühlte. Eine lange Pause entstand, bevor er entschieden sagte: »Wer A sagt, muß auch B sagen. Also gut, wir versuchen es. Eine Transfusion gibt ihm vielleicht die Kraft, die er braucht.«

Sie fühlte sich vor Erleichterung fast schwindelig. »Was brauchen Sie?«

»Zwei saubere Federkiele, einer ein wenig größer als der andere, und einen Helfer. Sie werden nicht in der Lage sein, zu helfen.«

Catherine ging, um Elspeth zu holen. Dafür setzte sich die Köchin zu Charles. Gott sei Dank war das Mädchen geblieben. Ihr eigenes Mädchen hätte hysterisch zu schreien begonnen, wenn sie gebeten worden wäre, eine solche Arbeit zu tun.

Kinlocks Vorbereitung dauerte nicht lange. Er spitzte die Gänsekiele an und stach mit einem Draht durch sie, um sich zu vergewissern, daß sie sauber waren. Dann steckte er das große Ende des einen in das große Ende des anderen und dichtete die Verbindungsstelle mit Klebepflaster ab.

Als er damit fertig war, sagte er: »Catherine, legen Sie sich neben den Colonel und schauen Sie in die andere Richtung. Ich werde die Schnitte in den Ellenbogen machen.«

Catherine zog Michaels bloßen Arm unter der Decke hervor und rollte ihren rechten Ärmel hoch. Dann legte sie sich auf die Decke und hatte ein nervöses Gefühl wegen der Initimität, ein Bett mit Michael zu teilen, auch wenn die Umstände bizarr waren. Ian legte Handtücher unter, um verspritztes Blut aufzufangen, und nahm dann Korrekturen vor, bis er mit der Position ihrer Arme zufrieden war.

Sie versuchte, sich zu entspannen, aber es war schwer, weil sie sich Michaels Nähe so bewußt war. Sein Leben schien ein winziges Fünkchen zu sein, das mit einem einzigen Atemstoß ausgelöscht werden könnte. Doch aller Wahrscheinlichkeit zum Trotz lebte er noch. Sie klammerte sich an diese Tatsache.

»Es ist wirklich ein einfacher Prozeß«, sagte Ian im Plauderton, während er eine Lanzette ergriff. »Ich werde eine Vene in seinem Arm freilegen und in Ihrem Arm eine Arterie und die Gefäße abbinden, um den Blutfluß zu kontrollieren. Dann werde ich ein Ende des Federkiels in die Vene des Colonels einführen und sie festbinden und das gleiche mit Ihrer Arterie tun. Danach müssen nur die Verbände und die Abbindungen gelöst werden, damit das Blut fließen kann.«

Catherine lachte unsicher. »Das klingt ganz leicht.«

»Ist es in gewisser Hinsicht auch. Das schwierigste wird sein, eine seiner Venen zu finden und zu öffnen, da die fast eingefallen sind. Schließen Sie jetzt Ihre Augen. Sie werden das nicht sehen wollen.«

Sie gehorchte und verfolgte, was dann geschah, anhand der Geräusche. Ians Murmeln bestätigte, wie schwer es war, Michaels Vene zu finden und den Federkiel hineinzuschieben. Erfolg wurde signalisiert, als er sagte: »Halten Sie den Federkiel fest, Miss McLeod.«

Dann legte er eine Hand auf ihren Arm. »Bereit, Catherine? Sie können Ihre Meinung noch ändern.«

Falls Michael starb, obwohl sie ihm hätte helfen können, würde sie sich das nie verzeihen. »Schneiden Sie, Ian.«

Die rasiermesserscharfe Klinge schnitt in ihren Arm. Es schmerzte natürlich. Es schmerzte sehr. Als Ian ihre Arterie an zwei Stellen mit gewachstem Zwirn abband, biß sie sich auf die Lippe, um nicht zu winseln. Als sie einen metallischen Geschmack in ihrem Mund bemerkte, dachte sie ein wenig hysterisch, daß es nicht gut sei, Blut zu vergeuden, das Michael helfen könne.

Die Lanzette schnitt wieder, diesmal tiefer. Ian fluchte, und Elspeth gab ein ersticktes Stöhnen von sich. Catherine öffnete ihre Augen und sah Blut aus ihrem Arm spritzen. Elspeth schwankte. Ihr Gesicht war aschfahl.

Ian bellte: »Verdammt, Mädchen, ich habe Ihnen keine Erlaubnis gegeben, ohnmächtig zu werden! Sie sind Schottin! Sie können das.« Schnell stoppte er das spritzende Blut. »Schließen Sie die Augen und atmen Sie tief ein.«

Elspeth gehorchte und schnappte nach Luft. Ein wenig Farbe kehrte in ihr Gesicht zurück. »Es tut mir leid, Sir.«

Als die Krise vorbei war, sagte er beruhigend: »Sie machen das gut. Ich habe starke Männer nach einem einzigen Schnitt wie Bäume umfallen sehen. Schauen Sie nicht wieder hin. Sie brauchen nichts weiter zu tun, als diesen Federkiel in Kenyons Arm zu halten.«

»Das tue ich, Sir«, versprach Elspeth.

Catherine, die sich selbst schwach fühlte, schloß ihre Augen. Sie wollte nicht zusehen, wie das dünne Ende des Federkiels in ihre Arterie eingeführt wurde. Gut, daß sie lag. Nachdem Ian den Federkiel befestigt hatte, löste er die Verbände und Wickel. Er gab ein zufriedenes Murmeln von sich. Seine Hände ruhten auf ihrem Arm und hielten das primitive Gerät fest.

Sie öffnete ihre Augen einen Spalt und sah, daß der durchsichtige Federkiel sich dunkelrot gefärbt hatte. Ihr Blut floß in Michael. Jetzt, wo es zu spät war, fragte sie sich, woher sie die Arroganz genommen hatte, zu verlangen, daß etwas getan wurde, was ihn umbringen konnte. Sie hatte kein Recht – doch was hätte sie anderes tun sollen? Als Krankenschwester wußte sie, wenn der Tod nahte, und das hatte sie in Michaels Gesicht gesehen.

Neugier gewann die Oberhand über Elspeths Übelkeit, und so fragte sie: »Woher wissen Sie, wieviel Blut übertragen worden ist, Dr. Kinlock?«

»Überhaupt nicht, und ich weiß auch nicht, auf wieviel Blut der Spender verzichten kann«, sagte er rauh. »Catherine, wie fühlen Sie sich?«

Sie leckte ihre trockenen Lippen. »Gut.«

»Geben Sie mir sofort Bescheid, wenn Sie sich benommen fühlen oder Ihnen übel wird.«

Kälte erfüllte ihren Körper. Sie war sich ihres Herzschlages sehr bewußt, des Pumpens, das ihr Blut in seine Venen trieb und damit ihre Liebe. *Lebe, Michael, lebe.*

»Catherine?« Ians Stimme schien sehr weit weg zu sein.

»Es geht mir gut.« Sicher würde es sehr, sehr lange dauern, bis der Blutverlust ausgeglichen war, den Michael erlitten hatte. »Machen Sie weiter.«

Taubheit breitete sich in ihrem Arm aus, drang in ihren Körper. Sie öffnete wieder die Augen und sah, daß Ian die Stirn runzelte. Er berührte die Abbindung, als habe er vor, die Transfusion zu beenden.

Sie nahm ihre ganze Kraft zusammen, damit ihre Stimme stark klang. »Hören Sie nicht zu früh auf, Ian. Es hat keinen Sinn, das zu tun, wenn er nicht genug Blut bekommt.«

Beruhigt hielt der Arzt inne.

Ihre Gedanken begannen zu wandern. Sie dachte an das erste Mal, als sie Michael gesehen hatte. Er war gewiß attraktiv gewesen, aber das waren viele Männer. Wann war er für sie etwas Besonderes geworden, ihr sein Leben so lieb geworden wie ihr eigenes? Sie konnte sich nicht mehr daran erinnern.

»Catherine, wie fühlen Sie sich?«

Sie versuchte zu antworten, konnte es aber nicht. In ihren kalten Lippen war kein Gefühl.

Wieder fluchend, löste Ian die Abbindungen und beendete die Transfusion. Während er ihren Arm zunähte, murmelte er etwas von dickköpfigen Frauen, die weniger Verstand hätten, als Gott einem gewöhnlichen Floh gegeben hatte. Sie hätte am liebsten gelächelt, aber die Anstrengung war zu groß.

»Miss McLeod, holen Sie eine Kanne Tee«, befahl der Chirurg. »Eine große, und geben Sie viel Zucker hinein.«

Das leise Geräusch von Schritten, dann das Schließen der Tür. Catherine spürte eine Bewegung neben sich und merkte, daß sie von Michael kam. Sie befeuchtete ihre Lippen und flüsterte dann: »Geht es ihm besser?«

Ian hörte mit dem Verbinden auf und legte seine Hand auf ihre. Sie fühlte sich auf ihrem kalten Fleisch fiebrig warm an. »Sein Puls und sein Atem sind stärker, und in seinem Gesicht ist ein wenig Farbe.«

»Wird ... wird er überleben?«

»Ich weiß es nicht, aber seine Chancen haben sich verbessert.« Ian drückte ihre Hand und ließ sie dann los. »Wenn Kenyon am Leben bleibt, hat er das Ihnen zu verdanken. Ich hoffe, er ist das Risiko wert, das Sie auf sich genommen haben.«

»Er ist es wert.« Catherine lächelte schwach. »Gestehen Sie, Ian. Sie sind doch froh, einen Vorwand dafür gehabt zu haben, ein neues Verfahren auszuprobieren.«

Mit Belustigung in der Stimme sagte er: »Ich muß zugeben, daß es interessant gewesen ist. Ich bin gespannt auf das Ergebnis.«

Catherine schloß langsam ihre Augen. Sie hatte getan, was sie konnte. Der Rest lag in Gottes Hand.

Es war dunkel, als sie erwachte. Orientierungslos hob sie ihre Hand und spürte einen stechenden Schmerz an der Innenseite ihres Ellenbogens. Die Ereignisse des Nachmittags fielen ihr plötzlich wieder ein. Nach der Transfusion war sie kurz vor einem Zusammenbruch gewesen. Ian hatte ihr mehrere Tassen heißen, süßen Tee eingeflößt und sie dann zu Bett gebracht. Nachdem er ihr Anweisung gegeben hatte, mindestens bis zum nächsten Tage zu ruhen, hatte er sie Elspeths Obhut überlassen und war zum Lazarettzelt zurückgekehrt.

Catherine richtete sich vorsichtig auf und setzte ihre Füße

auf den Boden. Wenn sie vorsichtig war, sollte sie laufen können. Sie stand auf und zog einen Morgenmantel an, weil sie die Wärme brauchte. Dann ging sie hinaus.

Das Zimmer von Charles und Anne lag auf der anderen Seite des Korridors gegenüber ihrem, also schaute sie hinein. Im Licht einer Lampe sah sie Ferris auf einer Pritsche neben dem Bett schlafen. Charles atmete ruhig, und seine Hautfarbe war gut. Es schmerzte sie, den Stummel seines linken Armes zu sehen, aber der Verlust würde nicht sein Leben zerstören. Er würde es schaffen. Am Morgen mußte sie Elspeth fragen, ob ein Brief an Anne geschickt worden war, die vor Sorge gewiß halb von Sinnen sein mußte.

Dann begab sie sich zum anderen Ende des Hauses und stützte sich dabei mit einer Hand an der Wand ab. Michaels Zimmer war auch von Lampenschein erhellt, obwohl niemand bei ihm war. Vielleicht hatte Elspeth geglaubt, daß sie für jemand, der so krank war, nichts tun könne, oder vielleicht war sie einfach zu müde gewesen. Sie hatte tagelang wie ein Pferd gearbeitet.

Michael drehte sich unruhig um. Sein Atem ging schwer. Er war sogar viel zu schwer. Unsicher durchquerte sie das Zimmer und legte ihre Hand auf seine Stirn. Sie war heiß, und er schwitzte. Sie hatte vermutet, daß er Fieber bekommen würde, aber es beunruhigte sie dennoch.

Er riß die Augen auf, aber darin war kein Erkennen. In der Hoffnung, ihn wecken zu können, sagte sie: »Michael? Colonel Kenyon?«

Er begann sich krampfhaft zu bewegen, versuchte, sich aufzurichten. »Ich komme«, murmelte er heiser. »Ganz ruhig, jetzt. Ganz ruhig ...«

Durch seine Bewegung geriet er gefährlich nahe an den Rand der Matratze. Aus Angst, er könne fallen und die Wunden würden aufbrechen, faßte sie ihn bei den Schultern und drückte ihn auf das Bett zurück.

»Nein, Michael, Sie müssen schlafen«, sagte sie beschwichtigend. »Sie sind jetzt sicher. Sie werden gesund werden und so gut wie neu sein.«

Obwohl er zu schwach war, um sich befreien zu können, zappelte er sinnlos weiter. Verärgert über ihre Schwäche, setzte sie sich auf das Bett und zog ihn in ihre Arme, legte seinen Kopf an ihre Brust. Ihre Umarmung beruhigte ihn ein wenig, aber nicht genug. Er erinnerte sie an Amy, als diese Fieber gehabt hatte. Der Gedanke brachte sie auf eine Idee. Sie begann ein Wiegenlied zu singen. *»Schlaf, Kindchen, schlaf ...«*

Sie streichelte seinen Kopf, während sie jedes Wiegenlied sang, das sie kannte. Sein heftiger Atem wurde langsamer, doch als sie aufhörte, wurde er wieder unruhig. Sie sang alte Lieder, die sie als Kind gelernt hatte. »Greensleeves« und »Scarborough Fair«, »The Trees They Grow So High« und, dies eher scheu, weil es ein Liebeslied war, »Drink to Me Only with Thine Eyes.« Dies alles mit sanfter Stimme.

Sie sang auch einige der Liebesballaden, die sie auf der Halbinsel von irischen Soldaten gelernt hatte. Eine war das unvergeßliche »Minstrel Boy«. Ohne nachzudenken, begann sie: *»Des Spielmanns Sohn zog in den Krieg/ Man fand ihn unter den Toten./Seines Vaters Schwert hat er gegürtet,/und seine Harfe trägt er auf dem Rükken ...«* Sie hielt inne. Ihre Kehle war wie zugeschnürt. Sie konnte die Bilder des Krieges nicht ertragen, und so begann sie wortlos »A Londonderry Air« zu summen.

Sie sang, bis ihre Stimme heiser und sie so müde war, daß sie kaum mehr ihren Mund öffnen konnte. Allmählich legte sich Michaels Unruhe, und er fiel in einen, wie es schien, natürlichen Schlaf.

Sie wußte, daß sie gehen sollte, aber es war schwer, sich um andere Dinge zu kümmern, wo Michaels Leben noch in der Schwebe hing. Außerdem bezweifelte sie, daß sie bis zu ihrem Zimmer würde laufen können.

Mit einem Seufzer ließ sie sich auf die Kissen nieder. Sein unrasiertes Kinn kitzelte ihre Brüste angenehm durch den dünnen Musselin ihres Nachthemds. Sein Haar war feucht, aber er schwitzte nicht mehr, und seine Temperatur schien fast normal zu sein. Durch Gottes Willen war die Krise vorüber.

Er würde gesund werden, und bald würde er fort sein. Sie würde die Befriedigung haben zu wissen, daß er irgendwo in der Welt gesund und glücklich war, aber sie würden sich nie wieder so nahe sein.

Kühn flüsterte sie, da er sie nicht hören konnte: »Ich liebe dich, Michael. Ich werde dich immer lieben.« Dann kußte sie ihn auf die Stirn, wie sie es bei Charles getan hatte. Sicher würde niemand einen solchen Kuß als zu innig verurteilen.

Völlig erschöpft sank sie in Schlaf.

14. Kapitel

Da Michael Catherines Gesicht mit in die Dunkelheit genommen hatte, war er wenig überrascht, sie zu sehen, als er das Bewußtsein wiedererlangte. Sein erster verschwommener Gedanke war, daß die Vision über ihm ein Engel sei, der als Catherine getarnt war, damit er sich im Himmel willkommen fühle.

Doch der Himmel war sicher nicht sein wahrscheinlicher Bestimmungsort. Er runzelte die Stirn und versuchte, zu verstehen. Er trieb in einem Meer von Schmerzen, weshalb er sich vermutlich in der Hölle befinden mußte. Zumindest im Fegefeuer.

Catherines leise Stimme sagte: »Michael?«

Sie klang so wirklich, daß er unwillkürlich nach ihr faßte. Das abstrakte Meer von Schmerz wurde schokkierend persönlich, marterte jeden Zentimeter seines Körpers und verdunkelte die Vorhänge, die seinen Geist einhüllten. Er stieß ein schauderndes Keuchen aus.

Sie legte eine kühle Hand auf seine Stirn und musterte sein Gesicht. Ihre Augen hatten dunkle Schatten, und ihr Haar war nachlässig zurückgebunden. Sie war noch immer die schönste Frau, die er je gesehen hatte, aber wenn dies das Leben nach dem Tode war, wollte er sich sicher ihrer so erinnern, wie sie in der Nacht auf dem Ball der Richmonds ausgesehen hatte. Erstaunlicherweise schien er zu leben, wenn auch nicht lange, bedachte er die Verwundungen, die er hatte.

Er versuchte zu sprechen und brachte ein heiseres »Catherine« heraus.

»Endlich sind Sie erwacht.« Sie schenkte ihm ein strahlendes Lächeln. »Können Sie etwas von dieser Rinderbrühe schlucken? Sie brauchen Nahrung.«

Er nickte schwach. Es schien ihm Zeitvergeudung zu sein, einem sterbenden Mann etwas zu essen zu geben, aber vielleicht würde Feuchtigkeit das Sprechen erleichtern.

Sie setzte sich auf die Bettkante, hob seine Schultern ein wenig an und stützte ihn, während sie Brühe zwischen seine Lippen löffelte. Selbst diese kleine Bewegung löste eine Explosion neuen Schmerzes aus. In einer Welt der Qualen war ihr geschmeidiger Körper der einzige Balsam. Weichheit und der Duft von Rosen und ein unvergeßlicher Traum von Musik.

Als er soviel geschluckt hatte wie er konnte, legte sie

ihn auf die Kissen zurück. Dann wechselte sie ihren Platz, damit er sie leichter sehen konnte. Die Bewegung der Matratze schmerzte, aber das war es wert, um sie so nahe zu haben.

Mit kräftigerer Stimme fragte er: »Die Schlacht?«

»Wir haben gesiegt. Das war vor drei Tagen. Alliierte Truppen verfolgen jetzt, was von Napoleons Armee übriggeblieben ist, nach Frankreich. Wenn sie die Franzosen daran hindern, sich neu zu formieren, könnte der Krieg vorbei sein.«

Er blinzelte. »Drei Tage?«

Sie nickte. »Kenneth geht es gut – er und Fähnrich Hussey aus Ihrem Regiment haben Sie nach der Schlacht auf dem Feld gefunden.« Sie zögerte. »Kenneth hat Ihren Burschen und Ihr Gepäck hergeschickt, aber von Bradley, Ihrer Ordonnanz, habe ich nichts gehört. Wurde er getötet?«

Er nickte düster. Bradley war ein fröhlicher junger Ire gewesen. Zumindest war sein Tod gnädig schnell gewesen. »Ihr Mann und Charles Mowbry?«

»Colin kam mit einer Schramme davon. Er sagte, ich solle Ihnen danken, weil Ihr Pferd Charles und ihn gerettet hat. Charles ist hier. Ihm mußte der linke Unterarm abgenommen werden, aber es geht ihm gut.« Sie lächelte gequält. »Viel besser als Ihnen.«

Er war froh zu hören, daß ihr Mann überlebt hatte. Colin Melbournes Tod hätte ein tiefes, völlig irrationales Schuldgefühl ausgelöst, weil Michael gewünscht hatte, der andere Mann würde nicht existieren.

»Überraschend ... ich atme noch.« Seine Hand glitt schwach zu der Stelle, wo die Kugel in seinen Bauch gedrungen war. Es war unmöglich, diesen Schmerz von Myriaden anderer zu trennen.

»Sie haben unglaubliches Glück gehabt.« Sie griff in

den Nachttisch und holte sein Kaleidoskop heraus, das sehr verbogen war. »Sie haben drei schwere Verletzungen und ein halbes Dutzend kleinerer, aber dies hat Sie vor der einen Kugel gerettet, die sonst sicher tödlich gewesen wäre.«

Er starrte auf die Bleikugel und das lädierte Silberrohr. »Zersprungene Regenbogen, wahrhaftig.«

Sie schaute ihn fragend an. »Zersprungene Regenbogen?«

»Das ist das, was das Kaleidoskop enthielt – Stücke von Träumen und Regenbogen. Ein wundervolles Ding. Ein Geschenk eines Freundes.« Er lächelte schwach. »Mein Glücksbringer.«

»Offensichtlich.«

Er wollte danach greifen, konnte aber nicht seine Hand heben. Wieder Schmerz wie glühende Messer. »Nicht ... genug Glück.«

»Sie werden nicht sterben, Michael«, sagte sie nachdrücklich. »Dadurch, daß Sie von Kugeln und Säbel getroffen, von Pferden niedergeritten und getreten wurden, haben Sie soviel Blut verloren, wie ein Mensch nur verlieren kann, um gerade noch zu leben. Aus diesem Grunde werden Sie in nächster Zeit entsetzlich schwach sein – vielleicht für Monate. Aber Sie sterben *nicht*.«

Sie klang so sicher, daß er halb überzeugt war. Nach Salamanca hatte er sich fast ebenso schrecklich gefühlt, und er hatte überlebt.

Er krauste die Stirn. »Ich rede zuviel. Sie brauchen Ruhe.« Sie stand auf. »Noch eines. Sie wollten, daß im Falle Ihres Todes Briefe an ihre besonderen Freunde geschickt werden sollten. Möchten Sie, daß ich ihnen mitteile, wie es Ihnen geht? Sie werden besorgt sein, wenn sie Ihren Namen auf der Gefallenenliste finden.«

»Bitte. Und ... danke.« Er versuchte, seine Augen offenzuhalten, doch die kurze Unterhaltung hatte ihn erschöpft.

»Ich werde heute nachmittag schreiben und die Briefe einem Militärkurier geben, so daß sie London schnell erreichen.« Catherine drückte seine Hand. »Es wird Ihnen wieder gutgehen, Michael.«

Da sie gesehen hatte, wie der Gemütszustand die Genesung eines Mannes beeinflussen konnte, beabsichtigte sie, ihre Zuversicht oft zum Ausdruck zu bringen. Sie stand müde auf. Obwohl sie nur einen Bruchteil dessen an Blut verloren hatte wie Michael, fühlte sie sich noch immer so schwach wie ein neugeborenes Kätzchen.

Sie nahm die drei Briefe aus Michaels Kommode, um die Adressen abzuschreiben. Sie hob ein wenig die Brauen, als sie darauf schaute. Der Duke of Candover, der Earl of Strathmore, der Earl of Aberdare. Hohe Kreise, in der Tat. Sie vermutete, daß die Männer die anderen Gefallenen Engel waren. Michael hatte sie seit seiner Schulzeit gekannt. Wie hatte er sie genannt? Rafe, Lucien, Nicholas. Sie beneidete sie darum, daß sie seine Freundschaft so viele Jahre gehabt hatten.

Als Michael beim nächsten Mal erwachte, war Catherine nicht da. Statt dessen legte eine hübsche Brünette scheu ihre Hand auf seine Schulter. Nach einem Augenblick erkannte er Elspeth McLeod, das Kindermädchen der Mowbrys. Er murmelte: »Hallo.«

»Guten Morgen, Colonel. Ich habe Haferschleim für Sie. Dr. Kinlock sagt, wir müssen Ihnen bei jeder Gelegenheit etwas zu essen geben.«

»Haferschleim«, sagte er so angeekelt, wie es bei einem Flüstern möglich war. Aber er fügte sich. Er hätte richtiges Essen nicht einmal dann zu sich nehmen können, wenn es ihm angeboten worden wäre.

Nachdem er fertig war, legte Elspeth ihn zurück und glättete die Decken. »Ich muß ehrlich sagen, ich habe nicht damit gerechnet, daß Sie überleben. Als Catherine Sie heimbrachte, sahen Sie aus, als könnten Sie beigesetzt werden.«

Er runzelte verständnislos die Stirn. »Catherine hat mich heimgebracht? Sie sagte, Kenneth Wilding habe mich gefunden.«

»Ja, aber sie war bei ihm. Sie ging nach Waterloo, um Captain Mowbry zu holen, und am Ende ging sie mit Captain Wilding auf das Schlachtfeld.« Das Mädchen erschauerte. »Zum Glück war's sie und nicht ich.«

Michael hatte gewußt, daß Catherine unerschrocken war, doch er war dennoch erstaunt. »Ich verdanke ihr mehr, als mir klar war.«

»In der Tat«, pflichtete Elspeth ihm bei. »Sie waren ausgeblutet und standen kurz vorm Tod. Da bat sie Dr. Kinlock um Erlaubnis, Ihnen etwas von ihrem Blut geben zu dürfen. Es half. Es ist das Seltsamste, was ich je gesehen habe. Aber es hat funktioniert. Dr. Kinlock sagt, ohne die Transfusion wären Sie gestorben.«

Er runzelte verwirrt die Stirn. »Wie konnte sie mir ihr Blut geben?«

»Durch ein Paar Gänsekiele, von ihrem Arm zu Ihrem.« Elspeth erhob sich. »Der Doktor sagte, Sie dürfen nicht überanstrengt werden. Deshalb gehe ich. Da Sie und Captain Mowbry krank sind, muß viel getan werden.«

Nachdem sich die Tür hinter ihr geschlossen hatte, hob Michael seine Hand ein paar Zentimeter und starrte auf die kaum sichtbaren Blutgefäße, die unter der dünnen Haut in seinem Handgelenk pulsierten. Catherines Blut lief buchstäblich durch seine Adern. Es war eine Intimität von einer solchen Inhaltsschwere, daß sein

Verstand sie nicht erfassen konnte. Saint Catherine, in der Tat. Nicht nur mutig, sondern auch bescheiden, und die hochherzigste Frau, die er je gekannt hatte.

Sie würde für einen Freund, vielleicht sogar für einen Fremden das gleiche getan haben. Doch das Wissen, daß sie ihren Lebenssaft geteilt hatte, bewegte ihn tief. Solange er lebte, würde etwas von ihr Teil von ihm sein. Er schloß die Augen, weil darin Tränen brannten. Es war abscheulich, so schwach zu sein.

Der Earl of Strathmore las stirnrunzelnd den Brief, den er gerade erhalten hatte, als ein Lakai eintrat. »Lord Aberdare ist hier, My Lord. Ich habe ihn in den Salon geführt.«

Lucien erhob sich, um seinen Freund zu begrüßen. Typisch für Nicholas, den intuitiven Zigeuner, daß er den ganzen Weg von Wales hierhergekommen war, weil er spürte, daß es Probleme gab. Nachdem sie sich die Hände geschüttelt hatten, sagte Lucien: »Ich habe gerade einen Brief aus Brüssel über Michael erhalten. Er ist schwer verwundet, weißt du.«

»Ich weiß – Clare und ich haben die Gefallenenlisten gesehen«, sagte Nicholas ernst. »Aber ich habe mir seit Wochen Sorgen um Michael gemacht. Da ich so nervös war wie eine Katze auf dem heißen Blechdach, sagte Clare mir, ich solle nach London kommen, da Nachrichten hier ja schneller eintreffen würden.«

Lucien reichte ihm den Brief. »Eine Mrs. Melbourne hat dies geschrieben. Michael war in diesem Frühjahr bei ihrer Familie einquartiert, und jetzt pflegt sie ihn. Offensichtlich stehen seine Chancen auf Genesung gut.«

Nicholas überflog die Seite. »Er erwähnte Catherine Melbourne in mehreren seiner Briefe. Ihr Mann ist ein Dragonerkapitän.« Er stieß einen leisen Pfiff aus, während er den Brief las. »Michael hatte das Kaleidoskop bei sich, das du ihm vor all den Jahren geschenkt hast, und es hat verhindert, daß die Kugel in seinen Bauch drang?«

»Offensichtlich. Geheimnisvoll sind die Wege ...«

»Gott sei Dank, daß er es bei sich hatte.« Nicholas runzelte die Stirn. »Es ist klar, selbst wenn Michaels Zustand sich nicht zum Schlechten wendet, daß es lange dauern wird, bis er genesen ist. Du kennst doch Gott und die Welt, Luce. Wo kann ich eine wirklich bequeme Jacht finden?«

Lucien hob die Brauen. »Du meinst ...?«

»Genau.« Nicholas faltete den Brief wieder sorgfältig zusammen. »Clare hat mir bereits meine Marschbefehle erteilt. Ich werde nach Belgien fahren und Michael heimbringen.«

15. Kapitel

Amys dunkler Kopf tauchte in Michaels Tür auf. »Die Zeitung von heute ist gekommen, Colonel. Soll ich sie Ihnen vorlesen?«

»Das würde mich sehr freuen.«

Er lächelte, als Amy eintrat und sich mit einem anmutigen Wirbel ihrer Röcke setzte. Das Haus war viel lebendiger, seit Anne und die Kinder aus Antwerpen zurückgekehrt waren. Charles hatte viel von seiner Kraft wiedergewonnen, und die meisten belgischen Diener waren wieder da.

Für alle bis auf Michael hatte sich das Leben normalisiert. Obwohl die Schmerzen nachgelassen hatte, war er noch immer zum Verrücktwerden schwach. Der muntere Dr. Kinlock hatte ihm versichert, daß sein Zustand nach einem solchen Blutverlust normal sei, aber dieses Wissen trug nicht dazu bei, daß er geduldiger wurde. Er haßte es, daß Catherine ihn in einem so jämmerlichen Zustand sah. Die Tatsache, daß sie eine erfahrene Krankenschwester war und nicht seine Geliebte, trug nicht zur Beschwichtigung seines ramponierten männlichen Stolzes bei.

Sein Zustand hatte einen Vorteil: Er war zu schwach, um Verlangen zu spüren. Statt dessen empfand er ein Sehnen des Herzens, nicht des Körpers. Er erkannte jetzt, da Leidenschaft nicht länger subtilere Gefühle verdeckte, wie sehr ihm an Catherine lag.

Amy las die wichtigen Geschichten des Tages vor, übersetzte aus dem Französischen ins Englische. Natürlich konnte Michael Französisch, aber dem Englischen zu lauschen, bedeutete weniger Anstrengung. Außerdem genoß er ihre Gesellschaft. Wenn er je eine Tochter haben sollte, hoffte er, sie würde wie Amy sein.

Sie drehte die Seite um. »Hier ist eine hübsche Geschichte. Der französische Armeearzt, Baron Larrey, derjenige, der die Feldambulanz erfand. Nach Waterloo wurde er von den Preußen gefangengenommen. Marschall Blücher wollte ihn hinrichten lassen, aber ein deutscher Chirurg, der Vorlesungen bei Baron Larrey gehört hatte, ging zu Blücher und bat um sein Leben.« Sie blickte auf, und ihre Augen leuchteten. »Und nun raten Sie mal!«

»Blücher änderte seine Meinung, hoffe ich?«

»Nicht nur das. Es stellte sich heraus, daß Blüchers eigener Sohn bei einem Geplänkel mit den Franzosen verwundet und gefangengenommen worden war, und es war Larrey gewesen, der sein Leben gerettet hatte! Ist das nicht wundervoll?« Sie schaute wieder in die Zeitung. »Jetzt schickt Marschall Blücher Baron Larrey mit einer preußischen Eskorte nach Frankreich zurück.«

»Das ist eine sehr gute Geschichte«, stimmte Michael zu. »Die Welt braucht alle Heiler, die sie bekommen kann.«

Als Amy die Zeitung zusammenfaltete, trat ihre Mutter ein. »Zeit nach oben zu gehen, zum Unterricht, mein Liebes.«

Nachdem Amy wohlüberlegte Grimassen geschnitten hatte, machte sie einen eleganten Knicks. »Es wäre schön, Sie wiederzusehen, Colonel Kenyon. Bis morgen?«

»Bis morgen, Mademoiselle Melbourne. Danke dafür, daß Sie mich mit Ihrer Anwesenheit beehrt haben.«

Ihre Grübchen erröteten, als sie, jetzt wieder wie ein Wildfang, hinauseilte.

Catherine sagte mit gespielter Strenge: »Was, zum Himmel, macht Louis der Träge auf Ihrem Bett?«

»Natürlich schlafen.« Michael legte seine Hand auf den Rücken des Hundes. »Tut er je etwas anderes?«

»Er frißt. Manchmal kratzt er sich. Viel Auswahl gibt es nicht.« Catherine kraulte die seidenweichen Ohren des Hundes. »Haben Sie etwas dagegen, wenn ich meine Handarbeiten hier mache? Dies ist der ruhigste Raum im Hause.«

»Sie sind immer willkommen, falls Sie mein bissiges Temperament ertragen können.«

»Für einen Mann, der durch Untätigkeit wahrscheinlich in den Wahnsinn getrieben wird, sind Sie wirklich überraschend gut gelaunt.« Catherine nahm Platz und holte eine Stickerei aus ihrem Beutel. Jetzt, wo sie weniger beschäftigt war, verbrachte sie Stunden damit, ruhig bei ihm zu sitzen, Handarbeiten zu machen oder Briefe zu schreiben. Sie in der Nähe zu haben, war heilend.

»Ich habe nicht die Kraft, wirklich schlechte Laune zu haben«, sagte er trocken. »Zumal meine größte Errungenschaft in der letzten Woche darin bestand, daß ich es fertigbrachte, wieder vollständige Sätze zu sprechen.«

»Ian Kinlock sagte, Sie machen ausgezeichnete Fortschritte.« Sie schaute mit einem strengen Blick auf. »Solange Sie keinen Rückfall dadurch bekommen, indem Sie versuchen, zu viel zu schnell zu tun.«

»Ich kann nicht ewig hier wie ein schlaffes Halstuch liegen«, sagte er sehr sachlich. »Sie sind sehr geduldig, aber sicher werden Sie zu Ihrem Gatten nach Paris wollen. Das Leben wird dort viel fröhlicher sein.«

Sie senkte den Blick und machte einen präzisen Stich. »Heute kam ein Brief von Colin. Er sagte, ich müsse in Brüssel bleiben, bis Sie gesund sind, da er Ihnen sein Leben verdankt.«

Michaels Mund wurde schmal. »Für die Wohltätigkeit, die ich akzeptieren kann, gibt es Grenzen.«

»Das hat nichts mit Wohlfahrt zu tun.« Sie wählte eine neue Docke Seidenfäden aus. »Nachdem ich einen erschöpfend brillanten Frühling in Brüssel verbracht habe, habe ich's nicht eilig, in den Fleischtöpfen von Paris herumzutollen. Und zudem verläßt Charles die Armee und geht mit seiner Familie zurück nach London, so daß der Himmel weiß, wann ich die Mowbrys wiedersehen werde.«

Er atmete mit einem leisen Seufzer aus. Perverserweise war er gleichzeitig froh darüber, keine Last zu sein und bedauerte, daß er nicht wichtiger für sie war.

Schritte waren zu hören, die über den Korridor näherkamen. Nach einem flüchtigen Klopfen, öffnete Anne die Tür. »Michael, fühlen Sie sich gut genug, um einen Besucher zu empfangen? Ein Freund von Ihnen ist gerade aus England eingetroffen.« Sie trat beiseite, ließ Nicholas hinein und ging.

»Gütiger Gott«, sagte er erstaunt. »Ich glaube, ich träume.«

»Das Glück hast du nicht. Ich habe dich gefunden.« Nicholas nahm Michaels Hände, und die Festigkeit seines Griffes strafte seine Gelassenheit Lügen. »Clare läßt dir alles Gute wünschen. Wäre das Baby nicht, wäre sie hier.«

Michael dachte über eine geistvolle Antwort nach, aber ihm fiel keine ein. Nachdem er heftig geschluckt hatte, sagte er: »Catherine, ich möchte Ihnen den Earl of Aberdare, Nicholas, vorstellen.«

Der Earl wandte sich ihr zu und schenkte ihr ein herzliches Lächeln. »Verzeihen Sie, daß ich Sie nicht gesehen habe. Ich freue mich, die legendäre Saint Catherine kennenzulernen.«

Die offensichtliche Zuneigung zwischen Michael und seinem Freund bewirkte, daß Catherine sich einsam und ausgeschlossen und überhaupt nicht heilig fühlte. Da ihr ihre Reaktion nicht gefiel, erhob sie sich und erwiderte das Lächeln. »Das Vergnügen ist auf meiner Seite. Wie sind Sie so schnell nach Brüssel gekommen?«

»Mit einer guten Jacht und einem Kapitän.« Der Earl warf Michael wieder einen Blick zu. »Beides Dank Rafe, der seine besten Grüße ausrichten läßt und einen ernsten Tadel, weil du so töricht warst, auf dich schießen zu lassen.«

Ein Lächeln glitt über Michaels ausgemergeltes Gesicht. »So wie ich Rafe kenne, kam der Tadel wahrscheinlich zuerst.«

»Ja, aber ich bin zu taktvoll, um das zuzugeben.« Aberdare griff in seinen Mantel und zog ein glänzendes Silberrohr heraus. »Lucien schickt dies als Ersatz für das, was zerstört wurde.«

»Schließt dies dasselbe Glück ein?«

»Garantiert.« Aberdare gab ihm das Kaleidoskop.

Michael führte es ans Auge und drehte es langsam. »Diese Version ist ein wenig größer als die andere und noch wundervoller. Catherine, Sie haben das Original vor seiner Zerstörung nie gesehen, nicht wahr? Schauen Sie einmal.«

Sie nahm das Rohr und richtete es aufs Fenster. Sie sah ein strahlend gefärbtes, sternförmiges Muster. Sie stieß einen entzückten Seufzer aus. »Bezaubernd.«

Die Form änderte sich, als sie das Rohr drehte, und die farbigen Stücke ordneten sich neu. Sie sahen wirklich wie Stücke eines Regenbogens aus. Sie senkte das Rohr und sagte zu dem Besucher: »Es ist gut, daß Sie gekommen sind. Sind Sie auf dem Weg nach Paris?«

Aberdare schüttelte seinen Kopf. »Nein, ich bin gekommen, um Michael zurück nach Wales zu bringen. Das heißt, wenn er das will und transportfähig ist.«

Catherine unterdrückte den lächerlichen Drang, zu sagen, daß er ihr gehöre und sie ihn nicht gehen lassen wolle, und sagte: »Das entscheidet natürlich der Arzt, aber selbst für einen gesunden Menschen ist das sicher eine lange, anstrengende Reise.«

»Ich werde ihn auf einer Barke zur Küste bringen«, sagte der Earl. »Dann wird die Jacht um Britannien herum zum Hafen von Penrith segeln, der nur wenige Meilen von daheim entfernt ist. Keine schnelle Reise, aber dadurch, daß sie über Wasser geht, sollte sie ziemlich schmerzlos sein. Und zudem habe ich eine Krankenschwester mitgebracht, die Luciens Frau selbst ausgesucht hat. Sie wird sich auf der Reise um Michael kümmern.«

»Daheim.« Michael schloß für einen Moment die Augen. »Das würde mir gefallen. Sehr.«

»Dann wird es so sein.« Aberdare betrachtete ihn nachdenklich. »Ist Zeit zum Gehen. Wir ermüden dich.«

Michael öffnete seine Augen wieder, die sehr grün aussahen. »Eigentlich nicht. Ich bin nur die ganze Zeit so nutzlos.«

»Sicher, aber Mrs. Melbourne wird meinen Kopf wollen, wenn ich dich nicht ruhen lasse.« Aberdare legte kurz seine Hand auf die von Michael. »Bis später.«

Catherine und Aberdare verließen das Zimmer. Kaum war die Tür geschlossen, atmete der Earl heftig aus und bedeckte mit einer Hand seine Augen. Catherine fragte besorgt: »Fühlen Sie sich nicht wohl, mein Lord?«

»Bitte, sagen Sie Nicholas.« Er senkte seine Hand. Sein Gesicht wirkte sehr angespannt. »Wir wußten, daß er schwer verwundet worden war – deshalb kam ich. Aber es ist dennoch ein Schock, ihn so zu sehen. Er ist immer so kräftig gewesen. Er muß zwölf Kilo abgenommen haben, und er sieht aus wie sein eigener Geist. Das zeigt, wie nahe wir daran waren, ihn zu verlieren.«

»Er kann sich glücklich schätzen, solche Freunde zu haben«, sagte Catherine, während sie auf der Treppe nach unten voranging. »Sie haben sich seinetwegen sehr viel Mühe gemacht.«

»Michael gehört zur Familie. Wirklich. Er wohnt auf der anderen Seite des Tales, unmittelbar gegenüber von uns. Er ist der Pate meines Sohnes.« Nicholas fuhr sich durch sein schwarzes Haar. »Wir sind seit unserer Schulzeit Freunde. Ich bin ein halber Zigeuner, nicht die beste Abstammung für einen snobistischen Ort wie Eton. Michael war der erste Junge, der mein Freund sein wollte. Das habe ich nie vergessen.« Er schaute Catherine an. »Ich verspreche, daß wir uns gut um ihn kümmern werden, Mrs. Melbourne.«

Catherine überlegte voller Verlegenheit, wieviel der Earl in ihrem Gesicht gesehen haben mochte, und sagte: »Sagen Sie Catherine zu mir.« Sie traten in den Salon. »Wo wohnen Sie?«

»Im Moment nirgendwo – ich bin direkt hierher gekommen.« Nicholas machte eine wegwerfende Geste. »Da alle nach Paris gegangen sind, sollte es leicht sein, ein Zimmer in einem Hotel zu finden.«

»Sie können hierbleiben – der Raum gegenüber von dem Michaels ist frei, und es gibt auch Platz für drei oder vier Diener.«

»Danke.« Er schenkte ihr ein müdes Lächeln. »Sie sind sehr freundlich.«

Catherine lächelte zurück, doch ihr Herz schmerzte. Obwohl sie gewußt hatte, daß sie Michael verlieren würde, hatte sie nicht erwartet, daß es so schnell geschehen würde.

Nicholas brauchte nur zwei Tage, um alle Vorbereitungen für die Rückkehr nach Wales zu treffen. Michael war nicht überrascht. Da er Nicholas seit fünfundzwanzig Jahren kannte, war er mit dem effizienten, messerscharfen Verstand vertraut, der hinter dem lässigen Charme verborgen war.

Am Tag der Abreise war Michael soweit, daß er aufrecht sitzen konnte, obwohl ihm das Schmerzen bereitete. Während sie darauf warteten, daß die Kutschen kamen, nestelte er unruhig am Saum seines Mantels. »Der Lärm da draußen, sind das die Mowbrys, die abreisen?«

Nicholas schaute aus dem Fenster. »Das war der Gepäckwagen. Die Kutsche ist aufgehalten worden, weil dieser ausgelassene Hund namens Clancy eingefangen werden soll. Anne Mowbry sieht verständlicherweise sehr mitgenommen aus. Ah, Charles macht seine Autorität als Offizier und Gentleman geltend und befiehlt dem Tier, in die Kutsche zu gehen. Es scheint, als ob sie jetzt auf dem Weg seien.«

»Es dauert nicht lange, ein Heim aufzulösen.« Michael überlegte, ob Catherine kommen würde, um sich zu verabschieden. Es wäre leichter, wenn sie das nicht tat, und doch haßte er den Gedanken, daß er sie möglicherweise nicht wiedersehen würde. Vielleicht würde sie sich öffentlich vor ihm verabschieden, wenn er auf einer Bahre hinausgetragen werden würde. Diesen Gedanken haßte er auch. »Dies war wirklich für mehrere Monate ein Heim.«

»Dank Anne und Catherine, nehme ich an. Ich mag die beiden sehr.« Nicholas warf seinem Freund einen scharfen Blick zu. »Vor allem Catherine.«

Es hatte seine Vorteile, von Kindheit an gelernt zu haben, seine Gefühle zu beherrschen. »Sie beide machen der weiblichen Hälfte der menschlichen Rasse Ehre. Ich werde sie und die Kinder vermissen. Ich werde sogar Louis den Trägen vermissen, der gewiß der faulste Hund auf Gottes grüner Erde ist.«

Nicholas lachte. »Die Kutschen, die ich gemietet habe, um uns zur Barke zu bringen, werden bald hier sein. Bist du bereit?«

»So bereit, wie ich sein kann.« Michael seufzte. »Ich hatte gehofft, daß ich aus dem Haus würde laufen können, wenn die Zeit gekommen ist, aber das scheint offensichtlich unmöglich zu sein.«

»Alles zu seiner Zeit. Demzufolge, was Dr. Kinlock sagte, bevor er nach London zurückkehrte, solltest du in wenigen Monaten völlig genesen sein und ein paar farbenprächtige neue Narben haben.«

»Er sagte auch, daß ich in den kommenden Wochen nutzlos herumliegen müsse.« Michaels Finger trommelten auf der Decke. »Geduld war noch nie meine stärkste Seite.«

»Das ist wahr, aber mach dir keine Gedanken darüber, ob du so lange stillhalten kannst«, sagte Nicholas freundlich. »Wenn du versuchst, dich zu sehr anzustrengen, werde ich dich ans Bett nageln.«

Michael lächelte. Er wußte sehr wohl, daß die Worte seines Freundes kein Scherz waren. Er würde sich in aller Ruhe erholen müssen, ob er es wollte oder nicht.

Ein sanftes Pochen an der Tür kündigte Catherine an. »Nicholas, Ihre Kutschen sind eingetroffen.«

Der Earl schaut von ihr zu Michael. »Ich werde gehen und mich um das Einladen des Gepäcks kümmern.« Er ging so taktvoll wie eine Katze.

Catherines Haar war streng zurückgekämmt und betonte ihr schmales Gesicht. Ihre Wangenknochen traten deutlicher heraus, als damals bei ihrem Kennenlernen. Sie hatte an Gewicht verloren, vor allem wegen der Arbeit und Sorge, die er verursacht hatte.

Ohne ihn anzusehen, sagte sie: »Ich hasse Abschiede, aber ich denke, sie sind nötig.«

»Sie machen klar, wenn etwas vorbei ist«, stimmte er zu. »Wann werden Sie und Anne nach Paris aufbrechen?«

»Morgen. Das Haus wird heute abend leer sein, wenn alle fort sind.« Sie trat an ein Fenster und blickte hinaus. »Es ist seltsam. Sie und ich sind gute Freunde geworden. Aber das hat viel damit zu tun, daß wir zur selben Zeit am selben Ort waren.«

Dachte sie so über die komplizierten, undefinierten Gefühle zwischen ihnen? »Ich würde gerne denken, daß wir unter allen Umständen Freunde wären.«

»Das wären wir sicher.« Ein Puls schlug heftig in ihrem Hals. »Ich wollte damit vielleicht sagen, daß unsere Wege sich nicht gekreuzt hätten, wenn kein Krieg gewesen wäre. Da Sie den Dienst in der Armee quittieren, werden wir uns wohl nicht wiedersehen.«

Er war sich dieser Tatsache schmerzlich bewußt. »Sollten Sie und Colin je Wales bereisen wollen, wären Sie in Bryn Manor sehr willkommen. Sie würden von Clare, der Frau von Nicholas, begeistert sein.«

»Nicholas ist wundervoll«, sagte sie mit einem schnellen Lächeln. »Er könnte die Fische veranlassen, aus dem Meer zu kommen. Wie ist seine Frau?«

»Sie steht mit beiden Beinen auf der Erde. Clare war vor ihrer Heirat Dorfschullehrerin. Sie sagt, es gibt nichts Besseres, als dreißig Kinder zu unterrichten, um Erfahrungen zu sammeln.« Er sprach einfach drauflos, seine ganze Aufmerksamkeit auf die geschmeidige Gestalt gerichtet, die sich silhouettenhaft gegen das Fenster abzeichnete. Obwohl ihm Leidenschaft im Augenblick fremd war, wußte er, daß die Erinnerung an Catherines bezaubernde Formen ihn für den Rest seines Lebens in seinen schlaflosen Nächten verfolgen würden.

Eines mußte noch gesagt sein, bevor er ging. »Ein schlichtes Dankeschön scheint mir unangemessen, nachdem Sie mein Leben mehrere Male gerettet haben. Ich stehe tief in Ihrer Schuld, Catherine.«

»Und Sie haben Colin und Charles gerettet.«

»Ein Pferd auszuleihen fällt wohl kaum in dieselbe Kategorie dessen, was Sie taten«, sagte er trocken.

»Alle Frauen sind Krankenschwestern, wenn es nötig ist«, sagte sie mit einem verlegenen Achselzucken.

»Ach, ja?« Er streckte seine Hand aus. Unsicher trat sie vor und ergriff sie. Mit seiner freien Hand streifte er ihren Ärmel hoch und enthüllte die kleine, noch nicht verheilte Narbe in ihrem Ellenbogen. »Das ist wohl schwerlich normale Pflege. Elspeth hat es mir erzählt. Warum haben Sie es nicht gesagt?«

Sie verzog kläglich den Mund. »Ich schämte mich wegen meiner Vermessenheit. Obwohl sich die Transfusion als gut erwiesen hat, hätte sie Sie leicht umbringen können.«

»Statt dessen hat sie mein Leben gerettet«, sagte er ruhig. »Sie haben mir Ihr Herzblut gegeben. Ich werde nie ein kostbareres Geschenk bekommen.«

»Gegeben aus eigennützigen Gründen.« Durch ihre glitzernden Tränen wurden ihre aquamarinblauen Augen riesengroß. Sie blinzelte die Tränen weg. »Ich mag es nicht, wenn meine Patienten sterben. Das ist schlecht für meinen Ruf als Heilige.«

Er faßte ihre Hand fester. »Catherine, sollten Sie jemals irgendwelche Hilfe brauchen, kommen Sie zu mir. Ich werde alles tun, was in meiner Macht steht.«

Sie blickte beiseite. »Danke. Ich werde daran denken.«

Er hob ihre verschränkten Hände und küßte ihre Fingerspitzen. »Tun Sie das wirklich.«

»Leben Sie wohl, Michael. Ich bin sehr froh darüber, daß unsere Wege sich gekreuzt haben.« Sie berührte seine Wange mit unendlicher Leichtigkeit, wandte sich dann ab und verließ den Raum. Sie wiegte sich dabei anmutig, war eine sinnliche Heilige.

Er wollte sie zurückrufen, sie in seine Arme nehmen, damit sie niemals entfliehen konnte. Er wollte sie bitten, ihren Mann zu verlassen und mit ihm zu leben, wie immer die Konsequenzen auch sein mochten. Um das zu verhindern, biß er seine Zähne so fest zusammen, daß sein Kiefer schmerzte.

Vielleicht hätte er sie gebeten, ihren Mann zu verlassen, wenn er nicht schon einmal zuvor eine Frau gedrängt hätte, das zu tun. Sein Vorrat an Torheiten, die man im Leben begehen konnte, war bereits erschöpft.

Die Tür schloß sich hinter ihr. Während er ihren schwindenden Schritten lauschte, spürte er, wie seine Lungen sich verkrampften. Es war die Ankündigung eines Asthmaanfalls. Feurige Fesseln schnürten seinen Atem ein, und die ersten Ranken von Furcht krallten sich in seine Muskeln.

Er legte sich zurück und zwang sich, sehr langsam einzuatmen und auszuatmen. Ein und aus, ein und aus, bis sein Atem wieder normal ging. Der sengende Druck und die Furcht schwanden.

Er starrte erschöpft an die Decke. So nahe war er einem Asthmaanfall seit Jahren nicht gewesen. Seit dem Tod von Caroline nicht mehr.

Er schloß seine Augen. Er hatte das Richtige getan. Eines Tages würde er stolz darauf sein, aber jetzt fühlte er nur Qual.

Catherine war die bemerkenswerteste Frau, die er je gekannt hatte. Aber er hoffte bei Gott, daß er sie nie wiedersehen würde.

BUCH II

Die Straße zum Himmel

Frühling 1816

16. Kapitel

Die Tür des Londoner Stadthauses wurde von einem hübsch gekleideten Hausmädchen geöffnet. Catherine sagte: »Ist Mrs. Mowbry zu Hause? Wenn ja, sagen Sie ihr bitte, daß Mrs. und Miss Melbourne hier sind.«

Das Hausmädchen warf einen neugierigen Blick auf ihre durch ihre Reise verschmutzte Kleidung, bevor sie gehorchte. Eine Minute später kam Anne ins Vestibül geeilt. »Catherine, wie wundervoll, dich zu sehen! Ich dachte, du seist noch in Frankreich.« Sie umarmte ihre beiden Besucherinnen.

Catherine bemerkte, daß Amy jetzt fast ebenso groß wie Anne war, und Anne hatte nach der Geburt ihres zweiten Sohnes ihre alte Figur wieder. In einem Jahr kann viel geschehen. Zuviel. »Wir sind gerade erst in England eingetroffen.« Sie nahm ihre verstaubte Haube ab. Schmerz pochte in ihren Schläfen, was selten war. »Ist Charles daheim? Oder deine Schwiegermutter?«

»Sie sind beide ausgegangen.« Nach einem schrägen Blick auf Catherines Gesicht, fuhr Anne fort: »Amy, möchtest du zu Molly und Jamie? Ich glaube, sie werden gleich im Kinderzimmer ihren Tee nehmen.«

Amy strahlte. »O ja, sehr gerne. Ich habe ihnen so viel zu erzählen. Und ich möchte auch Clancy und Louis sehen.«

Nachdem das Hausmädchen Amy fortgebracht hatte,

führte Anne ihre Freundin in den kleinen Salon. Kaum war die Tür geschlossen, sagte sie: »Es ist nicht höflich, das zu sagen, aber du siehst schrecklich abgespannt aus. Bist du krank oder einfach nur von der langen Reise müde?«

Catherine sank auf das Sofa. Jetzt, wo sie einen sicheren Hafen erreicht hatte, wußte sie nicht, ob sie sich je wieder würde bewegen können. »Colin ist tot.«

»Gütiger Gott.« Annes Augen weiteten sich vor Schreck. »Was ist passiert?«

Catherine streifte ihre Handschuhe ab und knüllte sie zu seiner Kugel. »Er ist ermordet worden.«

»Oh, Catherine, wie entsetzlich! Nachdem er so viele Schlachten ohne einen Kratzer überlebt hat.«

»Es geschah spät in der Nacht auf einer Straße. Er hatte gerade das Haus eines Freundes verlassen.« Catherine preßte ihre Finger an die Stirn, erinnerte sich an den Schrecken und die Fassungslosigkeit, die sie überkommen hatten, als Colins Kommandeur kam, um ihr die Nachricht zu überbringen. »Er wurde in den Rücken geschossen. Es ... es war im Nu vorbei. Ein violetter Schal und ein Zettel, auf dem *›Vive l' empereur‹* stand, lagen neben ihm. Offensichtlich wurde er von einem Bonapartisten ermordet, und nur aus dem Grund, weil er ein britischer Offizier war.«

Anne setzte sich wortlos und nahm Catherine in ihre Arme. Das Mitleid ihrer Freundin löste bei Catherine die Tränen aus, die sie zurückgehalten hatte, seit sie von Colins vorzeitigem Tod erfahren hatte. Als ihre Tränen schließlich versiegt waren, flüsterte sie heiser: »Ich hätte mir fast gewünscht, er wäre in Waterloo getötet worden. Das wäre der Tod gewesen, den er gewollt hatte. Durch die Hand eines Feiglings zu sterben war abscheulich.«

»Er ist ebenso für sein Land gestorben, als ob er auf dem Schlachtfeld gefallen wäre«, sagte Anne leise. »Zumindest war es schnell. Jetzt wird er niemals alt werden. Colin wollte nicht alt werden.«

Das war die Wahrheit, bot aber wenig Trost. Colin war alles andere als alt gewesen. Wieder den Tränen nahe, richtete Catherine sich auf und suchte in ihrem Beutel nach einem Taschentuch.

Anne runzelte die Stirn. »Ich bin überrascht, daß die Nachricht von seinem Tod nicht nach England gelangt ist. Ist es gerade erst geschehen?«

Catherine verzog den Mund. »Die Behörden fürchteten, daß sich die Stimmung der Öffentlichkeit gegen Frankreich richten würde, wenn sein Tod bekannt werden würde. Wie du weißt, wurde der maßvolle Friedensvertrag, der auf der Konferenz im vergangenen Sommer ausgehandelt wurde, schwer erarbeitet. Der britische Botschafter informierte mich persönlich darüber, daß ein öffentlicher Skandal wegen der Ermordung eines heldenhaften Armeeoffiziers den Frieden gefährden könne.«

»Dann ist Colins Tod also vertuscht worden.«

»Es wurde nicht direkt verboten, darüber zu sprechen, aber es gab mehrere ernste Bitten, daß ich diskret sein sollte. Außer den Offizieren des Regiments weiß es kaum jemand.«

»Ich denke, das macht Sinn. Wir brauchen wirklich nicht noch einen Krieg.« Sie schwiegen beide lange, als sie sich an den hohen Preis der Schlacht erinnerten. Anne schüttelte bei dem Gedanken daran den Kopf und sagte: »Hast du vor, ein Haus in London zu nehmen oder ziehst du einen ruhigeren Ort wie Bath vor?«

»Weder noch«, sagte Catherine grimmig. »Ich muß Arbeit finden. Ich wußte, daß Colin Geldprobleme hatte, aber mir wurde erst nach seinem Tod bewußt, wie ernst die Dinge standen. Meine Mitgift, das, was er von seinem Vater geerbt hat – alles ist weg. Nicht nur das. Er hat einen Berg von Schulden hinterlassen. Zum Glück sind die meisten seiner Gläubiger Offiziere des Regiments. Ich glaube nicht, daß irgendeiner von ihnen versuchen wird, Amy und mich ins Schuldgefängnis zu schicken.«

Erschüttert sagte Anne: »Ich hatte ja keine Ahnung.« Nach langem Schweigen sagte sie: »Nein, das ist nicht wahr. Ich hatte fast vergessen, daß er Charles hundert Pfund schuldete. Wir haben die Hoffnung aufgegeben, das Geld wiederzubekommen.«

»O nein!« Catherine schaute ihre Freundin entsetzt an. »Ihr auch? Ich hätte nie hierher kommen dürfen.«

»Sei nicht albern. Colins Verantwortungslosigkeit hat nichts mit dir und Amy zu tun. Außerdem hat Colin sein Leben gewagt, um Charles zu retten. Das ist unendlich viel mehr wert als hundert Pfund.«

Getröstet durch die Erinnerung daran, sagte Catherine: »Colin hatte seine Fehler, aber Mangel an Mut war keiner davon.«

»Er war ein guter Soldat. Aber was soll dieser Unsinn, daß du nach Arbeit suchst? Das brauchst du nicht zu tun.« Anne zögerte, bevor sie hinzufügte: »Ich weiß, daß es zu früh ist, davon zu sprechen, aber du bist eine schöne, zauberhafte Frau. Du wirst wieder heiraten. Jeder Offizier des Regiments würde dich auf der Stelle heiraten.«

Tatsächlich hatten mehrere Catherine einen Antrag gemacht, bevor sie Frankreich verlassen hatte. Catherine versuchte, den Abscheu in ihrer Stimme zu unterdrücken, als sie sagte: »Ich werde nie wieder heiraten.«

»Ich will nicht schlecht über einen Toten sprechen,

aber ... nun, ja, Colin war nicht immer ein idealer Ehemann«, sagte Anne ruhig. »Nicht alle Männer sind wie er.«

Catherine wußte die Rücksichtnahme ihrer Freundin zu schätzen, die Colins Affären nicht erwähnte, aber die Probleme reichten weit tiefer als dies. Tatsächlich war Colin auf seine unbekümmerte Art ein akzeptablerer Ehemann gewesen, als es die meisten Männer sein würden. Aber dies war ein Thema, über das sie niemals mit jemandem sprechen konnte.

»Ich werde nie wieder heiraten«, wiederholte sie. »Da ich keine Verwandten haben, die helfen können, bedeutet das, daß ich für Lohn arbeiten muß. Ich kann Haushälterin werden oder Pflegerin für einen Invaliden. Ich werde alles tun, so lange ich Amy bei mir behalten kann.«

»Ich denke, du hast recht«, sagte Anne widerwillig. »Aber wenn du deine Meinung änderst, wird kein Mangel an Männern herrschen, die darauf brennen, für dich den Rest deines Lebens zu sorgen.«

Catherine, die nicht weiter über das Thema sprechen wollte, sah sich in dem engen Salon um. »Du hattest gesagt, wir könnten hier bleiben, wenn wir je nach London kämen, aber das Haus ist nicht groß. Habt ihr wirklich Platz? Sei ehrlich – ich kann anders disponieren.«

»Denke nicht einmal daran, zu gehen. Es wird ein bißchen eng werden, aber es gibt ein hübsches, sonniges kleines Zimmer, das du mit Amy teilen kannst. Charles' Mutter ist ein Schatz – er hat sein freundliches Wesen von ihr. Sie wird erfreut sein, der Frau, die ihren einzigen Sohn nach Waterloo gepflegt hat, ein Heim geben zu können.«

»Wie stehen die Dinge bei euch? Hat Charles eine Stelle gefunden?«

Annes Gesicht wurde ernst. »Noch nicht. Es gibt nicht

genug Arbeitsplätze, und zu viele andere ehemalige Offiziere suchen nach ähnlichen Positionen. Schade, daß weder Charles noch ich einflußreiche Verwandte haben, aber mit der Zeit wird er schon etwas finden.«

»Wie fühlt sich Charles?«

»Es ist für ihn natürlich schwer. Er hat sich an den Verlust seines Armes gewöhnt, aber er ist andererseits daran gewöhnt, etwas zu tun. In diesem kleinen Haus zu sein, ohne genug zu tun zu haben und ohne gute Aussichten ...« Anne hob ihre Hände. »Natürlich beklagt er sich nie.«

Catherine lächelte kläglich. »Wir stecken ganz schön in der Patsche, nicht wahr?«

Sie hatte diesen Satz zum ersten Mal auf der Halbinsel in einer Nacht gesagt, als die Lastenmulis durchgegangen waren, die Kinder Masern hatten und die Lehmhütte, die sie und Anne teilten, bei einem Gewitterregen eingestürzt war. Seitdem hatten die Worte sie zum Lachen gebracht und dazu, dankbar für das zu sein, was ihnen beschert war.

Annes Miene entspannte sich. »Die Dinge werden besser – das ist immer so. Wir werden nicht verhungern, wir haben ein Dach über dem Kopf, und ich muß nie wieder in meinem Leben so ein verdammtes Lastenmuli sehen!«

Ihre Worte lösten einen Sturm von Gekicher aus, während sie sich in schrecklichen Erinnerungen über die Halbinsel ausließen. Danach fühlte Catherine sich wohler. Die Dinge würden gewiß besser werden. Alles, was sie brauchte, war eine geeignete Stelle und ihre Tochter. Sicherlich war das nicht zuviel verlangt.

Anne lehnte sich auf dem Sofa zurück. »Lord Michael Kenyon ist während der Saison in der Stadt. In den Gesellschaftsnachrichten ist er mehrmals erwähnt worden. Er wohnt bei Lord und Lady Strathmore und nimmt am gesellschaftlichen Leben teil.«

»Wirklich? Dann muß er völlig genesen sein. Ich bin froh.« Catherine konzentrierte sich darauf, ihre zerknüllten Handschuhe zu glätten. »Seine Familie hat gewiß Einfluß. Hast du einmal überlegt, sich an ihn zu wenden? Ich bin sicher, er wäre froh, Charles helfen zu können, eine Position zu finden.«

»Der Gedanke war mir gekommen«, gab Anne zu. »Aber es schien mir schrecklich dreist. Er ist der Sohn eines Herzogs, wogegen Charles und ich die Nachkommen eines Anwalts und eines Vikars sind.«

»Das ist Michael völlig gleich.«

»Wenn es ganz schlimm kommt, werde ich mich an ihn wenden, aber in der Situation sind wir noch nicht.« Anne warf ihr einen Seitenblick zu. »Wirst du ihn wissen lassen, daß du in der Stadt bist? Ihr wart doch so gute Freunde.«

Ein überwältigendes Verlangen, Michael zu sehen, erfüllte Catherine. Ein Verlangen danach, daß er sie so tröstend hielt wie er sie in jener Nacht gehalten hatte, als ihr Morgenmantel Feuer gefangen hatte. Die Wärme in seinen Augen zu sehen und das Lachen in seiner Stimme zu hören ...

Sie senkte den Blick und sah, daß sie ihre Handschuhe wieder zerknautscht hatte. »Nein, ich kann mich nicht mit ihm in Verbindung setzen. Es fiele mir schwer, mich nicht wie eine Bittstellerin zu fühlen.«

»Er würde dir mit Freuden helfen. Schließlich hast du ihm sein Leben gerettet, und er ist ein großzügiger Mann.«

»Nein!« Als Catherine merkte, wie scharf ihr Ton war, fuhr sie sanfter fort: »Wie du, würde ich mich nur in äußerster Not an ihn wenden – ich werde Amy nicht leiden lassen, weil ich zuviel Stolz habe, um zu betteln. Aber ich möchte nicht eine flüchtige Kriegsfreundschaft ausnutzen.«

Vor allem nicht die zu dem Mann, den sie liebte. Würde sein Angebot zu helfen so weit gehen, daß er ihr einen Heiratsantrag machte, damit er sich um sie und Amy kümmern konnte? Vielleicht. Sie waren Freunde. Er fand sie attraktiv, und er hatte ein ausgeprägtes Gespür für Verpflichtungen. Die Kombination könnte sehr wohl einen Antrag auslösen, wenn sein Herz nicht anderweitig gebunden war.

Ihre Lippen spannten sich. Sie hatte nie zweimal überlegen müssen, um die anderen Anträge abzulehnen, die ihr gemacht worden waren, aber bei Michael wäre sie vielleicht versucht, ja zu sagen. Und das wäre für sie beide eine Katastrophe.

Es fiel Catherine schwerer, Arbeit zu bekommen, als sie erwartet hatte. Es gab nur wenige Stellen und viele Bewerberinnen. Sie ging zu jeder seriösen Arbeitsvermittlung in London und meldete sich auf Stellenangebote in den den Zeitungen. Daß sie ein Kind hatte, disqualifizierte sie für einige Positionen, Mangel an Erfahrung für andere. Mehrere Agenturen weigerten sich direkt, eine Frau in Betracht zu ziehen, die eine »Lady« war. Sie sagten, Klienten würden sich unbehaglich fühlen, wenn sie eine Dienerin hätten, die besserer Herkunft sei als sie selbst. Offensichtlich war ihnen nicht klar, daß selbst Ladys essen müssen.

Mehrere Male sprach sie mit Frauen, die sie von Kopf bis Fuß musterten und sie dann entließen, ohne Fragen zu stellen. Ein freundlicher Agenturbesitzer erklärte, daß die wenigsten Frauen eine Haushälterin wünschten, die schön war. Als Catherine eines Tages durch den

Hyde Park heimging, verfluchte sie die Tatsache, die ihr so viele Probleme bereitete. Was Männer als Schönheit betrachteten, war ihr Leben lang ein Fluch gewesen. Das einzige Stellenangebot, das sie bekommen hatte, war das eines Mannes gewesen, dessen lüsterne Blicke klargemacht hatten, was zu ihren Pflichten gehören würde.

Mit einem Seufzer beschloß sie, um die Serpentine zu spazieren. Den Enten zuzuschauen, würde sie in eine bessere Stimmung bringen. Obwohl es deprimierend war, so oft Absagen zu bekommen, war ihre Lage nicht ausweglos. In Paris hatte sie die Perlen verkauft, die ihre Mutter ihr vererbt hatte. Es hatte ihr einen Stich versetzt, aber jetzt bot ihr das Geld ein bißchen Sicherheit. Anne und Charles und seine Mutter waren wundervoll gewesen, und Amy war durch die Unbekümmertheit ihrer Jugend absolut glücklich mit ihren Freunden. Mit der Zeit würde sich schon etwas finden.

Die Stunde, in der die feinen Leute spazierengingen, begann, und so beobachtete sie die eleganten Menschen, die durch den Park ritten und fuhren. Sie mußte über den Putz eines wirklich albernen Dandys lächeln, als sie plötzlich Lord Michael Kenyon in einem Zweispänner auf sich zufahren sah. Ihr Herz begann zu klopfen, und sie ballte krampfartig ihre Hände.

Da der Tag schön war, trug er keinen Hut, und die Sonne setzte Lichter auf sein vom Wind zerzaustes Haar. Er sah wundervoll aus, erfüllt von soviel Vitalität, daß es schwerfiel sich zu erinnern, wie schwach er gewesen war, als sie sich in Brüssel getrennt hatten. Er hatte ihr aus Wales geschrieben, um ihr mitzuteilen, daß er wohlbehalten angekommen und völlig genesen sei, aber es war gut, den Beweis zu sehen.

Er würde sie in der Menge nicht bemerken. Sie mußte sich zusammenreißen, um nicht zu winken und zu rufen. Sie hätte liebend gern mit ihm gesprochen, aber in ihrem gegenwärtigen Zustand war es ihr vielleicht unmöglich, ihre Gefühle zu verbergen.

Sie war froh über ihre Zurückhaltung, als sie die junge Frau bemerkte, die neben ihm in dem Zweispänner saß. Das Mädchen war hübsch und sehr attraktiv, hatte eine schlanke Gestalt, und unter ihrem modischen Hut war braunes Haar zu sehen. Ihr zierliches Gesicht zeigte Wärme und Intelligenz und ebenso Charakter.

Michael schaute seine Begleiterin an und machte lachend eine Bemerkung. Sie fiel in das Lachen ein und legte kurz eine behandschuhte Hand in einer Geste ruhiger Intimität auf seinen Arm.

Catherine schluckte schwer und mischte sich unter eine Gruppe von Kindermädchen und Kindern. In den Gesellschaftsnachrichten hatte gestanden, daß Michael nach einer Frau suchte. Eine Zeitung hatte angedeutet, daß bald eine »interessante Verlautbarung« zu erwarten sei. Nach dem Aussehen von Michael und seiner Begleiterin zu urteilen, war dies bereits geregelt, wenn auch noch nicht offiziell verkündet.

Sie warf einen letzten hungrigen Blick auf ihn, als der Zweispänner vorbeifuhr. Hätte sie ihn nicht gekannt, hätte das strenge, gefurchte Gesicht abschreckend gewirkt. Aber so war er einfach Michael, dessen Freundlichkeit und Verständnis verborgene Winkel in ihrem Herzen berührt hatten.

Müde verließ sie den Park. Jetzt, wo sie Witwe war, würde sie sich schamlos Michael an den Hals werfen – wäre sie eine normale Frau. Aber das war sie nicht.

Sie dachte an das zerstörte Kaleidoskop, das unter ihrer Habe in Annes Haus vergraben war. In Brüssel hatte Michael ihr gesagt, sie solle es wegwerfen. Statt dessen hatte sie das verbogene Silberrohr behalten und als Erinnerung an das, was zwischen ihnen gewesen war, in Ehren gehalten, obwohl es den Zweck, für den es angefertigt war, nicht mehr erfüllen konnte. Aber es war nicht nutzloser, als sie als Ehefrau gewesen war.

Sie beschleunigte ihren Schritt. Eine neue Ehe war unvorstellbar. Und da dies der Fall war, sollte sie glücklich darüber sein, daß Michael eine Partnerin gefunden hatte, die seiner wert war. Er hatte das verdient.

Wenn sie lange genug daran arbeitete, würde sie vielleicht wirklich so großzügig sein.

Als Catherine das Haus der Mowbrys erreichte, überlegte sie noch immer, ob sie erwähnen sollte, daß sie Michael im Park gesehen hatte, oder nicht. Sie entschied sich dagegen. Obwohl es Anne und Charles interessieren würde, wäre es ihr sicher nicht möglich, das beiläufig zu erwähnen.

Als sie ins Haus trat, rief Anne aus dem Salon: »Catherine, bist du's? Auf dem Tisch liegt ein Brief für dich.«

Sie öffnete ihn gleichgültig, da sie annahm, es sei eine weitere entmutigende Absage einer Arbeitsvermittlung.

Das war es nicht. In kurzen förmlichen Sätzen stand in dem Brief, wenn Catherine Penrose Melbourne den Anwalt Mr. Edmund Harwell besuchte, würde sie etwas erfahren, das für sie von Vorteil sei.

Sie las die Nachricht dreimal, wobei ihr Nackenhaar sich aufstellte. Es mochte nichts bedeuten. Und doch konnte sie sich des Gefühls nicht erwehren, daß sich ihr Schicksal zum Guten wendete.

17. Kapitel

Michael nahm gerade seine zweite Tasse Kaffee, als sein Gastgeber und seine Gastgeberin sich im Frühstückszimmer zu ihm gesellten. Er schaute Lucien und Kit nicht zu aufmerksam an. Luce hatte seinen Arm um die Taille seiner Frau gelegt, und ihre Mienen waren von einer trägen Zufriedenheit, die offensichtlich machte, was sie getan hatten, bevor sie aufgestanden waren.

Kits glänzendes braunes Haar hing offen über ihre Schultern. Sie tätschelte freundlich seinen Arm, als sie an ihm vorbeiging, um ihrem Gatten und sich selbst Kaffee einzuschenken. »Guten Morgen, Michael. Hat dir Margots Party gestern abend gefallen?«

Er blickte von seiner Zeitung auf. »Sehr. Die Tatsache, daß nur Freunde da waren und kaum eine in Frage kommende Frau anwesend war, bedeutete, daß ich entspannen konnte. Eine erfreuliche Abwechslung, da ich von jeder ambitionierten Mutter und Tochter in London wie ein Fuchs gejagt werde.«

Lucien lachte. »Du bringst die Hunde sehr zum Laufen. Aber zumindest war eine unverheiratete Frau da – Maxima Collins, das amerikanische Mädchen, das bei Rafe und Margot wohnt. Du schienst die Unterhaltung mit ihr genossen zu haben.«

»Sie mag unverheiratet sein, aber zu haben ist sie definitiv nicht mehr. Robin Andreville führte sich wie ein Kater in einem Katzenminzebeet auf, wenn er bei ihr war, und sie schien absolut nichts dagegen zu haben.« Michael dachte an die betreffende junge Dame mit einer Spur von Bedauern. Ihre Intelligenz und Offenheit machten sie zu einem der attraktivsten Mädchen, die er während des Frühlings kennengelernt hatte. »Selbst wenn Miss Collins zu haben wäre, sie ist zu klein für mich. Wir würden beide die ganze Zeit schmerzende Hälse haben.«

»Richtig«, pflichtete Lucien bei. »Mit jemand von Kits Größe kämst du besser zurecht.« Um die Annehmlichkeit zu verdeutlichen, hob er das Kinn seiner Frau und gab ihr einen leichten Kuß.

Michael lächelte über die Neckerei, konnte aber eine gewisse Traurigkeit nicht unterdrücken. All seine alten Freunde waren verheiratet, selbst Rafe, der eingefleischte Junggeselle.

Für einen Augenblick sah er Catherines Bild vor sich. Er verdrängte es. Gott wußte, daß er alles tat, um sie zu vergessen. Er war in der Absicht nach London gekommen, nach einer Frau zu suchen. Das war durch Napoleons Flucht von Elba verzögert worden. Er hatte mit unzähligen Frauen getanzt, die vielversprechenderen besucht, war mit einigen wenigen ausgeritten oder ausgefahren. Aber es war keine darunter, mit der er sich vorstellen konnte, den Rest seines Lebens zu verbringen.

Er hatte geglaubt, die Suche nach einer Frau würde leicht sein, wenn er keine Liebe erwartete, aber er konnte nicht einmal eine passende Gefährtin finden. Es bereitete ihm viel mehr Vergnügen, mit Kit oder Margot, Rafes wundervoller Frau, zu sprechen.

Er sah auf, als ein Lakai eintrat. »Lord Michael, ein Bote von Ashburton House hat dies für Sie gebracht.«

Michaels Gesicht wurde ausdruckslos, als er den Brief entgegennahm und ihn aufriß. Die Botschaft darin war kurz und präzise.

Lucien fragte: »Ärger?«

»Es ist von meinem Bruder.« Michael erhob sich, wobei er den Sessel heftig zurückstieß. »Benfield schreibt, daß der sehr edle Duke of Ashburton einen Herzanfall hatte und wahrscheinlich seine sterbliche Hülle verlassen wird. Meine Anwesenheit wird verlangt.«

Lucien betrachtete ihn ernst. »Du mußt nicht hingehen.«

»Nein, aber Wachen am Sterbebett sind Pflicht«, sagte Michael zynisch. »Wer weiß? Vielleicht will mein Vater in letzter Minute sein Verhalten ändern. Entschuldigungen, Reue, Aussöhnung in letzter Minute. Könnte recht amüsant werden.«

Weder Lucien noch Kit ließen sich durch seinen spröden Witz täuschen, aber sie sagten nichts. Es gab wirklich nichts zu sagen.

Das eigentlich Deprimierende war, wie Michael erkannte, als er sich auf die Abreise vorbereitete, daß er nicht verhindern konnte, in der Tiefe seines Herzens zu hoffen, die ironischen Worte würden doch Wirklichkeit werden.

Edmund Harwell erhob sich, als sein Sekretär Catherine in das Büro führte. Er war ein schlanker, netter Mann mit klugen Augen. »Mrs. Melbourne?« Er blinzelte verwirrt. »Inselaugen.«

Catherine warf ihm einen fragenden Blick zu. »Wie bitte?«

»Bitte, nehmen Sie Platz. Meine erste Aufgabe bestand darin, zu verifizieren, daß Ihr Mädchenname Catherine Penrose war und Sie das einzige Kind von William und Elizabeth Penrose sind.« Er lächelte fein. »Doch der Beweis für Ihre Herkunft steckt in Ihren Augen. Ich habe diesen blaugrünen Ton nirgendwo anders als bei Menschen von der Insel gesehen.«

»Von welcher Insel?«

»Der Isle of Skoal, vor Cornwall.«

»Haben dort alle Bewohner aquamarinblaue Augen?«

»Etwa die Hälfte. Sie werden dort Inselaugen genannt.« Harwell zögerte, als sammle er seine Gedanken. »Wieviel wissen Sie über die Herkunft Ihrer Eltern?«

Sie zuckte die Schultern. »Sehr wenig. Sie stammen von irgendwo aus dem West Country. Sie heirateten gegen den Willen ihrer Familien und wurden deshalb enterbt. Sie sprachen nie über die Vergangenheit. Deshalb ist das alles, was ich weiß.« Doch plötzlich konnte sie so klar wie eine Kirchenglocke die Stimme ihrer Mutter »die Insel« erwähnen hören. Da ihre Neugier geweckt war, fragte sie: »Waren meine Eltern von Skoal?«

»Ihre Mutter war die Tochter eines Kleinbauern, und Ihr Vater war der jüngere Sohn des siebenundzwanzigsten Laird of Skoal. Der Laird, Torquil Penrose, bat mich, mit Ihnen Verbindung aufzunehmen.«

Sie hob die Brauen. »Nach all diesen Jahren ist dieser Großvater plötzlich an mir interessiert?«

»Sogar sehr.«

Catherines Augen wurden schmal. »Warum?«

Der Anwalt antworte indirekt: »Sind Sie mit Skoal vertraut?«

Catherine dachte nach. Obwohl sie von dem Ort gehört hatte, war ihr Wissen minimal. »Es ist ein Feudalbesitz wie Sark auf den Kanalinseln, nicht wahr?«

»Exakt. Obwohl nominell englisch, hat Skoal seine eigenen Gesetze, seinen eigenen Zoll, seine eigene Bürgerversammlung. Es gibt einen starken Wikingereinfluß und ebenso einen guten Schuß von den Kelten. Der Laird ist praktisch ein britischer Baron mit einem Sitz im House of Lords, aber auf Skoal ist er der Souverän eines winzigen Königreiches. Ihr Großvater hat die Insel seit fast fünfzig Jahren regiert. Jetzt ist sein Gesundheitszustand schlecht, und er macht sich Sorgen um die Zukunft.«

Catherine, die langsam zu verstehen begann, warum sie hergebeten worden war, sagte: »Mein Vater war der jüngere Sohn. Was ist mit den anderen Kindern?«

»Darin liegt das Problem. Es gab nur die beiden Jungen. Ihr Vater ist tot, und der Ältere, Harald, und sein Sohn starben bei einem Segelunglück. Damit sind Sie und Ihre Tochter die einzigen legitimen Nachkommen des Laird.«

»Wollen Sie damit sagen, ich sei Erbin einer Feudalinsel?«

»Nicht unbedingt. Ihr Großvater hat das legale Recht, jeder Person seiner Wahl Skoal zu vermachen oder es sogar zu verkaufen. Aber er würde es vorziehen, wenn die Insel in der Familie bliebe. Darum wünscht er jetzt Sie und Ihren Ehemann kennenzulernen.«

»Mich und meinen Ehemann?« wiederholte sie benommen.

»Ihr Großvater glaubt nicht, daß eine Frau der Aufgabe gewachsen wäre, die Insel zu regieren und den Besitz zu verwalten.« Harwell räusperte sich. »Und da der Besitz einer Frau gesetzlich ihrem Ehemann gehört, würde Captain Melbourne der Laird werden, wenn Sie die Lady werden.«

Harwell wußte nicht, daß Colin tot war. Das war keine Überraschung. Nur wenige Leute wußten es. Sie fragte: »Wenn ich eine alleinstehende Frau wäre – unverheiratet oder Witwe – würde mein Großvater mich dann für inakzeptabel halten?«

»Ich könnte mir vorstellen, daß er darauf bestehen würde, daß Sie einen Mann heiraten, den er billigt, bevor er Sie zur Erbin bestimmen würde. Zum Glück ist dies nicht der Fall.« Harwell schürzte seine Lippen. »Darf ich offen sprechen?«

»Ich bitte darum.«

»Der Laird ist ein sehr ... entschlossener Mann mit klaren Vorstellungen darüber, wie Dinge zu sein haben. Ich denke, er bedauerte es, Ihren Vater enterbt zu haben. Er verfolgte Williams Karriere aus der Distanz. Er wußte von Ihrer Heirat und der Geburt Ihrer Tochter.« Der Anwalt räusperte sich. »Er trauerte sehr, als er vom Tode Ihrer Eltern erfuhr.«

Catherine mißfiel es, zu erfahren, daß sie ihr Leben lang unter Beobachtung gestanden hatte, und sagte kühl: »Mit anderen Worten, mein Großvater ist ein sturer, dickschädeliger Tyrann.«

Harwell lächelte fast. »Es gibt Menschen, die das so sagen würden. Aber er nimmt seine Pflichten ernst, und er ist entschlossen, die Insel in gute Hände zu geben. Es gibt einen entfernten Cousin, der gerne der nächste Laird werden möchte. Er ist ein perfekter Gentleman, der ein Haus auf der Insel besitzt, aber Ihr Großvater würde es vorziehen, wenn der Erbe sein eigen Fleisch und Blut wäre.«

Harwells Tonfall war zu entnehmen, daß er den Cousin nicht billigte, aber Catherine wußte, daß er nicht mehr sagen würde. »Ich bin mir nicht sicher, ob ich einen unbekannten Großvater haben will, der mein Leben beurteilt.«

»Es wäre Ihre Zeit wert, ihn kennenzulernen. Neben dem Titel und dem Besitz gibt es ein Einkommen von etwa zweitausend Pfund im Jahr.« Er hüstelte trocken. »Captain Melbourne ist ein hervorragender Offizier, aber eine Militärkarriere ist selten lukrativ, besonders nicht in Friedenszeiten.«

Sie biß sich auf die Lippen, wußte, daß sie Colins Tod preisgeben müßte. Doch wenn ihr Großvater sie nur als Teil eines verheirateten Paares als Erbin in Erwägung zog, würde sie diese vom Himmel geschenkte Gelegenheit für finanzielle Sicherheit verlieren, wenn sie die Wahrheit sagte. Die Alternative, einen anderen Mann zu nehmen, war undenkbar, selbst wenn sie damit zehntausend Pfund im Jahr gewinnen würde. Um Zeit zu gewinnen, fragte sie: »Ist mein Großvater jetzt in London?«

»Oh, nein. Er hat die Insel seit Jahren nicht verlassen. Wie ich sagte, es steht schlecht um seine Gesundheit.« Harwell schaute besorgt drein. »Das ist eine Untertreibung. Er ist ans Bett gefesselt, und seine Ärzte glauben, daß er den Sommer nicht überleben wird. Obwohl sein Wille stark ist, ist sein Körper sehr gebrechlich. Das ist der Grund, warum er möchte, daß Sie mit ihrem Mann sofort nach Skoal reisen.«

»Und was, wenn ihm nicht gefällt, was er sieht?«

»Er müßte Ihnen keinen Penny hinterlassen.« Der Anwalt lächelte. »Aber es gibt keinen Grund anzunehmen, daß er seine Enkelin nicht billigen wird. Er hat von Saint Catherine und ihrer Arbeit auf den Schlachtfeldern in Spanien gehört. Er brennt darauf, Sie kennenzulernen.«

»Das Gefühl beruht nicht auf Gegenseitigkeit«, sagte sie scharf. »Was für eine Art von Mann enterbt seinen Sohn, weil er eine Frau heiratet, die so edel ist wie meine Mutter?«

»Ein sturköpfiger Mann«, sagte Harwell ruhig. »Und ein einsamer. Ich kann Ihre Zweifel verstehen, aber bitte, überlegen Sie gründlich. Der Laird ist Ihr Blutsverwandter. Wenn Sie sich ihm versagen, enterben Sie nicht nur sich selbst, sondern auch Ihre Tochter und andere Kinder, die Sie vielleicht noch bekommen. Mehr als das, Sie bringen sich um Ihr eigenes einzigartiges Erbe.«

Sie hörte etwas wie Sehnsucht in der Stimme des Anwalts und fragte: »Kennen Sie die Insel gut?«

»Mein Vater wurde dort geboren. Er war vor mir der

Londoner Agent des Laird. Ich habe die Insel im Lauf der Jahre oft besucht. Es ist wilder, wunderschöner Ort.« Der Anwalt lächelte etwas verlegen. »Man könnte fast sagen, ein magischer.«

Wieder hörte Catherine die Stimme ihrer Mutter, die diesmal sagte »Auf der Insel werden jetzt die gelben Narzissen Knospen bekommen.« Eine Pause war entstanden, bevor ihr Vater geantwortet hatte: »Bald werden sie blühen.« Sie war zu jung gewesen, um die Sehnsucht in diesen so banal anmutenden Bemerkungen zu hören. Plötzlich wollte sie die Insel sehen, die ihre Eltern geformt hatte. Und wenn möglich wollte sie das Erbe gewinnen, das ihr und Amy finanzielle Freiheit geben würde.

Sie stand auf. »Sie haben mir viel zum Nachdenken gegeben. Ich werde Sie meine Entscheidung morgen wissen lassen.«

»Ausgezeichnet.« Der Anwalt erhob sich ebenfalls. »Bringen Sie auch Ihren Gatten mit, da er ja von Ihrer Entscheidung unmittelbar betroffen ist.«

Wie geblendet trat sie hinaus in die Sonne. Ein solches Vermächtnis würde all ihre Probleme lösen. Aber eines war völlig klar. Sie brauchte einen Ehemann, und sie brauchte ihn sehr schnell.

18. Kapitel

Es war Jahre her, seit Michael einen Fuß in Ashburton House gesetzt hatte, aber es hatte sich nicht verändert. Es war noch immer riesig, großartig und erstickend. Riggs, der Butler, hatte einige graue Haare mehr bekommen, aber sein Gesicht war noch immer hochmütig.

Michael reichte ihm seinen Hut. »Ich nehme an, die Wache ist in der Suite des Herzogs?«

»Ja, Lord Michael.«

Er drehte sich um und ging zu der majestätischen Freitreppe. Während er die polierten Marmorstufen emporstieg, erinnerte er sich daran, wie er auf dem geschwungenen Geländer hinuntergerutscht war. Er hatte jedes Mal, wenn er erwischt worden war, Ärger bekommen, aber das hatte ihn nie daran gehindert, es wieder zu tun.

Obwohl das Herrenhaus sich äußerlich nicht verändert hatte, spürte er einen feinen Unterschied in der Atmosphäre. Sie war erfüllt von der Stille eines Haushaltes, der auf den Tod wartete. Ein Lakai mit gepuderter Perücke und Bundhose stand vor den Gemächern des Herzogs. Als er einen Kenyon erkannte, öffnete er die Tür mit einer Verneigung.

Michael holte tief Luft, trat dann ein und durchquerte das Wohnzimmer, um zum Schlafzimmer seines Vaters zu gelangen. Er versuchte sich zu erinnern, ob er je zuvor einen Fuß dort hineingesetzt hatte. Er glaubte es nicht. Er und sein Vater hatten nie ein intimes Verhältnis gehabt.

Das Schlafzimmer war klaustrophobisch dunkel, und es roch nach Medizin und Fäulnis. Es war ein Schock, den ausgemergelten Körper seines Vaters im Bett liegen zu sehen. Er wirkte vor dem scharlachroten Samt und den massiven geschnitzten Pfosten winzig. Abrupt wurde ihm bewußt, daß der Riese seiner Kindheit starb. Als Soldat respektierte er die Macht und Endgültigkeit des Todes, und er spürte, daß er so etwas wie Mitgefühl empfand. Der vierte Duke of Ashburton hatte endlich einen Gegner gefunden, den er nicht zur Unterwerfung zwingen konnte.

Ein Dutzend Leute standen unbehaglich in dem Raum: Sein Bruder und seine Schwester und ihre jeweiligen Ehegatten, der Kammerdiener des Herzogs und sein Sekretär, mehrere Ärzte. Seine Schwester, die Countess of Herrington, schaute Michael finster an. »Ich bin überrascht, *dich* hier zu sehen.«

Sein Mund wurde schmal. »Sollte meine Anwesenheit unwillkommen sein, Claudia, läßt sich das beheben.«

Sein Bruder runzelte die Stirn über diesen Zwischenfall. »Dies ist nicht der Ort zum Zank. Ich habe Michael gebeten zu kommen, weil Vater ihn sehen möchte.« Obwohl alle Kenyons groß waren, dunkles, kastanienbraunes Haar und gemeißelte Gesichtszüge hatten, besaß der Marquess of Benfield die kalten Augen und die harte Autorität eines Mannes, der erzogen worden war, ein Herzog zu sein. Es hatte Zeiten in ihrer Kindheit gegeben, als die Brüder recht gut miteinander ausgekommen waren. Der Altersunterschied zwischen ihnen betrug nur zwei Jahre, und als Kind hatte Michael seinen Bruder Stephen genannt.

Es war Jahrzehnte her, daß er einen anderen Namen als Benfield benutzt hatte.

»Ist das Michael?«

Das heisere Flüstern veranlaßte alle, sich zum Bett zu wenden.

»Ja, Sir. Ich bin gekommen.« Michael trat näher und blickte auf seinen Vater hinab.

Der Herzog war ein Schatten seines früheren Selbst, bestand nur noch aus Knochen und Willen, aber in seinen Augen schwelte noch immer Wut. »Hinaus mit allen. Bis auf Michael und Benfield.«

Claudia begann zu protestieren. »Aber Vater ...«

Der Herzog schnitt ihr das Wort ab. »Hinaus!«

Es gab ein Schlurfen, als die Menschen den Raum

verließen. Obwohl Claudias Gesicht starr vor Wut war, wagte sie nicht, ungehorsam zu sein.

Michael warf Benfield einen kurzen Blick zu, aber sein Bruder schüttelte nur leicht seinen Kopf. Er wußte ebensowenig wie Michael.

Der Herzog sagte mit dünner, krächzender Stimme: »Du wirst wissen wollen, warum ich dich hergerufen habe.«

Es war eine Feststellung, keine Frage. Michael faßte sich. Er war ein verdammter Narr gewesen, geglaubt zu haben, es gäbe eine Chance auf Annäherung in letzter Minute. Es konnte da, wo es nie Harmonie gegeben hatte, keine Versöhnung geben. Er überlegte, was ihm sein Vater zum Abschied mit auf den Weg geben wollte und sagte: »Es ist nicht unbillig für einen Vater, zu einem solchen Zeitpunkt all seine Kinder sehen zu wollen.«

Der Herzog verzog sein Gesicht. »Du bist nicht mein Sohn.«

Jeder Nerv in Michaels Körper spannte sich an. »Wie Sie wünschen, Sir«, sagte er kühl. »Es überrascht mich nicht, enterbt worden zu sein, obwohl ich verdammt sein will, wenn ich wüßte, welches große Verbrechen ich begangen habe. Ich habe das nie verstanden.«

Die altersblassen blauen Augen funkelten. »*Du bist nicht mein Sohn!* Kann ich es noch klarer als so ausdrücken? Diese Hure, die deine Mutter war, hat es offen zugegeben.«

Michael spürte, daß seine Lungen sich zusammenzogen, bis er kaum mehr atmen konnte. Während er um Beherrschung rang, blickte er vom Herzog zu Benfield und sah dieselben Knochen und die Hautfarbe, die ihn jeden Morgen im Spiegel anblickten. »Bei allem Respekt, ich sehe einem Kenyon sehr ähnlich. Vielleicht hat sie dich belogen, um dich zu ärgern.« Gott wußte, daß der

Herzog und die Herzogin wie Grubenottern miteinander gekämpft hatten.

Das Gesicht des Herzogs rötete sich mit einer Wut, die über Jahrzehnte an ihm gefressen hatte. »Sie sprach die Wahrheit. Mein jüngerer Bruder, Roderick, ist dein Erzeuger. Ich selbst sah sie miteinander.«

Benfield atmete hörbar ein. Sein Gesicht zeigte denselben Schock, der auf dem von Michael zu sehen sein mußte.

»Ihr gefielen meine Affären nicht. Deshalb beschloß sie, es mir mit gleicher Münze heimzuzahlen«, fuhr der Herzog fort. »Sagte, daß sie immer für Roderick geschwärmt habe – daß er besser aussähe und besser im Bett sei. Daß ich ihr dankbar sein solle, weil wenn Benfield etwas zustieße und du Erbe wärest, der Herzog dennoch ein Konyon sein würde. Dankbar! Diese Schlampe – diese untreue, ekelhafte Schlampe. Sie wußte, daß ich keine andere Wahl hatte, als dich zu akzeptieren, und sie genoß das.«

Er bekam einen heftigen Hustenanfall. Benfield bot ihm eilig ein Glas Wasser an, aber der alte Mann winkte ab. »Roderick hat es mir immer übelgenommen, daß ich der Ältere war. Georgiana gab ihm nicht nur die Gelegenheit, mich zum Hahnrei zu machen, sondern auch die Möglichkeit, daß Rodericks Sohn erben würde. Bösartig, dieses Paar.«

Michael fühlte sich vom Kopf bis zu den Zehenspitzen taub, und seine Lungen vermochten kaum, sich zu weiten. Seltsam die Vorstellung, daß er gezeugt worden war, um der Bauer zwischen einem Mann und einer Frau zu sein, die einander verachteten. Kein Wunder, daß seine Kindheit von Haß erfüllt war. »Warum hast du beschlossen, mir das jetzt zu sagen?«

»Ein Mann hat ein Recht zu wissen, wer sein Vater

ist.« Der Herzog verzog seinen Mund. »Und da Benfield das Oberhaupt der Familie sein wird, soll er die Wahrheit kennen. Vielleicht wird er sich jetzt daran machen und einen Sohn zeugen. Außerdem ist er weich und würde dich vielleicht als Mitglied der Familie behandeln, wenn er es nicht besser wüßte.«

»Mach dir keine Sorgen«, sagte Michael, unfähig seine Bitterkeit zu verbergen. »Er war in der Vergangenheit nicht sehr brüderlich zu mir.«

»Du bist genau wie Roderick«, schnarrte der Herzog, in dessen Gesichtsausdruck alte Wut lebendig wurde. »Die gleichen verdammten grünen Augen. Klug, stark, arrogant, in allem besser als mein eigener Sohn.« Er ignorierte einen erstickten Ausruf von Benfield und schloß: »Ich hätte dich auf die Westindischen Inseln ins Exil schicken sollen, genau wie Roderick.«

Michael hätte am liebsten zugeschlagen, den Mann verletzt, der ihn ein Leben lang gequält hatte. Aber was sollte das? Der Herzog starb, und der Haß, den er genährt hatte, war zu seiner eigenen Strafe geworden. Er ging bewußt verbal auf Distanz. »Ich denke, ich muß Ihnen dafür danken, daß Sie endlich ehrlich zu mir waren. Guten Tag, Sir. Ich wünsche Ihnen einen friedlichen Tod.«

Die knochigen Finger des Herzogs gruben sich in seine Überdecke. »Ich verachte die Tatsache deiner Existenz, und doch habe ich ... ich dich respektiert. Du hast ehrenvoll in der Armee gedient, und du hast ein Vermögen geschaffen aus nicht mehr als dem Anteil eines jüngeren Sohnes. Ich hätte einen Erben wie dich gewollt.« Er warf Benfield einen verächtlichen Blick zu, schaute dann wieder Michael an. »Ich wollte einen anderen Sohn. Statt dessen bekam ich *dich*.«

»Ich wäre Ihr Sohn gewesen, hätten Sie gewollt, daß

ich es wäre«, sagte Michael kurz. Er spürte, daß er kurz vor dem Zusammenbruch stand, drehte sich um und ging zur Tür.

Ein aschfahler Benfield schnitt ihm den Weg ab und faßte ihn beim Arm. »Michael, warte!«

»Wozu? Der Herzog hat alles gesagt, was zu sagen war.« Michael riß seinen Arm los. »Keine Sorge, ich werde nie wieder eine deiner Türen verdunkeln. Ich wünsche dir viel Freude mit deinem Erbe.«

Benfield setzte zum Sprechen an, hielt dann aber inne, von Michaels eisigem Blick zum Schweigen gebracht.

Er stieß die Tür zum Wohnzimmer des Herzogs auf. Claudia und die anderen starrten ihn an, versuchten zu erraten, was geschehen war. Ohne nach rechts oder links zu schauen, schritt er durch den Raum und in den Korridor. Ging die polierten Stufen hinunter, eine Hand auf dem Geländer, weil er weniger gelassen war, als er vorgab. Vorbei an dem Butler, dann hinaus in die wohltuend kühle Luft. Sie linderte die erstickende Hitze in seinen Lungen.

Er war also ein Bastard. Das erklärte alles: den offensichtlichen Abscheu des Herzogs, die überzogene Art, wie seine Mutter ihn verhätschelt und verzogen hatte, wenn sie in der entsprechenden Stimmung war. Claudia und Benfield hatten das Verhalten des Herzogs gespürt und waren ihrerseits herablassend geworden. Was eine Familie hätte sein sollen, war eine Katastrophe geworden.

Er hatte Roderick nie gekannt. Er war auf den Westindischen Inseln gestorben, als Michael noch ein Kind war. Er hatte nur vage Erinnerungen daran, daß er genau wie sein armer lieber Onkel sei, wie ihm das ältliche Kindermädchen der Kenyons erzählt hatte. Sie hatte damit richtiger gelegen, als sie gewußt hatte.

Statt zu Luciens Haus zurückzukehren, ging er bewußt in die entgegengesetzte Richtung. Jetzt, nachdem der erste Schock vorüber war, wirkte die Nachricht über seine Herkunft seltsam befreiend. *Es war nicht seine Schuld gewesen.* Er hatte nichts getan, was die unbarmherzige Kritik und das brutale Auspeitschen seines Vaters – nein, des Herzogs – rechtfertigte. Als er nach Eton geschickt wurde, statt nach Harrow, der Schule der Kenyons aus Tradition, war es nicht wegen seines persönlichen Versagens gewesen.

All seine Versuche, der Beste zu sein, sich als würdig zu erweisen, waren zum Scheitern verurteilt gewesen, weil nichts den Herzog hätte dazu bringen können, ihn zu akzeptieren. Doch die Bemühungen waren nicht vergeblich gewesen, denn sie hatten seinen Charakter geformt, ihn zu dem gemacht, was er war. Da er sich wie ein Außenseiter gefühlte hatte, hatte er eine Empathie für andere Außenseiter entwickelt, die ungewöhnlich für jemand war, der als Sohn eines Herzoges erzogen wurde. Diese Empathie hatte dazu geführt, daß er Nicholas und Kenneth und andere als Freunde gewonnen hatte, die sein Leben ungemein bereicherten.

Obwohl die Neuigkeiten unangenehm waren, kam ihnen eigentlich keine Bedeutung zu. Er war noch der Mann, der er immer gewesen war, mit seinen Fehlern und seinen Vorzügen. Sollte er je seinen engsten Freunden die Wahrheit erzählen, würde ihnen das egal sein. Sie hatten ihm buchstäblich Schutz gegeben, als er heranwuchs, und sie würden ihn jetzt nicht im Stich lassen. Er war durch den Bergbau und Investitionen zu einem wohlhabenden Mann geworden, hatte bewiesen, daß er die Hilfe des Herzogs nicht brauchte. Wegen dieser Leistungen war es jetzt unwichtig, daß er nichts erben würde.

Er dachte zurück, deutete die Vergangenheit im Licht dieses neuen Wissens neu. Er hatte seine Familie nicht verloren, weil er in Wirklichkeit nie eine gehabt hatte. Seltsamerweise stellte er fest, daß er den Herzog nicht länger haßte. Ein besserer Mann hätte das uneheliche Kind seiner Frau freundlicher behandelt, aber der Herzog war ihm gegenüber nie freundlich gewesen. Es war charakteristisch für die Grausamkeit des Herzogs, daß er in Anwesenheit von Benfield so verächtlich gegenüber seinem eigenen Sohn sein konnte. Stolz und Standesdünkel waren die Leidenschaften, die ihn beherrschten, und es konnte nicht leicht gewesen sein, ständig mit dem Beweis seiner Demütigung konfrontiert zu werden.

Nachdem Michael seinen Frieden gefunden hatte, kehrte er nach Strathmore House zurück. Es war besser, die Wahrheit zu kennen, als unwissend zu bleiben. Dennoch fühlte er sich fast ebenso erschöpft wie während seiner langen Genesungszeit nach Waterloo. Er dankte Gott für Nicholas und Clare, die ihn in ihrem Heim aufgenommen und für ihn wie für einen Bruder gesorgt hatten. Mit solchen Freunden brauchte er keine Familie.

Seine Gelassenheit währte so lange, bis der Diener ihm eine Karte reichte. »Da wartet eine Dame auf Sie, My Lord.«

Ihre Herz klopfte, als die Salontür sich öffnete und sie seine vertrauten Schritte hörte. Sie setzte die ernste Miene von Saint Catherine auf und wandte sich dann langsam vom Fenster ab.

Michael hatte jünger und sorgloser gewirkt, als sie ihn im Park gesehen hatte. Jetzt, da sie ihn aus der Nähe sah, stellte sie fest, daß die Falten um seine Augenwinkel sich vertieft hatten und daß er angespannt wirkte.

Doch in seiner Stimme war Herzlichkeit, als er sagte: »Catherine?«

Unsicher sagte sie: »Es tut mir leid, wenn ich Sie störe, Lord Michael.«

Er hielt kurz inne, um sich zu sammeln, durchquerte dann den Raum. »Seit wann sind wir so förmlich miteinander, Catherine?« sagte er gelassen. »Es tut gut, Sie zu sehen. Sie sind so schön wie immer.«

Er nahm ihre Hände, und einen gefährlichen Augenblick lang befürchtete er, etwas Unverzeihliches zu tun. Der Augenblick verflog, und er gab ihr einen leichten Kuß auf die Wange. Es war der Kuß eines Freundes.

Er ließ ihre Hände los und ging auf sicheren Abstand zu ihr. »Wie geht es Amy?« Er zwang sich bewußt, hinzuzufügen. »Und Colin?«

Catherine lächelte. »Amy geht es wunderbar. Sie würden Sie kaum wiedererkennen. Ich schwöre, daß sie seit dem letzten Frühjahr bestimmt acht Zentimeter gewachsen ist. Colin –«, sie zögerte kurz, »– ist noch in Frankreich.«

Ihr Tonfall war neutral, wie immer, wenn sie von ihrem Mann sprach. Michael bewunderte ihre ruhige Würde. »Ich vergesse ganz meine guten Manieren«, sagte er. »Bitte, nehmen Sie doch Platz. Ich werde nach Tee läuten.«

Sie blickte auf ihre gefalteten Hände. Ihr Profil hatte die süße Klarheit einer Heiligen der Renaissance. »Ich sollte besser zuerst mein Anliegen vortragen. Ich brauche eine etwas ungewöhnliche Hilfe. Sie – Sie werden mich wahrscheinlich hinauswerfen wollen, wenn Sie hören, was es ist.«

»Niemals«, sagte er ruhig. »Ich verdanke Ihnen mein Leben, Catherine. Sie können alles von mir verlangen.«

»Sie gewähren mir mehr Ehre, als ich verdiene.« Sie blickte auf, und ihre erstaunlichen aquamarinblauen

Augen brannten in dem Rahmen ihrer dunklen Wimpern. »Ich fürchte, daß ... daß ich einen Ehemann brauche. Einen Aushilfsehemann.«

19. Kapitel

Michael starrte Catherine an und überlegte, ob er richtig gehört hatte. Die offensichtliche vulgäre Auslegung konnte nicht wahr sein. Vielleicht war er von seinem Pferd gefallen und auf seinem Kopf gelandet, und dieser ganze Tag war ein Fiebertraum. »Wie bitte?«

»Entschuldigen Sie, aber ich bin mit den Gedanken etwas durcheinander.« Sie setzte sich und atmete tief ein. »Ich komme gerade aus der Kanzlei eines Anwalts, von dem ich erfuhr, daß ich die einzige Enkelin des Laird of Skoal bin. Mein Großvater wünscht, daß ich und mein Ehemann zu ihm kommen, um zu sehen, ob wir des Erbes wert sind. Mr. Harwell zufolge ist der Laird sehr krank, und so muß das bald geschehen. Es würde Wochen dauern, Colin zu benachrichtigen, damit er aus Frankreich zurückkehrt. Bis dahin könnte mein Großvater tot sein, und damit wäre die Gelegenheit verpaßt.«

»Sie können Skoal von London aus in zwei oder drei Tagen erreichen.«

Catherine lächelte freudlos. »Allein bin ich nicht gut genug. Mr. Harwell sagte, der Laird wolle meinen Ehemann ebenso begutachten wie mich.« Sie schaute beiseite. »Da Colin unmöglich rechtzeitig hierher kommen kann, könnten ... könnten Sie für ein paar Tage mit mir kommen und sich als mein Mann ausgeben?«

In gewisser Weise war das ebenso schockierend wie die Eröffnung des Herzogs. »Sie scherzen.«

»Ich fürchte nicht.« Sie biß sich auf die Lippe. »Ich weiß, daß dies eine unverschämte Bitte ist, aber ich weiß keine bessere Lösung.«

Es gab definitiv einen Gott, und Er hatte einen sehr sonderbaren Humor. Michael sagte vorsichtig: »Mit anderen Worten, Sie wollen, daß ich an einer Scharade mitwirke, um Ihren Großvater zu täuschen.«

»Es klingt schrecklich, nicht wahr? Ich hasse den Gedanken, zu betrügen. Doch, um offen zu sein, das Erbe wäre willkommen. Sehr willkommen.« Sie verzog den Mund. »Um noch offener zu sein, mein Großvater würde Sie vielleicht mehr billigen als Colin. Wie ich erfahren habe, möchte der Laird Skoal in verläßliche Hände geben.«

Und Colin Melbourne war nicht der zuverlässigste Mann. Michael, der sich der Hinweise auf finanzielle Probleme in Brüssel erinnerte, konnte verstehen, warum diese Erbschaft für sie lebenswichtig war.

Catherine fuhr fort. »Diese Täuschung wird keinen Schaden anrichten. Eine Frau kann einen Besitz ebenso führen wie ein Mann, und ich werde alles, was nötig ist, lernen.«

Er überlegte, ob sie befürchtete, Melbourne würde sich weigern, ein so abgeschiedenes Leben zu führen. Oder vielleicht konnte sie die Untreue ihres Ehemannes nicht länger ertragen und wollte sich ein eigenes Leben aufbauen. Was immer ihre Gründe waren, er konnte nicht danach fragen. Aber es gab andere Fragen, die beantwortet werden mußten. »Der bloße Gedanke, eine Lüge auszusprechen, hat Sie fertiggemacht. Sind Sie als Schauspielerin gut genug, um mich erfolgreich als Ihren Ehemann präsentieren zu können?«

Sie schloß für ein paar Dutzend Herzschläge die Augen. Dann öffnete sie sie und sagte leichthin: »Ich bin eine ausgezeichnete Schauspielerin, Colin. Ich kann tun, was immer ich tun muß.«

Sie war wieder die gelassene Saint Catherine, und ihre Stimme war so überzeugend, als sie ihn mit dem Namen ihres Mannes ansprach, daß ihn fröstelte. Waren alle Frauen geborene Betrügerinnen? Gut nur, daß sie überhaupt nicht wie Caroline war, denn sonst wäre sie gefährlich.

Sie würde die Scharade vielleicht durchstehen, aber konnte er das? Sie würden sehr viel Zeit miteinander verbringen müssen. In der Öffentlichkeit würden sie die physische und verbale Intimität eines lange verheirateten Paares vorzutäuschen haben. Privat mußte er Distanz wahren. So, wie er für sie empfand, würde diese Kombination die reine Hölle sein.

Natürlich wußte sie nicht, wie er für sie empfand. Sie besaß auch die Unschuld einer lange verheirateten, monogamen Frau. Sie hatte vergessen, was für ungebärdige Bestien Männer sein konnten, sollte sie das überhaupt je gewußt haben. Und doch konnte er nicht nein sagen. Nicht nur, weil er ihr einen Freibrief für jedwede Hilfe gegeben hatte, sondern weil er der Gelegenheit, mit ihr zusammenzusein, nicht widerstehen konnte. Er war noch immer der Tor, der er stets gewesen war. »Also gut. Sie haben mich als Ehemann auf Zeit.«

Sie stieß einen erleichterten Seufzer aus. »Ich danke Ihnen vielmals. Ich wüßte sonst niemanden, der das getan hätte.«

Weil ihre anderen Freunde mehr Verstand hatten, dachte Michael mürrisch. »Wenn Zeit so entscheidend ist, sollen wir morgen nach Skoal abreisen?«

»Wenn Sie so schnell abkömmlich wären, wäre das ideal.« Sie krauste die Stirn. »Aber haben Sie keine gesellschaftlichen Verpflichtungen?«

Er zuckte die Schultern. »Keine, die ich nicht absagen könnte.«

»Gott segne Sie, Michael. Ich weiß nicht, was ich ohne Sie tun würde.« Sie stand auf. »Ich werde zurück zu Mr. Harwells Büro gehen und ihm sagen, daß wir nach Skoal reisen. Er wird zweifellos Instruktionen für mich haben. Er sagte auch, daß er mir das Geld für die Reisekosten vorschießt, würde ich mich dazu entscheiden.«

»Nicht nötig. Ich werde mich um die Kosten kümmern.«

»Ich kann Sie das unmöglich tun lassen.«

»Warum nicht? Ich bin schließlich Ihr Mann«, sagte er gelassen. »Und zudem, wenn Ihr Großvater zu dieser tyrannischen Sorte gehört, werden Sie es als Nachteil empfinden, sein Geld angenommen zu haben.« Da Michael im Haushalt des Duke of Ashburton aufgewachsen war, war er Experte geworden, was die Politik von Macht und Geld anbelangte.

»Daran hatte ich nicht gedacht.« Sie überlegte. »Ich würde gewiß lieber Ihnen verpflichtet sein, als einem unbekannten Großvater, aber ich werde es zurückzahlen, sobald ich kann.«

»Nun gut.« Michael öffnete ihr die Tür des Salons. »Ich werde Sie zu dem Anwalt führen.«

»Das ist nicht nötig.«

Er hob seine Brauen auf die Art, mit der er junge Fähnriche eingeschüchtert hatte. »Ich erwarte, daß meine Frau meine Wünsche befolgt.«

Sie lachte und sah plötzlich um Jahre jünger als bei ihrer Ankunft aus. »Ich werde mich bemühen, fügsamer zu sein, mein Lieber.«

»Aber bitte nicht zu sehr. Ich mag Sie so, wie Sie sind.«

Für einen langen Moment trafen sich ihre Blicke. Er überlegte, ob ihr bewußt war, wie gefährlich diese Scharade war. Er hatte geschworen, sich ehrenhaft zu verhalten, was sie anbelangte, aber er war nur aus Fleisch und Blut.

Sie vertraute ihm. Das durfte er nicht vergessen.

Catherine fühlte sich gleichermaßen erleichtert wie schuldig, als sie in Michaels Zweispänner stieg. Michael zu belügen, war verachtenswert, wo er ihr so sehr half. Doch wie sie es auch drehte und wendete, sie fand keine Alternative. Nicht einmal Anne konnte sie erklären, warum eine Wiederverheiratung undenkbar war. Ebensowenig konnte sie zulassen, daß er sich vielleicht verpflichtet fühlte, ihre Probleme zu lösen, indem er ihr seinen Namen gab. Er verdiente Besseres. Er verdiente dieses hübsche Mädchen im Park, diese Frau mit dem braunen Haar und dem herzlichen, innigen Lächeln. Er verdiente eine ehrliche Frau, keine schändliche Betrügerin wie Catherine Melbourne.

Sie verdrängte ihr Schuldgefühl und erzählte, was sie über ihre Eltern und Skoal erfahren hatte, während Michael seine Kutsche durch den dichten Nachmittagsverkehr lenkte.

Als sie geendet hatte, runzelte er die Stirn. »Ihr Großvater scheint ein Tyrann zu sein. Es ist gut, daß Sie nicht allein dorthin gehen.«

Sie pflichtete ihm bei. Soviel Zeit mit Michael zu verbringen, mochte schwer sein, aber an seiner Seite fühlte sie sich sicherer.

Er fuhr fort: »Da der Anwalt und Ihr Großvater so viele Informationen über Sie und Ihre Familie haben, sollten Sie mir besser über Colins Vergangenheit erzählen, damit ich keine Fehler mache.«

Catherine überlegte einen Augenblick, was Michael wissen müßte. »Colins Vater war ein amerikanischer

Königstreuer, der nach der Revolution bei der britischen Armee blieb. Seine Mutter war auch Amerikanerin. Deshalb hatte er keine nahen englischen Verwandten. Da er bei der Armee groß wurde, bedeutete dies, daß er eine Heimat im eigentlichen Sinne nicht hatte. Er ging in Rugby zur Schule, bevor er in das Regiment eintrat. Als ich ihn kennenlernte, waren seine Eltern tot.« Sie spürte eine Welle von Traurigkeit, als sie diese Fakten aus Colins Leben wiedergab. Die Tränen unterdrückend, fuhr sie fort: »Obwohl Sie einander wirklich nicht ähnlich sehen, paßt zum Glück die allgemeine Beschreibung, wonach Sie groß und braunhaarig sind und ein militärisches Auftreten haben.«

»Das ist eine Geschichte, die man sich leicht merken kann. Und da britische Offiziere überlicherweise keine Uniform tragen, wenn sie nicht im Dienst sind, muß ich nicht über Nacht nach einer Dragoneruniform suchen.« Michael lenkte den Zweispänner geschickt zwischen zwei Rollwagen hindurch, die stehengeblieben waren. »Nehmen Sie Amy mit nach Skoal? Ich denke, Ihr Großvater wird die nächste Generation kennenlernen wollen.«

Catherine schüttelte nachdrücklich den Kopf. »Ich möchte sie nicht in eine Situation bringen, die so unsicher ist. Vielleicht ist der Laird ein richtiges Monster. Außerdem wäre es nicht Recht, sie zu bitten, an einem Betrug teilzuhaben.«

»Sehr richtig. Betrug ist etwas für Erwachsene«, sagte er trocken. »Haben Sie jemand, der sich um sie kümmert? Falls nicht, bin ich sicher, daß die Strathmores froh wären, sie als Gast aufzunehmen.«

»Nicht nötig. Wir wohnen bei den Mowbrys. Anne und Charles leben bei seiner verwitweten Mutter, wenn Sie sich erinnern.« Sie kicherte. »Amy ist begeistert davon, Clancy und Louis den Trägen wiederzusehen.«

Er lächelte unwillkürlich. »Mir fehlt das Tier auch. Wie geht es Charles?«

Sie schwieg einen Moment, überlegte, ob sie es wagen könnte, um weitere Hilfe zu bitten und beschloß dann, es zu wagen – um ihrer Freunde willen. »Charles hat sich von seinen Verwundungen gut erholt, aber er hat Schwierigkeiten, Arbeit zu finden.«

»Viele ehemalige Soldaten sind in einer ähnlichen Notlage.« Michael zog nachdenklich die Brauen zusammen. »Als Duke of Candover besitzt mein Freund Rafe zahlreiche Güter und Unternehmen. Gerade gestern abend erwähnte er, daß der Gentleman, der die letzten dreißig Jahre für ihn so eine Art Direktor war, bald in Pension geht. Rafe fragte, ob ich jemand kenne, der mit dem alten Wilson zusammenarbeiten und schließlich seine Arbeit übernehmen könnte. Neben Intelligenz, Ehrlichkeit und Effizienz erfordert die Position jemand, der weiß, wie man Männer kommandiert. Deshalb dachte Rafe, daß ein ehemaliger Offizier eine gute Wahl wäre. Ich denke, er und Charles würden sehr gut miteinander auskommen.«

»Das klingt *perfekt*. Sie sind so gut, Michael.«

Er wehrte ihren Dank mit einem Schulterzucken ab. »Rafe wird froh sein, jemand mit Charles' Fähigkeiten zu finden. Ich werde ihm sagen, daß Charles innerhalb der nächsten Tage in Candover House vorsprechen wird.«

Sie hatten ihr Ziel erreicht. Michael zügelte das Gespann und warf einem Jungen eine Münze zu, damit er die Pferde hielt. Dann stieg er ab und half Catherine aus der Kutsche. Sie schenkte ihm ein nervöses Lächeln. »Der erste Akt der Vorstellung beginnt.«

Das schelmische Lächeln in seinen grünen Augen faszinierte sie, machte sie zu Partnern gegen die ganze Welt.

»Ich werde so wenig wie möglich sagen«, versprach er. »Dadurch sollte ich keine Probleme bekommen.«

Die Zusammenkunft verlief glatt. Mr. Harwell war erfreut über Catherines Entscheidung, und der »Ehemann«, den er sah, gefiel ihm offensichtlich. Als sie wieder sicher in dem Zweispänner waren, seufzte Catherine erleichtert. »Das war ein gutes Omen. Finden Sie nicht?«

»Soweit, so gut. Soll ich Sie jetzt heimbringen?«

Mit Unbehagen wurde ihr klar, daß er nicht mit den Mowbrys zusammentreffen durfte. Fall jemand Colins Tod erwähnte, würde ihr Schwindel platzen, und Michael würde verständlicherweise wütend sein. Er würde schließlich erfahren, daß sie verwitwet war, aber da die Regierung den Tod ja vertuscht hatte, sollte sie dann in der Lage sein, das Todesdatum zu verheimlichen. Gütiger Gott, sie lief auf einem Drahtseil! »Nicht ganz dorthin. Es wäre besser, wenn Sie mich eine oder zwei Straßen vorher absetzen.«

»Sie wollen nicht, daß Anne und Charles uns zusammen sehen?« Er warf ihr einen schiefen Blick zu. »Wenn Sie sich Sorgen wegen eines gemeinsamen Auftretens machen, dürfte es schwer werden, diese Scharade durchzustehen.«

»Keine Frau, die mit einer Armee kreuz und quer durch Spanien gezogen ist, wird sich allzu sehr Sorgen über gutes Benehmen machen«, sagte sie leichthin. »Aber je weniger Menschen von dieser Eskapade wissen, desto besser.«

»Was bedeutet, keine Diener für uns.« Er schüttelte den Kopf. »Dieser Teil ist leicht, aber haben Sie eine Vorstellung, wie vielen möglichen Komplikationen für die Zukunft Sie damit den Boden bereiten?«

Das Wissen um die Komplikationen schnürte ihr den

Magen zusammen. Sie versuchte, ruhig zu klingen, und sagte: »Ich habe darüber nachgedacht. Mir bleibt nur, die Probleme dann anzugehen, wenn sie da sind. Das ist auch etwas, was ich in Spanien gelernt habe – sich über die Probleme von morgen erst Sorgen zu machen, wenn man die von heute gelöst hat.« Sie lächelte zögernd. »Und mit Ihrer Hilfe wurde die Krise von heute bewältigt.«

»Tapfere Frau.« Er erwiderte ihr Lächeln, und sein Blick war herzlich. »Es ist eine verrückte Geschichte, aber ich muß sagen, daß ich mich auf unsere Ehe freue.«

Das tat sie auch. Viel zu sehr.

Kaum betrat Michael Strathmore House, sagte der Butler, daß der Earl ihn zu sehen wünsche. Michael wunderte sich, was an diesem verrückten Tag sonst noch geschehen würde, und ging in das Arbeitszimmer seines Freundes.

Lucien stand auf, als Michael hereinkam, und sagte ernst: »Dieser Brief ist vor einer Weile eingetroffen.«

Das Papier war schwarz umrahmt. Michael verstand, warum sein Freund ihm das Schreiben hatte persönlich überreichen wollen. Er brach das Siegel und öffnete die Nachricht. »Es ist von Benfield«, sagte er ausdruckslos. »Der Duke of Ashburton ist tot. Er muß seinen Geist aufgegeben haben, kurz nachdem ich sein Haus verlassen hatte.«

»Es tut mir leid«, sagte Lucien leise. »Gleich, wie schwierig die Beziehung auch ist, einen Elternteil zu verlieren, muß ein Schlag sein.«

»Es ist sicher das Ende einer Ära, aber vergeude dein Mitgefühl nicht an mir.« Michael starrte auf die geschriebenen Zeilen. Benfield war ein verantwortungsbewußter Kerl. Er würde ein guter Herzog sein. Besser als der alte Mann, dessen Nachfolge er antrat. Er hatte sogar höflich um eine Zusammenkunft gebeten und geschrieben, daß einige Dinge zu besprechen seien.

Ihm fiel nichts ein, was sie einander zu sagen hätten. Er hielt die Ecke des Briefes an eine brennende Kerze auf dem Schreibtisch. Das Papier schwärzte sich und ging dann in Flammen auf.

Ich wäre dein Sohn gewesen, wenn du gewollt hättest, daß ich es bin. Seine Brust spannte sich, als ihn kurz schmerzliches Bedauern erfüllte. Hätte der alte Herzog Sohnesliebe und Loyalität gewollt, hätte er sie so leicht haben können. Michael hatte verzweifelt Liebe geben wollen. Vielleicht war das der Grund, warum er später so unklug geliebt hatte.

Bevor die Flammen seine Fingerspitzen versengen konnten, warf er den brennenden Fetzen in den Kamin. »Ich werde morgen die Stadt verlassen. Wahrscheinlich für etwa vierzehn Tage.«

»Ich nehme an, die Beerdigung wird auf Ashburton sein.«

»Zweifellos, aber dorthin reise ich nicht. Ich habe etwas anderes zu erledigen.«

»Du wohnst nicht der Bestattung deines Vaters bei?« Lucien konnte nicht verhindern, daß seine Stimme betroffen klang, aber er hatte seinen Vater schließlich geliebt.

»Meine Anwesenheit wäre unwillkommen.« Michael war nicht bereit, Erklärungen zu geben, nicht einmal Luce gegenüber, und schaute zu, wie das Papier zu Asche zerfiel. Mit Glück würde dies die letzte Verbindung gewesen sein, die er je mit der Familie Kenyon gehabt hatte.

Er hob seinen Kopf. Lucien hatte den besorgten Gesichtsausdruck, den Michael zuvor bei seinen Freunden gesehen hatte, wenngleich nicht in den vergangenen beiden Jahren. Er wollte Luce versichern, daß es keinen Anlaß zur Sorge gab, war aber zu erschöpft, um die richtigen Worte zu finden. Er sagte: »Ich erwarte nichts Wichtiges, aber falls du mich dringend erreichen mußt – ich werde mich auf der Isle of Skoal aufhalten, unter dem Namen Colin Melbourne.«

Sein Freund hob die Brauen. »Was hast du vor? Täuschung ist gewöhnlich meine Spezialität.«

»Ist eher so eine Art Drachentöten.« Michael hielt inne, da er sich plötzlich seines Kindermädchens erinnerte. Fanny war ein gutmütiges Mädchen vom Lande gewesen, fast so etwas für ihn wie eine Mutter. In ihren Gutenachtgeschichten hatte sie den heiligen Georg und den Erzengel Michael zu einer abenteuerlustigen heldenhaften Gestalt namens heiliger Michael vereint. Michael träumte dann davon, Drachen zu töten, Jungfrauen zu retten und andere große Taten zu vollbringen. Wenn er das tat, würde er gewiß die Billigung seines Vaters finden und die Hand der wunderschönsten Prinzessin der Welt bekommen.

Aber sein Vater war nicht sein Vater, und die wunderschöne Prinzessin war mit einem anderen Mann verheiratet. Schade nur, daß Fanny nicht genug Bildung gehabt hatte, um ihm von Don Quichote zu erzählen, der das wirkliche Vorbild für Michaels Leben war. Mit ernster Miene begann er eine Dampfmaschinengesellschaft zu beschreiben, in die er zu investieren gedachte. Lucien nahm den Themawechsel taktvoll hin, und es gab keine Diskussion mehr über den verstorbenen, unbeweinten Duke of Ashburton.

Erst als Michael an diesem Abend zu Bett ging, wurde ihm bewußt, welches Glück er hatte. Catherine zu helfen war die perfekte Medizin in einer ansonsten freudlosen Zeit.

Ich wollte einen anderen Sohn. Statt dessen bekam ich dich.

20. Kapitel

Da draußen steht eine Postkutsche«, berichtete Amy. Sie warf einen Blick über die Schulter. »Bist du *sicher*, daß ich nicht mitkommen kann?«

»Ganz sicher. Ich möchte mich vergewissern, ob dieser neue Großvater es verdient, meine Tochter kennenzulernen.« Catherine umarmte Amy. »Aber wenn er sich gut benimmt, stell dir vor, dann bist du vielleicht eines Tages Lady of Skoal!«

»Das klingt recht beeindruckend«, gab Amy zu. »Wenn du den alten Gentleman magst, benachrichtige mich. Ich komme dann sofort.«

»Wir werden sehen. Ich verspreche, daß ich nicht zu lange fort sein werde.«

Catherine ging hinaus, begleitet von der ganzen Familie und beiden Hunden. Während der Kutscher das Gepäck einlud, sagte Anne: »Ich wünschte, du würdest nicht alleine reisen.«

»Mit einem Kutscher und einem Briefboten bin ich nicht allein. Außerdem ist das England, nicht Spanien. Ich werde sicher sein.« Noch mehr Schuld. Jetzt belog sie ihre beste Freundin. Es war eine Erleichterung, sich auf den Weg machen zu können.

Eine halbe Stunde später hielt die Kutsche an einer betriebsamen Kutschenstation, um Michael abzuholen. Nachdem sein Gepäck verstaut war, schwang er sich in das Fahrzeug und sagte: »Wenn Sie nichts dagegen haben, lange Stunden zu reisen, sollten wir morgen abend in Skoal sein.«

»Das hoffe ich. Ich bin sehr gespannt auf diesen Großvater.« Die Kutsche war geräumig und sehr bequem, aber Michael war dennoch zu nahe, als daß sie innere Ruhe finden konnte. Sie hatte die Aura beherrschter Kraft vergessen, die er ausstrahlte.

Sie sprachen wenig, waren beide in ihre Gedanken vertieft. Obwohl sie keine Diener hatten, bewirkte Michaels angeborene Autorität sofortige Ehrerbietung, wann immer sie anhielten, und sie erhielten die besten zur Verfügung stehenden Pferde. Sie kamen sehr zügig voran.

Michael kannte die Straße gut, und Catherine stellte fest, warum, als sie ein Dorf in Wiltshire erreichten, das Great Ashburton hieß. Es war Markttag, und die Kutsche verlangsamte ihre Fahrt, als sie über den Marktplatz fuhren. Schläfrig fragte sie: »Hat dieses Dorf etwas mit Ihrer Familie zu tun?«

Er schaute blicklos aus dem Fenster. »Ashburton Abbey, der Familiensitz, liegt etwa zwei Meilen von der Straße entfernt, die wir gerade passiert haben.«

»Gütiger Himmel.« Sie richtete sich auf. Ihre Müdigkeit war verflogen. »Dies ist Ihr Zuhause?«

»Ich bin hier geboren und aufgewachsen. Mein Zuhause ist in Wales.«

Fasziniert sagte sie: »Sie haben in diesem Laden Süßigkeiten gekauft?«

»Bei Mrs. Thomsen. Ja.«

Er war so angespannt, als gestehe er einen Mord. Da er nicht über die Vergangenheit sprechen wollte, betrachtete sie das Dorf und versuchte, sich einen jungen Michael vorzustellen, der durch die Straßen rannte. Es schien eine freundliche, wohlhabende Gemeinde zu sein. Dann runzelte sie die Stirn. »An vielen der Türen sind schwarze Schleifen.«

»Der Duke of Ashburton ist gestern gestorben.«

Sie starrte ihn an, sicher, daß sie ihn mißverstanden haben mußte. »Ihr Vater ist gestern gestorben, und Sie haben *nichts* gesagt?«

»Es gab nichts zu sagen.« Er starrte noch immer aus dem Fenster. Sein Gesicht war wie Granit.

Sie erinnerte sich an die Zeit in Brüssel, als sie über seine Familie gesprochen hatten, und sie sehnte sich nach ihm. Seine Hand ruhte auf dem Sitz zwischen ihnen. Sie legte eine Hand auf seine geballte Faust. »Ich bin noch dankbarer dafür, daß Sie in einer Zeit wie dieser die Großzügigkeit haben, mir zu helfen.«

Er sah sie nicht an, drehte aber seine Hand und umfaßte ihre fest. »Im Gegenteil, ich bin es, der dankbar sein muß.«

Obwohl keiner von ihnen wieder sprach, blieben ihre Hände lange Zeit ineinander verschlungen.

Sie fuhren bis es völlig dunkel war, hielten dann an einer Kutschenstation. Zwei Zimmer waren frei, wofür Catherine dankbar war. Nachdem sie sich frischgemacht hatten, aßen sie in einem Nebenraum zu Abend. Bei gutem Essen, angenehmer Unterhaltung und einer guten Flasche Bordeaux entspannten sie sich.

Als die letzten Teller abgeräumt waren, holte Michael ein kleines Buch heraus. »Ich bin zu Hatchard's gegangen und habe einen Reiseführer über das West Country gefunden, in dem die Isle of Skoal erwähnt ist. Sollen wir nachlesen, was uns erwartet?«

»Bitte. Ich weiß fast so gut wie nichts.«

Er blätterte in den Seiten, bis er den richtigen Eintrag fand. »Die Insel ist etwa zwei mal drei Meilen groß und in Great Skoal und Little Skoal geteilt. Es sind fast zwei separate Inseln, nur durch einen natürlichen Damm miteinander verbunden, der Neck genannt wird. Der Autor rät eindringlich, daß Besucher nicht versuchen sollen, den Neck nachts zu überqueren, wegen der gefährlichen, schrecklich zerklüfteten Felsen im Meer, die über sechzig Meter hoch aufragen.«

Sie nahm einen Schluck Wein und genoß den Klang seiner tiefen Stimme. »Ich werde es mir merken.«

»Es gibt schätzungsweise fünfhundert Einwohner und mehr Möwen, als der Verfasser sich vorstellen kann«, fuhr er fort. »Fischfang und Landwirtschaft sind die Haupterwerbsquellen. Es ist seit ›uralten Zeiten‹ bewohnt und ist ›bemerkenswert wegen der Mischung keltischer, angelsächsischer und normannischer Bräuche und der von Wikingern‹. Es ist auch eines der wenigen Feudalreiche, die in Westeuropa übriggeblieben sind.«

Sie stützte ihr Kinn auf eine Hand und bewunderte die dramatischen Schatten, die das Kerzenlicht auf Michaels Gesicht warf. »Was bedeutet das praktisch?«

»Ich hoffe, Sie mögen Taubenpastete. Der Laird ist der einzige, der einen Taubenschlag haben darf.«

Catherine lachte. »Erschöpfen sich die feudalen Privilegien darin? Ich bin enttäuscht.«

Er schaute in das Buch. »Also, der Laird bezeugt dem König von England seine Hochachtung, was in diesen langweiligen modernen Zeiten selten ist.« Er überflog die nächsten Seiten. »Es gibt zweifellos mehr, aber der Autor zieht es vor, enthusiastisch über die großartigen Klippen und Grotten zu berichten. Am besten, Sie lesen die Einzelheiten selber.«

»Danke.« Seine Fingerspitzen streiften ihre, als er ihr das Buch reichte. Ihre Haut prickelte dabei. Die Intimität dieses Essens war genau das, wovor sie sich gefürchtet hatte, als sie beschloß, ihn um Hilfe zu bitten. Zuviel Nähe. Zuviel Verlangen.

Sie trank ihren Wein mit einem Schluck aus und stand auf. »Ich werde mich jetzt zurückziehen. Es war ein langer Tag.«

Er leerte sein Glas ebenfalls. »Der morgige wird noch länger werden.«

Als sie nach oben gingen, hielt er ihren Arm so zwanglos wie ein Ehemann. Aber wenn sie wirklich verheiratet wären, würde sie an diese stille Höflichkeit und intensive Männlichkeit gewöhnt sein. Sie würde nicht dieses Schwindelgefühl empfinden, das mehr zu einem sechzehnjährigen Mädchen als zu einer achtundzwanzigjährigen Witwe paßte.

Sie erreichten ihre Kammer, und Michael schloß die Tür auf. Als er beiseite trat, damit sie hineingehen konnte, schaute sie in seine Augen und wußte, daß sie kein zweites Glas Wein hätte trinken sollen. Nicht, daß sie beschwipst gewesen wäre. Nur entspannt. Es würde einfach und freundlich sein, ihr Gesicht zu einem Gutenachtkuß zu heben. Und, oh, wie gut es sein würde, seine Arme um sich zu spüren.

Unglücklich merkte sie, daß Verlangen sie wie warmer Sirup, süß und schmelzend, durchströmte. Begehren, ihr hinterhältiger Feind. Sie schluckte schwer. »Ich vergaß übrigens zu erwähnen, daß Elspeth McLeod und Will Ferris geheiratet haben. Sie leben in Lincolnshire und erwarten ihr erstes Kind.«

»Das freut mich. Sie schienen gut zueinander zu passen.« Michael lächelte sie an. »Elspeth war fast so unerschrocken wie Sie.«

Die Herzlichkeit seiner Bewunderung nahm ihr fast den Rest ihrer Vernunft. Hastig sagte sie: »Gute Nacht, Michael.«

Er berührte ihre Lippen warnend mit einem Finger. »Benutzen Sie nicht meinen richtigen Namen«, sagte er ruhig. »Ich weiß, daß es schwer sein wird, aber für Sie bin ich jetzt Colin.«

Zögernd sagte sie: »Es wird leichter sein, Sie mit einem Kosenamen anzusprechen.« Und ein solches Wort würde ihr heimliches Verlangen unauffällig ausdrücken. »Schlaf gut, mein Liebling.«

Er legte den Zimmerschlüssel in ihre Hand. Dieses Mal löste seine Berührung kein Knistern aus. Es war ein Brennen.

Sie schloß die Tür zu, verriegelte sie und sank dann auf das Bett. Ihre Zunge berührte ihre Lippen an der Stelle, wo sein Finger sie federleicht berührt hatte. Obwohl sie ihre Liebe verbergen konnte, war es viel schwerer, ihre körperlichen Reaktionen zu unterdrücken.

Sie ballte ihre Hände und dachte an die Gründe, warum sie ihr Verlangen zügeln mußte.

Weil Michael sie für eine ehrenwerte verheiratete Frau hielt.

Wegen dieses wunderschönen Mädchens, das Michael zum Lachen gebracht hatte.

Vor allem aber, weil sie die unausweichlichen Konsequenzen von Leidenschaft nicht ertragen konnte.

So gute Gründe. Warum konnte sie das Fieber in ihrem Blut nicht kühlen, als sie sich die ganze Nacht hindurch im Bett herumwarf?

Der kleine Hafen von Penward war das Tor nach Skoal. Sie fuhren direkt bis ans Ufer, wo ein halbes Dutzend Fischerboote vertäut lagen. Catherine stieg dankbar aus der Kutsche, mitgenommen von den zwei Tagen, in denen sie bei hoher Geschwindigkeit herumgeschleudert worden war.

Gemeinsam näherten sie sich dem einzigen Menschen, der zu sehen war, einem stämmig gebauten Mann, der auf einer Steinmauer saß und eine Tonpfeife rauchte, während er auf die See hinausblickte. Michael sagte: »Verzeihen Sie, Sir. Wir möchten nach Skoal. Kennen Sie jemand, der uns dorthin bringen könnte?«

Der Mann drehte sich um. Sein Blick glitt über Michael und verweilte dann auf Catherine. »Sie müssen die Enkelin des Laird sein.«

Sie blinzelte überrascht. »Woher wissen Sie das?«

»Inselaugen«, sagte er lakonisch. »Heute morgen traf die Nachricht aus London ein, daß Sie bald hier sein würden. Der Laird hat mich geschickt, um Sie zu erwarten. Sie waren schnell.« Er stand auf. »Ich bin George Fitzwilliam. Ich werde Sie hinüberbringen.«

Catherine und Michael wechselten einen Blick. Der Anwalt hatte keine Zeit vergeudet und den Laird sofort benachrichtigt. Von jetzt an würden sie unter ständiger Beobachtung sein.

Das Gepäck wurde auf Fitzwilliams Boot verladen, die Kutsche fortgeschickt. Sie fuhren hinaus auf das kabbelige Wasser. Kurz nachdem das Festland hinter ihnen verschwunden war, sagte der Kapitän: »Skoal« und deutete nach Südwesten.

Catherine betrachtete die dunkle, zerklüftete Silhouette am Horizont. Die Sonne stand tief am Himmel, so daß es schwer war, Einzelheiten zu erkennen. Langsam waren die Klippen und Hügel der Insel zu sehen. Seevögel segelten mit langsamem Flügelschlag hoch über ihnen. Ihre Schreie klangen klagend am leeren Himmel. Zuweilen stürzte sich einer pfeilgerade in das Meer auf seine Beute.

Sie segelten ein Stück um die Insel herum, nahe genug, um die Wellen zu sehen, die gegen den Fuß der Klippen schlugen. Der Reiseführer hatte recht gehabt, was die spektakuläre Landschaft betraf, aber der erste Eindruck von Skoal war abschreckend. Catherine fiel es schwer, sich vorzustellen, daß dieser abgelegene Flekken ihre Heimat werden könne.

Michael legte einen Arm um sie. Sie wußte nicht, ob

er auf die Temperatur reagierte oder auf ihre Unruhe. Wie auch immer, sie war dankbar.

Eine Lücke zeigte sich zwischen den Klippen, und das Boot steuerte darauf zu. Sie hielt den Atem an, als sie zwischen zerklüfteten Felsen hindurchsegelten. Nachts oder bei einem Sturm würde dies eine gefährliche Durchfahrt sein.

Sie kamen in eine kleine Bucht mit drei Kais und mehreren vertäuten Booten. Als sie sich dem Ufer näherten, kam eine seltsame, niedrige Kutsche, gezogen von einem Ponygespann, hinter zwei Schuppen hervor ins Blickfeld gerumpelt. Ein großer, schlanker Mann mit wettergegerbtem Gesicht stieg aus und ging ohne Eile zu dem Kai, an dem Fitzwilliam sein Boot festmachte.

Michael sprang auf den Kai, drehte sich dann um und nahm Catherines Hand, um ihr aus dem schaukelnden Boot zu helfen. Sie ließ ihn nur widerwillig los und wandte sich dann dem Neuankömmling zu. Er war Mitte Dreißig und zwanglos gekleidet, mehr wie ein Sekretär als ein Gentleman, aber er strahlte eine ruhige Autorität aus.

Er neigte seinen Kopf. »Mrs. Melbourne, nehme ich an.«

Sie öffnete ihren Mund, um zu antworten, hielt dann aber inne, beeindruckt von seinen klaren, blaugrünen Augen. Sie hatten den brillanten Farbton, den sie nur bei ihren Eltern und bei ihrer Tochter gesehen hatte. Sie reichte ihm die Hand. »Jetzt, wo ich Ihre Augen sehe, verstehe ich, warum ich von dem Anwalt in London und von Captain Fitzwilliam so leicht identifiziert werden konnte.«

Er lächelte, als er ihre Hand nahm. »Sie werden sich daran gewöhnen. Die Hälfte der Menschen hier hat die Inselaugen. Ich bin Davin Penrose, der Konstabler von

Skoal. Ich werde Sie zum Haus des Laird bringen.« Er hatte einen weichen, rollenden Akzent, mit keinem vergleichbar, den sie bisher gehört hatte.

»Penrose«, sagte sie interessiert. »Sind Sie und ich miteinander verwandt?«

»Fast alle auf Skoal sind das – es gibt nur fünf Familiennamen. Penrose, Fitzwilliam, Tregaron, De Salle und Olson.«

Namen so verschiedenartig wie die Herkunft der Inselbewohner, bemerkte sie. Sie faßte Michael beim Ellenbogen, zog ihn neben sich und sagte: »Mr. Penrose, dies ist mein Ehemann, Captain Melbourne.«

Es war das erste Mal, daß sie Michael mit Colins Namen vorgestellt hatte. Es war ein seltsames Gefühl.

Unbeeindruckt sagte Michael: »Es ist mir ein Vergnügen, Mr. Penrose. Was bedeutet es, Konstabler zu sein?«

»Das ist auf Skoal die Bezeichnung für den Verwalter des Laird, obwohl ich auch andere Pflichten habe.« Davin schüttelte seine Hand und gab dann Anweisung, das Gepäck zu verladen. Wenige Minuten später rumpelten sie auf die steilen Klippen zu, die die Bucht umgaben.

Michael sagte: »Gibt es einen Tunnel?«

Davin nickte. »Er wurde vor etwa fünfzig Jahren von Bergarbeitern aus Cornwall durch die Klippen gegraben. Dies ist die beste Bucht der Insel, aber bevor der Tunnel da war, war sie nutzlos.«

Catherine schaute hinaus und sah, daß die Straße steil anstieg, bis sie in eine dunkle Öffnung in der Klippe eintauchte. Das Licht verschwand abrupt, als sie in den grob gehauenen Tunnel gelangten. Der Schacht war gerade so groß, daß die Kutsche hindurchpaßte. »Die Ponys sind stark, daß sie uns in einem solchen Winkel bergauf ziehen können.«

»Das müssen sie auch sein«, erwiderte der Konstabler. »Die einzigen Pferde gehören dem Laird. Alle anderen benutzen Ochsen und Ponys.«

Sie gelangten wieder ans Licht, und die Straße zog sich gerade hin. Die wenigen Bäume, die zu sehen waren, waren vom Wind gebeugt und gekrümmt, aber eine Unmenge von Stechginster wuchs um sie herum. Die gelben Blüten leuchteten gelb in der untergehenden Sonne.

Als sie auf die Mitte der Insel zufuhren, passierten sie verstreut liegende Bauernhäuser, die aus rohen grauen Steinen errichtet waren, und sehr gepflegte Felder. Als sie in ein kleines Tal hinabfuhren, das üppig von größeren Bäumen und einem blauen Schleier wilder Hyazinthen erfüllt war, lebte Catherine auf. Es würde nicht schwer sein, einen Ort zu lieben, der so aussah.

Die Sonne war unter den Horizont gesunken, als sie die Residenz des Laird erreichten. Das massive Gebäude war von Zinnen gekrönt und ursprünglich sicher eine Burg gewesen, obwohl später Anbauten hinzugefügt worden waren. Davin stieg zuerst aus der Kutsche und half Catherine hinaus.

Während sie ihr Kleid glättete, kam eine Frau mittleren Alters aus dem Hause geeilt. »Hallo, Mrs. Melbourne, Captain Melbourne. Ich bin die Haushälterin, Mrs. Tregaron. Ihr Gepäck wird auf Ihr Zimmer gebracht werden, aber der Laird möchte Sie sofort sehen.«

Michael sagte. »Wir haben eine lange Reise hinter uns. Meine Frau möchte sich vielleicht etwas frischmachen, bevor sie zu ihrem Großvater geht.«

Die Brauen der Haushälterin zogen sich besorgt zusammen. »Der Laird sagte ausdrücklich, daß Sie sofort kommen sollen.«

»Es ist schon in Ordnung.« Catherine verkniff sich im

letzten Moment, Michaels Namen laut zu sagen. »Zweifellos ist er ebenso neugierig auf mich, wie ich auf ihn.«

Er sah ihr ins Gesicht und nickte dann. »Wie du willst.«

Seine Sorge um sie war erwärmend. Sie nahm seinen Arm, und sie folgten Mrs. Tregaron. Das Haus war ein Labyrinth, vollgestopft mit Möbeln, die charakteristisch für sehr alte Häuser waren. Sheraton-Sessel standen neben geschnitzten jakobinischen Eichentruhen, und fadenscheinige Gobelins hingen neben Gemälden von steifen Elisabethanern. Catherine warf einen Blick auf eines der Porträts und sah, daß aquamarinblaue Augen sie anstarrten.

Der Gang bog und wand sich, blieb aber im Erdgeschoß. Schließlich erreichten sie eine schwere Eichentür. Mrs. Tregaron klopfte und öffnete dann die Tür. »Sie sind hier, My Lord.«

Eine tiefe Stimme sagte mürrisch: »Schick sie herein.«

Catherine hob ihr Kinn. Die eigentliche Scharade würde beginnen.

21. Kapitel

Unendlich dankbar dafür, daß Michael bei ihr war, trat Catherine in das Schlafzimmer ihres Großvaters. Ein Lampenpaar beleuchtete die strengen Gesichtszüge des Mannes, der gegen die Kissen des massiven Himmelbettes gelehnt lag. Sie hielt den Atem an, verblüfft über die Vertrautheit des langen, gefurchten Gesichts unter dem dichten silbergrauen Haar. Wäre ihr Vater so alt geworden, er hätte dem Laird sehr ähnlich gesehen.

Ihr Äußeres schien ebenso überraschend zu sein. Die

aderbedeckten Hände des alten Mannes krampften sich um die Decke. »Du hast etwas von deiner Großmutter an dir.«

»Es tut mir leid, daß ich sie nie kennengelernt habe, aber ich freue mich, dich zu sehen.« Sie trat neben das Bett und nahm seine Hand. Die Knochen unter seiner Haut fühlten sich zerbrechlich an, aber seine Augen brannten noch immer voller Willenskraft. Aquamarinblaue Inselaugen. Sie drückte seine Hand und ließ sie dann los. »Großvater, dies ist mein Ehemann, Captain Melbourne.«

Michael verneigte sich respektvoll. »Ist mir eine Freude, Sie kennenzulernen, Sir.«

Die Augen des Laird verengten sich. »Ich bin nicht sicher, ob das auf Gegenseitigkeit beruht. Wie ich gehört habe, sind Sie ein verantwortungsloser Halunke.«

»Daran ist etwas Wahres«, sagte Michael milde. »Ein wirklich verantwortungsbewußter Mann würde nicht zugelassen haben, daß seine Frau und sein Kind ihn auf dem Feldzug durch Spanien begleiten.« Er lächelte Catherine an. »Aber ich fordere jeden Mann heraus, zu versuchen, sich meiner Frau zu widersetzen, wenn sie einen Entschluß gefaßt hat.«

Die Wärme in seiner Stimme, als er ›meine Frau‹ sagte, ließ ihre Kehle schmerzen. Wenn sie nur anders wäre ...

Der Laird fragte: »Wo ist meine Urenkelin?«

»Amy ist bei Freunden in London«, erwiderte Catherine.

Er schaute finster drein, während er sie zu den Stühlen winkte, die neben seinem Bett standen. »Du hättest sie mitbringen sollen.«

»Die Reise ist lang und anstrengend, und ich wußte nicht, wie Skoal sein würde.«

»So anstrengend mußte sie nicht sein«, sagte er scharf. »Als du hörtest, daß ein Erbe in Aussicht steht, bist du sehr schnell gekommen.«

Sein Tonfall veranlaßte sie, sich wie eine gierige Erbschleicherin zu fühlen. Gewiß, sie war eine. »Ich gebe zu, daß die Möglichkeit erfreulich ist, aber ich war auch daran interessiert, dich kennenzulernen. Mr. Harwell sagte, es stehe schlecht um deine Gesundheit. Deshalb schien es mir am besten, schnell zu kommen.«

Er zog seine buschigen Brauen drohend zusammen. »Glaube nicht, daß ich dir automatisch alles vermachen werde, nur weil du ein hübsches Gesicht hast. Dein Cousin Clive wurde auf der Insel geboren und kennt sie gut. Weit besser als du.«

Sie vermutete, daß ihr Großvater sie absichtlich herausforderte. »Natürlich triffst du die Entscheidung. Die Verantwortung für so viele Leben sollte nicht einfach vergeben werden.«

»Das wird sie nicht.« Sein Blick wanderte zu Michael. »Von Ihnen hängt viel ab. Ich weiß nicht, ob ich meine Insel einem Soldaten anvertrauen sollte. Mein Sohn William war verrückt danach, in die Armee zu gehen. Er war egoistisch und ungehorsam. Ungeeignet, auch nur über einen Hühnerstall zu herrschen.«

Catherines Gesicht wurde angespannt. »Ich wünschte, du würdest nicht so über meinen Vater sprechen. Er und meine Mutter waren tapfer und großherzig und die besten Eltern.«

»Ich spreche über sie, wie es mir gefällt«, sagte der Laird harsch. »Er war mein Sohn, bis er mit dieser üppigen Bauerntochter durchbrannte. Deine Mutter war darauf aus, ihn zu angeln, und sie hatte Erfolg damit. Hat ihrer beiden Leben zerstört.«

Von kalter Wut erfüllt sagte Catherine: »Ich kann

nicht verhindern, daß du unter deinem eigenen Dach so sprichst, wie du willst, aber zuhören muß ich nicht. Ich verstehe jetzt, warum mein Vater ging und von diesem Haus nie wieder sprach.« Sie erhob sich und ging zur Tür.

»Wenn du diesen Raum verläßt, kannst du es vergessen, Lady of Skoal zu werden«, schnappte der Laird.

Sie zögerte einen Augenblick, erinnerte sich ihrer schrecklichen finanziellen Situation. Dann schüttelte sie den Kopf. Sie würde nie mit ihrem Großvater auskommen, wenn er so bösartig über ihre Eltern sprach. »Mancher Preis ist zu hoch.« Sie warf Michael einen Blick zu. »Komm, Liebling. Ich glaube, es ist zu spät, um heute abend abzureisen. Wir sollten versuchen, jemanden zu finden, der uns aufnimmt.«

Die Stimme des Laird wurde lauter. »Wollen Sie zulassen, daß Ihre Frau ein Vermögen wegwirft, Melbourne? Wie, zum Teufel, haben Sie es geschafft, eine Kompanie zu befehligen, wenn Sie nicht einmal Ihre eigene Frau unter Kontrolle haben?«

»Catherine trifft die Entscheidung«, sagte Michael hart. »Ich werde sie nicht bitten, um einer Erbschaft willen Kränkungen ihrer Eltern zu ertragen. Wir brauchen Sie oder Ihr Geld nicht – ich bin durchaus fähig, eine Familie zu versorgen.« Er trat zu ihr und legte eine Hand auf ihren Rücken. Die leichte Berührung kompensierte ihre Müdigkeit und ihre bittere Enttäuschung.

Bevor sie gehen konnten, stieß ihr Großvater ein schallendes Gelächter aus. »Komm hierher zurück, Mädchen. Ich wollte sehen, was du tun würdest. Du bist eine Penrose, in Ordnung. Ich hätte keine gute Meinung von dir, wenn du wegen Geld zu Kreuze gekrochen wärest.«

Sie sagte matt: »Du wirst nicht schlecht über meine Eltern reden?«

»Nicht mehr, als sie es verdienen. Du kannst nicht leugnen, daß deine Mutter verrückt darauf war, durchzubrennen und der Trommel zu folgen, oder daß William stur war, denn offensichtlich hast du ihnen beiden nachgeeifert.«

Sie lächelte ein wenig und setzte sich wieder auf ihren Stuhl. »Nein, leugnen kann ich das nicht, obwohl ich mich gewöhnlich für ganz vernünftig halte.«

»Außer wenn du die verteidigst, die du liebst«, sagte Michael ruhig. »Dann bist du eine Löwin.«

Ihre Blicke trafen sich und verweilten ineinander. Ihr Herzschlag beschleunigte sich. Er war ein ausgezeichneter Schauspieler. Jeder, der zuschaute, mußte glauben, daß er ein Mann war, der seine Frau innig liebte.

Die Stimme des Laird beendete den Augenblick. »Sie haben mir einige Antworten zu geben, Melbourne. Zwölf Jahre Ehe und als Ergebnis nur eine Tochter? Sie können doch sicher Besseres als das leisten.«

Catherines Gesicht brannte, aber Michael sagte ruhig: »Krieg schafft nicht die besten Voraussetzungen für eine Familie. Aber selbst, wenn wir nie ein anderes Kind hätten, würde ich das nicht als Fehler betrachten. Kein Mann könnte sich mehr wünschen, als eine Tochter mit Amys Intelligenz und Mut.«

Wenn Catherine ihn nicht ohnehin schon geliebt hätte, hätte er mit dieser Bemerkung ihr Herz erobert. Aber es würde besser sein, das Thema zu wechseln. »Ich weiß nichts über die Familie Penrose. Würdest du mir etwas über meine Verwandten erzählen?«

Ihr Großvater wirkte plötzlich müde. »Deine Großmutter starb vor zwei Jahren. Sie war ein Mädchen aus Devonshire, Tochter von Lord Traynor, aber sie liebte die Insel, als ob sie hier geboren sei. Mein älterer Sohn, Harald ...«

Er hielt inne und schluckte, so daß die Bewegung seines Adamsapfels in seinem dünnen Hals deutlich zu sehen war. »Im letzten Herbst segelten er und seine Frau und sein einziger Sohn. Er kannte die Strömungen und Klippen so gut wie jeder Fischer, aber dann kam ein Sturm und schleuderte das Boot auf die Felsen. Sie ertranken in Sichtweite der Insel.«

Catherine atmete heftig ein. »Es tut mir so leid. Ich wünschte, ich hätte Gelegenheit gehabt, sie kennenzulernen.«

»Warum? Durch ihren Tod erbst du vielleicht ein Vermögen.« Das Glitzern von Tränen in seinen Augen strafte seine Grobheit Lügen.

Kein Wunder, daß die Gesundheit ihres Großvaters gelitten hatte, nachdem er in so kurzer Zeit seine ganze Familie verlieren mußte. Sanft sagte sie: »Ich hätte lieber Verwandtschaft als Geld.«

»Dann bist du eine verdammte Närrin.«

Michael sagte freundlich: »Versuchen Sie, sich jeden zum Feind zu machen, Lord Skoal, oder nur Verwandte?«

Das Gesicht des Laird rötete sich. »Ich sehe, daß Sie ebenso unverschämt wie verantwortungslos sind.«

»Wie meine Frau schätze ich es nicht zu hören, daß diejenigen, an denen mir liegt, gekränkt werden«, konterte Michael. »Catherine ist die selbstloseste, liebevollste Person, die ich je gekannt habe. Selbst wenn Sie unfähig sind zu lieben, verdient Sie Ihre Höflichkeit und Ihre Achtung.«

»Ihr seid ein widerborstiges Paar.« Der Tonfall des alten Mannes war scharf, aber er wirkte nicht ungehalten.

Catherine war der verbalen Streitereien müde und stand auf. »Wir sind zwei Tage lang gereist. Eine Gelegenheit zum Ruhen und mich frischzumachen würde Wunder auf meine Laune bewirken.«

»Ich habe das Abendessen für halb neun angeordnet. Ich möchte, daß du die wichtigen Leute der Insel kennenlernst, deinen Cousin Clive eingeschlossen.« Der Laird lächelte scharf. »Ich bin sicher, du bist gespannt darauf, den Konkurrenten kennenzulernen.«

»Ich freue mich darauf.« Sie war überrascht, daß der Laird die Kraft besaß, an einem Tisch zu sitzen. Vielleicht hatte er durch die Aussicht, andere Menschen tyrannisieren zu können, Kraft gewonnen.

»Bis später, Großvater.« Sie und Michael verließen den Raum.

Mrs. Tregaron wartete geduldig auf dem Korridor. »Möchten Sie jetzt auf Ihr Zimmer gehen?«

Michael warf Catherine einen Blick zu. Seine Miene war undurchsichtig. »Wir würden zwei nebeneinanderliegende Räume bevorzugen. Ich schlafe sehr unruhig, und ich möchte meine Frau nicht stören.«

Mrs. Tregaron schaute wieder besorgt drein. »Der Laird ist der Auffassung, daß Ehemänner und Ehefrauen zusammen schlafen sollten. Er sagt, getrennte Schlafzimmer seien unnatürlich.«

Catherine empfand das gleiche wie Michael, wagte aber nicht, zu heftig zu protestieren. Wenn sie gemeinsam auf dem Feldzug auf der Halbinsel gewesen waren, mußten sie an beengte Quartiere gewöhnt sein. Sie lächelte ihren angeblichen Ehemann beruhigend an. »Es ist schon in Ordnung, mein Lieber. Ich habe nichts dagegen, gestört zu werden, solange du es bist.«

Erleichtert führte Mrs. Tregaron sie über den Korridor und eine Wendeltreppe empor. Über die Schulter sagte sie: »Ihr Zimmer befindet sich auf der nächsten Etage, aber wenn sie diese Treppe ganz nach oben gehen, gelangen Sie zu den Zinnen. Die Aussicht ist einfach wundervoll.«

Sie folgten ihr über einen weiteren Korridor, bis sie die Tür zu einem großen Schlafzimmer öffnete, das mit Kastanienholz getäfelt und schweren jakobinischen Möbeln eingerichtet war. »Ihr Gepäck ist bereits hier. Da Sie keine Diener mitgebracht haben, Mrs. Melbourne, werde ich Ihnen ein Mädchen zuweisen. Es ist Sitte im Hause, sich vor dem Abendessen in dem kleinen Salon zusammenzufinden. Ich werde ein paar Minuten vor halb neun jemand zu Ihnen schicken, der Ihnen den Weg dorthin weist. Wünschen Sie sonst noch etwas?«

»Ein Bad wäre himmlisch.«

»Ich werde sofort heißes Wasser hochbringen lassen.«

»Ich hätte gerne einen Schlüssel für das Zimmer.« Michael warf Catherine einen schmelzenden Blick zu. »Meine Frau und ich schätzen es nicht, wenn unsere Privatsphäre unerwartet gestört wird.«

Die Haushälterin wirkte fröhlich empört, als sie sagte: »Wir benutzen auf der Insel selten Schlüssel, aber ich werde versuchen, einen zu finden.«

Kaum war Mrs. Tregaron gegangen, sank Catherine in einen Sessel. »Mein Großvater hält offensichtlich nichts davon, Menschen vor wichtigen Zusammenkünften Gelegenheit zum Ausruhen zu geben. Was hältst du von ihm?«

Michael zuckte die Schultern. »Ein Tyrann, der seine schlechten Eigenschaften gelegentlich mit Anflügen von Humor und Fairneß wettmacht.« Er durchquerte den Raum und trat ans Fenster. Sein Körper wirkte angespannt und kräftig. »Er erinnert mich an den Duke of Ashburton, obwohl er, glaube ich, nicht so kalt ist.«

»Ich denke, daß sich hinter seiner Bissigkeit Einsamkeit verbirgt.«

»Nicht überraschend, da er wahrscheinlich jeden, dem er je begegnet ist, tyrannisiert oder sich zum Feind gemacht hat«, sagte Michael trocken. »Wäre sein Erbe nicht gestorben, hätte er dich nie hierher befohlen. Er wäre, von seiner Enkelin entfremdet, ins Grab gegangen.«

»Vielleicht. Aber dennoch bedauere ich ihn.« Sie zog die Nadeln aus ihrem Haar und rieb müde ihre Schläfen. »Es muß schrecklich sein, so schwach zu sein, wenn man ein Leben lang stark und mächtig war.«

»Du bist nachsichtiger, als er es verdient.« Michael lächelte zuneigungsvoll. »Noch immer die heilige Catherine.«

Sie senkte den Blick, und ihre Erleichterung wich Unbehagen. Wie, zum Teufel, sollten sie ein Zimmer und ein Bett teilen?

Indem man das Problem direkt anging. »Es ist eigenartig«, sagte sie ernst. »Ich bin mit der Armee aufgewachsen. Mein Leben lang war ich von Männern umgeben und ein Dutzend Jahre verheiratet. Und doch fühle ich mich jetzt schrecklich verlegen.«

Michael verzog den Mund. »Dies sind wohl kaum normale Umstände – es wäre überraschend, wenn wir uns nicht eigenartig fühlten. Ich werde auf dem Boden schlafen. Durch das Verschließen der Tür verhindern wir, daß irgendein Hausmädchen unser Geheimnis entdeckt. Wir werden das schaffen.«

»Ich möchte nicht, daß du es unbequem hast.« Catherine warf einen nervösen Blick auf das große Himmelbett. »Das Bett ist sicher groß genug für zwei Personen.«

»Ich würde mich in dem Bett viel unbequemer fühlen.« Sein Blick wanderte zu ihr. Dann sah er zur Seite. »Meine Absichten sind ehrenwert, aber ich bin auch nur ein Mensch, Catherine.«

Sie zuckte zusammen. Sie wollte nicht, daß er sie begehrte. Die Situation war auch so schon kompliziert genug. »Also dann auf dem Fußboden.« Um größere emotionale Distanz zwischen sie zu bringen, fuhr sie fort: »Übrigens, ich bin neugierig gewesen. Anne Mowbry zufolge wird in den Gesellschaftsspalten der Zeitungen angedeutet, daß du auf der Suche nach einer Frau nach London gekommen bist. Hattest du Erfolg?«

Sie überlegte, ob sie das Mädchen im Park erwähnen sollte, aber er war zu sehr Gentleman, um über eine Dame hinter ihrem Rücken zu sprechen. »Ich bin ein wenig überrascht, daß Anne solchen Quatsch liest.«

Catherine lächelte und konterte mit seinen eigenen Worten. »Sie ist nur ein Mensch – und ich auch. Frauen sind immer an Ehestiftungen interessiert. Aber du wirst es hassen, zu erfahren, daß Fremde über deine Privatangelegenheiten spekulieren.«

»In der Tat.« Er sah sich im Schlafzimmer um. »Zumindest ist das Sitzbad in der Ecke durch einen Paravent abgeschirmt. Das bietet etwas Privatsphäre zum Baden und Ankleiden. Und dies wird nicht lange dauern. Wenn wir beide weiter aussprechen, was wir denken, wird der Laird uns in ein oder zwei Tagen hinauswerfen.«

Sie lachte. »Das würde die Dinge vereinfachen, aber ich glaube nicht, daß es geschieht. Er scheint es zu genießen, herausgefordert zu werden.«

»In der Tat.« Michael warf ihr einen gelassenen Blick zu. »Obwohl dein Großvater gebrechlich ist, scheint er nicht an der Schwelle des Todes zu stehen, wie der Anwalt es andeutete. Es wäre nicht möglich, diese Scharade ewig fortzusetzen, weißt du. Wenn du erbst und Colin herbringen willst, wirst du dir eine sehr gute Lüge einfallen lassen müssen.«

Nicht so gut, wie Michael dachte. Sie würde ganz einfach die Wahrheit sagen, nämlich daß Colin plötzlich verstorben war. Aber es traf zu, daß die Gefahren, die ihr Betrug barg, jetzt, wo sie auf der Insel war, viel bedrohlicher waren. »Das geschieht vielleicht nicht. Mein Großvater scheint meinen Cousin vorzuziehen. Wie dieser mysteriöse Clive wohl sein mag? Mr. Harwell sagte nichts Kritisches, aber ich hatte das Gefühl, daß er von dem Mann nicht begeistert war.«

Ein Klopfen verkündete die Ankunft zweier Mädchen, die Kessel mit dampfendem Wasser brachten. Michael ließ sie ein und sagte dann: »Ich denke, ich werde zu den Zinnen hinaufgehen, um etwas frische Luft zu schnappen. Ich werde in etwa einer halben Stunde zurück sein. Damit bleibt mir Zeit genug, um vor dem Abendessen zu baden.«

Catherine nickte. Sie verbarg ihre Erleichterung. Bei dem Gedanken, nackt im selben Raum mit Michael zu sein, war ihr heiß geworden, und er hatte sie beunruhigt, obwohl sie hinter dem Paravent sicher sein würde.

Sicher? Es würde keine Sicherheit geben, bevor diese Scharade vorbei war.

Mrs. Tregaron hatte hinsichtlich der Aussicht von den Zinnen recht. Sogar am Abend war das so. Ein paar Lichter waren zu sehen, von denen die meisten sich in dem nahen Dorf drängten. Da das Schloß auf dem höchsten Punkt der Insel stand, konnte Michael über die düsteren Felder hinweg auf das sich unendlich erstreckende, in Mondlicht getauchte Meer schauen. Ungleichmäßig schlugen die Wellen in der Ferne ans Ufer. Es würde keinen Platz auf der Insel geben, an dem man das Geräusch des Ozeans nicht hörte.

Die Luft auf der Brustwehr war angenehm kühl und nahm etwas von seiner Anspannung. Er seufzte und stützte sich auf die Steinmauer. Ein gemeinsames Schlafzimmer. Wundervoll. Das hatte noch gefehlt.

Obwohl Catherine glauben mochte, ihr Großvater sei geneigt, ihren Cousin als Erben einzusetzen, war Michael anderer Meinung. Kein Mann konnte sich mit ihrer Herzlichkeit und Intelligenz messen, und der Laird begann bereits nachgiebiger zu werden. Sie würde ihr Erbe bekommen, solange ihr angeblicher Ehemann sich ihren Großvater nicht zum Feind machte. Er hätte zu dem alten Mann nicht so unwirsch sein sollen. Dennoch hatte er keinen Schaden angerichtet. Der Laird schien es zu mögen, wenn die Menschen um ihn ein wenig Temperament bewiesen, obwohl wirkliche Opposition ihn wahrscheinlich wütend machen würde.

Er starrte auf die ferne See und versuchte, nicht an Catherine zu denken, die sich in der Sitzwanne wusch. Seife glitt über ihre glatte, blasse Haut. Warmes Wasser tröpfelte zwischen ihren vollen Brüsten. Sein Körper spannte sich an, während er sie in seiner Phantasie qualvoll deutlich vor sich sah. Gütiger Gott, aber es war lange her, seit er mit einer Frau geschlafen hatte.

Doch in gewisser Hinsicht war es unwichtig, wieviel Zeit vergangen war. Selbst wenn er den Frühling damit verbracht hätte, mit jeder Kurtisane Londons zu schlafen, würde er Catherine noch immer mit schmerzlicher Intensität begehren.

Als eine halbe Stunde vergangen war, ging er zu ihrem Zimmer hinunter. Er fand Catherine auf ihrer Seite des Bettes tief schlafend. Sie hatte gebadet und ein blaues Abendkleid angezogen, aber ihr Haar fiel offen über ihre Schultern. Sie wirkte erschöpft. Er würde sie so lange wie möglich ruhen lassen.

Frisches, heißes Wasser wartete in der Wanne. Er

badete schnell, legte dann seine Abendkleidung an und ging, um Catherine zu wecken.

Bevor er das tat, betrachtete er ihr Gesicht. Nichts konnte ihre Schönheit beeinträchtigen, doch unter ihren Augen waren Schatten. Sie mußte erschöpft sein, weil sie die ganze Verantwortung für ihre Familie trug. Colin würde keine große Hilfe sein.

Michaels Blick wanderte weiter abwärts. Das Abendkleid war schlicht, konnte aber nicht die Üppigkeit ihrer Figur verbergen. Das sanfte Heben und Senken ihrer Brüste fesselte ihn. Und der reizende Schwung ihres Ohres, das unter der dunklen Seide ihres Haares zu sehen war ...

Er atmete langsam ein. »Catherine, es ist Zeit zum Aufstehen.«

Sie seufzte und drehte sich auf den Rücken, wachte aber nicht auf.

Er legte sanft eine Hand auf ihre Schulter und sagte etwas lauter: »Catherine, das Abendessen wird bald aufgetragen.«

»M-m-mh.« Sie lächelte ein wenig und drehte ihren Kopf schläfrig in seine Hand, ihre Augen noch immer geschlossen. Ihr Mund preßte sich gegen seine Finger. Ihre Lippen waren warm und wundervoll weich.

Verlangen lohte heiß, rot und blendend in ihm auf. Er riß seine Hand zurück, als ob er sich versengt hätte. *Verdammt, denk daran, daß sie eine verheiratete Frau ist!* Er sagte scharf: »Catherine, wach auf! Es ist fast Essenszeit.«

Ihre dunklen Wimpern schlugen auf. Sie starrte ihn erschreckt an. Etwas, das fast Furcht war, stand in den Tiefen ihrer Augen.

In der Annahme, daß sie nicht wußte, wo sie war, sagte er: »Wir sind auf Skoal und wollen mit deinem schrecklichen Großvater zu Abend essen.«

Ihre Augen wurden klar, und sie richtete sich, auf eine Hand gestützt, auf. »Ich wollte mich nur für ein paar Minuten hinlegen, aber ich bin sofort eingeschlafen.«

»Es war ein langer Tag. Unglücklicherweise ist er noch nicht vorbei.«

»Mein Großvater muß glauben, daß wir unser wahres Gesicht zeigen, wenn er uns auf Herz und Nieren prüft, während wir erschöpft sind. Wahrscheinlich hat er recht.« Sie glitt vom Bett und nahm ihre Haarbürste. Mit wenigen schnellen Strichen entwirrte sie die dunkle, glänzende Masse. Dann drehte sie das Haar zu einem Knoten. Die Schlichtheit betonte die anmutige Linie ihres schlanken Halses noch mehr.

Ein Klopfen war zu hören, und eine Stimme rief scheu: »Sir, Ma'am, ich bin hier, um Sie hinunter in den Salon zu führen.«

Michael sagte ruhig: »Bereit für den nächsten Akt?«

Sie hob ihr Kinn. »So bereit, wie ich immer sein werde.«

Er öffnete die Tür und führte sie hinaus. Mit Catherine die Intimität eines verheirateten Paares zu teilen, erwies sich als weitaus schwieriger, als er erwartet hatte.

Catherine nahm Michaels Arm, als sie dem Mädchen durch das Haus nach unten folgten, aber sie hatte den Blick auf den Boden gerichtet. Sie war noch immer nervös seit dem Augenblick, als sie erwacht war und sein Gesicht über sich gesehen hatte. Sie hatte einen wunderbaren Traum gehabt, in dem Michael ihr Ehemann war und sie sich auf die Geburt ihres ersten Kindes freuten. Für einen lähmenden Augenblick war der Traum in Wirklichkeit übergegangen. Dann war er verschwunden und hatte nur leidvolles Bedauern zurückgelassen.

Der Salon befand sich in einem neueren Teil des Hauses. Als Catherine und Michael eintraten, waren fünf neugierige Augenpaare auf sie gerichtet. Der Laird saß in einem Rollstuhl. Eine Decke war über seine Beine gelegt. Ebenfalls anwesend waren David Penrose und eine hübsche Blondine, die seine Frau sein mußte, und ein älteres Paar.

Der Laird reagierte auf ihre Begrüßung mit einem Nicken. »Den Konstabler habt ihr bereits kennengelernt. Dies ist seine Frau, Glynis, und der Reverend und Mrs. Matthews.« Er stieß ein rauhes Kichern aus. »Wie man sieht, ist die Gesellschaft von Skoal nicht beeindrukkend.«

»Welch ein Glück. Ich habe festgestellt, daß Äußerlichkeiten weder einen scharfen Verstand noch ein gutes Herz ersetzen.« Catherine schenkte den Gästen ihres Großvaters, von denen die meisten sie mit einer gewissen Vorsicht betrachteten, ein herzliches Lächeln.

Entschlossen, sich gegenüber den Menschen richtig zu verhalten, die bald vielleicht ihre Lehnsleute und Nachbarn sein würden, nahm Catherine ein Glas Sherry und stieß mit allen an. Die Unterhaltung war angenehm, aber sie fragte sich, wo ihr Cousin Clive sein mochte.

Die Sherrygläser waren leer, als die Tür sich wieder öffnete. »Entschuldige bitte meine Verspätung, Onkel Torquil«, sagte eine glatte, vertraute Tenorstimme. »Was ist das für eine Überraschung, die du mir versprochen hast?«

Catherines Nackenhaar sträubte sich, als sie die Stimme hörte. Nein, es konnte nicht möglich sein ...

Ein Glitzern böser Belustigung zeigte sich in den Augen des Laird. »Es ist soweit, Clive. Komm und lerne meine Enkelin, Catherine, kennen und ihren Mann, Captain Melbourne.«

Catherine riß sich zusammen und wandte sich dem Neuankömmling zu. Sie hatte sich in der Stimme nicht geirrt. Lord Haldoran, der gelangweilte, undurchsichtige Gentleman, der mit ihr während des hektischen Frühlings in Brüssel geflirtet hatte, war ihr Cousin.

22. Kapitel

Catherine überlegte verzweifelt, während Haldoran den Raum durchquerte. War er je Michael begegnet, der sie in Belgien so oft begleitet hatte? Oder Colin? Sie konnte sich nicht daran erinnern. Doch wenn er ihr begegnet war, würde ihr Betrug auf der Stelle aufgedeckt werden, und sie hatte ihren Großvater gut genug kennengelernt, um zu wissen, daß er darüber nicht amüsiert sein würde.

Sie glaubte, ihr Herz würde stehenbleiben, als in Haldorans Augen ein merkwürdiger Ausdruck – Schock vielleicht? – beim Anblick Michaels zu sehen war. Er verschwand so schnell wieder, daß sie glaubte, sich das nur eingebildet zu haben. Er sagte herzlich: »Wie schön, Ihnen wieder zu begegnen, Mrs. Melbourne.«

Er verneigte sich vor ihr, reichte dann Michael seine Hand. »Ich glaube, ich sah Sie mit Ihrer Gattin auf einigen dieser Gesellschaften in Brüssel, aber wir wurden nie einander richtig vorgestellt. Ich bin Haldoran.«

Catherine gab sich Mühe, ihre Erleichterung zu verbergen, als die beiden Männer einander die Hände schüttelten. Es mutete wie Ironie an, daß Michaels damalige Begleitung jetzt dazu beitrug, ihre Scharade glaubhaft zu machen.

Der Laird runzelte die Stirn. »Ihr kennt euch bereits?«

»Wir sind uns im vergangenen Frühjahr in Belgien begegnet«, erwiderte Catherine. »Als es schien, daß Brüssel von den Franzosen überrannt zu werden drohte, war Lord Haldoran so freundlich, meine Tochter und die Familie, die unser Quartier teilte, nach Antwerpen zu bringen.«

»Ich bin froh, daß du nicht ausgerissen bist«, sagte ihr Großvater beifällig. »Frau zu sein ist keine Entschuldigung für Feigheit.«

»Au contraire«, sagte Haldoran mit einem Anflug von Spott. »Ihre Enkelin war in der ganzen Armee für ihre Tapferkeit bekannt. Wegen ihrer Arbeit als Krankenpflegerin bekam sie den Spitznamen Saint Catherine.«

»Das habe ich gehört«, sagte der Laird. »Das brachte mich auf die Idee, daß sie stark genug sei, Skoal regieren zu können, obwohl sie eine Frau ist.«

Es gefiel Catherine nicht, daß über sie gesprochen wurde, als ob sie nicht anwesend sei. Zum Glück lenkte Michael die Aufmerksamkeit ihres Großvaters auf sich, indem er sagte: »Nach dem, was ich gelesen habe, sind die Vorfahren der Inselbewohner Wikinger und Kelten, deren Frauen für ihren Mut und ihre Selbständigkeit bekannt waren. Mit solchem Blut in den Adern überrascht es nicht, daß Catherine sich auf die Schlachtfelder wagte.«

»Sie sind an Geschichte interessiert?« Ohne eine Antwort abzuwarten, begann der Laird seine Meinung über die Anfänge Britanniens zu erläutern, wobei Michael mit scheinbarem Interesse lauschte.

Catherine warf Haldoran einen fragenden Blick zu. »Ich bin noch immer überrascht darüber, Sie hier zu finden. Wußten Sie eigentlich im vergangenen Frühjahr, daß wir Verwandte sind?«

»Ich wußte vielleicht, daß Sie der Herkunft nach von

Skoal sein müßten, vielleicht die Tochter von William seien, aber da ich mir nicht sicher war, dachte ich, es sei besser, nicht darüber zu reden.« Er nahm ein Glas Sherry. »Als ich jedoch nach London zurückkehrte, besuchte ich Edmund Harwell und sagte, daß ich einer bezaubernden Offiziersfrau mit Inselaugen begegnet sei. Er bestätigte Ihre Identität.«

Sie erinnerte sich daran, wie beunruhigt er gewirkt hatte, als sie sich das erste Mal begegnet waren. Wieder diese Inselaugen. Hatte er ihre Verwandtschaft aus Gründen der Diskretion verschwiegen oder weil er eine mögliche Rivalin für Skoal nicht warnen wollte? Das Unbehagen, das sie immer in seiner Nähe gespürt hatte, wurde intensiver. Sie spürte, daß hinter seiner Liebenswürdigkeit eine Art von Verachtung steckte, gerade so, als ob er sich den anderen Sterblichen ringsum überlegen fühlte.

Ein Diener kam herein, um zum Abendessen zu bitten. Davin Penrose trat bescheiden hinter den Rollstuhl und brachte den Laird in den Speisesaal. Als Verwalter mußte er ständig mit ihrem Großvater arbeiten, und das erforderte ebenso Takt wie Talent. Je häufiger Catherine ihn sah, desto mehr mochte sie ihn. Sie mochte auch Glynis, seine blonde Frau, deren drolliger Humor sehr dem von Anne Mowbry ähnelte.

»Catherine, du setzt dich ans andere Ende des Tisches«, befahl ihr Großvater. »Melbourne, Sie setzen sich neben mich.«

Sie gehorchte stumm. Ihr war bewußt, daß er ihr den Platz der Gastgeberin zugewiesen hatte. Haldoran nahm zu ihrer Rechten Platz. Sie warf ihm einen kurzen Blick zu und fragte sich, ob er sich über diesen Gunstbeweis des Laird ärgerte. Sie vermochte seine Gedanken nicht zu lesen. Als der erste Gang aufgetragen wurde, sagte sie ruhig: »Mein Großvater scheint uns gegeneinander ausspielen zu wollen. Es tut mir leid.«

Er runzelte die Stirn. »Nun ja, wir sind Konkurrenten, nicht wahr? Nur einer von uns kann Skoal erben.«

Sie schaute ihn gelassen an. »Vor drei Tagen wußte ich kaum etwas von dieser Insel. Es muß Ihnen unfair erscheinen, daß ich aus dem Nichts aufgetaucht bin und nun Anspruch auf etwas erhebe, von dem Sie glaubten, es sei Ihr Eigentum.«

Er zuckte die Schultern. »Diese Erwartungen habe ich noch nicht lange. Bis zum vergangenen Jahr glaubte ich, daß Harald erben würde. Ich muß zugeben, daß es für mich verlockend ist, Feudalherr zu werden, der Laird of Skoal zu sein, aber dagegen stehen die langweiligen Verpflichtungen, die mit diesem Titel verbunden sind. Dazu kommt, daß man auf dieser Insel absolut nicht jagen kann. Ich werde nicht jammern, wenn Onkel Torquil Sie bevorzugt.«

Es war ein überzeugendes Dementi. Sie wünschte, sie könnte es glauben. Sie nahm einen Löffel von der Hummersuppe. »Wie sind wir eigentlich miteinander verwandt?«

»Mein Großvater war der jüngere Bruder Ihres Urgroßvaters«, erklärte er. »Auf der Insel gibt es für jüngere Söhne nur wenig Möglichkeiten. Deshalb begann mein Großvater eine sehr profitable Karriere als Freibeuter. Während der Jahre, in denen er aktiv war, benutzte er Skoal als Basis, zog sich dann auf ein Gut in Hampshire zurück und wurde so angesehen, daß man ihn zum Baron machte. Er behielt allerdings ein Haus auf der Insel. Ich bin hier geboren und komme regelmäßig zu Besuch.«

»Dann sind Sie auch ein Penrose, und Sie kennen die

Insel gut.« Sie aß ihre Suppe auf und fühlte sich durch das Essen irgendwie belebt.

Er schenkte ihr wieder ein breites, undeutbares Lächeln. »Da wir Cousins sind, solltest du Clive zu mir sagen.«

Sie nickte vage, obwohl sie sich eigentlich dagegen sträubte, so intim mit ihrem neugefundenen Cousin zu sein.

Reverend Matthews, der zu ihrer anderen Seite saß, fragte, ob sie je dem Duke of Wellington begegnet sei. Jedermann war an diesem Helden Europas interessiert, und so bot der Herzog ein sicheres, neutrales Thema für eine allgemeine Unterhaltung.

Catherine aß gerade von ihrer pochierten Seezunge, als Haldoran langsam sagte: »Da wir gerade von Herzögen sprechen, Melbourne. Wie ich gehört habe, war Lord Michael Kenyon, der jüngere Bruder des Duke of Ashburton, bei Ihnen in Brüssel einquartiert. Ich kenne den Herzog flüchtig. Wie ist denn Lord Michael?«

Sie verschluckte sich fast an ihrem Fisch. Es schien unmöglich, daß die Frage zufällig fiel. Vielleicht spielte Haldoran mit ihr, wartete auf den geeigneten Augenblick, ihren Betrug auffliegen zu lassen. Ihr hilfloser Blick wanderte zu ihrem Partner.

Michael brach ganz ruhig ein Stück Brot ab. »Kenyon war ein ziemlich ruhiger Bursche. Da er mit einem neuen Kommando beauftragt war, haben wir ihn nicht oft gesehen.«

Haldoran sagte: »Ruhig? Ich hatte durch seinen Bruder eher den Eindruck gewonnen, daß Lord Michael ein Lebemann sei, eine Schande für die ganze Familie.«

Michaels Finger schlossen sich fest um den Stiel seines Weinglases, aber seine Stimme blieb gelassen. »Vielleicht war er das. Ich kann es wirklich nicht beurteilen.«. Er lächelte den Reverend an. »Schließlich haben jüngere Söhne traditionell die Wahl zwischen Kirche und Armee. Ich nehme an, daß die Heiligen sich für die Kirche entscheiden.«

Matthews kicherte. »Selbst unter den Priestern sind Heilige selten.« Zu Catherine sagte er: »Werden Sie die Kirche der Insel besuchen, an Allerseelen? Die Krypta datiert aus dem siebten Jahrhundert, als das erste Gotteshaus von irischen Missionaren erbaut wurde.«

Der Vikar würde ein gutes Verhältnis mit ihr wollen, da seine Stellung von der Gnade des Laird abhing. Sie fühlte sich unwohl bei dem Gedanken, soviel Macht über das Leben eines Menschen zu haben. Zum Glück aber schien Mr. Matthews freundlich und gewissenhaft zu sein. Catherine versuchte mit einem Lächeln, ihrer Einwilligung Nachdruck zu verleihen. »Ich würde die Kirche sehr gerne besuchen.«

Der Laird nickte heftig. »Du mußt die ganze Insel kennenlernen. Davin wird dich und deinen Gatten morgen herumführen. Je schneller du alles kennenlernst, um so besser.«

Sie sah aus den Augenwinkeln, daß Haldorans Lippen schmal wurden. Sie überlegte, ob ihr Großvater sie als künftige Erbin behandelte, um Clive zu provozieren. Sie wollte das dem alten Teufel nicht abnehmen. Es war viel zu früh, anzunehmen, daß seine Wahl auf sie fiel, und sie vermutete, daß vorzeitiges Frohlocken katastrophal sein würde.

Nachdem sie und der Konstabler einen Termin für den nächsten Morgen ausgemacht hatten, sagte Haldoran: »Wenn du mit der Rundfahrt fertig bist, komm nach Ragnarök zum Tee. Die Kulisse ist wirklich dramatisch.«

»Ragnarök?« sagte sie verblüfft. »Ist das nicht die nordische Version von Armageddon?«

»Genau – die Götterdämmerung«, sagte er kühl und belustigt zugleich. »Ein melodramatischer Name für ein Haus, aber mein Großvater wollte der Wikingervergangenheit der Insel damit seine Referenz erweisen.«

»Tee sollte das Melodram etwas weltlicher machen. Wir sehen uns morgen.« Sie stand auf. »Da das Mahl beendet ist und ich am Ende des Tisches sitze, nehme ich an, es ist meine Pflicht, den Damen das Zeichen zu geben, sich zurückzuziehen, damit die Herren ihren Port trinken können. Doch, ach! Leider weiß ich nicht, in welche Richtung ich mich zurückziehen soll.«

Alle lachten, und Glynis Penrose und Alice Matthews erhoben sich und führten sie in den Salon. Es war eine Erleichterung, bei diesen Frauen zu sein, die beide erfreulich natürlich waren. Während sie Platz nahmen, sagte Glynis, die Frau des Verwalters, freimütig: »Es ist schön, Sie kennenzulernen, Mrs. Melbourne. Seit Ihr Großvater Ihre Existenz bekanntgab, hat es die wildesten Spekulationen gegeben. Man befürchtete, Sie seien eine große Dame der Gesellschaft, die mit Leuten wie uns nichts anfangen könne.«

»Ich bin nur eine Soldatenfrau«, erwiderte Catherine, die sich in einen Sessel setzte. »An mir ist überhaupt nichts Großartiges. Aber seit wir Penward erreicht haben und George Fitzwilliam begegnet sind, habe ich ständig das Gefühl, daß jeder andere mehr über meine Aufgabe weiß als ich.«

»So ist das nun einmal in kleinen Gemeinden«, sagte Alice Matthews ruhig. »Aber die Skoaler haben ein gutes Herz. Da Sie von der Insel abstammen, werden Sie bald akzeptiert werden.«

Catherine, die glaubte, daß es die rechte Zeit sei, Fragen zu stellen, sagte: »Ich weiß nichts über die Familie meiner Mutter. Habe ich irgendwelche Tanten oder Onkel oder andere nahe Verwandte?«

Glynis und Alice wechselten einen Blick, als überlegten sie, ob sie ein Geheimnis verraten sollten oder nicht. »Ihre Mutter war eine De Salle«, sagte Glynis. »Sie war ein Einzelkind, und deshalb haben Sie keine Cousins ersten Grades. Aber ich war eine De Salle, und so sind Sie und ich verwandt. Cousinen zweiten Grades, glaube ich.«

»Wie schön. Ich glaube, es wird mir gefallen, Verwandte zu haben.« Catherine beugte sich in ihrem Sessel vor. »Kannten Sie meine Mutter?«

»Ja. Obwohl ich damals noch ein kleines Mädchen war, erinnere ich mich gut an sie. Sie war das wunderschönste Mädchen, aber das haben Sie selbst gewußt.« Glynis lächelte schief. »Auch eigensinnig. Es war jedem klar, der sie mit Will sah, daß sie füreinander bestimmt waren, aber keiner ihrer Elternteile wollte das glauben. Der Standesunterschied war zu groß. Er war der Sohn des Laird und sie die Tochter eines Kleinbauern, der nicht einmal ein Mitglied des Rates war.«

»Was ist der Rat?«

Alice schaute überrascht über Catherines Unkenntnis drein und erklärte: »Der ursprüngliche normannische Freibrief besagt, daß der Laird vierzig bewaffnete Männer aufstellenkönnen muß, die für seinen Oberherrn, den Duke of Cornwall, kämpfen. Der erste Laird überschrieb jedem seiner Kämpen ein Stück Land. Das Land und das Recht, im Inselrat zu sitzen, gehen auf den ältesten Sohn über.«

»Ich verstehe. Ist Davin ein Ratsmitglied?«

Glynis warf wieder Alice einen Blick zu. »Nein, aber er war ein kluger Junge, und deshalb wurde er aufs Festland geschickt, um Landwirtschaft zu studieren.«

Catherine überlegte, was ihr verschwiegen werden

mochte. Bevor sie das Thema wieder aufgreifen konnte, gesellten der Reverend und Davin sich zu den Damen. »Der Laird wünschte, allein mit Ihrem Gatten zu sprechen.« Belustigung zeigte sich in Davins Augen. »Ich glaube nicht, daß es lebensgefährlich sein wird.«

Armer Michael. Er zahlte wirklich viel für die Krankenpflege, die ihm in Brüssel zuteil geworden war. Als er und ihr Großvater sich eine halbe Stunde später zu den anderen gesellten, war Catherine nicht überrascht, daß beide müde wirkten.

Michael kam an ihre Seite. »Möchtest du hinaus auf den Balkon gehen, um etwas frische Luft zu schnappen?«

»Das wäre sehr angenehm.« Sie gingen nach draußen. Nachdem Michael die Balkontür hinter ihnen geschlossen hatte, legte er einen Arm um ihre Schultern. »Da jeder uns sehen kann, können wir ebensogut ein wenig eheliche Zuneigung zeigen«, sagte er halblaut.

Sie lächelte, froh darüber, einen Vorwand zu haben, ihren Arm um seine Hüfte legen zu können. »Hat mein Großvater dich ausgefragt?«

Michael verdrehte die Augen. »Es war leichter, Gefangener der Franzosen zu sein. Der Laird scheint von allen wilden Sachen gehört zu haben, die Colin je getan hat. Nachdem er mir das alles ins Gesicht geschleudert hatte, erklärte er, daß ich für seine Enkelin nicht gut genug sei. Natürlich habe ich ihm sofort beigepflichtet.«

Halb amüsiert, halb entsetzt sagte sie: »Wie schrecklich. Hat ihn das beschwichtigt?«

»Schließlich ja. Nachdem ich eine Menge Platitüden darüber verbreitet hatte, wie die Schrecken des Krieges einen Mann dazu bringen können, leichtsinnig zu handeln, aber daß der Frieden und mein glückliches Überleben mich dazu gebracht hätten, über mein Leben gründlich nachzudenken und ich Änderung geschworen habe.« Er runzelte die Stirn. »Es gefällt mir nicht, ihn zu täuschen. Obwohl er schwierig ist, liegt ihm wirklich an seinen Pächtern.«

Sie biß sich auf die Lippe. »Es tut mir leid, dich in diese Lage gebracht zu haben. Du hattest von Anfang an recht, als du sagtest, es würde alle möglichen unerwarteten Konsequenzen geben.«

Er zog seinen Arm fester um ihre Schultern. »In diesem Fall glaube ich, daß der Zweck die Mittel heiligt. Du wirst eine wunderbare Lady of Skoal werden. Aber zuerst müssen wir deinen Großvater davon überzeugen, daß wir zuverlässig und sehr verheiratet sind. Er ist der altmodischen Überzeugung, daß eine Frau einen Ehemann haben muß.«

»Dann ist es an der Zeit für weitere eheliche Zuneigung.« Sie stellte sich auf die Zehenspitzen und berührte seine Lippen mit ihren.

Sie hatte das als eine Geste des Dankes und der Zuneigung gemeint und war deshalb unvorbereitet auf die Intensität seiner Reaktion. Er gab ein ersticktes Geräusch von sich und preßte seinen Mund auf ihren. Ihre Lippen öffneten sich unter dem Druck seines Kusses. Sie spürte gleitende, träge Fülle. Wilde, verzehrende Kraft. Sie fühlte sich kraftlos. Ihr Körper verschmolz mit seinem, doch zugleich war sie lodernd lebendig, ihre Müdigkeit war wie weggeblasen.

Sie hatte nicht gewußt, nicht einmal geträumt, daß ein Kuß so sein könnte. Ihre Hände öffneten sich und schlossen sich hilflos auf seinem Rücken. *Dies* war es, was sie gewollt hatte, seit sie ihm das erste Mal begegnet war. Diese dunkle maskuline Kraft, die ihre Ängste vertrieb, dieses Erblühen von Verlangen, das ihr Herz erfüllte und all ihre Sinne mitriß.

Seine Handflächen kneteten ihren Rücken, glitten über ihren Körper, und er preßte sie an sich. Dann aber zerstörte das sich erhärtende Stück männlichen Fleisches, das an ihren Bauch gepreßt war, ihre Stimmung und brachte sie in die Wirklichkeit zurück. Sie wollte aufschreien und ihn heftig von sich stoßen.

Aber es war ihre Schuld, nicht seine. Sie legte ihre Hände auf seine Oberarme, trat zurück und sagte unbekümmert: »Das sollte jeden überzeugen, daß wir verheiratet sind.«

Sie sah den Schrecken über das unterbrochene Verlangen in seinen Augen, den schnellen Pulsschlag an seinem Hals, und sie verachtete sich. Es war ihr mißlungen, Distanz zu wahren, und jetzt zahlte er für ihre Schwäche.

Da er stärker war als sie, dauerte es nur wenige Augenblicke, bevor seine Gefühle hinter der Maske kühler Belustigung versteckt waren. »Wir haben es vielleicht übertrieben. Menschen, die ein Dutzend Jahre verheiratet sind, küssen sich selten so während einer Dinnerparty. Das wäre glaubwürdiger gewesen.«

Er hob ihr Kinn und preßte seine Lippen für einen Augenblick auf ihre. Als er ihr Kinn losließ, sah sie, daß ihn diese Liebkosung unberührt ließ. Bei ihr war das anders. Die schnelle, flüchtige Bewegung hatte genügt, um das Feuer in ihrem Blut wieder zu entfachen. Voller Verzweiflung fragte sie sich, warum das Leben so unfair war. Es wäre weit einfacher gewesen, wäre sie unfähig, Verlangen zu empfinden.

Michael legte seine Hand auf ihren Rücken und führte sie wieder zu der Balkontür zurück. »Ich denke, wir haben jetzt unsere Pflicht als Gäste getan und können uns ehrenhaft zurückziehen. Ich bin so erschöpft, daß ich es nicht einmal merken werde, daß ich auf dem Boden schlafe.«

Er würde das nicht bemerken, sie hingegen sehr. Sie bemerkte jeden seiner Atemzüge.

Michael lag die halbe Nacht wach da und fühlte sich wie ein Ehebrecher. Catherines Gesichtsausdruck nach diesem verdammenswerten, unachtsamen Kuß verfolgte ihn. Natürlich hatte sie ihn ausgelöst, aber ihre Absichten waren unschuldig gewesen. Er war derjenige gewesen, der aus einer einfachen Umarmung lodernde Lust gemacht hatte.

Als sie sich von ihm löste, waren ihre Augen voller Bestürzung, fast voller Furcht gewesen. Er hatte sich dafür gehaßt, ihr das angetan zu haben. Sie betrachtete ihn als Freund und vertraute ihm in einer Situation, die für ihre Zukunft lebenswichtig war. Doch wegen dieses Kusses hatte sie ihn argwöhnisch beobachtet, als er die Tür ihres Schlafzimmers hinter ihnen verschloß. Ihr Körper war steif geworden, als ob sie befürchtete, daß er sie zu unwillkommener Aufmerksamkeit zwingen wolle, und sie sprach nicht, als sie hinter den Paravent trat, um ihr Abendkleid auszuziehen.

Sie hatte ein Nachtgewand angelegt, das groß und unförmig und völlig undurchsichtig war. Dennoch hatte sie sehr begehrenswert ausgesehen, als sie unter das Deckbett glitt.

Er hatte sein Bestes getan, um sachlich zu sein, so, als ob es eine völlig normale Sache sei, ein Schlafzimmer mit ihr zu teilen. Er richtete sein Lager so weit wie möglich entfernt von dem Bett. Er löschte sorgfältig die Kerzen, bevor er seine Nachtkleidung anlegte und sich hinlegte.

Sein Verhalten mußte ihre Besorgnis beschwichtigt haben, denn bald kam ihr Atem ruhig und gleichmäßig. Er beneidete sie um ihr reines Gewissen, Ergebnis dessen, daß sie eine Heilige und keine Sünderin war. Beweis für seine verderbte Natur war, daß er die Befriedigung nicht unterdrücken konnte, zu wissen, daß sie kurz auf ihn mit einer Intensität reagiert hatte, die ebenso groß wie seine war. Obwohl sie eine gute und tugendhafte Frau war, spürte auch sie die sexuelle Anziehung zwischen ihnen.

Es wäre sicherer, täte sie dies nicht. Während er in die Dunkelheit starrte und dem unaufhörlichen Rauschen des Meeres lauschte, überlegte er, ob ihre ehrenwerten Prinzipien stark genug sein würden, sie daran zu hindern, das Unverzeihliche zu tun.

23. Kapitel

Catherine warf ihren Kopf zurück und lachte in den Wind. »Wundervoll!«

Michael pflichtete ihr stumm bei, aber sein Blick war auf ihre Figur gerichtet und nicht auf die tosenden Wellen tief unten am Fuße der Klippe. Sie sah so unheimlich aus wie jene diabolisch wunderschöne Sirene, die Kenneth gezeichnet hatte, an einer wilden, felsigen Küste stehend und ein todbringendes Lied singend, das Seeleute ins Verderben zog. Wenn die Sirene so bildschön wie Catherine war, mußten diese alten Seeleute glücklich gestorben sein.

Davin Penrose zeigte den Besuchern Skoal, erklärte die Sehenswürdigkeiten und stellte Catherine und ihren »Ehemann« den Inselbewohnern vor. Die Skoaler verhielten sich zurückhaltend gegenüber der Enkelin des Laird. Bedächtige, nachdenkliche Blicke wanderten von ihr zu dem Konstabler, weiter zu Michael und dann zurück zu Catherine. Sie würde sich beweisen müssen, bevor man sie akzeptierte.

Michael vermutete, daß ihre Schönheit Grund für die Reserviertheit war, denn es dürfte schwerfallen zu glauben, daß eine so wundervolle Frau auch zu etwas nütze sein könnte. Mit der Zeit würden die Inselbewohner das lernen.

Davin sprach wieder. »Die Insel ist zwar klein, aber die Ufer sind so zerklüftet, daß die Küstenlinie fast vierzig Meilen lang sein soll.« Er deutete auf den felsigen Weg, der die Klippe hinunter führte. »Da unten ist Dane's Cove. Da befindet sich eine kleine Bucht. Vielleicht wollen Sie sie einmal besuchen. Ist ein schöner Platz für ein Picknick.«

Catherine lächelte. »Wenn einem die Möwen nicht das Essen rauben. Ich habe noch nie so viele Möwen gesehen.«

»Auf Skoal ist es verboten, Möwen zu töten«, sagte Davin. »Bei Nebel warnen sie die Seeleute davor, daß Land in der Nähe ist.«

Michael beschattete seine Augen und schaute in die Sonne. »Ist das da draußen eine andere Insel oder eine Luftspiegelung?«

»Das ist Bone, unsere Schwesterinsel. Sie ist fast so groß wie Skoal. Haben Sie von ihr gehört?«

»Ich fürchte nicht«, erwiderte Catherine. »Es ist ein sehr seltsamer Name – Bone. Das bedeutet Knochen.«

»Eigentlich nicht so seltsam«, sagte Davin trocken. »Skoal bedeutete in der alten Wikingersprache ›skull‹, also ›Schädel‹. Der Trinkspruch der Krieger, ›Skoal!‹ bezog sich auf den Schädel eines Feindes, aus dem getrunken wurde. Da die Wikinger dieser Insel den Namen gaben, leuchtet es ein, daß die Nachbarinsel Bone genannt wurde.« Da Catherine ihm zuvor gestattet hatte, zu rauchen, wenn er wollte, zog Davin eine Tonpfeife heraus und füllte sie mit Tabak aus seinem Beutel. »Bone gehört zum Amtsbezirk von Skoal, und damit gehört sie auch dem Laird.«

Catherine blickte auf die Wellen mit den weißen Gischthauben hinaus. »Lebt dort jemand?«

»Es ist ein unheilvoller Ort.« Davin schützte den Kopf seiner Pfeife vor dem Wind und entzündete den Tabak. »Es gibt dort eine große Seevogelkolonie, und Schafe und Rinder weiden da, aber seit mindestens hundert Jahren lebt kein Mensch mehr auf Bone.«

»Warum gilt die Insel als unheilvoll?« fragte Michael.

»Irische Mönche haben dort genau wie hier gesiedelt, wurden aber während eines Osterfestes beim Singen der Messe von Wikingern ermordet. Es dauerte lange, bis Bone wieder besiedelt wurde. Am Anfang lief alles recht gut. Dann wurden alle Männer, Frauen und Kinder durch eine Seuche hingerafft. Seitdem will dort niemand mehr leben.« Der Konstabler blickte nachdenklich über das Meer. »Es gibt andere Probleme. DieLandschaft ist felsig und nicht so fruchtbar wie hier. Und obwohl die Inseln nur wenige Meilen auseinanderliegen, ist die See so grob und die Strömung so stark, daß eine Überfahrt schwerfällt.«

Catherine fragte beeindruckt: »Ist es möglich, sie zu besuchen?«

»O ja, mit einem guten Seemann und bei ruhigem Wetter. Wir fahren ein oder zwei Mal im Jahr hinüber, um die Schafe zu scheren und Rinder zu schlachten. Ein schweres Stück Arbeit, aber dadurch kann auf Skoal mehr Land für Getreideanbau kultiviert werden.«

»Dann ist Skoal also ein winziges Königreich?« stellte Catherine fest. »Es ist fast völlig unabhängig, und die Menschen, die hier seit Jahrhunderten verwurzelt sind, kennen und lieben jeden Zentimeter des Landes. Sie müssen stolz darauf sein, daß Sie zu all dem so viel beitragen.«

Davin biß fest auf das Mundstück seiner Pfeife, und ein Muskel zuckte an seinem Kiefer. Catherine bemerkte das nicht, weil sie noch immer nach Bone hinüberschaute, aber Michael sah es und war überrascht. Er überlegte, was eine solche Reaktion bei einem Mann auslösen mochte, der gewöhnlich so gelassen war. Man hätte meinen sollen, der Konstabler wäre erfreut darüber, Anerkennung bei einer Frau zu finden, die vielleicht seine Dienstherrin werden würde.

Nach langem Schweigen nahm Davin die Pfeife aus dem Mund und sagte leidenschaftslos: »Ich tue nur meine Arbeit. Jeder auf Skoal trägt auf seine Weise etwas für alle bei. Wir brauchen einander und vertrauen uns. Auf dieser Insel gibt es keine verschlossenen Türen.«

Als sie dorthin zurückgingen, wo ihre Pferde angebunden waren, kamen Glynis Penrose und zwei kleine Jungen hinter einer Gruppe windgebeugter Bäume hervor. Die Frau des Konstablers trug auch ein Kleinkind in einer Trageschlinge, die aus einem Schal gewunden war.

Sie lächelte die Besucher strahlend an, während die älteren Kinder losrannten, um ihren Vater zu begrüßen. »Einen guten Tag Ihnen beiden. Dies sind unsere Jungen, Jack und Ned.« Sie grinste. »Ich glaube, die haben Sie hier entlangreiten sehen. Sie hofften, Sie zu treffen. Sie beide sind die aufregendste Neuigkeit auf Skoal seit Jahren.«

Jack und Ned verbeugten sich höflich, als sie Catherine vorgestellt wurden, doch ihr wirkliches Interesse galt Michael. Jack, der acht Jahre alt war und diese lebhaften Inselaugen hatte, sagte: »Sie waren in Waterloo, Captain Melbourne?«

Michael bestätigte das und wurde augenblicklich von ihnen mit Fragen bestürmt. Ned, der zwei oder drei Jahre jünger war und die blauen Augen seiner Mutter hatte, bevorzugte die Kavallerie, wogegen Jack die Rifles verehrte. Er war offensichtlich ein Kind von herausragender Intelligenz.

Während Michael den Schwall von Fragen beantwortete, sagte Catherine: »Wer ist das jüngste Familienmitglied?«

»Das ist Emily.« Glynis nahm das Baby aus der Tragschlaufe. »Möchten Sie sie einmal nehmen?«

»O ja.« Catherine übernahm das Kind voller Begeisterung. »Was für ein hübsches Ding. Ich bin deine Cousine Catherine. Bist du Mamas Lieblingsmädchen?« Sie rieb ihre Nase an der des Kindes. »Der kleine Schatz deines Papas?«

Emily quietschte vor Vergnügen und streckte ihre pummeligen Ärmchen aus. Bald unterhielten sich die beiden mit den unverständlichen Geräuschen der Babysprache.

Der Anblick von Catherines strahlendem Gesicht schnürte Michael die Kehle zu. Sie verkörperte für ihn das Ideal einer Frau. Sie war die liebende Mutter, die jedes Kind verdiente, aber nur wenige hatten. Die unwiderstehliche Frau, die sein Herz erobert hatte. Die aufopfernd sorgende Krankenpflegerin, die ihr Leben gewagt hatte, um seines zu retten.

Die Ehefrau, die nicht seine eigene war.

Und obwohl er sich dagegen wehrte, begehrte er sie. In einem Augenblick bittersüßer Klarheit wurde ihm bewußt, daß er sein Verlangen nicht bedauerte, obwohl es seine Mission so schwermachte. Das bloße Zusammensein mit Catherine war fast jeden Preis wert.

»Was für ein Schatz«, sagte Catherine, als sie das

glucksende Baby seiner Mutter zurückgab. »Es ist interessant – ich habe bemerkt, daß die meisten Inselbewohner entweder dunkles Haar haben wie ich und Davin und Jack oder blondes, wie Sie und Ned und Emily. Fast niemand scheint eine Haarfarbe zu haben, die dazwischenliegt, wie zum Beispiel braunes Haar.« Sie schaute Michael mit einem Lächeln an. »Wie du. Du hast keinen Tropfen Skoal-Blut.«

Tatsächlich hatte er mehr als nur einen Tropfen von ihr bekommen, aber er vermutete, daß dies in diesem Zusammenhang nicht zählte.

»Sie haben recht«, sagte Glynis nachdenklich. »Ich vermute, daß unsere Vorfahren überwiegend blonde Skandinavier oder schwarzhaarige Kelten waren.«

Ihr Gatte fügte hinzu: »Es gibt eine alte Legende, wonach die Inselaugen von einem Selkie stammen – das ist eine mystische Kreatur, die im Meer eine Robbe und auf dem Land ein Mensch ist.«

»Das ist eine großartige Geschichte«, sagte Glynis. »Der Selkie liebte ein Mädchen mit kohlrabenschwarzem Haar und dem Lächeln eines Engels. Aber er konnte nur bei Vollmond an Land kommen, und sie konnte nicht zu ihm ins Meer gehen. Sie wurden ein Liebespaar, und sie gebar ihm ein Kind. Aber sie war verheiratet, und als ihr Ehemann das Meer in den Augen des Babys sah, ging er mit seinem Langbogen nach Seal Rock und tötete seinen Rivalen. Man erzählt sich, daß der Geist des Selkie bei Vollmond noch immer nach seiner Geliebten ruft.«

»Die Moral scheint zu sein, daß Ehebrecher ein böses Ende finden«, sagte Michael trocken.

Glynis warf ihm einen amüsiert verärgerten Blick zu. »Angelsachsen kennen keine Romantik.«

»Ich fürchte, nicht«, stimmte er zu. Und gegen Ehebruch hatte er definitiv etwas.

Der Konstabler schaute kurz auf seine Taschenuhr. »Da Lord Haldoran Sie zum Tee eingeladen hat, sollten wir aufbrechen.« Er lächelte seine Frau liebevoll an. »Ich werde zum Abendessen daheim sein.«

Die Reisenden stiegen wieder auf und winkten Glynis und den Jungen ein Lebewohl zu. Sie folgten dem Weg über die Klippe etwa eine halbe Meile. Die fruchtbaren Felder endeten, wichen dichtem, vom Wind gestutzten Gestrüpp. Der Pfad bog scharf ab, und Davin zügelte sein Pferd. »Lord Haldoran wohnt auf Little Skoal. Dies ist der Neck, der natürliche Damm, der die beiden Teile der Insel miteinander verbindet.«

Michael hob die Brauen, während er das gefährliche steinerne Band und die Wogen betrachtete, die tief unten gegen zerklüftete Felsen schlugen. »In dem Reiseführer wurde erwähnt, daß der Neck nur drei Meter breit ist und einige hundert Meter hoch über dem Meer liegt, aber Worte werden dem nicht gerecht.«

»Der Autor hat übertrieben. Der Neck ist an einigen Stellen gut vier Meter breit«, sagte Davin mit trockenem Humor. »Aber die Tiere werden hier nervös. Deshalb ist es besser, hinüber zu laufen.«

Sie stiegen ab und machten sich auf den Fußweg über den Neck, wobei sie ihre Pferde führten. Catherine blieb in der Mitte stehen und blickte über den Rand nach unten. Der heftige Wind zerrte an ihrer Kleidung, und das Geräusch der Wellen war so laut, daß sie ihre Stimme heben mußte. »Sollte hier kein Geländer sein?«

»Das ist nicht nötig«, erwiderte Davin. »Hier ist in all der Zeit nur einmal ein Mann hinuntergestürzt, und er war betrunken. Die Inselbewohner wissen, daß sie vorsichtig sein müssen.«

Sie schaute zweifelnd zu den Felsen hinunter. Wenn

sie die Lady werden sollte, würde es bald ein Geländer geben.

Der Konstabler fügte hinzu: »Übrigens, diese kleine Insel da drüben ist Seal Rock, wo der Legende nach der Selkie getötet wurde.«

Auf einem der nackten Felsen, die in der Ferne zu sehen waren, drängten sich mit Sicherheit sonnende Robben. Catherine hatte ein Bild vor Augen, in dem eine Robbe im silbernen Licht des Vollmondes an Land kam und sich in einen Mann verwandelte. Wenn er groß und geschmeidig und stark war, so wie Michael, und ebenso hypnotische Augen hatte, war es verständlich, daß ein Mädchen Ehre und Vernunft vergessen konnte ...

Mit einem Seufzer setzte sie ihren Weg über den Neck fort. Ehebruch war kein Problem für sie, da sie keinen Mann mehr hatte. Das unlösbare Dilemma lag tief in ihr.

Ragnarök lag nur einen kurzen Ritt vom Neck entfernt. Es stand nahe dem Rande der Klippen. Obwohl der Name uralt war, wirkte das Haus relativ neu. Seine ruhigen palladionistischen Formen schienen fast nicht in diese wilde, windgepeitschte Landschaft zu passen.

Davin stieg nicht ab, als sie den Zufahrtsweg erreichten. »Wenn Sie nichts dagegen haben, lasse ich Sie hier allein. Ich habe noch Arbeit zu erledigen. Finden Sie den Weg zurück zum Schloß?«

»Keine Sorge«, sagte Michael, während er Catherine aus dem Damensattel half. »Skoal ist nicht groß genug, um sich verirren zu können.«

Der Konstabler tippte an seine Hutkrempe und trabte dann über den Weg zurück. Catherine schaute ihm nach. »Ich habe das Gefühl, daß er lieber nicht bei Lord Haldoran zu Gast sein möchte.«

Bevor Michael antworten konnte, trat ein breiter, muskulöser Mann mit vernarbtem Gesicht aus dem

Haus. »Ich bin Doyle«, sagte er lakonisch. »Ich führe Ihre Pferde in den Stall.«

Catherine musterte Doyle neugierig, während sie ihm ihre Zügel reichte. Er kam ihr bekannt vor. Sie vermutete, daß sie ihn in Brüssel gesehen hatte, daß er einer der kräftigen Diener gewesen war, die Haldoran geholfen hatten, Amy und die Mowbrys nach Antwerpen zu geleiten. Doyles Londoner Akzent verriet, daß er nicht von Skoal stammte, und mit seinem entstellten Gesicht wirkte er sehr brutal. Er war wie das Haus selbst ein sonderbarer Anblick an diesem abgelegenen Ort.

Sie stiegen die Treppe empor und wurden von dem Butler, ebenfalls einem hart wirkenden Londoner, in ein glänzendes marmornes Foyer geführt. Offensichtlich mochte Haldoran Diener, die zugleich als Wachen Dienst tun konnten.

Haldoran kam die Treppe hinunter. »Hallo, Cousine Catherine, Captain Melbourne. Wie finden Sie unsere Insel?«

»Einzigartig und sehr schön.« Catherine reichte ihren Hut und ihre Reitgerte dem Butler. »Vielleicht nicht fruchtbar, aber doch sehr gepflegt. Ich habe nichts gesehen, woran es den Menschen mangelt.«

»Jeder hat ein Dach über dem Kopf, Essen im Bauch und Schuhe an den Füßen. Das ist mehr, als man von den meisten Orten auf dem Festland sagen kann.« Er nahm ihre Hand, hielt sie einen Augenblick länger als ihr lieb war und führte sie dann in den Salon.

Die Konversation bei Tee und Kuchen war so höflich, wie man es sich nur vorstellen konnte. Haldoran ermunterte Catherine, über das zu sprechen, was sie gesehen hatte. Michael redete wenig. Seltsam, dachte sie, wie er einen Raum dominieren konnte, ohne ein Wort zu sagen.

Als sie fertig gegessen hatten, sagte ihr Cousin: »Möchtest du Ragnarök sehen? Die Aussicht ist wirklich außergewöhnlich.«

Da sie fand, daß sie ihn mit seinem Namen anreden sollte, sagte sie: »Sehr gerne, Clive.«

Haldoran führte sie durch das Erdgeschoß und erzählte amüsant von der Geschichte des Hauses. Catherine genoß das mehr, als sie erwartet hatte. Ihr Cousin besaß einen ausgezeichneten Geschmack und sammelte leidenschaftlich gern schöne Dinge. Das Ergebnis war ein wahrer Schatz an polierten Möbeln, Orientteppichen und Kunstgegenständen.

Die Führung endete oben im hinteren Teil des Hauses. Als Haldoran die letzte Tür öffnete, sagte er: »Ich glaube, das werden Sie interessant finden, Captain.«

Darin befand sich eine Galerie mit breiten Fenstern zum Meer hin. Catherine glaubte, es sei nur ein weiterer schöner Raum, bis ihr bewußt wurde, daß es sich um eine Waffenkammer handelte. Die Wände waren kunstvoll mit alten Schwertern geschmückt, mit Hellebarden und Dolchen. Dazu gab es verglaste Schränke für besonders kostbare Stücke.

Ihr Mund wurde schmal, als sie sich umsah. Da sie mit der Armee aufgewachsen war, empfand sie keine Zuneigung zu Waffen. Ganz im Gegenteil. Es gab eine starke Dissonanz zwischen dem strahlenden Sonnenschein, der durch die Fenster hineinfiel, und dem metallischen Glanz von Tod auf allen Seiten.

»Außerhalb eines Highland-Schlosses habe ich eine solche Sammlung noch nie gesehen«, bemerkte Michael. »Sie haben Waffen, die ganz anders sind als die, die ich kenne.«

Haldoran öffnete einen Schrank und nahm eine ungewöhnlich lange Pistole heraus. Er strich mit einer gewissen Sinnlichkeit über den Messinglauf. »Diese hier hat sechs Kammern und ist eine der ersten mehrschüssigen Feuerwaffen, die je gebaut wurden. Das war vor fast zweihundert Jahren. Sie ist schwer zu laden, schrecklich ungenau und anfällig für Fehlzündungen, aber interessant.«

Michael betrachtete die Pistole mit professioneller Gründlichkeit und gab passende Kommentare ab, bevor er sie zurückreichte.

Haldoran legte die Pistole wieder in den Schrank. »Ich habe auch mehrere hervorragende Schwerter. Kennen Sie sich mit Damaszenerstahl aus?«

»Wenn ich mich recht erinnere, ist er mehrfach geschmiedet und mehrfach in sich geschlagen, wie französische Pasteten«, erwiderte Michael. »Es heißt, Damaszenerklingen seien schärfer als jede europäische Klinge.«

»So ist es.« Haldoran öffnete eine Zunderbüchse und steckte eine Kerze an, die auf einem Schrank stand. »Sehen Sie sich das an.«

Er nahm ein elegant geschwungenes Schwert aus einem Behälter ähnlicher Waffen. Er faßte den Griff mit beiden Händen, holte aus, und die Klinge schnitt mit bösartiger Geschwindigkeit durch die Kerze.

Catherine keuchte, als die Klinge das Wachs so glatt durchschnitt, daß die beiden Hälften der Kerze zusammenblieben. Die Flamme brannte weiter und flackerte kaum merklich. »Das ist unglaublich. Ich wußte nicht, daß ein Schwert so scharf sein kann.«

»Ich bin froh, daß ich nie einem Franzosen gegenüberstehen mußte, der eine solche Klinge hatte«, fügte Michael hinzu. »Ich möchte nicht sehen, was die bei Fleisch und Knochen anrichten kann.«

»Ist kein hübscher Anblick.« Haldoran stellte das

Krummschwert in den Schrank zurück und nahm dann aus einem anderen Behälter ein ungewöhnliches Objekt. »Haben Sie je ein indisches Wurfmesser gesehen, Captain? Dadurch, daß der Griff im richtigen Winkel zur Klinge steht, bekommt es ein phänomenales Gleichgewicht. Im Nahkampf soll es eine tödliche Waffe sein.«

Während die Männer über exotische Dolche zu sprechen begannen, trat Catherine an eines der Fenster. Etwas war obszön an Clives Leidenschaft für Waffen. Sie fragte sich, ob er auch so wäre, wenn er je in einer richtigen Schlacht gekämpft hätte. Gewöhnlich zerstörte Krieg romantische Vorstellungen von Gewalt.

Da das Haus auf einer Klippe stand, bot die Galerie einen umwerfenden Ausblick auf das Meer. Tief unten schmetterte das Wasser unablässig gegen die Felsen. Während ihres Rundrittes am Vormittag hatte sie mehrere sanfte Buchten gesehen, doch der größte Teil der Küstenlinie der Insel bestand aus abweisendem Stein. In der Ferne konnte sie die dunkle Silhouette von Bone sehen. Skull und Bone. Schädel und Knochen. Sollte sie hier den Rest ihres Lebens verbringen?

Hinter ihr sagte Haldoran: »Was hältst du von unserem noblen Konstabler, Catherine?«

Sie drehte sich um und lehnte sich an die Fensterbank. »Davin? Er scheint alles über die Insel zu wissen, was wichtig ist, und die Pächter mögen und respektieren ihn. Ich denke, mein Großvater kann sich glücklich schätzen, einen solchen Mitarbeiter zu haben.«

»Ich gestehe zu, daß er überaus fähig ist, aber das hatte ich nicht gemeint. Hattest du keine stärkeren Gefühle? Kein Gespür für Verwandtschaft?«

Verärgert fragte sie: »Was versuchst du damit zu sagen? Ich mag Davin, aber ich kenne den Mann kaum. Warum sollte ich Verwandtschaft spüren?«

Clive lächelte böse. »Weil der gute, nüchterne Davin dein nächster Verwandter ist – dein einziger Cousin ersten Grades.«

»Ich dachte, meine Mutter war ein Einzelkind.«

»Das war sie. Davin stammt von der Linie deines Vaters ab – er ist das uneheliche Kind, das Harald mit einem Inselmädchen hatte.«

Catherine starrte ihn an. »Heißt das, er ist der Enkel des Laird? Wenn das wahr ist, weiß mein Großvater das?«

»O ja, das weiß er. Jeder auf der Insel weiß das. Als Harald einundzwanzig wurde, verkündete er, daß er diese Inselschöne heiraten wolle, die aus der bäuerlichen Linie der Penroses stammt. Der Laird schickte ihn prompt auf eine Bildungsreise, aber es war zu spät – das Kindchen war bereits schwanger. Es gelang ihr, diese Tatsache vor allen zu verbergen, selbst vor ihrer Familie. Und das fast bis zum Ende. Dann starb sie im Kindbett und rief nach ihrem Liebsten. Das Kind blieb bei ihren Eltern und wurde von ihnen aufgezogen.« Haldorans Augen glitzerten, als ob er die Geschichte amüsant fände. »Harald verzieh seinem Vater eigentlich nie, als er zurückkehrte und erfuhr, was geschehen war. Er kümmerte sich um Davin und sorgte dafür, daß er eine angemessene Erziehung bekam, aber natürlich war der Junge trotzdem ein Bastard.«

Catherine umklammerte mit einer Hand die Fensterbank hinter sich. Kein Wunder, daß Glynis und Alice Matthews so unbehagliche Blicke gewechselt hatten, als sie am Abend zuvor über ihre Verwandten gesprochen hatten. »Mit anderen Worten, Davin wäre der nächste Laird von Skoal, wenn er legitim wäre.«

»Ja, aber es dürfte wohl kaum damit zu rechnen sein, daß der Laird den Bastard seines Sohnes öffentlich anerkennt.« Haldoran lächelte mit unaufrichtiger Freundlichkeit. »Ich dachte, du solltest das wissen, da es alle anderen wissen.«

Michael, der still zugehört hatte, sagte: »Glauben Sie, Davin hätte irgendeine Abneigung gegen meine Frau als mögliche Erbin?«

»Ein wenig vielleicht, aber er ist zu stumpf, um Schwierigkeiten zu machen. Wenn man ihn als Konstabler im Amte läßt, wird er dir gut dienen.« Haldoran ließ das Thema so plötzlich fallen, wie er es angesprochen hatte, trat an einen Gewehrständer und nahm eine lange Rifle heraus. »Dies ist eine amerikanische Kentucky-Rifle. Sie sieht einfach aus, aber es ist die genaueste Feuerwaffe, die ich je benutzt habe. Schauen Sie selbst.«

Er lud die Waffe, öffnete dann ein Fenster, so daß die feuchte Luft und die grellen Schreie der kreisenden Möwen hineindrangen. Er kniff die Augen konzentriert zusammen, während er zielte. Als er feuerte, war der Knall in der Galerie fast ohrenbetäubend. Catherine zuckte zusammen, als eine Seemöwe in der Ferne aufschrie und dann leblos ins Meer stürzte. Die anderen Möwen schossen wild kreischend davon.

»Guter Schuß«, sagte Michael kühl, »aber ich dachte, es sei auf Skoal verboten, Möwen zu töten.«

»Eine mehr oder weniger wird nicht auffallen.« Haldoran drehte sich um. Sein Blick war herausfordernd. »Aber da Sie Soldat sind, werden Sie sicher ein besserer Schütze als ich sein.«

»Nicht unbedingt. Die Aufgabe eines Offiziers ist es, zu führen und nicht, den Feind persönlich zu töten.«

»Sie sind zu bescheiden. Nur zu, probieren Sie die Rifle. Skoal kann gewiß noch auf eine weitere Möwe verzichten.« Haldoran stopfte eine weitere Kugel und Pulver in den Lauf und reichte dann die Rifle seinem Gast.

Michael zögerte einen Augenblick. Dann wurde sein Gesichtsausdruck hart, und er ergriff das Gewehr. Nachdem er einen Blick aus dem Fenster geworfen hatte, sagte er: »Da ich kein Inselbewohner bin, möchte ich das Gesetz nicht brechen. Ich werde dieses Gebüsch auf der Landzunge als Ziel nehmen. Den obersten Ast.«

Catherine kniff die Augen zusammen. Sie konnte das Gebüsch kaum erkennen. »Es ist unmöglich, auf diese Entfernung genau zu schießen.«

Das Gebüsch wankte im Wind, so daß der Schuß noch schwieriger wurde. Sie sah aus den Augenwinkeln, daß Haldoran lächelte.

Michael hingegen nahm ganz einfach das Gewehr, visierte über den Lauf der Kentucky-Rifle an und betätigte den Abzug. Weit draußen, auf der Landzunge, wirbelte der oberste Ast davon und fiel dann von der Klippe herab ins Meer.

Haldorans Miene erstarrte. »Gut gemacht«, sagte er kurz. »Das war hervorragende Schießkunst.«

»Es ist eine gute Waffe«, sagte Michael unverbindlich, während er sie zurückreichte.

»Sind Sie im Fechten auch so gut wie beim Schießen, Captain?« sagte Haldoran. Seine Stimme klang scharf.

Michael zuckte die Schultern. »Ich weiß, wie man ein Schwert benutzt, um sich zu verteidigen, aber ich bin kein Experte.«

Catherine schaute unbehaglich zu. Zwischen den beiden Männern gab es eine Art unausgesprochenen Wettbewerb, den Haldoran voranzutreiben versuchte, wogegen sich Michael dem widersetzte. Was, zum Teufel, versuchte ihr Cousin zu beweisen? Da ihr das nicht gefiel, sagte sie: »Wir sollten jetzt gehen. Hab vielen Dank für die Einladung, Clive.«

»Du darfst nicht einfach davoneilen, Catherine.« Er

trat an einen anderen Schrank und nahm zwei identische Kavalleriesäbel heraus. »Ich möchte ein weiteres Beispiel der Kunstfertigkeit deines Gatten sehen.« Er faßte einen Säbel bei der Klinge und warf ihn, das Heft voraus, Michael zu, der ihn geschickt in der Luft auffing.

Haldoran hob den anderen Säbel zu einem spöttischen Gruß. »*En garde,* Captain.« Ohne weitere Warnung sprang er vor und griff todbringend an.

24. Kapitel

Catherines Herz blieb fast stehen, als Haldoran seinen Degen gegen Michaels Brust stieß. Bevor sie aufschreien konnte, hatte Michael die Klinge des anderen Mannes pariert.

»Bist du wahnsinnig, Clive?« rief sie. »Es ist verrückt, mit ungeschützten Klingen zu kämpfen.«

»Unsinn.« Ihr Cousin schlug wieder zu. Es gab ein durchdringendes metallisches Knirschen, als Schwert auf Schwert prallte. »Das ist nur Sport. Es wird keine Verletzungen geben. Nicht wahr, Captain?«

»So harmlos, als spielte man eine Scharade«, sagte Michael ironisch. Er parierte einen weiteren Schlag. »Welcher Sportsmann könnte dem widerstehen?«

»Freut mich, daß Sie dem beipflichten.« Clive versetzte seinen Worten mit ein paar lockenden Stößen Nachdruck, um das Geschick seines Gegners zu testen. »Aber der schönste Sport ist, in den Shires zu jagen. Haben Sie das je getan?«

»Das war mir nie vergönnt, aber gute Jagdmöglichkeiten gibt es auch anderswo.« Michael wehrte den Säbel des anderen Mannes unelegant ab. »Ich habe schöne Jagden in Spanien mit den dortigen Windhunden erlebt.«

»Das klingt zwar bäuerisch, aber amüsant.« Haldoran griff an, und es gab ein lautes Klirren von Schlag und Gegenschlag. Das Gespräch erstarb, wurde durch das heftige Atmen der beiden ersetzt, die in der Mitte der Galerie kämpften. Clive war ein erstklassiger Säbelfechter, der jede Schwäche rasch zu seinem Vorteil nutzte. Michael war langsamer. Seine Bewegungen wirkten im Vergleich fast unbeholfen.

Catherine schaute in ersticktem Schweigen zu. Obwohl ihr Cousin behauptete, dies sei Sport, würde Michael am Ende möglicherweise ernstlich verwundet oder Schlimmeres sein, wenn es ihm nicht gelang, sich gut zu verteidigen. Es dauerte einige Zeit, bis sie erkannte, daß er sich absichtlich zurückhielt. Seine offensiven Schläge mochten uneffektiv sein, doch irgendwie war sein Schwert immer so in Position, daß er vor der Klinge seines Gegners geschützt war. Obwohl er sich immer wieder zurückzog, war er nie in die Enge gedrängt. Es war eine Vorstellung von vollendetem Können. Nur jemand, der ihn gut kannte, würde begreifen können, was er tat.

Der Kampf endete, als Haldoran plötzlich die Abwehr seines Gegners durchbrach. Catherine keuchte, als sie sah, wie die Klinge gegen Michaels Kehle gestoßen wurde. Im letztmöglichen Augenblick riß Michael seinen Säbel hoch, um den Schlag abzuwehren. Clives Klinge hüpfte und rutschte nach unten. Die Spitze traf Michael seitlich am Handgelenk und hinterließ eine scharlachrote Spur.

»Mein lieber Mann, es tut mir so leid.« Haldoran trat zurück und senkte die Spitze seines Schwertes. »Ich wollte nicht, daß Blut fließt, doch vor Freude darüber, einen würdigen Gegner zu haben, vergaß ich mich.« Der Triumph in seinen Augen strafte seine Entschuldigung Lügen.

»Nichts passiert. Ist nur ein Kratzer.« Michael legte seinen Säbel auf einen Schrank und zog sein Taschentuch heraus.

Mit klopfendem Herzen durchquerte Catherine die Galerie, um die Verletzung zu untersuchen. Zum Glück war sie wirklich so geringfügig wie Michael gesagt hatte. Sie band sein Taschentuch um den flachen Schnitt. Als sie fertig war, warf sie Haldoran einen wütenden Blick zu. »Du hast erschreckende Vorstellungen von Sport, Cousin.«

»Es wird nicht wieder geschehen«, versprach er. »Beim nächsten Mal können wir die stumpfen Florette nehmen. Aber es war ein seltenes Vergnügen, die Schwerter mit einem geschickten Kämpfer zu kreuzen. Sie waren wieder überaus bescheiden, was Ihr Können anbelangt, Captain.«

»Ich habe nur gelernt, das zu tun, was getan werden muß.« Michael zog seinen Ärmel über sein verbundenes Handgelenk. »Danke für einen unterhaltsamen Besuch, Haldoran.«

»Das Vergnügen war ganz auf meiner Seite. Das gesellschaftliche Leben auf dieser Insel ist oftmals recht langweilig.« Clive seufzte mit ehrlichem Bedauern, wie es schien. »Unglücklicherweise werde ich morgen für ein paar Tage nach London reisen. Ich hoffe, Sie sind noch hier, wenn ich zurückkehre.«

»Komm bald zurück«, sagte Catherine mit einem breiten, falschen Lächeln. Je länger er fortblieb, desto glücklicher würde sie sein.

Sie nahmen ihre Pferde und machten sich auf den Weg nach Great Skoal. Sie schwieg, bis sie über den Neck gingen. Dann sagte sie eisig: »Warum, zum Teufel, hast du das zugelassen?«

»Zugelassen? Man hat keine große Wahl, wenn man von einem Mann mit einem Säbel angegriffen wird.«

Sie warf ihm einen verärgerten Blick zu. »Du hättest das schneller beenden können. Du bist ein besserer Fechter als Haldoran, aber du hast etwas anderes vorgetäuscht.«

»Das hast du gemerkt? Dann bin ich doch kein so guter Schauspieler wie ich glaubte.« Michael verzog den Mund zu einem humorlosen Lächeln. »Dein Cousin ist im Umgang mit Waffen geschickt, aber er ist ein Amateur, kein Profi. Unglücklicherweise mag er es nicht, wenn er verliert. Nachdem ich den Fehler gemacht hatte, besser als er zu schießen, war er willens und entschlossen zu beweisen, daß er mich bei etwas schlagen könne. Je schneller ich ihn gewinnen ließ, desto schneller konnten wir gehen.«

»Ihn seinen Stolz behalten zu lassen, hätte dazu führen können, daß du schwer verletzt worden wärst«, schnappte sie.

Er hob die Brauen. »Ich glaube, das ist das erste Mal, daß ich dich wütend erlebt habe. Ich wußte nicht, daß auch Heilige ihre Beherrschung verlieren können.«

»Ich habe nie behauptet, eine Heilige zu sein, und ich habe kein Verständnis für einen Mann, der vergnügt zuläßt, daß man ihn als Nadelkissen benutzt.«

»Diese Gefahr hat nicht bestanden.« Er schenkte ihr ein verhaltenes, vertrauliches Lächeln. »Du reagierst zu heftig. Mir hat es eher Spaß gemacht.«

Die Zärtlichkeit in seinem Blick sorgte dafür, daß ihre Erregung sich legte. Er hatte recht. Sie reagierte auf den Zwischenfall zu heftig. Wenn sie nicht aufpaßte, wurde ihm womöglich klar, wie tief ihre Gefühle tatsächlich gingen.

Sie atmete langsam aus. »Ich könnte es nicht ertragen, wenn du verletzt werden würdest, während du mir hilfst. Ich fühle mich ohnehin schon schuldig genug, dich für meinen verrückten Betrugsplan benutzt zu haben.«

»Vergeude deine Zeit nicht mit Schuldgefühlen«, sagte Michael mit einer Spur von Bitterkeit. »Das ändert überhaupt nichts.«

Sie hatten das Ende des Dammes erreicht. Er verschränkte seine Hände, um ihr in den Sattel zu helfen.

Als Catherine wieder auf ihrem Pferd saß, sagte sie ernst: »Sei vorsichtig mit Haldoran. Er ist ein seltsamer Mann. Ich muß ihm dankbar dafür sein, wie er uns in Brüssel geholfen hat, aber ich mag ihn nicht.«

»Ich mag ihn auch nicht. Ich habe ähnliche Möchtegernhelden in der Armee kennengelernt. Sie blieben selten lange dabei.« Michael stieg auf sein Pferd. »Du brauchst keine Sorgen zu haben, daß dein Cousin mich zu einem Kampf provozieren kann. Niemand ist besser dazu geeignet, unnötigen Kämpfen aus dem Wege zu gehen, als ein alter Soldat.«

Sie lächelte, und ihre Ängste schwanden.

Seine eigenen unglücklicherweise nicht. Während dieses überraschenden Duells hatte er gespürt, daß es Haldoran nicht gestört hätte, einen tödlichen »Unfall« zu verursachen. Aber warum sollte der andere Mann töten wollen?

Es konnte bloße Gemeinheit sein, von der Haldoran mehr als genug zu besitzen schien. Doch vielleicht gab es ein anderes Motiv. Michael hatte ein hungriges Verlangen nach Besitzergreifung in Clives Augen gesehen, als er seine schöne Cousine anschaute. Konnte Verlangen einen geheimen Wunsch ausgelöst haben, Catherines angeblichen Mann tot zu sehen? Vielleicht.

Eines war sicher: Haldoran mußte im Auge behalten werden.

Als Catherine und Michael in das Schloß gingen, begegneten sie dem Butler, der ein Teetablett trug. In der Annahme, daß es für ihren Großvater bestimmt sei, sagte Catherine: »Olson, kann ich den Laird jetzt besuchen?«

»Ich werde nachfragen«, sagte der Butler distinguiert.

Nachdem er gegangen war, sagte Michael: »Soll ich dich begleiten oder soll ich dich allein bei den Löwen lassen, während ich vor dem Abendessen ein Bad nehme?«

Sie überlegte. »Es ist vielleicht besser, wenn ich allein gehe. Ich denke, daß ein alter Hahn wie mein Großvater das Bedürfnis hat zu krähen und sich zum König des Misthaufens auszurufen, wenn ein anderer Mann in dor Nähe ist.«

»Ein Charakterzug, der den Männern von Penrose zu eigen ist.«

»Ich habe ein solches Gebaren bei dir noch nie gesehen.«

Er schenkte ihr ein schiefes Lächeln. »Das habe ich nicht nötig.«

Sie lachte, doch als er gegangen war, wurde ihr klar, daß es eigentlich kein Scherz gewesen war. Michael hatte dieses ruhige Selbstvertrauen, das durch nichts und niemand gegenüber eines Beweises bedurfte.

Oder tat er das doch? Bei der Erinnerung daran, wie er ausgesehen hatte, als er ihr vom Tode seines Vaters erzählt hatte, wurde ihr klar, daß sein Selbstvertrauen in seinen physischen Fähigkeiten begründet lag, die er meisterlich beherrschte. Was die trüben Bereiche von Gefühlen anbelangte, war er weniger sicher. Sie fand die Erkenntnis, daß er verwundbar war, auf seltsame Weise liebenswert.

Olson kehrte bald zurück. »Seine Lordschaft will Sie sehen, Ma'am.«

Sie folgte ihm durch das Haus zu einem Salon, der an das Schlafzimmer des Laird angrenzte. Der Butler deutete auf die Terrassentür. Durch die hauchdünnen Vorhänge war die Silhouette eines Rollstuhls zu sehen. »Seine Lordschaft ist draußen.«

Sie trat durch die Tür hinaus auf einen sonnigen Balkon, der eine prächtige Aussicht auf die Insel bot. Ihr Großvater und ein großer brauner Hund beobachteten ihr Kommen. Der Hund wirkte erheblich freundlicher. Ohne sich mit Höflichkeiten aufzuhalten, knurrte der Laird: »Bist du hier, um zu sehen, ob ich schon das Zeitliche gesegnet habe?«

Sie lächelte und war weniger eingeschüchtert, als bei ihrer ersten Begegnung. »Ich freue mich ebenso, dich zu sehen, Großvater.« Sie nahm in einem hochlehnigen Sessel Platz. »Du siehst heute sehr gut aus. Natürlich bin ich enttäuscht darüber, solche Anzeichen von Gesundheit zu sehen, aber ich werde versuchen, mir das nicht anmerken zu lassen.«

Sein Mund klappte auf. Dann lächelte er widerwillig. »Du hast eine scharfe Zunge, Mädchen.«

Sie grinste. »Von wem, glaubst du, habe ich die wohl?«

»Eine *sehr* scharfe Zunge«, murmelte er, aber in seinen Augen glitzerte Belustigung. »Wie findest du meine Insel?«

»Es gibt eine erstaunliche Vielfalt auf so kleinem Raum. Wiesen, Moore, bewaldete Täler. Ich war beeindruckt davon, daß diese Insel fast autark ist.«

»Und die Menschen?«

Sie hob eine Hand, die Innenfläche nach oben gerichtet. »Diejenigen, denen ich begegnet bin, waren eher zurückhaltend, aber das ist nur natürlich.«

»So sollen sie auch sein. Feudalismus ist ein verdammt gutes System, aber alles hängt vom Charakter des Oberherren ab. Sie wollen dich erst viel besser kennenlernen, bevor sie dir vertrauen.«

»Da wir gerade von Feudalismus sprechen. Ich war überrascht, als wir an einigen Männern vorbeikamen, die an der Straße arbeiteten, und Davin sagte, daß auf der Insel jeder Mann über fünfzehn verpflichtet ist, dem Lord vierzehn Tage im Jahr seine Arbeitskraft zur Verfügung zu stellen. Ich dachte, so etwas sei schon seit Jahrhunderten abgeschafft.«

»Warum sollten Männer nicht arbeiten, um ihre eigenen Straßen und den Hafen zu erhalten?« sagte ihr Großvater. »Es gibt gute Gründe für die Sitten auf der Insel. Nur der Laird darf einen Taubenschlag haben, weil Tauben das Getreide von den Feldern fressen und damit die Ernte gefährden. Ich bin auch der einzige, der eine Hündin haben darf.« Die Hündin erhob sich und legte ihren Kopf auf das Knie des Laird. Er zauste ihre langen Ohren. »Wenn jeder eine Hündin haben könnte, würde die Insel im Handumdrehen von Hunden überlaufen sein. Am Ende wirst du das alles verstehen.«

Sie neigte ihren Kopf. »Betrachtest du mich wirklich als deinen Erben oder ist deine Aufforderung nur ein Spiel? Schließlich ist Clive ein Mann und kennt die Insel sein Leben lang. Er wäre doch sicher die naheliegendere Wahl.«

»Ja, aber ...« Ihr Großvater wandte den Blick ab. »Dies ist nicht Clives Hauptwohnsitz. Er hat sich um viele andere Dinge zu kümmern. Ich würde Skoal lieber jemand überlassen, für den es an erster Stelle steht.«

Es war eine gute Antwort. Dennoch spürte sie, daß der Laird mit Lord Haldoran kein sehr gutes Verhältnis hatte.

Abrupt sagte der Laird: »Erzähl mir von deinen Eltern.«

Sie schaute ihn wachsam an, da sie nicht wußte, was er hören wollte.

Er zupfte an der Decke, die über seinem Schoß lag. »Es war nicht so, daß ich deine Mutter nicht mochte, weißt du. Sie war ein wunderbares Mädchen. Aber ich wollte nicht, daß William ein Mädchen von der Insel heiratet. Es gibt zuviel Inzucht auf Skoal. Hier wird regelmäßig frisches Blut gebraucht.«

Das mochte erklären, warum er sich gegen Haralds Liaison mit einem Inselmädchen gestellt hatte. »Die Notwendigkeit für frisches Blut kann ich rein theoretisch verstehen, aber meine Eltern waren sehr glücklich miteinander«, sagte sie. »Meine Mutter liebte es, dem Ruf der Trommel zu folgen. Ich nehme an, daß dies der Grund dafür ist, warum ich nie auf die Idee gekommen bin, etwas anderes zu tun.«

Sie fuhr damit fort, das Leben ihrer Familie zu beschreiben. Das hohe Ansehen, das ihr Vater bei seinen Offizierskameraden und den Soldaten genoß, die Fähigkeit ihrer Mutter, überall ein Heim einzurichten. Wie Catherine von ihrem Vater das Reiten gelernt hatte und von ihrer Mutter die Krankenpflege. Wie sehr ihre Eltern das Meer geliebt hatten. Jetzt, wo Catherine Skoal gesehen hatte, verstand sie warum.

Ihr Großvater hörte schweigend zu, den Blick auf den Horizont gerichtet. Als sie zu sprechen aufhörte, sagte er: »Schade, daß der Junge so stur war. Er hätte nicht fortgehen und für immer fortbleiben müssen.«

Da sie den Laird kennengelernt hatte, konnte sie verstehen, warum ihr Vater angenommen hatte, er würde unwillkommen sein. Taktvoll sagte sie: »Ihre Welt war es, beieinander und in der Armee zu sein. Ich war froh, daß sie gleichzeitig starben.« Ihre Stimme brach. »Es ... es wäre sehr schwer für jeden von ihnen gewesen, alleine weiterleben zu müssen.«

Sie blinzelte ihre Tränen fort, wußte, daß sie nicht nur aus Kummer über ihre Eltern kamen, sondern auch um ihrer selbst willen. Sie hatte eine Ehe wie die ihrer Eltern gewollt. Tatsächlich hatte sie geglaubt, die auch führen zu können. Die Erwartung hatte ihr Scheitern noch erdrückender gemacht.

Ihr Großvater räusperte sich. »Dein Mann ist nicht so, wie ich erwartet hatte. Er wirkt ausgeglichen.«

»Colin und ich waren sehr jung, als wir heirateten. Ich will nicht leugnen, daß er eine wilde Phase hatte, aber seinen Verpflichtungen gegenüber seiner Familie und seinen Männern ist er stets nachgekommen.« Das war die Wahrheit. Ebenso war es Wahrheit, was sie sagte, als sie fortfuhr: »Sollte ich deine Erbin werden, verspreche ich, daß Colin kein Leid über Skoal oder seine Bewohner bringen wird.«

»Davin sagt, er habe einige vernünftige Bemerkungen darüber gemacht, wie mein Land bebaut wird und welche Änderungen gut sein könnten.«

»Er hat ein beeindruckend umfassendes Wissen.« Anders als Colin, war Michael auf einem großen Gut aufgewachsen, und offensichtlich hatte er genau zugeschaut, wie es geführt wurde. Da sie nicht weiter über ihren Mann sprechen wollte, fuhr sie fort: »Davin verwies auf Bone und erzählte von seiner Geschichte. Ist es wirklich ein so vom Pech verfolgter Ort?«

»Seine Vergangenheit spricht für sich. Neben den Raubzügen der Wikinger und ansteckenden Krankheiten, war Bone immer bei Piraten und Schmugglern beliebt. Davin soll dir einen guten Schiffer besorgen, damit du auf einen Besuch hinüberfahren kannst. Die größte Seehöhle der Inseln ist am Westende.« Er lächelte bei der Erinnerung daran. »Sie ist sehr ungewöhnlich. Darin gibt es sogar eine heiße Quelle. Aber sei dennoch vorsichtig. Die Höhle kann man nur bei Ebbe erreichen. Wenn du zu lange bleibst, bist du gefangen, bis die Flut wieder fällt.«

»Das klingt interessant. Ich bin sicher, daß mein Mann sie auch gerne sehen würde. Ich hoffe, es besteht Gelegenheit zu einem Besuch vor unserer Abreise.«

Ihr Großvater trommelte mit den Fingern auf die Armlehne seines Rollstuhls. »Wie lange willst du bleiben?«

»Vielleicht zwei Wochen?« Sie lächelte zögernd. »Es sei denn, du findest, daß wir miserable Gesellschafter sind und uns hinauswirfst.«

»Zwei Wochen sind nicht sehr lang. Du hast hier viel zu lernen.«

Das klang immer mehr danach, als wolle er sie als Erbin einsetzen. Sie versuchte, ihre Zufriedenheit zu verbergen und sagte: »Ich werde alles lernen, was du für nötig hältst, aber wir können nicht ewig bleiben. Colin muß zu seiner Truppe zurückkehren.«

Er zog seine buschigen Brauen zusammen. »Du kannst ohne ihn bleiben.«

Ihr Großvater war einsam. Es war ein Zustand, den sie nur zu gut verstand. »Im Augenblick ist mein Platz bei meinem Ehemann und bei meiner Tochter.«

Er schaute finster drein. »Und was, wenn du erbst und Melbourne beschließt, daß er an einem so abgelegenen Ort nicht leben will? Würdest du bei ihm bleiben und Skoal verkommen lassen?«

Sie schaute ihn fest an. »Wenn du mich zu deiner Erbin machst, steht die Insel für mich an erster Stelle. Meine Pflicht gegenüber der Allgemeinheit hätte Vorrang vor meiner Pflicht gegenüber meinem Mann. Aber du brauchst dir wirklich keine Sorgen darum zu machen, daß Colin versuchen würde, mich zurückzuhalten.«

»Das solltest du nicht vergessen.« Er lehnte sich in seinem Rollstuhl zurück. Sein Gesicht war müde. »Und jetzt fort mit dir.«

Sie stand auf, beugte sich dann impulsiv vor und küßte ihn auf die Wange.

»Glaub ja nicht, du könntest mich freundlich stimmen, Mädchen«, knurrte er. »Ich habe seit über fünfzig Jahren alle auf dieser Insel erschreckt, und ich habe nicht die Absicht, jetzt damit aufzuhören.«

Sie lachte. »Großvater, jede Frau, die einmal vom Herzog von Wellington angebellt worden ist, dürfte sehr schwer zu erschrecken sein. Wäre es nicht einfacher, Freunde zu werden, statt zu versuchen, mich zu terrorisieren?«

Er streichelte den Hund, dessen Kopf noch immer auf seinem Knie lag. »Abendessen um sechs. Sieh zu, daß du pünktlich bist.«

Sie verließ ihn und machte sich auf den Weg zu ihrem Zimmer. Sie war stolz über die Tatsache, daß sie sich nur zweimal verlief. Sie erinnerte sich daran, daß Michael vorgehabt hatte, ein Bad zu nehmen, und klopfte vorm Eintreten. Er rief mit tiefer Stimme »Herein«.

Sie trat ein und stellte fest, daß er mit dem Baden fertig, aber noch nicht ganz angezogen war. Sein Hemd hing lose über seine Pantalons, und das weiße Leinen betonte die Kraft seiner breiten Schultern. Praktisch war jeder Zoll seines Körpers bedeckt. Warum war die Gesamtwirkung dann so umwerfend intim?

Er fragte: »Wie bist du mit deinem Großvater zurechtgekommen?«

Locken feuchten mahagonifarbenen Haares wanden sich um seinen Hals. Dunklere Strähnen waren im Vförmigen Ausschnitt seines Hemdes zu sehen. Sie senkte den Blick und begann ihre Handschuhe abzustreifen. »Sehr gut. Hinter der rauhen Schale steckt ein recht angenehmer Mensch.«

Michael gab daraufhin ein vielsagendes Schnaufen von sich.

Sie lächelte. »Er billigt dich, was ihn überrascht.«

»Mich überrascht das auch.« Michael trat vor den Spiegel, um seine Krawatte zu binden. »Ich fragte den Diener, der mir heißes Wasser brachte, nach dem Gesundheitszustand des Laird. Das Problem ist sein Herz. Er kann gehen, aber er ist schnell erschöpft, und jede Art von Anstrengung führt zu schrecklichen Anfällen von Brustschmerz.«

Sie zog die Brauen zusammen. »Herzschmerzen sind sehr erschöpfend, aber nicht unbedingt lebensbedrohlich.«

»Sie könnten sich als unangenehm erweisen«, sagte Michael nüchtern.

»Ich weiß. Doch ich würde es hassen, ihn sobald zu verlieren, nachdem ich ihn gefunden habe. Ich mag den alten Schurken eigentlich.« Sie setzte sich in einen Sessel. »Jetzt, nachdem er dich kennengelernt hat, glaube ich, ich könnte jedes Jahr mit Amy zu Besuch hierherkommen und sagen, mein Ehemann sei zu beschäftigt, um mich zu begleiten.«

»Mit Glück könnte das klappen«, pflichtete Michael ihr bei.

Sie verschränkte ihre Hände im Schoß und wünschte sich, ihrem Glück vertrauen zu können.

25. Kapitel

Möchtest du noch Ale?« fragte Catherine.

»Ja, bitte.« Michael öffnete seine Augen einen Spalt, so daß er seine Gefährtin mustern konnte. Er lag rücklings auf einer Decke im Sand, war so entspannt, wie ein Mann nur sein konnte. Abgesehen natürlich von der Anspannung, weil er Catherine so nahe war. Träge bewunderte er die geschmeidige Reaktion ihres Körpers, als sie den Krug mit Ale aus dem mit Meerwasser gefüllten Becken hob und einen Becher vollschenkte. Er richtete sich auf und nahm einen tiefen Schluck. »Es ist schön, einen arbeitsfreien Nachmittag zu haben.«

Sie kicherte. »Ich hatte von diesem Besuch nicht erwartet, daß dies ein intensives Studium der Geschichte, der Gesetze und der Landwirtschaft von Skoal werden würde. Dennoch ist das alles sehr interessant. Die Insel ist so unabhängig.« Sie deutete auf die Reste ihrer Mahlzeit. »Inselkäse und Heringe, gegessen mit frischem Inselbrot, getrunken mit Inselale und gefolgt von Äpfeln der Insel.«

»Und transportiert in einem Picknickkorb aus Schilf von der Insel. Aber Tee und Kaffee kann man hier nicht anbauen.«

»Ein erheblicher Mangel. Ich denke, Skoal kann sich doch nicht vom Rest der Welt lossagen.« Sie zog ihre Beine an und schlang ihre Arme um ihre Knie. Die Füße unter dem flatternden blauen Saum ihres Musselinkleides waren nackt. »Ich wünschte, Amy wäre hier. Sie liebt das Meer. Das steckt ihr im Blut, glaube ich.«

Er musterte ihr schönes Profil. Seitdem sie ihm das Leben gerettet hatte, war ihm besonders bewußt geworden, wie oft Blut als Metapher für Beziehung und Zuneigung verwendet wurde. Vielleicht war das Geschenk des Lebens, das sie verband, der Grund dafür, warum er sich so hoffnungslos zu ihr hingezogen fühlte, sich jedem ihrer Worte, jeder ihrer Bewegungen so bewußt war.

Eine Windböe preßte ihr Kleid an ihren Körper und betonte deutlich die bezaubernde Fülle ihrer Brüste. Er schaute zur Seite, weil sein Körper unwillkürlich reagierte. Sein Blick wanderte über den Strand, einen Halbmond von Sand, der von aufragenden Klippen geschützt war. Es war ein abgeschiedener, sonniger Platz. Verdammt romantisch. »Davin hatte recht, als er sagte, dies sei eine gute Stelle für ein Picknick. Tatsächlich hat er immer recht. Noch ein Heiliger – klarer Beweis dafür, daß er dein Cousin sein muß.«

Sie lächelte. »Das klingt so, als ob Davin langweilig sei – aber das ist er nicht. Er und Glynis sind ausgezeichnete Gesellschafter.«

Michael setzte seinen Becher Ale auf sein Knie. Die Flut lief auf. Die kleinen Wellen plätscherten nur wenige Meter entfernt. »Du bist jetzt eine Woche auf Skoal. Wenn dein Großvater dir die Insel vermacht, glaubst du, du könntest hier glücklich werden? Es ist ein bescheidenes Leben verglichen mit dem, was du kanntest.«

»Ja, aber es ist auch sicher und angenehm. Wenn es mir angeboten wird, kann ich es mir nicht leisten, abzulehnen.« Sie zuckte die Schultern. »Ich weiß nicht, was Glück ist, aber ich kann zufrieden sein. Das wird genügen.«

Einem Impuls folgend, stellte er die Frage, die ihn beschäftigte, seit sie ihn um Hilfe gebeten hatte. »Was ist mit Colin?«

Sie schob ihr Kinn vor. »Mit Davins Hilfe kann ich Skoal alleine führen.«

Michael hielt den Atem an. Er überlegte, ob ihre Worte bedeuteten, daß sie und ihr Mann sich vielleicht auf Dauer getrennt hatten. Wenn sie sich bereits entfremdet hatten, würde das erklären, warum sie sich keine Sorgen darüber machte, wie sie Colin später hierherbringen sollte. Sein Herzschlag beschleunigte sich bei dem Gedanken an die Folgen. Würde es unehrenhaft sein, einer Frau den Hof zu machen, deren Ehe beendet war, selbst wenn die legalen Bande noch nicht gelöst waren? Tatsache war, wie er plötzlich erkannte, daß die Möglichkeit *bestand*, Bande zu lösen. Scheidung war selten, und man brauchte Geld und einflußreiche Freunde, um sie zu bekommen. Doch Michael besaß beides, und er würde jeden Pfennig, den er besaß, opfern, um Catherine zu befreien, wenn sie das wollte.

Der Gedanke war überwältigend. Michael überlegte, ob er viel zuviel in ihren Worten hörte, fragte zögernd: »Du hast mehrere Male anklingen lassen, daß Colin womöglich nicht Teil deiner Zukunft ist. Ziehst du in Erwägung, ihn zu verlassen?«

Sie schloß die Augen. »Frag mich nicht nach Colin«, flüsterte sie. »Bitte, tu das nicht.«

Die Mauer von Beherrschung, die er mit so schmerzlicher Mühe errichtet hatte, zerbrach. »Catherine.« Er legte eine Hand auf ihre Schulter. Ihre Haut war warm unter dem sonnenheißen Musselin. »Catherine.«

Sie atmete stockend ein. Ihre Lippen zitterten. Unfähig, den Anblick ihres Elendes zu ertragen, legte er seinen Arm um ihre Schultern. Mit der anderen Hand streichelte er ihr Haar. Tränen glitzerten zwischen ihren geschlossenen Lidern. Zärtlich küßte er die empfindliche Haut, schmeckte Salz an ihren kitzelnden Wimpern.

Sie gab ein ersticktes Geräusch von sich und drehte sich, aber nicht von ihm weg, sondern ihm zu. Ihre Brüste preßten sich gegen seine Rippen, und ihre Arme umschlangen seine Hüften. Er strich die dunklen, seidenweichen Strähnen ihres windzerzausten Haares zurück und folgte den feinen Windungen ihres Ohres mit seiner Zunge. Sie atmete heftig aus, und ihre vollen Lippen teilten sich. Sie war unerträglich verlockend, eine verletzbare Sirene. Er neigte seinen Kopf und bedeckte ihren Mund mit seinem.

Sie schmeckte nach Äpfeln und Ale. Ihre Augen blieben geschlossen, als wolle sie die Unschicklichkeit seiner Umarmung ignorieren, doch ihr Mund reagierte heiß und hungrig auf seinen.

Sein Herz begann zu hämmern. Das Wogen seines Blutes ertränkte jede Vernunft. Er drückte sie fester an sich. Der grobkörnige Sand knirschte unter der Decke. So hatte er von ihr geträumt, ihren gefügigen Körper unter sich zu haben, den harten Schlag ihres Pulses sichtbar unter der blassen Haut ihrer Kehle. Seine Hand zitterte, als er ihre Brust umfaßte. Weich, üppig, fraulich.

Ihr Kleid war an jeder Schulter mit einem Knopf gesichert. Er knöpfte beide mit unbeholfenen Fingern auf. Dann streifte er ihr Mieder beiseite und den Petticoat, der darunter war, entblößte ihre Brüste. Heiser murmelte er: »Du bist wunderschön, so wunderschön.«

Er nahm eine der samtweichen Brustwarzen in seinen Mund. Sie erhärtete augenblicklich, war verführerisch süß. Er wollte ihre ganze Essenz in sich saugen, die Wärme und Weiblichkeit absorbieren, nach der er sich sein Leben lang gesehnt hatte.

Sie stöhnte und bog sich unter ihm. Er wiegte ihre Brüste und drückte sie zusammen, rieb dann sein Gesicht zwischen ihren warmen, seidenweichen Kurven, spürte das Klopfen ihres Herzens. Ihre Finger glitten in sein Haar, streichelten es wieder und wieder.

Er scherte sich nicht mehr um Ehen, Ehemänner, Ehefrauen. Dies war Paarung, wild und unmöglich, sich dagegen zu sträuben. In einer gerechten Welt wäre sie sein, beschützt von seiner Kraft und Liebe.

Wann war Gerechtigkeit je Teil seines Lebens gewesen? Er würde sie zu seiner Frau *machen*, jetzt und für immer.

Seine Handfläche glitt über die geschmeidigen Kurven ihres Rumpfes abwärts, verweilte auf dem Hügel am Schnittpunkt ihrer Schenkel. Unter dem dünnen Stoff war Hitze und das Versprechen einer nach Moschus duftenden Begrüßung. Während er sie streichelte, wurde sie völlig reglos.

Sie riß die Augen auf und schrie: »Oh, Gott, was tue ich?« Hektisch kroch sie von ihm fort, hielt mit einer Hand ihr Mieder vor ihre Brüste.

Angespannt und voller Verlangen streckte er eine Hand aus, um sie zurückziehen. »Catherine ...?«

Sie schreckte vor seiner Hand zurück, als sei die eine Schlange.

Die entsetzliche Furcht in ihren meerblauen Augen brachte ihn zur Vernunft, gerade so, als ob Eiswasser über ihn geschüttet worden sei. *Verdammt*, was hatte *er* getan?

Er hatte den heiligsten Eid gebrochen, den er sich je geschworen hatte.

»Mein Gott. Es tut mir leid. Es tut mir so unendlich leid.« Er vergrub sein Gesicht in den Händen. Sein ganzer Körper zitterte, und nicht allein wegen der Enttäuschung, die so gemein in seinen Adern brannte. »Ich wollte nicht, daß das geschieht. Ich schwöre es.«

Mit zitternder Stimme sagte sie: »Ich auch nicht. Es tut mir leid, Michael Es war meine Schuld.«

Es war wahr, daß sie keinen Widerstand geleistet

hatte. Ganz im Gegenteil. Aber er hatte ihr Elend ausgenutzt, das Leid, das sie wegen ihrer Ehe empfand. Obwohl er es nicht so vorsätzlich getan hatte, war es doch falsch. Gütiger Himmel, würde er denn nie lernen? Er hatte geglaubt, aus Fehlern der Vergangenheit gelernt zu haben, aber das war offensichtlich nicht der Fall.

Flucht von der Insel würde der vernünftigste Weg sein. Aber das würde bedeuten, daß Catherine schwierige Erklärungen zu geben hatte und vielleicht ihre künftige Sicherheit gefährden könnte. Sie mußten einen Weg finden, die zerrissenen Bande ihrer Beziehung zu verknüpfen.

Er hob seinen Kopf. Sie hatte ihr Kleid wieder zugeknöpft und schien fliehen zu wollen. Eine heranrollende Welle schlug über seine nackten Füße. Er stand auf und krempelte seine Hose bis an die Knie hoch, hielt ihr dann seine Hand hin. »Lauf mit mir. Am Strand entlang zu laufen sollte helfen, wieder einen klaren Kopf zu bekommen.«

Sein sachlicher Tonfall hatte die gewünschte Wirkung. Catherine stand auf und reichte ihm scheu eine Hand. Mit der anderen raffte sie ihr Kleid. Ihre Knöchel waren schlank und schön geformt. Er blickte beiseite und führte sie den Strand entlang. Flache Wellen brachen sich auf dem Sand und liefen zischend vorwärts, um ihre Füße zu benässen, zogen sich dann zurück.

»So etwas mußte geschehen«, sagte Michael im Plauderton. »Die Gesellschaft sagt nicht grundlos, daß Männer und Frauen nicht alleine zusammen sein sollten, wenn sie nicht verheiratet sind. Die Art, wie wir miteinander gelebt haben, macht selbst die besten Absichten zunichte.« Er warf ihr einen kurzen Blick zu. »Das ändert nichts daran, daß ich dich für die attraktivste Frau halte, die ich je kennengelernt habe.«

»O Gott.« Catherine blieb stehen, war vor Entsetzen gelähmt. »Hätte ich gewußt, was du fühlst, hätte ich nie um deine Hilfe gebeten. Ich habe dich in eine unerträgliche Situation gebracht.«

»Wie solltest du das gewußt haben? Ich habe mir in Belgien alle Mühe gegeben, mich anständig zu benehmen.« Er tätschelte ihre Hand, und sie gingen weiter. »Obwohl unsere kleine Scharade meine Selbstbeherrschung auf eine verdammt harte Probe gestellt hat, bin ich froh, daß du zu mir gekommen bist und mich um Hilfe gebeten hast. Aber ich kann natürlich verstehen, wenn du jetzt kein Vertrauen mehr hast. Ich müßte ausgepeitscht werden.«

»Bitte, mach dir doch keine Vorwürfe«, bat sie. »Dieser ganze Schwindel ist meine Schuld.«

Das Wissen darum, daß er sich ehrenwert verhielt, während sie ihn täuschte, machte sie krank. Einen Augenblick lang war sie kurz davor, ihm die ganze Wahrheit zu sagen: von Colins Tod zu berichten und ihrer eigenen heimlichen Liebe. Aber die Gründe dafür, zu schweigen, waren so stark wie immer. Stärker als alles andere. »Wir müssen die Insel sofort verlassen. Ich werde meinem Großvater sagen, daß ich es nicht ertragen kann, von Amy noch länger getrennt zu sein.«

»Er wird dir sagen, daß du sie herbringen lassen sollst. Er will nicht, daß du gehst, und das kann ich ihm kaum zum Vorwurf machen. Das wenigste, was wir tun können, ist, die ganzen zwei Wochen zu bleiben. Ich werde oben bei den Zinnen schlafen. Damit ist die Versuchung nicht ganz so groß.«

»Das kannst du nicht tun!« rief sie aus.

»Natürlich kann ich das«, sagte er milde. »Ich habe schon viele Male zuvor unter den Sternen geschlafen. Ich werde es eher genießen.«

Sie biß sich auf die Lippe. »Ich mache dir soviel Ärger. Ich bin diejenige, die ausgepeitscht werden müßte, nicht du.«

Er verzog kläglich den Mund. »Schöne Frauen sind zum Küssen da, nicht zum Auspeitschen. Und darum werde ich auf dem Dach schlafen. Wir werden das schon schaffen.«

Daran bestand kein Zweifel. Doch als sie sich an die hitzige Lust seines Liebesspieles erinnerte, wußte sie, daß es nicht Ehrenhaftigkeit war, die ihre Tugend rettete, sondern Angst.

Anne Mowbry war im Salon und lehrte Molly und Amy Sticken, als Lord Haldoran zu Besuch kam. Da das Mädchen ihren freien Nachmittag hatte, öffnete sie selbst die Tür.

Haldoran lüftete seinen Hut. »Ist mir eine Freude, Sie wiederzusehen, Mrs. Mowbry. Komme ich ungelegen?«

Warum kamen Besucher immer dann, wenn sie ihr drittbestes Hauskleid trug? »Der Zeitpunkt ist so recht wie jeder andere«, sagte sie philosophisch. »Bitte, kommen Sie herein. Es ist nett von Ihnen, daß Sie uns besuchen.«

Der Besucher trat in die Halle und war sofort von Hunden und kleinen Mädchen umringt. Anne unterdrückte ein Lächeln, als sie sah, wie bestürzt er war. Seine Lordschaft war offensichtlich kein Familienmensch. Dennoch begrüßte er die Mädchen höflich und verzichtete darauf, eine maßlos aufgeregte Clancy zu treten.

Nachdem die Hunde weggebracht worden waren, führte sie ihn in den Salon. Während sie dorthin gingen, sagte er: »Abgesehen von dem Vergnügen, Sie zu sehen, bin ich in einer Mission für Mrs. Melbourne unterwegs.«

»Es tut mir leid, aber Catherine ist im Augenblick nicht in der Stadt.«

»Ich weiß – sie ist auf Skoal. Ich komme gerade von meinem Haus, das ich dort habe. Meine Familie stammt von der Insel, und es hat sich herausgestellt, daß sie und ich Cousins sind.« Er lächelte. »Ich hatte das bereits in Belgien vermutet, als ich ihre Augen sah, hatte aber nichts gesagt, weil ich mir nicht sicher war.«

»Sind Sie und ich dann auch Cousins?« piepste Amys Stimme.

Anne warf einen Blick über die Schulter und sah, daß die Mädchen auf dem Sofa in der Ecke saßen und stickten. Theoretisch arbeiteten sie pflichtbewußt. Tatsächlich aber lauschten sie schamlos. »Ja, Lord Haldoran wäre auch dein Cousin. Aber jetzt raus mit euch beiden. Ihr solltet nicht hier sein.«

»Tatsächlich betrifft mein Besuch Amy. Da ich nach London fahren mußte, bat Catherine mich, ihre Tochter auf der Rückfahrt mit nach Skoal zu nehmen. Sie möchte, daß ihre Tochter den Laird kennenlernt.«

»Wirklich? Ich erhielt vor zwei Tagen einen Brief von ihr, und darin erwähnte sie nichts davon.«

»Sie entschied das ganz spontan.« Er lächelte nachsichtig. »Ich vermute, der wirkliche Grund ist, daß sie ihre Tochter ganz einfach vermißt.«

Das klang überzeugend. Catherine hatte nicht ohne Amy verreisen wollen. Anne sagte: »Hat sie Ihnen eine Nachricht für mich mitgegeben?«

Er schüttelte seinen Kopf. »Wie ich sagte, sie beschloß das sehr spontan und kam zum Hafen hinunter, gerade, als ich an Bord ging. Ich mußte schnell abreisen, sonst hätte ich die Flut verpaßt. Ich war erfreut, darum gebeten worden zu sein. Schließlich sind Amy und ich ja alte Reisegefährten.«

Anne dachte an die gefährliche Reise von Brüssel nach Antwerpen. In Haldorans Begleitung war sie sehr glatt verlaufen. Er hatte unter den gegebenen Umständen viel Geduld gezeigt. Wenn sie Amy jetzt mit ihm gehen ließ, war das schwerlich so, als würde sie das Mädchen einem Fremden anvertrauen. Dennoch ... »Ich weiß nicht, ob ich Amy ohne Nachricht ihrer Mutter gehen lassen sollte.«

Haldoran hob seine Brauen, so daß er ein wenig hochmütig wirkte. »Sie sind eine gute Aufpasserin, Mrs. Mowbry, aber wirklich – schließlich ist Catherine meine Cousine.«

»Bitte, Tante Anne«, sagte Amy schmeichelnd. »Mama sagte doch, sie wolle mich nachkommen lassen, wenn der Besuch gut verliefe.«

»Natürlich werde ich ein Mädchen einstellen, das sich während der Reise um die Bedürfnisse der jungen Dame kümmert«, fügte Haldoran hinzu. »Wir reisen morgen in aller Frühe ab.«

Anne, von allen Seiten bedrängt, kapitulierte. »Also gut, Amy, du kannst gehen. Aber du mußt deine Aufgaben mitnehmen.«

»Das werde ich!« sagte Amy überschwenglich. Sie wirbelte herum und schoß aus dem Salon, vermutlich, um mit dem Packen zu beginnen. Molly folgte ihr langsamer, untröstlich darüber, daß sie nicht mitfahren durfte.

Annes Stimmung stieg. Ihr Schicksal hatte sich zum Guten gewendet. Dank Lord Michaels Empfehlung arbeitete Charles jetzt für den Duke of Candover und erhielt ein astronomisches Gehalt, und es klang, als ob Catherine gute Fortschritte machte und Lady of Skoal werden würde. Wie überaus bedeutend sie alle doch werden würden! Mit einem Lächeln wandte sie sich wieder Lord Haldoran zu, um die Reisepläne zum Abschluß zu bringen.

26. Kapitel

Wie Michael vermutet hatte, gab es eine Spannung zwischen ihm und Catherine nach dem schrecklichen Zwischenfall am Strand, doch die begann sich nach einem Tag zu legen. Sie neigte noch immer dazu, seinem Blick auszuweichen, und er hatte Probleme damit, sie anzuschauen und sich dabei nicht daran zu erinnern, wie ihre Brüste schmeckten, sich anfühlten. Aber er war doch imstande, seine Hände von ihr zu lassen, und das allein zählte.

Drei Tage später dinierten sie mit dem Vikar und seiner Frau. Es war ein angenehmer Abend, und Michael fühlte sich beschwipst, als sie zum Schloß zurückkehrten. Eine Woche noch, und dann würden sie wieder sicher in London sein, so daß keine Möglichkeit zur Versuchung mehr bestand. Doch in der Zwischenzeit ... ihm stand noch eine Woche mit Catherine bevor.

Die Eingangstür war unverschlossen, wie es in allen Häusern auf Skoal üblich war. Sie betraten gemeinsam das Foyer. Er wollte schon nach oben gehen, als sie einen Blick auf einen Beistelltisch warf. »Mein Lieber, für dich sind einige Briefe gekommen.« Sie reichte ihm ein kleines Päckchen, das in Öltuch gewickelt war.

Michael spürte einen stechenden Schmerz, als er den Namen sah. »Captain Colin Melbourne.« Das Päckchen war dennoch gewiß für ihn. In einer Ecke stand als Absender »Strathmore«, und die Adresse war in Luciens Handschrift geschrieben. »Ich frage mich, was so wichtig sein mag, daß es hierher geschickt werden mußte.«

»Geschäftliche Dinge, vermute ich.« Catherine hob eine Hand vor den Mund, um ihr Gähnen zu verbergen. »Ich denke, ich gehe zu meinem Großvater, um ihm eine gute Nacht zu wünschen, falls er noch wach ist. Ich werde in ein paar Minuten oben sein.«

Es war eine dieser vielen Spitzfindigkeiten, die sie nutzten, um einander Intimsphäre zum Waschen und Umziehen zu geben. Er ging ins Schlafzimmer und entzündete die Lampen, zerschnitt dann das Öltuch. Darin waren mehrere Briefe und eine Nachricht von Lucien.

Michael –
Dein Bruder schickte eine Nachricht, deren rasche Weiterleitung erforderlich schien. Ich füge die anderen Briefe bei, die für Dich gekommen sind. Hoffe, das Drachentöten kommt gut voran.

Luce

Darunter war ein von »Ashburton« aufgegebener Brief. Michael hielt ihn mit beiden Händen, blickte auf seinen Namen und das unterstrichene Wort »Dringend.« Obwohl dieser Ashburton sein Halbbruder war, nicht jener Mann, den er für seinen Vater gehalten hatte, weckte der Anblick der steilen Unterschrift reflexive Ängste. Der alte Herzog hatte nie geschrieben, außer wenn er etwas zu kritisieren oder zu verurteilen hatte. Es war zweifelhaft, daß dieser Brief irgendwie anders sein würde. Er versuchte sich vorzustellen, was der neue Herzog mitzuteilen hätte, was für ihn von Belang sei, aber ihm fiel nichts ein. Wahrscheinlich ging es in dem Brief um irgendeine Erbschaftsangelegenheit, die ihn absolut nicht interessierte.

Wie in London hielt er eine Ecke des Briefes in die Kerzenflamme und setzte sie in Brand. Damals war er vom Ärger der Verzweiflung erfüllt gewesen. Jetzt spürte er die kühle Entschlossenheit, die Verbindung zu beenden. Danach würde der neue Herzog wahrscheinlich nicht wieder schreiben.

Er warf den brennenden Brief in den Kamin und blätterte die anderen Nachrichten durch. Wie Catherine vermutet hatte, waren die meisten geschäftlich, aber zwei waren von Kenneth Wilding in Frankreich. In dem mit dem früheren Datum berichtete Kenneth Neuigkeiten aus dem Regiment und mehrere amüsante Anekdoten über das Leben in der Besatzungsarmee. Am besten aber waren die winzigen, bösartig satirischen Skizzen, die seine Geschichten illustrierten.

Michael grinste am Ende und legte ihn beiseite. Er wunderte sich, warum Kenneth zwei Briefe so kurz hintereinander geschrieben hatte, und öffnete den zweiten. Es war eine einzige handgeschriebene Seite ohne Zeichnungen.

Michael –
Verzeih mir, wenn ich die Grenzen der Freundschaft überschreite, aber es schien in Brüssel, als seien Deine Gefühle für Catherine Melbourne weit mehr als die eines Freundes. Aus diesem Grunde dachte ich, es könnte für Dich interessant sein zu erfahren, daß Colin Melbourne vor mehreren Wochen auf der Straße ermordet wurde, offensichtlich von einem Bonapartisten. Eine scheußliche Geschichte. Den Mörder hat man noch immer nicht gefunden. Der Zwischenfall ist aus Angst vor politischen Auswirkungen totgeschwiegen worden. Ich habe nur durch einen Zufall davon erfahren, von einem betrunkenen Offizier aus Colins Regiment. Er sagte, daß Catherine Amy nach der Beerdigung nach England zurückgebracht habe. Ich könnte mir vorstellen, daß Anne und Charles Mowbry ihren derzeitigen Aufenthaltsort kennen.

Natürlich ist es schlechter Stil, einer Witwe nachzustellen, deren Gatte in seinem Grab noch nicht ganz kalt ist, aber Catherine ist es wert, gegen ein paar Regeln zu verstoßen. Selbst wenn Du kein romantisches Interesse hast, wirst Du vielleicht wissen wollen, ob sie Hilfe benötigt. Es überraschte niemand zu erfahren, daß Melbourne als ruinierter Mann starb.

Wenn Du Catherine finden kannst und es irgend etwas gibt, was ich für sie tun kann, benachrichtige mich bitte sofort.

In Eile, Dein Kenneth

Michael starrte die Seite an und hatte das Gefühl, einen Schlag in den Magen bekommen zu haben. Er las den Brief nochmals. Konnte Kenneth sich irren? Das war unwahrscheinlich. Aber warum sollte Catherine ihn belügen? Er hatte geglaubt, zwischen ihnen bestehe Aufrichtigkeit und Freundschaft.

Es wäre nicht das erste Mal, das eine Frau einen Narren aus ihm gemacht hatte.

Er starrte benommen auf Kenneth' Brief, als Catherine das Schlafzimmer betrat. Als sie die Tür schloß, sagte sie fröhlich: »Der Laird war müde, hatte aber dennoch die Energie zu erklären, daß die Inselbewohner eine jährliche Steuer in Form von Kapaunen auf jeden Schornstein zahlen. Faszinierende Sitten.« Sie wollte weiterreden, runzelte dann die Stirn. »Was ist los?«

»Ein Brief kam von Kenneth Wilding«, sagte er kurz. »Ist es wahr, daß Colin tot ist?«

Das Blut schwand aus ihrem Gesicht, so daß die perfekten Züge so blaß wie Marmor wurden. Sie griff nach der Lehne eines Sessels, um Halt zu finden. »Es ... es ist wahr.«

»Gott *verflucht* noch mal!« Er zerknüllte den Brief in seiner Hand und empfand das niederschmetternde Gefühl, betrogen worden zu sein. Seine schöne, ehrliche

Saint Catherine war eine Lügnerin. »Warum, zum Teufel, hast du mir das nicht gesagt?«

Sie fuhr sich mit einer zitternden Hand durchs Haar. »Natürlich, weil ich nicht wollte, daß du es weißt. Ich dachte, du würdest dich vielleicht verpflichtet fühlen, mir einen Antrag zu machen, weil ich dich nach Waterloo gepflegt hatte. Es war einfacher, dich in dem Glauben zu lassen, Colin lebe.«

Es war ein weiterer Schlag, fast so schmerzhaft wie der erste. »Ist der Gedanke, meine Frau zu sein, so entsetzlich, daß du dich hinter einem toten Ehemann verstecken mußtest?« sagte er scharf. »Wenn du das nicht wolltest, hättest du immer noch nein sagen können.«

Sie ließ sich in den Sessel sinken. Ihre Schultern waren gebeugt, und sie starrte auf ihre verschränkten Hände. »Es ... es wäre nicht entsetzlich. Es wäre so verlockend, daß ich versucht gewesen wäre, ja zu sagen. So war es besser, daß die Frage nie gestellt wurde.«

»Verzeih meine Dummheit«, sagte er eisig. »Wenn du glaubtest, ich würde einen Antrag machen, und dir mißfiel dieser Gedanke nicht, warum dann die Lügen?«

»Weil es unmöglich ist! Ich werde niemals – *niemals* – wieder heiraten. Wenn ich so töricht gewesen wäre, deinen Antrag anzunehmen, würde es uns beide unglücklich machen«, sagte sie unsicher. »Ich kann nicht deine Frau sein. Ich habe nichts mehr, was ich geben kann.«

Sein Ärger verflog. An seine Stelle trat Verzweiflung. »Du hast also Colin so sehr geliebt, trotz seiner Untreue und der Vernachlässigung.«

Sie verzog den Mund. »Man kann nicht zwölf Jahre Ehe mit einem Mann verbringen, ohne sich um ihn zu kümmern, aber ich liebte ihn nicht.«

Michael konnte sich nur einen Grund für ihr Verhalten vorstellen. »Dein Mann hat dich mißbraucht. Deshalb hast du der Ehe abgeschworen«, sagte er ausdruckslos. »Wenn er nicht schon tot wäre, würde ich ihn persönlich umbringen.«

»So war es nicht! Colin hat mich nie mißbraucht.« Sie rang ihre Hände. »Ich habe ihm weit Schlimmeres Unrecht angetan als er je mir.«

Er musterte ihr gequält wirkendes Gesicht. »Das ist schwer zu glauben. Tatsächlich sogar unmöglich.«

»Ich weiß, daß alle Colin Vorwürfe machten und mich wegen seiner Frauengeschichten bemitleideten, aber ich war diejenige, die unsere Ehe zu einer Farce machte«, sagte sie mit leiser Stimme. »Er verhielt sich sehr nachsichtig.«

»Ich bin offensichtlich schwer von Begriff. Erkläre mir, was du meinst.«

»Das ... das kann ich nicht.« Sie blickte auf ihren Schoß, unfähig, seinen Blick zu erwidern.

Verärgert schritt er durch den Raum. »Um Himmels willen, Catherine, sieh mich an. Findest du nicht, daß ich eine Erklärung verdiene?«

»Doch«, flüsterte sie, »aber ... aber ich kann es nicht ertragen, über meine Ehe zu sprechen, nicht einmal zu dir.«

Von Catherine Informationen zu bekommen, war so, als versuche man, Eichenwurzeln aus dem Boden zu ziehen. Es war Zeit für eine andere Taktik. Er legte seine Hand um ihren Nacken und beugte sich, um sie zu küssen, hoffte, daß Verlangen bewirken könnte, was Worte nicht vermochten.

Für einen Augenblick reagierte sie mit verzweifeltem Sehnen. Dann wandte sie sich ab, und Tränen liefen über ihr Gesicht. »Ich kann nicht das sein, was du in mir siehst! Kannst du das nicht einfach akzeptieren?«

In einem fernen Winkel seines Verstandes begann er

dunkel zu erahnen, worum es gehen könnte. »Nein, ich fürchte ich kann das nicht einfach akzeptieren, Catherine. Ich wollte dich, seit wir uns das erste Mal begegneten. Gott weiß, daß ich versucht habe, mich dagegen zu wehren und eine andere zu finden. Aber ich kann es nicht. Wenn ich den Rest meines Lebens unglücklich verbringe, weil ich dich nicht haben kann, wird es zumindest leichter sein, wenn ich verstehe warum.«

Die Freudlosigkeit in ihrem Blick zeigte, wie sehr sie von seinen Worten getroffen war. Er vermutete, daß ihr Widerstand brach, und sagte: »Das Problem war Sex, nicht wahr?«

Ihre Augen weiteten sich entsetzt. »Woher weißt du das?«

»Es gab Hinweise in dem, was du sagtest.« Er kniete sich vor den Sessel, so daß er sie nicht mehr überragte, und nahm ihre Hände in seine beiden. Ihre Finger waren kalt und bebten. »Und es erklärt, warum du dich zu gedemütigt fühlst, um darüber zu reden. Sag mir, warum du eine Ehe für unvorstellbar hältst. Ich bezweifle, daß du etwas sagen kannst, was mich schockieren wird.«

Sie kauerte sich in einer Ecke des Sessels zusammen, zerbrechlich wie ein Kind, ihre Hände auf ihre Magengrube gepreßt. »Eheliche Intimität ist ... ist entsetzlich schmerzhaft für mich«, sagte sie in gequältem Flüsterton. »Es ist verdammt unfair. Ich finde Männer attraktiv. Ich empfinde Verlangen wie jede normale Frau. Aber die Ehe zu vollziehen ist dennoch qualvoll.«

Und das Gefühl zu haben, daß sie abnormal war, mußte noch schlimmer sein als der körperliche Schmerz. Er fragte: »Hast du dich je an einen Arzt gewandt?«

Sie lächelte bitter. »Ich hatte daran gedacht, aber was wissen Ärzte denn davon, wie Frauen gemacht sind? Ich konnte den Gedanken nicht ertragen, von einem Fremden betatscht zu werden, um als Gegenleistung für dieses zweifelhafte Vergnügen gesagt zu bekommen, was ich bereits weiß: daß ich hoffnungslos deformiert bin.«

»Aber du hast doch ein Kind geboren, also kannst du nicht völlig abnormal sein«, sagte er nachdenklich. »Hat der Schmerz nach Amys Geburt nachgelassen?«

Sie wandte den Blick ab. »Ich wurde sehr bald nach unserer Heirat schwanger und habe das als Vorwand benutzt, um Colin mein Bett zu verbieten. Ich ... ich war für ihn nie wieder eine Frau.«

»Zwölf Jahre lang habt ihr ohne eheliche Beziehungen zusammengelebt?« rief Michael aus, unfähig, seine Überraschung zu verbergen.

Sie rieb sich müde ihre Schläfen. »Colin verdiente es weit mehr als ich, als Heiliger bezeichnet zu werden. Wir lernten uns kennen, als ich sechzehn war und er einundzwanzig. Es war für uns beide die erste Liebe, sehr romantisch und nicht sehr tiefgehend. Colin wäre bald von einem anderen hübschen Gesicht fasziniert gewesen, und ich hätte ein paar Wochen lang geweint und hätte dann mein Leben ein wenig weiser fortgesetzt.«

Sie atmete seufzend ein. »Aber meine Eltern starben in dem Feuer und ließen mich allein auf der Welt. Colin hielt ritterlich um meine Hand an, und ich willigte ein, ohne weiter darüber nachzudenken. Ich hatte geglaubt, ich würde die ... die körperliche Seite des Ehelebens genießen. Natürlich hatte ich die heimlichen Küsse zuvor genossen. Statt dessen ...«

Sie dachte an ihre Hochzeit und erschauerte. Nach dem üblichen Trinken und den derben Späßen war Colin hitzig vor Ungeduld ins Bett gekommen, um seine Rechte als Ehemann geltend zu machen. Obwohl nervös, war sie sehr willig gewesen. Mit solchem heftigen, zerreißenden Schmerz oder dem abscheulichen Gefühl von Schändung hatte sie nicht gerechnet. Ebensowenig hatte sie geglaubt, daß sie sich in den Schlaf weinen würde, während ihr frischgebackener Ehemann befriedigt neben ihr schnarchte. »Das Beste, was über meine Hochzeitsnacht gesagt werden kann, ist, daß sie schnell vorbei war.«

Michael musterte aufmerksam ihr Gesicht. »Das erste Mal ist für eine Frau oft schmerzhaft.«

»Es wurde nicht besser. Tatsächlich wurde es schlimmer. Die ... die Freuden des Fleisches waren für Colin sehr wichtig. Er nahm an, daß er als Gegenleistung dafür, seine Freiheit aufgegeben zu haben, eine schöne, lustvolle Bettgefährtin bekommen hatte.« Traurig dachte sie an die aufregende Zeit zurück, als sie Colin gerade kennengelernt und sich für normal gehalten hatte. »Nachdem, wie ich mich verhielt, als wir miteinander gingen, hatte er allen Grund dazu, das anzunehmen. Statt dessen begann ich immer dann zu weinen, wenn er mich berührte.«

»Das muß für euch beide schrecklich gewesen sein«, sagte Michael mit tiefem Mitgefühl.

»Es war *entsetzlich*«, sagte sie heftig. »Ich habe mich ihm nicht verweigert, aber er fand mich so unbefriedigend, daß er bald nicht mehr zu mir kam. Wir waren beide erleichtert, als ich schwanger wurde. Ohne jemals darüber zu sprechen, schlossen wir eine Art stillschweigender Übereinkunft, die unsere Ehe erträglich machte.«

»Du wußtest also von seinen anderen Frauen, hast dich aber nie beklagt?«

»Beklagt?« Sie lächelte humorlos. »Ich war dankbar dafür. Solange er glücklich war, fühlte ich mich nicht so schuldig. Ich tat mein Bestes, um Colin und Amy ein behagliches Heim zu schaffen. Als Gegenleistung dafür ernährte er uns und quälte mich nicht wegen meines Versagens. Tatsächlich profitierte ich mehr davon. Colin war ein anständiger Ehemann und Vater. Er war in vielerlei Hinsicht leichtsinnig, aber er verließ uns nicht, und er ließ niemals zu, daß ein anderer Mann mich belästigte. Niemand erfuhr je davon, was für eine Farce unsere Ehe war. Bis heute nicht.«

»Er hatte viele Vorteile«, sagte Michael trocken. »Colin war ein geborener Frauenheld. In dir fand er die perfekte Frau – eine wunderschöne, willfährige Frau, um die ihn jeder Mann beneidete, den er traf. Du hast niemals an seiner Schürzenjägerei herumgenörgelt, und als verheirateter Mann mußte er sich nie Sorgen darüber machen, daß andere Frauen versuchen würden, ihn zu einer Heirat zu bewegen. Manche Männer würden das als Paradies betrachten.«

»Das ist vielleicht wahr. Aber die Tatsache bleibt, daß ich diejenige war, die in unserer Ehe versagte. Ich bin nicht dafür gemacht, eine Ehefrau zu sein.« Vor allem nicht die Ehefrau des Mannes, den sie liebte. Sie fuhr fort: »Du verstehst jetzt, warum ich dich nicht heiraten kann oder einen anderen. Du kannst unmöglich eine Frau wollen, die die fundamentalste Pflicht einer Ehefrau nicht erfüllen kann.«

»Wenn ich bedenke, wie sehr ich dich begehre, wäre das schwierig. Und doch ...«, Michael zögerte und sagte dann langsam, »... dennoch glaube ich, daß ich dich heiraten würde, wenn du mich willst.«

Ihre Augen weiteten sich. »Das kann nicht dein Ernst sein.«

»Nein?« Er umfaßte ihr Gesicht mit einer warmen Hand. »Ich genieße es, mit dir zusammen zu sein, Catherine. Und was den körperlichen Teil anbelangt –

wir könnten zu unserer beider Zufriedenheit einen Weg finden.«

Ihre Lippen wurden schmal. »Ich habe Colins Untreue akzeptiert, aber ich haßte sie. Eine solche Ehe will ich nicht wieder führen.«

»Ich dachte dabei nicht an Ehebruch.« Seine Finger streiften leicht ihr Ohr und ihren Hals und lösten einen wohligen Schauer aus, der sie durchlief. »Geschlechtsverkehr ist nicht der einzige Weg, um körperliche Befriedigung zu finden. Ich glaube nicht, daß du von Natur aus kalt bist. Du könntest vielleicht lernen, andere Möglichkeiten zu genießen.«

»Ich glaube, das verstehe ich nicht.« Hitze stieg in ihr Gesicht. »Ich bin ebenso unwissend wie mißgebildet.«

»Unwissenheit kann geheilt werden, und es ist möglich, daß bei dir überhaupt keine Mißbildung vorliegt. Der Schmerz, den du empfunden hast, könnte eine Folge von Jugend und Unerfahrenheit gewesen sein und einer gewissen Rücksichtslosigkeit bei einem jungen Ehemann.« Er suchte nach weiteren Worten, schüttelte dann aber verärgert den Kopf. »In der feinen Gesellschaft spricht man über solche Dinge nicht, also verzeih mir, wenn ich Dinge sage, die dich in Verlegenheit bringen. Deutlich gesagt: Wenn ein Geschlechtsverkehr zu schnell erzwungen wird, wird dies für beide Partner unangenehm sein, besonders für die Frau. Wenn die Furcht einmal da ist, kannst du in einen Teufelskreis geraten, da dein Körper so trocken und hart ist, daß du immer wieder Schmerz erfährst. Je mehr Schmerz, desto größer die Angst.«

»Sicherlich ist es mehr als das«, sagte sie zweifelnd.

»Vielleicht«, räumte er ein. »Aber selbst wenn du mit sechzehn ungewöhnlich eng warst, bewirkt die Geburt eines Kindes permanente Veränderungen. Es ist durchaus möglich, daß du den Schmerz nicht mehr empfindest, den du zu Beginn deiner Ehe gespürt hast.«

Es war eine verblüffende Theorie, fast erschreckend hinsichtlich der Konsequenzen. Imstande zu sein, ohne Qual mit einem Mann zusammenzuliegen. Noch ein Kind zu haben. *Normal* zu sein.

Catherine, die noch nicht ganz zu hoffen wagte, sagte: »Du willst sagen, daß es nur einen Weg gibt, herauszufinden, ob du recht hast.«

Michael schaute sie lange und ruhig an. »Ich weiß, daß ich sehr viel verlange. Bist du bereit, es zu versuchen?«

»Es war leichter, während des Kampfes auf ein Schlachtfeld zu gehen«, sagte sie mit einem unsicheren Lachen. »Aber ... gütiger Gott, Michael, ich möchte so sehr glauben, daß du recht hast. Daß ich eine normale Frau bin, daß ich dazu fähig bin zu tun, was fast jede andere Frau tun kann, die es gibt.«

Er nahm wieder ihre Hand. Sie senkte den Blick und sah die feine Säbelnarbe und die Größe und Kraft der warmen Finger, die ihre umschlossen. Er war so groß. So männlich.

Dieses Erkennen löste eine plötzliche, widerliche Erinnerung daran aus, ein hilfloses *Ding* zu sein, das unter einem rammenden männlichen Leib gefangen war. An Schmerz und Gewalt, die erniedrigend persönlich waren. Sie preßte ihre Faust an den Mund, grub ihre Zähne in ihre Knöchel. »Aber ... die Furcht sitzt so tief.«

»Natürlich tut sie das. Sie ist nicht in einer Stunde entstanden, und sie wird nicht in einer Stunde geheilt«, sagte er beschwichtigend. »Es gibt viele, viele andere Arten sinnlicher Freuden außer dem Geschlechtsverkehr. Du mußt lernen, sie zu genießen. Erst wenn du das erreicht hast, ist es an der Zeit für die eigentliche Intimität.«

Sie fühlte sich wie ein junger Vogel, dem gesagt wird, daß es Zeit sei, das Nest zu verlassen. Sie brauchte nichts weiter zu tun, als von ihrem hübschen, sicheren Ast zu hüpfen, und sie würde fliegen können. Es sei denn natürlich, daß ihre Flügel unzulänglich wären und sie hilflos zu Boden stürzte, wobei jeder Knochen in ihrem Körper zerbrechen würde.

Als er ihre Unentschlossenheit sah, küßte er sanft die Innenseiten ihrer Handgelenke. Ihr Puls beschleunigte sich unter seinen warmen Lippen, und Hitze erfüllte sie schleichend.

»Ich schwöre, ich werde nichts tun – überhaupt nichts – was du nicht magst«, sagte er sanft. »Wenn du dich zu irgendeinem Zeitpunkt unwohl fühlst, sag mir einfach, daß ich aufhören soll. Vertraust du mir, daß ich das tue?«

Seine grünen Augen brannten mit einer Intensität, die kalte, trostlose Stellen tief in ihr anrührten. Mit einem Schock begriff sie, daß er die ganze Zeit seit ihrer ersten Begegnung sein angeborenes sinnliches Verlangen unterdrückt hatte, weil er es als etwas Verbotenes betrachtete.

Das war nicht länger wahr. Er begehrte sie, und er brachte das auf die subtilste, wortloseste Art zum Ausdruck, mit der ein Mann eine Frau verzaubern konnte. Angesichts seiner mächtigen Männlichkeit besaß sie nicht mehr Willenskraft als eine Motte, die in die Flamme fliegt, die einen überwältigenden Augenblick der Freude sucht, bevor sie verzehrt wird.

»Ja, Michael, ich vertraue dir«, sagte sie heiser. »Tu mit mir, was du willst.«

27. Kapitel

Ein Lächeln begann in Michaels Augen und breitete sich über sein Gesicht aus. »Ich bin so froh. Und ich glaube nicht, daß du es bedauern wirst. Wir können ebensogut heute abend beginnen, bevor du Gelegenheit findest, vor Sorge krank zu werden. Bist du bereit?«

Sie spannte sich augenblicklich an. »Heute abend?«

»Nur die erste Lektion«, sagte er beruhigend. »Sie wird enden, wann immer du willst.«

Er zog sie aus dem Sessel in seine Arme und streichelte zärtlich ihren Kopf, der auf seiner Schulter ruhte. Während seine starken Finger ihren Nacken kneteten, murmelte sie: »Das ist sehr tröstend.«

»Da du es magst, liebkost zu werden, denke ich, ich werde dir das geben, was die Franzosen als Massage zu bezeichnen pflegen«, sagte er nachdenklich. »Gestattest du, daß ich deine Flasche mit dieser lieblichen, nach Rosen duftenden Hautlotion benutze, durch die du so duftest, daß man dich am liebsten fressen möchte?«

»Meine spanische Lotion?« sagte sie zweifelnd.

Er lachte, und sie spürte die Frivolität, die in seinem Lachen mitschwang. »Du denkst, ich sei verrückt geworden, nicht wahr? Hab keine Angst. Ich verspreche dir, daß es dir gefallen wird. Wir werden dieses Zimmer in eine wundervolle und völlig schmerzfreie Höhle des Lasters verwandeln. Zuerst ein Feuer, damit der Raum für nackte Haut warm genug ist.«

Er ließ sie los und stand auf, ging dann zum Kamin. »Zieh dich aus und wickle ein Laken um dich. Und öffne dein Haar.«

Verwirrt tat sie, was er angeordnet hatte. Als sie ihr Haar ausgekämmt hatte und hinter dem Paravent hervortrat, in ein Laken aus der Leinentruhe gehüllt, brannte das Feuer gleichmäßig, und Michael hatte vor dem Kamin ein weiches Lager aus gefalteten Decken bereitet. Er hatte sich auch umgezogen und trug jetzt einen grünen Hausmantel, der von einer Schärpe um die Hüften zusammengehalten war. Er fiel offen über seine Brust und enthüllte weiche Muster dunklen Haares und harte Muskelflächen.

Sie hatte seinen Körper sehr gut kennengelernt, während sie ihn gepflegt hatte, aber sie hatte versucht, ihn nur als Patienten zu sehen. Zum ersten Mal gestattete sie sich die Freude offener Bewunderung. Er war schön, stark und gut gebaut, überaus männlich ...

Der Gedanke, sich dieser Kraft hinzugeben, ließ sie erschauern. Sie wandte sich ab und nahm stumm ihre Lotion aus der Kommode. Er musterte ihr Gesicht scharf, als sie ihm die Flasche überreichte. »Wir haben einen langen Weg vor uns, nicht wahr? Wir werden mit einem einzigen, kleinen Schritt beginnen. Wie weit die Reise geht, liegt allein bei dir.« Er streckte seine andere Hand aus.

Sie nahm sie scheu. Er zog sie an sich, um sie zu küssen. Sanft und ohne etwas zu fordern, löste er die Furcht, die sie erfüllte. Ihre angespannten Muskeln lockerten sich, als seine Hand langsam Kreise auf ihrem Rücken beschrieb. »Du schmeckst wundervoll«, murmelte er. »Wie Nektar. Wie Musik.«

Sie kicherte tatsächlich. »Das ergibt keinen Sinn.«

»Sinn ist innerhalb dieser Wände heute nacht nicht willkommen.« Er legte einen Arm um ihre Taille und führte sie zu dem Lager. »Leg dich auf deine herrliche Vorderseite, und ich werde das Laken über dich breiten. Dann werde ich dich massieren. Ich beginne mit deinem Rücken.«

Sie legte sich bäuchlings hin. Er breitete das Leinentuch über sie, und das Gewicht des Stoffes legte sich leicht auf ihre nackte Haut. Sie fühlte sich angespannt, war sich ihrer Nacktheit und Verwundbarkeit wohl bewußt.

»Es ist leicht, etwas zu sagen, wenn du dich ängstlich fühlst.« Er kniete neben sie und schob ihr volles Haar seitlich neben ihren Kopf. Dann öffnete er die Lotion und verrieb die nach Rosen duftende Flüssigkeit zwischen seinen Handflächen. »Du bist so hart wie ein Stück Armeekeks. Einer meiner Soldaten überlebte, weil eine Kugel auf einen Keks in seiner Tasche traf. Nicht einmal ein französisches Geschoß konnte dieses verdammte Ding durchdringen.«

Als sie lächelte, zog er das Laken bis zu ihrer Taille herab und begann, ihren Rücken mit langsamen, kräftigen Streichbewegungen zu reiben. Seine großen Hände glitten sanft über ihr Fleisch, kneteten und lockerten die angespannten Muskeln. Er hatte recht. Sie mochte das. Sie mochte das sehr.

Er war so anders als Colin. Obwohl ihr Gatte niemals absichtlich roh gewesen war, war er doch energisch und unkompliziert gewesen, und er hatte Frauen gemocht, die mit gleicher Direktheit reagierten. Er hatte sie nie mit solcher Sanftheit berührt.

Die Luft war schwer von tropischer Wärme, dem süßen Duft der Lotion und dem Duft der frischen Blumen, die täglich hineingebracht wurden. Die Welt reduzierte sich auf Berührung und Geruch und Hitze und sie beide. Michael variierte seine Bewegungen, arbeitete manchmal mit seinen Handflächen, benutzte dann wieder seine Fingerspitzen oder die Ballen seiner Hände, um ihren Körper zu prickelndem Leben zu erwecken. Er schenkte ihrem Genick besondere Aufmerksamkeit, löste die eiserne Spannung darin.

Sie verspannte sich wieder, als er seine Hände über ihre Arme zog und seine Daumen die Seiten ihrer Brüste streiften. Doch die leichten, flüchtigen Berührungen fühlten sich wundervoll an. Als er nicht grob zugriff, um mehr zu fassen, entspannte sie sich wieder.

Er massierte ihre Hände Finger um Finger. Das Vergnügen war großartig. Er hatte recht, es gab eine unglaubliche Fülle an sinnlichen Freuden, von denen sie bis heute nichts gewußt hatte.

Sie zuckte nicht zusammen, als er das Laken weiter herunterzog. »Du hast den wundervollsten Körper, den ich je gesehen habe«, sagte er, wobei seine Stimme nicht ganz so gelassen klang wie zuvor. Seine Hände liebkosten ihr Gesäß. »Ein perfektes Paar Hüften hat eine Form, die einem Herz ähnelt. Darin steckt viel Symbolik. Findest du nicht?«

Er begann, ihre Gesäßbacken zu kneten, formte das geschwungene Fleisch mit seinen Handflächen. Er schien genau zu wissen, wie fest er drücken mußte und wie die verspannten Knoten zu finden waren. Das Wechselspiel von glatten Strichen über die Oberfläche und tiefem Druck verwandelte ihre Muskeln zu Wachs. »Wo hast du das gelernt?« murmelte sie. »Oder wäre es besser, wenn ich das nicht weiß?«

»Meine Lehrerin war eine wundervolle französische Dame, die ich vor vielen Jahren kennenlernte, als ich frisch von der Universität kam. Sie war in der Türkei gewesen und war sehr beeindruckt von dem, was sie dort in den Badehäusern der Frauen gelernt hatte.« Er rieb mit dem Handballen über ihre Nackenbeuge. »Sophie sah es als ihre Lebensaufgabe an, orientalische Weisheit im Westen zu verbreiten.«

»Sie war eine glückliche Frau.« Catherine reckte sich genüßlich. »Nicht jeder erreicht ein so edles Ziel.«

Er zog seine Hände mit langen Streichbewegungen über ihre Beine nach unten, von ihren Hüften bis zu ihren Knöcheln. In ihrem Genießen schwang jetzt eine feine sexuelle Komponente mit. Das Verlangen, das durch ihre Angst verschwunden gewesen war, kehrte wieder, floß wie Honig durch ihre Glieder. Dann streiften seine Finger mit sanfter Intimität zwischen ihre Schenkeln. Sie erstarrte, und ein Hauch zitternder Erregung ertrank in einer Flutwelle von Furcht. »Bitte, hör auf.«

»Natürlich.« Er zog seine Hände zurück und begann, ihre Waden abwärts zu massieren, bis er zu ihren Füßen gelangte. Sie entspannte sich, und bald lernte sie, daß ihre Zehen ebenso wundervoll reagierten wie ihre Hände.

Als er sie auf die geschmeidige Konsistenz von Brotteig reduziert hatte, zog er das Laken wieder bis zu ihren Schultern hoch. »Dreh dich um, wenn du möchtest, daß der Rest von dir noch massiert wird.«

Eine Stunde zuvor wäre sie zu verlegen und furchtsam gewesen, um sich so bloß zu zeigen. Jetzt rollte sie sich auf den Rücken. Während sie das tat, glitt das Laken herunter und entblößte eine Brust. Michael bewegte sich nicht, aber seine Augen wurden schmal, und er wurde unnatürlich still.

»Ich weiß nicht, wieviel weiter ich heute abend gehen kann«, sagte sie leise, »aber ich möchte es herausfinden.«

»Dann laß uns fortfahren.« Er schluckte, als er das Laken über ihre Taille herunterzog. »Deine Brüste sind prächtig. Wunderbar voll und fraulich.« Er wollte mehr sagen, schüttelte dann aber den Kopf. »Im Englischen haben wir nicht genug Worte. Es gibt nichts Treffenderes als wunderbar. Und Farben – wir brauchen mehr Farben. Wie würdest du diese Nuance nennen?« Er nahm beide Brustwarzen jeweils zwischen Daumen und Zeigefinger und liebkoste sie mit erregend verhaltenem Druck. »Lohfarben Rosa? Rotgold?«

Ihre Brustwarzen verhärteten sich, und Hitze durchpulste sie. »Lohfarben. Rosa. Buntkariert. Es ist mir egal, solange du mich so berührst.«

Er nahm sie beim Wort und massierte die festen Brustwarzen, bis ihr ganzer Körper vor beunruhigender Lust pulsierte. Heiser sagte er: »Hättest du etwas dagegen, wenn ich dich küßte?«

»Nein«, flüsterte sie. »Nein, dagegen hätte ich überhaupt nichts.«

Er beugte sich vor und nahm ihren Mund. Der Kuß war tief, sehr tief, und der ungestüme Stoß seiner Zunge entfachte ihr Fieber noch mehr. Als er begann, ihren Hals mit federleichten Küssen zu bedecken, hob sie ihre Hände zu seiner Brust schob sie scheu in seinen Morgenmantel. Er keuchte, und die Muskeln erschauerten unter ihrer Berührung.

Als ihre Hände tiefer strichen, kitzelte Haar an ihren Handballen, und ihre Fingerspitzen fanden Kanten harten Hautgewebes. »Du hast mehr Narben als jeder andere Mann, den ich kenne«, sagte sie kläglich. »Es ist ein Wunder, daß du lebst und gesund bist.«

»Das wäre ich ohne dich nicht.« Er senkte seine Lippen auf ihr Schlüsselbein und über den cremefarbenen Hügel ihrer Brüste. Das Saugen seines Mundes an ihrer Brustwarze löste ein prickelndes Verlangen in dem Bereich zwischen ihren Schenkeln aus, an den sie nie zu denken versuchte. Es war erschreckend und doch so verlockend wie die Schlange in Eden.

Er veränderte seine Position, so daß er neben ihr zu liegen kam. Ihre bebende, furchtvolle Lust wandelte sich abrupt zu Angst, als sie den bedrohlichen Stab von männlichem Fleisch an ihrem Schenkel spürte. Sie spannte sich an, fühlte sich unglücklich daran erinnert, wohin das führte.

Er murmelte einen verhaltenen Fluch und rollte sich auf den Rücken. »Es tut mir leid, Catherine.« Keuchend fuhr er sich mit dem Handrücken über seine Stirn. »Verdammt. Ich habe fast die Grenzen meiner Beherrschung erreicht. Wenn wir fortfahren wollen, muß ich die Bedrohung beseitigen, die mein wildes männliches Organ darstellt.«

Sie riß die Augen auf. »Wie bitte?«

Er lachte ein wenig. »Ich hatte nichts Dauerhaftes im Sinn. So, wie ich mich jetzt fühle, ist nur sehr wenig nötig, um die Sicherheit wiederherzustellen, besonders mit deiner Hilfe. Kannst du das tun?«

Er machte es ihr leicht, abzulehnen. Aber es war an der Zeit, daß sie etwas riskierte. Denn damit es ein wirkliches Liebesspiel war, mußte sie ebenso geben wie empfangen. »Was soll ich tun?«

Wortlos nahm er ihre Hand und führte sie unter seinen Hausmantel, legte ihre Handfläche auf sich. Sie wollte die Hand zurückreißen, als sie die Größe und schamlose Männlichkeit des pulsierenden Fleisches spürte. *Schmerz, Schändung, eine grausame und arrogante Waffe.*

Aber dies war Michael, nicht Colin, und er war ein Mann, kein barscher, achtloser Junge. Langsam drückte sie zu.

Der heiße Schaft zuckte heftig, und sein ganzer Körper wurde starr. »Dies ... dies wird nicht lange dauern«, keuchte er.

Ihr war nie klar gewesen, daß Sex einen Mann ebenso verwundbar machte wie eine Frau, und sie war überrascht zu sehen, wie leicht sie auf ihn einwirken konnte. Ihre Hand schloß sich mit mehr Selbstvertrauen um ihn.

Er bäumte sich auf dem Lager auf, und Schweiß trat auf sein Gesicht, als er versuchte, seine Reaktion zu dämpfen. Sie schloß ihre Hand über dem samtweichen Kopf und drückte wieder, wobei sie gleichzeitig den dikken Rand mit ihrem Daumen rieb.

»Gott, Catherine!« Ein Schauer durchfuhr ihn, und er zuckte wild in ihrer Hand. Seine Fäuste ballten sich, als sein Samen in ihre Handfläche spritzte. Mit der unterdrückten Heftigkeit in der Verspanntheit seiner Muskeln, dem Heben seiner Brust und seinem heftigen, keuchenden Atem war er wie ein brodelnder Vulkan.

Wieder stieg Furcht in Erinnerung an die Vergangenheit erstickend in ihrer Kehle auf. Entschlossen kämpfte sie dagegen an. Ihr widerfuhr kein Schmerz, kein Leid. Sie war kein Opfer. *Es gab keinen Grund für Furcht.*

Als die Verspannung aus seiner langen Gestalt gewichen war, hatte sie sich wieder gefaßt.

Er strich ihr Haar zurück, legte dann seine warme Hand auf ihre Schulter. »Fandest du das bedrückend?«

Sie überlegte, wie viele Männer so scharfsichtig sein mochten. »Ein wenig. Paarung ist eine wilde, primitive Angelegenheit.« Sie drückte ihn sehr, sehr sanft. »Aber was vor wenigen Minuten noch wie eine Waffe wirkte, ist jetzt so harmlos wie ein junger Vogel.«

Er grinste. »Das weist mich in meine Schranken.«

Sie benutzte eine Ecke des Lakens, um sie beide zu trocknen. Ihre Furcht war verschwunden, hatte ein sehnsüchtiges Gefühl von Verlust hinterlassen. Diese klebrige Flüssigkeit war die Saat des Lebens. Hätte sie den Mut gefunden, sich richtig mit ihm zu paaren, hätten sie vielleicht ein Baby gezeugt. Obwohl sie jedes Kind lieben würde, wäre es die reine Freude, das von Michael zu tragen.

Er zog sie näher, und seine Hände verdrängten jede noch verweilende Sorge. Wo hatte er solche Ehrlichkeit und Sanftheit gelernt? Auf die harte Art, vermutete sie. Sie sagte zögernd: »Ich nehme an, daß es das ist, was du meintest, als du sagtest, es sei für einen Mann möglich, auch ohne Geschlechtsverkehr Befriedigung zu finden.«

»Ja, aber das gilt nicht nur für Männer.« Er rieb ihren Bauch mit seinem Handrücken. »Hast du je das weibliche Äquivalent zu dem erlebt, was mir gerade widerfahren ist?«

Sie warf ihm einen fragenden Blick zu. »Wie sollte so etwas einer Frau widerfahren können?«

Die Belustigung in seinen Augen zeigte, daß sie jämmerliche Unkenntnis zum Ausdruck gebracht hatte, aber seine Stimme war zärtlich, als er antwortete. »Obwohl die Mechanik anders ist, glaube ich, daß die ausgelösten Gefühle sehr ähnlich sind.«

Sie verbarg ihr Gesicht an seiner Schulter. »Ich bin der Armee gefolgt, habe ein Kind geboren und die Sterbenden versorgt. Es ist peinlich, daß ich so wenig über meinen eigenen Körper weiß.«

»Mangel an Wissen läßt sich leicht beheben«, sagte er ruhig. »Laß es mich demonstrieren.«

Er senkte seinen Kopf zu einem weiteren Kuß. Das periodische Verlangen, das sie zuvor erlebt hatte, kehrte wieder, dieses Mal ohne die Unterströmung von Furcht. Eines nämlich wußte sie: daß es Zeit brauchte, bis die sexuelle Potenz eines Mannes wiederkam. Das bedeutete, daß sie seine Liebkosungen ohne Ängstlichkeit genießen konnte.

Jetzt, da sein Verlangen gestillt worden war, gab es einen feinen Unterschied bei seiner Umarmung. Eine reichere, gemächlichere Erotik lag darin. Sie reagierte hungrig. Während ihres ganzen Erwachsenenlebens hatte sie ihren natürlichen Appetit unterdrückt. Endlich konnte sie den mit dem Mann, den sie liebte, stillen.

Seine liebkosende Hand bewegte sich noch tiefer über die Wölbung ihres Unterleibs. Hitze durchglühte sie, als seine Finger durch die dunklen seidigen Locken glitten und das darunter verborgene Fleisch berührten. Sie hielt vor Überraschung den Atem an.

Er murmelte: »Soll ich aufhören?«

»Nein, es fühlt sich ... schön an.«

Wieder fanden seine Lippen ihre. Sie zitterte vor schuldbewußtem Entzücken, als seine Finger tiefer vordrangen. Die empfindlichen Falten waren unter seiner Berührung glatt und feucht. Irgendwie kam ihr der Gedanke, ob etwas nicht in Ordnung sei, weil das nie zuvor geschehen war.

Mit geschickter Hand berührte er verborgene Stellen, die sengende Lustgefühle auslösten. Ihr Kopf fiel zurück, und sie sog stoßweise Luft in ihre Lungen. Feinfühlig schob er einen Finger dorthin, wo einst nur Schmerz gewesen war. Dieses Mal war da Erregung und eine sonderbar schmerzende Leere. Ihre Lippen pumpten gegen seine streichelnde Hand. Sie hatte sie nicht mehr unter Kontrolle. Sie fühlte sich drängend, fordernd. Sie keuchte »Gütiger Himmel ...«

Sein Daumen rieb über einen winzigen Punkt, der unglaublich empfindsam war. Hitze durchschoß sie mit schockierender Plötzlichkeit. Sie wand sich hilflos, schlang ihre Arme um ihn. Das Feuer brannte schnell aus, und sie blieb ermattet zurück. »Oh, mein Gott«, keuchte sie. »Ist es das, was du meintest?«

»Genau das.« Er küßte sie auf die Stirn. »Fandest du das quälend?«

Sie gab ein ersticktes Lachen von sich. »Es ist ziemlich verwirrend, wenn der Körper außer Kontrolle gerät, aber ich bedauere es nicht. Jetzt verstehe ich, warum Menschen sich damit befassen.« Sie verstand auch wie nie zuvor Colins Egoismus im Ehebett. Wenn er von solchen Lüsten getrieben wurde, war es kein Wunder, daß er gefühllos gewirkt hatte. Es mußte leicht sein, sich in Lust zu verlieren.

So wie sie sich in Furcht verloren hatte. »Es tut mir schrecklich leid, daß ich dich belogen habe«, platzte sie heraus. »Ich haßte es, das zu tun, aber ich hatte das Gefühl, keine andere Wahl zu haben. Ich hatte geglaubt, ich würde nie in der Lage sein, über das zu sprechen, was bei mir nicht in Ordnung war.«

»Vergeben und vergessen.« Michael lag auf seiner Seite und hielt sie mit einem Arm fest an sich gezogen. Sein samtener Hausmantel lag weich auf ihrer überempfindlichen Haut. »Ich glaube immer weniger, daß du abnormal bist. Abgesehen davon, daß du abnormal wundervoll bist, um genau zu sein.«

»Du bringst mich dazu, daß ich mich so *gut* fühle.« Sie rieb ihr Gesicht wie eine Katze an ihm. »Wie hast du das gelernt?«

Er seufzte, und etwas von seinem Glück schwand. »Indem ich wirklich abscheuliche Fehler gemacht habe.«

»Du sagtest einmal, du seist verliebt gewesen in – oder warst besessen von – einer verheirateten Frau«, sagte sie zögernd. »War das einer davon?«

»Der schlimmste.« Er haßte es, von seiner verbrecherischen Verliebtheit zu sprechen, aber es war nur fair, da er Catherine gezwungen hatte, ihre tiefste Scham preiszugeben. »Sie war die Frau eines engen Freundes. Umwerfend schön und absolut skrupellos, aber das erfuhr ich erst Jahre später. Sie betrog jeden Mann, der sie liebte. Aus reiner Boshaftigkeit tat sie alles, um die Freundschaft zwischen ihrem Ehemann und mir zu vergiften, und sie hätte damit fast Erfolg gehabt.«

Seine Kehle war wie zugeschnürt, als er sich an diese Jahre der Hölle erinnerte und an das Kind, das Caro getragen hatte, als sie starb – das Kind, das wahrscheinlich seines war. Die Erinnerung quälte ihn. »Sie sagte, sie habe Angst, daß ihr Mann sie umbringen würde und daß ich sie rächen müßte, wenn sie plötzlich stürbe. Ich erklärte mich dazu bereit, da ich glaubte, sie übertriebe. Dann starb sie bei einem sehr sonderbaren Unfall, und ich stand vor der Wahl, meinen Freund zu töten oder einen Schwur zu brechen, den ich der Frau gegeben hatte, die ich liebte.«

»Wie gräßlich.« Sie stützte sich auf einen Ellenbogen, und ihr Gesicht spiegelte seine eigene Abscheu wider. »Aber das hast du nicht getan, nicht wahr?«

»Das war mehr aus Schwäche als aus Weisheit«, sagte er schmerzlich. »Ich floh in den Krieg, hoffte halb, daß ich getötet werden würde und nie den Schwur erfüllen müßte, den ich abgelegt hatte. Aber schließlich mußte ich nach Hause zurückkehren. In meiner Verrücktheit war ich um Haaresbreite davor, meinen Freund zu töten. Wäre die Großmütigkeit des Mannes, den ich betrogen hatte, nicht gewesen, wäre es damit geendet, daß ich uns beide getötet und mich dafür selbst in alle Ewigkeit verdammt hätte.«

»Aber das hast du nicht.« Sie gab ihm einen Kuß von schmerzender Süße, wobei ihr seidiges Haar über seine Kehle glitt. »Dafür werde ich ewig dankbar sein. Niemand sonst hätte das für mich tun können, was du für mich getan hast, Michael. Ich danke dir aus tiefster Seele dafür.«

Dafür, daß er Catherine die Zärtlichkeit und Geduld

schenkte, die sie als Braut nicht bekommen hatte, wurde er tausendfach belohnt. Was hatte er getan, daß er solches Glück verdiente? Er schwor, daß sie es niemals bedauern würde, ihm zu vertrauen. »Ich habe diese Massage noch nicht beendet. Möchtest du mehr, oder würdest du es vorziehen zu schlafen?«

Sie drehte sich auf den Rücken und streckte sich mit unschuldiger Herausforderung aus. »Beende deine Massage. Ich will das lernen, damit ich dir auch eine geben kann.«

Er war überrascht, Erregung bei sich zu spüren. Seine langen Jahre der Enthaltsamkeit sorgten in Verbindung mit der Leidenschaft, mit der er sich zu Catherine hingezogen fühlte, dafür, daß er sich rasch erholte.

Er nahm wieder die Flasche mit der Lotion und erwärmte etwas davon zwischen seinen Händen. Dann setzte er eine Aufgabe fort, die reines Vergnügen war. Ihr Körper war im Feuerschein wie warme Creme, ihr Haar eine dunkelglänzende Wolke um ihr Gesicht. Seine Hände glitten über ihre Schultern und Arme, dann über ihren Oberkörper herunter und zur Taille. Ihre Augen waren geschlossen, aber sie lächelte verträumt, als seine Fingerspitzen den Konturen ihrer Rippen folgten. Er ließ sich Zeit, wiederholte jedes Streicheln wieder und wieder, widmete ihren prächtigen Brüsten besondere Aufmerksamkeit.

Sie war nicht länger argwöhnisch, als er sie unter der Taille berührte. Es war gut, daß er noch seinen Hausmantel trug, weil sie so nicht bemerkte, daß er längst nicht mehr so harmlos wie ein Küken war.

Er setzte sich zu ihren Füßen und drehte ihre Beine mit einer sanften Bewegung. Sie gab ein gedämpftes, schnurrendes Geräusch von sich. Er zog ihr linkes Bein so hoch, daß es am Knie gebeugt war, und umschlang ihren Schenkel mit seinen Händen. Seine von Lotion bedeckten Hände glitten geschmeidig über ihre glatte Haut.

Sie lachte ein wenig, als er ihr rechtes Bein einrieb. »Ich fühle mich wie ein Lamm, das mit Fett begossen wird, damit es zum Abendessen gebraten werden kann.«

»Keine schlechte Idee. Ich denke, ich werde jetzt an dir kosten.«

Er beugte sich vor und leckte die zarte Haut ihres Bauches, beschrieb mit seiner Zunge lockende Kreise um ihren Nabel. Aus Mattigkeit in lebhaftes Bewußtsein gerissen, rief sie aus: »Wie kann es sein, daß ich so schnell wieder so empfinde?«

»Manche Frauen besitzen die Fähigkeit, mehrere Male Erfüllung in rascher Folge zu finden. Vielleicht ist das der natürliche Ausgleich für die Tatsache, daß Frauen anfangs länger brauchen, um so weit zu kommen.« Er blies seinen warmen Atem in das weiche Gewirr von Haar zwischen ihren Schenkeln.

Sie krümmte ihre Finger. »Das fühlt sich sehr sündhaft an.«

»Ist es nicht«, sagte er ruhig, »aber wenn du willst, höre ich auf.«

Ihre Hand ballte sich auf der gefalteten Decke unter ihren Hüften. »Ich ... ich glaube, ich bin lieber verworfen. Manchmal habe ich es *gehaßt*, die heilige Catherine zu sein.«

Er küßte die Innenseite ihrer Schenkel und löste damit Wellen von Reaktion an den höchst sensiblen Stellen aus, die er zuvor entdeckt hatte. Seine festen Lippen bewegten sich höher und höher, bis sein heißer Mund ihre intimsten Bereiche berührte. Sie keuchte vor Schreck.

Seine Zunge drang in die empfindlichen fraulichen

Falten. Die Lust war unbeschreiblich, war weit intensiver als jedes Gefühl, das sie außer Schmerz je empfunden hatte. Sie wimmerte, gab ein langgezogenes, gequältes Geräusch von sich. Obwohl benommen, wußte sie, daß sie nach dieser Nacht eine andere sein würde. Die nüchterne Saint Catherine war für immer verschwunden, verschlungen von den Flammen der Ekstase. Doch noch während sie am Rande der Auflösung schwebte, spürte sie einen sonderbaren Hunger, ein Gefühl von Unvollkommenheit.

Seine Hand ersetzte seinen Mund, seine Finger waren erregend, lockend, glitten in sie. Sie protestierte mit einem erstickten Gemurmel, als er aufhörte. Einen Augenblick später liebkoste er sie wieder, drang mit neuem, gröberem Druck in sie.

Es war ein weiterer brennender Schock, als sie begriff, was er tat. Sie riß die Augen weit auf und starrte ihn an. Er hatte sich über sie gebeugt, und seine breiten Schultern und seine Arme zitterten. Ihre Blicke trafen sich. In den Tiefen seiner Augen war eine Frage, während er an der Schwelle völligen Besitzergreifens innehielt.

Sie unterdrückte die Erinnerung an diese anderen schrecklichen Zeiten und nickte schwach und furchtsam. Ihre Brüste hoben und senkten sich hektisch, während sie auf Schmerz wartete.

Doch als er in sie drang, war da kein Schmerz. Nur ein nicht unangenehmes Dehnen und ein köstliches, gleitendes Reiben, als er zentimeterweise vordrang. Als er sich ganz in sie gegraben hatte, keuchte er: »Geht es dir gut?«

»Ja.« Ihre Augen waren groß und verwirrt. *»Ja.«*

Ihre Hüften hoben sich sachte gegen ihn. Das Gefühl, als er sich in ihr bewegte, führte zu überwältigender Freude. *Das* war es, wonach sie sich gesehnt hatte, um ihre Leere zu füllen – diese Vereinigung zweier Körper, um kurz einen daraus zu machen.

Ihr Gesicht brannte vor Lust, während sie ihre Arme um ihn schlang und seinen ganzen Körper an sich zog. »Ja, ja, ja!«

Ihre Hüften bewegten sich wieder, diesmal schnell und heftig, so daß er noch tiefer in sie drang. Er schloß mit einem heftigen Stöhnen seine Arme um sie und begann unbeherrscht zu stoßen. Dieses Mal war sie keine Gefangene, sondern seine Partnerin im Wahnsinn. Hitze baute sich auf, wurde intensiver, drohte, ihre Seele zu verschlingen. Sie klammerte sich an ihn, weil er das einzige Sichere in einer verrückt gewordenen Welt war.

Feuer durchschoß sie mit wundervoller Heftigkeit, versengte sie mit vernichtender Kraft. Er ergoß sich in sie, während sie ihn zitternd umklammerte. Dies war wahre Erfüllung, und die übertraf die schlichte körperliche Befreiung, die er ihr gezeigt hatte, so weit, wie die Sonne eine Kerze übertraf.

Sie war sein, er war der ihre. Ihr Mann, ihre Liebe, ihr Gefährte.

Nach dem Sturm ihres Liebesspiels dösten sie beide. Michael erwachte, als das Feuer erlosch, und überredete eine schläfrige Catherine dazu, ins Bett zu gehen. Sie kam willig und schlang sich prompt um ihn, versuchte ihm so nahe zu sein, wie es menschlich möglich war.

Er lächelte und streichelte ihren Kopf. »Es war's wert, darauf sechs Jahre zu warten.«

Sie blinzelte ihn schlaftrunken an. »Sechs Jahre?«

»So lange ist es her, seit ich mit einer Frau geschlafen habe.«

Sie wurde wach, und ihre Augen weiteten sich vor

Überraschung. »Seit dieser entsetzlichen Affäre mit der verheirateten Frau hast du enthaltsam gelebt?«

Er nickte. »Zuerst war ich emotional ein Scherbenhaufen – viel zu durcheinander, um für irgend jemand ein Bettgefährte zu sein. Enthaltsamkeit wurde dadurch unterstützt, daß ich seitdem wohl die Hälfte der Zeit damit verbracht habe, mich von Verwundungen zu erholen oder Fieber hatte oder in den Wildnissen von Spanien oder sonstwo war.« Er küßte sie auf die Nasenspitze. »Und außerdem war mir niemand wie du begegnet.«

»Ich bin froh, daß es so lange für dich her ist«, sagte sie weich. »Das bedeutet, daß der Abend heute für dich vielleicht etwas Besonderes war. Ich hoffe es, denn für mich war es wunderbar.«

»Heute abend war ebenso besonders für mich«, murmelte er. Weit mehr, als er in Worten ausdrücken konnte. Er liebkoste sie weiter, bis sie wieder eingeschlafen war. Es war erstaunlich, daß sie sich völlig verändert hatte. Dies war die leidenschaftliche, liebende Frau, die zu sein Catherine bestimmt war. Er wollte wach bleiben, um die Süße zu genießen, aber er war zu müde.

Er döste ein, aber nur, um plötzlich schweißgebadet wach zu werden. *Sie war nicht für ihn bestimmt.* Solche Freude war zu schön, als daß sie von Dauer sein könnte. In der Vergangenheit war sein Glück immer durch einen unerwarteten Stoß zerschlagen worden.

Er versuchte grimmig, sich klarzumachen, daß solche Gedanken reiner Aberglaube waren. Was sollte zwischen ihn und Catherine kommen?

Aber es dauerte lange, bis er wieder einschlafen konnte.

28. Kapitel

Perlweißes Morgenlicht fiel durch das Fenster, als Catherine erwachte und merkte, daß ihr Kopf auf Michaels Schulter ruhte und sie ihren Arm über seine Brust gelegt hatte. Er war ebenfalls wach. In seinen Augen war eine gewisse Wachsamkeit, gerade so, als überlege er, wie sie sich wegen der Ereignisse der vergangenen Nacht fühlen mochte.

Sie lächelte verhalten. »Das war kein Traum, nicht wahr?«

Er entspannte sich und erwiderte das Lächeln. »Die wirklichste Erfahrung meines Lebens. Kein Bedauern?«

»Nicht im geringsten.« Sie zog eine Grimasse. »Außer, daß ich wünschte, früher erkannt zu haben, daß ich nicht hoffnungslos fehlerbehaftet war. Es wird nicht leicht sein, das Durcheinander in Ordnung zu bringen, das ich durch meinen Betrug geschaffen habe.«

»Das muß nicht sofort geschehen. Warte ein wenig. Einer von uns hat vielleicht eine plötzliche Eingebung, wenn wir ein paar Tage lang darüber nachdenken«, schlug er vor. »Da wir gerade von Durcheinander sprechen – Kenneth schrieb, daß du durch Colins Tod eine Menge Probleme hast.«

»Eine Untertreibung. Als wir heirateten, besaßen wir beide etwas Familienvermögen, aber das ist längst verbraucht. Ich wußte bis zu seinem Tod nicht, wie schlimm die Dinge standen. Die meisten seiner Gläubiger im Regiment waren bereit, auf seine Spielschulden zu verzichten, aber es gab Rechnungen von Händlern, die bezahlt werden mußten, bevor ich Frankreich verließ.« Sie seufzte. »Am schlimmsten ist, daß er von einer seiner zahlreichen Geliebten, einem Hausmädchen, ein Kind hat.«

Michael zuckte zusammen. »Wie scheußlich für alle Beteiligten.«

Scheußlich beschrieb nicht einmal ansatzweise das Gefühl, das sie gehabt hatte, als sie die Neuigkeiten erfuhr. Sie drehte sich auf den Rücken und starrte an die Decke. »Marie war ein Mädchen vom Lande und wußte nicht, was sie tun sollte. Ich sagte ihr, sie solle nach Hause zu ihren Eltern zurückkehren und erzählen, sie sei nach kurzer Heirat verwitwet. Eine Erbschaft hätte ihre Geschichte glaubwürdiger gemacht, und so verkaufte ich die Perlen meiner Mutter und gab ihr die Hälfte des Erlöses. Mit dieser Mitgift sollte sie wieder heiraten und das Kind anständig großziehen können.«

Er hob die Brauen. »Du wirst den Namen Saint Catherine nie loswerden, wenn du weiterhin solche Dinge tust.«

»Ich konnte das Mädchen und das Kind doch wohl schlecht verhungern lassen, oder? Es war das mindeste, was ich um Colins willen tun konnte.« Ein Schatten alten Schuldgefühls fiel auf ihr Gesicht. »Gott weiß, daß ich ihm keine gute Ehefrau war.«

»Du mußt damit aufhören, dich selbst zu quälen, Catherine«, sagte Michael ruhig. »Jetzt, da ich die ganze Geschichte kenne, habe ich großen Respekt vor der Würde, die ihr beide in einer schwierigen Situation bewiesen habt. Und obwohl ihr ein ungleiches Paar wart, ist aus einer Ehe doch Amy hervorgegangen. Das wird gewiß keiner von euch bedauert haben.«

Er hatte den perfekten Weg gefunden, damit sie mit ihren Selbstvorwürfen aufhörte. »Du hast recht. Colin liebte Amy wirklich. Sie war vielleicht der einzige Mensch, den er geliebt hat.« Sie warf Michael einen schiefen Blick zu. »Ich verspreche, daß ich nicht mehr so langweilend schuldbewußt sein werde.«

Er grinste. »Du bist nie langweilig, selbst wenn du eine Heilige bist.«

Ein beunruhigender Gedanke kam ihr. »Einer der Gründe, warum ich dir nichts von Colins Tod erzählen wollte, war, daß ich dich mit einem schönen jungen Mädchen im Park fahren sah. Es hieß, daß du eine Frau suchtest, und etwas an der Art, wie ihr euch ansaht, brachte mich auf den Gedanken, daß du eine gefunden hättest.«

»Ich bin mit vielen jungen Damen ausgefahren, aber ich erinnere mich nicht, eine verliebt angesehen zu haben. Wie sah sie aus?«

»Groß und schlank, mit hellbraunem Haar. Hübsch und sehr intelligent wirkend, obwohl sie einen etwas scheuen Eindruck machte.«

»Kit«, sagte er sofort. »Die Frau meines Freundes Lucien. Sie und ich sind außerordentlich ineinander vernarrt, auf eine völlig unromantische Art. Du wirst sie auch mögen.«

Sie spürte ein warmes Glühen, weil er davon ausging, sie würde künftig Teil seines Lebens sein. Noch mehr empfand sie Erleichterung. Dieses hübsche Mädchen war Michaels Freundin, nicht seine Geliebte. Sie streifte mit einer Hand über seine Schulter und genoß das Gefühl der harten Muskeln unter glatter Haut. »Sie sah sehr liebenswert aus.«

Sein Lächeln schwand. »Da ist etwas, was ich dir erzählen muß.«

Besorgt von dem Tonfall seiner Stimme sagte sie: »Du brauchst mir nichts zu erzählen, was du mir nicht erzählen willst. Was immer es ist, so ändert das für mich nichts.«

»Nicht einmal die Tatsache, daß ich ein Bastard bin?« sagte er ironisch.

Sie brauchte einen Augenblick, bis sie verstand. »Dann war der Duke of Ashburton also nicht dein richtiger Vater? Nach dem, was du über ihn erzähltest, tut mir das nicht leicht. Es klang, als sei er schrecklich gewesen.«

Nach einem Moment des Erstaunens, fiel er lachend auf das Kissen zurück. »Und mehr hast du zu dem großen Skandal meiner Existenz nicht zu sagen? Willst du nicht wissen, ob mein Vater ein Lakai oder ein lüsterner Stallbursche war?«

Als sie die Gereiztheit hörte, die in seiner Belustigung mitklang, sagte sie ruhig: »Mir ist egal, wer oder was dein Vater war. Wichtig ist mir, wie die Situation auf dich gewirkt hat. Wußte es der Duke of Ashburton?«

Jede Spur von Humor verschwand aus Michaels Gesicht. »Er wußte es, ja. Ich war das Ergebnis einer Affäre zwischen der Herzogin und Ashburtons jüngerem Bruder. Aus Stolz schickte der Herzog seinen Bruder ins Exil und ließ die Welt in dem Glauben, ich sei sein eigener Sohn. Er sagte mir die Wahrheit erst, als er auf dem Totenbett lag.«

»Gott, das war kurz bevor wir hierher kamen! Kein Wunder, daß du so angespannt wirktest, als wir durch Great Ashburton fuhren.« Catherine legte eine Hand auf seinen Unterarm. »Dann warst du also das unschuldige Opfer einer dieser scheußlichen Situationen, die Familien auseinanderbringen. Das erklärt, warum der Herzog dich so kalt behandelt hat.«

»Die Wahrheit zu erfahren, hatte mich aus der Fassung gebracht, aber es war auf seltsame Weise befreiend. Ich brauche die Familie des Herzogs nicht.«

Sie beugte sich vor und küßte ihn voller Liebe. Dann lächelte sie verrucht. »Zum Frühstücken ist es noch zu früh. Sollen wir die Zeit nutzen, um diese sechs Jahre der Enthaltsamkeit nachzuholen?«

Er zog sie in seine Arme. »Wir beide haben eine Menge nachzuholen. Ich freue mich ungeheuer darauf.«

Sie auch. Bei allen Heiligen, das tat sie auch.

Die beiden nächsten Tage waren paradiesisch. Als Catherine sich am dritten Morgen anzog, überlegte sie, ob jemand die Veränderung in ihrer Beziehung zu Michael bemerkt haben mochte. Oh, die beiden berührten sich in der Öffentlichkeit nicht oder schlichen mitten am Tage in ihr Schlafzimmer – obwohl sie in Versuchung gewesen waren. Aber sie lächelte fortwährend wie eine Katze, die im Milchtopf sitzt, und es war unmöglich zu kontrollieren, was in ihren Augen war, wenn sie Blicke wechselten.

Sie hatte über die Zukunft nicht gesprochen. Michael hatte weder gesagt, daß er sie liebe, noch einen förmlichen Heiratsantrag gemacht. Wie sie vermutet hatte, verbarg sich hinter seiner rauhen Schale sehr viel Verwundbarkeit, Folge dessen, daß er nie genug Liebe bekommen hatte. Das mußte der Grund dafür sein, warum sie einen unsicheren, Das-ist-zu-schön-um-wahr-zu-sein-Ausdruck in seinen Augen gesehen hatte. Nun, sie fühlte ebenso. Tatsächlich hatte sie sich auch nicht überwinden können, ihm zu sagen, wie sehr sie ihn liebte. Dazu reichten Worte auch nicht.

Schließlich mußten sie praktischer denken, aber sie erwartete keine Probleme. Obwohl Amy vielleicht überrascht sein würde, so bald einen Stiefvater zu bekommen, hatte sie Michael immer gemocht. Alles würde gut werden.

Sie lächelte in den Spiegel, während sie ihr Haar bürstete. Die größte Frage, die sie beschäftigte, war, ob sie und Michael sofort heiraten oder warten sollten, bis ein volles Jahr nach Colins Tod vergangen war. Letzteres wäre schicklicher, aber sie wollte kein Hinauszögern. Und wenn es zur natürlichen Folge ihres leidenschaftlichen Liebesspiels kam, würden sie vielleicht schnell heiraten müssen. Sie hätte dann nichts dagegen.

Michaels Abbild tauchte neben ihrem im Spiegel auf, als er sich zu ihr neigte und einen Kuß auf die empfindliche Stelle unter ihrem Ohr drückte. Vor Wonne seufzend, lehnte sie sich an ihn. »Müssen wir Leuten zuschauen, die Seetang sammeln, um damit die Felder zu düngen oder haben wir einer von Davins Vergnügungen beizuwohnen? Ich würde den Tag lieber hier verbringen und dich vergewaltigen. Dir die Kleider vom Leibe reißen. Dich erbarmungslos auf den Boden pressen und dich mit Küssen verzehren.«

»Klingt wundervoll.« Er rieb ihr Kinn sanft mit seinen Knöcheln. »Du wirst jeden Tag weniger heilig. Aber nicht so sehr, daß du dich vor deinen Pflichten drücken wirst.«

In der Tat, er hatte recht. Catherine stand auf. »Also gut, ich werde dich heute abend vergewaltigen. Du kannst den Tag damit verbringen, dir Sorgen darüber zu machen, mit welcher Heftigkeit ich mich an deinem hilflosen Körper auslassen werde.«

Er musterte sie mit einem sengenden Blick, der ihr einen Schauer über den Rücken jagte. »Ich werde den Tag damit verbringen, darüber nachzudenken, obwohl ich nicht versprechen kann, daß ich mir Sorgen machen werde.«

Er nahm ihren Arm, und sie gingen hinunter in den Frühstückssalon. Als sie eintraten, blickte ihr Großvater gereizt von seinem Teller auf. »Für ein Paar, das seit einem Dutzend Jahre verheiratet ist, duftet ihr wirklich nach April und Mai.«

Sie küßte seine Wange. Obwohl er noch den Rollstuhl

benutzte, war er merklich vitaler als bei ihrer Ankunft. »Es ist die wunderbare Seeluft, Großvater.« Sie warf Michael ein verstecktes Lächeln zu. »Dadurch fühlen wir uns, als seien wir frisch verheiratet.«

Der Laird strich Butter auf seine Toastscheibe. »Clive ist aus London zurück. Ich möchte mit euch beiden heute morgen sprechen.«

Michael fragte: »Bin ich ausdrücklich ausgeschlossen?«

»Ja. Sie werden bald genug erfahren, was ich zu sagen habe.«

Catherine starrte auf ihre Rühreier. Sicherlich würde es bei diesem Gespräch darum gehen, wen der Laird zum Erben ausgewählt hatte. Die praktischen Fragen, denen sie ausgewichen war, würden beantwortet werden müssen, und dies bald.

Davin Penrose betrat den Frühstückssalon und begrüßte alle, schenkte sich dann eine Tasse Tee ein. Michael fragte ihn: »Was steht heute auf dem Programm?«

»Das kommt darauf an.« Der Konstabler nahm auf einem Stuhl Platz. »Verstehen Sie viel von Kanonen, Captain Melbourne?«

»Ich habe einige Erfahrung mit berittener Artillerie, aber ich bin kein Experte.«

»Sie wissen wahrscheinlich mehr darüber, als sonst jemand auf Skoal. Die Inselmiliz ist sehr effektiv – der Laird ist der Colonel, und ich bin der Captain. Außer Musketen haben wir zwei Sechspfünder-Kanonen, die hergeschickt wurden, um Napoleon abzuwehren, wenn er sich entschlossen hätte, hier einzumarschieren.« Belustigung glitzerte in seinen Augen. »Gut, daß der Imperator andere Ziele im Sinn hatte, weil die Regierung es nicht für nötig hielt, uns zu sagen, wie man mit den verdammten Dingern umzugehen hat.«

Michael lachte. »So ist eben die Armee Seiner Majestät. Wenn ich es recht verstehe, möchten Sie sie abfeuern und brauchen etwas Ausbildung darin.«

»Genau. Felsen lösen sich an einer überhängenden Klippe im Hafen und gefährden die Boote, die darunter festgemacht sind. Ich dachte, daß mit ein paar Kanonenschüssen das lockere Gestein heruntergebracht werden könnte, ohne daß jemand verletzt wird. Es wäre sehr begrüßenswert, wenn Sie uns zeigen können, wie man schießt, ohne daß wir uns selbst dabei umbringen.«

»Dafür verstehe ich genug.« Michael wandte sich an Catherine. »Da du beschäftigt bist, werde ich mit Davin gehen. Es wird fast den ganzen Tag dauern, um die Kanonen instand zu setzen und die Männer so auszubilden, damit sie sie sicher benutzen können.«

»Vielleicht werde ich später kommen und zuschauen«, sagte sie. »Eines der schönen Dinge an dieser Insel ist, daß du nicht zu weit weggehen kannst.«

Er schenkte ihr ein inniges Lächeln und brach dann mit Davin auf.

»Komm in einer Stunde in mein Arbeitszimmer«, befahl der Laird. »Clive wird dann dort sein.« Er rollte seinen Stuhl energisch aus dem Raum.

Allein im Frühstückssalon, runzelte Catherine die Stirn, während sie über die bevorstehende Zusammenkunft nachdachte. Sie hatte sich noch nicht entschieden, was sie wegen Skoal tun sollte. Sie brauchte das Erbe nicht mehr. Tatsächlich würden die Verpflichtungen, die mit der Erbschaft verbunden waren, eine Belastung sein, wenn sie und Michael verheiratet waren. Aber sie hatte die Insel und ihre Bewohner liebgewonnen, und sie wollte, daß sie gut regiert wurden. Ihr Cousin Haldoran schien zu egozentrisch und launenhaft zu sein, um ein guter Laird zu sein.

Sie zuckte gleichmütig die Schultern. Die Entscheidung lag bei ihrem Großvater. Wenn er bereits zu Clives Gunsten entschieden hatte, lag die Sache ohnehin nicht mehr in ihren Händen. Wenn er aber sie gewählt hatte, würde sie sehr intensiv nachdenken müssen.

Als Catherine in das Arbeitszimmer des Laird kam, saß ihr Großvater hinter seinem Schreibtisch und sprach mit Haldoran. Die Männer brachen das Gespräch ab, als sie eintrat. Sie schenkte ihrem Cousin ein höfliches Lächeln. »Hallo, Clive. Ich hoffe, deine Reise nach London ist gut verlaufen.«

Er erhob sich höflich. Sein Gesichtsausdruck änderte sich, als er sie sah, etwas Hartes und Wütendes zeigte sich in seinen Augen. Es war im Nu verschwunden und wich einstudiertem Charme. »Eine exzellente Reise. Ich habe genau das erreicht, was ich wollte.«

Der Laird sagte: »Setzt euch beide.«

Catherine hielt inne. »Großvater, bist du jemals höflich?«

Er lachte bellend. »Wüßte nicht, warum. Es gibt immer tausend Dinge zu tun. Warum Zeit mit Worten vergeuden?« Sein Humor verflog. Statt dessen sprach er im Kommandoton. »Ihr wißt beide, warum ihr hier seid. Clive, ich habe beschlossen, Catherine zu meiner Erbin zu machen. Du bist fähig und du kennst die Insel länger, aber deine Interessen liegen woanders. Ich glaube, Catherine und ihr Mann sind besser für Skoal.«

Wenige Tage zuvor wäre sie vor Erleichterung, das zu hören, kraftlos geworden. Jetzt waren ihre Gefühle komplizierter. Sie fühlte sich geehrt und ein wenig in die Enge getrieben. Sie warf ihrem Cousin einen Blick von der Seite zu. Haldorans Gesicht war starr, fast so wie damals, als Michael sich als der bessere Schütze bewiesen hatte. Doch seine Stimme war glatt, als er sagte: »Du bist ganz sicher, daß du das willst?«

»Hast du mich je unschlüssig erlebt? Gestern kam mein Anwalt vom Festland, um mein Testament zu Catherines Gunsten zu ändern.« Der Laird tippte auf einen Stapel Papiere. »Ich habe hier eine Kopie. Ich möchte, daß ihr beide sie lest, damit es keine Überraschungen gibt, wenn ich nicht mehr bin.«

»Dein Wunsch, für klare Verhältnisse zu sorgen, ist bewundernswert, Onkel. Wie bedauerlich, daß deine Enkelin diesen nicht teilt.«

Sein spöttischer Tonfall ließ Catherine ahnungsvoll erstarren. Der Laird schnappte: »Was, zum Teufel, soll das heißen?«

»Wohl niemand bewundert meine wunderschöne Cousine mehr als ich.« Haldorans verächtlicher Blick wanderte zu Catherine. »Jedoch ist es meine traurige Pflicht, dich darüber zu informieren, daß deine einzige Enkelin eine Lügnerin und eine Hure ist, und daß sie dich zum Narren gemacht hat, seit sie ihren Fuß auf die Insel gesetzt hat.«

Während Catherine vor Entsetzen erstarrte, knurrte ihr Großvater: »Verdammt, Clive, du warst schon immer ein scheußlicher Verlierer. Das ist ein Grund, warum ich nicht will, daß du Skoal bekommst. Glaube nicht, daß du meine Meinung dadurch ändern kannst, daß du Lügen auftischst.«

»Es ist wahr. Ich verliere nicht gern, aber Catherine allein ist es, die gelogen hat«, sagte Haldoran eisig. »Der wirkliche Colin Melbourne starb im April in Frankreich. Weil deine gierige kleine Enkelin fürchtete, ihre Chance auf ein Vermögen zu verlieren, überredete sie einen ihrer Liebhaber dazu, in die Maske ihres Ehemannes zu schlüpfen. Während du darüber nachgedacht hast, ob sie es wert ist, hat sie hinter deinem Rücken herumgehurt und gelacht. Nur zu, frage sie, ob sie es leugnet.«

Der Laird drehte seinen Kopf mit einem Ruck zu Catherine. Sein Gesicht war beunruhigend gerötet. »Ist etwas wahr an dem, was Clive sagt?«

Ihr Schock und ihre Demütigung wurden ein wenig durch die Erleichterung darüber gemildert, daß sie nicht mehr lügen mußte. Unsicher sagte sie: »Es ist wahr, daß Colin tot ist, ermordet von einem Bonapartisten. Aber ich habe keine Horden von Liebhabern.« Es mit der Wahrheit nicht allzu genau nehmend, fuhr sie fort: »Michael ist mein Verlobter. Er wird bald mein Ehemann *sein*. Ich bedauere es wirklich, dich getäuscht zu haben, Großvater. Es schien zu dem Zeitpunkt nötig, aber ich habe es jeden Tag mehr bedauert.«

»Du verschlagenes kleines Flittchen!« Den letzten Teil ihrer Feststellung ignorierend, erhob ihr Großvater sich mit einem Ruck und stützte sich mit zitternden Händen auf den Schreibtisch. Seine Augen brannten vor Wut und Schmerz über den Betrug. »Der Gedanke, daß ich bereit war, dir Skoal anzuvertrauen! Nun, das kannst du vergessen, Mädchen. Du bist nicht meine Enkelin.« Er preßte eine Hand an seine Schläfe. »W ... werde ... ä ... ändern ...«

Beunruhigt von seiner Unmäßigkeit rief Catherine aus: »Großvater, bitte, beruhige dich! Wenn du willst, daß ich gehe und dich nie wieder behellige, gut, aber mache dich dadurch nicht krank.«

Ohne ihr zuzuhören, sagte er schwer: »Ä ... ändere mein Testament ...« Er brach zusammen, fiel vorwärts auf seinen Schreibtisch und stürzte dann in einer Kaskade von Papieren und Schreibfedern schwer zu Boden.

»Gütiger Gott!« Catherine eilte um den Schreibtisch herum und sank neben ihm auf die Knie. Er war bewußtlos, und die linke Seite seines Gesichts war erschlafft. »Er hat einen Schlaganfall.«

»Glückwunsch, Cousine«, brachte Haldoran langsam heraus. »Du hast ihn nicht nur getäuscht, sondern ihn offensichtlich auch umgebracht.«

Sie warf ihm einen Blick voller wütender Abneigung zu. »Du bist ebenso verantwortlich, *Cousin.* Ich wollte ihm die Wahrheit sagen, aber ich hätte einen weniger aufregenden Weg dafür gewählt.« Ihre tastenden Finger entdeckten einen schwachen Pulsschlag an seiner Kehle. »Gott sei Dank lebt er noch. Ruf einen Diener, damit der Hilfe holt.«

Haldoran bewegte sich nicht auf dem Sessel, in dem er saß. »Wozu denn? Auf Skoal gibt es keinen Arzt. Es würde mindestens einen halben Tag dauern, einen vom Festland herzubringen, und selbst dann wäre es zweifelhaft, ob ein Arzt ihm helfen könnte.«

Er hatte recht, verdammt. Sie mußte tun, was sie allein tun konnte. Sie hatte als Krankenpflegerin vor allem Erfahrung mit Männern gehabt, die verwundet oder erkrankt waren, aber sie hatte mehrere Male Schlaganfallpatienten in Feldlazaretten gesehen. Sie hockte sich auf ihre Fersen und versuchte sich daran zu erinnern, wie sie behandelt worden waren. Ian Kinlock hatte gesagt, daß Aderlaß oft bei einem Schlaganfall half. Und wenn das zu geschehen hatte, dann so bald wie möglich.

Sie stand auf und suchte auf dem Schreibtisch nach einem Brieföffner. »Ich muß ihn zum Bluten bringen. Ist hier irgendwo eine Art Becken?«

Haldoran, der gemartert wirkte, stand auf und nahm eine Vase mit Rosen von einem Beistelltisch. Nachdem er die Blumen in den Kamin geworfen hatte, brachte er ihr die Vase. »Hier, bitte, aber du vergeudest nur deine

Zeit. Im letzten Jahr hatte er einen ähnlichen Anfall. Den hat er überlebt, aber ich glaube ein zweiter ist üblicherweise tödlich.«

»Nicht unbedingt.« Sie betete, daß sie das Richtige tat, kniete sich wieder neben den Laird und krempelte seinen Ärmel über den Ellenbogen hoch. Dann machte sie einen vorsichtigen Schnitt in die Vene. Das Blut ihres Großvaters spritzte so heftig in die Vase, als käme es aus einer Arterie.

Clive öffnete eine Kiste, die auf dem Schreibtisch stand, und nahm eine Zigarre heraus. »Stört es, wenn ich rauche, Cousine?«

»Von mir aus kannst du verbrennen! Wie kannst du nur so gefühllos sein?«

Er fand eine Streichholzschachtel im Schreibtisch und steckte die Zigarre an. »Es gibt nichts, was ich tun kann. Warum also sollte ich wie ein kopfloses Huhn herumflattern? Da wir gerade von Hühnern sprechen. Zähle deine erst, wenn sie geschlüpft sind. Du glaubst, du hast gesiegt, weil er sein Testament bereits geändert hat.« Er saugte an der Zigarre und stieß dann langsam Rauch aus. »Du irrst dich. Ich will die Insel, ich will dich, und ich beabsichtige, beides zu bekommen.«

»Du redest völligen Unsinn«, sagte sie ungeduldig, den Blick auf ihren Großvater und den langsamer werdenden Strom von Blut gerichtet. »Weder Skoal noch ich sind Trophäen, die man gewinnen kann.«

»Ach, aber natürlich bist du das«, sagte er ruhig. »Wenn Lord Michael zurückkehrt, wirst du ihm sagen, er soll die Insel verlassen, weil du beschlossen hast, meinen höchst schmeichelhaften Heiratsantrag anzunehmen. Du und ich, wir werden Skoal gemeinsam regieren, die letzten feudalen Monarchen auf den Britischen Inseln sein.«

Sie blickte ungläubig von ihrem Großvater auf. »Michael fortschicken? Du bist wahnsinnig.«

»Überhaupt nicht«, sagte er mit derselben unheimlichen Ruhe. »Du wirst genau das tun, was ich dir sage.«

Seine Selbstsicherheit begann sie zu beunruhigen. »Warum, zum Teufel, sollte ich deine lächerlichen Befehle befolgen?«

Er lächelte spöttisch triumphierend. »Weil ich Amy habe, deine süße, kleine Tochter.«

29. Kapitel

Catherine starrte ihren Cousin an und fühlte sich, als ob er ihr einen physischen Schlag versetzte habe. »Ich glaube dir nicht.«

»Wenn du den Beweis willst, können wir nach Ragnarök fahren. Sie ist komfortabel in einem meiner besten Gästezimmer untergebracht und hat einen prächtigen Ausblick auf das Meer. Sie liebt Skoal sehr.«

»Du lügst«, sagte sie mit schmalen Lippen. »Amy ist sicher bei Freunden.«

»Nicht sicher genug.« Clive setzte sich und schlug seine in eleganten Stiefeln steckenden Beine übereinander. »Anne Mowbry weigerte sich erst, sie ohne Nachricht von dir mit mir gehen zu lassen, aber das Mädchen war ganz versessen darauf, und natürlich bin ich der ritterliche Gentleman, der die ganze Bande von Gören im vergangenen Jahr nach Antwerpen beförderte. Wie konnte Anne an einem solchen Helden zweifeln?« Er zog ein kirschrotes Band aus seiner Tasche und warf es Catherine zu. Es drehte sich in der Luft und fiel zu Boden, blieb dort wie eine Blutspur liegen.

Sie hatte das Band zu Amys Geburtstag gekauft. Der leuchtende Farbton kontrastierte so lebhaft zu dem weichen, dunklen Haar ihrer Tochter ... Sie schloß ihre Hände fester um den schlaffen Arm ihres Großvaters. »Wenn du ihr wehgetan hast, bist du ein toter Mann.«

»Mütterliche Hingabe ist immer ein rührender Anblick.« Er schnippte Asche vom Ende seiner Zigarre. »Nur keine Sorge. Amy ist in Sicherheit und begreift noch nicht, daß sie eine Gefangene ist. Sie glaubt, ich würde dich nach Ragnarök bringen, um dich zu überraschen.«

Sie versuchte zu begreifen, was geschah. »Du wußtest von Anfang an, daß der Mann, der bei mir war, nicht Colin war.«

»Wie konntest du glauben, daß ich jemand, der so prominent wie Lord Michael Kenyon ist, nicht kennen würde, nur weil wir einander nie vorgestellt worden sind? Ich hatte mich eingehend danach erkundigt, wer deine Freunde, Begleiter und Tanzpartner sind.« Seine Augen verengten sich zu Schlitzen. »Ihr zwei wart kein Liebespaar, als ihr auf die Insel kamt, aber ihr seid es jetzt. Ich wußte es in dem Augenblick, als du durch diese Tür tratest.«

Das machte ihr mehr als alles andere deutlich, was für ein schrecklicher Gegner Haldoran war. Wie eine Spinne hatte er lange Zeit sein Netz gewebt, hatte beobachtet und gewartet. »Warum hast du meine Täuschung nicht sofort aufgedeckt?«

»Es war eine Überraschung für mich, daß du Lord Michael einfach so als deinen Ehemann präsentiertest, aber ich war zugleich fasziniert davon, wie gut du das Spiel fortsetztest. Wir sind einander sehr ähnlich, Cousine. Was waren unsere Freibeutervorfahren anderes als gesetzlich legitimierte Piraten? Die Blutsverwandtschaft beweist das.«

Lieber wäre sie mit einem Skorpion verwandt. »Wenn du die Insel willst, so werde ich sie dir überschreiben, wenn der Laird stirbt. Das ist nur gerecht, weil er ohnehin nicht will, daß ich sie bekomme.«

»Die Insel ist nur die Hälfte«, sagte er sanft. »Ich muß dich auch haben. Indem ich dich heirate, werde ich meine beiden Ziele erreichen.«

Sie unterdrückte ihre Furcht und zwang sich dazu, ihre Gedanken zu ordnen. Zuerst mußte sie sich um ihren Großvater kümmern. In der Vase befand sich jetzt etwa ein halber Liter Blut. Es floß jetzt langsam, mit normaler Geschwindigkeit, so daß sie die Blutung stillen mußte.

Sie benutzte den Brieföffner, um Streifen aus ihrem Petticoat zu schneiden, und verband den Arm des Laird. Sein Puls schien ein wenig gleichmäßiger zu sein, doch davon abgesehen wußte sie nicht, wie sein Zustand sein mochte. Sie stand auf und ergriff die Decke, die von dem Rollstuhl gefallen war, breitete sie über ihrem Großvater aus. Sie wußte, daß nicht einmal ein Arzt mehr für ihn tun konnte, blieb stehen und wandte ihre ganze Aufmerksamkeit ihrem Cousin zu. »Michael wird niemals zulassen, daß du mit deinem wahnsinnigen Plan durchkommst, was immer das auch sein mag.«

»Dein Liebhaber ist ein fähiger Mann, aber kein Gegner für mich. Komm hierher. Es gibt etwas, was ich dir zeigen möchte.«

Sie überlegte, was er an weiteren Überraschungen parat haben mochte und trat zu ihm ans Fenster. Er deutete auf eine Kutsche, die im Hof wartete. Zwei schurkisch aussehende Diener saßen dicht daneben und würfelten gelangweilt. »Ich habe meine besten Bediensteten aus dem Gefängnis von Newgate geholt. Sie sind also noch gefährlicher, als sie aussehen. Zwei weitere von ähnlicher Herkunft habe ich auf Ragnarök. Sie alle haben Morde begangen und werden dies gern wieder tun, wenn ich es wünsche. Vier bewaffnete Männer und ich dazu sind eine recht kleine Armee, aber groß genug, um Skoal zu beherrschen. Dein schneidiger ehemaliger Offizier hätte keine Chance.«

Ihr Grauen nahm alptraumhafte Dimensionen an. »Willst du damit sagen, daß du Michael töten wirst, wenn ich ihn nicht fortschicke?«

»Ich habe eine lange Zeit auf dich gewartet, Cousine. Ich habe nicht die Absicht, noch länger zu warten.« Er neigte seinen Kopf. »Hast du Kenyon wirklich dazu überredet, dich zu heiraten, oder sagtest du das nur, um den Laird zu besänftigen?«

»Dazu war kein Überreden erforderlich«, sagte sie steif.

»Ein beachtlicher Coup für jemand, der von Geburt und Vermögen her soviel geringer ist als er. Ein prächtiges Beispiel für die Macht der Schönheit.« Er atmete aus, und der Rauch wand sich geradezu teuflisch um seinen Kopf. »Wenn du auch nur irgend etwas für Kenyon übrig hast, schicke ihn fort. Ich habe deinen Mann getötet und werde gewiß nicht zögern, deinen Liebhaber umzubringen.«

Catherine wankte benommen und stieß an die Wand. Sie war kurz davor, ohnmächtig zu werden. »Du hast Colin ermordet?«

»Ja, obwohl ich als Jäger nicht sonderlich stolz auf diese Tat bin. Der gewöhnliche Fuchs ist schwerer zu fangen. Er war zu betrunken, um vorsichtig zu sein, als ich ihm in den Rücken schoß.« Haldoran lächelte boshaft. »Du wirst sicherlich nicht behaupten wollen, daß du diesen ehebrecherischen Flegel geliebt hast. Du bist eine gute Lügnerin, aber so gut auch wieder nicht.«

Das Entsetzen war fast unerträglich. Gütiger Gott, Colin mit seinem Mut und seinem forschen, gutmütigen Wesen war ihretwegen tot. Er hatte ein Jahrzehnt von Kriegen nur überlebt, um von einem Wahnsinnigen umgebracht zu werden. Haldoran war böse, *böse*.

Und in seinen Händen lag das Leben derer, die sie liebte. Sie hatte ein ganzes Leben mit Soldaten verbracht und wußte deshalb, daß fünf bewaffnete und rücksichtslose Männer eine ganze Gemeinschaft terrorisieren konnten, und sie spürte bis ins Mark, wenn Haldoran und seine Mordbuben erst einmal beginnen würden Amok zu laufen, würden sie nicht aufhören. Brutalität erzeugte Brutalität.

Sie dachte an die Schrecken, die sie in Spanien gesehen hatte, und schloß, von Übelkeit erfüllt, ihre Augen. Um Michaels und Amys und der Inselbewohner willen mußte sie sich Haldoran fügen, zumindest im Augenblick.

In der Ferne dröhnte eine Kanone. Michaels Artillerieschulung. Ein zweiter Schuß dröhnte über die Insel. Das vertraute Geräusch von Schlachtfeld sorgte dafür, daß sie völlig kühl und klar denken konnte. Haldoran hatte gesagt, daß Schönheit Macht sei. Damit hatte sie eine wenn auch schwache Waffe gegen ihn. Diese und ihr Verstand, den die meisten Männer nicht erkannten, weil sie von ihrem Gesicht und ihrem Äußeren geblendet waren.

Sie öffnete ihre Augen und schlug ihre Lider mit provokativer Bedachtsamkeit auf. »Ich habe dich unterschätzt, Clive. Ich hatte dich für einen Stutzer gehalten, für jemand, der Stil hat, aber keine Substanz. Du bist stärker und mutiger als ich dachte.«

Trotz seiner Klugheit, der er sich rühmte, war er gegen Schmeichelei nicht immun. »Du begreifst eine neue

Situation sehr schnell«, sagte er etwas affektiert. »Frauen sind so praktische Geschöpfe. Du wirst sehr bald dankbar dafür sein, daß ich die Verantwortung für dein Leben übernehme. Ich bin reicher und weit interessanter als Kenyon.«

»Ich beginne bereits die Vorteile zu sehen«, pflichtete sie ihm bei. »Mein Großvater hat hier doch eine Brandykaraffe, nicht wahr? Schenk mir einen ein. Es wird Zeit, offen zu sprechen.«

Er verneigte sich mit ironischem Respekt und wandte sich dann ab, um zu gehorchen. Sie nutzte die kurze Pause, um sich zu setzen und ihre jetzt fast hysterischen Gedanken zu ordnen. Sie mußte herausfinden, welche Absichten Clive hatte. Sie mußte Amy und Michael beschützen. Vor allem aber mußte sie Zeit gewinnen. Das bedeutete, daß sie den verlogenen Haldoran dazu bringen mußte, ihr zu glauben. Sie hatte die ganze Welt über ein Jahrzehnt davon überzeugt, daß sie eine liebende Ehefrau sei, und sie hatte ihre Liebe zu Michael erfolgreich verheimlicht. Ihr Geschick in Sachen Verstellung war wieder gefordert.

Haldoran kam zurück und gab ihr eines der beiden Gläser, die er trug. Sie bedeutete ihm, sich zu setzen. »Du sagtest, daß du Skoal und mich willst. Warum? Die Insel ist abgelegen und nicht reich, und ich mag zwar schön sein, aber es gibt andere Frauen, die ebenso schön sind.«

»Ich bin Sammler von Dingen, die selten und unvergleichlich sind. Zugegeben, Skoal ist im Vergleich zu meinen anderen Besitztümern nicht wertvoll, aber sein Feudalsystem ist einzigartig. Auf Skoal hat der Laird mehr Autorität als König George persönlich. Die Aussicht, solche Macht zu besitzen, ist unwiderstehlich. Und was dich betrifft ...« Sein Blick wanderte zu ihr, war verschleiert und lüstern. »Du unterschätzt dein Aussehen ebenso wie du meine Klugheit unterschätzt. Es gibt keinen Mann auf der Welt, der mich nicht darum beneiden würde, daß ich dich besitze. Es war widerlich zu sehen, wie du dich an einen ungehobelten Kerl wie Melbourne verschwendet hast.«

Sie zuckte mit den Schultern und begann mit der kaltblütigsten Lüge ihres Lebens. »Zu der Zeit, als meine Eltern starben, war Colin das Beste, was ich bekommen konnte. Ich denke, ich hätte ihn verlassen können, um die Geliebte eines reichen Mannes zu werden, aber solche Positionen sind gefährlich. Ehe und guter Ruf sind der beste Schutz, den eine Frau sich wünschen kann.« Sie nippte an ihrem Brandy und betete darum, daß er ihre nächste Bedingung akzeptieren würde. »Das ist auch der Grund, warum ich dich erst in mein Bett lassen werde, wenn wir verheiratet sind.«

Seine Augen wurden dunkel. »Du hast mit Kenyon geschlafen.«

»Aber erst, nachdem er mir einen Heiratsantrag gemacht hatte.« Sie schürzte ihre Lippen. »Vielleicht hätte ich warten sollen, aber ich wollte ihn an mich binden. Er ist einer von der ehrenhaften Sorte, was bedeutet, daß er nie die Verlobung gelöst hätte, nachdem er die Ehe versprochen und mit mir geschlafen hat. Ich hätte das nicht getan, hätte ich gewußt, wie groß dein Interesse ist, Cousin. Du hättest vorher etwas sagen sollen.«

Ein leichtes Lächeln spielte um Haldorans Lippen. »Ich wußte immer, daß sich hinter deiner scheinheiligen Fassade ein unverschämtes Herz verbirgt. Wir werden sehr gut miteinander auskommen« –, er musterte ihr Gesicht mit gefährlichem Scharfsinn, »– solange du nicht glaubst, mich täuschen zu können, indem du Kooperationsbereitschaft heuchelst. Hier, auf der Insel, macht mich meine kleine Armee unbesiegbar. Wenn du mich hintergehst, wird es leicht sein, dich zu beseitigen und es so aussehen zu lassen, als hättest du einen Unfall auf den Klippen gehabt. Das werde ich sofort tun, falls du dich so verhältst, daß es nötig ist.«

»Ich glaube dir. Ich wäre töricht, wenn ich das täte.«

Er schwenkte seinen Brandy in kleinen Kreisen. »Deine Tochter ist dir sehr ähnlich, und sie wird bald eine Frau sein. Wußtest du, daß auf Skoal Mädchen im Alter von zwölf Jahren verheiratet werden können?«

Die Drohung war unmißverständlich und noch entsetzlicher als alles, was zuvor geschehen war. Sie unterdrückte das brennende Verlangen, ihn physisch anzugreifen und sagte: »Du wirst eine Frau befriedigender als ein Kind finden.« Sie zwang sich zu einem verführerischen Lächeln. »Wie du festgestellt hast, sind Frauen praktische Geschöpfe. Wir fühlen uns zu den stärksten Männern hingezogen. Wenn du fair zu mir bist, werde ich diese Gefälligkeit erwidern.«

Er lachte laut auf. »Catherine, du bist wundervoll. Ich hätte dies schon vor Monaten tun sollen.«

»Warum hast du es nicht getan?«

»Ich war beschäftigt.« Sein Blick wanderte wieder über sie und verweilte auf ihren Brüsten. »Ich wollte dir meine ganze Aufmerksamkeit schenken können, wenn die Zeit dafür reif war.«

Sie versuchte, nicht daran zu denken, wie es sein würde, mit einem Mann, den sie haßte, im Bett zu liegen. Dagegen müßte ihre Ehe mit Colin geradezu paradiesisch gewesen sein. »Das ist alles schön und gut, aber zuerst einmal müssen wir uns um meinen Großvater kümmern.«

»Richtig. Wir können schwerlich zulassen, daß er auf dem Fußboden seinen Geist aufgibt. Die Leute würden reden. Ich vermute, du hast die Absicht, ihn zu pflegen. Ich werde deshalb einen meiner Männer zu deiner Hilfe abstellen. Ich werde überdies selbst in das Schloß ziehen, um zur Stelle zu sein, sofern meine Hilfe nötig ist.« Er schlug den Rand seines Brandyglases nachdenklich gegen seine Zähne. »Da du beschäftigt sein wirst, halte ich es für das beste, Amy in Ragnarök zu lassen, bis der Laird gestorben ist. Das wird nicht lange dauern. Wegen Amy brauchst du dir keine Sorgen zu machen – jemand wird sich dauernd um sie kümmern.«

Das bedeutete mit anderen Worten, daß sie und Amy ständig bewacht werden würden. Aber sie waren im Augenblick zumindest sicher. Jetzt galt es, für Michaels Sicherheit zu sorgen. »Ich werde veranlassen, daß Lord Michaels Sachen gepackt werden. Sorgst du für ein Boot, das ihn zum Festland bringt?«

Haldoran nickte. »Je schneller Kenyon weg ist, desto besser. Wenn er von seiner Artillerieübung zurückkommt, sprich mit ihm im Salon des Laird. Ich werde vom Schlafzimmer aus zuhören.« Sein Gesichtsausdruck wurde brutal. »Und wenn du eine plötzliche Versuchung spüren solltest, ihm zu erzählen, wie ich dich dazu gebracht habe, mich zu erhören – unterdrücke sie.« Er schlug seinen Rock beiseite, so daß der Kolben einer Pistole zu sehen war. Die Botschaft war völlig klar.

»Hältst du mich für eine Närrin, Cousin? Ich habe nichts davon, wenn es Schwierigkeiten gibt.« Sie erhob sich. »Nachdem wir jetzt das Wichtige geregelt haben, ruf die Dienerschaft. Wir müssen meinen Großvater ins Bett schaffen und nach einem Arzt schicken, selbst wenn nichts mehr für ihn getan werden kann.«

Er stand auf und ging, um die Glocke zu ziehen, während Catherine sich neben den Laird kniete. Er atmete flach aber gleichmäßig, und seine Lider bewegten sich ein wenig, als sie flüsterte: »Bitte, stirb nicht unter meinen Händen, Großvater. Ich brauche dich lebend.« Aber er erwachte nicht.

Während sie die Decke fester um den alten Mann wikkelte, überlegte sie, was sie zu Michael sagen sollte. Er würde ihr einen solch abrupten Sinneswandel nie glauben, wenn sie ihm einfach sagte, er solle gehen. Was konnte sie tun, um ihn dazu zu bringen, daß er ging, ohne peinliche Fragen zu stellen, die zu seiner Tötung führen würden?

Die Antwort fand sie rasch. Es war eine gemeine Lösung. Sie mußte wie dieses Flittchen sein, das ihn betrogen hatte. Sie mußte seine verborgenen Zweifel auslösen, indem sie ihr Wissen über ihn benutzte, um ein so überzeugendes Netz von Lügen zu weben, daß er sie für eine selbstsüchtige, abgebrühte Schlampe zu halten hatte.

Die Vorstellung war quälend. Er hatte ihr ihre ersten Lügen verziehen und ihr weit mehr Freundlichkeit entgegengebracht, als sie je erfahren hatte. Und jetzt mußte sie die Ehrlichkeit und das Vertrauen, das zwischen ihnen gewachsen war, pervertieren, um ihn fortzuschikken. Damit würde sie ihn schrecklich verletzen. Bedachte sie seine Vergangenheit, würde sie vielleicht für immer seine Fähigkeit zerstören, einer Frau zu vertrauen. Aber wenn es ihr nicht gelang, ihn zur Abreise zu bewegen, würde er auf der Stelle ermordet werden.

Die Kanone dröhnte wieder. Der Klang des Krieges echote an einem Ort des Friedens. Sie atmete zitternd ein. Erstaunlich, wie drohender Tod die Entschlossenheit eines Menschen verstärken konnte.

Michael kehrte am Nachmittag in das Schloß zurück und fühlte sich sehr zufrieden. Artillerieübungen schlossen

Feuer, schmierige Flecken von Schwarzpulver und ohrenbetäubendes Krachen ein. Mit anderen Worten, man kam in den Genuß all jener Freuden, bei denen man als Knabe schuldbewußt war. Die Inselbewohner, die er ausgebildet hatte, waren gelehrige Schüler gewesen. Am Ende des Nachmittags hatten sie die gefährlichsten überhängenden Felsen im Hafen weggeschossen. Schade nur, daß Catherine nicht zu ihnen gekommen war, doch wahrscheinlich mochte sie das Geräusch nicht. Das war bei den meisten Frauen so.

Er wußte, daß etwas nicht in Ordnung war, als er in den Stallhof ritt, und sah das Gesicht des Stallknechts. »Was ist passiert?«

»Der Laird hatte einen Schlaganfall«, sagte der Stallknecht kurz. »Man hat nach einem Arzt geschickt, aber es ... es sieht nicht gut aus.«

»Verflucht!« Michael schwang sich von seinem Pferd. »Ist meine Frau bei ihm?«

»Es heißt, sie pflege ihn persönlich.«

»Wenn jemand den Laird retten kann, dann Catherine.«

Er trat in das Schloß und eilte, zwei Stufen auf einmal nehmend, zu den Gemächern des Laird hoch. Er verlangsamte seinen Schritt, als er den Salon betrat. Einer von Haldorans stämmigen Dienern – Doyle? – schaute aus einem Fenster und wirkte gelangweilt. Als Michael jedoch eintrat, durchquerte Doyle rasch den Raum und blockierte die Schlafzimmertür. »Die Lady sagt, daß niemand hineingehen darf«, sagte er mürrisch.

Michael unterdrückte seine Verärgerung über die Zudringlichkeit des Mannes und sagte: »Berichten Sie meiner Frau, daß ich da bin.«

Doyle ging in das Krankenzimmer. Eine Minute später kam Catherine mit bleichem Gesicht heraus. Michael ging zu ihr, wollte sie umarmen, aber sie hinderte ihn daran, indem sie eine Hand hob.

Auf das Schlimmste gefaßt, sagte Michael: »Ich hörte, der Laird hatte einen Schlaganfall. Wie schlimm ist es?«

»Er liegt im Koma. Ich glaube nicht, daß er überleben wird.«

Sie würde ihren Großvater verlieren, kaum daß sie ihn gefunden hatte. »Es tut mir leid«, sagte er ruhig. »Was kann ich tun?«

Sie neigte ihren Kopf und preßte für einen Moment ihre Hände an die Schläfen. Dann blickte sie auf. Ihre Miene war hart. »Es ist nicht leicht, das zu sagen. Es ist Zeit für dich zu gehen, Michael. Gestern hat mein Großvater sein Testament zu meinen Gunsten geändert, so daß ich mein Ziel erreicht habe. Danke für deine Hilfe. Sie war entscheidend.«

»Ich will dich nicht verlassen. Nicht einmal für kurze Zeit.« Er trat zu ihr, um sie in seine Arme zu nehmen. »Ich bin so oft verwundet gewesen, daß ich weiß, wie ich mich in einem Krankenzimmer zu verhalten habe. Ich werde nicht im Wege stehen.«

Sie wich aus, bevor er sie berühren konnte. »Ich habe mich wohl nicht deutlich ausgedrückt. Du mußt für immer fort. Unsere Affäre ist beendet.«

Er starrte sie an, war sicher, nicht richtig gehört zu haben. »Affäre? Ich hatte geglaubt, wir wollen heiraten.«

Sie hob die Brauen. »Ach, ja? Du hast sehr vage über diese Möglichkeit gesprochen, aber du hast mir nie einen Antrag gemacht.«

Er vergegenwärtigte sich, unter welcher Anspannung sie stand, und zügelte sein Temperament. »Vielleicht hätte ich deutlicher werden sollen, aber die Situation war klar. Du gehörst nicht zu der Art von Frauen, die

Affären haben, und ebensowenig bin ich ein Mann, der ehrenwerte Frauen nur zum Vergnügen verführt.«

Ihre Augen wurden schmal. »Du kennst mich wirklich nicht sehr gut, Michael. Fast mein ganzes Leben ist von Zweckdienlichkeiten beherrscht worden. Zum ersten Mal kann ich Entscheidungen treffen, aber an eine Ehe denke ich nicht.«

Er spürte, daß das Blut in seinen Schläfen zu pochen begann. »Ich hatte geglaubt, ich hätte deine Meinung vielleicht geändert«, sagte er vorsichtig. »Oder könnte sie bald ändern, falls es mir noch nicht gelungen war.«

Sie schüttelte den Kopf. »Akzeptiere, daß es vorbei ist, Michael. Ich mag dich, aber ich will dich nicht als Ehemann.«

»Mögen«, erwiderte er benommen. »Ist es das, was du empfindest?«

Sie zuckte die Schultern. »Ich habe nie gesagt, daß ich dich liebe.«

Das war wahr. Das hatte sie nicht. Er hatte es aus ihrer Verhaltensweise geschlossen, ebenso wie er natürlich angenommen hatte, daß sie heiraten würden. »Verzeih mir, wenn ich Begriffsschwierigkeiten habe«, sagte er angespannt. »Du scheinst in den wenigen Stunden meiner Abwesenheit eine andere Frau geworden zu sein.«

»Sprich leise – der Laird braucht Ruhe.« Sie warf einen ängstlichen Blick zur Schlafzimmertür.

Die Sorge um ihren Großvater mußte ihr fast den Verstand geraubt haben. Entschlossen, diesem Alptraum ein Ende zu bereiten, durchquerte er das Zimmer mit drei schnellen Schritten und zog sie in seine Arme. Leidenschaft hatte ihre Ängste schon einmal geheilt, und vielleicht vermochte sie das wieder zu tun.

Sie fühlte sich warm und vertraut an, und für einen

Augenblick war sie die Frau, die er kannte. Dann wich sie zurück, und ihre Miene wurde wild. »Verdammt, Michael, du besitzt mich nicht! Ich habe dir das Leben gerettet, und du hast deine Schuld bezahlt, indem du mit nach Skoal kamst. Wir sind quitt. Jetzt laß mich allein und *geh*!«

Bevor er antworten konnte, wurde die Schlafzimmertür aufgestoßen, und Haldoran trat heraus. Sein Gesicht war drohend. »Wenn Sie nicht aufhören, meine Verlobte zu belästigen, Kenyon, werde ich gezwungen sein, Maßnahmen zu ergreifen, um Ihnen bessere Manieren beizubringen.«

Michael blickte bestürzt von Haldoran zu Catherine. »Du willst ihn heiraten?«

»Ja.« Sie trat zu ihrem Cousin. »Clive hat Inselblut in den Adern. Er kennt Skoal ein Leben lang. Er ist außerdem verschwiegen. Er hat dich sofort erkannt, dieses Wissen aber für sich behalten. Heute haben er und ich festgestellt, wieviel wir beide gemeinsam haben.«

Haldoran lächelte mit hämischer Genugtuung. »Und dabei hat sie festgestellt, daß ich der bessere Mann bin.«

»Unsinn.« Michael wollte hinzufügen, daß sie ihren Cousin nicht einmal mochte.

Catherine schnitt ihm das Wort ab. Ihre blauen Augen waren hart. »Ich habe versucht, es dir schonend beizubringen, aber da du mich dazu zwingst, direkt zu sein, spreche ich es aus: Clive ist wohlhabender, er ist ein Adeliger, kein jüngerer Sohn, und er ist viel weltmännischer. Er und ich sind der Auffassung, daß eine Ehe keinen von uns über Gebühr einengen muß. Nachdem ich ihm einen Erben geschenkt habe, werde ich die Freiheit haben, das Leben so zu genießen, wie ich es bereits erwähnte. In meiner Verzweiflung war ich bereit, über deine Defizite an Herkunft und Vermögen hinwegzusehen, aber jetzt nicht mehr. Und ebensowenig will ich mich an einen besitzgierigen Mann binden, der von mir verlangen wird, den Rest meines Lebens nur in einem Bett zu verbringen.«

Ihre Worte waren wie die Schläge eines Vorschlaghammers. Er starrte sie an. Seine Lungen verkrampften sich so, daß er kaum atmen konnte. Er hatte Catherine nicht besser gekannt, als er Caroline gekannt hatte. Wieder hatte er sich einer Frau wegen völlig zum Narren gemacht. Gott, würde er denn niemals lernen? »Du hast recht – ich habe wohl etwas altmodische Vorstellungen von Ehe. Ich habe nicht den Wunsch, eine Schlampe zu heiraten.«

Sie erblaßte. »Ich habe nie auf den Sockel gehört, den du für mich errichtet hast, Michael. Ich wünschte, wir könnten als Freunde auseinandergehen, aber das ist wohl unmöglich.«

»Freunde«, sagte er ungläubig. »Das ganz sicher nicht, verdammt, Catherine.«

Ihre Augen wurden zu Schlitzen wie bei einer Katze. »Da ich davon ausgehen durfte, daß du nicht länger zu bleiben wünschtest, habe ich deine Sachen packen und auf einen Wagen laden lassen. Ein Boot wartet darauf, dich nach Penward zu bringen.«

Wenn er den Raum nicht sofort verließ, würde er etwas tun, was er bedauerte. Michael wußte nicht, ob es Weinen oder Mord sein würde, aber er machte auf dem Absatz kehrt und ging.

Als er die Treppe zur Hälfte hinuntergegangen war, mußte er sich am Geländer festhalten, während er nach Atem rang. Langsam ein- und ausatmen. Nur daran denken, Luft in seine Lungen zu bekommen.

Als er wieder atmen konnte, ließ er das Geländer los und ging weiter hinunter, dann auf den Hof. Er hatte

Caroline und Waterloo überlebt, und er vermutete, daß er auch dies überleben würde.

Aber er wünschte bei Gott, Catherine hätte ihn in Belgien sterben lassen.

Catherine sank mit zitternden Knien in einen Sessel, kaum daß die Tür sich geschlossen hatte.

»Gut gemacht, mein Schatz, aber mir hat nicht gefallen, daß du sagtest, du wollest deine Beine für die Allgemeinheit spreizen«, brachte Haldoran langsam heraus. »Meine Frau muß mir allein gehören. Du wirst es sehr bedauern, wenn du das vergißt.«

Sie schluckte. »Ich habe das gesagt, damit Lord Michael Abscheu für mich empfindet. Du brauchst dir um meine Treue keine Sorgen zu machen, wenn wir verheiratet sind. Monogamie ist mir sehr recht.«

Haldoran lächelte zufrieden, während er durch das Zimmer zur Tür schritt. »Ich werde dafür sorgen, daß Kenyon wirklich abreist.«

»Das wird er. Er wird mich nie wiedersehen wollen.« Nachdem ihr Cousin gegangen war, lehnte Catherine sich in dem Sessel zurück. Ihr Herz hämmerte so heftig, daß sie überlegte, ob sie vielleicht auch einen Schlaganfall bekommen würde, genau wie ihr Großvater.

Selbst wenn sie hundert Jahre alt werden sollte, würde sie nie den Gesichtsausdruck von Michael vergessen, als er ging.

Sie schloß ihre Augen. Zweimal hatte sie auf der iberischen Halbinsel Männer getötet, die unter so entsetzlichen Schmerzen litten, daß sie um den erlösenden Todesstoß gebeten hatten. Es war schwer, entsetzlich schwer gewesen, gegen ihre Natur zu handeln, aber sie hatte es getan.

Sie erschauerte und holte tief Luft. Eines Tages, wenn

sich eine Gelegenheit bot, würde sie Haldoran töten. Und das würde überhaupt nicht schwer sein.

30. Kapitel

Instinkt und das heftige Bedürfnis, zu fliehen, gewannen die Oberhand, nachdem der wortkarge Bootsmann Michael in Penward angesetzt hatte. In dem kleinen Gasthof kaufte er das beste Pferd, das es gab, dazu Sattel, Zaumzeug und Satteltaschen. Da er nicht sein ganzes Gepäck auf dem Rücken des Pferdes transportieren konnte, veranlaßte er, daß das meiste mit der Kutsche nach London befördert wurde.

In seinem kleinen Mantelsack steckten die notwendigsten Dinge, die er in die Satteltaschen packte. Während er die Stücke hineinstopfte, sah er das silberne Glitzern des Kaleidoskops, das Lucien ihm nach Waterloo geschickt hatte. Offensichtlich brachte es ihm nicht soviel Glück wie das erste. Er legte ein Hemd darüber. Dann sattelte er das Pferd, schwang sich hinauf und ritt davon. Es wäre zivilisierter gewesen, eine Kutsche zu mieten, aber es verlangte ihn nach der körperlichen Anstrengung des Reitens. Vielleicht ermüdete ihn das so, daß er sich damit betäuben konnte.

Er ritt den ganzen Rest des Tages bis in die Nacht und dachte wie unter Zwang ständig darüber nach, wie er ein so katastrophales Fehlurteil hatte treffen können. Nachdem er die Wahrheit über Caro erfahren hatte, war er rückblickend zu objektiver Betrachtung imstande gewesen und hatte die Zeichen von Unehrlichkeit und Boshaftigkeit erkannt, die immer hinter ihrer Schönheit und ihrem sprühenden Charme sichtbar gewesen waren. Er war einfach zu verliebt gewesen – und von ihrer intensiven Sexualität zu besessen –, um das zu bemerken.

Es war ebenso möglich, die Zeichen für Catherines Selbstsüchtigkeit und Betrug zu betrachten. Als er in London ihre Fähigkeit zu einer vollendeten Täuschung in Frage gestellt hatte, hatte sie gelächelt und ihn mit einer Überzeugung, die ihn erschauern ließ, Colin genannt. Auf der Insel war sie bei ihrer Scharade geradezu meisterlich gewesen. Als ihre Lügen durch den Brief von Kenneth aufgedeckt wurden, hatte sie ihre Taten mit rührender Ernsthaftigkeit erklärt. Es war leicht gewesen zu glauben, daß sie aus Verzweiflung gehandelt hatte, und ihr zu verzeihen.

Leicht und nachhaltig lohnend. Er erinnerte sich daran, wie sie in seinen Armen gewesen war, als sie Leidenschaftlichkeit entdeckt hatte. Oder war das auch eine Lüge gewesen? Hatte sie wirklich schreckliche Angst vor Sex gehabt, oder war auch dies nur eine brillante Vorstellung gewesen, damit er sich großartig und männlich fühlte? Er wußte es nicht. Vielleicht war sie immer eine Dirne gewesen und hatte diese Szene mit Tränen und Ängsten perfekt gespielt, weil es ihr ein perverses Vergnügen bereitete, ihn zu täuschen. Doch selbst jetzt noch, nach all dem, was sie gesagt hatte, war sie wie Fieber in seinem Blut.

Wieder Blut. O Gott, Catherine ...

Was immer sie sonst getan haben mochte, sicher hatte sie sein Leben gerettet. Aus Großherzigkeit? Oder hatte sie gedacht, es sei nützlich, wenn der Sohn eines Herzogs ihr etwas schuldig war? Der sogenannte Sohn eines Herzogs. Obwohl sie anderes behauptet hatte, war die Enthüllung seiner unehelichen Herkunft für sie vielleicht doch entscheidend gewesen. Ihr letzter Satz deutete jedenfalls darauf. Sein Leben lang hatte er darum gerungen, das Beste zu sein, was er sein konnte, und es war nicht genug.

Es würde nie genug sein.

In den dunklen Stunden nach Mitternacht machte er die bittere Entdeckung, daß er über das, was geschehen war, eigentlich nicht wirklich überrascht war. Schokkiert, ja, und so verletzt, daß er keine Worte dafür fand, aber nicht überrascht. Er hatte gewußt, daß Catherine zu gut war, um wahr sein zu können. Das Trommeln der Hufe seines Pferdes paßte zu den Worten, die in seinem Gehirn hämmerten. *Sie ist nicht für dich. Du wirst nie Liebe haben.*

Heiliger Michael, du versuchst, die falschen Drachen zu töten.

Er ritt die ganze mondhelle Nacht hindurch. Obwohl er sein Pferd automatisch die Gangart wechseln ließ, um gleichmäßig voranzukommen, lahmte das erschöpfte Tier bei Anbruch der Dämmerung. Er hielt an einer Kutschenstation und tauschte das Pferd und eine Handvoll Gold gegen ein neues Reittier ein, ritt dann weiter. Doch egal, wie schnell er ritt, dem Schmerz konnte er nicht entkommen und ebensowenig den Selbstvorwürfen, die er sich wegen seiner eigenen Dummheit machte.

Sein Glaube, er sei Teil einer Familie gewesen, obwohl einer unerfreulichen, war falsch gewesen. Die großen Liebesaffären seines Lebens waren schlimmer als Lügen – sie waren jämmerliche Zerrbilder. Die einzigen wahren, dauerhaften Beziehungen seines Lebens waren seine Freundschaften. Künftig würde er allein auf Freundschaft vertrauen und alle Hoffnung auf Liebe vergessen.

Am späten Nachmittag, nachdem er praktisch vierundzwanzig Stunden ohne Pause geritten war, merkte er, daß die Landschaft irgendwie vertraut wurde. Er näherte sich der Stadt Great Ashburton. Der Familiensitz der Kenyons war keine drei Meilen entfernt.

Er überlegte, was geschehen würde, wenn er in der Abbey hielt. Hatten die Diener Anweisung bekommen, ihm den Zutritt zu verwehren, oder würde man ihm gestatten zu bleiben, so daß er einmal mehr ein Nutznießer des Umstandes war, daß die Familie den Schein zu wahren pflegte? Es war egal, weil er eher in der Hölle verbrennen würde, als um Zuflucht unter einem Kenyon-Dach zu bitten.

Er brannte bereits in der Hölle.

Es war Zeit zu entscheiden, ob er sich nach Norden wenden und zu seinem Heim in Wales zurückkehren oder ob er weiter östlich Richtung London reiten sollte. Ein Blick auf sein schweißgebadetes Pferd zeigte, daß es zudem an der Zeit war, ein neues zu bekommen. Dieses hier war kurz vorm Zusammenbruch.

Aber er auch. Er würde für die Nacht Halt machen müssen. Obwohl die Stadt eine bedrückende Erinnerung an seine uneheliche Herkunft war, bot sie doch zugleich mit ihrer Vertrautheit eine seltsame Geborgenheit. Er hielt am Roten Löwen, dem besten Gasthaus. Nachdem er sein Pferd einem Stallknecht übergeben hatte, der ihn wütend anfunkelte, weil er das Tier so geschunden hatte, ging er mit seinen Satteltaschen hinein.

Die meisten Gasthäuser hätten einen so schmutzigen, unrasierten Reisenden in einem der Dachzimmer untergebracht, aber Barlow, der Wirt des Roten Löwen, erkannte ihn. »Lord Michael, welch eine Ehre. Sind Sie auf dem Weg nach Abbey?«

»Nein«, sagte er kurz. »Ich brauche ein Zimmer für die Nacht.«

Barlow musterte ihn neugierig, sagte aber nur: »Sehr wohl, My Lord. Wünschen Sie ein Bad oder einen eigenen Salon?«

»Nur ein Bett.«

Der Wirt führte ihn zum besten Gemach des Gasthauses und bat ihn zu läuten, falls es etwas gäbe, was er benötigte. Kaum war Barlow gegangen, ließ Michael seine Satteltaschen fallen, drehte den Schlüssel im Schloß und trank ein Glas Wasser aus dem Krug, der auf dem Waschtisch stand. Dann ließ er sich bäuchlings auf das Bett fallen, ohne seine Stiefel oder seine Kleidung auszuziehen.

Bewußtlosigkeit kam mit gnädiger Eile.

Donner. Gewehre. Instinktiv schreckte Michael aus den Tiefen des Schlafes auf. Er blinzelte erschöpft, erkannte den dunklen Raum nicht.

Der Lärm ging weiter. Keine Gewehre oder ein Unwetter, sondern Klopfen an der Tür.

»Michael, hier ist Stephen«, bellte eine Stimme. »Laß mich ein.«

Gott, der neue Duke of Ashburton. Der Mann, den er Bruder genannt hatte. »Geh fort«, rief er schroff. »Ich versuche zu schlafen.«

Das Pochen endete. Er drehte sich auf den Rücken. Draußen am Himmel war noch ein Rest des langen sommerlichen Zwielichtes zu sehen. Er hatte also nur ein paar Stunden geschlafen. Jeder Muskel schmerzte durch den langen Ritt. Überdies war er durstig, aber das Aufstehen war eine zu große Anstrengung. Er schloß seine Augen und hoffte, wieder einschlafen zu können.

Ein Schlüssel knirschte im Schloß. Dann schwang die Tür auf, und ein großer Mann trat mit einem Kerzenleuchter ein. Michael schloß seine Augen und zog seine

Arme vor das Gesicht, weil das plötzliche Licht ihn blendete.

Ashburtons schneidende Stimme sagte: »Michael, bist du krank?«

Das letzte, was er wollte, war eine häßliche Szene mit seinem Bruder, aber offensichtlich konnte das nicht vermieden werden. Trocken sagte er: »Ich hätte wissen müssen, daß es in der Stadt des Duke of Ashburton so etwas wie Privatsphäre nicht gibt.«

»Barlow sandte eine Nachricht nach Abbey und teilte mit, daß du hier eingetroffen seist, aussähest wie ein Toter und dich seltsam verhieltest«, sagte sein Bruder ebenso trocken. »Natürlich war ich besorgt.«

»Warum?« Michael lächelte humorlos. »Ich habe mich immer seltsam verhalten. Darauf hat der alte Herzog oft genug hingewiesen.«

Ashburton murmelte verhalten einen wütenden Fluch. »Warum, zum Teufel, können wir nicht einmal zur Abwechslung ein zivilisiertes Gespräch führen? Ich habe dir mehrmals geschrieben, aber du hast nie geantwortet.«

Michael atmete tief ein. Ashburton hatte recht. Er verhielt sich scheußlich. »Entschuldige«, sagte er in gemäßigterem Ton. »Offen gestanden, ich habe deine Briefe verbrannt, ohne sie zu lesen, weil ich nicht glaubte, daß es noch etwas gäbe, was wir einander zu sagen hätten. Ich denke aber, daß es irgendwelche Erbschaftsangelegenheit im Zusammenhang mit dem Tod des alten Herzogs gibt. Wenn du Papiere hast, die unterzeichnet werden müssen, dann bring sie mir jetzt oder schicke sie nach Wales. Ich kümmere mich dann darum.«

Ein Stuhl knarrte, und ein Hauch von Zigarrenrauch wehte durch das Zimmer. »Ich habe kein Interesse an irgendwelchen Papieren. Ich wollte nur mit dir sprechen. Würdest du dich bitte aufrichten und mich ansehen?«

Michael wollte verdammt sein, wenn er wegen eines Eindringlings solche Mühe auf sich nahm, aber er senkte seine Arme und öffnete die Augen. Ashburton saß auf der anderen Seite des Zimmers und starrte brütend auf die glühende Spitze seiner Zigarre.

Michael musterte das Gesicht des anderen Mannes. Obwohl er die Familie bevorzugte, die er in Eton adoptiert hatte, war die Blutsverwandtschaft nicht zu leugnen. Die Kenyon-Abstammung zeigte sich in den harten Konturen von Ashburtons Gesicht, in der Mahagonifarbe seines Haares und in der Form seiner langen Hände. Jeder konnte sehen, daß sie Verwandte waren.

Ashburton blickte auf, und seine Augen wurden schmal, als er seinen jüngeren Bruder sah. »Gott, Mann, du siehst krank aus. Hast du Fieber?« Er stand auf und trat an das Bett, um eine Hand auf Michaels Stirn zu legen.

Michael schlug die Hand beiseite, gleichermaßen verärgert über die Mutmaßung des anderen Mannes wie über die erstickenden Spiralen von Rauch. »Mir geht's gut. Bin nur schmutzig, unrasiert und ermüdet durch einen langen Ritt.«

»Lügner.« Sein Bruder sah ihn an und runzelte die Stirn. »Ich habe schon Leichen gesehen, die besser aussahen als du.«

Michael hustete, als Rauch aus Ashburtons Zigarre sich zu seinem Gesicht kräuselte. Er öffnete den Mund, um seinem Bruder zu sagen, er solle das verdammte Ding ausmachen, und inhalierte etwas von dem beißenden Rauch.

Mit vernichtender Plötzlichkeit verkrampften sich seine Lungen in einem heftigen Asthmaanfall. Er konnte nicht sprechen, nicht atmen, konnte nicht denken. Er bäumte sich auf, als Hitze und Atemnot ihn erfaßten. Seine Brust wurde erdrückt, seine Lungen waren wie eingepfercht, während sie verzweifelt nach Luft gierten.

Er versuchte sich aufzurichten, damit seine Lungen sich leichter weiten konnten. Doch das mißlang ihm. Er wankte und krallte seine Finger in die Decke, und dabei schwand sein Bewußtsein. Irgendwo jenseits der Fesseln des brennenden Feuers bestand die Möglichkeit zu atmen, aber er fand sie einfach nicht. Panische Angst und die grimmige Ironie, daß er in einem Bett in seinem Geburtsort sterben würde, nachdem er viele Jahre des Krieges überlebt hatte. Die Tatsache war besonders entsetzlich, daß er gebrochen vor dem Bruder starb, der nie sein Freund gewesen war.

Dann richteten starke Hände seinen hilflosen Körper auf und hielt ihn auf der Bettkante in sitzender Position. Begleitet von einem Gemurmel tröstender Worte fuhr ein durchnäßtes Tuch immer wieder über sein Gesicht und seine Kehle. Das köstliche kühle Wasser dämpfte das Feuer und löste den erstickenden Rauch auf.

Die Panik schwand und mit ihr die erstickende Beengtheit. Ein wenig Luft drang in seine Lungen. Der feurigrote Druck schwand. Er stützte seine Handflächen auf seine Knie und atmete langsam aus. Inhalierte. Exhalierte. Wieder, tiefer diesmal. Die Dunkelheit begann sich zu verflüchtigen, und ihm wurde mit dumpfen Staunen bewußt, daß er überleben würde.

Es war der erste Asthmaanfall, den er seit Carolines Tod gehabt hatte. Der schlimmste seit dem einen, der ihn fast umgebracht hätte, als er vom Tode seiner Mutter erfahren hatte. Mit grimmigem Humor überlegte er, daß Frauen tödlich auf ihn wirkten.

Catherine. Der bloße Gedanke an sie bewirkte, daß seine Lungen sich wieder verkrampften. Dieses Mal aber konnte er seine Reaktion unter Kontrolle bringen und eine weitere Attacke unterbinden.

Als er seinen Atemrhythmus wiedergefunden hatte, öffnete er die Augen. Sein Ärger war fast völlig verflogen. Er fühlte sich schlaff wie ein Lumpen, aber relativ gesund.

Das Fenster war offen, so daß frische Nachtluft hereinkam, und die Zigarre war verschwunden. Sein Bruder saß neben ihm auf der Bettkante, sein blasses Gesicht angespannt. »Trink das«, befahl er und drückte Michael ein Glas Wasser in die Hand.

Michael gehorchte und schluckte durstig. Das kühle Wasser spülte den bitteren Nachgeschmack des Zigarrenrauches fort. Nachdem er das Glas geleert hatte, sagte er keuchend: »Danke. Aber warum hast du dir die Mühe gemacht? Mich ersticken zu lassen wäre ein einfacher Weg gewesen, den Schandfleck auf der weißen Weste der Familie zu entfernen.«

»Wenn du nicht endlich mit diesem shakespeareschen Melodrama aufhörst, werde ich dir den Rest des Wassers in diesem Krug über den Kopf gießen.« Der Herzog stand auf und schichtete die Kissen so gegen das Kopfende, daß Michael sich dagegenlehnen konnte. Dann trat er zurück. »Wann hast du zuletzt gegessen?«

Michael überlegte. »Gestern morgen.«

Der Herzog griff nach der Klingel neben dem Bett. Binnen Sekunden war Barlows Stimme an der Tür zu hören. »Ja, Euer Gnaden?«

»Schicken Sie etwas zu essen hoch, dazu eine Kanne Kaffee und eine Flasche Burgunder.« Ashburton wandte sich wieder seinem Bruder zu und sagte: »Ich dachte, du hättest das Asthma genau wie ich überstanden.«

»Im Prinzip ist das so. Ist erst der zweite Anfall, den ich in über fünfzehn Jahren hatte.« Michael zog die Brauen zusammen. »Du hattest auch Asthma? Ich glaube, daß ich das nicht wußte.«

»Nicht überraschend, wo du so wenig Zeit zu Hause verbracht hast. Mein Asthma war nicht so schlimm wie deins, aber auch so schlimm genug.« Sein Bruder wandte den Blick ab. Seine Miene war starr. »Tut mir leid wegen der Zigarre. Ich hätte nicht geraucht, wenn ich gewußt hätte, daß dich das umbringen kann.«

Michael machte eine wegwerfende Geste. Gelegentlich hatte er auch geraucht, vor allem, weil es ein kleiner Triumph war, das überhaupt zu können. »Das konntest du nicht wissen. Der Anfall kam völlig unerwartet.«

Ashburton, der unruhig im Zimmer auf und ab ging, sagte: »Tatsächlich? Meine Asthmaanfälle kamen gewöhnlich, wenn ich sehr erregt war. Bedenkt man Vaters wundervolle Vorstellung auf dem Totenbett, hast du guten Grund, erregt zu sein.«

Nach all dem, was geschehen war, war es eine gelinde Überraschung, sich daran zu erinnern, daß der alte Herzog erst vor vierzehn Tagen gestorben war. »Das habe ich sehr schnell akzeptiert. Dies ist anders. Probleme mit einer Frau.« Eine so einfache Antwort von Mann zu Mann. Viel besser als zu erklären, daß ihm das Herz säuberlich aus der Brust geschnitten worden war und damit auch fast sein ganzer Glaube an sich selbst.

»Ich verstehe«, sagte sein Bruder ruhig. »Es tut mir leid.«

Da Michael das Thema wechseln wollte, sagte er: »Wenn du keine Fragen wegen des Erbes hast, warum hast du mir dann geschrieben? Wie ich in London sagte, will ich dir oder dem Rest der Familie keine Probleme bereiten. Mir liegt ebensowenig daran, die schmutzige Wäsche der Kenyons in der Öffentlichkeit auszubreiten, wie dir.«

»Weißt du, daß Vaters Enthüllung für mich ebenso überraschend war wie für dich?«

»Ich schloß das aus deiner Reaktion.«

Der Herzog starrte auf die brennenden Kerzen. »An diesem Tage wurde mir plötzlich klar, was geschehen war«, sagte er zögernd. »Weil Vater und sein Bruder sich haßten, sorgte er dafür, daß du und ich das gleiche tun würden.«

»Damit warst du nicht allein. Claudia hat auch keine Verwendung für mich.« Michael verzog den Mund. »Soweit ich die Familiengeschichte kenne, ist es Tradition bei den Kenyons, einander zu hassen.«

»Es ist eine Tradition, die mir überhaupt nicht gefällt. Als ich an früher dachte, wurde mir bewußt, wie schlecht Vater dich behandelt hatte. Ständige Kritik, Verachtung für alles, was du tatest, häufiges Auspeitschen. Du warst der Sündenbock der Familie.« Ashburton schnitt eine Grimasse. »Da Claudia und ich wie die meisten Kinder Monster waren, spürten wir, daß wir dich ungestraft quälen könnten. Und das taten wir.«

»Das ist eine exakte Analyse meiner Kindheit, doch was soll es? Die Enthüllung des Herzogs über meine Herkunft erklärt sein Verhalten.« Michaels Wangenmuskeln verkrampften sich, als er an die heftigen Schläge dachte, die er ertragen hatte. »Ich kann von Glück sagen, daß er mich in seiner Wut nicht umgebracht hat. Das hätte er vielleicht, wenn ich öfter auf Abbey gewesen wäre.« Es war das namenlose Grauen seiner Kindheit gewesen.

Statt schockiert dreinzuschauen, sagte Ashburton ernst: »Es hätte geschehen können. Ich kann nicht glauben, daß er absichtlich versucht haben würde, dich umzubringen, aber er hatte einen bösartigen Charakter.«

»Auch ein typischer Wesenszug der Familie.«

»Sehr wahr.« Ashburton lehnte sich an den Kaminsims und verschränkte seine Arme. »Erst als Vater dir wegen deiner herausragenden Fähigkeiten Vorwürfe machte, erkannte ich, wieviel Groll ich empfand. Ich war der Erbe und war dazu erzogen worden, eine hohe Meinung von mir zu haben, aber mein jüngerer Bruder war ebenso intelligent wie ich, ein besserer Reiter, ein besserer Schütze und ein besserer Sportler.« Ein Funken von Humor zeigte sich in seinen Augen. »Ich haderte eigentlich mit Gott, weil er die Gaben nicht passender verteilt hatte.«

Michael zuckte die Schultern. »Ich weiß nicht, ob meine angeborenen Fähigkeiten größer waren als deine, aber ich habe mich mehr angestrengt. Ich glaube, ich dachte beim Herzog Anerkennung zu finden, wenn ich genug erreichen würde. Ich wußte nicht, daß die Sache hoffnungslos war.«

»Du hast sicher bewiesen, daß du eine übergroße Portion der familientypischen Arroganz besitzt. Niemand konnte deinen Panzer durchdringen.« Ashburton lächelte leicht. »Ich ärgerte mich auch darüber, daß du manchmal jahrelang verschwandest, die Ferien mit deinen Eton-Freunden verbrachtest, statt heimzukommen. Es war ein Grund für uns, dich abzulehnen, ein anderer für dich, uns abzulehnen. Ich vermutete außerdem, daß du mehr Spaß hättest als ich.«

»Du irrst dich, was meinen Panzer betrifft«, sagte Michael mit behutsamer Ehrlichkeit. »Ich wurde regelmäßig und sehr blutig getroffen. Darum mied ich Abbey, als ob dort die Pest herrsche. Aber wozu die Vergangenheit aufwärmen? Ich habe mein Bestes getan, sie zu vergessen.«

»Weil die Vergangenheit Teil dessen ist, was wir jetzt

sind und in der Zukunft sein werden«, erwiderte Ashburton ernst. »Und weil Vater mir einen Bruder entzogen hat.«

»Einen unehelichen Halbbruder.«

»Das wissen wir nicht.«

Das löste bei Michael ein Lachen aus. »Du glaubst, der alte Herzog hat seine Geschichte nur erfunden? Das bezweifle ich. Er besaß zwar die Herzlichkeit einer Mauer aus Feuerstein, aber er log nicht. Das wäre unter seiner Würde gewesen.«

Ashburton machte eine ungeduldige Handbewegung. »Oh, ich bezweifle nicht, daß es eine Affäre gegeben hat. Das bedeutet aber nicht unbedingt, daß Roderick dein Vater war.«

»Der Herzog sagte, Mutter habe zugegeben, daß ich Rodericks Kind sei«, erklärte Michael.

»Das hat sie vielleicht aus reiner Widerspenstigkeit gesagt. Wahrscheinlich hat sie mit beiden geschlafen und war sich nicht sicher, wer dein Vater war«, sagte Ashburton mit eiserner Gleichgültigkeit.

Von der Unterhaltung gleichermaßen fasziniert wie abgestoßen, fragte Michael: »Was veranlaßt dich, das zu sagen?«

Sein Bruder lächelte zynisch. »Vater konnte ihr nicht widerstehen. Obwohl sie sich selbst in der Öffentlichkeit stritten, schliefen sie miteinander. Darum hatte er solchen Groll auf sie. Er haßte jeden, der Macht über ihn besaß.«

»Aber der alte Herzog sagte, ich habe Rodericks grüne Augen.«

»Das bedeutet gar nichts«, erwiderte Ashburton. »Claudias Tochter hat die gleichen grünen Augen, obwohl Claudia sie nicht hat. Es gibt keine Möglichkeit sicher festzustellen, wer dein Vater war, und im Grunde ist es auch unwichtig. Wenn du nicht mein Bruder bist, bist du mein Halbbruder und Cousin ersten Grades. Wie auch immer, wir haben dieselben Großeltern, und du bist mein Nachfolger. Niemand sonst kann jemals völlig verstehen, wie es war, in diesem Hause aufzuwachsen.« Er hielt inne.Ein Muskel zuckte in seiner Wange. »Obwohl es vielleicht für uns zu spät sein mag, wirkliche Freunde zu werden, so können wir doch wenigstens aufhören, Feinde zu sein.«

Zum Glück wurde in diesem Augenblick an die Tür geklopft, denn Michael hatte nicht die leiseste Idee, was er sagen sollte. Ashburton forderte Barlow und zwei Diener, die köstlich duftende Tabletts trugen, zum Eintreten auf.

Während sie den Tisch deckten, merkte Michael zu seiner Überraschung, daß er hungrig war, obwohl er noch so erschöpft war, daß es ihn all seine Kraft kostete, aufzustehen und zum Tisch zu gehen. Das beste Fleisch des Roten Löwen, Schinken und Beilagen, hinuntergespült mit einem guten Rotwein, stellten allmählich seine Kräfte wieder her. Ashburton aß wenig und zog es vor, Kaffee zu trinken.

Als Michael mit dem Essen fertig war, schob er seinen Stuhl zurück und musterte seinen Bruder fragend. »Ich kenne dich wirklich überhaupt nicht. Warst du immer so vernünftig?«

»Ich weiß selbst nicht, was ich bin«, sagte Ashburton langsam. »Seit Vaters Tod habe ich mich wie eine Pflanze gefühlt, die in die Sonne gestellt wird, nachdem sie ein Leben lang versuchte, unter einem Korb zu wachsen. Ich will nicht wie er sein und jeden in der Umgebung schikanieren, weil ich ein Herzog bin. Es mag scheinheilig klingen, aber ich möchte ein gerechtes Leben führen. Das bedeutet auch Wiedergutmachung dafür, dich so unfair behandelt zu haben.«

Michael wandte den Blick ab, bewegt, aber auch daran gewöhnt, seine Gefühle vor seiner Familie zu verbergen. »Mir fällt ein, daß ein Grund dafür, warum wir als Jungen so oft miteinander gekämpft haben, der war, daß wir uns in vielen Dingen so ähnlich sind. Mir war nicht bewußt, wie ähnlich.«

»Richtig. Aber wir haben nicht immer miteinander gekämpft. Erinnerst du dich noch daran, als wir unserem Lehrer weggerannt sind und zum Jahrmarkt in Ashburton gingen?«

»Ich erinnere mich.« Michael lächelte bei dem Gedanken daran. Sie hatten mit den Dorfkindern gespielt, zuviel gegessen und waren einfach Kinder gewesen, statt die verfeindeten Söhne des Duke of Ashburton zu sein. Und als sie nach Hause zurückkehrten, waren sie auch beide verprügelt worden.

Es hatte auch andere glückliche Zeiten gegeben. Indem Michael seine Kindheit verdrängt hatte, hatte er sowohl das Gute als auch das Böse begraben. Stephen hatte recht: Die Vergangenheit war Teil der Gegenwart, und es war an der Zeit, diese verlorenen Jahre zurückzubringen. Die wahre Quelle für das Gift zwischen ihnen war der alte Herzog gewesen. Sein Onkel? Sein Vater? Unwichtig, der Mann war tot. Aber sein Bruder und seine Schwester lebten noch. Sie waren nicht seine Freunde gewesen, aber sie waren auch nicht der Feind gewesen.

Er starrte in sein Weinglas. Die meisten seiner Freunde waren völlig anders als er. Es könnte vielleicht angenehm sein, einen Freund mit ähnlicherem Temperament zu haben. Er und Stephen sollten alt genug sein, den schändlichen Charakter der Kenyons zu beherrschen. Und wenn sein Bruder den Mut hatte, eine Brücke zwischen ihnen zu bauen, konnte Michael nicht weniger tun.

Weich sagte er: »Vor mehreren Wochen lernte ich in London eine bezaubernde junge amerikanische Dame kennen. Sie berichtete von einer indianischen Sitte, bei der die Häuptlinge verfeindeter Stämme ihre Steinäxte als Zeichen des Friedens begraben. Sollen wir das auch tun?«

»Ich nehme an, du meinst das im übertragenen Sinne.« Ashburton lächelte schief. »Als Soldat wirst du wahrscheinlich alle Arten von Waffen besitzen, aber ich habe nur meine Manton-Pistolen. Die würde ich nur ungern vergraben.«

»Im übertragenen Sinne ist sehr gut.« Michael streckte zögernd seine Hand aus. »Ich habe genug gekämpft, Stephen.«

Sein Bruder nahm seine Hand mit einem warmen, kräftigen Griff. Die langen Konyon-Finger waren ein Spiegelbild von Michaels eigenen. Obwohl der Händedruck rasch endete, gab er Michael ein Gefühl von Frieden. In einer der schwärzesten Nächte seines Lebens war eine Blume der Hoffnung erblüht.

»Es ist noch eine lange Zeit bis dahin, aber überlege doch, ob du Weihnachten in Abbey verbringen willst«, sagte Stephen. Es klang fast scheu. »Ich hätte dich gerne da. Und da du der Erbe bist, wäre es gut, wenn du dich dann und wann zeigtest.«

»Danke für dein Angebot. Ich werde darüber nachdenken – ich bin nicht sicher, ob ich der ganzen Familie auf einmal gegenübertreten kann.« Michael zuckte die Schultern. »Was den Erben betrifft, so bin ich das nur so lange, bis du einen Sohn hast.«

Sein Bruder seufzte. »Das wird vielleicht nie der Fall sein. Louisa und ich sind seit acht Jahren verheiratet, aber von Nachwuchs ist noch immer keine Spur. Darum ist es um so wichtiger, daß du heiratest. Du erwähntest ein Problem mit einer Frau. Hoffentlich nichts zu Ernstes, hoffe ich?«

Michaels Ruhe verflog. »Nicht ernst – eine Katastrophe. Von einer Frau besessen zu sein, liegt vielleicht ebenfalls in der Familie. Ich hatte geglaubt, die fragliche Dame und ich würden heiraten, aber ich ... ich habe ihre Absichten mißverstanden.«

»Willst du darüber reden?«

»Es ist eine lange Geschichte.«

»Ich habe soviel Zeit wie du willst«, sagte Stephen weich.

Michael erkannte, daß er das starke Verlangen hatte, jemandem zu erzählen, was geschehen war. Und – seltsamer Gedanke – sein Bruder war genau die richtige Person dafür.

Er schenkte sich Burgunder nach, legte sich auf das Bett und schichtete die Kissen, um sich an das Kopfende lehnen zu können. Ohne seinen Bruder anzusehen, sagte er: »Eigentlich habe ich Catherine erst in Brüssel kennengelernt, aber zum ersten Mal habe ich sie in Spanien gesehen, in einem Feldlazarett ...«

31. Kapitel

Nachdem Michael geschildert hatte, wie Catherine einem sterbenden Jungen die ganze Nacht über die Hand gehalten hatte, erzählte er von Belgien. Von der allgemeinen Wertschätzung, der sie sich erfreute. Von den Frustrationen ehrenwerten Verhaltens, als sie unter demselben Dach lebten. Wie sie sein Leben gerettet hatte. Obwohl er nicht von seinen Gefühlen sprach, war es ihm unmöglich, emotionslos zu reden. Mehr als einmal mußte er innehalten und seine Schwäche verbergen, indem er an seinem Wein nippte. Sein Bruder hörte aufmerksam zu, ohne ihn zu unterbrechen.

Dann erklärte er, wie Catherine ihn gebeten hatte, sich als ihr Ehemann auszugeben, und berichtete von seinem Schock bei der Entdeckung ihres Betruges. Er legte tatsächlich alles dar bis auf ihre Furcht vor sexueller Intimität und das kurze, leidenschaftliche Zwischenspiel, als es so ausgesehen hatte, als ob alles gut werden würde. Darüber konnte er nicht sprechen. Er schloß damit, daß er ausdruckslos sagte: »Ich hatte geglaubt, wir hätten ein Einvernehmen, aber offensichtlich habe ich ihre Gefühle falsch beurteilt. Ich hätte beim Krieg bleiben sollen. Ist viel einfacher und weniger schmerzhaft als Frauen.«

Nach einem langen Augenblick des Schweigens sagte Stephen: »Vielleicht.«

Michael, der die Zurückhaltung in der Stimme seines Bruders hörte, fragte: »Was denkst du?«

»Wahrscheinlich sollte ich dazu nichts sagen. Ich möchte nicht, daß du das Kriegsbeil wieder ausgräbst und es zwischen meine Schulterblätter versenkst.«

»Sprich trotzdem.« Michael fuhr sich nervös mit den Fingern durchs Haar. »Ich verstehe noch immer nicht, wie ich mich so irren konnte.«

»Genau das ist es, was mir auffiel«, sagte sein Bruder langsam. »Der Erbe eines Herzogtums zu sein, macht einen zu einem guten Menschenkenner, da so viele Leute einem schmeicheln, um Vorteile zu erlangen. Ich habe aber gelernt, daß der Grundcharakter sich nicht verändert. Ich habe Probleme damit zu glauben, daß eine Frau, die so viel gab, in wenigen Stunden zu einer gierigen Hexe werden könnte. Entweder war die Herzlichkeit falsch oder aber die Gier.«

»Die Herzlichkeit nicht. Es gab zu viele Beispiele über einen zu langen Zeitraum, als daß sie vorgetäuscht gewesen sein könnte.« Eine betörende Stimme drang in seine Gedanken – es war Catherine, die einem sterbenden Jungen Wiegenlieder sang, oder vielleicht sogar für ihn selbst. Er schluckte schwer. »Unglücklicherweise war das Talent für eine Täuschung ebenso echt wie die Gier.«

»Vielleicht ist ein anderer Faktor ins Spiel gekommen, von dem du nichts weißt.« Stephen rieb sich das Kinn, während er nachdachte. »So hat vielleicht die Krankheit von Lord Skoal Gewissensbisse ausgelöst, und Catherine hat gestanden, daß sie gelogen hat, was ihren Ehemann betrifft. Ich habe den Laird kennengelernt, und er ist ein barscher alter Teufel. Er könnte ihr gesagt haben, daß er ihr verzeiht, wenn sie ihren Cousin heiratet, und sie hat aus ihrem Schuldgefühl heraus eingewilligt.«

»Würde eine Frau einen Mann, den sie nicht mag, aus Schuldgefühl heiraten?« sagte Michael zweifelnd. Und würde sie so viele schändliche Dinge sagen?

»Wie gesagt, dies war nur ein Beispiel. Es könnte tausend andere Gründe geben. Ich habe festgestellt, wenn Verhalten gewöhnlich unerklärlich zu sein scheint, liegt das daran, daß ich die Motive der anderen Person nicht verstehe.« Stephen seufzte. »Oder vielleicht ist sie wirklich eine Blutsaugerin. Ich hätte nichts sagen sollen. Da ich der Frau nie begegnet bin, bin ich nicht der Lage, eine Meinung zu haben.« Er stand auf. »Zeit zu gehen. Willst du mit nach Abbey kommen? Ich würde dich gerne dorthaben.«

»Heute abend nicht. Ich bin zu müde. Morgen vielleicht.« Michael rieb sich seine schmerzenden Augen. »Sag Barlow, er möchte mir heißes Wasser hochbringen lassen. Ich werde besser schlafen, wenn ich den Reiseschmutz abgewaschen habe.«

»Eine gute Idee. Wäre ich ein französischer Soldat, der dich in deinem jetzigen Zustand sähe, ich würde mich auf der Stelle ergeben.«

»Das haben viele von ihnen getan.« Nachdem beide gelacht hatten, fügte Michael ruhig hinzu: »Danke dafür, daß du dich bemüht hast, das Kriegsbeil zu begraben. Ich wäre nie auf die Idee gekommen, es zu versuchen.«

»Ich weiß. Darum mußte ich es tun.« Stephens Hand fiel kurz auf die Schulter seines jüngeren Bruders. Dann ging er.

Michael lag reglos auf seinem Bett, und seine Gedanken überschlugen sich, bis das heiße Wasser gebracht wurde. Das Waschen und Rasieren bereitete Mühe, aber er fühlte sich dadurch menschlicher. Er steckte sein Rasiermesser wieder in die Satteltaschen, als er auf das Kaleidoskop stieß. Er führte das silberne Rohr an ein Auge. Ein kristallener Stern funkelte darin. Zerbrochene Regenbogen. Zersplitterte Hoffnungen. Zerbrochene Träume. Er drehte das Rohr, und das gefärbte Glas bewegte sich mit einem leisen Rasseln und bildete ein neues Muster.

Sein erstes Kaleidoskop hatte ihm in früheren Zeiten seines Lebens Trost gespendet. Nach Caros Tod hatte er oft stundenlang hineingeschaut und versucht, sich in den sich bewegenden, hypnotisierenden Formen zu verlieren, während er im Chaos seines Lebens nach Ordnung suchte.

Anders als Stephen war er kein guter Menschenkenner. Er konnte nicht aufhören, Catherine zu begehren, obwohl sie ihn wieder und wieder betrogen hatte und dann kalt wegen eines besseren Angebotes zurückgewiesen hatte.

Er drehte das Kaleidoskop. Die ursprüngliche Figur löste sich zu einer schimmernden vielfarbigen Schneeflocke auf.

Bis heute abend würde er gesagt haben, daß er und sein Bruder zu einer lebenslangen, kaum verhohlenen Feindschaft verdammt seien. Er hatte sich geirrt. Wenn er sich so bei Stephen irren konnte, konnte er sich auch bei Catherine irren?

Der Grundcharakter verändert sich nicht.

Eine weitere Drehung, und die Regenbogenfragmente formierten sich zu flacheren Winkeln. Er starrte blicklos auf die Form, während sich in seinem Verstand neue Muster bildeten und er sie mit der gleichen kalten Distanz analysierte, die er genutzt hätte, um ein militärisches Taktikproblem zu lösen.

Selbst als er hoffnungslos von Caroline berauscht war, war er sich ihrer charakterlichen Mängel bewußt gewesen. Obwohl er das ganze Ausmaß ihrer Boshaftigkeit und ihres Betruges erst Jahre später entdeckte, hatte er ihre Eitelkeit und ihre kleinen Schwindeleien bemerkt, ihre Selbstsüchtigkeit und ihr Bedürfnis, immer die Oberhand zu haben.

Catherine war anders. Obwohl sie oft und gut gelogen hatte, war dies immer aus einer Notwendigkeit heraus geschehen. Ansonsten war sie ehrlich gewesen. Und sie war niemals, niemals grausam gewesen. Stephen hatte recht: Für einen objektiven Beobachter mußte ihr Verhalten während ihres entsetzlichen letzten Zusammentreffens so seltsam sein, daß es geradezu unglaublich schien.

Er hatte blindlings die Prämisse akzeptiert, daß Catherine ihn nicht wirklich wollte. Caro hatte es ihm leicht gemacht zu glauben, daß er ein Narr war, was Frauen betraf. Aber vielleicht hatte er die Abweisung zu schnell hingenommen.

Vergiß, was Catherine gesagt hat. Begrabe ihre brutalen Worte und den Schmerz, der damit verbunden war. Denk statt dessen über das nach, was sie getan hat. Welcher unbekannte Faktor hätte sie dazu bewegen können, ihn fortzuschicken?

Nicht Gier. Eine gierige Frau hätte nicht die Perlen ihrer Mutter verkauft, um für das uneheliche Kind ihres Mannes zu sorgen.

Ein Wunsch, den sterbenden Laird zu beschwichtigen? Vielleicht, aber sie hatte ihren Großvater nur wenige Tage gekannt. Ihre Loyalität gegenüber dem Laird konnte nicht stärker sein als ihre Loyalität ihm gegenüber.

Hatte sie befürchtet, daß Amy um ihr rechtmäßiges Erbe gebracht werden würde, wenn der Laird nichts mit ihr tun haben wollte? Das war wirklich eine Möglichkeit. Michael würde für die Zukunft des Mädchens gesorgt haben, als ob sie seine eigene Tochter sei, aber Catherine mochte das nicht erkannt haben. Dazu wußte sie auch nicht, wie vermögend er war. Falls sie geglaubt hatte, er hätte nur den üblichen Anteil eines jüngeren Sohnes, war sie vielleicht zu der Überzeugung gelangt, es sei ihre mütterliche Pflicht, alles zu tun, was nötig sei, um Skoal für ihre Tochter zu sichern.

Doch obwohl ein solches Motiv Sinn ergab, genügte es noch nicht als Erklärung für die Grausamkeit ihres Verhaltens.

Er drehte das Kaleidoskop wieder. Konnte Catherine plötzlich von wahnsinniger Lust auf Haldoran überkommen worden sein? Höchst unwahrscheinlich. Das Naturell ihres Cousins war absolut kalt. Er war kein Partner für eine Frau, die ihre neuentdeckte Sinnlichkeit genoß, zumal eine, die bereits einen sie zufrieden stellenden Bettgefährten hatte.

Michael ging alle Möglichkeiten durch, bis er zu der

wahrscheinlichsten Ursache für Catherines unerklärliches Verhalten gelangte: Furcht. Aber wovor sollte sie Furcht haben?

Er drehte das Kaleidoskop. Ein gezackter, zerbrechlicher Stern bildete sich und brachte eine scharfe, neue Erkenntnis.

Haldoran war sein Feind.

Catherine zufolge hatte ihr Cousin Michael sofort erkannt. Ein ehrlicher Mann hätte sie sofort entlarvt. Daß Haldoran sein Wissen für sich behielt, deutete darauf, daß er ein Mann mit heimlichen Motiven war. Er war rücksichtslos, und sein Haß, zu verlieren, konnte sich vielleicht auch auf Skoal erstrecken. Welchen besseren Weg es zu behalten, gab es, als seine schöne Cousine, die künftige Erbin, zur Heirat zu zwingen?

Ein solches Ziel mochte anderswo schwer zu erreichen sein, aber in der kleinen, feudalen Welt der Insel war es möglich. Haldoran hatte zugehört, als Catherine Michael gesagt hatte, er solle gehen. Am Ende ihres Gespräches war sie fast außer sich gewesen, um Michael wegzujagen. Wenn Haldoran eine Waffe auf sie gerichtet gehalten hatte, würde das alles erklären.

Er senkte das Kaleidoskop. Vielleicht schuf er ein Geheimnis, das überhaupt nicht existierte. Der einzige Weg, sich zu vergewissern, war der, auf die Insel zurückzukehren und mit Catherine zu sprechen, wenn Haldoran nicht in Hörweite war.

Irrte er sich, war das Schlimmste, was sie tun konnte, daß sie seine Gefühle völlig zerstörte, ihn in selbstmörderische Depressionen trieb oder einen neuen lebensbedrohlichen Asthmaanfall auslöste. Er verzog den Mund. Er hatte das einmal überlebt und war bereit, es wieder zu wagen. Denn wenn seine Überlegungen richtig waren, befand sich Catherines Leben in großer Gefahr.

Er wollte sofort aufbrechen, aber das wäre bei seinem gegenwärtigen Zustand der Erschöpfung Wahnsinn. Er mußte bis morgen warten.

Seine Gedanken überschlugen sich, während er die Kerzen löschte und sich wieder ins Bett legte. Statt zurück nach Cornwall zu reiten, würde er eine Kutsche mieten. Das würde schneller und weniger ermüdend sein und ihn bis morgen abend nach Penward bringen. Nein, nicht nach Penward. Das Dorf stand in zu enger Verbindung mit Skoal. Es würde unmöglich sein, von dort aus heimlich auf die Insel zu gelangen. Er mußte sich in einem der Nachbardörfer um eine Passage kümmern.

Dann würde er auf die Insel fahren. Und dieses Mal würde er sich nicht so einfach wegschicken lassen.

Der Duke of Ashburton runzelte die Stirn, als er die Nachricht seines jüngeren Bruders las. Wie typisch für Michael, etwas so Erschöpfendes zu tun, bei der ersten Dämmerung wie der Blitz zurück nach Skoal zu reisen. Es wäre schön gewesen, ein wenig Zeit miteinander zu verbringen, die Dimensionen ihrer neuen Beziehung zu erkunden.

Sein Stirnrunzeln vertiefte sich bei dem Gedanken daran, was sein Bruder auf Skoal vorfinden mochte. Zweifellos war die Situation harmlos, und Catherine Melbourne war bloß eine herzlose Dirne. Aber vielleicht stand auch etwas weit Gefährlicheres bevor. Stephen war Lord Haldoran mehrmals begegnet und hatte den Mann für beunruhigend gehalten. Sogar für gefährlich. Vielleicht sollte er selbst nach Skoal reisen. Michael war der Experte, was Gewalttätigkeit anbelangte, aber als Herzog wußte Stephen recht wohl, wie er seine Position geltend machen konnte.

Nachdem er diese Entscheidung getroffen hatte, läutete er nach seinem Kammerdiener.

Der Halbmond, der den Strand schwach erhellte, ließ die Schatten noch schwärzer wirken, als Michael bei Dane's Cove an Land ging. Er griff in die dunkle Fischerjacke, die er trug, und zog einen Brief heraus, den er an Lucien geschrieben hatte. Darin bat er um Nachforschungen für den Fall, daß er, Michael, verschwinden sollte. Obwohl das nicht sein Leben retten würde, konnte es vielleicht Catherine retten und würde dafür sorgen, daß Haldoran bestraft werden würde. Zu Caradoc, seinem Bootsmann, sagte er leise: »Wenn ich bis zur Dämmerung nicht zurück bin, fahren Sie ohne mich zurück und schicken diesen Brief sofort nach London.«

Caradoc nickte und steckte den Brief ein. Als ehemaliger Bootsmann der Royal Navy kannte er nicht nur die Gewässer um Skoal, sondern hatte auch ohne zu fragen Michaels Bitte um Geheimhaltung akzeptiert.

Michael war früh an diesem Morgen mit der Kutsche aufgebrochen. Er hatte Caradoc in dem Dorf Trenwyth gefunden, das nur wenige Meilen östlich von Penward lag. Die Mutter des Bootsmannes, eine berühmte einheimische Strickerin, hatte ihn auch mit der Wolljacke versorgt. Das warme, flexible Kleidungsstück war für eine heimliche Mission auch besser geeignet als der Anzug eines Gentleman.

Angetan mit dunkler Kleidung und das Gesicht mit Lampenruß geschwärzt, ging er leise den gefährlichen Klippenweg hinauf. Glücklicherweise hatte er schon immer die katzenartige Fähigkeit besessen, seinen Weg durch die Nacht zu finden. Andere, schwerer zu beschreibende Sinne informierten ihn, daß das gute Wetter sich ändern würde. Innerhalb des nächsten Tages würde es einen mächtigen Sturm geben.

Es dauerte nicht lange, bis er das Schloß erreicht hatte. Da es weit nach Mitternacht war, lag das Gebäude völlig im Dunkeln.

Er beschloß zu versuchen, ob er direkt hineingelangen konnte, ging die Vordertreppe hoch und drehte den Türknauf. Verschlossen. Interessant auf einer Insel, auf der Diebstahl, Verbrecher und verschlossene Türen unbekannt waren.

Er umrundete wie ein Schatten unter Schatten das Schloß. Obwohl er seit jener amüsanten kleinen Episode mit Lucien in kein Haus mehr eingebrochen war, glaubte er nicht, daß es schwer sein würde, in das Schloß zu gelangen. Die eigentliche Frage war, wo er Catherine finden könnte. Sie konnte in ihrem alten Zimmer sein oder aber – ein Gedanke, bei dem sich sein Magen verkrampfte – sie teilte ein Bett mit Haldoran auf Ragnarök. Doch wenn ihr Großvater noch ernstlich krank war, würde sie wahrscheinlich bei dem alten Mann sein.

Michael erreichte die hintere Mauer des Schlosses und musterte die Fenster der Gemächer des Laird. Im Schlafzimmer glühte ein Licht. In der Hoffnung, daß Catherine dort sei, beschloß er durch den Salon einzudringen, so daß er ohne Vorwarnung zu ihr gelangen konnte.

Ein Kirschbaum wuchs nahe bei dem Balkon. Die oberen Äste würden ihn in Sprungweite bringen. Er machte einen Satz und ergriff den untersten Ast. Die rauhe Rinde preßte sich in seine Handflächen. Dann begann er emporzuklettern.

32. Kapitel

Catherine hatte immer einen leichten Schlaf, wenn sie bei einem Patienten war. Ein leises Geräusch weckte sie rasch auf. Sie warf einen Blick zu ihrem Großvater. Im Licht der Nachtlampe sah sie, daß er schwache, unruhige Bewegungen machte, und so erhob sie sich von ihrem Lager und trat an sein Bett.

Ein Arzt war vom Festland gekommen, hatte den Laird untersucht und bestätigt, daß das Problem ein Schlaganfall zu sein schien. Beeindruckt von Catherines Erfahrung als Krankenschwester, hatte er den Patienten wieder zur Ader gelassen und war aufs Festland zurückgekehrt. Er hatte ihr die Verantwortung für das Krankenzimmer überlassen. Sie war dankbar dafür gewesen, sowohl für die Gelegenheit, sich um ihren Großvater kümmern zu können, als auch deshalb, weil sie durch diese Aufgabe von Haldoran getrennt war.

Sie fühlte den Puls ihres Patienten. Er ging ein wenig schneller, als er gewesen war. »Ich habe das Gefühl, daß du kurz vorm Erwachen bist, Großvater«, murmelte sie. »Kannst du mich hören?«

Seine Finger zuckten, wurden dann still. Sie fand es ermutigend, daß beide Seiten seines Körpers beweglich zu sein schienen. Das bedeutete, daß der Schlaganfall vielleicht keinen großen Schaden angerichtet hatte. Sie stieß ein kurzes Gebet aus, daß er bald aufwachen möge und im Besitz seiner geistigen Kräfte sein würde.

Ein kaum vernehmliches Knarren, wie das einer Diele, kam aus dem Salon. Ihr Magen verkrampfte sich. Vielleicht war Clive gekommen, um sie zu kontrollieren. Er war in das Zimmer auf der anderen Seite des Korridors gezogen. Oder vielleicht war es einer seiner entsetzlichen Männer. Tag und Nacht wartete einer von ihnen draußen vor der Tür des Laird. Da der Kammerdiener des Laird alt und gebrechlich war, hatte Haldoran theoretisch seine Diener zur Verfügung gestellt, um im Krankenzimmer zu helfen. Praktisch war sie hingegen ebenso eine Gefangene, als ob sie in einem Kerker eingesperrt wäre.

Wieder ein leises Geräusch. Sie nahm sich zusammen und war froh darüber, daß sie sich völlig bekleidet hingelegt hatte, statt ein Nachtgewand anzulegen.

Sie öffnete die Tür zum Salon. Auf den ersten Blick war alles normal. Dann trat eine dunkle Gestalt aus den Schatten. Sie war groß und kräftig und bewegte sich mit der übernatürlichen Stille des Todes auf sie zu. Am erschreckendsten war, daß das Wesen kein Gesicht hatte. Unwillkürlich stieß sie einen leisen Schrei aus.

Eine feste Hand verschloß ihren Mund, erstickte ihre Stimme. Sie stieß wild gegen den Angreifer, spürte die Schwere von Körperlichkeit, nicht die Kälte eines Phantoms.

Mit einer geschmeidigen Bewegung drückte er sie gegen die Wand, so daß sie sich unter seinem Gewicht nicht bewegen konnte. »Still!«

Sie erkannte den Körper wieder, noch bevor sie die grünen Augen in dem geschwärzten Gesicht glitzern sah. Michael war zurückgekehrt.

»Ich werde meine Hand wegnehmen, wenn du versprichst, nicht zu schreien«, flüsterte er. »Nicke, wenn du einverstanden bist.«

Sie nickte. Er hatte seine bedrohliche Kriegermiene aufgesetzt, und sie war sich nicht sicher, ob sie mehr Angst vor ihm oder um ihn hatte. Nichtsdestoweniger ging ihr Herz in seiner Gegenwart unwillkürlich vor Freude über.

»Nach dem, was geschehen ist, bin ich ein Narr, mich

auf dein Wort zu verlassen«, sagte er mit stählerner Stimme, während er sie losließ. »Vergiß nicht, daß ich dich, wenn nötig, ganz schnell zum Schweigen bringen kann.«

Sie überlegte, ob sie es wagen könne, ihm die Wahrheit zu sagen, oder ob sie versuchen sollte, ihn zu seiner eigenen Sicherheit fortzuschicken, und fragte matt: »Warum bist du hier?«

Sein eisiger Blick bohrte sich in sie. »Um zu erfahren, was tatsächlich vorgeht. Als ich über die Ereignisse nachdachte, erkannte ich, daß dein Verhalten nicht viel Sinn ergibt. Hat Haldoran dich bedroht?«

Wenn er soviel gefolgert hatte, würde sie ihn nie wieder täuschen können. »Schlimmer«, sagte sie mit tiefer Erleichterung. »Er hat Amy.«

»Verdammt.« Er schloß für einen Moment die Augen. Seine Miene war starr. »Wie?«

»Während seiner Fahrt nach London hat er die Mowbrys besucht und Anne erzählt, ich hätte ihn geschickt, um Amy nach Skoal zu bringen. Da er sie in Belgien begleitet hatte, sah sie keinen Grund, das zu bezweifeln.« Die Beherrschung, zu der sie sich gezwungen hatte, verflog und wich Verzweiflung. »Michael, es tut mir leid. Was ich getan habe, tut mir so leid. Ich hatte keine andere Wahl.«

Sie sehnte sich danach, Halt bei ihm zu finden, streckte die Arme nach ihm aus. Nach einem Augenblick des Zögerns, nahm er sie in seine Arme. Sie zitterte am ganzen Leibe. Seine Wolljacke war warm und kratzte ein wenig an ihrer Wange, obwohl es sie tröstete. Doch trotz ihres Kummers spürte sie, daß er anders war, zurückhaltender, als er vorher gewesen war. Das kam nicht überraschend. Obwohl sein Verstand vielleicht akzeptierte, daß sie unter Zwang gehandelt hatte, hatten seine Gefühle einen Schaden erlitten, der nicht leicht zu heilen sein würde. Aber für wenige Augenblicke gab sie sich der Illusion von Sicherheit hin.

Als sie ihre Beherrschung zum Teil wiedergewonnen hatte, sagte sie sachlich: »Es war Haldoran, der Colin ermordete, nicht die Bonapartisten.«

»Dieser *Bastard.*« Michael ließ sie los, seine Miene war tödlich. »Dann hat er das seit einiger Zeit geplant.«

»Er sagte, daß er dich umbringen würde, wenn ich nicht gehorchte. Und ... und er legte besonderen Wert auf die Feststellung, daß das legale Heiratsalter auf der Insel zwölf Jahre ist, und Amy wird im nächsten Jahr zwölf.«

Michael fluchte wieder. »Ihn zu töten, ist zu gut für ihn. Wir müssen Amy sofort wegbringen. Ist sie im Schloß?«

»Sie ist auf Ragnarök. Wir haben noch nicht miteinander reden können, aber Haldoran hat mich gestern dorthin gebracht und ließ mich zuschauen, wie sie im Garten spazierenging. Immer, wenn sie ihr Zimmer verläßt, wird sie bewacht.«

»Ist sie unverletzt?«

»Ja. Sie weiß nichts von dem, was hier vorgeht. Er hat ihr gesagt, ich sei mit der Krankenpflege des Laird zu beschäftigt, um zu ihr zu kommen, und daß sie ein guter Soldat sein müsse und Befehle zu befolgen habe. Aber sie wird bald mißtrauisch werden.« Catherine schluckte. »Ich habe Angst davor, daß sie etwas Verwegenes tun könnte, wenn ihr klar wird, daß sie eine Gefangene ist. Sie ist wie ihr Vater – völlig furchtlos.«

»Wir werden sie haben, bevor das geschieht«, versprach Michael.

Catherine rieb sich die Stirn, versuchte trotz des Durcheinanders ihrer Gefühle nachzudenken. »Haldoran schläft in dem Zimmer auf der anderen Seite des Ganges. Er hat vier Sträflinge, die für ihn arbeiten. Ich glaube, zwei sind hier im Schloß, einer direkt draußen vor der Tür. Gott sei Dank hat er mich nicht aufschreien gehört.«

Michael warf einen Blick auf das Bett. »Wie geht es dem Laird?«

»Ein wenig besser, glaube ich, aber er ist noch bewußtlos.«

»Von da gibt es keine Hilfe.« Er runzelte die Stirn. »Wenn du ihn verläßt, wird er in Gefahr vor Haldoran sein?«

Catherine hatte daran gedacht, wie leicht ihr Großvater mit einem Kissen erstickt werden könnte. »Das glaube ich nicht«, sagte sie mit besorgter Stimme. »Er hat keinen Nutzen davon, wenn er ihn tötet, solange ich noch lebe und die Erbin bin – aber ich weiß nicht, was Clive tun wird. Ich glaube, er ist halb wahnsinnig.«

»Nicht wahnsinnig. Böse.« Michael drängte sie zum Balkon. »Es ist Zeit, daß wir fortkommen.«

Die Tür zum Korridor öffnete sich, und Haldoran stolzierte mit einem wölfischen Lächeln in den Raum. Hinter ihm waren Doyle und ein anderer Sträfling. Beide trugen Gewehre. »Keiner von euch wird irgendwo hingehen«, sagte Haldoran kurz. »Du hättest diesen bezaubernden kleinen Überraschungsschrei nicht ausstoßen sollen, als dein Liebhaber kam, Catherine, und ihre hättet beide nicht soviel Zeit mit Reden vergeuden sollen.«

Bevor Haldoran mehr sagen konnte, trat Michael in Aktion und stürzte sich auf die Eindringlinge. Gleichzeitig stieß er Catherine beiseite, so daß sie hinter das Sofa fiel.

Es verschlug ihr den Atem. Für einen Augenblick lag

sie keuchend da, war auf das Dröhnen eines Gewehres vorbereitet. Das kam nicht. Statt dessen hörte sie, daß Möbel zerschlagen wurden.

Sie vermutete, daß Haldoran nicht schießen wollte, aus Angst davor, die schlafenden Diener zu wecken, und spähte um das Sofa herum. Michaels schneller Angriff war effektiv gewesen, und Haldoran und Doyle lagen benommen auf dem Boden. Michael war jetzt in einen wütenden Kampf mit dem anderen Sträfling verwickelt. Während sie zuschaute, entwand er ihm die Waffe und schwang den Kolben hoch. Er schmetterte ihn gegen den Kiefer des Mannes, der mit einem häßlichen Geräusch brach.

Haldoran sprang auf und griff nach dem Schürhaken am Kamin. Catherine schoß hinter dem Sofa hervor und rief: »Paß auf!«

Michael wirbelte herum und hob das Gewehr, während Haldoran ihm den Schürhaken gegen den Schädel schlug. Er stürzte zu Boden. Die Waffe fiel neben ihn.

Catherine bereitete sich auf einen verzweifelten Angriff vor, aber Haldoran ergriff die Waffe und stürzte sich auf sie. An der Stelle seines Kiefers, wo er getroffen worden war, bildete sich ein starker Bluterguß. »Versuch es nicht, Cousine. Ich werde dich in Stücke schießen und den Dienern sagen, daß dein eifersüchtiger Ehemann dich erschossen hat, bevor wir ihn töteten. Und wenn sie mir nicht glauben, werde ich sie ebenfalls töten.«

Sie erstarrte, weil sie wohl wußte, daß nur wenig nötig war, um tödliche Gewalt auszulösen. In die angespannte Stille hinein, stöhnte Michael und bewegte sich, war kurz davor, das Bewußtsein wiederzuerlangen.

Haldoran fuhr Doyle an. »Fessle ihn. Es wäre zu unsauber, ihn hier zu töten. Wir werden ihn zu den Klippen bringen. Mit einem Steinschlag auf den Schädel und ein paar Wochen im Wasser wird er gut bedient sein.« Sein Blick verweilte auf Catherine. »Soll ich dich mit deinem Geliebten umbringen oder darauf setzen, daß du dich anständig benehmen wirst, wenn er tot ist?«

Obwohl ihr Gesicht ausdruckslos war, überschlugen sich ihre Gedanken. Hätte sie nicht aufgeschrien, als sie Michael sah ... wären sie sofort gegangen, statt zu reden ... hätte sie ihn einen Augenblick früher vor Haldoran gewarnt ...

Sie verzichtete darauf, sich weiter nutzlose Gedanken zu machen. Michael war zum Tode verurteilt, und sie wahrscheinlich ebenso. Was Amy betraf ...

Es war der schwärzeste Augenblick ihres Lebens. Und doch konnte sie nicht aufgeben und ihre Tochter Haldorans Teufeleien überlassen. Sie versuchte verzweifelt, überzeugend zu klingen, und sagte: »Ich nutze immer die beste sich bietende Gelegenheit. Und das bist wieder einmal du.«

Haldoran schaute sie finster an. Es war ersichtlich, daß er nicht überzeugt davon war. Indessen durchsuchte Doyle Michaels erschlafften Körper unsanft. Der Sträfling nahm ihm eine versteckte Pistole und ein Stiefelmesser ab, fesselte dann Michael an den Handgelenken.

Als Doyle fertig war, war Michael wieder bei Bewußtsein. Blut troff scharlachrot von seinem Schädel, als er sich aufrichtete, doch die dunkle Kraft, die so sehr Teil von ihm war, lohte wie Höllenfeuer. »Meine Glückwünsche, Haldoran«, sagte er verächtlich. »Sie haben es geschafft, mich mit Hilfe zweier anderer Männer zu überwältigen. Sie müssen schrecklich stolz auf sich sein.«

Haldoran funkelte ihn an. »Ich hätte Sie allein besiegen können.«

»Ach, ja?« Michael hob die Augenbrauen als Zeichen

beredter Verachtung. »Ich schieße besser als sie, bin ein besserer Kämpfer und habe Sie beim Fechten treffen lassen, weil mich Ihre Gesellschaft langweilte und ich gehen wollte. Sie sind ein Amateur, Haldoran. Sie bilden sich ein, ein großer Sportsmann zu sein, aber Sie hatten nie den Mut, sich einer wirklichen Herausforderung zu stellen.«

Catherines Herz schien stillzustehen, als ihr wütender Cousin einen Schritt vorwärts machte. »Blödsinn. Ich bin der beste Reiter bei Fuchsjagden in England, und ich habe Jackson in seinem eigenen Boxsalon besiegt.«

»Jackson ist ein kluger Bursche«, sagte Michael mit einem spöttischen Lächeln. »Es ist für ihn ein gutes Geschäft, seine eitlen Kunden dann und wann siegen zu lassen. Ich wiederhole: Sie sind ein Amateur. Statt in die Armee einzutreten und sich dem größten Sport überhaupt zu stellen, haben Sie in England Füchse gejagt und damit geprahlt, was für ein toller Kerl Sie sind. Das ist auch sehr viel leichter, als tatsächlich sein Leben zu wagen.«

Michael war in diesem Augenblick dem Tode sehr nahe. Catherine gab einen gequälten Ton von sich, als Haldoran das Gewehr an seine Schulter legte und sich aufs Schießen vorbereitete.

Seine Wut unterdrückend, gab Haldoran sich damit zufrieden, Michael einen Tritt in den Bauch zu versetzen, wodurch der wieder umfiel. »Es ist für Sie leicht zu spotten, aber Sie sollten sehen, wer hier das Sagen hat.«

»Mit Hilfe anderer.« Michael keuchte, als er wieder zu Atem gekommen war. »Ich habe eine Menge Sträflinge wie Ihre Männer befehligt, und ich habe einen gewissen Respekt vor ihnen. Es kostet Kraft und Klugheit, das Gefängnis zu überleben. Für Sie, Haldoran, habe ich nichts als Verachtung. Sie sind ein Maulheld, der sich an Frauen und Kindern vergreift. Sie wagen es gar nicht, sich einem Mann zu stellen, der Ihnen gewachsen sein könnte.«

»Bastard!« knurrte Haldoran. »Ich könnte Sie in jedem fairen Wettstreit besiegen, aber Sie sind es die Mühe nicht wert.«

»Armer Teufel!« Michael schüttelte mit übertriebenem Bedauern den Kopf. »Nicht nur ein Maulheld und Prahlhans, sondern auch ein Feigling. Ich bin überrascht, daß Sie sich überhaupt im Spiegel ansehen können.«

Haldoran trat ihn wieder, diesmal in die Rippen. Michael rollte über den Boden und stieß gegen das Sofa. Catherine erschauderte. Sie verstand nicht, warum er solche Brutalität herausforderte.

Wieder brauchte Michael mehrere Augenblicke, um zu Atem zu kommen, aber er gab nicht auf. »Alles, was Sie tun, bestätigt, daß ich recht habe«, keuchte er. »Wenn Sie nicht ein solcher Feigling wären, würde ich Sie zu einer Probe herausfordern, die Sie wirklich fordert. Aber die würden Sie nie akzeptieren. Sie haben Angst vor mir, und die sollten Sie auch haben.«

Haldorans Augen glitzerten, als er schnappte: »Und was sollte das für eine Herausforderung sein?«

»Eine Jagd, da Sie ja so ein toller Jäger sind.« Michaels Augen verengten sich, wurden wild. »Sie und ich auf der Isle of Bone. Geben Sie mir fünf Minuten Vorsprung, und Sie werden mich nie fangen. Geben Sie mir einen Tag, und Sie sind ein toter Mann, selbst wenn Sie bewaffnet sind und ich nicht.«

Catherine hielt den Atem an. Sie verstand. Er versuchte, Zeit zu gewinnen und eine Chance zum Überleben zu bekommen.

Haldoran zögerte. Sein Blick wanderte zu Catherine. »Dieser Gedanke hat etwas von mittelalterlicher Großartigkeit an sich«, fuhr Michael fort. »Sie und ich stehen uns im Duell gegenüber, und der Sieger bekommt die Dame. Catherine wird Ihnen keinen Ärger machen, wenn es Ihnen gelingt, mich zu töten. Sie wollte mich nicht hierhaben. Als ich hereinkam, sagte sie mir, ich solle gehen, daß ich alles ruinieren würde.«

Haldorans Ärger flammte wieder auf. »Lügner. Sie war bereit, mit Ihnen aus dem Fenster zu steigen.«

Seine Lippen wurden weiß, während er von Michael zu Catherine schaute und dann wieder zurück. Dann verzogen sie sich zu einem grausamen, triumphierenden Lächeln. »Ich habe Ihnen überhaupt nichts zu beweisen, Kenyon. Ein Duell gehört ins Mittelalter. Ich bevorzuge die Freuden der Jagd. Wir werden nach Bone gehen, aber es werden ich und Doyle sein, die Sie und meine hinterlistige Cousine verfolgen, und nur die Schafe und die Möwen werden Zeugen dessen sein.«

Michaels Gesicht erblaßte, verriet großen Schmerz.

»Das macht Ihnen Angst, nicht wahr?« sagte Haldoran, dessen Stimme fast wie ein Singsang klang. »Allein könnten Sie mir vielleicht für eine gewisse Zeit entkommen, aber nicht, wenn Catherine bei Ihnen ist, die Ihre Flucht verlangsamt. Sie werden dazwischen wählen müssen, sie im Stich zu lassen, um Ihre eigene Haut ein paar Stunden länger zu retten, oder zu bleiben und gemeinsam zu sterben. So oder so werden Sie sterben, und ich werde das Vergnügen haben, die entscheidende Beute zu jagen.«

»Sie sind ein Narr, eine Frau, die so wunderschön ist wie Catherine, zu töten«, erwiderte Michael. »Eine Frau wie sie ist die ultimative Trophäe. Jeder Mann wird Sie um sie beneiden, wenn Sie sie heiraten.«

Haldoran lächelte. »Richtig, aber ich bezweifle ihre Treue doch sehr. Sie gehört zu der Sorte, die jahrelang unterwürfig ist und dabei auf den richtigen Augenblick wartet, um mir ein Stilett in die Rippen zu jagen. Ihre Tochter wird gefügiger sein.«

Mit leiderfüllter Stimme sagte Catherine: »Ich schwöre jeden Eid des Gehorsams, den du haben willst, wenn du versprichst, Amy nicht anzurühren.«

»Ich will sie anrühren. Die Vorstellung, eine Jungfrau nach meinem Willen zu formen, ist überaus verlockend.« Haldoran lächelte wieder, und diesmal kam das Lächeln aus den Tiefen seiner schwarzen Seele. »Das Wissen darum, daß meine fromme Cousine Catherine mich im Sterben verfluchte, wird dem zusätzliche Würze geben.«

Sie warf Michael einen feurigen Blick zu. Seine grünen Augen brannten. Sie konnte ihn fast sagen hören, daß sie die Hoffnung nicht aufgeben sollte.

Eine gewisse Ruhe erfüllte sie. Michael hatte drei Männer fast alleine besiegt, und sie war weit weniger hilflos, als ihr Cousin glaubte. Gewiß würde sie sich nicht freiwillig abschlachten lassen. »Schade, daß du nicht in die Armee eingetreten bist, Clive. Ein Offizier wie mein Vater oder Michael hätten aus dir vielleicht einen Mann gemacht.«

Boshafter Widerwille zeigte sich in seinem Gesicht, während er sein Gewehr zur Tür richtete. »Bewegt euch, ihr zwei. Wir müssen Skoal vor der Dämmerung verlassen. Versucht nicht, um Hilfe zu rufen. Meine Männer und ich können leicht mit einer Handvoll unbewaffneter Diener fertig werden, aber ich möchte sie nicht töten müssen. Mein kleines Königreich braucht all seine Untertanen.«

Michael stand unter Schmerzen auf. »Ich begreife, daß Fairneß kein Charakterzug von Ihnen ist, aber Sie sollten Catherine wirklich erlauben, ihre Kleidung zu wechseln. Es wird eine feuchte, kalte Jagd werden.«

Haldoran zuckte die Schultern. »Wenn sie mag, kann sie sich eine Reithose anziehen. Ich genieße es sogar sie darin zu sehen. Aber ich werde ihr nur zehn Minuten geben, um auf ihr Zimmer zu gehen und sich umzuziehen. Wenn sie nicht fertig ist, muß sie so gehen, wie sie ist.«

Catherines Gedanken rasten, während ihr Cousin sie zu ihrem Zimmer geleitete. Sie hatte tatsächlich die Reithose, die sie auf der iberischen Halbinsel getragen hatte, wo die Bedingungen besonders schwer gewesen waren, mit nach Skoal genommen. Sie würde es ihr erleichtern, um ihr Leben zu laufen. Mit etwas Glück, würde es ihr auch gelingen, einige kleine Gegenstände heimlich einzustecken.

Schade nur, daß es in ihrem Zimmer keine Waffe gab.

33. Kapitel

Es war eine wunderschöne Morgendämmerung zum Segeln, mit indigoblauen Wolken, die karmesinrot und lachsrosa gesäumt waren. Doch die wirbelnden Wasser und die lebensgefährlichen Felsen wurden dem gefährlichen Ruf des Kanals gerecht. Catherine hätte die Fahrt sicher beunruhigend gefunden, wäre eine andere Gefahr nicht weit drohender gewesen.

Dadurch, daß Haldoran von der Insel kam, war er ein guter Seemann. Als die Sonne sich über den Horizont schob, steuerte er sein Boot geschickt zwischen die Riffe hindurch und bellte Doyle und einem anderen seiner Männer, einem wieselgesichtigen Burschen namens Spiner, Befehle zu. Der Sträfling mit dem gebrochenen Kiefer kurierte seine Verletzung auf Ragnarök.

Catherine fühlte sich sehr allein und verängstigt. Haldoran hatte Wert darauf gelegt, sie und Michael in Positionen anzubinden, von wo aus sie sich nicht sehen konnten. Sie war allerdings im Blickfeld ihres Cousins. Sie setzte jedesmal eine teilnahmslose Miene auf, wenn sein gieriger Blick über ihre Beine streifte, die in Reithosen steckten. Falls er sie lebend fing, würde er sie sicher vergewaltigen, bevor sie starb.

Aber ihr maskulines Äußeres würde später nützlich sein. Außer Reitstiefeln und brauner Reithose trug sie, Michaels Vorbild folgend, eine Strickjacke, die das Geschenk einer älteren Inselbewohnerin gewesen war. Das Kleidungsstück war aus ungefärbter Wolle in Farben gefertigt, die von Hellweiß bis Dunkelbraun reichten. Das sollte ihr helfen, in der Landschaft nicht aufzufallen.

Nur allzu schnell erreichten sie Bone. Das Boot glitt in eine kleine Bucht, die von steilen Hügeln umgeben war. Es war ein abgeschiedener Ort, und das einzige Geräusch war das Platschen der Wellen auf dem Kiesstrand und das schrille Schreien der Möwen. Haldoran machte das Boot ordentlich an einer primitiven Mole fest. Dann schnitt Doyle den Gefangenen die Fesseln durch und stieß sie grob aus dem Boot. Spiner blieb dort. Er hatte den Befehl, das Boot zu bewachen, während sein Herr jagte.

Catherine hatte auf dem Boot nicht viel Platz gehabt. Ihre Muskeln waren verkrampft, und deshalb wankte sie, als sie auf die Mole trat. Michael fing sie auf, bevor sie fallen konnte, schlang dann einen Arm um ihre Taille und führte sie zu dem Kiesstrand. »Sieh zu, daß dein Körper beweglich wird, damit du rennen kannst, wenn die Zeit kommt«, befahl er.

Das Blut war in seinem Haar getrocknet, und sein

Gesicht war dunkel von Ruß und blauen Flecken, aber er sah großartig und gefährlich aus, wie ein alter Kriegerkönig. Mit scharfem Blick musterte er die Hügel, schätzte die Bedingungen ein. Sein Anblick gab Catherine einen Schimmer von Hoffnung. Sie begann, ihre Glieder zu beugen und zu strecken.

Nachdem Haldoran sein teures Jagdgewehr und die Munitionstasche an sich genommen hatte, folgte er ihnen zu dem Kiesstrand. »Sie sagten, Sie könnten mir entkommen, wenn Sie fünf Minuten Vorsprung haben, aber ich will großzügig sein und Ihnen zehn Minuten geben. So lange werden Sie mindestens brauchen, bis Sie außer Sicht sind.«

Michael betrachtete ihn kühl. »Da Sie die Insel kennen und wir nicht, besteht die Chance, daß Sie vielleicht gewinnen. Aber darin werden Sie keine Befriedigung finden. Für den Rest Ihres Lebens müssen Sie mit dem Wissen leben, daß ich der bessere Mann war. Der einzige Weg, wie Sie mich besiegen konnten, war, die Karten zu Ihren Gunsten zu geben.«

»Das klingt, als hätten Sie sich bereits mit einer Niederlage abgefunden und bereiteten Ihre Ausreden vor«, sagte Haldoran spöttisch. »Versuchen Sie wenigstens, mir eine gute Jagd zu bieten, Kenyon. In letzter Zeit war es auf der Insel verdammt langweilig.« Er zog eine Uhr aus seiner Tasche. »Sie haben zehn Minuten, von *jetzt* an.«

So schnell? Catherine starrte ihn an. Obwohl ihr Cousin erklärt hatte, was er beabsichtigte, hatte sie die brutale Tatsache nicht wirklich erfaßt, daß sie binnen der Dauer eines Herzschlages von einer gewöhnlichen, zivilisierten Frau zur Beute werden würde.

Michael, der an Barbarei erheblich mehr gewöhnt war, hatte das Problem nicht. »Zeit zu gehen, meine Liebe.«

Er ergriff ihre Hand und zog sie vorwärts. »Wir werden diesen Pfad nach links nehmen.«

Ihre Lähmung löste sich, und sie stellte sich mit schnellem Schritt neben Michael. Schnell konnten sie auf den runden Steinen des Strandes nicht laufen. Nachdem sie das umgebende Grasland erreicht hatten, beschleunigten sie ihr Tempo. Michael lief neben ihr und hielt mühelos mit ihr Schritt.

Es dauerte ungefähr zwei Minuten, um den Fuß des Wildpfades zu erreichen, der im Zickzack zu dem steilen, klippenähnlichen Hügel emporführte. Sie verzagte beim Anblick des schmalen Weges. Sie würde nie in der ihnen eingeräumten Zeit bis nach oben gelangen.

»Du zuerst«, sagte Michael. »Lauf nicht so schnell, daß du auf halbem Wege nach oben erschöpft bist.«

Sie weigerte sich. »Du gehst vor. Durch mich wirst du nur langsamer.«

»Wir stehen oder fallen gemeinsam, Catherine.« Er gab ihr einen Klaps auf ihre Kehrseite, als sei sie ein nervöses Pony. *»Beweg dich.«*

Sie begann zu klettern. Die Jahre des Lebens im Felde hatten sie körperlich abgehärtet, und in Friedenszeiten war sie aktiv geblieben, indem sie spazierengegangen und geritten war. Doch obwohl sie für eine Frau stark war, würde sie nie mit einem Mann wie Michael mithalten können. Haldoran hatte recht gehabt – wenn Michael bei ihr blieb, würde ihn das ebenfalls das Leben kosten. Doch um der Ehre willen, würde er sie niemals verlassen. Das Wissen darum, daß sein Überleben von ihrer Leistung abhing, bestärkte sie in ihrer Entschlossenheit.

Das Gras war feucht, und sie rutschte mehrere Male aus. Sie hielt den Blick auf den Pfad gerichtet. Ein verstauchter Knöchel bedeutete das Todesurteil.

Als sie die Mitte des Pfades erreicht hatte, kam ihr Atem in schweren Stößen, und ihre Beine zitterten vor Anstrengung. Die Stelle zwischen ihren Schulterblättern begann zu jucken. Wie viele Minuten waren verstrichen? Sechs? Sieben? Solange sie auf dem Hügel waren, befanden sie sich in tödlicher Gefahr.

Haldorans Stimme dröhnte auf, hallte drohend über die Bucht. »Acht Minuten vorbei, und ihr seid noch immer ein leichtes Ziel.«

»Halt dich nicht damit auf, dir Sorgen zu machen«, schnappte Michael. »Wenn er schießt, wird er zuerst auf mich zielen, und auf diese Entfernung wird er wahrscheinlich fehlen.«

Trotz der Aufforderung, sich nicht zu sorgen, begann in ihren Gedanken eine Uhr zu ticken, welche die Sekunden zählte. *Zwölf, elf* ... Sie keuchte und krümmte sich, als ein schmerzhafter Stich durch ihre Seite schoß. Sie richtete sich auf, zwang sich, den Schmerz zu ignorieren und weiterzugehen. *Fünfunddreißig, sechsunddreißig* ...

Wieviel weiter noch? *Fünfzig, einundfünfzig* ... Sie blickte auf und sah verzweifelt, daß nicht mehr genug Zeit war. *Zweiundsechzig, dreiundsechzig* ... Sie wankte und war kurz vorm Zusammenbruch.

Michael sagte scharf: »Denk an Amy.«

Energie aus irgendeiner unbekannten Reserve erfüllte sie. Die Kuppe des Hügels war verlockend nah. *Hunderteins, zwei, drei* ... Die Steigung wurde steiler. Sie griff in die dichten Grasbüschel und benutzte sie, um sich daran nach oben zu ziehen. Ihre Lungen brannten, lechzten verzweifelt nach Luft. *Fünfzehn, sechzehn* ...

Die Uhr in ihrem Gehirn erreichte zwei Minuten. Nur wenige Meter noch, und sie würden außer Gefahr sein, aber Haldoran konnte jeden Augenblick beginnen zu schießen.

Die Steigung ließ nach, und der Pfad wurde breiter. Michael kam auf ihre Höhe und legte seinen Arm um ihre Taille. Er trug sie praktisch das letzte Stück. Kaum hatten sie die Kuppe des Hügels erreicht, ließ er sie zu Boden fallen. Der schreckliche Knall des Gewehrs dröhnte auf, noch bevor sie im Gras lagen. Fast gleichzeitig markierte aufspritzende Erde die Stelle, wo die Kugel nur wenige Schritte hinter ihnen eingeschlagen war.

»Das ist ein gutes Gewehr, und er ist ein guter Schütze«, keuchte Michael. »Aber wir haben die erste Runde gewonnen. Wir sollten ein paar Schritte weitergehen. Dann können wir für eine Minute ausruhen.«

Sie nickte wortlos und kroch auf Händen und Knien über das Gras, bis sie hinter der Kuppe waren. Dann drehte sie sich auf den Rücken, und ihre Lungen pumpten wie wild. Michael behandelte sie genauso, als sei sie ein besonders schwacher Soldat, der unter seinem Kommando stand. Zweifellos tat er gut daran, alles Persönliche zwischen ihnen zu vermeiden. Dennoch wäre sie unendlich dankbar für jedes Wort oder jede Berührung gewesen, die gezeigt hätten, daß sie sich geliebt hatten.

Michael atmete ebenfalls schwer, aber er hielt seinen Kopf oben und musterte mit kalter Konzentration ihre Umgebung. »Eine Sache, die dich vielleicht ein bißchen aufmuntern wird. Ich habe dem Bootsmann, der mich nach Skoal brachte, einen Brief übergeben. Er sollte ihn nach London senden, falls ich bei Morgendämmerung nicht wieder bei ihm wäre. Da ich nicht zu unserem Rendezvous gekommen bin, ist der Brief unterwegs zu meinem Freund Lucien. Ich habe meinen Verdacht erklärt und ihn gebeten, Nachforschungen anzustellen, falls ich verschwinden sollte. Er war jahrelang Chef der Spionageabteilung der Regierung, deshalb wird er herausfinden können, was passiert ist, und angemessene Maßnahmen gegen Haldoran einleiten.«

Sie hob ihren Kopf, von verzweifelter Hoffnung erfüllt. »Wird er Amy befreien können?«

»Das garantiere ich. Es wird ein wenig dauern, aber sie wird nicht in Haldorans Händen bleiben.«

»Dem Himmel sei Dank.« Obwohl es eine ungeheure Erleichterung war, zu wissen, daß ihre Tochter nicht lange ein Opfer sein würde, war der Gedanke an das, was zuvor geschehen könnte, entsetzlich. Catherine blieb noch für ein Dutzend Herzschläge still liegen, richtete sich dann auf und betrachtete die Insel.

Bone war ein wilder, öder Fleck, der sie an die Moore von Yorkshire erinnerte. Es gab nur eine Handvoll gebeugter Bäume, nicht genug, um die Kraft der unaufhörlichen Seewinde zu brechen. Das rechte Ende der Insel stieg zu zerklüfteten Hügeln an. Doch ansonsten bestand die Landschaft aus einer Hochebene von Felsen und frischem, grünen Gras, das von den Tieren abgefressen war.

Die flauschigen grauen Konturen mehrerer hundert Schafe waren über das Plateau verteilt, eine größere Herde befand sich nur wenige hundert Meter zu ihrer Linken. Dazu gab es einige Rinder, stämmige rostbraune Tiere mit langen Hörern und struppigen Fellen. »Da gibt es nicht viele Verstecke. Sollen wir zu den Hügeln gehen?«

»Haldoran wird vermutlich annehmen, daß wir diesen Weg nehmen. Es ist besser, nach links zu gehen, durch die Schafherde hindurch. Der Boden ist unebener, als es scheint. Deshalb gibt es viele Stellen, um sich zu verbergen. Wir haben außerdem Glück, daß das Gras so elastisch ist. Wenn wir vorsichtig sind, wird es fast unmöglich sein, unsere Spur zu verfolgen.«

Müde stand sie auf. »Nach Ihnen, Colonel. Du hast die Verantwortung für Strategie und Taktik.«

Michael ging schnell, bis sie sich der Herde genähert hatten. Dann verlangsamte er seinen Schritt, um die Schafe nicht zu erschrecken, was ihre Verfolger alarmieren würde. Bei dem gemächlichen Gang begann Catherines Haut zu kribbeln. Wie lange würde es dauern, bis die Jäger die Hochebene erreicht hatten?

Nachdem sie durch die Herde gegangen waren, beschleunigten sie ihren Schritt. Michael hatte recht, was die Unebenheit des Bodens betraf. Sanfte Anhöhen und Senken boten mehr Deckung, als sie erwartet hatte.

Als der Rand der Klippe nicht mehr zu sehen war, bog er nach links ab und lief zurück, bis sie sich hinter einer kleinen Kuppe befanden, die von flachem Gestrüpp gekrönt war. »Warte hier«, sagte er ruhig. »Wenn ich es richtig beurteilt habe, sollten wir sehen können, ohne gesehen zu werden.«

Er ging gebückt zu der Kuppe und kroch bäuchlings weiter, als er das Gestrüpp erreicht hatte. Eine Minute später flüsterte er: »Erfolg. Wenn du selbst schauen willst, komm vorsichtig her.«

Sie duckte sich und schlich zu ihm. Die Kuppe bot einen freien Blick auf die Stelle, an der sie auf die Hochebene gelangt waren. Die kleinen Gestalten von Haldoran und Doyle waren jetzt dort zu sehen. Beide schienen nach dem Aufstieg um Atem zu ringen. Beide trugen Gewehre. Ihr Cousin musterte langsam das Plateau, deutete dann auf die Hügel. Die beiden Männer machten sich schnell auf den Weg, entfernten sich von ihrer Beute.

Sie stieß einen tiefen Seufzer der Erleichterung aus. Sie hatten die zweite Runde gewonnen, und das verschaffte ihnen eine Atempause. Sie sprach mit leiser Stimme, obwohl die Jäger sie auf diese Entfernung unmöglich hören konnten, und fragte: »Hast du einen Plan?«

»Vermeiden, erwischt zu werden«, sagte Michael trokken. »Ich habe keine Pläne, nur Zufälligkeiten. Ein heftiger Sturm braut sich zusammen, wahrscheinlich wird er heute abend losbrechen. Der wird uns helfen. Die Insel wird kein angenehmer Aufenthaltsort sein, wenn der Sturm tobt. Wahrscheinlich werden Haldoran und seine Männer nach Skoal zurückkehren, um zu vermeiden, in den Sturm zu geraten.«

»Ich denke, es wäre wohl zuviel der Hoffnung, daß sie auf der Rückfahrt ertrinken. Besteht irgendeine Chance, daß der Schuß, den Clive abgefeuert hat, auf Skoal Aufmerksamkeit wecken wird?«

»Da der Wind von Osten weht, nicht. Selbst wenn ein Fischer ihn gehört hat und nachforscht, würde uns das nicht helfen. Dein Cousin würde eine plausible Lüge zur Hand haben, warum er hier ist. Wenn das nicht funktioniert, wird er fraglos nicht zögern, zu morden.«

Sie hätte wissen sollen, daß Michael die Möglichkeiten bereits durchdacht hatte. »Wie, glaubst du, stehen unsere Chancen für ein Überleben? Die Wahrheit, bitte.«

»Das ist schwer zu sagen.« Sein Gesichtsausdruck war besorgt. »Ich glaube, daß es möglich ist, sich ewig zu verstecken und von dem Land zu leben, aber Haldorans Geduld wird nicht länger als einen oder zwei Tage andauern. Ich fürchte, daß er Hunde herbringen wird, um uns aufzuspüren.«

Dieser Gedanke ließ sie erschauern. Hunde, die an ihren Fersen bellten ... »Besteht eine Möglichkeit, das Blatt zu wenden?«

»Vielleicht. Ich möchte mir die Beschaffenheit des Landes genau ansehen. Es gibt vielleicht eine Stelle für einen Hinterhalt, obwohl es nicht leicht sein wird, zwei bewaffnete Männer zu überwältigen.« Er blickte auf das Meer hinaus, und seine Augen wurden schmal. »Als letzter Ausweg bestünde vielleicht die Möglichkeit, nach Skoal zu schwimmen.«

Sie starrte ihn an. »Ist das dein Ernst? Der Kanal zwischen den Inseln ist bekanntlich gefährlich. Ich kann ein bißchen schwimmen, aber in rauher See würde ich eine solche Strecke nie schaffen.«

»Mir könnte es vielleicht gelingen. Wenn ich Erfolg hätte, könnte ich dir Hilfe schicken.« Er runzelte die Stirn. »Aber ich möchte dich lieber nicht alleinlassen.«

Der Gedanke erschreckte sie. Nicht nur, daß Michael gegen kaltes Wasser, Felsen und heimtückische Strömungen ankämpfen müßte, wahrscheinlich würde er auch versuchen müssen, nachts hinüberzuschwimmen, um nicht gesehen zu werden. Die Chancen dafür, daß er das überlebte, standen nicht gut. »Schwimmen ist definitiv der letzte Ausweg.«

Er zuckte die Schultern. »Beim Versuch zu fliehen, zu ertrinken, wäre besser, als erschossen zu werden wie ein Tier.«

Er zog sich verstohlen aus dem Gestrüpp zurück. Catherine folgte ihm den Hang hinunter. An dessen Fuß befand sich ein winziger Bach. Er preßte seine Handflächen in das schlammige Ufer und fuhr dann mit unpersönlichen Händen über ihre braune Reithose, um sie einzuschmieren. »Du wirst schwerer zu entdecken sein, wenn dunkle Flecken die helle Farbe brechen. Schmier dir auch etwas ins Gesicht. Wenn wir irgendwo hellen Lehm finden, werde ich den dazu benutzen, meine dunkle Kleidung zu beflecken.«

»Du scheinst viel davon zu verstehen, wie es ist, gejagt zu werden.«

Er schnitt eine Grimasse. »Einmal, als unerfahrener Offizier in Spanien, wurde ich während eines Spähtrupps von meinen Männern getrennt. War nicht meine beste Stunde. Die Franzosen erfuhren, daß ein britischer Offizier sich hinter ihre Linien verirrt hatte und organisierten eine Menschenjagd. Obwohl ich ihnen drei Tage lang entkommen konnte, wurde ich schließlich gefangengenommen. Es gelang mir, zu fliehen, aber die anderen Offiziere meiner Kompanie zogen mich gnadenlos auf, weil ich so ungeschickt gewesen war. Es war eine sehr ernüchternde Erfahrung.«

Sie lächelte ein wenig, obwohl ihre Stimmung ernst war. Sie hatte Michael soviel Ärger bereitet wie jedem anderen, der ihr nahestand. Colin war ihretwegen gestorben, und Michael starb vielleicht ebenso, und Amy war eine Gefangene, die einer entsetzlichen Zukunft entgegensah. Rein vernunftsmäßig wußte Catherine, daß sie für Haldorans Boshaftigkeit nicht verantwortlich war – aber dennoch hatte sie ein fast erdrückendes Schuldgefühl.

Sie sah Michael an, der sich den Lehm von den Händen wusch. Er würde sein Bestes geben, um sie aus all dem lebend herauszubringen. Um der Ehre willen würde er wahrscheinlich sein Leben opfern, um ihres zu retten. Aber nach all dem, was geschehen war, würde er sie nicht mehr in seinem Leben haben wollen. Sie hatte ihre Pfeile wohlgesetzt, als sie ihn fortgeschickt hatte, und das zerbrechliche Vertrauen, das in ihm gewachsen war, war zerstört, vermutlich irreparabel.

Doch eines mußte getan werden, solange noch Zeit dazu war. »Ich bedauere all diese schrecklichen Dinge, die ich sagte, als ich dich aufforderte, Skoal zu verlassen. Vielleicht hätte es einen anderen Weg gegeben, aber mir fiel keiner ein.« Sie erschauerte, als die ganze Qual dieser Szene ihr wieder lebhaft ins Bewußtsein drang. »Colin starb meinetwegen«, sagte sie steif. »Ich hätte es nicht ertragen, auch noch der Grund für deinen Tod zu sein.«

Er bedeutete ihr, loszulaufen. »Mach dir wegen Colins Tod keine Vorwürfe. Es war Haldoran, der den Abzug betätigt hat.«

Ihre Lippen wurden schmal, als sie neben Michael in Schritt fiel. Obwohl sie verstandesmäßig wußte, daß er recht hatte, fühlte sie sich dennoch nicht besser. »Die Tatsache bleibt, daß Colin nicht tot wäre, wäre er nicht mit mir verheiratet gewesen.«

»Nein?« Michael hielt den Zweig eines Strauches fest, so daß sie vorbeigehen konnte. »Er sagte selbst, daß er und Charles bei Waterloo gefallen wären, wenn ich ihm nicht mein Pferd geliehen hätte. Dieses Ausleihen war ein direktes Ergebnis der Tatsache, daß du mir großzügigerweise erlaubtest, euer Quartier zu teilen. Aus dem Grunde wollte ich nicht erleben, daß dein Mann etwas absolut Dummes tat. Deinetwegen lebt Charles noch, und Colin hat fast noch ein ganzes Jahr zum Leben gewonnen.«

Sie runzelte die Stirn. »Ich bin nicht sicher, ob das einen Sinn ergibt.«

Er zuckte die Schultern. »Es ergibt ebensoviel Sinn wie der Umstand, daß du dich wegen etwas quälst, was du nicht hättest ändern können. Ich kannte Colin nicht gut, aber ich glaube nicht, daß er gewollt hätte, daß du den Rest deines Lebens mit Schuldgefühlen verbringst.«

Michael hatte recht. Colin war nicht so kleinlich gewesen. Sie schenkte ihrem Begleiter einen schiefen Blick. »Danke für alles«, sagte sie leise. »Dafür, daß du so klug warst, Probleme zu sehen, und mutig genug, dich dem Drachen zu stellen.«

»Hoffen wir, daß meine Fähigkeiten im Drachentöten gut genug sind«, sagte Michael ironisch.

Seinem Gesichtsausdruck nach zu urteilen, vermutete sie, daß sie das Falsche gesagt hatte. Da sie die Freudlosigkeit in seinen Augen ausradieren wollte, sagte sie: »Es ist mir gelungen, eine Zunderbüchse und ein Taschenmesser mitzubringen.« Sie griff unter den Kragen ihrer schweren Strickjacke und nahm den kleinen Beutel heraus, den sie aus einem Schal gebunden und zwischen ihren Brüsten getragen hatte. »Es tut mir leid, daß ich keine bessere Waffe zur Verfügung habe.«

Michael blieb stehen, und seine Freudlosigkeit wich Interesse. »Die Chancen für unser Überleben haben sich gerade verbessert. Ich hatte ein Messer und eine Pistole, aber Haldorans Männer fanden sie, als sie mich auf Skoal durchsuchten.« Er klappte das Taschenmesser auf und prüfte die Klingen. »Ich werde später einen Stein suchen und sie etwas schärfen, aber dies genügt, um einem Mann die Kehle durchzuschneiden.«

»Ich bin froh, daß du es billigst. Ich bin sicher, du verstehst mehr vom Kehlenaufschneiden als ich.«

Er klappte das Messer zu und ließ es in seine Tasche gleiten. »Und nochmals Glück – ich war nicht sicher, was ich vorfinden würde, wenn ich auf die Insel gelangte. Deshalb versuchte ich, vorbereitet zu kommen. Doyle fand meine Pistole und mein Messer, aber nicht das Seil, das ich um meine Hüfte gewunden habe. Ich brachte es mit, weil ich dachte, es könnte nützlich sein, um sich von einer Klippe abzuseilen oder ins Schloß einzubrechen.« Er lächelte leicht. »Obwohl ich das Seil dafür nicht brauchte, hat es mir doch etwas Schutz vor Haldorans Tritten gegeben.«

Er wirkte durch die Dicke seiner Jacke schwerer, als er tatsächlich war. Doyle waren die Seilwindungen beim Abtasten nach Waffen entgangen. »Gut. Du hast genug erlitten.«

»Bis das vorbei ist, wird es noch mehr geben«, sagte er trocken. »Es ist Zeit zum Erkunden. Dem Reiseführer zufolge, den ich auf dem Weg nach Skoal gelesen habe, hat Bone einige Besonderheiten, die nützlich sein könnten.«

»Welche sind das?«

»Seehöhlen. Ich will nicht an einem Ort, der nur einen Zugang hat, gefangen sein, aber wenn der Sturm so schlimm wird, wie ich befürchte, brauchen wir Schutz. Eine Höhle ist vielleicht unsere einzige Wahl.«

Catherine zog die Brauen zusammen. »Mein Großvater erwähnte einmal eine Höhle am Westende von Bone. Sie ist die größte auf den Inseln und kann nur bei Niedrigwasser erreicht werden. Er sagte, wir sollten sie vor der Rückkehr aufs Festland unbedingt besuchen. Aber mein Cousin wird sie auch kennen. Deshalb dürfte sie nicht sicher sein.«

»Richtig, aber es sollte andere geben. Vielleicht gibt es auch noch Gebäude aus der Zeit, als Bone bewohnt war. Je mehr wir über die Insel wissen, desto besser.« Er steckte die Zunderbüchse sein. »Sollen wir uns umschauen, was wir finden können?«

Sie machten sich in entgegengesetzter Richtung zu den Jägern auf den Weg. Michael war ein Meister darin, sich unauffällig querfeldein zu bewegen, wobei er jede Deckung ausnutzte, die das Gelände bot. Obwohl seine langen Schritte entspannt waren, hielt er mit scharfem Blick ständig nach möglichen Gefahren Ausschau. Er hatte die Wahrheit gesagt, als er Haldoran auf Skoal geködert hatte: Michael war ein Fachmann, der seine

Fähigkeiten im gefährlichsten aller Spiele erlernt hatte. Haldoran war ganz gewiß kein Gegner für ihn.

Haldoran schaute finster auf die umliegenden Hügel. Sein Jägerinstinkt bohrte in ihm. Er fragte seinen Begleiter: »Wenn du versuchtest, dich auf dieser Insel zu verstecken, wohin würdest du gehen?«

Doyle blinzelte. Sein zernarbtes Gesicht wirkte verwirrt. »In diese Hügel. Der Rest dieses verdammten Felsens ist zu offen.«

Haldoran stieß in Gedanken einen Fluch aus. Jede Antwort, die Doyle einfallen würde, war zu naheliegend, um die richtige zu sein. »Kenyon ist den anderen Weg gegangen. Ich hätte das ahnen müssen.«

»Das Westende der Insel ist absolut kahl«, sagte Doyle zweifelnd. »In der Richtung habe ich weder Haut noch Haar von ihnen gesehen.«

»Es gibt dort Plätze für einen klugen Mann, um Deckung zu finden«, schnappte Haldoran. Er war wütend auf sich selbst, weil er nicht versucht hatte, so zu denken wie seine Beute. Er wirbelte herum und begann mit großen Schritten in die andere Richtung zu laufen. »Komm schon. Wir haben kostbare Zeit verloren.«

34. Kapitel

Mehrere Stunden der Erkundung bestätigten die Unfruchtbarkeit von Bone. Catherine und Michael liefen über die Insel und folgten der Küste ein Stück, doch abgesehen von mehreren längst verfallenen Bauernhäusern fanden sie keine Spuren von Menschen. Die Erde war dünn und überwiegend mit Gras sowie gelegentlichen Polstern von Wildblumen bewachsen. Die einzige dichte Vegetation fand sich in kleinen Senken, die vor dem Wind geschützt waren.

In der hübschesten dieser Senken fand sich ein wundervoller »Märchenwald« mit knorrigen Bäumen und einem hinreißend schönen Teppich von Glockenblumen. Als Catherine auf die Blumen schaute, mußte sie unwillkürlich daran denken, daß dies ein prächtiger Platz für ein Picknick wäre und um sich zu lieben. Aber sie hatten nichts zu essen, und sie waren kein Liebespaar mehr. Es war ein so kurzes Glück gewesen, vorbei fast schon, bevor es begann.

Michael warf ihr einen raschen Blick zu. »Setz dich für einen Moment. Du mußt erschöpft sein.«

Dankbar streckte sie sich zwischen den Glockenblumen aus. »Nicht gerade erschöpft, aber ermüdet.«

Statt sich wie Catherine auszustrecken, lehnte Michael sich an einen Baumstamm und war höchst wachsam. Wieder dachte sie an mittelalterliche Ritter und das Töten von Drachen, obwohl sie zu alt und verdreckt war, um eine passende Maid sein zu können.

Nachdem sie fünfzehn Minuten schweigend verbracht hatten, erhob er sich und reichte ihr seine Hand, um ihr auf die Beine zu helfen. Sie fühlte sich noch genauso müde wie zuvor. »Wäre dies ein guter Platz zum Bleiben?«

Er schüttelte den Kopf. »Die Bäume vermitteln ein falsches Gefühl von Sicherheit, und der Platz ist zu auffällig. Es besteht durchaus die Möglichkeit, daß Haldoran hier nach uns suchen wird.«

»Aber wir können nicht ewig laufen. Was wäre für uns der ideale Ort zum Verstecken?«

»Einer, an dem wir in alle Richtungen blicken können, ohne gesehen zu werden«, sagte er ohne zu zögern. »Es müßte auch mehrere Fluchtwege geben, so daß wir uns, falls erforderlich, sicher zurückziehen können. Dazu ein gutes Feuer und ein nettes Essen, bestehend aus Roastbeef und Yorkshirepudding.«

Sie stöhnte, obwohl sein sarkastischer Humor sie aufmunterte. »Mußtest du ausgerechnet das sagen? Ich war in den letzten Tagen zu besorgt, um viel essen zu können, und ich hatte seit gestern nachmittag nichts.«

»Tut mir leid. Wenn der Sturm Haldoran von der Insel vertreibt, werden wir Zeit haben, um nach Nahrung zu suchen.«

Sie näherten sich dem Rand der Senke. Er kauerte sich nieder und signalisierte ihr, zu warten, während er sich geduckt vorwärtsbewegte. Nachdem er in alle Richtungen geschaut hatte, winkte er sie zu sich.

»Wir müssen vorsichtiger sein«, sagte er leise. »Haldoran dürfte inzwischen bemerkt haben, daß wir nicht in den Hügeln sind. Er könnte bereits an diesem Ende der Insel sein. Wir sind sicher, solange wir es vermeiden, Aufmerksamkeit zu erwecken, aber wenn er uns einmal gesehen hat, dürfte es sehr schwer sein, ihn wieder abzuschütteln.«

Die Angst kehrte mit Macht zurück. »Zumindest ist dieser Sturm, den du vorhergesagt hast, unterwegs.«

»Das ist unser Vorteil. Sturm begünstigt den Gejagten.« Er warf einen kurzen Blick zum Himmel, wo dunkle Wolken sich zusammenballten. In der Zeit, die sie in dem Märchenwald zugebracht hatten, war der Wind stärker geworden. Ein paar tote Blätter vom letzten Herbst flogen vorbei. »Hoffen wir, daß dein Cousin beschließt, nach Skoal zurückzukehren, bevor der Sturm ausbricht.«

Und nach dem Sturm kam Haldoran vielleicht mit Hunden zurück, um sie aufzuspüren. Sie schüttelte den Gedanken ab. Sie mußten den heutigen Tag überleben, bevor der morgige ein Problem werden konnte.

Sie setzten die Erkundung der Insel im Zickzack fort. Catherine vermutete, daß Michael inzwischen jeden Baum, jeden Fels und jede Unregelmäßigkeit in dem Gebiet kannte, das sie durchlaufen hatten. Sie gelangten an einen Kamm und gingen um dessen Flanke herum. Michael war darauf bedacht, daß seine Silhouette sich nie vor dem Horizont abzeichnete.

Auf der anderen Seite des Hügels entdeckten sie ein kleines Tal, auf dessen Grund sich ein zerfallenes Dorf befand. »Zivilisation«, sagte Catherine ironisch.

»So zivilisiert, wie es auf Bone möglich ist. Es gibt aber auch andere, ältere Anzeichen für Besiedlung.« Michael deutete auf das linke Ende des Tales. Oben auf dem Kamm befand sich ein alter Druidenkreis. Die unregelmäßigen Steine ragten dramatisch vor dem bewölkten Himmel auf. Die kleine Herde von zottigen Rindern, die zwischen den Steinen und auf dem darunterliegenden Hügel graste, wirkte prosaischer.

Catherine, die mehr an praktischen Dingen interessiert war, sagte: »Obwohl es lange her ist, seit das Dorf verlassen wurde, könnte es noch Gemüse geben, das in den alten Gärten wild wächst. Außerdem sieht das da drüben wie ein Obstgarten aus. Vielleicht gibt es an einer so geschützten Stelle frühe Äpfel.«

Er musterte den Kreis der Hügel aufmerksam. »Es ist einen Versuch wert, aber wir sollten uns nicht aufhalten. Wir könnten da unten leicht in eine Falle geraten.«

Sie gingen den Hang zum Dorf hinunter. Längs der einzigen Straße lagen mehrere Dutzend Häuser verstreut. Alle waren einfache Steinovale, mit Gras gedeckt. Die Dächer waren schon lange eingefallen, ebenso viele Mauern. Unkraut und Blumen wuchsen in den Grenzen dessen, was einmal Häuser gewesen waren. Catherine versuchte sich vorzustellen, wie es gewesen sein mußte, hier zu leben. »Die Häuser sehen sehr primitiv aus.«

»Sie sind den ›Blackhouses‹ auf den Schottischen Hebriden ähnlich. Ich habe einmal eines besucht. Ein Torffeuer brannte in der Mitte des Hauses, und der Rauch zog aus einem Loch in der Mitte des Daches ab. Ein Rauchschwaden, der ein Pferd ersticken könnte, schwebte einen oder anderthalb Meter über dem Boden.« Er schnitt eine Grimasse. »Kein guter Aufenthaltsort für einen Asthmatiker.«

Etwas bewegte sich rechts von ihnen. Michael wirbelte herum, um sich dem zu stellen. Dabei tauchte das aufgeklappte Taschenmesser wie durch Zauberei in seiner Hand auf.

Ein Schaf trottete zwischen zwei eingefallenen Häusern hervor. Seine Kiefer mahlten ruhig. Michael entspannte sich und steckte das Messer wieder ein. »Das Tier hat Glück, daß wir keine Zeit haben, Feuer zu machen. Gebratener Hammel würde jetzt sehr gut schmekken.«

»Wirst du dich mit Äpfeln begnügen? Der Obstgarten ist in gutem Zustand. Die Leute, die Schafe scheren, müssen auch die Apfelbäume beschneiden.«

»Gebratener Hammel mit Äpfeln«, murmelte Michael. »Gedämpftes Kaninchen mit Äpfeln. Gebackener Fisch mit Äpfeln.«

Seine Laune ignorierend, ging sie zum Obstgarten voraus. Selbst ein ganz bescheidener Apfel würde jetzt wie Ambrosia schmecken.

Innerlich kochend, lief Haldoran westwärts über Bone. Doyle trottete gleichmütig in zweihundert Meter Entfernung parallel von ihm. Der Sträfling war ein Stadtmensch, kein echter Jäger, aber er konnte die Gewehre seines Herrn schnell nachladen, und er war ein guter Schütze, falls in irgendeiner Situation ein zweites Gewehr gebraucht werden sollte.

Haldorans Blick streifte immer wieder in alle Richtungen über die Insel. Obwohl sein Gefühl ihm bestätigte, daß es richtig gewesen war, das Hügelgebiet zu verlassen, mußte er doch Spuren seiner Beute finden. Er hätte Hunde mitnehmen sollen. Das würde er später tun, falls es nötig war.

Obwohl er an dem Endergebnis nicht zweifelte, war die Insel so groß, daß die Jagd lange dauern konnte. Das verdammte federnde Gras machte es fast unmöglich, Spuren zu finden. Und zu alledem sah es so aus, als ob ein Sturm aufkommen würde.

Seine Laune besserte sich nicht durch die Einsicht, daß er ein Narr gewesen war, sich ködern zu lassen und überhaupt in diese Jagd einzuwilligen. Da der Laird ernsthaft krank und Catherine verschwunden war, konnte er als nächster männlicher Verwandter des Laird nicht allzu lange von Skoal fernbleiben. Er hatte zwar eine Nachricht im Schloß hinterlassen, aus der hervorging, daß seine Cousine verschwunden war und er sich auf die Suche nach ihr gemacht habe, aber diese Entschuldigung konnte er nicht ewig aufrechterhalten.

Doch obwohl diese Jagd unklug war, bedauerte er sie eigentlich nicht wirklich. Er hatte sich immer eine Gelegenheit gewünscht, menschliches Wild zu jagen, und Kenyon war eine gerissene Beute. Was Catherine betraf – sie würde natürlich sterben müssen, aber mit etwas Glück würde er Zeit finden, zuerst ihren verführerischen Zauber zu genießen. Doyle würde ebenfalls die Gelegenheit begrüßen, eine Dame zu vergewaltigen, nachdem sein Herr fertig war. Der Gedanke war fast so verlockend wie die Aussicht darauf, Kenyon zu töten.

Die ersten deutlichen Spuren der Flüchtigen fand er im Märchenwald. Zertretene Glockenblumen zeigten, daß zwei Menschen eine Zeitlang hier Halt gemacht hatten. In dem Wissen, daß sie nicht weit weg sein konnten, schritt er eilig weiter.

Das alte Dorf lag voraus. Wenn sie dort waren, würde es leichter sein, sie in die Enge zu treiben, als in dem kleinen Tal. Jeder, der zu fliehen versuchte, wurde vor den kahlen, grasbewachsenen Flanken der Hügel zu sehen sein. Und mit einem speziell konstruierten Gewehr wie dem seinen lag das ganze Tal in Schußweite.

Er bedeutete Doyle, zu ihm zu kommen. Gemeinsam erstiegen sie den Hügel. Er machte keinen Versuch, ihre Annäherung zu verbergen. Ihm gefiel die Vorstellung, daß seine Beute voller Entsetzen floh.

Er blieb oben stehen und musterte die Talsohle. Dann stieß er einen Seufzer lüsterner Freude aus. »Eureka.«

Kaum sichtbar zwischen den Obstbäumen standen die Flüchtigen und aßen Äpfel. Narren. Er konnte sie beide von da aus töten, wo er stand. Aber das wäre zu leicht. Zu schnell.

Er hob sein Gewehr, spannte den Hahn und zielte. »Laß uns zuschauen, wie sie rennen, bevor ich sie erledige.«

Lächelnd betätigte er den Abzug.

Die Äpfel waren gut. Noch besser war es, Catherines unverhohlene Freude zu beobachten, während sie ihren zweiten Apfel aß. Michael spürte einen Schmerz von beschützender Zärtlichkeit, als sie einen Tropfen des Apfelsaftes von ihren Lippen leckte. Sie war die mutigste Frau, die er je gekannt hatte. Sie tat ohne Klage, was getan werden mußte, und machte ihm nie Vorwürfe dafür, daß er durch seine Rückkehr nach Skoal diese Katastrophe herbeigeführt hatte.

Sie schluckte den letzten Bissen. »Da es vielleicht nicht klug wäre, hierher zurückzukehren, sollten wir ein paar Äpfel mitnehmen.«

»Eine gute Idee.« Er trat von Catherine weg. Als er sich streckte, um Obst zu pflücken, dröhnte ein Schuß. Die Gewehrkugel schlug zwischen ihnen in den Baumstamm.

»Verdammt!« Er verfluchte sich heftig, weil er Catherine beobachtet hatte, statt auf die Hügel zu schauen, ergriff ihre Hand und zog sie in die Mitte des Obstgartens. Das Laubwerk würde sie vor Blicken von oben verbergen. »Wahrscheinlich werden sie herunterkommen, um uns zu folgen. Wir müssen uns also durch das Dorf zurückziehen.«

In ihren Augen war Furcht, aber ihre Stimme war ruhig, als sie fragte: »Werden sie uns nicht sehen, wenn wir versuchen, das Tal zu verlassen? Die Hügel bieten überhaupt keine Deckung.«

»Du hast recht. Obwohl es sehr riskant ist, glaube ich, es ist am besten, wenn wir uns in einem der zerfallenen Häuser verstecken. Ich habe vorhin eine geeignete Stelle bemerkt. Mit etwas Glück werden sie glauben, es sei uns gelungen, ungesehen aus dem Tal zu kommen.«

Sie bewegten sich wie Schatten und huschten durch den Obstgarten auf das Dorf zu. Michael bedeutete Catherine zu warten, während er sich weiterbewegte und die Hügelseite beobachtete, von wo der Schuß gekommen war. Wenn die Jäger sich getrennt hatten und einer oben mit einem Gewehr wartete, würde Michael ein leichtes Ziel sein. Aber beide Männer stiegen ins Tal hinab. Er erhaschte einen kurzen Blick von ihnen, kurz bevor sie hinter den Bäumen verschwanden. Den Flüchtlingen blieben allenfalls vier oder fünf Minuten, bevor die Jäger mit ihrer Durchsuchung des Obstgartens fertig waren und ihnen folgten.

Er winkte Catherine. Das Haus, das er zuvor bemerkt hatte, lag in der Mitte des Dorfes. Eine Wand war eingestürzt, so daß die anderen Enden der Dachsparren nur von der Rückwand getragen wurden. Efeu rankte üppig über die Balken und schuf so einen natürlichen Vorhang.

Catherine betrachtete das zeltförmige Gebilde zweifelnd. Es war offensichtlich, daß sie dies für ein auffälliges Versteck hielt. Er deutete auf die andere Seite der Mauer. Dort befand sich ebenfalls ein Efeuteppich, aber so dicht am Boden, daß es schien, als sei dort kein Raum, um sich darunter zu verbergen. Er hatte jedoch auch bemerkt, daß die Erde unter dem Efeu eingesackt war, vielleicht durch den Einsturz eines alten Rübenkellers. Dort sollte genügend Platz für sie sein.

Er hob den Efeu, so daß die kleine Höhle darunter sichtbar wurde. Catherine bückte sich und begann, rückwärts in das Loch zu kriechen. Ein kleines Geschöpf schoß aus dem Loch heraus und rannte davon, erschreckte die beiden zu Tode. Sie schlug eine Hand vor den Mund, um einen Aufschrei zu ersticken. Dann schob sie sich weiter in das Loch hinein und legte sich auf den Bauch. Er tat das gleiche und ordnete das Gras und den Efeu so, daß beides unberührt wirkte.

Die Höhle war feucht und roch nach Erde, und Ranken zogen an seiner Kleidung und seinem Haar, aber immerhin war gerade genug Raum für zwei Menschen, um Seite an Seite zu liegen. Er drückte sich gegen Catherine und legte einen Arm über ihre Schultern. Er tat dies nicht nur, um Platz zu gewinnen, sondern begrüßte die Gelegenheit, sie zu halten. Obwohl die Erde an seinem Bauch kühl war, war sie warm. Winzige Lücken in den Ranken erlaubten ihnen, ein wenig zu sehen. Inzwischen waren sie beide so mit Erde verschmiert, daß sie von draußen unsichtbar sein mußten.

Nach etwa zehn Minuten, die fast eine Ewigkeit währten, kamen die Jäger die Straße herunter. Die Flüchtlinge merkten es erst, als Doyle knurrte: »Wo können die Bastarde hingegangen sein?«

»Sie haben das Tal nicht verlassen, sonst hätten wir sie gesehen«, sagte Haldoran gelassen. »Und im Obstgarten sind sie nicht, denn den haben wir gerade durchsucht. Folglich müssen sie sich hier in dem alten Dorf verstecken.« Er hob seine Stimme. »Ich weiß, daß du mich hören kannst, Catherine. Komm jetzt heraus, und ich werde dich verschonen und Amy freilassen.«

Catherines Schultern spannten sich unter Michaels Arm an. Für einen Augenblick glaubte er, sie würde aufstehen und auf das Angebot ihres Cousins eingehen. Er könnte ihr keinen Vorwurf machen, wenn sie das tat. Wenn man Haldoran trauen könnte, täte sie besser daran, sich zu ergeben, als weiter bei dieser gemeinen Jagd mitzumachen.

Wenn man Haldoran trauen könnte. Michael würde einem tollwütigen Hund mehr vertrauen.

Aber Catherine versuchte nicht aufzustehen. Er wandte seinen Kopf um einen Bruchteil und sah, daß ihr Gesicht starr vor Wut war. Hätte sie ein Gewehr gehabt, Haldoran wäre ein toter Mann gewesen.

Die Jäger näherten sich mit weichen raschelnden Schritten. Durch die Lücken im Efeu konnte Michael Stiefel sehen, die zum Stehen kamen. »Du lernst einfach nicht, nicht wahr, geliebte Cousine?« sagte Haldoran langsam. »Doyle, schieß dort hinein. Das ist eine der wenigen Stellen, die groß genug ist, um zwei Menschen zu verbergen.«

Ein Gewehr knallte, und die Kugel schlug in die andere Seite der steinernen Wand, nur wenige Zentimeter entfernt. Splitter fielen auf die Flüchtigen hinab.

Hätten beide Jäger geschossen, hätte Michael einen Angriff in der Hoffnung gewagt, beide überwinden zu können, bevor sie nachladen konnten. Aber Haldoran war zu verschlagen. Nur ein Gewehr war abgefeuert worden, und den Geräuschen nach zu urteilen, wurde es sofort nachgeladen. Dann stocherte ein Gewehrlauf in dem Efeu auf der anderen Seite der Mauer. Das Metall kratzte über die Steine.

Catherine zitterte in seiner Armbeuge. Er festigte seinen Griff. Sich absolut lautlos bewegend, drehte sie ihren Kopf ein wenig und legte ihre Stirn an sein Kinn. Er spürte den schnellen Schlag ihres Pulses unter kühler, glatter Haut. Er schloß seine Augen, sehnte sich nach dem, was sie so kurz geteilt hatten, und nach dem, was hätte gewesen sein können. Es war schwer, sich eine Zukunft vorzustellen.

Sie blieben reglos, während die Jäger das Dorf durchsuchten. Es gab zwei weitere Gewehrschüsse, und einmal rannte ein erschrecktes Schaf wütend blökend davon. Schließlich kamen die Jäger wieder die Straße herauf. Doyle knurrte: »Sie müssen aus dem Tal geflohen sein, als wir den Obstgarten durchsuchten, My Lord.«

»Ich nehme an, du hast recht, obwohl es schwer zu glauben ist, daß sie so schnell rennen konnten«, erwiderte Haldoran gereizt. »Laß uns auf den Kamm steigen. Das Gelände um das Tal herum ist eben, so daß wir sie sehen müßten. Falls nicht, kommen wir zurück und suchen gründlicher.«

Das Geräusch der Schritte verschwand. Michael atmete aus und war fast berauscht vor Erleichterung. Catherine sagte mit kaum hörbarer Stimme: »Was nun? Wenn sie zurückkommen, haben wir vielleicht nicht wieder soviel Glück.«

»Ja, aber wenn wir das Tal verlassen, werden sie uns sofort sehen. Wir sitzen buchstäblich zwischen Baum und Borke fest.«

»Ich habe eine Idee«, sagte sie zögernd. »Meinst du, wir könnten uns zwischen den Rindern verstecken, die bei den Steinen grasen? Die Tiere, denen wir da begegneten, waren friedlich. Es störte sie nicht, als wir näherkamen.«

Sein Herz machte einen hoffnungsvollen Satz. »Das ist brillant! Wir werden Haldoran noch ein wenig Zeit geben, sich weiter zu entfernen, und es dann bei den Rindern versuchen.«

Es war ein gespanntes Warten. Warteten sie zu lange, würde Haldoran zurückkommen. Warteten sie nicht lange genug, würden sie vielleicht von oben entdeckt werden. Da der beste Augenblick nicht zu bestimmen war, verließ er sich auf seinen Soldateninstinkt.

Als er glaubte, es sei die richtige Zeit, kroch er unter dem Efeu hervor und schaute dabei in alle Richtungen. Nichts.

Er winkte Catherine zu sich. Sie bewegten sich vorsichtig die Straße hinunter, huschten, die Deckung ausnützend, von einem Haus zum nächsten. Weder im Dorf noch auf den Hügeln war eine Spur von den Jägern zu sehen.

Etwa ein Dutzend rotbrauner Rinder weidete auf der Hügelseite unterhalb des Druidenkreises, einige waren weiter oben. Nachdem Michael sich ein letztes Mal vergewissert hatte, daß im Augenblick keine Gefahr bestand, gab er das Signal zum Vorrücken. Gebückt rannten sie den Hügel hinauf und wurden erst langsamer, als sie sich den Rindern näherten. Eines wich ängstlich aus, aber die anderen warfen ihnen nur neugierige Blikke zu, bevor sie weiterfraßen.

Diese Rinder waren so fromm wie die, die sie vorhin gesehen hatten, wofür Michael dankbar war. Dennoch hielt er sicheren Abstand zu den langen Hörnern. Die zottigen Tiere waren den Rindern des schottischen Hochlandes ähnlich, die berühmt dafür waren, daß sie unter kärgsten Bedingungen gediehen.

Sie gelangten sicher auf die Kuppe des Hügels, wo mehrere Dutzend Rinder um die aufgerichteten Steine herum, die einen großen Mann um Kopfhöhe überragten, weideten. Sie wollten sich gerade in die Mitte der Herde begeben, als ein Schuß fiel, schnell gefolgt von einem anderen. Splitter flogen aus dem nächsten Druidenmonolithen. Michael schrie: »Geh hinter einen Stein!«

Sie liefen in verschiedene Richtungen und suchten Zuflucht hinter zwei nebeneinanderstehenden Monolithen. Michael duckte sich tief und spähte um die Ecke.

Die Jäger rannten um den Rand des Tales herum auf den Steinkreis zu. Ihre Gestalten zeichneten sich deutlich gegen den Himmel ab. Sie blieben stehen, gerade so lange, daß die größere Gestalt ihr Gewehr abfeuern konnte. Dann wechselte Haldoran die Waffen mit Doyle und feuerte wieder, während sein Diener nachlud. Nachdem sie die Gewehre wieder getauscht hatten, setzten sie die Jagd fort, wobei Doyle das zweite Gewehr im Laufen lud.

Eine der Kugeln streifte ein Rind. Nachdem es verärgert gemuht hatte, begann die nervöse Herde sich von den Jägern fort zu bewegen. Die nächsten Kugeln würde eine Stampede auslösen.

Michael warf einen Blick zu Catherine hinüber. »Wenn

ich dir auf den Rücken eines Rindes helfen würde, glaubst du, du könntest darauf sitzenbleiben, wenn es zu rennen beginnt?«

Sie blinzelte, bevor sie kurz »Ja« sagte.

»Dann laß uns mit der Herde gehen und sehen, ob wir Reittiere fangen können.« Gebückt und die aufgerichteten Steine als Schild benutzend, rannten sie zwischen den Rindern hindurch und achteten dabei auf die Hörner. Die Tiere bewegten sich schneller. Es würde bald unmöglich sein, sie zu fassen.

Michael deutete auf das Rind, das Catherine am nächsten war. »Das?«

Sie nickte und bewegte sich näher auf das Tier zu, rannte, um mit ihm Schritt zu halten. Michael blieb nur einen Schritt entfernt neben ihr. Als sie hochsprang, faßte er sie bei der Hüfte und warf sie so glatt, als ob sie das geprobt hätten. Sie landete auf dem Rücken des Tieres und schwang ein Bein darüber. Dann beugte sie sich vor und umfaßte mit ihren Händen die Hörner.

Vor Überraschung muhend, riß ihr Reittier den Kopf hoch und versuchte, seine Last abzuschütteln. Catherine klammerte sich wie eine Klette an seinen Rücken. Das Tier begann in vollem Galopp loszurennen und überholte Michael, der noch einen Augenblick länger bewundernd zuschaute. Wer hätte gedacht, daß eine Frau, die in einem Ballkleid so hinreißend schön aussah, auch so stark und so mutig sein könnte?

Dann war es Zeit für ihn, sich ein Reittier zu sichern. Fast die ganze Herde war schon vorbei, aber ein langbeiniger junger Stier setzte zum Überholen an. Er lief neben dem Tier her, hatte Mühe, mit ihm Schritt zu halten. Dann sprang er auf seinen Rücken und preßte sich flach auf die Kruppe, packte die Hörner ebenso, wie es Catherine getan hatte.

Dieser Stier war temperamentvoller als der andere, und er drehte sich und buckelte so wütend wie ein Pferd. Michael klammerte sich hartnäckig an ihn. Er wußte, daß es tödlich enden würde, wenn er stürzte. Nach einem kurzen, heftigen Kampf fand der Stier, daß es wichtiger sei, bei der Herde zu bleiben, als sich seiner unerwünschten Last zu entledigen. Er beruhigte sich und lief seinen Artgenossen hinterher.

Soweit, so gut. Aber jetzt, nachdem sie entdeckt worden waren, würde es sehr schwer sein, ihre Verfolger abzuschütteln. Während Michael sein Reittier mit Tritten zu schnellerem Tempo anspornte, überlegte er, was sie als nächstes tun könnten.

Doyle sagte verblüfft: »Sie reiten auf den verdammten Rindern!«

»Genial.« Haldoran schaute der davonrasenden Herde wütend nach. Seine Beute war bereits außer Schußweite. Nur wenige Augenblicke später war es unmöglich, festzustellen, auf welchen Rindern Reiter saßen. »Kenyon ist die herausforderndste Beute, die ich je verfolgt habe, und Cousine Catherine besitzt eine unerwartete Hartnäckigkeit. Aber die Rinder werden bald die Klippen erreichen. Wenn sie das tun, werden sie abbiegen, wahrscheinlich nach Westen, da sich da eine größere Fläche auftut. Wenn wir direkt zum Ende der Insel hinübergehen, können wir in aller Ruhe darauf warten, daß die Tiere ermüden.«

Wölfisch grinsend begann er, auf das Meer zuzulaufen. Das Ende der Jagd stand kurz bevor. Er hätte sich das um keinen Preis entgehen lassen wollen.

35. Kapitel

Catherine stellte fest, daß sie ihr Reittier ein bißchen dadurch lenken konnte, daß sie an seinen Hörnern zog. Sie riß den Kopf so zurück, daß der Unterkiefer des Tieres sich hob. Es muhte und wurde langsamer, fiel weiter hinter der Herde zurück. Ziehen am linken Horn veranlaßte das Rind, nach links zu laufen, wodurch sie in Rufweite zu Michael kam. Durch das Donnern der Hufe rief sie: »Wir werden bald die Küste erreichen. Sollen wir bei den Tieren bleiben, wenn sie abbiegen oder absteigen?«

»Wir sollten absteigen«, schrie er zurück. »An diesem Teil der Küste sind wir schon entlanggelaufen. Die Klippen sind nicht zu steil, und unten gibt es mehrere Strände. Wir können bis zum Wasser hinunterklettern. Mit etwas Glück wird Haldoran der Herde folgen und nicht wissen, wohin wir gegangen sind.«

Sie nickte, richtete dann ihre ganze Aufmerksamkeit wieder auf den wilden Ritt. Das dicke, zottige Fell des Rindes stellte eine Art Kissen da, aber sein knochiges Rückgrat war dennoch schrecklich unangenehm. Ihre Arme und Beine schmerzten durch die Anstrengung. Wäre sie nicht durch die vielen Jahren als Soldatenfrau eine ausgezeichnete Reiterin geworden, sie hätte das keine fünf Sekunden durchgehalten.

Die Küste kam rasch näher. Das Geräusch der Brandung war über dem Trommeln der Hufe hörbar. Die Leitrinder bogen nach links ab, rannten parallel zu den Klippen. Sie wurden schnell müde. Einige waren bereits in einen langsamen Trott verfallen.

Sie und Michael lenkten ihre Reittiere nach rechts hinüber, der Seite, die den Klippen am nächsten war. Als sie in Position war, riß sie den Kopf des Rindes zurück, so heftig sie konnte. Das Tier beschwerte sich, wurde aber so langsam, daß Catherine von seinem Rükken gleiten konnte. Sie verlor den Halt, als sie den Boden erreichte, und fiel in hellgelben Stechginster. Zum Glück war der Grund weich, und keines der Rinder war hinter ihr, so daß sie unverletzt blieb.

Einen Augenblick später gesellte sich Michael zu ihr. Während er ihr aufhalf, sagte er: »Wir müssen sofort über den Klippenrand kommen. Haldoran und Doyle nehmen den Weg quer zur Küste hinüber. Sie sind nur wenige hundert Meter entfernt.«

Sie nickte und rannte die paar Dutzend Schritte zum Rand der Klippe, da sie außer Sicht sein wollte, bevor sie den Schutz verloren, den die Rinder boten. Dann sah sie, wie steil der Abhang war. Ihr Blut schien vor Angst zu erstarren. »Ich kann da nicht hinuntergehen!«

»Du kannst und du *wirst*!« schnappte Michael. »Das ist nicht schlimmer als der Hügel, den wir erstiegen haben, als wir herkamen. Dreh dich um und steig mit dem Gesicht zur Klippe hinunter. Es gibt zahlreiche Stellen, wo du Halt für Füße und Hände findest. Ich gehe voran, so daß ich dich auffangen kann, falls du abrutschst.«

Sie starrte Michael an. Sein braunes Haar war wirr, und sein Gesicht verschmiert, aber er hatte nie mehr wie ein Offizier ausgesehen. Und wie ein Offizier vermittelte er ihr das Gefühl, daß sie das Unmögliche tun könnte. Oder vielleicht war es so, daß sie es lieber riskieren wollte, abzustürzen, statt seinem Zorn ausgesetzt zu sein. Sie schluckte und nickte.

Er drehte sich um und ließ sich langsam über den Klippenrand hinab. »Komm«, befahl er. »Es wird nicht so schlimm, wie du glaubst.«

Sie holte tief Atem und folgte ihm dann. Direkt auf

die Klippe zu schauen, statt hinunter in die Tiefe, machte es leichter. Kleine Sträucher und dichte Grasbüschel boten genügend Halt.

Sie hatten den halben Weg nach unten zurückgelegt, als ein Halt, auf den sie ihren Fuß gesetzt hatte, wegbrach. Das Grasbüschel, an dem sie sich festhielt, riß, und sie begann hilflos zu rutschen. Für einen schrecklichen Augenblick glaubte sie, sie würde Michael treffen und sie beide in den Tod stürzen.

Statt dessen hielt Michael sich fest und fing sie auf. Ein Arm schloß sich um ihre Taille und stoppte ihren Fall. Sie suchte nach neuem Halt und zitterte verkrampft.

So blieben sie einen Moment, klebten wie Fliegen an der Klippe. Michael hielt sie weiter mit seinem Arm umschlungen. Dann murmelte er ihr ins Ohr: »Und ich hatte geglaubt, das Leben würde nach dem Abschied von der Armee langweilig werden.«

Sie mußte fast lachen, obwohl sie kurz davor war, hysterisch zu werden. »Gerade jetzt hätte ich gegen ein bißchen Langeweile überhaupt nichts.«

»Mit etwas Glück wird es an dem Strandstück unter uns ruhig werden. Dieser Überhang rechts sollte uns davor schützen, gesehen zu werden. Bist du soweit, daß wir weiterkönnen?«

Sie holte tief Luft. »Ich werd's schaffen.«

Er ließ sie los und setzte seinen Abstieg fort. Sie folgte einen Augenblick später. Mit einem Fuß tastete sie sich nach Halt. Allmählich verlagerte sie das Gewicht. Laß den anderen Halt nicht los, bevor du weißt, daß der neue sicher ist. Dann wieder. Und wieder. Und *wieder.*

Schließlich berührte ihr suchender Fuß die runden Steine des Strandes. Ungeheuer erleichtert darüber, wieder auf festem Boden zu sein, folgte sie Michael unter den Überhang. Dort angelangt, sank sie zu Boden und lehnte sich an die Klippe. Ihre Glieder zitterten durch die Anstrengung. »Habe ich jemals erwähnt, daß ich Höhen nicht besonders mag?«

»Nein, aber ich hatte es vermutet.« Er legte für einen Moment eine Hand auf ihre Schulter. »Gut gemacht.«

Sie blickte auf, war absurderweise erfreut über sein Kompliment. Seine harten Augen strahlten Zuversicht aus. Jetzt war er in seinem Element, nutzte seine körperliche Überlegenheit, um trotz ungleicher Chancen zu siegen. Ein Krieger. Wogegen sie nur eine feige Frau war, die jedem in ihrer Umgebung nur Unglück brachte. »Wie lange, glaubst du, werden sie brauchen, um darauf zu kommen, daß wir hier hinunter gestiegen sind?«

»Allenfalls eine halbe Stunde, vielleicht weniger. Wir müssen in ein paar Minuten weiter.« Er hockte sich neben sie, wobei sein Blick die Klippen hochwanderte. »Diese Höhle, von der der Laird dir erzählte – sagte er, ob sie bei Flut völlig unter Wasser steht? Oder liegt ein Teil davon über der Wasserlinie?«

Catherine versuchte, sich der Worte ihres Großvaters zu erinnern. »Er warnte mich davor, daß man dort in eine Falle geraten könnte. Also muß ein Teil von ihr über Wasser liegen.«

»Die nächste Frage ist, wo liegt die Höhle, und können wir von hier aus dorthin gelangen?« Er blickte stirnrunzelnd zu dem dunkler werdenden Himmel hoch. »Wir brauchen eine Zuflucht vor dem Sturm heute nacht.«

Catherine war der gleichen Meinung. Obwohl es fast Sommer war, war die Seeluft kalt. Es würde für sie beide schwer sein, wenn sie eine Nacht einem Sturm ausgesetzt waren, vor allem für sie. Michael hatte, das vermutete sie, die Zähigkeit von altem Leder.

Sie saßen ein paar Minuten da und sammelten Kraft,

während Michael seine Wache fortsetzte. Plötzlich murmelte er einen Fluch. »Verdammt, er hat es bereits herausbekommen. Sie beginnen mit dem Abstieg an der Klippe, nicht weit von der Stelle, wo wir heruntergekommen sind. Wir müssen schnell hier weg und können nur hoffen, daß sie zu sehr mit dem Klettern beschäftigt sind, um uns zu sehen.«

Sie preßte die Lippen zusammen und stand auf. Es war Nachmittag, und sie fühlte sich, als sei sie eine Ewigkeit gerannt. Da die Jäger sich von rechts näherten, wandte sie sich nach links, hielt sich auf die Spitze der Klippe zu und bewegte sich auf den runden Steinen so schnell wie möglich. Michael folgte ihr und befand sich wieder in der Position, die am gefährlichsten war. Ritterlichkeit war so sehr Teil seines Wesens, daß er es nicht verstanden hätte, wenn sie ihm dafür gedankt hätte.

Der Strand schwang sich zu einer steinigen Landspitze, die in das Meer hineinragte. Es war möglich, über die schräge Oberfläche zu klettern, doch die Felsen waren durch Seetang schlüpfrig, und Wellen schlugen nur wenige Meter darunter bedrohlich. Sie konzentrierte sich ganz darauf, wohin sie trat, so daß sie beim Aufbrüllen eines Gewehres fast ins Wasser gerutscht wäre. Wieder stützte Michael sie, indem er seine Hand fest auf ihren Rücken preßte. Der Mann hatte den Gleichgewichtssinn einer Bergziege.

Sie setzte den gefährlichen Weg fort, ohne Zeit damit zu vergeuden, zurückzuschauen. Wieder eine Kugel. Diese schlug so nahe bei ihrer Hand ein, daß Steinsplitter ihre Finger trafen. Verzweifelt rutschte sie um den Vorsprung herum, außer Reichweite. Nachdem sie sich hinter einen Felsen gehockt hatte, schaute sie zurück und atmete scharf ein, als sie ein blutiges Loch im Oberarm von Michaels Strickjacke sah.

»Nur ein Kratzer«, sagte er als Antwort auf ihre unausgesprochene Frage. »Ich wurde von einem Querschläger getroffen, glaube ich. Nichts passiert.«

Sie betete, daß er recht hatte, weil wenig getan werden konnte, wenn es eine ernste Verletzung war. Heftig atmend setzte sie ihren Weg um die Landspitze fort.

Sie bog um die letzte Ecke, blieb dann stehen, wie betäubt von dem Geschrei Tausender von Möwen. Sie waren auf eine Seevogelkolonie gestoßen. Jeder Vorsprung der Klippe schien ein Nest zu bergen, und der Himmel darüber war voll von kreisenden, schreienden Vögeln. Schwalbenschwänzige Seeschwalben und beschopfte Krähenscharben und kreuzschnäblige Tölpel nisteten auf dem Felsen und auf dem grasbewachsenen Hang auf der anderen Seite possierliche Papageientaucher neben einem halben Dutzend anderer Arten, deren Namen sie nicht kannte.

Hinter ihr sagte Michael sachlich: »Dem Himmel sei Dank, daß hier ein Stück Strand ist, obwohl das nicht mehr lange so sein wird, wenn man sieht, wie die Flut steigt.«

Er sprang auf den groben Sand und reichte ihr dann die Hand, um ihr hinunter zu helfen. Der Strand war so eben, daß sie rennen konnten, aber überall lag schleimiger weißer Kot, und der Gestank war unglaublich.

Sie hatten Dreiviertel des Weges um die kleine Bucht herum zurückgelegt, als ein weiterer Gewehrschuß Haldorans Eintreffen ankündigte.

»Das wird er bedauern«, keuchte Michael.

Der Knall des Gewehres machte die Vogelkolonie verrückt. Wirbelnde Schwingen waren überall, und das Gekreische war ohrenbetäubend. Catherine warf einen raschen Blick zurück und sah, daß die Seevögel so dicht beieinander herumschossen, daß die Jäger unsichtbar waren. In der Hoffnung, daß den Verfolgern die Augen ausgepickt werden würden, lief sie weiter, einen Arm vor ihr Gesicht gehoben, um sich vor einem möglichen Angriff zu schützen.

Die Landzunge am anderen Ende der kleinen Bucht ragte steil in das Wasser hinein und war völlig unpassierbar. Aber die Wellen hatten im Laufe der Jahrhunderte ein Loch in das Gestein gefressen. Da durch dieses Licht zu sehen war, kletterte sie zu der Öffnung hinauf und kroch durch den kurzen Tunnel, wobei sie sich ihre Knie aufriß.

Sie hielt am anderen Ende inne, um das folgende Küstenstück zu betrachten. Diese Bucht war größer als die letzte und umgeben von steilen, unpassierbaren Klippen. Eine kleine sandige Bucht war von Felsen übersät. Auf der gegenüberliegenden Seite war in der Klippe der dunkle Schlund einer Öffnung zu sehen. Als Michael zu ihr kam, sagte sie: »Ich denke, das könnte unsere Höhle sein.«

Michael schaute stirnrunzelnd auf die Wellen, die tosend heranrollten. »Wir werden rennen müssen, um dorthin zu gelangen, bevor die Flut den Weg versperrt. Diese Bucht wird bald völlig überflutet sein.«

Sie kletterten auf den Strand hinunter und brachen zu der Höhle auf. Für Catherine war es ein alptraumhafter Lauf. Die Flut kam mit unglaublicher Geschwindigkeit heran. Wellen platschten um ihre Knöchel und wichen zurück, kamen dann wieder und schlugen mit größerer Kraft zu. Da es am anderen Ende der Bucht keinen Ausgang gab, würden sie ertrinken oder an den Felsen in Stücke zerschmettert werden, wenn sie die Höhle nicht rechtzeitig erreichten.

Ein triumphierender Schrei hallte hinter ihnen. Als der erste Schuß knallte, schnappte Michael: »Lauf im Zickzack! Dann bist du ein schwierigeres Ziel.«

Ermattet zwang sie ihren Körper zu gehorchen. Kugeln pfiffen, während sie im Zickzack rannte und sich hinter Felsen duckte, wann immer sie konnte. Ihr Cousin mußte von der erhöhten Stelle an dem steinernen Durchbruch der Landspitze schießen. Da er Zeit zum Zielen hatte und geschickt und schnell nachlud, wurden seine Schüsse zunehmend genauer, und die meisten von ihnen schienen auf Michael gezielt zu sein.

Ihr Weg führte sie tiefer ins Wasser, und eine Welle riß sie von den Beinen. Sie stürzte kopfüber in das Meer, und die wirbelnde Strömung sog sie nach unten. Sie schluckte kaltes salziges Wasser und prustete hilflos.

Michael packte sie beim Arm und riß sie wieder hoch. »Nur noch ein kleines Stück weiter! Du schaffst es.«

Gestützt von seinem starken Arm, wankte sie auf die Höhle zu. Die untere Hälfte des Eingangs war bereits von Wellen überflutet, die in den steinernen Durchgang krachten. Wenn dies die falsche Höhle war, in dem es keinen erhöhten Boden gab, bedeutete das ihr Ende. Das Wasser war schenkelhoch und die Strömung so stark, daß sie sich ohne Michaels Hilfe nicht hätte auf den Beinen halten können.

Eine Kugel prallte von dem Steinbogen ab und schlug neben ihr ins Wasser, genau in dem Moment, als sie in die Höhle trat. Mit letzter Kraft duckte sie sich und wankte in den Steintunnel. Michael war direkt hinter ihr. Zumindest würden sie vor den Kugeln sicher sein. Benommen fragte sie sich, ob sie statt dessen ertrinken würden. Es war ihr fast egal.

Haldoran fluchte wütend, als seine Beute im Höhleneingang verschwand. »Zur Hölle! Wir werden sie erst erwischen können, wenn die Flut wieder gefallen ist. Bis dahin ist es weit nach Mitternacht.«

Doyle sagte nervös. »Wenn wir uns nicht auf den Weg machen, My Lord, werden wir selbst hier gefangen sein.«

»Die Gefahr besteht nicht. Den Hang an diesem Ende der Seevogelkolonie kann man erklettern.« Was bedeutete, durch diese schmutzigen Papageientaucher kriechen zu müssen, dachte er verdrossen. »Wenn wir jetzt zum Boot zurückkehren, können wir nach Skoal zurücksegeln, bevor der Sturm ausbricht. Das gibt mir Gelegenheit besorgt zu erklären, daß ich von der lieben Cousine Catherine weder Haut noch Haar finden konnte. Verzweifelt vor Sorge über ihren lieben Großvater, muß sie davongelaufen und von einer Klippe gestürzt sein. Eine Tragödie.«

Doyle, den das Alibi seines Herrn nicht interessierte, richtete einen Daumen auf die Höhle. »Was ist mit denen?«

»Wir werden zurückkommen und die Jagd fortsetzen, wenn der Sturm sich gelegt hat.« Haldoran warf einen letzten haßerfüllten Blick auf die Stelle, wo seine Beute verschwunden war. »Ich werde Hunde mitbringen. Selbst wenn sie die Höhle bei Ebbe verlassen, werden sie nicht weit kommen.«

36. Kapitel

Der Laird war so lange in trüben Strömungen getrieben, daß es ihm schwerfiel zu glauben, an die Oberfläche zurückgekehrt zu sein. Er blinzelte mehrmals, um klar sehen zu können, und gelangte dann zu der Erkenntnis, daß das anhaltende Grau draußen und nicht in ihm sein mußte. Dämmerung vielleicht oder ein aufkommender Sturm.

Er versuchte nicht, sich zu bewegen. Es genügte ihm, das Wissen zu genießen, daß er noch unter den Lebenden war. Nicht, daß er den Tod gefürchtet hätte, denn dann wäre er bei seiner Frau und den anderen, die er verloren hatte. Aber dazu war er noch nicht bereit. Nicht, wo es noch so viel zu tun gab. Er hatte in der Zeit, die er wie ein Hund im Bett gelegen hatte, eine Menge gelernt. Die Menschen hatten vermutet, er könnte nichts verstehen, aber das konnte er, zumindest zeitweilig. Er hatte wichtige Dinge erfahren, welche die Zukunft der Insel betrafen. Verrat. Betrug. Wenn er nur die Einzelteile aneinanderfügen könnte ... Er schüttelte verärgert den Kopf.

Eine zitternde Stimme sagte: »Sind Sie wach, My Lord?«

Es war Fitzwilliam, sein alter Kammerdiener. »Ja, und gerade rechtzeitig.« Der Laird fand, daß sein Mund sich unbeholfen bewegte, und die rechte Seite seines Gesichts war ein wenig taub, aber die Worte waren doch deutlich genug. »Ist meine Enkelin hier?«

Fitzwilliam wandte den Blick ab. »Im Moment nicht, mein Lord. Sie hatte Euch sehr hingebungsvoll gepflegt, aber sie ... sie brauchte Ruhe.«

»Lügner.« Der Laird wollte giftig sagen, daß Fitzwilliam nach einer so engen, siebenundfünfzigjährigen Beziehung wissen müßte, daß er nicht versuchen sollte, seinen Herrn zu täuschen, aber die Anstrengung war zu groß. Er mußte seine Kräfte für wichtigere Dinge sparen. »Clive?«

»Lord Haldoran hat seit Beginn Eurer Krankheit auf dem Schloß gewohnt, aber er ... er ist heute morgen ausgegangen. Wir haben ihn den ganzen Tag nicht gesehen. Soll ich jemand nach Ragnarök schicken? Er ist vielleicht dort.«

»Nein! Hol Davin.« Der Junge würde wissen, was getan werden mußte. Das wußte er immer. Und zumindest konnte er Davin vertrauen.

Seine Schwäche aufs neue verfluchend, sank der Laird wieder in Schlaf.

Auf den ersten Metern war die Höhle nicht mehr als ein schmaler Tunnel. Dann verbreiterte der sich. Catherine richtete sich vorsichtig auf. Es gab nur wenig Licht, aber das Echo der Wellen ließ ahnen, daß der Raum sehr groß war. Die Decke wölbte sich in mindestens vier Meter Höhe über ihrem Kopf, und der hintere Teil der Höhle verschwand im Dunkel. Während sich ihre Augen an das Zwielicht gewöhnten, sah sie, daß das Becken, in dem sie standen, von höheren Flächen umgeben war. Die einlaufende Flut würde sie nicht ertränken.

Da sie vor Kälte und Erschöpfung heftig zitterte, schleppte Michael sie aus dem Becken, wobei er einen Arm um ihre Taille legte. Sie wankte und stieß gegen ihn, als sie auf das Ufer trat. Sand knirschte unter ihren triefenden Stiefeln. Dann sank sie auf die Knie.

Er hockte sich neben sie. »Alles in Ordnung, Catherine?«

»Ist nichts Ernstes.« Sie nutzte seine Nähe, um sich für einen Augenblick an ihn zu lehnen. Seine durchnäßte Jacke hatte den scharfen, nicht unangenehmen Geruch von feuchter Wolle.

Zu ihrem Bedauern stand er auf und sagte: »Wir haben eine weitere Runde gewonnen. Wir werden hier sicher sein, bis die Flut wieder fällt.«

»Sicher«, wiederholte sie. »Das ist ein wundervolles Wort.«

Er warf einen Blick auf die hohen, düsteren Wände. »Es gibt hier Zug. Von irgendwo muß also frische Luft hierher gelangen. Das bedeutet, daß wir aus dem Treibholz ein Feuer machen können.«

Obwohl sie ihm beim Holzsammeln helfen wollte, verweigerte ihr Körper ihr den Dienst, als sie aufzustehen versuchte. Sie fühlte sich so schwach wie ein Patient, der Fieber hatte, und beobachtete wie er Holz zusammentrug und Feuer machte. Gut, daß es ihr gelungen war, die Zunderbüchse mitzunehmen, und daß die wasserdicht gewesen war.

Sie rieb sich die Arme in dem vergeblichen Bemühen, sich etwas zu wärmen. Fischer trugen so schwere Jakken, weil Wolle selbst Wärme hielt, wenn sie naß war, aber ihr Körper war zu ausgekühlt, um Wärme zu erzeugen, die die Wolle halten konnte.

Michael schlug einen Funken und blies dann in die Flamme. Catherine versuchte soviel Energie aufzubringen, um zum Feuer gehen zu können, als er zu ihr kam und sie auf seine Arme hob. Sie fragte: »Wirst du nie müde?«

»Doch, aber gewöhnlich erst, wenn alles Lebenswichtige getan ist.« Er setzte sie auf den groben Sand neben dem Feuer und legte mehr Holz darauf. »Dann schlafe ich einen oder zwei Tage.«

Flammen lohten auf, und die unteren Wände der Höhle begannen in feinen Regenbogenfarben zu schimmern. Sie keuchte und schloß die Augen, glaubte, Halluzinationen zu haben. Aber als sie die Augen wieder öffnete, waren die Farben noch da.

Michael blickte auf und stieß leise einen überraschten Pfiff aus. Er erhob sich geschmeidig und ging, um sich das näher anzusehen. »Die Wände sind mit winzigen Meeresgeschöpfen bedeckt, die fast transparent sind. Sie leuchten wie kleine Regenbogen, wenn das Licht auf sie fällt.«

»Ich hoffe, das ist ein gutes Omen.« Sie war außerstande, ihre größte Angst länger zu unterdrücken. Angespannt fragte sie: »Glaubst du, daß Haldoran Amy etwas antun wird, wenn er heute abend nach Skoal zurückkehrt?«

»Nein.« Michael kam zum Feuer zurück. »Selbst wenn es ihm ernst damit war, sie zu heiraten, wenn sie zwölf wird, wäre er ein Narr, belästigte er sie jetzt. Wenn du stirbst, ist Amy die Erbin von Skoal, und er kennt sie gut genug, um zu wissen, daß sie eine entschlossene junge Dame ist. Wenn er ihre Zusammenarbeit und ihre Erbschaft haben will, muß er ihr Vertrauen gewinnen. Ich vermute, daß er sie wie eine Prinzessin behandeln wird. Lucien wird sie vor ihrem zwölften Geburtstag in Sicherheit gebracht haben.«

Das klang einleuchtend. Sie betete, daß er recht haben möge. Da sie über die Alternative nicht nachdenken wollte, sah sie sich um und schaute blinzelnd in die Dunkelheit. »Der Laird sagte, es gäbe in dieser Höhle eine natürliche heiße Quelle.«

»Wirklich?« Michael hockte sich auf seine Fersen. »Das wäre erfreulich. Ich werde sehen, was ich finden kann.« Er nahm ein brennendes Stück Treibholz aus dem Feuer, hob es hoch über seinen Kopf und schwenkte es, um die Flammen mehr zu entfachen, während er davonging. »Ich habe die Stille unter der Erde schon immer gemocht. Das ist ein Grund dafür, warum Bergbau mich interessiert. Die vom Wasser geformten Wände und die Regenbogenspiegelungen machen diese Höhle geradezu jenseitig.«

»Wird das Reich des Hades sein, vermute ich«, sagte Catherine, die von der Örtlichkeit weniger begeistert war. »Schau hinter dich. Da drüben scheint Dampf aufzusteigen, etwa auf halbem Wege zur Wand.«

Michael ging hin, um nachzusehen. »Hier ist ein recht großes Becken.« Er kniete sich hin und prüfte das Wasser. »Ahh, wundervoll. Das hat genau die Temperatur eines angenehm heißen Bades.« Er leckte mit der Zunge an seinen Fingern. »Und es ist Süßwasser, kein Salzwasser.«

Catherine stand auf und kniete sich neben ihn. Das Steinbecken war fast oval, etwa vier Meter lang und zweieinhalb Meter breit. Sie schöpfte eine Handvoll Wasser. Die warme Flüssigkeit rann sinnlich durch ihre Finger. »Würdest du mich für schrecklich gewöhnlich halten, wenn ich meine Kleidung ablege und hineinsteige?«

»Ich denke, das klingt sehr vernünftig.« Michael erhob sich. »Während du dich aufwärmst, sehe ich zu, ob ich einen Fisch zum Abendessen auftreiben kann.«

Obwohl klar war, daß er es vorzog, Distanz zu wahren, legte sie zögernd eine Hand auf seinen Arm. »Später. Du mußt fast ebenso kalt und müde sein wie ich. Es wäre nicht gut, wenn du dir eine Lungenentzündung holst. Also wärme dich zuerst auf.«

Seine Muskeln spannten sich unter ihrer Handfläche, entspannten sich dann wieder. »Also gut. Aber wir sollten erst unsere Kleidung zum Trocknen aufhängen. Ich werde ein Gestell bauen. Lege deine Sachen einfach hier auf den Rand.«

Während sie ihre Jacke auszog, drehte er sich abrupt um und entfernte sich. Für einen Augenblick zeichnete sich seine Silhouette gegen den Feuerschein ab. Seine breiten Schultern und seine schlanke, muskulöse Gestalt waren ein dunkles Symbol von maskuliner Kraft und Anmut. Der Anblick hypnotisierte sie. Sie sehnte sich körperlich und emotional mit einem Verlangen nach ihm, das fast unerträglich war. Vielleicht würde Leidenschaft Michaels eiserne Zurückhaltung schmelzen und die Kluft zwischen ihnen verringern.

Langsam streifte sie ihre restlichen Kleider ab. Ihr Blick verweilte auf Michael, während der phantastisch verdrehte Stücke von Treibholz sammelte und sie in den Sand neben dem Feuer steckte. Sie überlegte, ob sie den Mut haben würde, eine direkte Annäherung zu wagen. Wahrscheinlich nicht, da seine Reaktion vermutlich Zurückweisung sein würde. Eine subtilere Vorgehensweise würde wahrscheinlich ebensowenig wirken. Leidenschaft war ihr zu neu, als daß sie eine Verführerin hätte sein können.

Mit einem Seufzen löste sie ihr Haar und glitt nackt in das Becken. Vom Wasser geglättetes Gestein bildete den Boden, und es war etwa einen Meter tief. Zuerst war die Temperatur fast schmerzhaft, doch als ihr Körper wärmer wurde, war das Wasser wie eine seidenweiche Liebkosung. Sie schob sich durch das Becken. Heißes Wasser spülte um ihre Brüste und zwischen ihren Beinen, erweckte ihr Fleisch mit intensiver Sinnlichkeit zum Leben.

Obwohl ihr Verlangen nicht schwand, verringerte sich ihre Anspannung auf ein erträgliches Maß. Sie atmete vor Freude tief aus und schob sich mit trägen Fußschlägen durch das Becken. So vieles war zwischen ihr und Michael ungesagt geblieben. Vielleicht würden sie ihre Differenzen später lösen können. Im Augenblick würde sie einfach die Distanz akzeptieren, die er zwischen sie gelegt hatte.

Michael gab sich Mühe, Catherine nicht anzustarren, als er kam, um ihre nasse Kleidung aufzuheben. Aber Mühe war nicht genug. Als sie durch das im Schatten liegende Becken trieb, war sie so lieblich wie eine Meerjungfrau. Ihr Haar floß in einer zarten Wolke um ihre Schultern.

Sie erreichte das andere Ende des Teiches und drehte sich geschmeidig, um die Richtung zu wechseln. Sein Blick wanderte über ihre üppigen Kurven, vom anmutigen Schwung ihres Rückgrates über ihre vollen Hüften und dann zu ihren wohlgeformten Beinen. Wieder dachte er an die Sirene, die Kenneth in Brüssel gezeichnet hatte, eine Sirene, die winkte, um einen Mann zu ruinieren.

Mit zugeschnürter Kehle nahm er ihre Stiefel und andere Kleidungsstücke auf. Nachdem er sie ausgewrungen hatte, hängte er sie über das Treibholz beim Feuer. Dampf begann langsam aufzusteigen.

Er lächelte humorlos und dachte dabei, daß auch aus ihm Dampf aufsteigen müßte. Sie waren knapp mit dem Leben davongekommen, und die Gefahr war noch längst nicht vorbei. Und doch konnte er nur an Catherine denken. Er begehrte sie mit größerem Verlangen als Essen oder Trinken oder Wärme. Doch alles war so verdammt verwickelt, daß es unmöglich war, sie einfach in seine Arme zu nehmen und zu lieben.

Wenn er auch nur eine Spur von Vernunft besaß, würde er fischen gehen.

Aber Catherine hatte recht damit gehabt, daß er sich aufwärmen müßte. Das bedeutete, daß er sich beherrschen mußte. Das war ihm zuvor auch gelungen. Mit zusammengepreßten Lippen streifte er seine Sachen ab und hängte sie auf das provisorische Trockengestell, wickelte dann das Seil ab, das er um seinen Körper gewunden hatte.

Er ging durch die Höhle zu dem Becken. Catherine befand sich an der gegenüberliegenden Seite und lehnte sich an das Gestein. Ihre Augen waren geschlossen, und das Wasser reichte ihr bis zum Kinn. Der schwachgoldene Schimmer des Feuers illuminierte ihre Gesichtszüge und die blassen Konturen ihres Oberkörpers. Er starrte wie gebannt auf eine glänzende Haarsträhne, die über ihre Schulter zwischen ihre prächtigen Brüste fiel. Sie waren üppig, so rund und reif wie verbotene Früchte. Darunter verjüngte sich ihr Rumpf in dem schattigen Wasser, das nur eine Andeutung der schmalen Taille und der fraulichen Hüften erkennen ließ, und des dunklen Dreiecks zwischen ihren Beinen.

Einer Ohnmacht nahe, zwang er sich, den Blick abzuwenden. Als sein Atem sich beruhigt hatte, glitt er in das Becken. Das warme Wasser war sündhaft süß.

Sünde schien alles zu sein, woran er denken konnte.

Er ließ sich auf einem Felsen nieder, der ihm erlaubte, mit dem ganzen Körper bis auf den Kopf unterzutauchen. Das heiße Wasser war wundervoll und wirkte wie Balsam auf die Verletzungen, die er sich zugezogen hatte.

Catherine öffnete träge die Augen, wobei ihre dunkel bewimperten Lider sich wie die Schwingen eines Rabens öffneten. »Gut nur, daß wir mit der Ebbe von hier fort müssen, denn sonst wäre ich versucht, den Rest meines Lebens hier zu verbringen.«

»Es ist wie die heißen Quellen in Bath«, pflichtete er ihr bei. »Passend für einen römischen Kaiser.«

Sie gab ihre träge Haltung auf, wobei ihr Haar flog und dann an ihrem schlanken Hals kleben blieb. Dann beugte sie sich vor und glitt nach einem Fußschlag durch das Becken. Leicht wie ein Vogel ließ sie sich neben ihm nieder. »Ich möchte mir die Wunde an deinem Arm ansehen.«

»Es ist wirklich nichts.« Er war sich ihrer Nähe sehr deutlich bewußt und versuchte, ihr auszuweichen.

Sie griff fest nach seinem Unterarm und drehte ihn

so, daß Licht auf seinen Oberarm fiel. Nachdem sie die Wunde sanft untersucht hatte, sagte sie: »Du hast recht. Es ist nicht mehr als ein Kratzer. Es wird nicht einmal eine Narbe bleiben.« Ihre Finger glitten über den Arm hinunter zu der Narbe, die eine seine Verwundungen von Waterloo hinterlassen hatte. »Es ist beeindruckend, daß du soviel überlebt hast, ohne zum Krüppel geworden zu sein.«

Sie fuhr über die dünne, harte Linie, wo seine Rippen von einem Säbel getroffen worden waren. Die Narbe verlief abwärts bis zu seinen Lenden, und ihre Berührung löste heftige Erregung bei ihm aus. In der Hoffnung, daß sein Zustand im dunklen Wasser verborgen blieb, versuchte er wieder, sich zu entfernen.

Ihre Hände verweilten auf seiner Hüfte, so daß er sich ihr nicht entziehen konnte, ohne Gewalt anzuwenden. »Beim Kampf mit Haldoran und seinen Männern hast du dir wirklich einige Prellungen zugezogen«, stellte sie fest, während ihr geschulter Blick über sie glitt. »Es ist erstaunlich, daß du dich so schnell bewegen konntest, als wir über die Insel rannten.«

Er spürte Schweiß auf seiner Stirn und wußte, daß er nicht von der Hitze des Wassers herrührte. Als sie begann, mit ihrer Hand über sein nasses Brusthaar zu streichen, ergriff er ihr Handgelenk. »Catherine, laß es. Ich bin nur ein Mann und kein Heiliger. Und ich reagiere einfach, wenn du mich berührst.«

Die Sehnen in ihrem Handgelenk spannten sich, und die Atmosphäre veränderte sich, wechselte von Kameradschaft zu körperlichem Bewußtsein. Sie richtete ihren Blick auf ihn, und ihre Augen waren dunkel vor Verlangen. »Ich selbst fühle mich nicht als Heilige. Da wir vielleicht kein Morgen haben, laß uns die Zeit, die uns bleibt, gut nutzen.«

Ihre linke Hand tauchte unter die Oberfläche, preßte sich gegen seine Leisten und glitt langsam tiefer. Dann schloß sich ihre Hand um sein heißes Fleisch, und sengendes Feuer erfüllte ihn. Er verlor die Beherrschung. Er faßte sie bei der Taille, hob sie hoch und schwang sie durch den steinernen Teich. Das Wasser trug sie beide, so daß jede Bewegung die schwerelose Anmut eines Tanzes hatte.

Er legte sie auf den flachwinklingen Stein und ließ sich auf sie sinken. Er bedeckte ihren Mund mit seinem. Ihre Lippen waren feucht und einladend heiß. Sie gab ein rauhes, gieriges Geräusch von sich, und ihre Hände schlangen sich um seinen Nacken. Der Kuß wurde tiefer, wurde verzehrend, während die schrecklichen Ereignisse des Tages sich in schieres sexuelles Feuer verwandelten.

Er löste sich schließlich keuchend. Sein Blick wanderte über ihren verlockenden Sirenenleib, der im Zwielicht noch begehrenswerter war. Ihre feuchte Kehle glitzerte leicht, verriet den heftigen Schlag ihres Herzens. Er küßte sie auf den Puls, leckte dann über die glatte, makellose Haut abwärts. Sie bäumte sich auf und rosa Brustwarzen durchbrachen die Oberfläche. Er umfing eine mit seinem Mund, und das zarte Fleisch wurde unter seiner Zunge augenblicklich hart.

Ihre Knie öffneten sich, und er glitt dazwischen, umfaßte ihre Gesäßbacken, während er an ihr saugte. Da ihr Unterleib vom Wasser getragen wurde, begann sie, ihre Beine unruhig auf und ab zu bewegen, streichelte seine Hüften mit ihren Schenkeln. Das heiße Wasser intensivierte jede ihrer Berührungen. Er keuchte: »Ich hätte mir nie träumen lassen, daß eine Frau so schön sein kann wie du.« Er bewegte seinen Mund zu ihrer anderen Brust und zupfte mit seinen Lippen an der Brustwarze.

Sie stöhnte. »Oh, Michael.« Ihre Beine schlossen sich um seine Hüfte, zogen ihn näher, bis sie sein festes männliches Fleisch unmittelbar an sich spürte. Sie drehte ihr Becken, versuchte, ihn in sich zu ziehen.

»Himmel! Noch nicht.« Seine Brust hob und senkte sich vor Anstrengung, als er versuchte, sich zurückzuhalten. Er zog sich ein wenig zurück und stützte sich mit den Händen auf das Gestein neben ihren Schultern. Dann hing er über ihr und bewegte seine Hüften so, daß sein geschwollener Schaft sich in ihren wundervoll sensiblen weiblichen Falten auf und ab bewegte. Verzückend, wahnsinnig machend. Himmel und Hölle vermengten sich zu einer erotischen Folter. Sie krümmte sich unter den wollüstigen Stößen, atmete keuchend. Ihre Hände bewegten sich zuckend an seinen Armen auf und ab, glitten über seine vom Wasser glatten Muskeln.

Als ihr ganzer Körper kurz vor der Explosion erzitterte, zog er sich ein wenig zurück und berührte sie, um sich selbst zu führen. Sie wand sich heiß und geschmeidig unter seinen federleichten Stößen.

Er drang mit einem langsam Stoß ganz tief und besitzergreifend in sie. Seidige Hitze umfing ihn, und die Lust war fast unerträglich. Sie stöhnte und drehte ihre Hüften, löste ein feuriges Wechselspiel von Stoß und Gegenstoß aus. Wasser wallte um ihre brennenden Leiber. Dann schrie sie auf, und ihre Nägel gruben sich tief in seinen Rücken.

Ihre heftigen Bewegungen lösten seine eigene Erlösung aus. Er keuchte, fühlte sich, als würde sich sein ganzes Ich in sie ergießen. Der Höhepunkt war versengend, voll wilder Ungewißheit.

Die Leidenschaft verebbte rasch, doch statt Erfüllung empfand er schmerzende Sorge. Selbst jetzt, wo er tief in ihrem Körper war, konnte er nicht dem quälenden Ruf entrinnen, der in seinem Hirn hallte. *Sie ist nicht für dich.*

37. Kapitel

Obwohl Michaels Körper Catherine an den schrägliegenden Stein drückte, wurde der größte Teil seines Gewichtes von dem Wasser getragen, das sie umgab. Sie genoß seine Nähe und den wundervollen Frieden der Erfüllung. Sie hätte ihn halten und einschlafen können, aber er zog sich allzu schnell zurück, so daß nur Leere blieb.

»Ich weiß nicht, ob das klug war«, sagte er heiser, »aber es war sicher gut. Für ein paar Augenblicke existierte der Rest der Welt nicht.«

Obwohl er einen Kuß auf ihre Schläfe drückte, spürte sie, daß er emotional weit weg war. Sie wollte sich an ihn klammern, ihm sagen, wie sehr sie ihn liebte, aber das wagte sie nicht. Da sie in der Armee großgeworden war, erkannte sie, daß Michaels beachtliche Fähigkeiten allein aufs Überleben ausgerichtet waren. Leidenschaftlichkeit war eine erfreuliche Zerstreuung gewesen, aber ihn mit schmerzlichen persönlichen Dingen abzulenken, würde sie beide gefährden. Sie zwang sich dazu, daß ihre Stimme sachlich klang, als sie sagte: »Ich bin ausgehungert. Ich wünschte, wir hätten ein paar dieser Äpfel mitnehmen können.«

»Ich hatte nicht gescherzt, als ich sagte, ich wollte einen Fisch fangen. In dem großen Becken müssen welche sein, da es mit der See verbunden ist. Ich werde sehen, was ich zum Abendessen auftreiben kann.« Er richtete sich auf, fuhr sich mit der Hand übers Gesicht und wischte ein paar Schweißtropfen weg. »Wenn du hier wartest, hole ich mein Hemd. Du kannst es anziehen. Es war fast trocken.«

Sie gehorchte, war zufrieden damit, sich im warmen Wasser treiben lassen zu können und ihn zu beobachten. Er kletterte aus dem Becken und trat an das Feuer. Dort trocknete er sich rasch mit dem Trikothemd ab, das er unter seinem Hemd getragen hatte. Sein nackter, wundervoll proportionierter Körper war mit seiner geschmeidigen Kraft göttergleich. Im Hinblick auf die Narben dachte sie, daß der betreffende Gott wohl Mars sein müsse. Es erstaunte sie dennoch, daß ein Mann, der so überragend die gewalttätige Kunst des Krieges beherrschte, so sanft sein konnte.

Nachdem er seine Hose angezogen hatte, kehrte er mit seinem Hemd zu dem Becken zurück. Sie nahm die Hand, die er ihr reichte, und verließ widerwillig das Wasser. Jetzt, wo sie äußerlich wie innerlich so gründlich erwärmt war, schien die Luft nicht mehr kalt zu sein.

Sie benutzte das Trikothemd, um den größten Teil des Wassers abzutupfen, bevor sie sein Hemd über den Kopf streifte. Das Kleidungsstück reichte ihr bis zu den Knien. Als sie ihren Kopf aus den weiten Leinenfalten steckte, sah sie, daß Michael sie mit einem dunklen, verhangenen Blick beobachtete. Unsicher überlegte sie, ob er sich wünschte, ihrem schamlosen Vorgehen nicht erlegen zu sein. Vielleicht hätten sie lieber reden soll, als ... zu tun, was sie getan hatten. Aber sie konnte es nicht bedauern. »Wie kann man einen Fisch ohne einen Haken oder eine Schnur fangen?«

»Es ist Zeit, die Locktechnik auszuprobieren, die ich von meinem Zigeunerfreund Nicholas gelernt habe. Man braucht nur die Hand sachte ins Wasser tauchen und die Finger ein wenig bewegen. Wenn ein Fisch kommt, um zu sehen, was da vorgeht, ergreift man ihn.«

Sie mußte lächeln. »Ich bin sicher, daß es schwerer ist, als es klingt.«

Er ging zu dem Gezeitenbecken hinunter, legte sich auf einen Felsen und schob dann seinen Arm ins Wasser. Sie wünschte sich innig, daß er Erfolg haben würde und ging, um nach Süßwasser zu suchen. Sie fand bald eine kleine Quelle, deren Wasser an der Höhlenwand herunterrieselte und sich in einem steinernen Bassin sammelte, bevor es im Sand verschwand.

Sie trank durstig und kehrte danach zum Feuer zurück. Sie saß bei den Flammen und flocht ihr feuchtes Haar zu einem Zopf, als Michael einen Triumphschrei ausstieß. Er sprang auf und kam zu ihr, einen großen Fisch, der noch immer zappelte, in den Händen. »Ich nehme ihn aus, wenn du dir etwas einfallen läßt, wie man ihn kochen kann.«

Sie überlegte einen Augenblick. Es gab wirklich nicht viele Möglichkeiten. »Wie wär's, wenn ich ihn in Seegras einwickle und in der Glut backe?«

»Klingt ausgezeichnet.«

Die gereinigten Stücke waren schnell gar und schmeckten ausgezeichnet. Der Fisch hätte nicht frischer sein können, und das Salz aus dem Seegras war in das köstliche Fleisch eingezogen. Natürlich war Catherine so hungrig, daß sie auch ein steinhartes Stück Armeekeks genossen hätte.

Nach dem Essen lehnte sie sich zurück und schlang ihre Arme um ihre angezogenen Knie. Die entspannte Atmosphäre nutzend, fragte sie: »Was hat dich dazu veranlaßt, nach Skoal zurückzukehren?«

Er starrte in das Feuer, und die flackernden Flammen warfen ein hartes Licht auf seine wie gemeißelten Gesichtszüge. »Vor allem mein Bruder.«

Sie runzelte die Stirn. »Der neue Herzog? Ich dachte, ihr würdet kaum miteinander reden.«

»So war es auch.« Ohne den Blick vom Feuer abzuwenden, schilderte Michael seinen langen, erschöpfenden Ritt und wie sein Bruder zu dem Gasthof in Great Ashburton gekommen war, um einem Leben voller Streit ein Ende zu setzen. Die knappen Worte sagten vielleicht mehr, als er beabsichtigt hatte, über seinen verzweifelten seelischen Zustand beim Verlassen der Insel.

Er schloß mit den Worten: »Stephen scheint zu glauben, daß der alte Herzog ebensogut mein Vater sein könnte wie dessen Bruder Roderick, so daß das ganze Thema meiner Herkunft ignoriert werden sollte. Wir werden es schließlich nie genau erfahren, und es macht eigentlich auch keinen Unterschied.«

»Das hört sich an, als sei dein Bruder ein weiser Mann«, sagte sie ruhig. »Und ein großzügiger. Ich bin so froh.«

»Es war, als begegnete ich einem Fremden, den ich mein ganzes Leben lang gekannt hatte.« Michael schüttelte den Kopf und stand dann auf. »Ich möchte die Höhle weiter erkunden. Als ich fischte, bemerkte ich da drüben eine Nebenhöhle. So, wie das Licht fällt, ist sie fast unsichtbar, es sei denn, man sieht sie aus dem richtigen Winkel.«

»Klingt interessant. Ich werde mit dir gehen.«

Sie nahmen beide provisorische Fackeln und gingen, um nachzuschauen. Die Flut hatte den Höhepunkt erreicht und füllte den schmalen Kanal mit Wasser. Doch indem sie sich tief beugten, konnten sie an dem seichten Ufer entlangwaten, statt schwimmen zu müssen.

Als der Tunnel sich erweiterte, richtete Michael sich

auf und hob seine Fackel. Der Raum war viel kleiner als die Haupthöhle. Er sah sich um. »Gütiger Gott, wir haben ein Schmugglerlager gefunden.«

Catherines Augen wurden groß, als sie zu ihm kam. Dutzende kleiner Fäßchen waren auf dem höherliegenden Boden gestapelt. »Großvater erwähnte, daß die Inseln während des Krieges eine Brutstätte für Schmuggel waren, aber ich bin überrascht, daß diese Fäßchen in einer Höhle stehen, die ein lokales Wahrzeichen ist.«

»Diesen Teil übersieht man leicht. Und außerdem ist zu bezweifeln, daß Inselbewohner, die dies entdeckt haben, es den Behörden melden würden. Die meisten Gemeinden beschützen ihre Freihändler.« Michael untersuchte die Fäßchen, die am nächsten standen. »Gewöhnlich werden geschmuggelte Waren schnellstens weitergegeben, aber diese scheinen seit Monaten, vielleicht schon seit Jahren hier zu sein. Vielleicht ist das Schmugglerboot untergegangen, und niemand hat auf diese Ladung Anspruch erhoben.«

»Ist das französischer Brandy?«

»Ein kleines Vermögen wert.« Er sah sich den Rest der Höhle an und hielt dann den Atem an. »Schau. Hier ist etwas weit Wertvolleres.«

Catherine, die die Erregung in seiner Stimme hörte, drehte sich um, um zu sehen, was er meinte. Ihr Herz machte einen Satz. Auf den Sand hochgezogen und halb versteckt in den Schatten lag ein mittelgroßes Ruderboot. »Gnädiger Himmel! Glaubst du, das könnte uns nach Skoal bringen?«

»Das hoffe ich doch.« Er ging um das Tidebecken herum, um es sich genauer anzusehen. Catherine folgte ihm dichtauf. »Die Ruder sind hier. Da ist ein Zinkeimer zum Wasserschöpfen, und der Rumpf scheint unversehrt zu sein. Hilf mir, es in das Tidebecken zu ziehen.«

Sie steckte den Stiel ihrer Fackel in den Sand und zerrte dann an dem Dollbord Michael gegenüber. Das Boot glitt mit einem Platschen ins Wasser.

Er watete daneben hinein. »Es scheint keine größeren Lecks zu haben. Wir haben gerade unser Fluchtmittel gefunden.«

Sie wollte das gerne glauben, fragte aber zweifelnd: »Kann ein so kleines Boot durch die Felsen und Strömungen kommen?«

»In gewisser Hinsicht wird es leichter sein als in einem größeren Boot. Gewiß sind unsere Chancen damit besser, als wenn wir versuchten zu schwimmen.« Er musterte den Eingangstunnel. »Der Sturm wird abgeflaut sein, wenn die Flut weit genug gefallen ist, um es aus der Höhle bringen zu können. Bis dahin wird es dunkel sein. Selbst wenn Haldoran in der Bucht wartet, was ich bezweifle, werden wir eine gute Chance haben, ihm zu entkommen.«

Sie hoffte, daß er recht hatte, und fragte: »Wann, glaubst du, wird der Sturm losbrechen?«

»Das hat er schon. Er tobt bereits draußen.«

Sie starrte ihn an. »Woher weißt du das?«

Er zuckte die Schultern. »Es ist nur ein Gefühl. Eine Art innerer Unruhe. Ich weiß nicht, wie ich das sonst ausdrücken soll. Der Sturm ist vor etwa einer Stunde ausgebrochen. Obwohl er sehr heftig ist, wird er bald vorbei sein.«

Sie verstand noch immer nicht, war aber bereit, seinen Worten zu vertrauen. »Was liegt da unter dem Ruder auf deiner Seite?«

Er rückte das Ruder weg und atmete dann hörbar scharf ein. »Ein Schwert.« Ehrfurchtsvoll hob er es vom Boden des Skiff auf. Das Licht der Fackel blitzte auf der Klinge. »Es war eingefettet, um es vor Feuchtigkeit zu schützen.« Er machte probeweise einen Hieb damit. Als die Waffe in der Hand des Kriegers war, erwachte das Schwert zu glitzerndem, todbringenden Leben.

Catherine, die wieder einmal an die Götter des Krieges dachte und den Erzengel, der die himmlischen Heerscharen führte, stieß ein stummes, inniges Dankgebet aus. Die Reise zwischen den beiden Inseln würde gefährlich sein, aber jetzt hatten sie eine Chance. Und wenn jemand eine Chance in einen Sieg verwandeln konnte, so war das Michael.

Amy war zum Lesen in die Bibliothek gegangen, doch als der Sturm ausbrach kauerte sie sich auf die Bank am Fenster, um hinauszuschauen. Heftiger Wind und Regen rüttelte an den Fensterscheiben. Tief unter ihr schlugen Wogen gegen das Kliff, und die Gischt flog hoch und vermischte sich mit den Regentropfen.

Obwohl es damenhafter gewesen wäre, sich vor dem Sturm zu fürchten, empfand sie eine gewisse Befriedigung über die Gewalt. Tagelang hatte sie sich in diesem Haus mit dem lächerlichen Namen Ragnarök geärgert. Lord Haldoran sagte ständig, Mama sei mit der Krankenpflege des Laird zu beschäftigt, um ihre Tochter sehen zu können, aber Amy wurde zunehmend ungeduldiger. Jahrelang hatte sie ihrer Mutter in Krankenzimmern geholfen. Sie würde eine Hilfe sein und kein Hindernis.

Wenn sie Lord Haldoran beim nächsten Mal sah, würde sie darauf bestehen, mit zu ihrer Mutter genommen zu werden. Oder vielleicht würde sie auch nicht warten. Er war nicht oft daheim. Seit gestern früh hatte sie ihn nicht gesehen. Morgen früh, wenn der Sturm sich gelegt hatte, würde sie sich auf eigene Faust davonschleichen. Die Insel war nicht sehr groß. Sicher würde sie den Weg zur Residenz des Laird auch alleine finden.

Kurz nachdem sie ihre Entscheidung getroffen hatte, öffnete sich die Tür der Bibliothek, und Lord Haldoran trat ein. Sie schwang ihre Füße auf den Boden und ging zu ihm. »Guten Tag, My Lord.« Sie machte einen Knicks. »Kann ich jetzt meine Mutter besuchen? Wenn sie so schwer arbeitet, wird sie froh über meine Hilfe sein.«

Er schüttelte den Kopf und schaute ernst drein. »Ich fürchte, ich habe schlechte Neuigkeiten für dich, Amy. Bitte, setz dich.« Er führte sie zu dem Sofa. »Du wirst sehr tapfer sein müssen, mein Schatz.«

Sie riß ihren Ellenbogen aus seinem Griff und starrte ihn an, war vor Furcht gelähmt. Dies waren fast dieselben Worte, die der Oberst des Regiments gebraucht hatte, als er kam, um die Mitteilung vom Tode Papas zu übrigen. »Nein«, flüsterte sie. *»Nein.«*

Mit mitleidsvoller Stimme sagte er: »Ganz sicher wissen wir es nicht, aber deine Mutter hat wahrscheinlich vergangene Nacht beschlossen, eine Pause zu machen und hat das Krankenzimmer verlassen. Sie muß einen Spaziergang zu den Klippen gemacht haben und ... sie ist nicht zurückgekommen. Wir haben die ganze Insel abgesucht, aber hier ist sie nicht. Keiner der Schiffer hat sie zum Festland gebracht. Oben auf der Klippe fanden sich Spuren, als ob jemand gefallen ist und versucht hat, sich festzuhalten, um nicht abzustürzen. Dies wurde unten in der Bucht angeschwemmt.« Er reichte Amy einen durchnäßten Schal.

Sie gab ein gequältes Jammern von sich. Ihre Mutter hatte den Schal in Brüssel gekauft. Die Preise dort waren so günstig gewesen, aber sie hatte Mama überreden müssen, etwas für sich zu kaufen. »Mama kann nicht tot sein! Sie ist ihr ganzes Leben lang der Trommel gefolgt. Warum sollte sie von einer albernen Klippe stürzen?«

»Es war neblig, und sie war sehr müde«, sagte Haldoran sanft. »Ein Ausrutscher auf dem feuchten Gras, eine Windböe ... die Insel kann für Neuankömmlinge sehr gefährlich sein.« Er legte eine Hand auf ihre Schulter.

Amy erstarrte. Etwas stimmte nicht an der Art, wie er sie berührte. Seine Hand war schwer, besitzergreifend. Und trotz allem, was er sagte, konnte sie nicht glauben, daß ihre Mutter so dumm sein und von einer Klippe stürzen sollte. Sie schaute zu Lord Haldoran auf und wollte heftiger protestieren, schwieg dann aber. Wenn etwas nicht stimmte, dann hatte das mit diesem Lord zu tun.

»Aber, aber, meine Liebe.« Er versuchte, seine Arme um sie zu legen. »Du brauchst dir keine Sorgen zu machen, Amy. Du gehörst zur Familie. Ich verspreche dir, daß immer für dich gesorgt sein wird.«

Sie schob ihn beiseite. »Ich gehe auf mein Zimmer. Ich ... ich muß allein sein.« Sie ließ ihren kummervollen Tränen freien Lauf.

»Natürlich«, sagte er mit derselben weichen, besorgten *falschen* Stimme. »So eine Tragödie. Deine Mutter war eine wundervolle Frau. Aber denke stets daran, daß ich mich immer um dich kümmern werde.«

Sie rannte aus dem Raum, verhielt sich absichtlich mehr wie eine Siebenjährige als eine Zwölfjährige, und hielt erst inne, als sie ihr Zimmer zwei Etagen höher erreicht hatte. Während sie lief, bemerkte sie, daß einer der Männer Seiner Lordschaft ihr folgte. Es gab mehrere von ihnen, alle waren grob und mürrisch und einander so ähnlich, daß sie sie die Trolle nannte. Anders als die gemeinen Soldaten, die sie in der Armee kennengelernt hatte, waren die Trolle schweigsam und unfreundlich. Zum ersten Mal wurde ihr bewußt, daß immer einer in der Nähe war. Bewachte man sie?

Sie schlug die Tür des Zimmers zu und drehte den Schlüssel, sperrte die Welt aus. Dann warf sie sich auf das Bett und vergrub ihr Gesicht in ihren Händen, während sie versuchte, ihr Schluchzen zu unterdrücken. Nachdem ihr das gelungen war, drehte sie sich auf den Rücken und starrte an die Decke.

Sie hatte Lord Haldorans Ehrlichkeit nie in Frage gestellt. Schließlich war er ein Freund und der Cousin ihrer Mutter. Aber ein so enger Freund war er tatsächlich nicht gewesen, nicht so wie Colonel Kenyon oder Captain Wilding. Was, wenn Seine Lordschaft gelogen hatte, als er sagte, er sei von Mama geschickt worden? Tante Anne hatte sich zuerst geweigert, sie gehen zu lassen, weil Seine Lordschaft keine Mitteilung an sie dabei gehabt hatte.

Aber warum sollte Lord Haldoran sie denn entführen? Er mochte Kinder ja nicht einmal.

Sie dachte angestrengt nach. Vielleicht wollte er Mama wie in einer Schauergeschichte zur Heirat zwingen. Im wirklichen Leben sollte das nicht so sein, aber Mama war die schönste Frau auf der ganzen Welt. Männer verhielten sich in ihrer Nähe oft seltsam.

Was immer der Grund sein mochte, eines war klar. Sie mußte von diesem Mann weg und aus diesem Haus herauskommen, und das bald.

Amy erhob sich und trat ans Fenster. Windböen und Regen ließen die Scheiben erzittern, und der Weg zum Boden war weit. Aber sie könnte ein Seil aus ihrem Bettzeug machen. Zum Glück war das Haus in einem Stil erbaut, bei dem es viele Vorsprünge gab, auf denen sie sich, wenn nötig, ausruhen konnte. Sie würde fliehen, wenn der Sturm sich gelegt hatte. Und dann würde sie sich auf den Weg zum Hause des Laird machen. Vielleicht würde ihre Mutter dort sein.

Sie schloß die Augen und versuchte, die neuen Tränen zu unterdrücken, die zu kommen drohten. *Bitte, Mama, du mußt noch leben.*

38. Kapitel

Sie verließen die Höhle, kaum daß die Flut so weit gefallen war, daß sie das Boot durch den Eingangstunnel bringen konnten. Catherine und Michael lagen flach in dem Boot, während sie gegen die Höhlendecke stießen, um das Gefährt vorwärts zu bringen. Mit jedem Wogen des Wassers scharrten sie über Gestein, aber schließlich gelangten sie hinaus in die pechschwarze Nacht.

Sie hatte ein Prickeln im Nacken, als sie sich aufrichtete. Sie fühlte sich wie eine Maus, die aus einem Loch herauskam, das von einer hungrigen Katze beobachtet wurde. Aber es gab weder Geschrei noch Schüsse. Haldoran und seine Männer waren entweder nach Skoal zurückgekehrt oder hatten Schutz für die Nacht gesucht.

Wie Michael vorhergesagt hatte, hatte der Sturm sich gelegt, doch bevor sie die Riemen in die Halterungen stecken konnten, erfaßte sie eine Welle von der Breitseite. Wasser spülte zentimeterhoch in das Boot, durchtränkte ihre gerade erst getrockneten Kleider. Michael begann hastig zu rudern. Als das Boot ruhiger lag und sich von der Küste entfernte, sagte er: »Halte gut Ausschau. Diese Bucht ist voller Felsen.«

Catherine nickte und kniete sich in den Bug. Da Michael mit dem Rücken zum Bug saß, konnte er nicht sehen, was voraus lag, aber sie war sich sehr deutlich des Umstandes bewußt, daß sie seine hervorragende Nachtsichtigkeit nicht besaß. Dahinjagende Wolken bedeckten den Himmel fast gänzlich, und sie konnte sehr wenig sehen. Sie blinzelte angestrengt. Unmittelbar links voraus war etwas Blasses, etwas Unregelmäßiges, das wie Schaum aussah. »Halte nach rechts. Ich glaube links vor uns ist ein Riff.«

»Rechts«, wiederholte er. Das Boot schwenkte zu der Seite, und durch ein halbes Dutzend Ruderschläge kamen sie an einem Felsen vorbei, der fast gänzlich unter Wasser lag.

Das vor ihnen liegende Wasser schien frei von Hindernissen zu sein, so daß Catherine sich einen Augenblick nahm, um sich umzudrehen und Wasser aus dem Boot zu schöpfen. Es war ein Glück, daß die Schmuggler den Eimer im Boot gelassen hatten.

Kaum daß sie den offenen Ozean erreicht hatten, verschlechterten sich die Umstände. Der Sturm hatte gewaltige Wogen nach sich gezogen, die ungestüm auf das kleine Boot einschlugen. Sie fragte sich grimmig, ob Michael in all diesen Wellen und Strömungen einen Kurs würde halten können. Die Verfolgungsjagd auf Bone hatte gezeigt, daß er einen phänomenalen Orientierungssinn und ein Gespür für Gelände besaß, aber dies war Wasser, ein Kanal, den er erst einmal überquert hatte, und überdies bei Tageslicht. Sie konnten leicht an Skoal vorbeifahren und auf der offenen See verlorengehen.

Sie verdrängte ihre Gedanken. Alles, was ihr blieb, war zu beobachten und Wasser zu schöpfen, und das würde sie gut machen, bei Gott.

Amy döste ein wenig, ließ das Fenster ihres Zimmers ein Stück geöffnet, um das Wetter beobachten zu können. Die Stille nach dem Sturm weckte sie. Sie hatte eine Kerze brennen lassen, und die Kaminuhr zeigte, daß es fast zwei Uhr morgens war. Perfekt. Sie tappte zum Fenster und schaute hinaus. Noch immer wehte ein frischer Wind, doch der Regen hatte aufgehört. Keine Spur von Bewegung war irgendwo um Ragnarök festzustellen.

Sie zog ihr Nachthemd aus und legte die Knabenkleidung an, die sie während langer Ritte auf der iberischen Halbinsel getragen hatte. Sie hatte diese Kleidungsstück für den Fall mitgebracht, daß sie in den Klippen von Skoal klettern würde. Die Reithose war ein wenig eng. Sie war gewachsen. Aber es würde gehen.

Als sie angezogen war, öffnete sie vorsichtig die Tür und spähte hinaus auf den Korridor. Wie sie erwartet hatte, döste einer der Trolle ein paar Meter entfernt auf dem Korridor. Um wegkommen zu können, müßte sie direkt über ihn hinwegtreten. Es blieb nur der Weg aus dem Fenster.

Sie verschloß die Tür wieder und nahm das Seil, das sie aus Laken gemacht hatte. Nachdem sie ein Ende um einen Bettpfosten geschlungen hatte, warf sie das andere aus dem Fenster. Es reichte knapp bis zum Boden.

Sie stieg aus dem Fenster und begann den Abstieg. Durch den böigen Wind pendelte sie an der kalten Granitfläche von einer Seite zur anderen. Sie hatte nie Angst vorm Reiten gehabt oder vor den französischen Soldaten, aber Höhe mochte sie überhaupt nicht. Entschlossen starrte sie an die Wand, während sie sich hinunterließ. So lange sie nicht nach unten schaute, würde alles gut gehen.

Dann begann das Laken zu reißen. Als sie die Vibration in ihren Händen spürte, verkrampfte sich ihr Herz. Ein Sturz aus dieser Höhe würde sie umbringen. Sie schaute hinab. Einer der Vorsprünge war mehrere Fuß unter ihr.

Die letzten Fasern des Lakens rissen mit einem entsetzlich kratzenden Geräusch. Unter Aufbietung all ihrer Kräfte sprang sie auf den schmalen Vorsprung und betete, daß sie das Gleichgewicht behalten würde, wenn sie landete.

Die Reise über den Kanal war ein Alptraum ohne Ende. Catherines Arme schmerzten vom Wasserschöpfen, und ihre Augen brannten vor Anstrengung durch das Ausschauhalten. Zum Glück riß ein steifer Wind die Wolkendecke auf. Der Viertelmond kam heraus und beleuchtete mit seinem kühlen Licht eine winzige Insel zur Rechten. Sie war zu weit weg, um eine Gefahr zu sein, aber sie hielt schärfer Ausschau. Inseln waren oft von heimtückischen kleinen Eilanden umgeben. Aus den Augenwinkeln sah sie ein Schäumen von Wasser. »*Jetzt* hart links!«

Michael gehorchte, aber nicht schnell genug, um dem zackigen Riff ausweichen zu können. Das Ruderboot erzitterte und neigte sich nach links. Eine Welle schlug hinein und durchnäßte sie beide. Catherine blinzelte das Wasser aus den Augen. »Jetzt *rechts*.«

Ein paar Minuten Rudern brachte sie aus der gefährlichen Zone. Dann schöpfte Catherine, bis sie fast das ganze Wasser entfernt hatte. Als sie fertig war, fragte sie: »Hast du eine Vorstellung, wie nahe wir bei Skoal sind?«

Michael legte eine Pause ein und ließ die Ruder hängen. In den Augenblicken, bevor die Wolken wieder den Mond verhüllten, sah sie, daß seine breiten Schultern vor Müdigkeit herabhingen. Er antwortete: »Nicht weit, glaube ich. Hör doch.«

Sie lauschte angestrengt. Durch die Geräusche der Nacht drang ein starker pochender Unterton. »Brecher voraus.«

»Gut.« Er ruderte wieder. »Wenn ich richtig geschätzt habe, werden wir auf Little Skoal landen, nicht weit von Haldorans Haus entfernt.«

Sie wandte sich wieder dem Bug zu und schaute angestrengt in die Dunkelheit. »Woher weißt du das?«

»Orientierungssinn. Ein nützliches Talent für einen Soldaten.«

Sie zögerte. »Mein Gefühl sagt mir, ich müßte sofort zu Amy gehen, aber mein Verstand sagt, wir sollten zum Schloß gehen, um Hilfe zu holen.«

»Vielleicht. Aber es könnte einige Zeit dauern, um jemand davon zu überzeugen, daß Haldoran ein Schurke ist.« Seine Stimme wurde grimmig. »Und außerdem ist sie wahrscheinlich sicherer, wenn wir sie bei einem leisen Überfall herausholen als bei einer offenen Schlacht.«

Er hatte recht. Catherine traute es ihrem verhaßten Cousin zu, daß er Amy aus reiner Boshaftigkeit etwas antun würde, wenn er glaubte, besiegt zu werden. Sie schluckte schwer. »Auf nach Ragnarök.«

Dieses Mal erwachte der Laird leichter. Es war noch dunkel, aber am Himmel zeigte sich bereits eine Spur von Morgendämmerung. Er drehte den Kopf zur Seite. Davin Penrose saß neben dem Bett. Seine Miene war besorgt.

Der Laird flüsterte. »W – wie lange ist es her, seit ich nach dir geschickt habe?«

Ein Lächeln der Erleichterung glitt über Davins Gesicht. »Ich erhielt die Nachricht gestern abend, vor etwa acht Stunden.«

Gut. Der Laird hatte befürchtet, daß Tage vergangen sein könnten, während er schlief. »Catherine?«

»Sie ist verschwunden«, sagte der Konstabler ernst. »Wir haben die Insel abgesucht, aber es gibt von ihr keine

Spur. Sie hat Sie Tag und Nacht gepflegt. Alles deutet darauf, daß sie spätnachts einen langen Spaziergang gemacht hatte und von einer Klippe gestürzt ist.«

»Nein!« Der Laird wußte, daß er nur wenig Kraft besaß und wählte seine Worte sorgfältig. »Clive hat ihre Tochter entführt und Catherine dazu gezwungen, ihren sogenannten Ehemann fortzuschicken.«

Davin hob seine Brauen. »Sogenannt?«

»Ihr richtiger Ehemann ist tot. Dieser ist ein Freund oder Geliebter oder so etwas«, sagte der Laird ungeduldig. »Der Mann kam zurück, um mit Catherine zu sprechen. Clive entdeckte sie und nahm sie gefangen. Er plante, sie nach Bone zu schaffen und sie dort wie Ratten zur Strecke zu bringen.«

»Gütiger Gott!« Davins Gesicht wurde weiß. »Ich glaubte gestern, ein oder zwei Mal Schüsse auf Bone zu hören.«

Der Laird schloß seine Augen,versuchte die unerwartete Gefühlswallung zu unterdrücken. Vielleicht war es zu spät. Catherine hatte ihn getäuscht, aber ... er war in sie vernarrt.

»Wie haben Sie all das erfahren?« fragte der Konstabler.

»Alle sprachen in meiner Anwesenheit, als sei ich bereits tot.« Der Laird atmete tief ein, bemüht, sich zu konzentrieren, um sagen zu können, was gesagt werden mußte. »Clive hat Catherines Tochter auf Ragnarök. Nimm ein paar Milizmänner und hol sie heraus. Ich weiß nicht, ob Clive dort ist, aber bewaffnet euch. Er ist wahnsinnig und gefährlich. Wenn ihr das Kind habt, setzt nach Bone über und seht ob ... Catherine und dieser Mann noch leben. Wenn nicht ...« Seine Stimme versagte.

Davin nahm die ungeheuerliche Geschichte ohne Fragen hin und sprang auf. »Ich mache mich auf den Weg, sobald ich ein halbes Dutzend Männer beisammen habe. Zuerst nach Ragnarök, dann nach Bone.«

»Traue Clive nicht.«

»Das habe ich nie getan.« Der Konstabler wandte sich ab und war fort.

Der Laird schloß seine Augen und versuchte nicht zu weinen. Er war ein alter Mann. Er sollte sich inzwischen an Verlust gewöhnt haben.

Auf Skoal war kein einziges Licht zu sehen, obwohl das zu dieser nächtlichen Stunde nicht überraschend war. Als sie sich der Insel näherten, verschärfte Catherine ihre Wachsamkeit, da sie wußte, daß dieses letzte Stück am gefährlichsten war.

Die Strömung wurde stärker und peitschte das Boot hin und her. Michael keuchte vor Anstrengung, während er versuchte, sie weiter vorwärtszubringen. Die Wucht der Brandung nahm zu, vibrierte in ihren Knochen. Die Silhouette einer kleinen Insel tauchte voraus auf. Sie warnte Michael, und es gelang ihm auszuweichen, aber eine heftige Strömung erfaßte das Boot und trieb es auf einen gezackten Felsen zu. Sie schrie eine weitere Warnung. Die steinerne Nadel ragte drohend über ihr auf, war fast zum Greifen nahe. Im richtigen Augenblick steuerte Michael sie an dem tödlichen Hindernis vorbei.

Der Mond kam wieder heraus, beleuchtete, was vor ihnen lag. »Wir sind nur ein paar hundert Meter entfernt«, berichtete sie. »Dem Geräusch der Brandung nach ist es ein Strand, aber ich kann Felsen sehen.«

»Gut«, sagte er atemlos. »Genau so sieht die Küste an der Südseite von Little Skoal aus.«

Die Brandung erfaßte das Boot, schleuderte es dem

Land entgegen. Sie waren nahe genug, um die blassen, wogenden Linien der brechenden Wellen zu sehen. Catherine klammerte sich mit ihren Händen an das Dollbord, verängstigt durch die Geschwindigkeit, mit der sie auf die Küste zuflogen. Irgend etwas in ihrem Verstand sagte ihr, daß sie diesen wilden Ritt niemals überleben würden, aber ein anderer sagte, daß Michael alles schaffen könne. Der Rest ihres Verstandes und ihr ganzer Körper waren darauf konzentriert, zu beobachten, was voraus lag.

Sie sah den Felsen, der dicht unter der Wasseroberfläche lag, zu spät. »Vorsicht, nach rechts!«

Während Michael versuchte auszuweichen, krachte eines der Ruder gegen den Stein und zerbrach. Er schrie: »Halt dich fest!«

Das Boot, jetzt außer Kontrolle, begann sich seitwärts zu drehen und schmetterte gegen einen anderen Felsen. Catherine wurde durch die Wucht des Aufpralls fast hinausgeschleudert. Wasser ergoß sich durch die zermalmten Planken.

Aber sie bewegten sich zu schnell, um zu sinken. Eine ungeheure Woge riß sie mit einem so heftigen Ruck hoch in die Luft, daß ihr Magen sich umdrehte. Das Boot schien endlos zu fliegen. Dann schmetterte die Woge sie auf den Strand. Das Boot kenterte, und Catherine wurde hinausgeschleudert. Eine heimtückische Unterströmung zog sie zurück in die See, drehte sie wieder und wieder über den Meeresgrund. Sie ertrank, war hilflos, konnte sich nicht lösen ...

Dann packte Michael sie und zog sie hoch. »Steh auf! Wir sind fast da!«

Die Wellen rissen an ihnen, um sie hinunterzuziehen, aber er hielt sie fest, und sein Griff war das einzig Sichere in einer tosenden Welt. Das letzte Stück war endlos, eine tückische Steigung aus Gestein und Seegras und tosenden Wellen. Dann waren sie plötzlich außer Reichweite des Wassers. Sie wankten ein Dutzend Schritte weiter, bevor sie zu Boden sanken und sich aneinanderklammerten. Catherine hatte das Gefühl, als würden ihre pumpenden Lungen aus ihrer Brust springen.

Michael keuchte. »Alles in Ordnung?«

Sie verdrängte ihre Schmerzen und Qualen. »Ein paar Schrammen, aber das leidenschaftliche Verlangen, nie wieder ein Boot zu besteigen.«

Er stieß atemlos ein Kichern aus. »Unerschrockene Catherine.«

»Nein«, sagte sie fest. »Feige, erschöpfte Catherine.«

»Wir brauchen nur noch ein kleines Stück weiterzugehen.«

Sie löste sich widerwillig aus seiner Umarmung. Unter seiner Berührung schien alles möglich zu sein.

Als sie aufstand, sah sie, daß es Michael gelungen war, das Schmugglerschwert und das Seil zu bergen. Erstaunlich. »Weißt du, wo wir sind?«

»Ich glaube, daß Ragnarök keine halbe Meile von hier entfernt ist.« Er zog seine Jacke aus und wrang sie aus, preßte dann so gut es ging die Feuchtigkeit aus seinen anderen Kleidungsstücken. »Wir werden nicht lange brauchen, um diesen Hügel zu ersteigen und dorthin zu gelangen.«

»Und dann?« fragte Catherine, während sie ihre eigene Jacke auswrang.

Er lächelte, und seine Zähne glitzerten weiß und wölfisch im Dunkel. »Dann, meine Liebe, werden wir den Drachen in seiner eigenen Höhle herausfordern.«

Es dauerte einige Zeit, bis Davin eine Handvoll der besten Milizmänner der Insel beisammen hatte. Sie sammelten sich in den Stallungen des Schlosses, wo er Gewehre ausgab und kurz die Situation erklärte. Die Männer reagierten mit sachlichem Kopfnicken auf seine Worte. Niemand schien Probleme damit zu haben, zu glauben, daß Haldoran ein Schurke sei. Andererseits hatten Catherine und ihr Mann – oder was immer er war – einen guten Eindruck auf die Inselbewohner gemacht.

Die Männer spannten Pferde vor einen flachen Wagen, als ein gutgekleideter Fremder auf den Stallhof geschlendert kam. Davin hob seine Fackel und starrte den Mann an. »Wer, zum Teufel, sind Sie?«

Der Neuankömmling hob seine Brauen. »Und Ihnen wünsche ich auch einen angenehmen guten Morgen.« Der Mann war groß und braunhaarig, hatte eine Stimme, die so elegant war wie seine Kleidung.

»Verzeihen Sie, ich wollte nicht unhöflich sein«, sagte Davin, »aber wir sind gerade dabei aufzubrechen. Es gibt einige Probleme.«

Der Fremde seufzte. »Wenn es Probleme gibt, steckt mein kleiner Bruder wahrscheinlich mittendrin. Was ist los?«

Bruder? Davin musterte den Neuankömmling und erkannte, daß es da eine eindeutige Ähnlichkeit mit dem Mann gab, der als Ehemann von Catherine Melbourne bekannt gewesen war. Eine Gegenfrage stellend sagte er: »Wer sind Sie, und was tun Sie um diese Zeit hier?«

»Mein Name ist Ashburton, und ich bin vergangene Nacht auf die Insel gekommen. Ich glaube, daß mein Bruder hier zu Besuch ist. Da ich mit dem Laird bekannt bin, beschloß ich, ihn zu besuchen«, sagte der Gentleman ziemlich ausweichend. »Wegen des Sturmes kamen wir so spät an, daß der Fährmann, der mich herbrachte, mir vorschlug, in seinem Haus zu bleiben. Ich wachte früh auf und beschloß, einen Spaziergang zu machen.«

»Wenn Sie das sagen«, sagte Davin trocken.

Ashburtons Blick wanderte zu dem Wagen hinüber. »Brauchen Sie irgendwelche Hilfe auf Ihrer Expedition? Ich habe zufällig meine Reisepistole bei mir.«

Ashburton schien tüchtig zu sein, und wenn er der Bruder von Catherines vorgeblichem Ehemann war, hatte er ein Recht mitzukommen. »Steigen Sie auf. Ich werde Ihnen das Wenige, das ich weiß, auf dem Weg nach Ragnarök erklären.«

»Götterdämmerung?« sagte Ashburton überrascht.

»Das hoffe ich aufrichtig nicht.« Während der kleine Trupp in schnellstmöglichem Tempo auf Little Skoal zuratterte, hoffte Davin, daß der Name sich nicht als Prophezeiung erweisen würde.

Obwohl Catherine müde war, rannte sie fast, als sie sich Ragnarök näherten. Zu dieser Jahreszeit ging die Sonne früh auf, und der Himmel lichtete sich im Osten bereits.

Michael war vorsichtiger und hielt sie zurück. Er vergewisserte sich, daß sie jede verfügbare Deckung nutzten. Als sie sich dem Hause näherten, sagte er ruhig: »Hat Haldoran erwähnt, wo Amy festgehalten wird?«

Catherine überlegte. »Er sagte, sie sei in einem der besten Gästezimmer mit einem schönen Ausblick auf das Meer.«

»Dann werden wir zur Seeseite gehen und versuchen herauszufinden, wo sie sein könnte.«

Verstohlen gingen sie um das Haus herum. Obwohl der Himmel heller war, waren die Schatten noch tief. Catherine musterte aufmerksam die Fenster und fragte sich, ob Mutterinstinkt zu tun vermochte, was mit bloßem Schauen nicht gelang. Etwas Langes und Blasses flatterte an der Mauer des Hauses. »Kannst du erkennen, was dieses helle Ding ist?«

Michael schaute in die Richtung, in die sie wies, und atmete heftig ein. »Es sieht aus wie ein aus Laken gemachtes Seil. Und darunter – Gott, ich glaube, dieser dunkle Fleck ist Amy, die auf einem Vorsprung kauert.«

Catherine keuchte und löste sich von Michael, um zu dem Haus zu rennen. Am Fuße der Mauer rief sie mit zitternder Stimme: »Amy, bist du es?«

»Mama!« Die dunkle Gestalt wankte. Für einen schrecklichen Augenblick glaubte Catherine, ihre Tochter würde herabstürzen. Dann lehnte sich das Mädchen wieder an die Mauer. »Ich ... ich sitze hier fest.«

Michael trat an Catherines Seite. »Sprecht leise!« Weich fuhr er fort: »Hier ist Colonel Kenyon, Amy. Bist du unverletzt?«

»Ja, Sir.« Ein gedämpftes Schniefen war zu hören. »Ich hatte versucht zu fliehen.«

»Tapferes Mädchen. Bleib, wo du bist. Ich komme und werde dich holen.«

»Wie willst du das machen?« fragte Catherine. Ihre Kehle war wie zugeschnürt.

Michael entrollte das Seil. »Ich werde diesen Baum in der Ecke ersteigen. Von dort aus kann ich eine Schlinge über dieses Steinding unter dem Dach werfen und mich zu dem Vorsprung, auf dem Amy hockt, hinüberschwingen. Dann werde ich uns nach unten bringen.« Er zog das Schwert aus der Scheide und legte es auf den Boden.

Sie starrte nach oben, konnte Amy kaum sehen, noch weniger als das »Steinding«. Es war besonders entsetzlich, Amy so nahe zu haben und zugleich in solcher Gefahr zu wissen. Gepreßt sagte sie: »Sei vorsichtig.«

Er berührte kurz ihre Schulter. »Das bin ich immer.« Dann ging er zu dem Baum und begann hinaufzuklettern.

Catherine beobachtete ihre Tochter mit solcher Angst, daß sie kaum atmen konnte. Obwohl es sich aus Michaels Mund so angehört hatte, als ob die Rettung leicht sei, wußte sie, wie gefährlich es sein würde. Das Seil konnte reißen, das Steinding abbrechen, jemand sie sehen.

Die beiden Menschen, die sie am meisten liebte, waren in Lebensgefahr, und das einzige, was sie tun konnte, war beten.

Ein seltsamer Schrei riß Haldoran aus dem Schlaf. Keine Möwe oder irgendein Wildtier. Er stand auf und trat an sein Fenster. Es dämmerte. Zeit aufzustehen, zu frühstücken und nach Bone zurückzukehren. Er freute sich auf die Jagd dieses Tages.

Aus den Augenwinkeln bemerkte er eine Bewegung und drehte sich in die Richtung, um genauer hinzusehen. Was war das, zum Teufel?

Eine dunkle Gestalt kletterte unerschrocken an der Mauer entlang, bewegte sich auf halber Höhe über dem Boden. *Kenyon!* Und das da auf dem Boden war Catherine, das bleiche Oval ihres Gesichts nach oben gerichtet. Verflucht. Nicht nur, daß es dem Paar irgendwie gelungen war, von Bone zu fliehen, sie besaßen auch noch die Kühnheit, nach Ragnarök zu kommen.

In dem langsam zunehmenden Licht konnte er sehen, daß sich neben Kenyon noch eine zweite, kleine Gestalt befand. Amy. Es sah aus, als hätte diese Göre zu fliehen versucht. Man konnte ihr ebensowenig trauen wie ihrer Mutter. Jetzt mußte er sie ebenfalls beseitigen.

Schnell wandte er sich ab und betätigte die Glocke.

Er war bereits halb angekleidet, als Doyle schlaftrunken erschien. »Weck die anderen Männer. Sie sollen sich anziehen und mit ihren Waffen in die Eingangshalle kommen. *Sofort!*« bellte er. »Zeit, mit dem Töten zu beginnen.«

Als Michael auf dem Vorsprung neben Amy landete, sagte er im Plauderton: »Was ist passiert?«

»Ich habe ein Seil aus Laken gemacht, und es ist gerissen.« Sie wischte sich mit dem Handrücken über ihr verschmiertes Gesicht. »Ich habe auf diesen Vorsprung springen können, konnte aber weder hinauf noch hinunter.«

»Bist du schon lange hier?«

»Eine Ewigkeit!« Ihre Stimme zitterte. »Letzte Nacht erzählte Lord Haldoran mir, Mama sei tot, und deswegen beschloß ich zu fliehen, um herauszufinden, ob er die Wahrheit gesagt hatte.«

Dieser *Bastard*. Michael murmelte einen Fluch, den er in Gegenwart eines Kindes nicht hätte benutzen dürfen. Haldoran mußte im Haus sein, was ihre Situation noch gefährlicher machte. Seine Besorgnis verbergend, sagte er ruhig: »Wie du sehen kannst, hat er gelogen.«

»Ich hätte ihn umbringen können für das, was er sagte!« Ihre Stimme klang absolut nicht kindlich.

»Ich werde mein Bestes tun, ihn für dich zu töten.«

Während er prüfte, ob das Seil hielt, fragte sie: »Warum sind Sie bei Mama?«

Michael überlegte schnell und gab ihr dann eine überarbeite Form der Wahrheit als Antwort. »Deine Mutter war vor dem Besuch von Skoal etwas aufgeregt. Da wir Freunde sind, bat sie mich, sie zu begleiten.«

Amy akzeptierte das kommentarlos.

Er fuhr fort: »Der schnellste Weg, nach unten zu kommen, ist, wenn ich dich Huckepack nehme. Es wird schaurig sein. Kannst du das?«

Sie nickte heftig. »Ich tue alles, um hinunterzukommen!«

Er drehte sich mit einem Lächeln um und hockte sich hin, so daß sie aufsteigen konnte. Obwohl ihr schlanker Körper eiskalt war, schlang sie ihre Arme und Beine fest um ihn. »Fertig?« fragte er.

»Ja, Sir.«

Er ließ sich von dem Vorsprung hinab. Amy klammerte sich wie ein Affe an ihn. Der Wind zerrte an ihnen, so daß das Seil schwankte, und Amys Gewicht brachte ihn aus dem Gleichgewicht. Der langsame Abstieg stellte seine Kraft auf die Probe. Viel besaß er davon nach Tagen buchstäblich ständiger Anstrengung nicht mehr. Er packte mit einer Hand zu. Dann mit der nächsten. Ganz vorsichtig, damit Amy nicht abgeworfen wurde. Als seine Füße schließlich den Boden berührten, waren seine Handflächen aufgerissen, und seine Arme zitterten nach der Anstrengung.

»Mama!« Amy sprang von ihm ab und rannte in die Arme ihrer weinenden Mutter.

Michael lehnte sich an die Mauer und atmete tief und schwer ein, während er ihr Wiedersehen beobachtete. Wie mochte es sein, so zärtliche beiderseitige Liebe zu erleben? Er hoffte, daß Amy erkannte, wie glücklich sie war. Es sah aus, als sei es so.

Er drehte sich um und nahm sein Schwert auf. »Zeit zu gehen. Haldoran ist hier. Wir müssen fortkommen, ohne gesehen zu werden.«

»Ja, Sir, Colonel.« Mit einem breiten Grinsen auf dem Gesicht, wandte Amy sich ihm zu, hielt mit einer Hand die ihrer Mutter. Catherine strahlte über das ganze Gesicht.

Selbst Michael gestattete sich das Gefühl von Hoffnung, während er seine Schützlinge vom Haus wegführte. Ein paar Minuten länger noch, und sie würden sicher sein. Nur noch ein paar Minuten ...

39. Kapitel

Obwohl die Sonne aufging und Objekte deutlich sichtbar waren, versuchte Michael nicht, seine kleine Truppe in Deckung zu halten. Geschwindigkeit war wichtiger als Heimlichkeit. Nachdem sie den Neck nach Great Skoal überquert hatten, würden sie sich in den armseligen Büschen verstecken können, doch bis dahin waren sie verwundbar. Er trug das Schwert in einer Hand und hoffte, er würde es nicht brauchen müssen.

Als das Geräusch tosender Wellen verriet, daß sie nahe beim Neck waren, sagte er: »Amy, bist du diesen Weg gekommen, als Haldoran dich zu seinem Haus brachte?«

Sie schnitt ein Gesicht. »Der Neck. Er ist schmal und schrecklich. Ich bin froh, daß es hell genug ist, daß man den Weg sehen kann.«

»Dann weißt du, daß du vorsichtig sein mußt.«

»Das werde ich.« Sie faßte die Hand ihrer Mutter fester. »Ich mag keine Höhen.«

Catherine kicherte. »Ich fürchte, ich auch nicht, mein Liebling.«

»Dann ist es ein Glück, daß ihr nicht darüber laufen werdet«, sagte eine lässige Stimme langsam. In den Büschen zu beiden Seiten des Weges gab es plötzlich Bewegung. Fünf Männer traten auf die Straße, strahlten das Selbstvertrauen gut bewaffneter Schläger aus.

Haldoran und Doyle waren auf der Linken, während die drei anderen Sträflinge direkt vor den Flüchtigen standen und den Weg zum Neck versperrten.

Michael wußte, daß ihm zum Handeln nur ein Augenblick blieb, und so stürzte er sich auf die Sträflinge vor ihm. Der erste Schwertstreich traft die Abzugshand des Mannes, dem er bei ihrer ersten Begegnung den Kiefer gebrochen hatte. Ohne innezuhalten, wirbelte er herum und stach dem zweiten Sträfling in die Schulter. Während der Kerl rückwärts wankte, riß Michael seine Klinge heraus, wandte sich dem dritten Sträfling zu und schlug dem Halunken tief in den Schenkel. Während sein Opfer aufheulend zu Boden sank, schrie Michael: »Lauft!«

Catherine und Amy schossen durch die Lücke, die Michael geschlagen hatte und rannten auf den Neck. Ohne sich damit aufzuhalten, ihnen nachzuschauen, wandte er sich seinen Gegnern zu.

Die ersten drei Männer hatten sich noch nicht erholt, aber Doyle richtete sein Gewehr auf ihn, Mordlust in seinen Augen. Als das Gewehr knallte, schlug Haldoran mit der Breitseite seines Schwertes auf den Lauf, so daß die Kugel harmlos in den Boden schlug. »Töte ihn nicht!« bellte er. »Das will ich selbst tun.«

Er trat vor, seine Klinge erhoben und bereit. Das frühe Morgenlicht glänzte auf der prächtigen Sarazenenwaffe, mit der er schon einmal gegen Michael gekämpft hatte. »Dieser Punkt geht an Sie, Kenyon. Sie haben so schnell angegriffen wie damals, als ich Sie und Catherine im Schlafzimmer des Laird gefangennahm. Ich hätte mir diese Taktik merken müssen.«

»Wären Sie kein Amateur, hätten Sie's getan.« Michael wich auf den Neck zurück, beobachtete den anderen Mann scharf. Die Augen würden den Augenblick und die Stoßrichtung des Angriffs verraten.

Haldoran blickte finster drein. »Ich wünschte, ich könnte mir Zeit lassen, aber ich muß Sie schnell töten, damit wir Catherine und ihren Balg zu fassen bekommen.«

»Um an sie heranzukommen, müssen Sie an mir vorbei«, sagte Michael gelassen. »Das wird vielleicht schwerer als Sie denken.«

»Ach ja?« Leichtfüßig und mit funkelnden Augen trat Haldoran auf den Neck. »Ich habe Sie schon einmal besiegt, und damals waren Sie nicht erschöpft. Ich weiß verdammt gut, daß Sie mich herausfordern wollten, als Sie später behaupteten, Sie hätten mich gewinnen lassen. Dieses Mal wird an meinem Sieg nicht zu zweifeln sein.« Er sprang blitzschnell vor.

Durch ein Flackern in den Augen seines Gegners gewarnt, parierte Michael. Müdigkeit hatte seine Reflexe gelähmt, und es gelang ihm kaum, den Schlag rechtzeitig abzuwehren.

Haldoran ließ eine Reihe brutaler und mächtiger Stöße folgen. Die Klinge glitzerte blutrot in der aufgehenden Sonne, wenn er zustieß und die Abwehr seines Gegners fast durchbrach. Als Michael zurückwich, höhnte Haldoran: »Das ist kein besonderer Säbel. Wo haben Sie den gefunden?«

»In einer Schmugglerhöhle. Es ist eine Standardwaffe der Marine«, keuchte Michael. »Ein echter Soldat braucht keine kunstvolle Waffe.«

Haldoran schlug wieder zu. Als Michael den Hieb abwehrte, half ihm der böige Wind, der seinen Gegner für einen Moment aus dem Gleichgewicht brachte. Michael nutzte die kurze Pause, um einen Blick über die Schulter zu werfen. Catherine und Amy waren verschwunden. Zutiefst erleichtert, richtete er seine Aufmerksamkeit wieder auf seinen Gegner.

Die Erschöpfung hatte seinen Verstand eingelullt, seine Reflexe gelähmt, selbst seinen Wunsch zu überleben. Das einzige, was geblieben war, war der stählerne Kern von Geschick, der in der härtesten aller Schulen geschmiedet worden war. Endloser Drill und mehr Geplänkel und Schlachten als er sich erinnern konnte, hatten ihn gelehrt, zuzuschlagen, zu parieren und auszuweichen, selbst wenn sein Degen so schwer zu sein schien, daß er ihn zu heben können glaubte und seine Muskeln vor Überanstrengung zitterten.

Sie kämpften in grimmigem Schweigen, und das Klirren ihrer Waffen durchdrang das dunkle Brüllen der Wogen und die gelegentlichen Schreie der Möwen. Sie schwitzten jetzt beide. Obwohl Haldoran immer kurz davor war, ihm einen tödlichen Stoß zu versetzen, hatte er nie Erfolg dabei. Irgendwie gelang es Michael trotz seines müden Armes und seiner bleischweren Füße zu parieren und zurückzuweichen, bevor der andere Mann zustoßen konnte.

Michael empfand bei seinen bescheidenen Erfolgen eine freudlose Genugtuung. Diesen Kampf würde er nicht gewinnen. Selbst wenn er Haldoran durch irgendein Wunder besiegte, würden ihn die wartenden Sträflinge erschießen. Doch mit jedem weiteren Augenblick, den er durchhielt, gab er Catherine und Amy mehr Zeit zum Entkommen.

Als er einen weiteren Schritt zurückwich, knurrte Haldoran: »Bleiben Sie stehen, verdammt! Kämpfen Sie wie ein Gentleman, falls Sie wissen, was das ist.«

Zu antworten, kostete ihn enorme Anstrengung. »Ich kann nur kämpfen wie ein Soldat – um zu siegen.«

Voller Wut stürmte Haldoran auf ihn los. Die rasiermesserscharfe Spitze der Sarazenenklinge traf Michaels Unterarm, durchschnitt die dicke Jacke und suchte nach einer tödlichen Stelle. Michael wich hastig zurück – und sein rechter Absatz landete in der Luft. Es war die schmalste Stelle des Neck. Diesen Schritt zu beenden, bedeutete den sicheren Tod.

Wie ein Akrobat wandte er sich nach links. Die Bewegung rettete ihn zwar davor, über die Klippe zu stürzen, doch am Ende lag er rücklings am Rande des Abgrunds.

Haldoran lächelte mit bösartiger Befriedigung. »Sprich deine Gebete, Kenyon.« Er stach nach unten, auf Michaels Kehle zu.

Gerade noch rechtzeitig hob Michael seinen Säbel, um den Stoß seines Gegners abzuwehren. Die Saranzenenklinge traf mit einem durchdringenden Kreischen auf den Marinesäbel und zerschlug das minderwertige Metall. Fast die ganze Klinge wirbelte davon, so daß ihm nur der Griff und ein zackiger stählerner Stumpf blieben.

Sein Verstand akzeptierte, daß das Ende gekommen war, doch sein durchtrainierter Körper war nicht bereit, sich zu ergeben. Er ergriff mit seiner linken Hand eine Handvoll Kieselsteine und schleuderte sie seinem Gegner ins Gesicht. Haldoran fluchte und wich zurück, faßte sich an seine Augen. Während er das tat, machte Michael eine fegende Bewegung mit seinem linken Bein. Sein Knöchel traf die Beine des anderen Mannes.

Haldoran stürzte seitwärts. Michael richtete sich auf die Knie auf und schlug mit dem scheußlichen zackigen Stumpf seiner eigenen Waffe auf die Schwerthand seines Gegners, womit er deren Sehnen durchtrennte. Zum ersten Mal zeigte dessen Gesicht Furcht. Wie ein Tier knurrend, trat er Michael den gebrochenen Säbel aus der Hand. Dann sprang er vorwärts und packte Michael mit seiner unversehrten Hand an der Kehle.

Sie begannen heftig zu ringen, rollten am Rande des

Abgrundes hin und her. Doch das Gleichgewicht der Kräfte hatte sich verlagert. Die Wildheit eines Berserkers erfüllte Michael, ließ ihn jede Müdigkeit vergessen und die Furcht davor, wo all dieses geschah. Unermüdlich drängte er Haldoran weiter zum Rand der Klippe.

Als ihre verschlungenen Körper am Abgrund schwankten, starrte Michael in die Augen seines Feindes. Er sah die Furcht wachsen. *»Amateur«*, spuckte er aus. Dann brach er Haldorans Griff mit einem heftigen Stoß, der den anderen Mann auf den Rand zu schleuderte.

Haldoran griff nach Michael, um Halt zu finden oder sie beide in den Tod zu reißen, aber Michael schlug mit der Handkante auf das Handgelenk des anderen Mannes. Mit noch immer sich verzweifelt spreizenden Fingern, stürzte Haldoran ins Nichts. Er schrie auf dem Weg abwärts, und das Grauen in diesem Schreien hallte von den Klippen und Hügeln wider, bis das Geräusch mit entsetzlicher Endgültigkeit verstummte.

Es war ein Sieg. Aber was für ein Sieg. Als Michael seinen Kopf hob und die Gewehrläufe auf sich gerichtet sah, wußte er, daß das Ende gekommen war.

Zumindest starb er für eine gute Sache. *Lebe lang, Catherine, und lebe gut.*

Catherine und ihre Tochter suchten Deckung im Gebüsch, als sie das andere Ende des Neck erreicht hatten. Während sie auf die Knie fielen und nach Atem rangen, teilte Catherine vorsichtig die Zweige, um sehen zu können, was geschah. Weitere Schüsse waren nicht gefallen. War dies ein gutes Zeichen oder bedeutete es, daß Michael getroffen worden war?

Sie hielt den Atem an, als sie sah, daß Haldoran Michael mit einem Säbel angriff. Als Michael den Schlag abwehrte, flüsterte Amy: »Wird Colonel Kenyon gewinnen?«

»Ich weiß es nicht. Er ist ein wundervoller Kämpfer, aber er hat seit Tagen übermenschliche Leistungen vollbracht. Er ist erschöpft, wogegen Haldoran ausgeruht ist.« Catherine zuckte zusammen, als die Klinge ihres Cousins auf Michaels Bauch stieß. Michael wich dem Stoß um Haaresbreite aus und wich wieder zurück. Die Duellanten befanden sich genau in der Mitte des Neck, und zwei von Haldorans Männern rückten in sicherem Abstand dahinter vor, ihre Gewehre schußbereit.

Catherine merkte nicht, daß Tränen über ihr Gesicht rannen, als sie schmerzlich sagte: »Wir müssen jetzt gehen. Wenn der Kampf zu Ende ist, werden Haldorans Männer uns folgen, gleich, wer gewinnt.«

»Ich nenne sie die Trolle. Sie sind schrecklich.« Amy verzog angewidert das Gesicht. »Wir können Colonel Kenyon nicht im Stich lassen, Mama.«

»Das müssen wir aber, Liebling, sonst wird sein Opfer vergebens gewesen sein.«

»Ich will nicht gehen«, sagte Amy ausdruckslos. »Du weißt, wie gut ich werfen kann. Ich glaube, ich kann die Trolle von hier aus treffen.«

Catherine starrte in das Gesicht ihrer Tochter. In Amys Augen war ein kriegerisches Leuchten. Nie hatte sie ihrem Vater ähnlicher gesehen. Und es war gewiß wahr, daß ihre wilde Tochter beim Kricketspielen bewiesen hatte, wie gut sie werfen konnte.

Als Mutter würde Catherine alles tun, um ihr Kind zu retten. Doch Ehre und Treue zählten ebenfalls. Eine fatalistische Ruhe erfüllte sie. Wenn sie jetzt gingen, ohne für Michael zu tun, was sie tun könnten, würde sich das keiner von ihnen verzeihen können. »Dann laß uns Steine sammeln.«

An Steinen war auf Skoal kein Mangel. Sie sammelten einen Haufen und schauten dann angespannt zu, wie das Duell weiterging. Catherine legte warnend eine Hand auf den Arm ihrer Tochter. »Wenn Michael ge ... getötet wird, müssen wir nach rechts rennen, diesen Hügel hinunter. Dort gibt es genug Büsche, in denen wir uns verstecken können. Haben wir Glück, wird Haldoran glauben, wir seien der Straße gefolgt.«

Amy nahm einen Stein in die Hand. »Aber wenn der Colonel siegt, sind wir für die Trolle bereit.«

Catherine stieß einen gequälten Schrei aus, als Michael fiel und sein Säbel zerbarst. Während die beiden Männer rangen, gab es einen schrecklichen Augenblick, in dem es so aussah, als würden beide in den Abgrund stürzen. Dann wurde Haldoran plötzlich in die Tiefe geschleudert, überschlug sich in der Luft, bis er drunten auf die gnadenlosen, wellenumspülten Felsen schlug.

Es gab einen Augenblick absoluter Stille, in dem das einzige Geräusch das des ewigen Windes und der kreischenden Möwen war. Dann richtete Amy sich auf und warf. Ihr Stein flog schnell und genau, und traf die Wange von Doyle, der gerade schießen wollte. Der Mann schrie auf, und sein Gewehr zuckte, und die Kugel wirbelte Erde nur einen Meter von Michael entfernt auf.

Catherine schleuderte ihren Stein. Er hüpfte einmal, traf dann das Knie eines anderen Trolls, der seine Waffe auf Michael richtete. Obwohl die Wucht nicht groß war, genügte das, um zu verhindern, daß der Halunke traf. Michael duckte sich und begann mühsam, nach Great Skoal zurückzukriechen. Er hielt sich tief, um den Geschossen auszuweichen.

Catherine hörte plötzlich die donnernden Räder eines schnell fahrenden Gefährts hinter sich. Wer, zum Himmel, sollte um diese Stunde und mit solcher Geschwindigkeit nach Little Skoal kommen? Sie warf einen Blick über die Schulter und sah einen Wagen, besetzt mit einem halben Dutzend Männer, der auf den Neck zujagte. Dann schaute sie wieder zurück und sah, daß Michael in Sicherheit war.

Das Steinbombardement hatte die drei Männer so verwundert und verwirrt, daß sie keine Gefahr mehr darstellten. Doyle hingegen, der abgebrühter und entschlossener war, hatte sich hinter einem großen Felsen zu Boden fallen lassen. Das einzige, was Catherine von ihrer Warte aus sehen konnte, war der Lauf seines Gewehres, der jetzt auf Michael geschwenkt wurde. Gütiger Gott! Nachdem Michael so vieles überlebt hatte, konnte er jetzt doch nicht getötet werden. Es *durfte* nicht sein.

Der Wagen hielt, und ein Schuß dröhnte. Das Echo rollte über die Hügel. Doyles Gewehr zuckte. Dann rollte sein Körper hinter dem Felsen hervor. Blut quoll aus seinem Schädel.

Eine tiefe Stimme rief: »Wenn ihr anderen den Sonnenaufgang noch erleben wollt, werft eure Waffen weg!«

Catherine, die fast außer sich vor Entsetzen war, blickte auf und sah Davin Penrose auf dem Wagen stehen. Eine Rauchwolke kräuselte sich aus dem Gewehr in seinen Händen. Sie hatte nicht gewußt, wie gebieterisch der Konstabler sein konnte. Wie sehr er ihrem gemeinsamen Großvater ähnlich war.

»Gott sei Dank«, flüsterte sie. »Oh, danke, Gott.« Zitternd stand sie auf und verließ das Gebüsch, Amy an ihrer Seite. »Michael?«

Er rappelte sich torkelnd auf und ging die letzten Schritte vom Neck nach Great Skoal. Obwohl er durchnäßt, verdreckt und unrasiert war, bot er den schönsten Anblick, den sie sich vorstellen konnte. Sie umarmte ihn,

Tränen der Erleichterung in ihren Augen. Er lebte. *Lebte.*

»Wir haben's geschafft.« Er erwiderte ihre Umarmung für einen Augenblick und ließ sie dann los. »Wir haben uns Napoleon auf Skoal gestellt und gesiegt.«

»Nicht *wir*. Du.« Sie warf den Kopf zurück. Es gab so vieles, was sie sagen wollte, daß sie nicht wußte, wo sie anfangen sollte.

Der Augenblick zum Sprechen endete, als ihre Retter nahten. Die meisten gingen, um Haldorans Männer gefangenzunehmen, aber Davin und ein anderer Mann kamen zu den Flüchtlingen. Dieser zweite Mann, ein großer, modisch gekleideter Fremder, sagte: »Was ist mit deinem Arm passiert, Michael?«

Michael schaute amüsiert auf seinen tiefrot durchtränkten Ärmel. »Haldoran schnitt tiefer als ich dachte, als er meine Jacke durchschlug. Seine Klinge war so scharf, daß ich es nicht bemerkt habe.« Er runzelte die Stirn. »Was, zum Teufel, machst du hier, Stephen?«

Stephen. Catherine musterte ihn interessiert. Dem Namen nach und mit diesem Gesicht mußte er Michaels Bruder sein.

Der Herzog sagte: »Deine ziemlich rätselhafte Nachricht veranlaßte mich nachzuschauen, was hier vorgeht.« Er schaute unbehaglich auf den blutigen Ärmel. »Solltest du dafür nicht etwas tun?«

»Wenn Sie mir Ihre Krawatte geben, werde ich die Wunde bandagieren«, sagte Catherine zu dem Herzog.

Wortlos entknotete er das weiße Leinenstück, nahm es ab und reichte es ihr. Vielleicht zum tausendsten Male, so schien es ihr, begann sie, Michael zu verbinden.

Er lächelte müde. »Stephen, erlaube mir, dir Catherine und Amy Melbourne vorzustellen. Außergewöhnliche Krankenschwester und Meisterwerferin, in dieser Abfolge. Du hast einen erstaunlich guten Wurf, Amy. Dein Vater würde stolz auf dich sein.«

Das Mädchen lächelte vor Freude.

Catherine verknotete den Verband. »Ich war noch nie in meinem Leben so glücklich, jemand zu sehen, Davin. Was hat dich dazu gebracht, ausgerechnet in diesem Moment herzukommen?«

»Der Laird hat sehr viel gehört, als er halb bewußtlos war«, erklärte der Konstabler. »Heute morgen war er so wach, daß er mir erzählen konnte, was seiner Meinung nach vorging.«

»Dann geht es ihm soviel besser? Dem Himmel sei Dank.« Catherine legte einen Arm um Amys Schulter.

Davin warf Michael einen kühlen Blick zu. »Der Laird sagte, Sie sind nicht Colin Melbourne. Wenn dieser Bursche Ihr Bruder ist, darf ich annehmen, daß Ihr Name Ashburton ist.«

»Ich bin Michael Kenyon. Ashburton ist Stephens Titel.«

Davins Miene wurde verlegen. »Wie der Herzog von Ashburton?«

»Ja«, gab der Herzog zu. »Aber Sie brauchen nicht so dreinzuschauen. Ich beiße selten.«

Michael seufzte und fuhr sich mit einer Hand durch sein wirres Haar. »Ich bedaure diese Täuschung, Davin. Aber das mit der gemeinsamen militärischen Erfahrung stimmt. Catherine und ich sind seit Armeezeiten Freunde, und darum bat sie mich, sie nach Skoal zu begleiten.«

Bevor Catherine mehr sagen konnte, sagte der Herzog: »Statt jetzt hier zu stehen und zu reden, sollten wir diese erschöpften Leute zum Schloß bringen, bevor es wieder zu regnen beginnt. Der Laird wird ganz gespannt darauf sein, zu erfahren, was geschehen ist.«

»Eine ausgezeichnete Bemerkung«, murmelte Michael. Er schwankte stark. Catherine wollte zu ihm gehen, aber es war Stephens Hand, die seinen Bruder stützte und ihm auf den Wagen half.

Auf der Fahrt zurück zum Schloß lag Michael flach auf den Brettern. Sein Gesicht war grau, seine Augen waren geschlossen. Catherine, die fast ebenso müde war, lehnte sich an eine Seite des Wagens und hielt Amy umarmt. Ruhig erzählte sie ihrer Tochter alles, was geschehen war, auch, daß Haldoran Colin ermordet hatte.

Amy hörte sich diese Nachrichten mit steinerner Miene an. Ihr einziger Kommentar war: »Ich wünschte, ich hätte Lord Haldoran selbst getötet.« Dann kuschelte sie sich für den Rest der Fahrt an ihre Mutter.

Catherine lehnte sich mit einem Seufzer zurück. Wider alle schlechten Vorzeichen waren sie verschont geblieben. Doch trotz ihrer Erleichterung wünschte sie sich kläglich, nicht ihrem Großvater gegenübertreten zu müssen.

40. Kapitel

Der Laird war an Kissen gestützt und sah fast wieder ganz wie der Alte aus, als die Rettungsmannschaft hereingeführt wurde. »Du warst also rechtzeitig zur Stelle, Davin. Gut gemacht.« Sein Blick wanderte zum Herzog. »Was, zum Teufel, machen Sie hier, Ashburton?«

»Ich kam zufällig vorbei«, murmelte der Herzog, dessen Augen belustigt glitzerten. »Tun Sie einfach so, als sei ich eine Fliege an der Wand. Beachten Sie mich gar nicht.«

Der Laird nahm den Herzog beim Wort und hörte aufmerksam zu, als Davin eine kurze Schilderung der Ereignisse gab. Als der Konstabler fertig war, sagte Catherine zögernd: »Ich weiß nicht, ob ich hier willkommen bin, Großvater, aber ich freue mich, daß es dir soviel besser geht.« Sie zog Amy mit sich und trat vor. »Dies ist deine Urenkelin, Amy.«

Der Laird schaute das Mädchen finster an. »Trägst Reithosen wie deine schändliche Mutter. Du siehst auch wie sie aus. Bist du auch so dickköpfig?«

Amy hob ihr Kinn. »Schlimmer.«

»Dann, denke ich, werden wir miteinander auskommen. Kommt zu mir, ihr beiden.«

Von Erleichterung übermannt, trat Catherine an das Bett ihres Großvaters und küßte ihn. »Es tut mir wirklich leid, daß ich dich getäuscht habe.«

Der Laird tätschelte verlegen ihre Hand und musterte dann Amys Gesicht. Nachdem er zustimmend genickt hatte, wanderte sein Blick zu Michael, der erschöpft an der Wand lehnte. »Da Sie nicht Colin Melbourne sind, wer, zum Teufel, sind Sie dann?«

»Michael Kenyon, früher bei den Fünfundneunzigsten Rifles.«

»Er ist auch *Colonel* Kenyon vom Hundertfünften«, fügte Amy hinzu, die sichergehen wollte, daß diese wichtige Sache nicht unberücksichtigt blieb.

»Und mein einziger Bruder«, fügte der Herzog hinzu.

Der Laird zog seine buschigen Brauen hoch, bevor er antwortete. »Mir ist das völlig egal, selbst wenn er ein Generalmajor ist. Lord Michael hat meine Enkelin kompromittiert.«

Michael schaute Catherine kurz an und dann wieder beiseite. »Ja.«

Sie haßte den Gedanken, daß all diese Freundschaft, die sie geteilt hatten, auf dieses elende Wort »kompromittiert« reduziert werden konnte. Kühl sagte sie: »Ich bin eine achtundzwanzigjährige Witwe und kein Schulmädchen, Großvater. Die Schuld liegt allein bei mir. Mr. Harwell sagte, daß du einer alleinstehenden Frau Skoal nicht überlassen wolltest. Da Colin kurz zuvor verstorben war, bat ich Michael, als mein Ehemann aufzutreten. Er sträubte sich sehr dagegen, an einem solchen Betrug mitzuwirken, aber ich bettelte um seine Hilfe. Sein Verhalten ist immer ehrenwert gewesen.«

»Ich habe mich weniger dagegen gesträubt, als Catherine sagt«, stellte Michael leidenschaftslos fest. »Als sie nach Waterloo mein Leben rettete, hatte ich ihr den Freibrief ausgestellt, daß sie alles von mir fordern könne, was sie verlangt.«

In dieser Feststellung war nichts, was auch nur im entferntesten an Liebe erinnerte. Sie überlegte, was er vorhaben mochte.

Der Laird seufzte. »Harwell hatte recht – ich wollte Skoal nicht einer alleinstehenden Frau vermachen. Doch jetzt, nachdem ich dich kennengelernt habe, weiß ich, daß die Insel bei dir in guten Händen ist.« Er lächelte bitter. »Und außerdem bleibt mir jetzt, wo Clive tot ist, keine andere Wahl. Ich hatte mich nie bei dem Gedanken wohl gefühlt, daß er einmal Laird sein würde. Ich hätte meinen Instinkten folgen sollen.« Er schaute Amy an. »Eines Tages bist du vielleicht die Lady of Skoal, falls deine Mutter keinen Sohn hat. Dann wirst du deine Sturheit brauchen.«

Catherine keuchte, wie betäubt davon, daß ihr Großvater sie trotz allem, was geschehen war, zu seiner Nachfolgerin machen wollte. Selbst wenn Michael sie nicht haben wollte, würden sie und Amy unabhängig sein, ein beträchtliches Einkommen und eine achtbare Position in der Welt haben.

Sie blickte aus dem Fenster auf die wilde, windgepeitschte Schönheit der Insel. *Lady of Skoal.* Sie hatte gelogen und betrogen, um dieses Ziel zu erreichen, doch ihr Sieg schmeckte fad. Es war an der Zeit, sich zu ändern. Andere Witwen schafften es, ihre Kinder zu versorgen, ohne eine Insel zu erben, und das konnte sie auch.

Sie schaute wieder ihren Großvater an. »Haldoran erzählte mir, daß Davin Haralds Sohn ist. Das ist doch wahr, oder?«

Tödliche Stille senkte sich auf den Raum, und Davins Gesicht wurde starr. Der Laird atmete tief ein. »Ja, es ist wahr. Das ist auf der Insel ein offenes Geheimnis.«

»Dann hast du eine andere Wahl.« Sie befeuchtete ihre trockenen Lippen. »Davin sollte der nächste Laird sein. Er kennt und liebt jeden Zentimeter der Insel. Er ist der wahre Erbe der alten Traditionen von Skoal. Es wäre falsch von mir, ihm das wegzunehmen.« Sie schaute ihre Tochter an. »Ich glaube, Amy wird mir beipflichten.« Amy nickte stumm.

Ihr Großvater krallte seine Hände in die Tagesdecke. »Ich hatte das in Erwägung gezogen. Aber, verdammt, Davin ist unehelich.«

»Sie sind sehr stolz auf die Wikingervergangenheit der Insel, Lord Skoal«, sagte Michael unerwartet. »Die Sitten der Männer aus dem Norden unterschieden sich von denen im Süden Europas. Wilhelm der Eroberer war normannischer Herkunft. Seine Eltern waren nicht verheiratet, weshalb er auch Wilhelm der Bastard genannt wurde. Und doch war er ein großer Krieger und König.« Seine Augen wurden schmal. »Warum sollte der siebenundzwanzigste Laird of Skoal Abstand davon nehmen, das zu tun, von dem er weiß, was richtig ist, nur wegen belangloser englischer Sitten?«

Catherine applaudierte stumm. Michael war der lebende Beweis dafür, daß der Wert eines Mannes nichts mit zweifelhafter Herkunft zu tun hatte.

Der Herzog fügte hinzu: »Es wäre vielleicht sogar möglich, es zu arrangieren, daß Mr. Penrose den Titel bekommt. Der Prinzregent ist mir den einen oder anderen Gefallen schuldig.«

Der Laird trommelte mit seinen Fingern auf der Bettkante, während die Stille sich hinzog. Schließlich stieß er krächzend ein Kichern aus. »Vielleicht haben Sie recht. Also gut, es ist Davin. Er hat bereits Söhne gezeugt, die ihm nachfolgen werden, und ich brauche mir keine Sorgen darüber zu machen, ob er sich vielleicht dazu entschließt, an einen vornehmeren Ort zu ziehen.«

Davins Gesicht war aschfahl. In seinen Augen war der Ausdruck eines Mannes, dem etwas angeboten wird, worauf er nie zu hoffen gewagt hatte. »Ich habe von Ihnen, My Lord, nie etwas erbeten oder erwartet, nicht einmal die Anerkennung meiner Herkunft.«

»Das weiß ich. Das ist ein Grund, warum ich so große Achtung vor dir habe«, sagte der Laird mürrisch. »Du hast mir und der Insel treu gedient, ohne jemals ein Wort der Klage oder des Selbstmitleids von dir zu geben. Wenn die Zeit kommt, wirst du ein guter Laird sein, aber du mußt an deinem Temperament arbeiten. Es kann manchmal schaden, zu vernünftig zu handeln.«

Catherine mußte auflachen. »Ich bin sicher, daß du dir darüber nie hast Sorgen machen müssen, Großvater.«

Er funkelte sie an. »Von Ihnen, Miss, möchte ich keine Unverschämtheiten hören. Du hast dich schändlich verhalten, und der einzige Weg, die Dinge in Ordnung zu bringen, ist, Kenyon zu heiraten.«

Ihre Beschwingtheit verflog, und ihr Blick wanderte zu Michael. In seinem Gesicht war keine Reaktion auf die ungeheuerliche Forderung des Laird feststellbar. »Seit Colins Tod sind erst drei Monate vergangen«, sagte sie unsicher. »Es wäre äußerst unschicklich, eine Wiederverheiratung zu erwägen.«

»Zu schnell heiraten ist weniger skandalös als das, was du getan hast«, schnappte ihr Großvater. »Kenyon?«

»Natürlich bin ich bereit, meine Pflicht zu erfüllen«, sagte Michael ausdruckslos. »Jedoch weiß ich nicht, ob Catherine oder ihre Tochter ein solches Arrangement akzeptieren würden.«

»Sie wird sich fügen – sie ist ein gutes Beispiel dafür, warum eine Frau einen Ehemann braucht, der ihr sagt, was zu tun ist. Wenn Sie ein Regiment befehligen können, dann, denke ich, können Sie auch mit ihr fertig werden. Jedenfalls meistens. Catherine, wirst du wie ein Maultier ausschlagen oder dich so verhalten, wie es eine anständige Frau tun sollte?«

Sie biß sich auf die Lippe. Irgendwie stimmte dies alles nicht – und doch war es das, was sie sich so sehnlich gewünscht hatte. Vielleicht wäre es am besten, jetzt einer Verlobung zuzustimmen. Die konnte immer noch aufgelöst werden. Sie schaute ihre Tochter an. »Möchtest du Michael als Stiefvater haben?«

»Wenn du nicht jemand heiratest, werden Bestien wie

Lord Haldoran weiter versuchen, dich zu entführen.« Amy musterte Michael kritisch und grinste dann. »Ich würde dich lieber als sonst jemand haben wollen, außer Onkel Charles. Aber der ist ja mit Tante Anne verheiratet. Du bist in Ordnung.«

»Ich fühle mich sehr geschmeichelt«, sagte Michael ernst.

Catherine sagte mit trockener Kehle: »Dann ... willige ich ein, wenn du das tust.«

»So ist das besprochen«, sagte der Laird. »Jetzt kommt ihr beide hier herüber, und ich werde die Zeremonie vollziehen. Davin, Ashburton, ihr werdet die Zeugen sind.«

Catherines Unterkiefer sackte herunter. »Wir können nicht ohne Aufgebot oder eine Sondergenehmigung oder einen Pfarrer heiraten!«

Ihr Großvater lächelte verschmitzt. »Der Laird of Skoal hat die Macht, Ehen zu schließen, und unter Berücksichtigung des Schadens, den du genommen hast, ist es um so besser, je schneller eine feste Verbindung zwischen euch geschaffen wird.«

Es ist zu schnell! Doch Michael verließ seinen Platz an der Wand und trat an das Bett des Laird. Catherine folgte ihm wie benommen. In einem letzten Versuch, diesen Wahnsinn zu verhindern, sagte sie kläglich: »Wir haben keinen Ring.«

Prompt zog der Herzog einen Ring von seinem kleinen Finger und reichte ihn Michael. »Das läßt sich leicht ändern.«

Der Laird ergriff Catherines eiskalte linke Hand und Michaels rechte und begann mit der Zeremonie. Am Ende legte er ihre Hände ineinander. »Ich erkläre euch hiermit zu Mann und Frau, und mögt ihr gemeinsam starke Söhne zeugen.«

Amy sagte verhalten: »Das ist aber eine komische Zeremonie. Und was ist mit Töchtern?«

Der Laird ignorierte ihre Worte und sagte: »Sie können die Braut jetzt küssen, Kenyon. Ich kann mir vorstellen, daß es nicht das erste Mal ist.«

Eine Pause entstand, die sich eine Ewigkeit hinzuziehen schien. Dann berührten Michaels Lippen die Catherines kühl und leidenschaftslos. Er ließ ihre Hand los und sagte: »Da jetzt die drängenden Geschäfte aus dem Wege geräumt sind, würde ich mich gerne entschuldigen, damit ich zwölf oder vierzehn Stunden schlafen kann.«

»Ich auch«, sagte Catherine mit unsicherer Stimme.

Der Laird seufzte und lehnte sich zurück an die Kissen. »Ich brauche auch Ruhe. Es war ein aufregender Tag. Davin, sorg dafür, daß Räume für Amy und Ashburton bereitgemacht werden.«

Nachdem Ashburton seinem Bruder die Hand geschüttelt und ihm herzlich gratuliert hatte, umarmte er Catherine. »Willkommen in der Familie.« In seiner Stimme war weitaus mehr Herzlichkeit gewesen als in der von Michael. Er wandte sich an Amy. »Es scheint, als wären wir bald die einzigen, die noch wach sind. Wie wär's, da ich jetzt so eine Art Onkel für dich bin, wenn wir unsere Bekanntschaft vertiefen? Vielleicht findet der Konstabler jemand, der mit uns eine Rundreise auf Skoal macht?«

»Das würde ich gerne tun«, sagte Amy. »Können wir auch meine Sachen aus Lord Haldorans Haus holen?«

Davin sagte: »Der Stallmeister wird nur zu gerne zu Diensten stehen. Ich würde es selbst tun, aber ... aber ich muß Glynis erzählen, was geschehen ist.« Er schluckte schwer. »Danke, Catherine. Ich bin noch immer überwältigt davon, daß jemand so großzügig sein kann.«

»Nicht großzügig. Gerecht.« Sie stellte sich auf die Zehenspitzen und hauchte einen Kuß auf seine Wange. »Ich hoffe, du erlaubst uns gelegentlich einen Besuch. Ich habe die Insel sehr liebgewonnen.«

Er lächelte mit einer Herzlichkeit, die sich auch in seinen wasserblauen Inselaugen niederschlug. »Du wirst auf Skoal und in meinem Heim immer willkommen sein.«

Sie verließen das Schlafgemach des Laird gemeinsam. Nachdem Catherine Amy umarmt hatte, wandte sie sich ab und begleitete einen schweigenden Michael zu dem Raum, den sie miteinander geteilt hatten. Er schien weiter fort zu sein, als zu der Zeit, da sie auf Skoal und er auf dem Festland gewesen war.

Sie trennten sich, kaum daß sie das Zimmer betreten hatten. Michael ging ans Fenster, um in den sanften grauen Regen hinauszuschauen, und Catherine warf einen Blick in den Spiegel. Gott, sie sah schrecklich aus, hatte dunkle Ringe unter den Augen und das Haar ihres Zopfes war unordentlich. Niemand würde sie jetzt für schön halten.

Nervös löste sie ihren Zopf und fuhr mit den Fingern durch die verklebten Locken. Sie hatte das Bedürfnis, das Schweigen zu brechen, und sagte: »Das ist das einzige, was du zum Anziehen hast, nicht wahr? Du hast ungefähr dieselbe Größe wie dein Bruder. Meinst du nicht, daß er dir ein paar Kleidungsstücke leihen würde?«

»Wahrscheinlich.« Er öffnete das Fenster, um die kühle, nach Regen duftende Luft hereinzulassen. »Ich muß Lucien eine Nachricht schicken und ihm mitteilen, daß alles in Ordnung ist. Andernfalls wird er in ein paar Tagen hier sein und Skoal völlig auseinandernehmen.«

Es war als Unterhaltung nicht viel, aber immerhin

redete er. Sie schaute auf ihren übergroßen Ehering. Es war ein goldener Siegelring mit etwas darauf, was das Kenyon-Wappen sein mußte. Das Siegel des Herzog, mit dem er ihre Ehe billigte. Aber was war mit Michael? Mit leiser Stimme sagte sie: »In den vergangenen Tagen ist soviel geschehen. Es fällt schwer zu glauben, daß wir wirklich Mann und Frau sind.«

Michaels Atem wurde plötzlich zu einem heftigen Pfeifen, das ihr Blut erstarren ließ. Sie wirbelte herum und sah, daß er gebeugt dastand, sich mit einer Hand an den Bettpfosten klammerte und die andere an seine Brust preßte. »Gütiger Gott, Michael!« rief sie aus. »Was ist mit dir?«

»Leichter ... Asthmaanfall«, keuchte er. »Brauche nur frische Luft.« Es gelang ihm, die zwei Schritte zum Fenster zu machen und die Flügel aufzustoßen, so daß er die kühle Seeluft einatmen konnte.

Catherine schenkte aus dem Krug auf dem Waschtisch ein Glas Wasser ein und brachte es ihm. »Möchtest du etwas trinken?«

Er leerte das Glas in zwei Zügen. Nachdem er es ihr zurückgegeben hatte, drehte er sich um und glitt an der Wand hinunter auf den Boden. Sein Gesicht war grau vor Anspannung, und der Puls an seinem Halsansatz pochte wie ein Hammer. »Es geht mir gut. Wirklich. Aber, Gott, der zweite Asthmaanfall in einer Woche. Es zerreißt mich.«

Catherine kniete sich neben ihn und betrachtete sein Gesicht. Sie war Krankenschwester und Ehefrau zugleich. »Der zweite?«

»Ich hatte einen viel schlimmeren, als Stephen mich in Great Ashburton fand.« Die Haut spannte sich über seinen Wangenknochen. »Und der war fast so schlimm wie der, den ich hatte, als meine Mutter starb.«

Catherine wurde sich schmerzlich bewußt, daß dieser Anfall durch ihre Bemerkung, sie seien Ehemann und Ehefrau, ausgelöst worden sein mußte. »Ist dies das Ergebnis allgemeiner Erschöpfung und von Streß, oder liegt das daran, daß du nicht mit mir verheiratet sein willst?«

Er schaute sie mit trübem Blick, aber voller Ehrlichkeit an. Er war zu müde, um irgend etwas verbergen zu können. »Ich habe mir in meinem Leben nichts mehr gewünscht, als daß du meine Frau wärst.«

Ihr Herz begann wie rasend zu schlagen. »Du *wolltest* mich heiraten? Du hast nicht aus Pflichtgefühl gehandelt?«

»In diesem Fall gingen Pflichtgefühl und Neigung Hand in Hand.«

Verzweifelt bemüht, ihn zu verstehen, fragte sie: »Aber warum siehst du dann so aus, als seist du zum Tode verurteilt?«

Er verzog die Lippen zur Karikatur eines Lächelns. »Ich bin in der Schlacht ganz gut, aber ich habe wenig Erfahrung damit, glücklich zu sein.«

Ihr wurde bewußt, daß er die Wahrheit sagte. Obwohl Michael die Fähigkeit zum Lieben hatte und geliebt werden konnte, hatte er nie die Möglichkeit gehabt, dies zum Ausdruck zu bringen. Wenn sie jetzt seine Nähe finden, seine verletzten Gefühle heilen konnte, würde er ihr für immer gehören.

Sie betete, daß sie die richtigen Worte fand, und sagte: »Als ich voller Angst war, sagte mir ein weiser Mann, daß meine Ängste nicht in einer Stunde erschaffen worden seien und auch nicht in einer Stunde geheilt werden könnten. Das gilt auch für gebrochene Herzen.«

Sie beugte sich vor und küßte ihn voll quälender

Zärtlichkeit. »Weil du klug und freundlich warst, hast du mich von meiner Angst geheilt. Laß mich das gleiche für dich tun, Michael. Dein Herz ist nicht an einem Tag gebrochen worden, und es wird auch nicht an einem Tag heilen. Aber laß mich dich lieben, und ich verspreche dir, daß dir das nach einiger Zeit gefallen wird.«

Michael gab aus tiefer Kehle ein rauh klingendes Geräusch von sich und zog sie so heftig in seine Arme, daß ihre Rippen schmerzten. »Mein Leben lang war ich nie gut genug, wie sehr ich mich auch bemüht habe«, flüsterte er. »Es ist leicht zu glauben, daß dies immer wahr sein wird. Um falscher Liebe willen habe ich Ehre und Anstand geopfert. Aber bekommt man nach so einer verbrecherischen Vernarrtheit eine zweite Chance?«

Catherine hob ihren Kopf, so daß sie ihm in die Augen schauen konnte.»Du sagtest, daß der Freund, den du betrogen hast, dir eine zweite Chance zur Freundschaft gab«, sagte sie leise. »Dein Bruder hat dir eine zweite Chance in der Familie gegeben. Warum solltest du nicht eine zweite Chance in der Liebe haben? Wenn jemand die je verdient hat, dann du. Ich habe nie einen anderen Mann kennengelernt, der soviel Kraft und Charakter und Freundlichkeit besitzt wie du. Ich habe mich in Brüssel in dich verliebt, obwohl es falsch gewesen wäre, die Worte laut zu sagen.«

Er zog sie wieder in seine Arme, spürte eine Intensität von Gefühlen, die so groß waren, daß er nicht wußte, ob es Freude oder Schmerz war. »Als ich dir zum ersten Mal in Brüssel begegnete, hatte ich das Gefühl, als sei ein Berg auf mich gefallen«, sagte er stockend. »Du hast von Anfang an meine Gedanken und meine Seele erfüllt, obwohl ich mich dafür gehaßt habe, von einer verheirateten Frau besessen zu sein. Ich habe heimlich das Wissen genossen, daß dein Blut in meinen Adern fließt – immer dann, wenn ich mich am heftigsten nach dir sehnte. So konnte ich mir sagen, daß du bei mir seist.«

»Das war ich«, sagte sie leise. »Im Geiste, wenn auch nicht körperlich.«

Er schloß seine Augen und hielt sie lange Zeit fest. Catherine war warm und gab und bot ihm ihre Liebe. Das einzige, was zwischen ihnen stand, war seine Unfähigkeit, das zu akzeptieren. Er öffnete seine Augen und löste seine Umarmung. »Laß uns ins Bett gehen, Catherine. Wenn ich geschlafen habe, werde ich vielleicht vernünftiger sein.«

Er stand auf und half ihr auf die Beine. Dann hielt er inne. Sein Blick wanderte an ihr vorbei zum Himmel draußen. Es hatte aufgehört zu regnen, und durch den Himmel wölbte sich ein Regenbogen, so unirdisch schön wie Catherine.

Er starrte darauf, und in einem einzigen Augenblick ordneten sich die so widersprüchlichen Elemente seines Denkens. Warum war es in einer Welt, in der es Regenbogen und Kätzchen und Freunde wie Nicholas gab, so schwer zu glauben, daß er bei Catherine Liebe finden könnte? Im tiefsten Inneren seines Seins spürte er einen langsam erblühenden Frieden, der anders war als alles, was er je empfunden hatte.

Er legte seine Hände auf Catherines Schultern, während sie ihn forschend mit ihren wasserblauen Augen anschaute. »Ich hatte immer geglaubt, zerbrochene Regenbogen und zerbrochene Träume zu halten, wenn ich in mein Kaleidoskop schaute«, sagte er leise. »Dort hineinzuschauen war eine Art, Ordnung in ein Chaos zu bringen. Aber das brauche ich nicht mehr. Sieh nur.«

Sie folgte seinem Blick aus dem Fenster. Der Regenbogen schimmerte noch immer. Das Versprechen des Himmels für die Erde. Er fuhr fort: »Du bist es, die Ordnung in mein Leben bringt, Catherine. Ordnung und Liebe.«

»Dann scheint es, als liebten wir uns. Wie einfach und wie richtig.« Ihre Augen waren von Freude erfüllt, als sie ihm ihr Gesicht zuwandte und ihn küßte. Es war keine Umarmung aus verlangender Lust oder Verzweiflung. Statt dessen war es einfach eine Pause des Friedens und sanfter Vereinigung, die zu erfahren sie in dem Durcheinander der vergangenen Tage keine Gelegenheit gehabt hatten.

Mit dem Frieden kam Erschöpfung. Er ließ sie los und sagte: »Und jetzt, mein Liebling, laß uns zu Bett gehen und für ein oder zwei Tage schlafen.«

Ihr Lächeln wurde schelmisch. »Und wir schlafen endlich ganz legal zusammen.«

»Schade, daß ich zu müde bin, mich wie ein Bräutigam zu verhalten.«

»Dafür wird es später noch Zeit genug geben.« Sie unterdrückte ein Gähnen und begann dann, ihre Kleider abzulegen.

Er tat das gleiche, bewegte sich aber wie mechanisch, da er seinen Blick nicht von ihr abwenden konnte. Sie war immer schon unglaublich schön gewesen, aber jetzt war sie seine Frau. Seine *Frau.* Sie hob einen Arm, um ihr Haar zurückzustreichen, so daß die feine Narbe an der Innenseite ihres Ellenbogens zu sehen war. Er spürte eine Welle von Zärtlichkeit, die in seinem Herzen begann und sich dann rasch in seinem ganzen Körper ausbreitete. Denn solange er lebte, würde das Geschenk des Lebens, das sie ihm gegeben hatte, immer Teil von ihm sein.

Sie glitt unter das Deckbett und warf ihm einen fragenden Blick zu, um herauszufinden, warum er zögerte. Er lächelte schief. »Weißt du, ich bin vielleicht doch nicht ganz so müde, wie ich glaubte.«

Sie streckte ihm eine Hand zu, und ihr Lächeln war so strahlend wie ein Regenbogen. »Dann komm ins Bett, mein Liebster. Wir werden es herausfinden.«

Epilog

Isle of Skoal

Frühjahr 1817

Die Taufe war mit angemessenem Anstand erfolgt. Louis der Träge hatte ihr beigewohnt, aber er war ein sehr gut erzogener Hund. Selbst der Ehrengast hatte nur ein kurzes überraschtes Gezeter von sich gegeben, als kaltes Wasser auf seinen Kopf tropfte. Die darauf folgende Party jedoch konnte man einfach nur als ein großartiges Fest bezeichnen.

Da der Tag warm war, saß Catherine mit mehreren der anderen Frauen im Schatten. Der frisch getaufte Nicholas Stephen Torquil Kenyon wurde von Schoß zu Schoß gereicht und genoß die Beachtung, die ihm zuteil wurde. An der anderen Seite des Gartens wurde auf glattem, smaragdgrünen Rasen Kricket gespielt. In unmittelbarer Nähe hatte man einen Laufstall für die kleineren Kinder aufgestellt.

Clare beschattete ihre Augen mit einer Hand. »Catherine, deine Tochter ist eine großartige Werferin. Sollte Oxford je Frauen aufnehmen, wird man sie in das Kricketteam holen.«

Catherine lachte. »Amys Spiel wird nicht durch die Tatsache beeinträchtigt, daß ihr Urgroßvater der Schiedsrichter ist und so aussieht, als sei er bereit, jedem einen Schlag mit seinem Stock zu versetzen, der ihr Spiel nicht zu würdigen weiß.« Es war erstaunlich, wie gut der Laird sich erholt hatte. Der Rollstuhl gehörte der Vergangenheit an, und er lief mit nur leichtem Humpeln prächtig herum. Die öffentliche Anerkennung von Davin als Enkel und Erbe hatte dem Laird ein neues Leben gegeben.

Catherine fuhr fort: »Ich habe noch nie ein Kricketspiel gesehen, bei dem so viele Peers und ihre Gemahlinnen teilnehmen.«

Clare kicherte und tätschelte ihren runden Bauch. »Ich bin froh, daß ich eine gute Entschuldigung dafür habe, warum ich nicht spiele. Kit und Margot sind viel athletischer als ich.«

Der nächste Schlagmann war Kit Fairchild, die schlanke Brünette, die Catherine einmal im Park mit Michael gesehen hatte. Sie trat an das Tor und schwang ihren Schläger drohend. Der Werfer war Lucien, ihr Ehemann. Als Gentleman darum bemüht, seiner Frau nicht weh zu tun, warf er den Ball sanft. Zur Strafe war er gezwungen, sich schnell zu ducken, als Kit den Ball ans ferne Ende des Garten schmetterte. Vier Läufe wurden gepunktet, bevor es Davin Penrose gelang, den Ball zu fangen und ihn zurückzuwerfen.

Lady Elinor Fairchild, zwei Jahre alt und so goldblond wie ein Sonnenstrahl, stieß einen entzückten Schrei aus und eilte mit beeindruckender Geschwindigkeit zu ihrer Mutter. Kenrick Davies, Viscount Tregar, der so dunkel wie sie blond war, folgte ihr nach. Mit seinen zweieinhalb Jahren befand er sich mitten in den Wehen seiner ersten Liebesaffäre, und das Objekt seiner Bewunderung war Elinor.

Louis der Träge witterte Aufregung, sprang auf seine Füße und folgte den Kindern tapsend. Der Ball flog über seinen Kopf. Zur Überraschung aller Anwesenden sprang er völlig untypisch in die Luft, so daß seine Ohren flogen, und fing den vorbeisausenden Kricketball.

Unter allgemeinem Gelächter kam man überein, daß es Zeit für eine Pause sei und sich den Erfrischungen zu widmen, die auf den Tischen bereitgestellt waren. Wie Rafe meinte, würde der Ball so Zeit zum Trocknen finden.

Clare erhob sich und ging, um ihren Mann und ihren Sohn zu holen, die gemeinsam auf dem Rasen herumtollten. Es konnte unmöglich einen anderen Earl in England geben, der so unbeschwert wie Nicholas war. Catherine war froh darüber, ihren Sohn nach ihm benannt zu haben. Dem Tal gegenüber zu wohnen, in dem Clare und Nicholas lebten, war eines der schönsten Dinge in ihrer Ehe.

Michael gab seine Verteidigungsposition auf und ging in der Gegenrichtung zu der hungrigen Menge, um sich zu Catherine zu gesellen, die träge in ihrem Sessel sitzengeblieben war, ihr Baby auf dem Schoß. Sie schaute voller Freude zu, wie ihr Ehemann zu ihr kam. Selbst nach einem Jahr Ehe war sie nicht müde, sein Gesicht oder den kräftigen Körper zu bewundern, den sie so gut kannte. Bei diesem Gedanken wurde ihr Gesicht heiß.

Michael grinste. »Hast du unfromme Gedanken, mein Liebling?«

Sie schaute sich um. Glücklicherweise war niemand in Hörweite. »Du kennst mich zu gut.«

»Das wohl niemals.« Er drückte einen Kuß auf ihre Stirn, dann auf die ihres Sohnes, bevor er sich neben ihrem Sessel ins Gras sinken ließ. »Dein Vorschlag, die Taufe hier vornehmen zu lassen, war brillant. Skoal ist ein perfekter Ort für einen Frühjahrsurlaub.«

»Schade nur, daß Kenneth nicht kommen konnte, aber es ist wundervoll, daß so viele deiner anderen Freunde hier sind.« Catherines Blick wanderte zu dem dunklen Rafe und der goldblonden Margot, die ihren Sohn einfingen. Der kleine Marquis, ebenso dunkel wie sein Vater, schwenkte seine Arme und gluckste fröhlich, als seine Mutter ihn hochschwang.

»Ihr Gefallenen Engel habt sehr schöne Kinder«, stellte sie fest. »Ich frage mich, ob die Kinder auch so gute Freunde sein werden wie ihre Väter es waren.«

Michael lächelte beim Anblick von Kenrick und Elinor, die sich ein klebriges Eis unter nachsichtiger Aufsicht ihrer Mütter teilten. »Ich bin sicher, die nächste Generation wird auch befreundet sein, aber sie werden einander nicht so brauchen, wie es bei ihren Vätern war.«

Sie fuhr mit einer Hand durch das Haar ihres Mannes. Dem Himmel sei Dank für die Gefallenen Engel und für die Freundschaft, die ihnen geholfen hatte, zu den bemerkenswerten Männern zu werden, die sie waren. Vor allem aber dankte sie Gott für Michael, der ihr mehr Liebe und Zärtlichkeit gab, als sie je für möglich gehalten hatte. »Erinnerst du dich an unseren ersten Abend auf Skoal, als du mich aufwecktest, um zum Abendessen zu gehen?«

Er warf ihr einen schalkhaften Blick zu. »Wie könnte ich das vergessen? Es war alles, was ich tun konnte, um mich daran zu hindern, dich zu verspeisen.«

Ihre Wangen brannten wieder. »Du hattest mich aus dem wundervollsten Traum geweckt.«

Michael gab ein ermutigendes Geräusch von sich.

»Ich hatte geträumt, daß ich normal sei, du mein Mann bist und ich unser erstes Kind erwarte.« Sie beugte sich vor und küßte Michael mit einer Liebe, die mit jedem Tag größer wurde, den sie miteinander verbrachten. »Wer sagt, daß Träume nicht wahr werden können?«

Historische Anmerkung

Seit dem 17. Jahrhundert gab es Versuche, Blut zu übertragen. Darunter auch solche, bei denen Transfusionen mit Tierblut gemacht wurden, basierend auf der Theorie, daß Menschen das Blut von Kälbern gut annehmen könnten, weil sie ja deren Fleisch essen. Das funktionierte natürlich nicht. Die darauf folgenden Experimente führten zu Ergebnissen, die gelinde ausgedrückt unberechenbar waren. Transfusionen im eigentlichen Sinne mußten bis zu Karl Landsteiners Entdeckung der verschiedenen Blutgruppen im Jahre 1901 warten.

Dennoch wurde 1873 eine Studie über 243 Transfusionen des vorhergehenden halben Jahrhunderts gemacht. Den Unterlagen zufolge führten vierzig Prozent zu völliger Genesung. Offensichtlich hatte dies mit sehr viel Glück zu tun – ich schilderte die angewandten Techniken einem Hämatologen und einem Gefäßchirurgen, beide waren entsetzt –, aber zumindest in einigen Fälle haben Transfusionen wahrscheinlich Leben gerettet. (Michael ist AB positiv, ein Universalempfänger. Dies für diejenigen, die sich wundern.)

Michaels 105. Regiment ist fiktiv. Doch der außerordentliche Mut der Männer, die in Waterloo die Stellung hielten und starben, nicht.

Die Insel Skoal ist ebenfalls fiktiv, doch viele ihrer Eigenarten sind der Kanalinsel Sark nachempfunden, die als letzte feudale Enklave der Welt gilt.

Louis der Träge war real. Wer könnte sich einen solchen Basset wohl auch ausdenken?

Band 12722

Tamara Leigh

Mit dem Herzen einer Löwin

Noch auf dem Sterbebett verrät Maynard seinen Bruder Liam: Er vermacht die Burg, die von Rechts wegen seinem Bruder zusteht, seinem dreijährigen Sohn Oliver, den er in heimlicher Ehe gezeugt hat. Wutentbrannt macht sich Liam auf den Weg, um die Frau seines Bruders zur Rede zu stellen.

Lady Joslyn ist jedoch nicht die kühl berechnende Verräterin, die Liam erwartet hat. Gegen seinen Willen verfällt er der mutigen und klugen Frau, die wie eine Löwin um ihren Sohn kämpft. Und auch Joslyn muß erkennen, daß sie viel zu oft an Liam denkt. Immer mehr ergreift die Leidenschaft von ihr Besitz, bis sie schließlich nur noch einen Wunsch hat: dem kühnen Ritter ganz zu gehören…

BASTEI LÜBBE

Band 12749

Julie Garwood

Im Taumel der Sehnsucht

England am Ende des 18. Jahrhunderts. Jered Marcus Benton, der Duke of Bredford, ist der reichste und begehrteste Mann weit und breit – aber auch der arroganteste. Sein Interesse beschränkt sich auf eine einzige Dame der Londoner Gesellschaft, der schönen Caroline Richmond aus Boston. Auch sie ist von dem dreisten Herzog angetan und nimmt sich vor, ihn zu zähmen. Doch erst als sich ihre Wege aufgrund einer tödlichen Intrige vereinen, verfällt Jered Marcus Benton ihrem unwiderstehlichen Bann. Voll ungestümer Leidenschaft stellen sie sich der Herausforderung durch den gemeinsamen Feind …

BASTEI LÜBBE

Band 12741

Marie Louise Fischer

Die Aussteigerin

Eine geschiedene Frau startet mutig in ein neues Leben

Was bleibt einer Frau in der Mitte des Lebens, die in Scheidung lebt, zwei halbwüchsige Kinder hat sich von Männern und ehemaligen Freundinnen unverstanden fühlt, einer Frau, die so wie bisher nicht weiterleben will? Gerda Keppler versucht einen Weg für sich zu finden. Finanziell durch ihren Ex-Mann abgesichert, wagt sie einen völligen Neubeginn, indem sie einen Bauernhof pachtet und eine Biogärtnerei eröffnet – ein Schritt, der ihr viele Schwierigkeiten, aber auch einen neuen Freund einbringt: einen Mann, der ganz anders ist als die Männer, die Gerda bisher gekannt hat…

BASTEI
LÜBBE